成化本『白兎記』の研究

大阪大學中國文學研究室 編

汲古書院

目次

解説篇

執筆者一覽（五十音順）

加藤　聰（大阪大學　文學部非常勤講師）
葛葉　禮（元　大阪大學大學院生）
後藤安延（元　大阪大學大學院生）
小林春代（元　大阪大學大學院生）
高橋文治（大阪大學　文學研究科教授）
谷口高志（大阪大學　大學院生）
陳　文輝（大阪大學　大學院生）
冨永鉄平（大阪大學　大學院生）
豊田祐佳（大阪大學　大學院生）
西尾　俊（大阪大學　大學院生）
西川幸宏（大阪大學　大學院生）
藤原祐子（大阪大學　大學院生）
若松沙保（大阪大學　大學院生）

成化本『白兎記』の研究

解説篇

一　劉知遠と李三娘の物語

はじめに

一九六七年、上海市郊外嘉定縣の明代墳墓から、成化年間（一四六五―八七）の刊行にかかる一二册の版本が發見された。それら一二册は墓主の枕元に積んであったといい、一一册は「說唱詞話」と呼ばれる唱導文學の通俗的な讀み物、殘る一册は『白兎記』という演劇の臺本であった。あの世で讀むようにと、當時としてはありきたりの本を枕元に置いたのであろうが、地下に五百年もの間放置されて死者の相手をするうちに、一二册はいつの間にか天下の孤本に姿を變えていた。本書が校註を施して全譯を試みるのは、そうして甦った孤本のひとつ、一二册中の唯一の演劇臺本、成化本の『白兎記』である。

『白兎記』は、五代後漢の高祖劉知遠とその妻李三娘、息子咬臍の生き別れと再會を描く演劇である。古くから四大南戲の一つに數えられてきた、初期の戲文の代表作である。劉知遠と李三娘、咬臍の悲歡離合は、後に詳細に見るごとく、恐らく歷史事實ではなかった。物語類型というか枠組みというか、要するにストーリーの原型が先にあって、その原型に劉知遠とその妻が當てはめられたのが「劉知遠と李三娘の物語」の最初であったろう。あるいは、劉知遠の祖先の沙陀突厥が「敕勒歌」で有名な陰山の麓から佛教とともにもって來た物語だったかもしれない。この物語は、まず金朝時代に『劉知遠諸宮調』という作品を生み出し、次の元朝期には『新編五代史平話』と元雜劇「李三娘麻地捧印」(佚)を生んだらしい。『劉知遠諸宮調』は、一九〇七年にカズロフ探検隊が黒城(カラホト)でその殘本を發見し、諸宮調という忘れ去られた文學ジャンルがあったこと、『白兎記』の原形が少なくとも金代には語り物文學として語られていたことを世に知らしめた。また、『新編五代史平話』も完本は傳わっていないが、その殘本の中に「漢史平話」(上)があって、劉知遠と李三娘の夫婦とその息子の經緯が簡單に語られているし、今日は外題しか殘さない「李三娘痲地捧印」も、その題名から推して「劉知遠と李三娘の物語」を扱った演劇であったこと、まちがいない。元雜劇「李三娘痲地捧印」は舊金朝治下の華北で書かれたはずだから、同じく華北で書かれた『劉知遠諸宮調』の影響をなにがしか受けたと推測されるが、この作品はやがて南に渡り、同じく元朝期に、中國南方系の演劇形態に改編され、いわゆる「南戲」へと姿を變えたのである。こうして生まれたのが恐らく南戲『白兎記』であった。

『白兎記』の版本として從來知られていたものは、毛晉の汲古閣が刊行したいわゆる六十種曲本と、金陵唐氏が萬曆年間に刊行した富春堂本の二種であった。汲古閣の六十種曲本は刊行の正確な年が明らかでないが、およそ一六五〇年前後と考えられ、一方の富春堂本は一六〇〇年前後。出版の先後のみを問題にすれば富春堂本の方が古い。しかし味わいや表現からすれば汲古閣本の方が古層を留めているように思われる。汲古閣本と富春堂本とは數曲の例外を除いてテキストの重複が無く、別々の系統のテキストのようにも見えるが、元朝期に成立したと思われる南戲『白兎記』は、一體どのようにして汲古閣本や富春堂本に流れていったのか。『白兎記』の演變をめぐる過去の研究は、資料の壁にはばまれて隔靴掻痒の感を免れなかったが、そこに、一四〇〇年代後半の刊行にかかる、汲古閣本(以下、汲本と略す)と明らかに共通する成化本が出現したのである。成化本が『白兎記』の研究にもたらした決定的な意味は言うまでもないだろう。

成化本『白兎記』の發見がもつ意味はこれのみでない。

そもそも南戲は、北宋の末年に生まれたとか南宋初に生まれたとか、その發生についてはあれこれ言われるが、實は古いテキストがほとんど殘っていない。たとえば元雜劇は、三〇種とはいえ元刊本が殘っており、それら三〇種が元雜劇の原像を知る重要な手掛かりになっている。しかるに南戲の場合は、眞性の元刊本は一種類も殘っておらず、古いテキストといえば、僅かに『永樂大典』にある戲文三種と、元刊本に基づくといわれる清・陸貽典鈔本『琵琶記』があるのみであった。しかも、それら四種はいずれも鈔本であって版本ではない。南戲は古い時代の形態や臺本を知る資料がほとんど殘されていなかった。成化本『白兔記』は南戲の比較的古いテキストに屬するばかりではない、實は今日知られる最古の版本なのである。單に『白兔記』の演變を考える上で重要なのではない、南戲そのものの發生や展開、初期の形態・臺本を知る、中國演劇史に不可缺の資料といえるだろう。しかも、この本が南戲最古の版本だということは、同時に、それが白話文學史、白話史、書誌學の各分野にも不可缺の資料だということを意味する。本書がこれを取り上げて譯註を施すのは、まさにこのためである。

以下、成化本『白兔記』の重要性と意義を、いくつかの論點に分けて詳述する。

『劉知遠諸宮調』

劉知遠と李三娘の物語は、一九〇七年にカズロフ探檢隊がカラホトで發見した『劉知遠諸宮調』にその最初の姿を見ることができる。『劉知遠諸宮調』は全一二卷、カズロフ探檢隊が發見したのは第一、第二、第三の前半部、第一一の後半部、第一二、すなわち、殘卷も含めて中間がすっぽり抜けた前後五卷。不明の部分も少なくないが、次に紹介するのは、殘存する部分から推測することができる梗概である。

劉知遠は初名を知遠といい、即位の後に暠と改名した。祖先は沙陀部の人で、父・光珽は戦いに死んだ。母（姓氏は記述されない）は劉知遠と弟の知崇を連れて太原に行き、陽盤・六堡村の慕容大郎に再嫁し、慕容彦超と慕容彦進の兄弟を生んだ。劉知遠は慕容彦超や慕容彦進と不仲のため、義父・慕容大郎の家を出奔する。

ある酒場で劉知遠が酒を飲んでいると、無頼の者が店の主人に難癖をつける。見かねた劉知遠はその男を懲らしめた。次の日、劉知遠が木陰で居眠りをしていると、通りかかった李三傳という老人が、木陰から紅い光が起こり金龍が珠と戯れるのを見る。老人は劉知遠を連れ帰り、契約文書を書いて客戶として雇いあげる。李三傳は沙陀小李村の豪農で、妻と李洪義（兄）、李洪信（弟）、倒上樹・辣針褌という嫁、李三娘という娘と暮らしていたが、李洪義という長子は昨日劉知遠が酒場で痛めつけた男であった。以來、李洪義と李洪信の兩夫婦は劉知遠を敵とみなす。

ある晩、李三娘が庭で香を焚いていると、月明りの中で金色の蛇が西房に入っていくのを見る。李三娘が追いかけてみると、土間に青年が寢ており、紫の光が體を覆い、蛇が鼻から出入りしている。李三娘は男が目を覚ますのを待って釵をわたし、妻となることを約して歸る。翌日、李三娘は父にそのことを話し、吉日を選んで劉知遠を入り婿とする。

それから百日とたたぬ間に李三傳と妻は相次いでこの世をみまかる（ここまで、第一）。

李洪義と李洪信の兩夫婦は劉知遠を亡き者にしようと様々な罠をかけるが、その都度劉知遠は難を逃れる。劉知遠はある日、牛やロバを引いて三教廟にでかけ野良仕事をしていたが、雷雨に見舞われ、雷鳴のあまりの激しさに牛やロバを失ってしまった。兄夫婦の仕打ちを恐れた劉知遠は、出奔して太原に赴き文面して射糧軍となることを決心し、妻・李三娘に別れを告げる。李三娘は妊娠中だったが、髮を切って形見とし、劉知遠を送り出す。

劉知遠は太原を守る司公・岳金の軍營に入る。司公・岳金は、紅い光が劉知遠の頭上で龍の形を取るのを見て、自身の娘の入り婿とする（ここまで、第二）。

劉知遠と岳氏の婚禮の日、沙陀小李村から李四叔と沙三という二人の叔父が李三娘の使いとしてやってくる（第三の途中から、以下、缺）。

（それから十二年後。劉知遠は九州安撫使となっている）。

身をやつした劉知遠は李三娘を訪ね、十二年の辛苦を語りあう。やがて劉知遠は、自分が今は九州安撫使であること、李三娘が昨日口を交わした若殿が息子であることを、彼女に知らせる（「前日、李三娘は、獵に訪れた九州安撫使の若君一行に請われて水を届けた。水汲みの女が夢で見た女性と似ていることに驚いた若君は李三娘と口を交わし、歸宅後、そのことを父に尋ねた」。以上のことが劉知遠のセリフの中で語られる）。九州安撫使の證據の品たる金印を李三娘は劉知遠から奪い取り、「自分を本當に迎えに來るまで返さない」と言う。そこに李洪義と李洪信が登場し、ひと騷動の後、劉知遠は必ず迎えに來ることを約してその場を後にする（ここまで、第一一）。

その翌日、現九州安撫使が誰かを知らない李洪義ら四人は、安撫使に劉知遠を訴えて出るが、逆に捕らえられて牢に入れられる。そこに、李三娘が賊軍にさらわれたとの知らせが入る。劉知遠が驅けつけたところ、賊軍とは彼の同母異父弟の慕容彥超と慕容彥進、ならびに實母と判明する。劉知遠と岳氏が李三娘を迎え入れ、正夫人として金冠・霞帔を獻じたところ、李三娘は辭退。岳氏の再三の要請の後、（兄夫婦に切られ）髮が短くて金冠がとまらぬことを嘆く李三娘は、「もし正妻となる福分があるのなら、髮よ、伸びよ、その福分がないのなら髮よ今のままであれ」と念じて梳る。と、髮はたちまち伸び、彼女は正夫人の金冠と霞帔を受け入れる。また、李洪義ら四人が引き出され、劉知遠は十二年の恨みを言いつのるが、若君（「衙内」とのみ記述される。「咬臍」の名は出てこない）の取りなしにより四人は無罪放免となる。そこに劉知遠の實弟・劉知崇が驅けつけ、一族は晴れて團圓する（以上、第一二）。

『劉知遠諸宮調』は第六から第一〇までの巻が缺けているために、「磨房産子（李三娘が磨房で子供を出產して咬臍と名づけるシーン）」や所謂「白兎引路（獵に出かけた息子・咬臍が、白兎を追うちに水汲み女の母とめぐり會うシーン）」があったか否か、よく判らない。ただ、劉知遠と岳氏の婚禮の日に沙陀小李村から李三娘の使いがやってくる第三などは、赤ん坊の誕生を知らせるシーンに違いなく、また、第一一の劉知遠の言葉から讀み取れるのも、李三娘の子供が衙內として岳氏のもとで育てられたことである。後の『白兎記』にある、劉知遠・李三娘・息子をめぐるおよその展開は、ほとんどすべてがすでに『劉知遠諸宮調』にあったと思われる。少なくとも、次の諸點が『劉知遠諸宮調』と『白兎記』の間で共通することは明らかであろう。すなわち、第一に、劉知遠夫婦が三娘の兄夫婦の惡意によって離散すること。第二に、夫婦の子供は劉知遠の後妻岳氏によって育てられ、その間實母は苦難の中にあること。第三に、永い年月を經て母と子は互いをそれと知らぬまま再會を果たすこと。第四に、夫婦の再會に際して、出世した夫は身をやつして貧苦の妻を訪ねること、である。「永い別離を經て夫婦が再會を果たし、その際に出世した夫は身をやつして貧苦の妻を訪ねる」という第四の點に注目するならば、「劉知遠と李三娘の物語」は、すでに金文京が「劉知遠の物語」（『東方學』第六二輯）の中で指摘するように、ギリシア神話の「オデュッセイア」、わが國の「百合若大臣物語」、中國の「秋胡戲妻の物語」、京劇「薛平貴」等に似る。英雄の放浪を夫婦の再會とからめて語る神話モチーフは中國にもあったのであり、そうした神話モチーフが「劉知遠と李三娘の物語」ひいては『白兎記』の誕生に陰に陽に影響を與えたことは恐らく事實である。その意味では、「劉知遠と李三娘の物語」は、劉知遠という歷史上の人物が誕生する前からすでにある程度の形を取っていたといえるだろう。

くなかった。

だが、『劉知遠諸宮調』の成立に最も深い影を落としている物語類型は、オデュッセイア型の英雄放浪譚では恐ら

『劉知遠諸宮調』の類話を一つ紹介してみよう。その類話とは『佛説孝順子修行成佛經』。敦煌文獻の一つとして發見され、そののち北京國家圖書館に収められて、『敦煌寶藏』第一〇九册・北八三〇〇として寫眞を見ることができるのが、それである。この『佛説孝順子修行成佛經』は前半部を缺き、殘存部分は總行數一三三、各行およそ二三字、末尾の一三三行目に「佛説孝順子修行成佛經一卷」と題される。元來は首尾一貫したひとつの物語が一卷を形成したと思われる、本生譚の類である。『佛説孝順子修行成佛經』と『劉知遠諸宮調』との内容の類似は、「劉知遠と李三娘の物語」の形成にある示唆を与えてくれるであろう。なお、失われた前半部分については（　）で補っておく。

（むかし、南瞻部州に梅陀羅頗黎という國があり、國王は三人の妻をもっていた。第一夫人と第二夫人は國王に阿諛追從して寵愛を得ていた。第三夫人は身ごもっていたが、二人の夫人の嫉妬をかって讒言にあい、國王の寵愛を失って磨房で奴婢として働くことになる。二人の夫人は生まれた子供を祕密裏に殺そうとするが、子供は銀の蹄、金の角をもった牛に姿を變えることによって難を免れる。が、太子が牛に姿を變えたことを知った二人の夫人は、今度は假病をつかい、牛の心肝を藥として求める）。太子は、事情を知った屠夫や帝釋天のはからいで難を脱出し、國を離れて放浪の旅に出る。三千里の旅の末、牛は舍婆提國に至る。この國には美しい王女がおり、折しも婿を求めているところであった。太子は王女の心を射止めるが、むすめが牛と結婚することを恥じた國王に追放され、二人はまた放浪の旅に出る。木城、鐵城、銅城、銀城を過ぎ、二人はやがて金城にたどり着く。「あなたがもし賢德の人なら、元の姿に戻るべきです」という王女の言にしたがって牛は人間に姿を變え、二人は金城の王と后になる。二人はそのこと

を舍婆提國に知らせるとともに、母をたずねて梅陀羅頗黎國を訪れる。見れば母は磨房で苦難の限りをなめている。失明し、髪は蓬のごとくに亂れ、顔は垢でよごれ、手脚は切れ、背中は打擲の痕が膿んでいる。太子はたまりかね、小麥を運ぶ母の頭上の荷物を乗馬用の鞭でくつがえすが、母に「どこの若様かは存じませんが、この麥をくつがえされては今度こそ生きてはおれませぬ」と言われ、夫婦ともども麥を拾いあつめて、名乗ることもせず、無言のままその場を立ち去る。歸國した太子は兵を集め、父の國・梅陀羅頗黎を攻める。降伏した國王と會面し、國王のすべての妻を引き出すことを求めると、二人の夫人が進み出る。「もうひとり妻がいるはず」と太子が詰め寄ると、國王はやむなく磨房から第三夫人を呼び寄せようとする。すると息子の聲を聞き知る母が驅けつけ、父母子三人の涙の對面となる。一部始終を知った父は二人の夫人に復讐しようとするが、太子が念佛を唱えると、すべての武器は機能を失い、二人は救われる。そののち太子は、かつて自分を助けた屠夫を宰相とし、自身は卽身成佛をとげる。二人の夫人は一度は命を救われるが、かつて藥として食した獣の心肝が鐵丸にかわり、落命してしまう。

『劉知遠諸宮調』は五代後漢の高祖劉知遠の放浪と出世を描く英雄敍事詩的物語であり、一方の『佛說孝順子修行成佛經』は太子の卽身成佛を語る本生譚の一種である。兩者は、その點から見ればまったく性格を異にする物語であるが、ひとたび母と子に注目するならば、多くの共通點をもつ類話といってよい。兩者は一種のシンデレラストーリーである。家族に苛まれ、奴婢として苦難の限りをなめる貧女がおり（李三娘の場合は兄二人をもつ三番目のむすめであり、『佛說孝順子修行成佛經』の母は第三夫人である）、その貧女のもとにある日王子様が訪れ、見初められて突然雲の上の人となる。幸せな幼年時代があり、家族の惡意による不幸と苦難があって、王子の出現による幸福への回歸に終わる。母子に注目するならば、兩者は貴種流離譚の典型であり、貧女のもとに迎えに來る王子が夫ではなく息子だった點を別にすれば、シンデレラの物語ともなんら選ぶところがない。

『劉知遠諸宮調』と『佛說孝順子修行成佛經』の共通點はこれのみでない。兩者の母がともに磨房に追いやられる點も大きな共通點だろう。

『佛說孝順子修行成佛經』にあっては、太子が母を初めて訪ねるのが磨房であったが（第八二行目から八九行目）、父の國に攻め入って國王と對面した際にも、父に次のように尋ねている。

　太子問曰、天子之后、如〔何〕安置磨坊而驅使也。

　　太子は問うて言った、天子の后がなぜ碾き臼小屋に置かれて奴婢として使われているのか、と。

この物語では母の受苦を端的に示すのが磨房という言葉であった。また、この物語は前半部分が缺落していて何とも言えないが、太子の父・梅陀羅頗黎國王は、息子と對面して親子の名乗りを受けるまで自身に子供があることさえ知らなかったようだから、第三夫人は早くに追放され、追放先で出產したが、二人の夫人によってその事實が祕された可能性もあるだろう。とすれば、『佛說孝順子修行成佛經』に「磨房產子」の展開があったことも考えられる。一方の李三娘は、後の『白兎記』を考えれば明らかなように、磨房での苦難はこの物語の重要な内容のひとつである。『劉知遠諸宮調』の場合には、第一二【般涉調】【耍孩兒】に劉知遠の次のような言葉がある。

　因吾打得渾身破。折到得〔朋〕〔蓬〕頭露脚、〔長〕〔常〕交擔水負柴薪、終日搗碓推磨。

　　私のせいで體中打たれて傷だらけ。責めさいなまれておどろ髪にはだしの姿、いつも水をかつぎ薪を背負って、一日中碓をついては碾き臼を推す。

過去の中國にあっては、女性の最も過酷な勞働が磨房におけるそれだったのである。

また、母とめぐり會った息子が、相手を母だと悟りながら親子の名乗りをせずに歸る點も、『劉知遠諸宮調』と

『佛説孝順子修行成佛經』の重要な共通點だろう。

『佛説孝順子修行成佛經』では、太子が磨房を訪ねた第八九行目に次のような表現がある。

太子眼泣血、氣塞、呑酸忍痛、不忍認母、輕馬還國。

太子は血の涙を流し氣はふさいだが、涙を呑み、耐えがたきを耐え、母との名乗りをするに忍びず、輕裝の馬を走らせて國に歸った。

一方の『劉知遠諸宮調』は、母子の對面のシーンも缺落部分に屬するのだが、第一一に劉知遠が語る次のようなセリフがある。

【南呂宮】【尾】對我曾説道俺娘乖。子母間別十二載。道你呆看人見他佯不采。

息子がわしに言うには、「お母さんはひどい人、親子が十二年も離れ離れだったのに、こちらをただ見るだけで、知らぬふりをする」とのこと。

また、次のようにもいう。

【仙呂調】【繡帶兒】……因渴交人買水。郭彥威將身去。欲取水。〔陌〕〔驀〕見伊家、成祐甚驚悖。前者作夢□火坑見伊將身立。稱言救我離此地。他心疑忌。喚到根底。問伊因甚着厤衣。靑絲髮剪得眉齊。你把行蹤去迹。細説眞實。他垂雙淚。騎馬歸城内。

喉の渴きのために人に水を買いに行かせようとしたところ、郭彥威みずからが水を取りに行こうとした。にわかにお前（李三娘）に出會い、承祐は驚いた。むかし夢を見たが、地獄にお前が立って「わたしをここから救ってください」と言っていたからだ。息子は不審に思い、お前をそばに呼び寄せた。なぜ厤衣を着て、なぜ髪が眉のあたりほど短く切ってあるのか、お前に尋ねたところ、お前はその來歴を細かに語って聞かせた。息子は兩の目から涙を流し、馬に乘って城内に歸って來たのだ。

息子の劉承祐はかつて夢に李三娘を見た。その時はそれが母だと悟らなかったが、獵に出かけ、水汲み女を見た瞬間に承祐は夢を思い出し、言葉を交わすうちにそれが實母だと悟る。一方の李三娘は若君を息子だと悟らず、その少年に息子の消息を調べるよう頼む。以上の點から見て、『劉知遠諸宮調』の承祐も『佛說孝順子修行成佛經』の太子と同樣、貧女を母と知りながら名乘らずに歸ったのである。

更にまた、物語の末尾において、母を迫害した人々に父が復讐しようとした際、それを押し留めるのが息子である點も、兩者のきわめて重要な共通點である。

この點について『佛說孝順子修行成佛經』は、それが太子の孝心や慈悲、卽身成佛を語る物語だけに、非常に明瞭といえる。その第一一七行目に次のようにいう。

力士至以欲煞二母、太子畏煞二母、口中告佛。刀山摧峰、濩止熱、二百力士手脚□疵、不能(生)(勝)害。

力士は二人の母を殺そうとした。太子は二人が殺されるのを畏れ、口の中で念佛を唱えた。刀の山は切っ先がこぼれ、釜は沸騰するのをやめ、二百人の力士は手足が□□、殺すことができなくなった。

『劉知遠諸宮調』においては、第一二【大石調】【伊州令】の後の白で次のように語られる。

衙內見不肯放起、跪告父母、「若非舅妗莊中嫉妒、也不能奮發。告我父高擡手放」。

(父が)許そうとしないのを若君は見て、ひざまづいて父母に申します、「もし、おじさん・おばさんがこの田舍で父に嫉妬しなければ、お父樣も發奮することはありませんでした。お父樣、どうかお手をお放しくださいませ」。

『劉知遠諸宮調』はそもそも、太子の卽身成佛や慈悲を語る佛教故事ではない。『劉知遠諸宮調』の物語としての制約は人情の自然や歴史事實にあるはずであり、慈悲や成佛といった宗教的概念に元來あるのではなかった。また、この物語の歴史としての荒唐無稽さからいえば、兄夫婦を殺してしまおうが、四人を救うために別の設定を持ち込もうが一向に構わぬところであろう。現に、後の『白兎記』や寶巻等では、息子・咬臍郎は李洪義らを殺そうとする急先鋒であり、仇敵の命を救うのは李三公等第三者であった。にもかかわらず『劉知遠諸宮調』では太子・承祐が惻隱の心と方便によって仇敵を救濟する。このことは、「劉知遠と李三娘の物語」の背後に元來いかなる物語文脈があったかを、恐らく物語る。

『劉知遠諸宮調』と佛教説話との關連は、實は他にもある。

『劉知遠諸宮調』第一二には、劉知遠の後妻岳氏が正妻の地位を譲ろうとした際、李三娘が次のように述べるシーンがある。

　　怕有□受正妻之位、用牙梳整鬖髮重生、合做偏室之人、交青絲依然如故。
　　もし正妻の位をうける福分があるのなら、切られた髪よ、梳るにしたがって再び伸びよ。偏室の人となる運命ならば、黒髪よ、今のままであれ。

李三娘がこのように天に誓いを立てて梳ると、その手にしたがって奇跡が起こる。

神に誓いを立て、天に祈ることによって奇跡が起こるという展開は、中國の傳統的な物語にはないが、佛典を起源とする物語には決して珍しいものではない。その例を示すならば、まず『大方便佛報恩經』悪友品第六にみえる有名な「善友太子入海求寶故事」に次のような展開がある。善友太子は實弟の悪友にだまされ、兩目をつぶされて寶を奪われた後、利師跋國に流れ着く。そこで王女と結婚するが、ある日、自身の來歴を告白したところ王女が信用しないので、彼は次のように述べる。

我若妄語、欺誑汝者、使我一目永不得癒、若實語者、使我一目、平復如故、令汝得見。

私がもし嘘をいってお前をだましたのなら、わが目を永久に癒えさせるでない。もし眞實を語ったならば、わが目を元通りとし、お前を見さしめよ。

彼が神に誓いを立ててこのように祈ったところ、その目に光が甦り、善友太子はもとの視力を取り戻したのである。

また、「二十四孝」睒子傳の原話、『雜寶藏經』巻一「王子以肉濟父母緣」には次のような展開がある。盲目の父母に孝養を盡くす睒摩迦は山に水汲みに出かけ、そこで獵に訪れた國王の毒矢に射られ、瀕死の重傷を負う。彼の善根を試そうと現れた帝釋天が「國王を恨む氣持ちはないか」と尋ねたのに對し、彼は次のように答える。

我于王所有悪心者、毒遍身中、卽爾命終。若我于王無悪心者、毒箭當出、身瘡便癒。

わたしがもし王に對し憎しみの心をもっているのであれば、毒よ、體中にまわって命を終わらせよ。もし、わたしが王に對して憎しみをもたないのであれば、毒矢は抜けて、傷は癒えよ。

この物語の場合も、彼の言にしたがって毒矢は抜け、體は元通りになる。この他にも、神への誓言と奇跡という展開は佛典故事に枚擧のいとまがないが、李三娘の誓いを右の例と比較するとき、『劉知遠諸宮調』の少なくともこの部分が佛典故事を範に發想されていること、明らかといわねばなるまい。

『劉知遠諸宮調』に見られるもう一つの特徴は、他の白話文學があまり用いない佛教語、ないし佛教的表現をそれが用いる點である。たとえば、第一一において劉知遠と李三娘が再會し、李三娘が自分を迎えに來てくれるよう哀願する場面で、彼女は次のような表現を用いる。

兒夫肯發慈悲行、救度三娘火坑。

あなた、慈悲を行って、どうか私を地獄から濟度してください。

ここにみられる「慈悲」「救度」「火坑」は、わが國の文學にあってはごく常識的な言葉かもしれないが、中國の白話文學にあっては、敦煌文獻や寶卷等の佛教故事を敷衍するものを除けば、あまり使用されない語彙といえるだろう。因みにいえば、元雜劇の悲歡離合劇の中でも、貧苦の中にある主人公たちは決してこのような表現を用いないし、後代の『白兎記』でも、富春堂本の李三娘なら絶對に「濟度して」とは言わないのである。

『劉知遠諸宮調』は、劉知遠の物語としてみれば確かに英雄放浪譚としての特色をもつ。だが、李三娘と息子に關わる部分、特に三娘の受苦と救濟という點に注目するならば、佛教的な色彩が色濃く投影された貴種流離譚の一種であり、物語それ自體が佛典故事からの借用である可能性さえもつ。そのことを強く印象付けるのが『佛説孝順子修行成佛經』の存在である。

『佛説孝順子修行成佛經』は大正藏にはもちろん收録されない。ただ、大正藏第五五册に收める目録中、隋の仁壽年間に編纂された彥琮撰『衆經目録』第四巻・疑僞目録の條、ならびに、武則天の大周の間に編纂された明佺等撰『大周刊定衆經目録』第一五巻・僞經目録の條には「銀蹄金角犢子經一巻」が著録され、本『佛説孝順子修行成佛經』と恐らく同一の經典だったと推測される。「銀蹄金角の犢子」とは本經に登場する太子が變身した姿であり、「銀蹄金角犢子」の六文字も現存の敦煌本第七行目以下に再三現れるからである。この『佛説孝順子修行成佛經』ないし『銀蹄金角犢子經』一巻は、彥琮撰『衆經目録』以前の經典目録には著録されないから、隋朝をさほど遡らない時期に書かれたものではあるまいか。一方の敦煌本『佛説孝順子修行成佛經』は、記年がないため抄寫の時期を確定することはできないが、「天」「地」「臣」「日」等の武周新字がところどころ用いられている點からして、大周以後から武周新字が消失するまでを抄寫年代として想定すべきであろう。とすれば、やはり唐代である。『佛説孝順子修行成佛經』はおよそ隋朝頃までには誕生し、五代までには敦煌で抄寫されていた。つまり、歴史上の劉知遠が登場する以前から民間で知られた物語だったはずである。

「劉知遠と李三娘の物語」は、英雄放浪譚としてみた場合でも、また女性の受苦の物語としてみた場合でも、物語の原型ないし説話類型に比較的忠實な、プリミティヴなストーリー展開を取る。この物語は、歴史上の劉知遠が出現するはるか以前にすでにおよその枠組みは完成していたのであり、劉知遠はそうした類型・原型を定着させる媒介の役目を果たしたといえるだろう。劉知遠という歴史上の人物が物語原型ないし説話類型をなぜ結晶させ得たか、なぜ劉知遠でなければならなかったのか、という根本的な問題はもちろん残るものの、『劉知遠諸宮調』や『白兎記』のストーリー展開に歴史上の劉知遠を重ねて見る必要はないのである。

なお、『劉知遠諸宮調』が後の『白兎記』に與えたストーリー上の影響をもう一つ指摘しておこう。成化本『白兎記』では劉知遠は「長行隊」に身を投じ「九州安撫使」に出世するが、この「長行隊」や「九州安撫使」という設定は恐らく『劉知遠諸宮調』に始まり、金朝の制度や社會を背景にもつ。

劉知遠が軍に身を投じて一兵卒となったことを、成化本『白兎記』は「姓劉名知遠、喫糧名字劉健兒（姓は劉、名は知遠、射糧の名前を劉健兒と申します）」といい、「留你在長行隊里（お前を歩兵隊に留めおこう）」とも表現するが（一六七頁參照）、ここにいう「喫糧名字劉健兒」とは『劉知遠諸宮調』第二【高平調】【賀新郎】にある「太原府文面做射糧（太原府で顔に刺青を入れ、射糧軍となろう）」と同様のことをいい、劉知遠が「射糧軍」に身を投じたことをいう。「射糧軍」とは金朝にのみあった名稱で、『金史』巻四二「儀衞志」（下）「百官儀從」の條は次のようにいう。

凡そ內外の官、親王自り以下は、傔從 各おの名數に差等有り。而るに朱衣直省與《あず》からず。其の賤なる者は、一に引接と曰い、……二に揰攏官と曰い、……三に本破と曰い、……四に公使と曰い、……五に從己人力と曰い、……。

五等は皆な射糧軍を以て充つ。其の軍は物力を驗して以て攻討を事とするに非ず。特に民の年十七以上、三十以下の魁偉壯健なる者を招募し、收して刺し、資糧を以て之に給す。故に射糧と曰う。

この「射糧軍」を成化本『白兎記』は「長行隊」とも言い換えていたわけだが、「長行隊」も實は宋金の用語であり、元朝に至って「長行馬」という言葉は残るものの、明朝になると「長行隊」「長行馬」どちらも消えてしまうように思われる。

また、劉知遠が出世して「九州安撫使」になるというストーリーは、『白兎記』の中核をなす重要な設定であり、成化本においても第一出の「副末開場」で次のように要約されている。

【滿庭芳】五代殘唐。漢劉知遠、生時紫霧神光。李家莊上、招贅作東床。二舅不容完聚、使機謀(折散)〔拆散〕鸞凰。分飛去、知遠投充邊塞、看他武藝高强。　岳節使把秀英小姐、匹配鸞凰。三娘受苦、磨坊中、生下咬臍郎。年長一十六歲、因打獵(實認)〔識認〕親娘。後來加(官嚼)〔官爵〕、直做到九州安撫、衣錦喜還鄉。

（譯は一三二頁參照）

歷史上の劉知遠に「安撫使」となった事實はなく、「九州安撫使」なる職名がそもそも中國史上にあったためしはないだろう。「安撫使」とは元來軍官であり、宋・趙昇『朝野類要』「帥幕」の條は次のようにいう。

安撫の權、以て便宜に行事す可く、俗に「先に施行して後に奏す」と謂うが如きの類なり。

敕命を受けて「便宜行事（上司の裁可を受ける前に便宜的に執行すること）」を許された者と元來意識されたのである。『劉知遠諸宮調』が生まれた金代の制度としては、『金史』卷四七「百官志」(三)「按察司」の條に次のようにいう。

安撫司は、人民を鎭撫し、邊防軍旅を譏察し、重刑を審録する事を掌る。

宋金の頃、「安撫使」は、軍官として「便宜行事」を許された按察官であった。また、「按察」と「暗察」が區別なく混用されるように、金朝時代には按察官が身分を祕して隱密裏に內偵を進めた事實もあった。つまり、出世後の劉知遠が身分を隱して李三娘を訪ねる展開は、「九州安撫」という架空職の設定とともに『劉知遠諸宮調』によって作られたのである。「射糧軍」に身を投じ、「安撫使」になって故郷に歸るという『劉知遠諸宮調』の設定は、「劉知遠と李三娘の物語」の中核として、元曲「李三娘麻地捧印」を介して南戲『白兎記』に受け繼がれたのである。

〔高橋文治〕

『新編五代史平話』

「劉知遠と李三娘の物語」が次に語られるのは『新編五代史平話』「漢史平話」(上)においてである。だが、この『新編五代史平話』は、講史小說の多くがそうであるように政權の正統論と結びついた側面をもち、後の『白兎記』に連なっていく「物語」の變奏の一つというよりは、「正史」の焼き直しという色彩が強い。

『新編五代史平話』は全一〇卷。原本は宋刊とも元刊とも言われるが、恐らく元刊であろう。「梁史」の下卷と「漢史」の下卷が缺失しているものの、「劉知遠と李三娘の物語」は幸いにしてほぼ全貌がわかる。まず、劉知遠と李三娘に着目しつつ「漢史平話」(上)の梗概を紹介してみよう。

劉知遠、その祖先は沙陀部・綠柳村の人。後に太原・汾州・孝義縣に移る。父は光贊、母は蘇氏。劉知遠の初名は成保。口は重く、笑うのを好まず、色は淺黑く、目は白目の部分が多かった。

七歲のときに父を失った。母・蘇氏は劉光贊の弟・光遠と相談し、「家が貧しく服喪が困難であるため、幼子を連れて再嫁したい」旨、役所に訴え出た。役所は劉洪を召して媒酌人とし、蘇氏は臥龍村の慕容三郎に再嫁することとなった。成保は、この慕容三郎に育てられて知遠と改名した。

慕容三郎は資産家で、劉知遠に先生をつけて教育したが、劉知遠は勉強をせず、一日中外を歩き回り、槍・棒を使い武藝を習って、酒を飲むは賭けはするは、やらない悪事はなかった。ある年の二月八日、劉知遠は刺青師を雇い、左手に仙女、右手に青龍、背中に笑う夜叉を彫って歸った。慕容三郎は怒って劉知遠を追い出したが、母・蘇氏が泣くため連れ戻した。時に劉知遠は十五歳であった。

ある日、慕容三郎は劉知遠に三〇貫文を渡して汾州に納税に行かせた。劉知遠が臥龍橋で休んでいると、サイコロを投げる音が聞こえる。持っていた三〇貫文を賭け、瞬く間に全て負けてしまったが、劉知遠はそこに居合わせた五人と毆り合いをして三〇貫文を取り返す。それから半日後、灌口二郎廟で六人の秀才たちがやはり賭けをしていた。劉知遠がその賭けに加わると、瞬く間にまた負け、今度は身ぐるみ剝がれてしまった。家に歸ることもできず途方にくれていると、「後唐の明宗皇帝が契丹の入寇に備えるため太原で兵士を募集している」という話を聞き、太原に向かって歩き始める。西河縣・孟石村までたどり着いたが、泊めてくれる旅籠もなく、とある富家の門で一夜を過ごす。そこは李長者の屋敷。李長者は名を李敬儒といい、妻と、李洪信・李洪義という二人の息子、李三娘という娘と暮らしていた。李敬儒はその晩不思議な夢を見た。門のところに一匹の赤い蛇がとぐろを巻いており、棒で追い拂おうとすると青い龍になり、驚いた李敬儒はそこで目を覺ました。夜が明けてから門番に見に行かせたところ、果たして門のところに劉知遠が寢ていたので、軍隊に身を投じるより李家で働くよう諭すが、劉知遠の刺靑を見て馬飼いとする。

ある日、李敬儒は馬たちがいななないているのを聞く。見ると劉知遠が居眠りしており、なんと黄色い蛇が劉知遠の鼻の穴を出たり入ったりし、さらに傍らには紫の長衣を着た者が立ち黄色い日傘をさしている。これはきっと大物になるに違いないと、妻と相談のうえ吉日を選んで娘の李三娘の入り婿とする。

劉知遠が李三娘と結婚した後、三娘の二人の兄は、たかが馬飼いに妹を嫁がせたことが氣に入らず劉知遠を憎むようになる。半年後、李長者夫婦が亡くなると李洪信が家を管理することになり、弟と二人で劉知遠を追い出そうとしはじめる。そこで三娘は難を避けるため劉知遠にお金をわたし他所で商賣をさせることにする。しかし劉知遠はまたもや金を使い果たすと行くあてもなく、そのまま太原府・李横衝のもとに投軍する。その後、功をあげ副將となり銀槍效節都軍の石敬瑭と契りを結び義兄弟となる。

一方、すでに劉知遠の子供を宿していた三娘は、その半年後に出産する。しかし、李洪信・洪義二人の兄がその子を殺すようにと迫る。そこで三娘は李敬業と相談し、人を雇い手紙を託し、その子供を太原府の劉知遠の元へと送り届けることにした。劉知遠は子供を受け取ると、その子に承義という名を付け、乳母を見つけて養うことにした。

後唐の長興三年、劉知遠は石敬瑭のもとで功を立て武將となる。契丹が擧兵して攻め入ろうとするのにともない、石敬瑭は河東節度使となり、弟分の劉知遠は晉陽の諸事を任される。

閔帝の應順元年正月、潞王は閔帝に反旗を翻し唐主となる。助けを求めてきた閔帝を石敬瑭は見捨て、それに反對した部下を斬り、劉知遠に閔帝以外の者たちをすべて殺させた。石敬瑭は唐主に拝謁せず、兵を率いて洛陽へと赴いた。

清泰三年、石敬瑭は劉知遠と共謀して唐主に反旗を翻した。契丹に對して臣を稱し、父禮をもって仕えて援軍を求めた。その結果、石敬瑭は契丹主により大晉皇帝に立てられ、年號を天福元年と改め、劉知遠を侍衛馬軍都指揮使とした。

天福四年、晉主石敬瑭は劉知遠を平章事とした。だが劉知遠は、外戚というだけで能のない杜重威と同じ地位であることを不快に思い、その命を拒んだ。晉主は怒り軍權を取り上げようとしたが、臣下の趙瑩に說得され、自ら劉知遠の屋敷へ赴いて說得した。そこで劉知遠も命を受けた。

天福六年、晉主は安重榮の跋扈を恐れ、劉知遠を北京留守とした。この時劉知遠の息子・承義は十二歲。彼が外で馬を走らせていると軍卒にからかわれ、本當の母親が孟石村で辛酸をなめていることを聞かされる。承義は家に戻ると泣いて父に一部始終を語り、自ら母を尋ねたいという。そこで劉知遠は眞實を語り、自らが兵を連れて探しにいくことを約束し、出發した。草刈人夫に變裝して李長者の家までやってきたが、李洪信・李洪義は劉知遠を全く相手にしない。ただ李敬業だけが彼を家へと連れ歸り、まだ出世した様子のない劉知遠を着替えさせ、妻を捨て置いたことを責めつつも、三娘と再會させる。劉知遠は、李三娘には眞實を語らず、後日迎えに來ることを言い殘して、その場を後にする。

次の日、劉知遠は軍馬を引き連れ衣錦還鄉する。侍從に三娘をつれてこさせ、夫人の宣命を受けさせる。兵を出して李洪信・洪義兄弟を捕らえさせ、枷をつけさせ首を切ろうとしたが、李敬業に說得され、二人を許すこととする。また劉知遠は、かつて李家の入り婿になる前、放牧していた馬が報恩寺の苗を食べ、寺の僧に二〇回鞭打たれたことがあった。そのため報恩寺の僧は恐れていたが、劉知遠はその僧を呼び寄せ、優しい言葉をかけて許した。そこでみな劉知遠の器量に感服した。劉知遠は村にしばらく滯在した後、李夫人を連れて北京留守衙へと戻った。

十月、劉知遠は郭威に吐谷渾の酋長白承福を歸順させる。

天福七年六月、晉主石敬瑭は病となった。劉知遠に入朝させ、跡繼ぎを立ててその後見人にしようとするが、齊王重貴が自ら帝となり、その命は沙汰やみとなった。劉知遠はこのことを知り、心中恨みを抱いた。

天福八年九月、景延廣は契丹の使者を侮辱して契丹を挑發する。劉知遠はこの時河東節度使であったが、一言も諫めることはせず、兵を募り契丹との衝突に備えた。

開運元年二月、契丹が侵攻する。晉主は劉知遠に契丹討伐の詔を出すが、劉知遠は兵を進めようとしない。郭威は劉知遠に謀反を勸めるが、石敬瑭の恩に背くことはできないと劉知遠はそれを拒む。

開運三年八月、晉王は吐谷渾の白承福をしばしば入朝させ、その配下のものが牧畜をして法を犯すようになった。劉知遠は郭威と謀り、吐谷渾を諸州に分散させる策をもうけ、白承福とその部下をことごとく殺した。晉主は劉知遠の名望を嫌い、北平王の位を授けて北方の軍備に當たらせた。しかし劉知遠はそこでさらに軍備を整え、吐谷渾の財も吸收してさらに勢力を伸ばした。

晉と契丹との關係は悪化し、契丹は晉に進攻する。だが劉知遠は、晉主の嫉妬深さを嫌い、一兵も援軍を出さず、晉主はやがて契丹によって北へ連れ去られる。劉知遠は帝位につくことを勸められ、契丹が北へ退去すると、やむなく位に着く。だが、石敬瑭の恩を思い、晉國の年號を改めるに忍びず、重貴の開運三年を改め天福十二年とした。

『新編五代史平話』における劉知遠と李三娘の展開は、『劉知遠諸宮調』のそれと大きくかけ離れているわけではない。劉知遠は李三娘と結婚し、三娘の兄の悪意によって夫婦は離散、一子は劉知遠のもとで育てられ、出世した夫が身をやつして妻を訪ね、團圓する。ストーリーの大筋は同じだが、ただし『新編五代史平話』では記述の中心はあくまでも後漢の興亡にあり、「劉知遠と李三娘の物語」はその一部にすぎない。歴史的な記述は史書にもとづき、その敍述法も史書を範とする。たとえば、『劉知遠諸宮調』が「九州安撫使」としていたものを『新編五代史平話』は史實にもとづいて「北京留守」とするし、また劉知遠が「北京留守」となった年の息子・承義（『劉知遠諸宮調』では承祐、『白兎記』では咬臍）の年齢も以下のような設定になっている。

天福六年（九四一）、晉王は安重榮が跋扈するのを恐れ、劉知遠に北京留守の職を授けた。その時、知遠の子・承義の年は十二歳であった。

承義が生まれたのは史實では長興二年（九三一）、『新編五代史平話』ではそれを長興三年と誤っているのだが、後の『白兔記』のように咬臍の年齢を十六歳とはしない。「天福六年に十二歳」とするのは、『新編五代史平話』が史書の體裁を強く意識して書かれていることを意味するだろう。

それでは、『劉知遠諸宮調』と『新編五代史平話』の違いを以下に列擧してみよう。

まず、『新編五代史平話』には岳氏とその父岳節度使が登場しない。岳氏は劉知遠の二人目の妻であり、李三娘のもとから送られてきた咬臍を育てる重要な人物だが、『新編五代史平話』では承義を育てるのは劉知遠が探してきた乳母である。また、岳節度使も『劉知遠諸宮調』の中では劉知遠を引き立てる重要人物だが、『新編五代史平話』では劉知遠の出世の足がかりは義兄弟・石敬瑭との關係にある。『新編五代史平話』が岳氏とその父岳節度使を登場させないのは、彼らが史實にない人物たちだからではあるまいか。現に『新五代史』巻一八「漢家人傳」に名があがるのは李氏一人だけである。

また、『新編五代史平話』には母と子の再會の場面がない。劉知遠の子・承義は軍卒にからかわれて本當の母親が孟石村で辛酸をなめていることを聞かされる。承義は父から一部始終を聞き、母を尋ねたいというのだが、息子を制止して劉知遠自らが直接李三娘のもとへ赴いてしまう。『劉知遠諸宮調』が佛敎故事を下敷きにして生まれ、物語の中心が息子による母の救濟にあったとすれば、『新編五代史平話』はその最も重要な關目をあっさりと捨て去ったことになる。

また、『新編五代史平話』では李三娘の影も薄い。『劉知遠諸宮調』においては李三娘は實に積極的な女性として描かれる。たとえば劉知遠との結婚に際しても、兩親の勸め以前に彼女が一人で決意し、劉知遠に固めの品を託した後に兩親に相談しているのである。また、最後の再會のシーンでは夫の再婚をなじる氣性をもつ。が、『新編五代史平話』では李三娘の性格を描く部分は一切なく、彼女の會話さえない。李三娘は、『平話』にあっては救濟の對象ではなく、主人公の一人でさえないのである。

では、肝心の劉知遠はどうだろう。『資治通鑑』の以下の記述を見てみよう。

知遠微なりし時、晉陽李氏の贅婿と爲れり。嘗て馬を牧するに、僧田を犯す。僧は執《と》えて之を笞《むちう》ちたり。知遠の晉陽に至るや、首《ま》ず其の僧を召し、之に命じて坐さしめ、慰諭して贈遺す。衆心、大いに悅ぶ。

（『資治通鑑』卷二八二「後晉紀」(三)高祖天福六年）

劉知遠が若い頃、放牧していた馬が僧田を荒らして鞭打たれた。が、衣錦還鄉した際に劉知遠はその僧を許し、人々を大いに悅ばせたことが記述される。これは『劉知遠諸宮調』及び『白兎記』には描かれない物語であるが、『新編五代史平話』の中では以下のように語られる。

又記得、舊日在李家未贅時、曾出外牧馬、馬喫着報恩寺田禾稼、被寺僧拿去笞了二十下。知遠回孟石村後、此僧不勝恐懼。知遠乃遣人喚這僧來、命之坐、以好語慰安之、道是「大丈夫以德報怨、小人以怨報怨。您可安心咱。前日的事、如風休冰解。休要疑懼」。衆心服知遠之器量過人。

昔まだ李家に婿入りする前、馬を放牧していたところ、その馬が報恩寺の稲を食べてしまい、寺の僧に二〇回鞭打たれたことがあった。知遠が孟石村に歸ってからというもの、この僧は非常に恐れていた。知遠は人を遣わしこの僧をよびよせて、座らせ、優しい言葉をかけて慰め安心させて言うには、「『大丈夫は德を以て怨みに報い、小人は怨みを以て怨みに報いる』という。安心するがよい。昔のことは風や冰のように消えてなくなった。ビクビクしなくてもよい」と。人々は知遠の器量に心服した。

以上の記述が『資治通鑑』をもとにしていることは明らかだろう。『通鑑』には「入り婿」の話柄も見え、また「首ず其の僧を召し、之に命じて坐さしめ」と言うあたり、かなり小説めくのだが、『新編五代史平話』はむしろこれを禁欲的に潤色しているといえる。右の『通鑑』の記述は、史書中に殘された「劉知遠と李三娘の物語」の痕跡と見ることができるだろう。また、富春堂本『白兔記』第三七出は咬臍が李三娘と出會って劉知遠のもとへ引き返すシーンを描くが、その冒頭で唐突に開元寺の和尚が登場するのは、富春堂本の作者が『資治通鑑』の記述を參照した結果であろう。これなどは、『白兔記』の中に殘された『通鑑』の名殘なのである。

ただし、歴史記述の中には次のようなものもある。

『新五代史』巻一八「漢家人傳」は李三娘を語って次のようにいう。

高祖皇后李氏、晉陽の人なり。其の父は農たり。高祖少《わか》きとき軍卒と爲り、馬を晉陽に牧す。夜、其の家に入りて之を刧取す。高祖已に貴くして、魏國夫人に封ず。隱皇帝を生む。

李皇后は劉知遠が軍卒の頃に農家から略奪してきた人だといい、劉知遠が李家の入り婿になったとする『資治通鑑』の記述と大いに矛盾しよう。その歴史的な眞僞は別として、劉知遠が李三娘を略奪するというもうひとつのストーリーが史書の中にはあった。そしてそのストーリーを『新編五代史平話』の作者は選擇しなかったのである。その意味では、『平話』はやはり『劉知遠諸宮調』や『白兔記』に連なる物語のひとつなのだ。

『平話』は政權の正統論と結びついた側面をもち、作者たちはまず『資治通鑑』等から記事を借用し、それぞれの時代ごとに英雄の史實を點描した。が、その際、史書中に記述の乏しい無名時代については、別の傳承を參照したり、巷に傳わる話藝を時に利用したりもした。右に紹介した李三娘の出自に關わる記述が前者の例であり、次に示す息子承義の逸話が後者の例である。

劉知遠の息子・承義が十二歳の時、外で馬を走らせていると軍卒にからかわれ、本當の母親が孟石村で辛酸をなめていることを聞かされ、自身が母のない子であることに氣付くことはすでに述べたが、この場面は實は、『董永變文』にある次のシーンと同趣向である。『董永變文』とは、「二十四孝」で有名な董永の物語を語る、敦煌變文の一種であること、言うまでもない。

董仲長年到七歳、街頭（由喜）〔遊戯〕道邊旁。小兒行留被毀罵、盡道董仲沒阿孃。遂走家中報慈父、汝等因何沒阿孃。

董仲が成長して七歳になったころ、通りの傍らで遊んでおりますと。おさな子はつねに馬鹿にされ、誰もがみな董仲には母がいないと申します。家に戻り父親に申しますには、「あなたの子にはどうして母親がいないのですか」。

董仲とは董永と織女の子。織女は董仲と董永を捨てて天界に歸ってしまい、董仲には母がいない。彼が七歳のとき、外で遊んでいると、そのことをからかわれる。これが承義のそれと同じ話であることは言うまでもあるまい。ただし、『五代史平話』の作者が『董永變文』をもとにして承義の物語を書いたのでは恐らくなかった。『新編五代史平話』と『董永變文』の兩者が、巷にあった話藝の類から同樣のモチーフを引き出してきたのである。

『五代史平話』における「劉知遠と李三娘の物語」は、後の『白兎記』に連なっていく「物語」の變奏のひとつというよりは、あくまでも「正史」の焼き直しの中の一部分でしかなかった。だが、そうだとしても、『五代史平話』の作者たちは「劉知遠と李三娘の物語」を完全に消し去ることはせず、史實か物語かを知らぬまま骨格を殘し、彼らが馴染んだ物語モチーフにくるんで講史小説の中に紛れ込ませていた。そのことは、『新編五代史平話』が形成されたであろう江南においても、「劉知遠と李三娘の物語」がすでに流布していたことを意味するに違いない。『白兎記』の成立を考える上で、このことがもつ意味はきわめて大きいであろう。

〔冨永鉄平〕

二　成化本『白兎記』の成立とその特徴

成化本『白兎記』の梗概

まず、成化本『白兎記』の梗概を出ごとに紹介しよう。成化本『白兎記』にはもともと出の表示はないが、汲古閣本を參照して便宜的に區分し、汲本の標題を（　）で示した。また、各出の脚色は〔　〕で示した。

第一出（開宗）――〔末〕。座長の口上。

第二出（訪友）――〔生（劉知遠）、末（史弘肇）、淨（史の妻）〕。不遇をかこつ劉知遠のもとに史弘肇が訪れ、二人で史の家に向かうが、史の妻は劉知遠に冷たい。

第三出（祭賽）――〔淨（馬明王廟の提點）、末（馬明王）、生、外（李大公）、貼（李婆婆）、旦（李三娘）〕。劉知遠は腹をすかせ、お供えの食べ物をねらって馬明王廟にやってくる。そこに李大公がむすめの李三娘と妻をつれてお參りにくる。妻と李三娘が一足先に歸った後、劉知遠はお供えを盜んで捕らえられるが、李大公は彼を小作人として家に連れ歸ることにする。

第四出（留莊）――〔貼（李婆婆）、旦、外（李大公）、生〕。劉知遠を家に入れることに妻は反對するが、李大公は雇い料を拂って小作とする。

第五出（牧牛）――〔生、外（李大公）、旦、撞王兒（脚色名不明）、淨（李弘一）〕。劉知遠は李家で馬の放牧をしていたが、ある日酒を飲んで干草の中で寝てしまう。李大公は劉知遠の身體から蛇が出入りしているのを見、彼が將來出世することを知る。そこに李三娘も登場し、同様の光景を見たことを話す。一方、劉が野良仕事をせず武術の稽古ばかりすることが氣に入らない李弘一は、劉を見つけ出して半殺しの目にあわせようとするが、李大公に止められる。

第六出（成婚）――〔末（院公）、外（李大公）、貼（李婆婆）、淨（山人先生）、生、旦〕。李大公に見込まれた劉知遠は李三娘と結婚式を擧げる。

第七出（逼書）――〔淨（李弘一）、丑（李弘一の妻）、生、旦、外（李三公）〕。（李大公夫婦は他界してしまう）。長男・李弘一夫婦は劉知遠が氣に入らず、彼を呼び出して離縁狀を書かせ、家から追い出そうとする。が、劉が離縁狀を書き終えると、その離縁狀は李三娘に奪い取られる。そこに李三公（李大公の弟）が登場して李弘一夫婦を諭すが、李弘一夫婦は聞き入れない。李弘一夫婦は反對に、化け物が出る瓜畑に劉知遠を見張りに行かせ、命を奪う計畫を立てる。

第八出（說計）――〔生、旦〕。李弘一夫婦に酒を飲まされ、瓜畑の見張りに行くことになった劉知遠は、家に棒を取りに歸り、李弘一夫婦の罠であることを李三娘から聞かされる。だが、化け物が出ると聞いて劉知遠はかえって瓜畑に出かけていく。

第九出（看瓜）（分別）――〔生、旦、淨（李弘一）、丑（李弘一の妻）、外（李三公）、末（竇公）〕。瓜畑に現れた化け物を退治した劉知遠は、化け物が逃げた土の中から天書と寶劍を手に入れる。夫はすでに死んだと思った李三娘は弔いに來て、夫婦は再會する。劉知遠の骨を拾おうと李弘一夫婦も現れ、劉知遠は毆りかかるが、李三娘に止められ、李弘一夫婦は退場。そこに李三公が登場し、太原に行って軍隊に身を投じることを劉知遠に勧める。劉知遠と李三娘が別れを惜しんでいると、竇公によって李三公からの路銀が届けられる。

第一〇出（途嘆）――〔生〕。劉知遠は李三娘を氣にかけつつ太原に向かう。

第一一出（投軍）――〔末（岳節度使）、淨（兵士・王）、丑（兵士・張）、生〕。太原の岳節度使は敕命により兵を募集し、王と張を採用するが、遅れてきた劉知遠も好漢なので採用することにする。

第一二出（巡更）――〔淨（兵士・王）、丑（兵士・張）、生、貼（岳小姐）〕。兵士たちは輪番で夜回りをすることになっていた。ある雪の晩、一人で夜回りに出かけた劉知遠は岳節度使のむすめが住む高殿の下で雪を避けていると、岳小姐が父の打掛を投げ與える。

第一三出（拷問）（岳贅）――〔末（岳節度使）、淨（兵士・王）、丑（兵士・張）、貼（岳小姐）、生〕。翌朝、打掛がなくなっていることを知った岳節度使は、劉知遠を連れ出して拷問する。が、拷問に掛けようとすると天が劉知遠を守って手を下せない。また、眠る劉知遠の身體から蛇が出入りしていたことをむすめに聞かされた岳節度使は、彼を入り婿とすることを決心し、さっそく婚禮を執り行う。

第一四出（强逼）――〔丑（李弘一の妻）、旦、淨（李弘一）〕。劉知遠が太原に出奔した後、殘された李三娘は李弘一の妻に再嫁を迫られる。李三娘が拒絶すると、今度は李弘一が現れ、再嫁しないのであれば奴婢にするという。それでも李三娘は拒絶し、兄夫婦は彼女に晝は水汲みをさせ、夜は碾き臼小屋で臼をひかせる。

第一五出（挨磨）――〔旦、丑（李弘一の妻）〕。李三娘は碾き臼小屋で臼をひいていたが、疲れて寝てしまう。李弘一の妻が登場し、ひとしきり李三娘をいじめて退場する。やがて李三娘は産氣づく。

第一六出（分娩）――〔旦、末（竇公）〕。碾き臼小屋で男子を出産した李三娘は、臍の緒を切るはさみがないので齒で噛み切る。李三公の命をうけた竇公が登場し、李三娘に粥をとどける。

第一七出（送子）――〔旦、末（竇公）、丑（李弘一の妻）〕。三日後、李三娘が出産したことを聞きつけた李弘一の妻は、その子が男子であることを確認し、李三娘をおびき出して、赤ん坊を池に投げ捨て殺そうとする。赤ん坊は竇公に救われるが、竇公はその子を太原にいる劉知遠に送り届けることを勸め、李三娘も子供の安全のために同意。母と子は離れ離れになる。

第一八出（見兒）――〔生、貼（岳小姐）、淨（劉知遠の供回り）、末（竇公）〕。竇公は太原の劉知遠を訪ね、劉知遠は岳氏に前妻の李氏が男子を出產したことを報告する。岳氏はその子を引き取って劉家の跡取りとして育てることとし、また、竇公は李弘一夫婦の仕打ちを恐れ、劉知遠のもとに留まる。

第一九出（汲水）――〔旦〕。李三娘は水汲みをし、苦しい生活を續けている。

第二〇出（受封）――〔小外（劉衙内）、生、貼（岳小姐）〕。赤ん坊が十六歲に成長したある日、劉知遠は朝廷より九州安撫使に封じられる。敕命を受け、劉知遠は故鄉に錦を飾ることを計劃し、一足先に息子に巻狩りに行かせることにする。

第二一出（出獵）――〔旦、小外（劉衙内）、貼淨（劉衙内の供回り）、淨（李弘一）、丑（李弘一の妻。實際には登場しないと思われる）〕。李三娘は水汲みをしていたが、疲れて柳の下で居眠りをする。そこに、巻狩りに來た劉衙内が、矢を受けた白兎を追って小者とともに登場する。劉衙内は李三娘と言葉を交わす。彼女の身の上と夫の名、劉咬臍という息子の名を聞き、彼は屋敷に歸って調べることを約束する。劉衙内は小者に李三娘を送らせるが、李弘一夫婦に見咎められた小者は、夫婦に毆られ、ひどい目に合わされる。

第二二出（訴獵）――〔生、淨（劉衙内の供回り）、小外（劉衙内）、貼（岳小姐）〕。劉衙内は屋敷に歸り、獵に出てある女性に出會ったことを父に報告する。劉知遠はその經緯を聞き、それが誰かを説明する。岳氏は李三娘を迎えて正夫人とすべきことを進言し、劉知遠は翌日一五萬の兵を連れて故郷に向かい、李弘一夫婦の仇に報いることにする。

第三三出（私會）（團圓）――〔旦、生、淨（李弘一）、丑（李弘一の妻）、小外（劉衙内）、貼（岳小姐）、貼淨（劉衙内の供回り。實際には登場しないと思われる）、外（李三公）〕。李三娘は水汲みをしていたが、疲れて井戸邊で居眠りをする。そこに劉知遠が現れ、二人は十六年の辛苦を語りあう。先日獵に來ていた衙内が息子咬臍であり、岳氏に育てられたことを劉知遠は告げる。再婚したことをなじる李三娘に、正妻として迎えることを劉知遠は告げ、その證據として九州安撫使の金牌を與える。そこに李弘一夫婦が現れ、二人は捕らえられる。劉衙内・岳氏一行も登場する中、李三公が李弘一夫婦の命乞いをし、劉知遠はこれを受け入れ、一族は晴れて團圓する。

金朝期に『劉知遠諸宮調』として語られた「劉知遠と李三娘の物語」は、すでに述べたように、次の元朝期になると華北で元雜劇に改編され、その元雜劇は南に渡って更に南戲に改編された。そのことは、元雜劇から成化本『白兎記』へと繼承された外題によって確認できる。曹本『錄鬼簿』劉唐卿の條は「李三娘麻地捧印」（佚）という外題を掲載するが（天一閣本『錄鬼簿』は「李三娘麻地里傍郎」といい、『太和正音譜』は「麻地傍印」とするが、「傍」は「捧」との音通、「郎」は「印」との字形の相似による誤りであろう）、この外題は「李三娘が麻畑で九州安撫使の金牌を拜す」という意味であり、『劉知遠諸宮調』第一一と同じ設定である。一方、成化本『白兎記』は、第一出の座長の口上の中で、劇目を「李三娘麻地捧印、劉知遠衣錦還鄕、白兎記」と紹介し、終幕第三三出では、劉知遠自身が劇目を確認するかのように「這箇是李三娘麻地捧印、劉知遠衣錦還鄕（これぞまさしく「李三娘麻地捧印、劉知遠衣錦還鄕」というもの）」と述べる。『白兎記』は、「李三娘が麻畑で劉知遠と再會する」情節がないにもかかわらず（二人は井戸端で再會する）、その元來の外題を「李三娘麻地捧印」といったのである。このことはすなわち、成化本『白兎記』（ないし、成化本が基づいた原『白兎記』）がもともと元雜劇「李三娘麻地捧印」の翻案作だったことを意味するだろう。

この點を踏まえ、成化本以前に南戲『白兎記』の原テキストがあり、成化本はその『白兎記』を襲いつつもかなり自由な改編を加えた節略本だったことを、他の關連事項も含めて、先ず分析してみよう。

永嘉の書會と成化本

南戲『白兎記』の元來のテキストは、恐らく「永嘉書會」が作ったものであった。

永嘉とは今の浙江省溫州。南戲『琵琶記』の作者・高明の出身地であり、南戲『張協狀元』を書いた「九山書會」の「九山」も永嘉にある地名という。徐渭『南詞敍錄』が冒頭で「（南戲は）宣和の間にすでに始まり、その盛行は則ち南渡の頃。これを號して永嘉雜劇という」というように、南戲發祥の地とされた地域である。

成化本『白兎記』第一出は次のようにいう。

［末のセリフ］時間も早くありませんし、まもなく日も暮れます。つまらぬ話はやめにしましょう。裏の役者達に聞くが、脚本のおさらいはしたか。［内で應じる］充分してあります。［末のセリフ］おさらいが出來ているのならば、これから上演するのは何のお芝居で、どこの家のお話か。［内で應じる］『李三娘、麻畑にて金牌を受け、劉知遠は故郷に錦を飾る白兎記』を演じます。［末のセリフ］素晴らしい物語だ。この脚本は誰の手になるのか。［内で應じる］永嘉の書會の才人たちです。［末のセリフ］燈火の窗邊に墨をすり、筆をひたして、この一篇の孝義の物語を編みました。まさしく「千回見ても千回面白く、一度ごとに新しい」というもの。

また、同じく第一出冒頭の【滿庭芳】にも「奉請越樂班眞宰（越樂の劇團の神様をお招きし）」といい、成化本が越の劇團によって上演されることを述べる。「越樂」の「越」とは言うまでもなく『吳越春秋』の「越」であり、永嘉が屬する今の浙江の地を指す。座長の口上が言う「虧了永嘉書會才人」と「奉請越樂班眞宰」は、要するに成化本『白兎記』が永嘉の書會によって書かれ越の地で上演されたことを意味する。

しかるに成化本『白兎記』は、その内容を詳細に見るならば、「永嘉の書會によって書かれ越の地で上演された」とはとても思えない部分が幾つもある。

その第一は、第七出にある次のやり取りである。

笑科 親親的老婆娘。（淨）〔丑〕云 那箇叫、〔那〕箇叫。淨白 我兒子叫老婆娘。（淨）〔丑〕云 天呀天呀。有事沒事、只在老娘耳根臺子上（括括）〔聒聒〕噪噪。這爛刀剁的、在那裏。呸呸。淨云 好娘、你（噀）〔撰〕、（噀）〔撰〕的我兒子（不長挍）〔不長俊〕了。我兒子三日不見你了。你請坐。我兒子磕三箇頭、一、二、三。（淨）〔丑〕云 起來、是五城兵馬發放總甲也。〔淨云〕只們快了。（淨）〔丑〕云 叫老娘出來、有甚麼屁放。淨云 我叫你出來、那劉光棍把我娘老子拜死了。我如今和你商量、定箇計策、趕這光棍出去。（淨）〔丑〕云 你叫他出來、問他要箇休書纔是了當。你叫將出來。

（譯は二〇七頁參照）

劉知遠と李三娘が結婚してほどなく、李大公夫婦は他界してしまい、長男・李弘一は劉知遠が氣に入らない。妻を呼び出して、二人で劉知遠を家から追い出す算段を立てようとする。右のやり取りは、恐妻家の李弘一（〈淨〉）がおそるおそる妻を呼び出す滑稽なシーンだが、注目すべきは、呼び出された妻（〈丑〉）が「是五城兵馬發放總甲也」と述べている點である。ここにいう「五城兵馬」とは「五城兵馬使」の謂であり、明代の國都・北京を中城・東城・西城・南城・北城の五つに割って治安に當たらせた正六品の役職をいう（『明史』卷七四參照）。また、「總甲」とはやはり明代の制度で、百十戸を一里としてその一里をさらに十甲に分け、甲内の治安を司らせる總轄者をいう。土下座をする恐妻家・李弘一に對し、「都の警視總監があたしという地區代表者を差し向けたのだ、大船に乗ったつもりで安心をし」と、妻が啖呵を切ってみせたのがこの部分の展開だが、右の説明で明らかなように、「五城兵馬」とは今の北京にあった奉行であり、永嘉にはない。

また、成化本の第三出第四曲【三臺令】の後には次のような箇所がある。

王乙金額敕賜馬明王之廟

（一五九頁參照）

ここにいう「王乙」は、本文篇でも解説するように「御書」の誤りである。では、どのような經緯を經て「御書」が「王乙」になったかといえば、「玉」が「御」と同音で俗な版本ではときどき通用されるから、一種の略字として「玉」が書かれたのであろう、だが右の點が落ちて「玉」は「王」になった。また、「書」の草書體からくる略字は「乙」に縱棒を一本加えた形だから（現代中國語で使われる「书」の簡體字はこれである）、縱棒が抜けてしまえば「乙」になってしまう。こうして「御書」は「王乙」になってしまったと思われる。しかるに、ここで重要なのは「御」と「玉」は永嘉では同音でないということである。「御」は、『廣韻』「去聲」第九の韻名に用いられるように非入聲音、一方の「玉」は入聲音。浙江は、方言地圖でいえばいわゆる吳語地域に屬し、吳語には入聲があるから、永嘉の人は元來「御」と「玉」とを區別するし、「玉」を「御」の代わりに書くこともない。

同樣のことは次の例にもいえる。同じく第三出では「神靈廟祝肥（神様が靈驗あらたかならば、お供えはゆたか）」という成語をひいて次のようにいう。

神靈廟王肥

（一六一頁參照）

「神靈廟王肥」では意味をなさないし、「神靈廟祝肥」は他の戯曲・小説にもひかれる成語なのだから、「廟王」は必ず「廟祝」でなければならないが、では、いかなる經路によって「祝」が「王」になったのか。成化本の版下ないし元原稿を書いた人は教養がなく、「廟祝」という漢字を知らなかったのではあるまいか。「祝」を同音の「主」と書いてしまい、その「主」がまた誤って「王」になってしまった。もしそうだとすれば、「祝」は入聲、「主」は非入聲音だから、永嘉の人が犯しそうにない誤りがここにもあることになる。成化本『白兎記』は永嘉の書會の才人が書いたと記述されながら、入聲音が消えた地域で書かれたと思しき點が多々あるのである。

入聲音と非入聲音の混同は曲の韻脚部分にも見られる。たとえば第三出第一曲にある【（夜行船）（金蕉葉）】という曲を見てみよう（成化本が本曲を【夜行船】とするのは恐らく誤り。格律からすれば、汲本にしたがって【金蕉葉】とすべきであろう）。

柰何柰何。恨蒼天把人悞却。自恨我時乖命薄。天哦有誰人採我。（譯は一五六頁參照）

この曲は、たとえば元本『琵琶記』第一七出にある次の【金蕉葉】がそうであるように、格律の上では毎句押韻しなければならない。

【金蕉葉】恨多怨多。俺爹娘知他怎麼。擺不去功名柰何。送將來冤家怎躱。

とすれば、第一句目「何」、二句目「却」、三句目「薄」、四句目「我」が『中原音韻』でいえば歌戈韻で韻を踏んでいることになるが、一見して明らかなように第二句目「却」と第四句目「薄」とは元は入聲である。因みにいえば、この曲をほぼそのまま襲う汲本第四出【金蕉葉】は内容・表現ともに成化本とほとんど變わらないながら、入聲を用いず、歌戈韻と魚模韻とが通押する次のようなかたちで押韻している。

【金蕉葉】柰何柰何。恨蒼天把人耽悞。自恨我時乖運苦。怎禁這般折挫。

なお、歌戈韻と魚模韻の通押は成化本第七出第二曲や『董解元西廂記諸宮調』、その他の通俗的韻文にまま見られることである。

また、この【夜行船】に續く【一江風】においても、成化本では最初の三句を次のようにいう。

【一江風】凍雲垂。凛凛朔風起。刮的我好難存立。（譯は一五八頁參照）

「垂」「起」という機微韻のなかに「立」という入聲が混入されること、明らかだろう。この部分についても、汲本はやはり入聲を用いない。

【一江風】凍雲垂。凛凛朔風起。刮體難存濟。

成化本が入聲に對して無頓着なのに對し、汲本はその混入を注意深く避ける。成化本は、汲本と比較した場合、南戲『白兎記』があるフィルターを通して傳えられた作品とすることができる。そのフィルターとは、入聲音を非入聲音と區別しない耳である。

入聲に關わる成化本のこうした特徴は、第五出にある【□□□（憶多嬌）】二曲に最も典型的に見ることができるだろう。この二曲は汲本第六出にもあり、『白兎記』全曲中にあっても特に異彩を放つ部分になっている。

先ず汲本から引用してみよう。

【憶多嬌】[末唱] 你休怨憶。莫嘆息。將他做小兒一般見識。巧語花言都勾訖。凛凛雄威、凛凛雄威、管取前程顯赫。

[生唱]

【前腔】蒙感激。承愛惜。你便是親生父母將何報德。自恨時乖遭困厄。暮打朝嗔、暮打朝嗔、如何過得。

【憶多嬌】[末のうた] 憂いなさるな。嘆きなさるな。彼を子どもと同じ程度の知惠しかないと思いなされ。口先だけの話はやめるとしよう。りりしく堂々としたおまえ、りりしく堂々としたおまえ、きっと前途が開けるだろう。

[生のうた]

【前腔】ご恩を受けて感激いたしました。親切に目をかけていただくとは。あなたは父母同然の大恩人、どの

ように報いたらよいものか。運つたなく災難にあっておりまする。暮にはぶたれ朝には叱られ、暮にはぶたれ
朝には叱られ、わたしにどう暮らしていけというのでしょう。

【憶多嬌】の二曲は要するに入聲韻を用いる箇所である。入聲韻は初期の南戯には決して珍しいものではなく、元刊本『琵琶記』には六套（二九曲）、『張協狀元』には八曲用いられるが、『白兎記』には意外に少なく、汲本にも三曲あるに過ぎない。右の【憶多嬌】はその内の二曲であり、入聲韻を用いて成化本と校訂できる唯一の箇所である。因みに、入聲韻を用いるもう一箇所は汲本第二九出「受封」にある【番卜算】であるが、この箇所は成化本にその場面はあるが曲がない。

次に成化本を見てみよう。

【□□□】末唱 你休嘆息。休（願疑）〔怨疑〕。你將他小孩兒一般見識。浪語花言都勾息。凜凜雄威、〔凜凜雄威、〕管交你前程（顯藉）〔顯跡〕。生唱

〔【又】〕蒙（感急）〔感激〕。（成）〔承〕愛惜。你是我重生父母將何報（得）〔德〕。自恨我時乖相（輕侍）〔輕視〕。暮打朝嗔、〔暮〕打朝嗔、交我如何過的。

汲本での押韻箇所を成化本で見ると、「息」「疑」「識」「（藉）〔跡〕」「（急）〔激〕」「惜」「（得）〔德〕」「（侍）〔視〕」「的」となっており、このうちの「疑」と「（侍）〔視〕」は明らかに入聲でない。また、「息」「得」「的」などは、入聲韻を頻繁に用いて入聲音と非入聲音の區別が明瞭な元本『琵琶記』においても、機微韻と通押して用いられることが多い、宋元期の江南の一部の地域では非入聲音化したと見られる文字である。とすれば、成化本の【憶多嬌】二曲は、入聲韻としての意識がそもそもあったかどうかさえ怪しくなる。永嘉の書會が書いた南戲『白兎記』に入聲がなかったわけでは、もちろんあるまい。入聲韻を使うという南戲の傳統は汲本には傳えられたが、成化本には正しく傳わらなかっ

たのである。

ただし、成化本にあっても、入聲音に正確な部分が一箇所だけある。

外白 請先生撒撒帳。淨念云 一撒東。三姐招箇窮老公。堂前行禮數、（拜狗散烏龍）〔拜狗作烏龍〕。撒帳南。兩口兒做事莫喃喃。白日莫要鬭閑口、到晚（坑）〔炕〕上不要頑。撒帳西。雙雙一對好夫妻。三姐績（麻線）〔麻線〕、女婿（吊甜鷄）〔釣田鷄〕。撒帳（比）〔北〕。夫妻永和睦。夜晩做的事、早晨起來不要說。撒帳前。雙雙一對竝頭蓮。生下五男幷二女、七子保團圓。三箇會喫酒、四箇會博錢。兩箇脚頭睡、五箇那頭眠。九箇齊撒尿、（坑）〔炕〕上好撐（舡）〔船〕。撒帳（以卑）〔已畢〕。

（譯は二〇二頁參照）

右は第六出・婚禮の場であり、劉知遠と李三娘の結婚を祝して道士が「撒帳」の儀式を行うシーンである。道士はここで呪文を唱え、その呪文は韻文になっている。「一撒東」と唱えると「東」を韻脚とし、「撒帳南」と唱えると「南」を韻脚とするわけだが、「撒帳北」の部分は「北」を承けて「睦」「說」といい、入聲韻を用いて誤りがない（「南」「喃」という閉口音-m 韻尾が「頑」という-n 韻尾と通押していることは、成化本のこの部分が吳語とは異なった音韻に基づいていることを思わせる）。だが、この部分、〈淨〉の扮する道士が登場して滑稽な呪文を唱えるシーンであり、『白兎記』固有のシーンというより、院本等の插演を想定すべき箇所であろう。また現に、『吳歌・吳歌小史』（江蘇古籍出版社、一九九九）一一五頁は、廣西省に傳わる民國初の「撒帳辭」を引くが、その「撒帳辭」は東西南北のそれぞれで押韻し、「五男二女」「床上撒尿」「撐船」の句を含んで、成化本のそれときわめてよく似る。このシーンは、さまざまな芝居に汎用し得る婚禮の場面であって、そこで入聲韻の誤りがないのは、右の引用部分を他書から借用してきたからに違いない。

節略本としての成化本

成化本『白兎記』は、永嘉の書會が書いた南戯『白兎記』を恐らく華北で一部改編した、節略本である（ただし、眞文韻と庚亭韻、干寒韻・歡桓韻・江陽韻が通押するなど、成化本には呉語の特徴を示す箇所も多くある。成化本は全體が均一な性格を示すのではない）。そのため、成化本にはあちこちで入聲音と非入聲音の混同が見られ、閉口音 -m 韻尾が -n 韻尾や -ng 韻尾と通押したり（一一一頁參照）、〈出〉によっては今の北京にしかなかった制度をもとにジョークが語られる。成化本が全四六葉、總樂曲數一三八（詞牌を含む）、全一三出であるのに對し、汲本は全九七葉、總曲數二三六、全三三出あるのだから、少なくとも汲本から見た場合、成化本が節略本であることは明らかなのだが、ただしここにいう節略本は、名場面集の類とは異なって、『白兎記』の骨子を知るに十分なだけの〈曲〉と〈白〉を備えた、首尾一貫した節略本である。明末に陸續と出版された所謂「散齣集」とはその點で明らかに性格を異にし、むしろ『白兎記』をコンパクトにした完本ともいえる。しかも、〈白〉は汲本以上に充實した部分もあって、〈淨〉や〈丑〉の滑稽なやり取りまで詳細に記述されるところがある。論者の中に成化本を上演臺本と考える人があるのはそのためである。ただし、成化本を單純に上演臺本とのみ考えるのは、恐らく誤りであろう。

成化本の第二出の末尾と第三出の冒頭を見てみよう。

【梧葉兒】[生唱] 知遠多蒙恩顧、（敢■）〔感承〕愛憐。得（余）〔魚〕後（恁）〔怎〕（忘先）〔忘筌〕。我若身榮顯。管取來報前。
[合] 這嚴寒。喫一碗（臘汁）〔辣汁〕素面。[末唱]
【又】一碗（家長淡飯）〔家常淡飯〕。何須你苦掛牽。但略且止饑寒。（待）且等春雷動、大家朝帝輦。[合前]

【又】［淨唱］寧可添着一斗、怎將他一口添。全不會管（家煙）〔家筵〕。每日柴和米、醬醋油共鹽。［合前］
［生白］〔［詩曰］〕相識如同親眷。［末白］朝朝每日厮見。［淨白］劉伯伯不使箇破錢。喫了一碗（臘汁）〔辣汁〕素面。〔［並下］〕

〔第三出〕

［淨扮道士上］但（辨）〔辦〕志誠心。何勞神不靈。但（辨）〔辦〕志誠意。何勞神不喜。
小道是馬明王廟中提點。不免打掃廟堂乾淨、請出我馬明王老子。［末］明日是十五日、李大公來賽願。〔［淨］〕我如今便收（什）〔拾〕乾淨等待。〔［末］〕我如今步步罡（科）〔斗〕了、太上老君（敕灰）〔敕誡〕下。

（譯は一五三〜一五四頁參照）

原文には「第三出」の表示はないが、その前に「並下」というト書があるから、舞臺は一度カラになって、ここで〈出〉がかわることは明らかである。前後の登場人物を見るならば、第二出の末尾は〈生（劉知遠）〉〈末（史弘肇）〉〈淨（史弘肇の妻）〉の三人、一方の第三出は〈淨（馬明王廟の宮司）〉〈末（馬明王）〉。當時の劇團組織は、〈生〉〈旦〉〈末〉〈淨〉〈丑〉〈外〉〈貼旦〉の各脚色が一人ずついて計六・七人、というのが一般的なところであろうから、〈末〉や〈淨〉が複數いたとは思えないし、また現に、成化本にあっては同一脚色が同一の出において複數人登場することはない（第二出と第三出では〈淨〉〈丑〉が都合三人登場するように見えるが、そのうちの一人は〈唱〉も〈白〉も割り振られてはいない。舞臺上には恐らく姿を出さないのである）。第二出で女役として退場した〈淨〉が着替えの時間もおかずに直後の第三出で道士役として登場するのは、少なくとも實際の上演を考えた場合には不可能だと思われる。因みに汲本は、成化本の第二出と第三出の間にあたる一出として、〈外（李大公）〉〈貼旦（李大公の妻）〉〈旦（李三娘）〉が登場する「報社」の場をさしはさみ、元來の南戲『白兎記』がいかなる出構成・演出だったかを推測させる。つまり、成化本は節略本ながら、實際の上演を前提にして節略が行われたというより、書面上で操作されたことを思わせる部分もある。

成化本の〈白〉の充實について一言添えるなら、〈淨〉や〈丑〉といった道化役の、滑稽なセリフに及ぶまで充實した〈白〉が付されるのが、現存する南戲のテキストの、一つの大きな特徴と言えるだろう。『永樂大典』戲文三種しかり、元本『琵琶記』しかり、南戲の古いテキストはみな充實した〈白〉をもつ。〈白〉のほとんどが省略される「元刊本元雜劇三十種」から見た場合、成化本の〈白〉の充實は確かに異樣だが、それが南戲の特徴だといえば、現存する初期のテキストは少なくとも皆そうである。元雜劇が曲文學として版本化されたと思われるのに對し、南戲のテキストは必ずしもそうではなかったと推測され、その點を考慮するならば、成化本を特に上演臺本として强調する必要もないように思われる。

では、成化本が基づいたテキストはどのようなものだったのだろうか。

成化本の祖本は、永嘉の書會が書いた南戲『白兎記』そのものではなかったし、また、汲本の祖本とも異なったものだったろう。

たとえば、劉知遠と李三娘の婚禮を扱う成化本第六出を見てみよう。第六出の末尾には次のような二曲が配置される。

【□□□】我女孩兒。招他爲婿。看雙雙效(魚)〔于〕比翼。五百年前結會。相看(比此)〔彼此〕不暫離。一步不廝離。圖伊(□□□)〔改門閭〕、滿家都榮貴。[合]豈容易。雙雙(進老)〔盡老〕、百年和(□□)〔你效〕(魚飛)〔于飛〕。[生唱]

〔【又】〕知遠咨啓。荷公婆(受祿)〔收錄〕。幸一身免沈汚泥。五百年前結會。山鷄怎伴鸞鳳飛。深謝不嫌棄。〔[合]〕豈容易。雙雙(進老)〔盡老〕、百年和你效(魚飛)〔于飛〕。

(譯は二〇二頁參照)

一方の汲本第七出では、同箇所に六曲が配置されて、次のようにいう。

【天下樂】外 我女孩兒。喜室家男女及時。看雙雙俏如比翼。五百年前結會。相看到此不暫離。行坐如魚水。圖伊改門閭、滿家都榮貴。合 豈容易。雙雙盡老、百歲效于飛。

【前腔】生 智遠吝啓。荷公婆收錄提攜、幸一身免遭汚泥。五百年前結會。山鷄怎與鳳凰飛。深感不嫌棄。銘心在肺腑、難報恩和義。合前

【前腔】旦 謝荷爹媽、與奴家成配姻契。效丹山彩鸞鳳飛。五百年前結會。今生願共連理枝。當盡蘋蘩禮。奴今願父母、福壽雙全喜。合前

【前腔】末 吉日良時。請新郎合把交杯。喜筵前滿堂和氣。五百年前結會。郎才女貌多俊美。配合成一處、如今但願取、夫榮與妻貴。合前

【越恁好】洞房夢幃里。洞房夢幃里。殷勤泛金杯。才郎好似潘安貌、女賽西施。一雙兩好如魚水。珠翠列兩行、笙歌擁入蘭房里。笙歌擁入蘭房里。生、旦下

【尾聲】衆 劉郎誤入桃源里。羡滿門恩情樂意。願百歲夫妻直到底。

【天下樂】外 わがむすめは。めでたくも相應しい時に婚儀を結ぶ。二人はさながら比翼の鳥。五百年前に結婚の約束をしてめぐり逢いました。お互いに見つめ合い片時も離れず。歩くも座るも水魚のよう。彼が家門を改めて、一族富貴となることでしょう。合唱 たいしたものだ。二人揃って年老いて、一生仲良く暮らすのだ。

【前腔】生 わたくし劉知遠は申し上げます。旦那さまと奥さまに拾っていただき。幸いにも汚泥の中に沈まずにすみました。五百年前に結婚の約束をしてめぐり逢いましたが。キジがどうして鳳凰と並び飛ぶことができましょう。わたしをお見捨てにならなかったことに深く感謝します。いくら胸に刻んでも、このご恩に報いることは難しかろう。合唱、前に同じ

【前腔】旦 お父様お母様、婚儀が整いましたことに感謝いたします。丹山の鸞鳳は仲良く竝んで飛ぶことと相成りました。五百年前に結婚の約束をしてめぐり逢いました。今生は連理の枝となり。家廟に蘋と蘩とを捧げて感謝いたします。お父様お母様は、どうか末永くご長壽で。合唱、前に同じ

【前腔】末 今日の良き日。新郎新婦は杯をお執り下さい。婚禮の席に和氣は溢れる。五百年前に結婚の約束をしてめぐり逢いました。新郎は才氣に溢れ新婦は美貌。まこと似合いの夫婦、ただ願うは、夫は榮え妻は高貴にならんこと。合唱、前に同じ

【越恁好】婚禮のとばりの中。婚禮のとばりの中。ねんごろに杯を取り交わす。新郎は潘岳の美貌、むすめは西施に勝る。一對の夫婦は水魚のよう。あでやかな人々が居竝び、樂の音のなか婚儀の部屋に入る。樂の音のなか婚儀の部屋に入る。生と旦が退場

【尾聲】衆 これぞ正しく「劉郎は誤って桃源に入る」。一門に喜びと恩愛は溢れ。夫婦が百年も連れ添うことを願うばかり。

成化本の歌辭は、一見して明らかなように汲本のそれとほぼ重なり、この部分を見る限り、成化本は汲本の前二曲だけを利用して後四曲を省略したように見える。ただし、この場面における成化本の登場人物は六人。その内譯は〈生（劉知遠）〉〈旦（李三娘）〉〈外（李大公）〉〈貼（李婆婆）〉〈末（李家の家僕）〉〈淨（婚禮を主宰する道士）〉。一方の汲本は、劉知遠役の〈生〉、李三娘役の〈旦〉、李大公に扮する〈外〉、李婆婆に扮する〈貼旦〉、婚禮を主宰する道士役の〈淨〉までは共通するが、〈末〉が異なって李大公の弟・李三公、さらに、成化本に登場しない〈丑（李弘一の妻）〉が登場する。成化本における李三公は、李大公と同じ〈外〉によって演じられ、しかも李大公が死んでからしか登場しない點から見て、李大公と同じ一人の役者によって演じられたと思われるが、汲本が本出において李大公と李三公とを一緒に登場させてい

る點から考えるなら、成化本が曲を省略したというより汲本が書面上で曲を増やした可能性も否定できないだろう。

また、汲本に〈丑（李弘一の妻）〉が登場して〈淨（婚禮を主宰する道士）〉との遣り取りを展開する點に注目するならば、汲本の演出が必ずしも書面上のみの處理でなかったことを思わせる。〈淨〉と〈丑〉は道化のコンビであり（所謂「二淨」）、前後の出では二人が夫婦を演じていることは言うまでもあるまいが、本出においては、前出までの夫役〈淨（李弘一）〉に對し〈丑〉は「夫はいま不在で結婚を取り仕切る者がいない」と述べ、觀衆を沸かせた可能性があるからである。成化本と汲本は登場人物が一部異なるのみならず、元來の演出も異なった可能性がある。

さらに、成化本の第六出には〈唱〉がもう一曲あり、その歌辭も汲本と重複する。しかも、その重複の仕方が單純な引き寫しではない。

〔【□□□】〕旦唱 一朶花枝今有主、姻縁感謝蒼天。生唱 蒙君不棄我貧寒。洞房花燭夜、百歳永團圓。

（譯は二〇一頁參照）

これが汲本になると次のようになる。

【七娘子引】生上 蒙君不棄我身寒。今日里喜結良縁。旦上 一朶奇花今有主、姻縁感謝蒼天。

兩者はほぼ同内容に見えながら、〈生〉と〈旦〉が登場する順序が逆になっており、それに何より曲の格律が異なる。成化本は「七、六。七。五、五。」という【臨江仙】の格律であるのに對し、汲本は「七。七乙。七、六。」。單純な誤寫によってこのような格律の違いが生まれないのは明らかである。汲本と成化本が登場人物を異にし、曲律も異にするとすれば、兩者はやはり基づいたテキストが異なったのである。

また、汲本に登場する〈丑〉は次のような〈唱〉も披露する。

【麻婆子】畫燭畫燭光搖映、賓相兩邊排。聞知姑娘嫁窮胎。好酒喫大碗、好肉喫大塊。喫得桃花上臉來。

美しい蠟燭は美しい蠟燭は影を搖らし、陪席の人が兩側に居竝ぶ。聞けば我が義妹は貧乏神に嫁ぐとか。美酒を大碗で飲み、うまい肉を塊で食えば。頰に桃の花が咲くことでしょう。

成化本第六出に〈丑〉は登場しないから、成化本にこの曲がないのは言うまでもないが、ところが本曲は『九宮正始』という「曲譜」に採錄されており、多少歌辭を異にして次のようにいう。

【麻婆子】畫燭畫燭光搖映、賓相兩邊排。聞知姑娘嫁窮胎。請我受幾拜。好肉喫大塊。好酒滿碗篩。喫得桃花上臉來。

美しい蠟燭は美しい蠟燭は影を搖らし、陪席の人が兩側に居竝ぶ。聞けば我が義妹は貧乏神に嫁ぐとか。あたしの挨拶を受けるがいいわ。うまい肉は塊で食い。美酒を碗いっぱいに注げば。頰に桃の花が咲くことでしょう。

成化本と汲本とは基づいたテキストを恐らく異にしたが、一方の汲本と『九宮正始』は、少なくともこの場面に關しては共通の祖本をもった可能性がある。そしてその祖本は、場合によっては永嘉の書會が書いた原本『白兎記』だったかもしれない。

しかるに成化本は、汲本に比較して明らかに古層を留めていると思われる部分もある。一例を擧げるなら、『白兎記』の中でも最も有名な「磨坊重會」の場面などがそうである。

成化本の終幕第二三出の冒頭は次のような展開である。まず〈旦〉が水汲みに登場し自身の不幸を歌う（【八聲甘州】三曲）。〈旦〉が疲れて井戸端で眠り込んでしまうと、そこに劉知遠が登場して彼女を搖り起こす。起こされた〈旦〉はしばらく相手が誰かわからない樣子だが、「お前の夫だ」といわれて、そこで二人はひしと抱き合う。三娘は、晝は水汲み、夜は磨坊で働いているのだから、これはすなわち、晝間の井戸邊に再會したことになる。

これに對し汲本第三二出は、〈旦〉を搖り起こすのは牧童で、〈旦〉と牧童の滑稽な遣り取りがあった後、〈旦〉は一度退場してしまう。そこに劉知遠が登場し、牧童から李家の消息を聞いた後に三娘を磨坊に訪ねる。つまり、成化本が晝間とした再會を汲本は夜の磨坊に移したのである。「磨坊重會」という標題は明末に陸續と出版された「散齣集」の用語であるが、そのことからも推測されるように、汲本の展開の方が新しい演出なのであって、因みに『劉知遠諸宮調』は水汲みに來た三娘と晝間の厤地で再會する設定なのである。金朝時代の語り物が設定した晝間の再會は、元曲「李三娘厤地捧印」を經て南戲「李三娘厤地捧印、劉知遠衣錦還鄉、白兎記」（すなわち成化本の題目）に受け繼がれたが、恐らく演劇的な效果をねらってであろう（磨坊の扉を隔てて李三娘と劉知遠の問答が繰り廣げられる）、いつの間にか夜の磨坊へと場所を移されたと推測される。

同様のことは、成化本と汲本の曲辭の比較からもいえる。

【八聲甘州】　憪憪悶損、怎生消遣我心上橫愁。我（兒天）〔兒夫〕一去。（憑記）〔憑寄〕數行音信、傷情最苦人易老、那更西風衰暮秋。休休。敗葉兒冷落了（颷颷）〔颼颼〕。

【（又）〔換頭〕】　今後。貞潔奈守。算過古往今來比奴希有。我孩兒一去。和他父親扶否。十六年竝無書半紙、料想他子夫同歡不顧母。休休。猛然見孤雁兒飛過南樓。

【又】　我和你往日無仇。發奴磨麥挑水奴〔□〕休。嫡親骨肉。一旦變冤仇。琉璃井上略（站）〔暫〕歇、便打死奴家一命休。休休。猛然間小鹿兒撞我心頭。

（譯は三五二頁參照）

右は成化本の曲辭だが、これに對し汲本は次のようになっている。

【八聲甘州】　憪憪悶損、怎消遣心上橫愁。我兒夫別後。淚泣楚聲無投。傷情最苦人易老。那更西風吹暮秋。休休。

猛然間小鹿兒撞我心頭。

【前腔】今後。潔可奈守。算古往今來似奴希有。孩兒一去。到如今杳不回頭。十六年來音信杳莫有。父子同歡不念母。休休。猛聽孤雁叫過南樓。

【八聲甘州】この身は痩せ衰え、心に横たわる憂いを消すすべはありません。うちの人が去って以來。涙に咽ぶ悲しみの聲も出すすべがありません。悲しみに打ちひしがれ老け込むばかり。まして西風が衰微をもたらす秋の暮れ。ああ、ああ。急にあたしの胸が小鹿のようにドキドキし始めた。

【前腔】これから先。わが身の操をどうしたものか。思えばこれほどの貞節は古今にまれ。わが子は去って今に至るまで音沙汰無し。十六年の間手紙がまったくない。夫と子は喜びを共にして母を忘れ。ああ、ああ。にわかに聞けば群からはぐれた雁が南の樓を過ぎていく。


汲本は成化本の第三曲を缺き、成化本第三曲の末尾にいう「猛然間小鹿兒撞我心頭」が第一曲の末句に置かれる。成化本はもともと節略本であり、祖本になかった曲を加えているとは考えにくいから、曲數を減らして「猛然間小鹿兒撞我心頭」の位置を動かしたのは當然汲本の方でなければならない（もっとも、【八聲甘州】は前段と【換頭】で元來一曲であり、その點からすれば成化本も一曲を缺くとすべきである。もともと四曲あった【八聲甘州】のうち、成化本は第三曲を削除し、汲本は後半二曲をまるごと削除したのではあるまいか）。成化本はこのように、劇の展開・曲辭の兩面から見て、汲本より古層を留めている部分もある。

成化本と汲本と『九宮正始』

成化本『白兎記』の成立とその特徴を考える上で、汲本とともに重要な資料となるのは、曲の格律を論じて例示する曲譜類である。「曲譜」には明代から様々なものがあって、初期の南戯も多く引用されるが、成化本を考える上で特に重要なのは、明末清初の人、張大復が編纂した『寒山堂曲譜』と、明末の徐于室が編輯して清初の鈕少雅が完成させた『九宮正始』の二種である。このうち『寒山堂曲譜』は『白兎記』をわずか八曲（しかも、そのうちの一曲は末尾の部分しか残存しない）しか引かないから、ここでは主に『九宮正始』を引きながら、成化本の起源、ならびにそこに用いられる樂曲の特徴を考えてみよう。

『九宮正始』は『白兎記』を「元傳奇『劉智遠』」として引くが、いかなるテキストによったかが最大の問題である。この點について『九宮正始』は、馮旭という人の手になる順治辛丑（一六六一）年の序の中で、次のように言う。

爰《ここ》に大元天暦の間の「九宮十三調譜」と明初の曲の「樂府群珠一集」を將《もっ》て、翁（鈕少雅）とともに朝夕（徐于室のもとに）參稽す。□詞をして悉《ことごと》く古調に協《かな》わしむ。十餘年、業は未だ竣《おわ》らざるに、徐君、逝けり。簀《とこ》を易《か》えし時、此の書（『九宮正始』）を以て翁に囑す。翁は故友の托を以て、敢て忘る勿《な》し。又た寒暑を歴すること三たびにして厥《そ》の成るを告ぐ。

すなわち、元の天暦年間に編纂された『九宮十三調譜』なる曲譜、ならびに明初の編纂にかかる『樂府群珠』を、徐于室・鈕少雅は「古調」の據り所にしたと思われる。『白兎記』に關しては、この他にも複数の版本があったらしく、たとえば「雙調・仙呂入雙調」【玉抱交】の條の按語は次のようにいう。

此れ（『九宮正始』が引用した曲）、古調原文に係る。「古本劉智遠」を按ずるに、此の二調（「古本劉智遠」にある【玉抱交】二曲）は、其の第一曲の束尾に仍《な》お【玉抱肚】を用う。但《た》だ、今の坊本は、亦た【玉交枝】の句法に改作し、第二曲の體と合して「莫等着江心補船」と曰う。但し、船は未だ漏れざるに、何ぞ先《ま》ず補わんや。

ここにいう「古本劉智遠」や「今坊本」は、いずれも成化本や汲本ではなかった。そのことは、その曲辭を『九宮正始』・成化本・汲本の三者の間で校訂してみれば一目瞭然である。

まず『九宮正始』【玉抱交】を見てみよう。「犯調」については〔　〕で示す。

【玉抱交】〔玉抱肚〕伊休執見。枉傷悲徒然涙漣。急急寫下休書、目今與你盤纏。〔玉交枝〕遲延少間喫大拳。披毛惹火燒身焰。〔玉抱肚〕莫待江心補漏船。

あなたはいこじになり。無駄に悲しみ涙を流してはなりません。はやく離縁状を書いて、ほらここに路銀が用意してあります。少しでも遲れれば拳骨を食らいます。毛の服を着て火を引き寄せれば自らを燒いてしまうだけ。江の眞ん中で船の穴を繕うような眞似はなりません。

これに對し、汲本第一〇出【玉交枝】は次のようにいう。

【玉交枝】伊休執見。枉傷悲徒然涙漣。急急寫下休書、今日與你盤纏。遲延少待乞大拳。披麻惹火燒身焰。莫待江心補漏船。

このように、汲本と『九宮正始』の間には文字の異同が多少見られる。また、『九宮正始』が按語で擧げる「坊本」の「莫等着江心補船」なる句は、「三、四」の「七乙」句である點にポイントがあるが、汲本の末句は「莫待江心補漏船」。すなわち普通の七字句である（『南詞新譜』は「莫等着江心補船」に作る。『南詞新譜』が基づいたテキストがすなわち『九宮正始』がいう「坊本」だったのではあるまいか）。汲本は、『九宮正始』がいう「古本劉智遠」とも「坊本」とも異なるといえよう。一方、成化本の場合は元來この曲を缺いているから、『九宮正始』がいう「古本劉智遠」や「今坊本」が、今われわれが見ている成化本ではなかったことは明らかといわねばならない。

『九宮正始』が引く「元傳奇『劉智遠』」は全部で五七曲。このうち、汲本と校合が可能なのは五五曲あり、殘りの二曲は汲本にない。また、たとえば『九宮正始』が引く「雙調・仙呂入雙調」【柳搖金】二曲は岳秀英の閨怨だと思われるのに對し、汲本第二九出の同曲は生の〈唱〉である。『九宮正始』が引く「元傳奇『劉智遠』」は汲本の祖本とも異なっていたと思われる。一方、『九宮正始』と成化本の校合が可能なのは二九曲。この二九曲は汲本とも校合可能だから、次に『九宮正始』・成化本・汲本の曲辭を比較して、三者の關係をより詳細に考えてみよう。永嘉の書會が書いた南戲『白兔記』は早くに枝分かれし、成化本が出現した頃にはすでに複數の改編本があったと推測される。『九宮正始』が引く「元傳奇『劉智遠』」、成化本、汲本の三者は、祖本を異にする、それぞれ別々のヴァリアントだったのではあるまいか。

まず、『白兔記』の中でも特に名場面として知られる「汲水遇子」の場を見てみよう。この場面では、成化本は次のような〈旦〉の〈唱〉を置く。

【雁過沙】　衙內問我甚情懷。也曾穿着繡(■)(羅)鞋。又不曾挑水街頭賣。我貞潔婦人怎敢做事歹。從東床也曾入門來。招的劉知遠潑喬才。

我爹娘早死十六載。哥哥嫂嫂忒毒害。

九州(安府)(安撫)投軍去。養得一子方三日。(以)(已)送爹行去。　(譯は三三六頁參照)

この曲はなかなか厄介で、押韻や曲律など多くの問題をかかえる。【雁過沙】とは元來「五。五。七。七。七。七。」の六句のはずだが、ここでは一一句が記述され、しかも最初の八句は皆來韻、殘り三句は居魚・支時韻になっている。

初めの六句と、二句、三句とを改行して示したのはそのためだが、この後に更に「小小蛇兒竅內串。爹爹見他武藝結成雙。丈夫叫做劉知遠。孩兒叫做咬臍郎。」といい、押韻すると見られる七字句が四句置かれる。想像するに、この部分は元來すべて七字句で、詩讚系に近い自由な〈唱〉だったものが、後に誤って【雁過沙】として傳えられたのではあるまいか。その證據に、『寒山堂曲譜』は『白兎記』のこの部分を引いて次のようにいう。

「綵樓」「殺狗」各々の元曲に皆この調あり。惟だこの曲のみ歌師の誤る所と爲り、調は調を成さず、曲は曲を成さず。今、特に此れを錄す。

【雁過沙】の格律には合わないが、誤りを正す術がないのでそのまま錄す、というのである。

この【雁過沙】を汲本は次のように作る。

【雁過沙】衙內問我甚情懷。也曾穿着繡羅鞋。不曾挑水街頭賣。貞潔婦女怎肯作事歹。被無知兄嫂忒毒害。雙親早喪十六載。

東床也曾入門來。九州安撫投軍去、十八般武藝皆能會。嫁得個劉智遠潑喬才。懷抱養子才三日、被火公竇老送到爹行去、

（內容は成化本とほぼ同じなので、譯は省略する）

汲本の【雁過沙】は、末句「被火公竇老送到爹行去」の「去」字を別にすれば『寒山堂曲譜』とまったく同じなのだが、ここで特に重要なのが後半六句の韻脚であろう。『寒山堂曲譜』は末句を「火工竇老送到爹行寨」として皆來韻で到底させているが、汲本はそうしていない。汲本はまた、成化本と同樣、この後に「小小花蛇腹內藏。爹娘見他異相配鸞凰。一別今經十八載、親生一子叫做咬臍郎。」の四句を置き、しかも、以上のすべての文字を〈白〉とは異なった、曲辭の大きさで表記する。つまり汲本は、『寒山堂曲譜』と同樣、曲牌名・韻脚の不體裁に氣づきながら、それをあえて改めなかった。【雁過沙】のままでは格律に合わないことを知りながら、曲牌名を改めず、後半六句に【前腔】その

他の文字も加えなかったのである。このことは恐らく、汲本がその祖本の姿を比較的忠實に傳えていることを意味するだろう。しかも、汲本の【雁過沙】は成化本と文字を異にする。

また、『九宮正始』が掲載する【雁過沙】は次の通りである。

衙内問我甚情懷。也曾穿着繡羅鞋。貞潔婦女怎肯作事歹。不曾挑水在街頭賣。雙親早喪十六載。被兄嫂做人忒毒害。（内容は成化本とほぼ同じなので、譯は省略する）

『九宮正始』は前半六句のみで何の按語も付さないが、それでも汲本・成化本と各句の順番を異にする。三者がそれぞれ異なった祖本を有したことは明らかである。

三者が異なった祖本に基づいたことは、この他、各テキストに見られる誤字からも確認できる。たとえば、『九宮正始』商調【梧葉兒】は、汲本第二出と成化本第二出第九曲がともに「恩顧」とするところを「溫故」に誤る。『九宮正始』は「元傳奇『劉智遠』」を横において作業をしたはずだから、字形の類似から來る誤りは犯しても、發音から來る誤りは犯しにくい。にもかかわらず「恩顧」を「溫故」に誤ったとすれば、それは祖本が誤っていたからであろう。『九宮正始』にはこうした誤りが意外に多く、このほかにも越調【望歌兒】の「多」（汲本は「都」）、南呂宮【宜春令】の「因伊」（成化本は「因依」）、南呂宮【五更轉】の「横心」（成化本は「狠心」）など、枚擧にいとまがない。また、汲本の方が誤る例としては、第二出【僥僥令】の「水上鷗」がある（『九宮正始』、成化本ともに「水上漚」）。この部分は、李弘一の妻と李三娘の〈唱〉が對話風に展開される箇所で、李弘一の妻が「且喜姑姑添小口（義妹や、子供が生まれておめでとう）」というのに對し「兒女眼前花水上漚（子供なんて所詮は眼前の花や水の上の泡）」と李三娘が答える部分である。その對話を汲本はすべて李弘一の妻の〈唱〉とするから、何らかの混亂・誤脱があったのは明らかだが、『九宮正始』・成化本がともに「水上漚」に作る點からすれば、そうした混亂・誤脱は少なくとも『九宮正始』や成化本の祖本にはなかったのである。『九宮正始』と汲本は、右に擧げたそれぞれの場面において、それぞれ他とは異なった祖本を有したに違いない。

しかも、三者がそれぞれに曲牌や曲辭を異にする場合、どれが正しい形、ないし古い形か、定められないケースが多い。

先ず汲本から見てみよう。次は汲本第一二出にある【醉扶歸】の一套である。

【醉扶歸】好苦切甘生受。只得到此且藏羞。奴與哥哥有甚寃仇。只得慌忙便走。裙兒破忙把飯來兜。[合]淚濕透衣衫袖。

【前腔】信他甜言說誘。誰知今日悔成憂。百歲夫妻一旦休。先在臥牛岡埋屍首。恩愛都附與水東流。[合前]

【前腔】怕兄嫂成潺僽。慌忙到此少了香和酒。又沒資財與奴收受。夜來做事不依奴口。誰人知道我心憂。[合前]

【前腔】指望和你頭白相守。誰知今日不長久。百歲夫妻一旦休。半年身孕伊知否。或男或女要當留。[合前]

【前腔】[生唱]自恨我好不唧嚠。這碗淡飯怎入口。[旦唱]胡亂充饑莫要愁。[生唱]胸前衣破爲與瓜精鬬。[合]悶似湘江水、涓涓不斷流。濕透衣衫袖。

【前腔】謝我爹娘陰佑。夫妻今日再廝守。畢竟是你前程顯達、夜來不落瓜精手。[合前]

【醉扶歸】ああつらい、あだに苦しみを受け。やむなくここまで來たもののもじもじするばかり。兄さんとは何の怨恨がありましょう。取るものもとりあえず。スカートで急いでご飯を包んで走ってくるしかない。[合唱]淚にわたしの着物の袖も濡れ。

【前腔】兄は人の甘言に乘せられ。今になって悔やんでももう手遲れ。百年の夫婦も今日でいったんはおしまい。臥牛岡に一足先に死體を埋められ。夫婦の情は長江の流れとともに東へ向かうばかり。[合唱、前に同じ]

【前腔】兄さん義姉さんにいじめられるのが心配。やむなくここまで來たが線香とお酒がない。わたしに預けるお金もない。昨夜あなたはわたしのいうことをきかず。私の胸の悲しみも知らぬまま。合唱、前に同じ

【前腔】共白髪を望んだのに。あなたと永遠に連れ添うことができないと誰が思ったことでしょう。百年の夫婦も今日でいったんはおしまい。半年の身重をあのひとは知っていたかしら。男の子でも女の子でも大切にしなければ。合唱、前に同じ

【前腔】生のうた　うらむはおのれの頭の鈍さ。何の面目があってこの粥を口にできよう。旦のうた　とりあえずは間に合わせで饑えを滿たし嘆くのはやめて。生のうた　胸元の服の破れは瓜の化け物と闘った痕。合唱　愁いは湘江のごと、滔々と絶え間なく流れ。涙にわたしの着物の袖も濡れ。

【前腔】父母のご加護に感謝します。今日、夫婦はふたたび寄りそうことができました。かならずやあなたの前途は洋々、昨夜は瓜の化け物の手に落ちることもなく。合唱、前に同じ

ここには【醉扶歸】が六曲列せられるが、南曲【醉扶歸】は仙呂宮、その格律は「七。七。七。七。七。六乙。」である。しかるに、右の【醉扶歸】は第一句目からしてその格律に合わず、第五曲目・第六曲目にいたっては前半四曲と同一格律とも思えない。また、奇數曲目の第一句は六乙協韻句、偶數曲目の第一句は六字協韻句である。その點からすれば、偶數曲目はすべて奇數曲目の【換頭】だと思われるが、【醉扶歸】は一般に【換頭】を用いない。この一套が【醉扶歸】だとはあまり考えられないのだが、因みにいえば『寒山堂曲譜』は右に引用した套數の第一曲目を引いて次のようにいい、『白兎記』の諸版本の中に、【醉扶歸】の格律と合致した曲辭をもつヴァージョンがあったことを暗示する。

【醉扶歸】苦切苦切枉生受。只得到此且含羞。奴與哥哥甚冤愁讐。下得這般惡毒手。羅裙忙把飯米兜。這苦也難生受。

つらいつらい、むなしい苦しみ。ここまで來たがただモジモジ。兄とは一體どんな怨恨があるのか。むごたらしくもこんな悪辣なことをする。スカートで急いでご飯を包んで來たが、ただつらい、苦しいばかり。

『寒山堂曲譜』はこの一曲しか引かないから確かなことはいえないが、右は汲本系のテキストを【醉扶歸】の格律に合うように書き改めたものだったかもしれない。

ところが、これが『九宮正始』になると、「元傳奇『劉智遠』」の【醉扶歸】として次の三曲を引く。斷句は原形に倣い、襯字は（　）、注記は〔　〕で示すことにする。

【醉扶歸】第二格
奴苦惱甘生受。只得到此且含羞。奴與哥哥（有）甚冤仇。只得慌忙奔走。裙兒、忙把飯來兜。合 淚濕透奴衣衫袖。

【醉扶歸】第三格
怕兄嫂成潺僽。慌忙到此少了香和酒。又沒資財、與奴收留。夜來做事（怎不）依奴口。誰人知道我心憂。合前
【醉歸月下】〔桂枝香、亦たの名を下月中花。羽調の月中花と同じからず〕
〔醉扶歸〕自恨我好不啣嚁。這碗淡飯（教我）怎入口。胡亂充饑莫害羞。胸前衣破（爲與）瓜精鬬。〔桂枝香〕悶似湘江水、涓涓不斷流。〔醉扶歸〕淚濕透奴衣衫袖。

〔内容は汲本とほぼ一致するので、譯は省略する〕

ここに引かれるのは、汲本の奇數曲目とほぼ同内容のものである。『九宮正始』は、【醉扶歸】に例外を設けて第二格・第三格とし、汲本の第五曲を【醉扶歸】と【桂枝香】の犯調としたのである。

だが、『九宮正始』は偶數曲目をなぜ引かなかったのだろう。右の第二格・第三格の例示でも明らかなように、『九宮正始』は一般に句中の「乙」「四字」に嚴密である。【醉扶歸】を第二格と第三格に區分するのは、三句目以降にあ

る「乙」と「四字」とを區別するためだと思われるが、汲本【醉扶歸】一套の偶數曲は、第一句目が【換頭】になっているほか、奇數曲目と明らかな句格の違いを有する（第二曲目「百歲夫妻一旦休。先在臥牛岡埋屍首。」、第四曲目「百歲夫妻一旦休。半年身孕伊知否。」）。それに、第六曲目は第五曲目と比較して、押韻の面でより根本的な問題を抱える（第六曲目第三句「達」は失韻）。

こうした大きな問題があるにも關わらず『九宮正始』が偶數曲目を引用しないのは、參照したテキストが恐らく汲本のそれと異なっていたからであろう。つまり、『寒山堂曲譜』とも異なり、第五曲目を【醉歸月下】とし、偶數曲目が奇數曲目とほぼ同格律でできたテキストを『九宮正始』は見ていたのである。

次に成化本を見てみよう。成化本第九出第五曲以下は、汲本の【醉扶歸】一套を【步步嬌】とし、次のようにいう。

【步步嬌】旦上唱 苦惱子（軋）（乾）生受。只得到此且懷羞。奴與我的哥哥、有甚冤仇。只得荒忙便走。裙兒、忙把飯來兜。淚濕了奴衣衫袖。

【步步嬌】怕兄嫂怕兄嫂成潺僽。只得到此少香酒。你夜來做事、不依奴口。你先在瓜園埋屍首。夫妻們恩愛、逐與水東流。淚濕了衣衫袖。

【步步嬌】（止望）（指望）（止望）（指望）望頭白相守。誰想和你不長久。百歲夫妻、今日一旦休。半年身孕伊知否。正是誰人知道、知道我心頭。淚濕了我奴衣衫袖。

【步步嬌】自恨我不啣嚠。這碗淡飯交我怎入口。旦唱 你且胡亂充饑、你莫要愁。生唱 身上衣破因爲與瓜精鬪。悶似長江水、淹淹不斷流。淚濕了我奴衣衫袖。

【步步嬌】謝我爹娘保佑。今朝和你再廝守。必定你前程顯達、不遇瓜精（鬪）（斗→手）。悶似長江水、淹淹不斷流。淚濕我奴衣衫袖。（譯は二四一頁參照）

汲本の【酔扶歸】一套と各曲ほぼ同内容だが、ここに列せられる【歩歩嬌】は五曲。汲本と比較すると一曲足りない。各曲の第一句目を見ると、六乙協韻句と六字協韻句が第二曲目以降交互に竝び、汲本第二曲目の曲辭が缺けるから、省略されたか、ないしは何らかの事故によって抜け落ちてしまったものだろう。今日知られる南曲【歩歩嬌】は仙呂宮ないし雙調、その格律は「七。五。五。四、四。五。五。」である。ここにある【歩歩嬌】はその格律には合わないが、第一曲目第六句に三字の脱落、第五曲目第五句目に七字一句の脱落を想定すれば、【前腔】「六乙。七。四、四。七。五、五。六乙。」【換頭】「六。七。四、四。七。五、五。六乙。」と全體を考えることができ、終曲第三句に失韻が來る不體裁もなくなる。また、【歩歩嬌】第四曲目・第五曲目にいう「悶似長江水、淹淹不斷流」は、汲本等の「悶似湘江水、涓涓不斷流」よりもむしろ正統的な表現といえる。

成化本は、汲本とほぼ同内容を展開するように見えながら、細部を詳細に見ていけば、明らかに別テキストである。右の【歩歩嬌】の場合、汲本や『九宮正始』と安易に校合すれば、成化本を誤りとして片付けがちだが、三者はそれぞれに異なった矛盾を内包しており、どれか一つが正しいわけではない。『九宮正始』が引く「元傳奇『劉智遠』」、汲本、成化本の三種は、部分によって性格は異なるが、それぞれが祖本を有した別々のヴァリアントだったのであり、互いの影響關係を想定しにくい獨立したテキストとせざるを得ない。三者はそれぞれに古層を留め、どれか一つが特別に原型に近い、ということは恐らくないと思われる。

〔高橋文治〕

圖1

圖2

版本としての成化本

まず圖1と圖2を見てみよう。

圖1は、成化本『白兎記』と一緒に發見された『花關索出身傳』「前集」冒頭にある插繪（「劉備關張同結義」と題される）、一方の圖2は、元刊本『三國志平話』巻上・第七葉の插繪（「桃園結義」と題される）である。成化本『花關索出身傳』は、「前集」の最終葉に「成化戊戌仲春永順書堂重刊」との刊記があるから、一四七八年の二月に永順書堂によって刊行されたことは明らかであるが、「重刊」とある以上、原刻が成化戊戌年以前であることも間違いない。『花關索傳の研究』（汲古書院、一九八九）の「解説」は、『花關索出身傳』の版式・語學的特徴等から、その原刻が元代まで遡りうる可能性を示唆するが、圖1と圖2の類似は、『花關索出身傳』が『三國志平話』等の元刊本と深い關連を持つことを、やはり示しているように思われる。

次に圖3・圖4・圖5を見てみよう。

圖3は成化本『白兎記』第五葉aの插繪、圖4は同第八葉a

圖3

圖4

圖5

の插繪、圖5は元刊本『三國志平話』卷下・第三葉の插繪（「孔明引衆現玄德」と題される）である。圖3や圖4を圖5と比較すると、繪の巧拙は別として、室内の構圖、人物背面の屛風・柱や床の描き方が驚くほど似ていることに氣付くだろう。

成化本『白兎記』の畫風は、插入される六幅の繪がすべて共通した特徴をもつわけではないが、一緒に發見された他の成化本說唱詞話と共通して、通俗文學版本の插繪としては、元刊本全相平話に近い畫風をもつといえる。成化本の插繪は、

圖6

いかにも古拙な趣に滿ちており、描線は太く變化に乏しく、人物の表情も平板で、そこから感情をうかがうことは難しい。これらの點は、同じく明代嘉靖以前の「半葉一幅」式戯曲版本である後述の『新編金童玉女嬌紅記』や『新刊大字魁本全相參增奇妙註釋西廂記』が見せる傾向と、明白に異なる。また圖3では、堂正面のきざはしや、人物背面の屛風に見られる縁取り模様等が省略されており、圖6（成化本第三四葉a）でも、建物や室内の様子が著しく簡略化されている。こうした例は、版畫・版刻の技術が劣っているというより、成化本に基づくものがあって、それを覆刻する際に描線が太くなり、人物の表情や調度類の細部が雜になったことを意味するように思われる。

成化本『白兎記』は、その内容を詳細に見た場合、たとえば「永嘉の書會が書いた」という部分があったり、當時の都・北京の制度を反映している部分があったり、全本を通じて一様の性格で統一されているわけではない。その點は插繪に關しても同様であり、圖4と圖6とが同じ事情によって版刻されているとは考えにくい。成化本は、部分によって來源が異なり、場合によっては複數のテキストの「繼ぎはぎ」の可能性もあるだろう。成化本がどのような「繼ぎはぎ」であったたか、今日のテキストの狀況からはもはや分析することはできないが、いずれにしても、「永嘉の書會が書いた」という部分や覆刻を思わせる部分に先行する何かがあったことは明らかだろう。成化本『白兎記』には、恐らく部分的には先行する版本があったのである。

成化本には、一幅が半葉を占める插繪が都合六幅さし挾まれる。それがあらわれる場所と描かれた場面は、次の通りである。

一、第一葉a（圖7）内題及び第一出の前。下半面が缺損しているためいかなる場面が描かれたものかは不明。畫面全體に描かれた堂の、屋根とひさしが上部に見え、その左下に第八葉插繪の劉知遠に似た人物の顔がある。ただし、全葉に插繪を配する後述『新編金童玉女嬌紅記』冒頭第三葉aの一幅では、同葉bのテキストにいう開場の一場面（瑤池金母が金童・玉女を召して人間に降謫する）を描くことから、成化本でもここに開場にかかわる何らかの場面が描かれている可能性がある。

圖7

二、第五葉a（圖3）第二出（訪友。以下、出目は便宜的に汲本の相當出のそれを用いて記す）。史弘肇が彼の家で劉知遠を食事でもてなす場面。成化本の該出には、劉知遠と史弘肇夫妻しか登場しないが、この畫面にはさらに侍女等四人の人物が描かれる。

三、第八葉a（圖4）第三出（祭賽）。馬明王廟にて李大公夫妻・李三娘らがお供えをし參拝する場面。畫面右上に、馬明王に供えられた鷄をねらっている劉知遠が描かれるのをはじめ、この出に登場する

圖8

圖9

全ての脚色が描かれるが、その他にも「判官」や「小鬼」が描かれる。また、成化本全六幅の插繪のうち、この一幅のみに「馬明王之廟」との畫題が右上に附されており、この畫が他とは異なるテキストから引用された可能性を示唆する（なお、成化本説唱詞話各版本では、『鶯哥孝義傳』を除き、「上圖下文」形式のものも含めて全てが畫題を標記する）。

四、第一五葉a（圖8）第六出（成婚）。劉知遠・李三娘の婚禮（拜堂）の場面。堂上に座る李大公夫妻に對し、堂前に劉知遠と李三娘がひかえ、劉知遠が跪拜する。

五、第三四葉a（圖6）第一五出（挨磨）。磨坊にて石臼をひく李三娘を、李弘一の妻が棍棒で打擲する場面。

六、第四一葉a（圖9）第二一出（出獵）。馬を驅り白兎を追う劉衙内が、井戸端で水汲みをする實母李三娘を見出す場面。ただし白兎そのものは描かれず、井戸もテキストにいう「八角瑠璃井」には描かれない。

また、汲本には殘念ながら插繪はなく（富春堂本は帶圖本である）、成化本の插繪を考える上である程度參考に供しうるのは『風月錦嚢』（嘉靖三十二年（一五五三）刊）のみである。『風月錦嚢』は、テキストとしては部分的に成化本と近い內容をもつ「上圖下文」形式の帶圖本。そこに採られる場面で成化本の插繪と重なるものは、「智遠逢友」「三娘挨磨」「咬臍遇母」（以上、『風月錦嚢』の畫題による）の三幅である。ただし、その構圖等、繪の內容は、いずれも成化本と異なる。

成化本の插繪について次に指摘すべきは、通俗文學の版本が元代の「全相平話」以來、明代に入ってもしばしば「上圖下文」の形式をとる中で、成化本が「半葉一幅」の插繪をもち、しかもそうした版式のきわめて古い現存例である、という點である（なお、成化本說唱詞話の各版本も『花關索傳』四種が「上圖下文」であるのを除いて、他はすべて「半葉一幅」もしくは、半葉をさらに上下に分割した「半葉二幅」の形式をとる）。管見の及ぶ限りでは、現在確認できる最古の「半葉一幅」形式通俗文學版本は、一九八〇年に元刊本『通志』の表紙から發見された、元末明初刊といわれる『新編校正西廂記』殘葉五葉のうちの一幅半であり、そのうち全存の一幅には畫面左上に「孫飛虎昇張」の畫題が記される。これに續く例としては、宣德乙卯（十年、一四三五）の序文を持つ、金陵積善堂刊『新編金童玉女嬌紅記』雜劇（京都大學文學部藏）があり、この版本は、全ての葉が「右圖左文」（綫裝後での見開きでは「左圖右文」となる）で構成され、畫題のない合計八六幅の插繪を持つ。成化本の「半葉一幅」の插繪はこれらに續く例であり、たとえば、後の弘治十一年（一四九八）京師金臺岳家刊『新刊大字魁本全相參增奇妙註釋西廂記』が、巻首に半葉を占める一幅の插繪を持つほかは全て「上圖下文」であり、また、正德六年（一五一一）建陽楊氏清江書堂刊『新增補相剪燈新話大全』もすべて

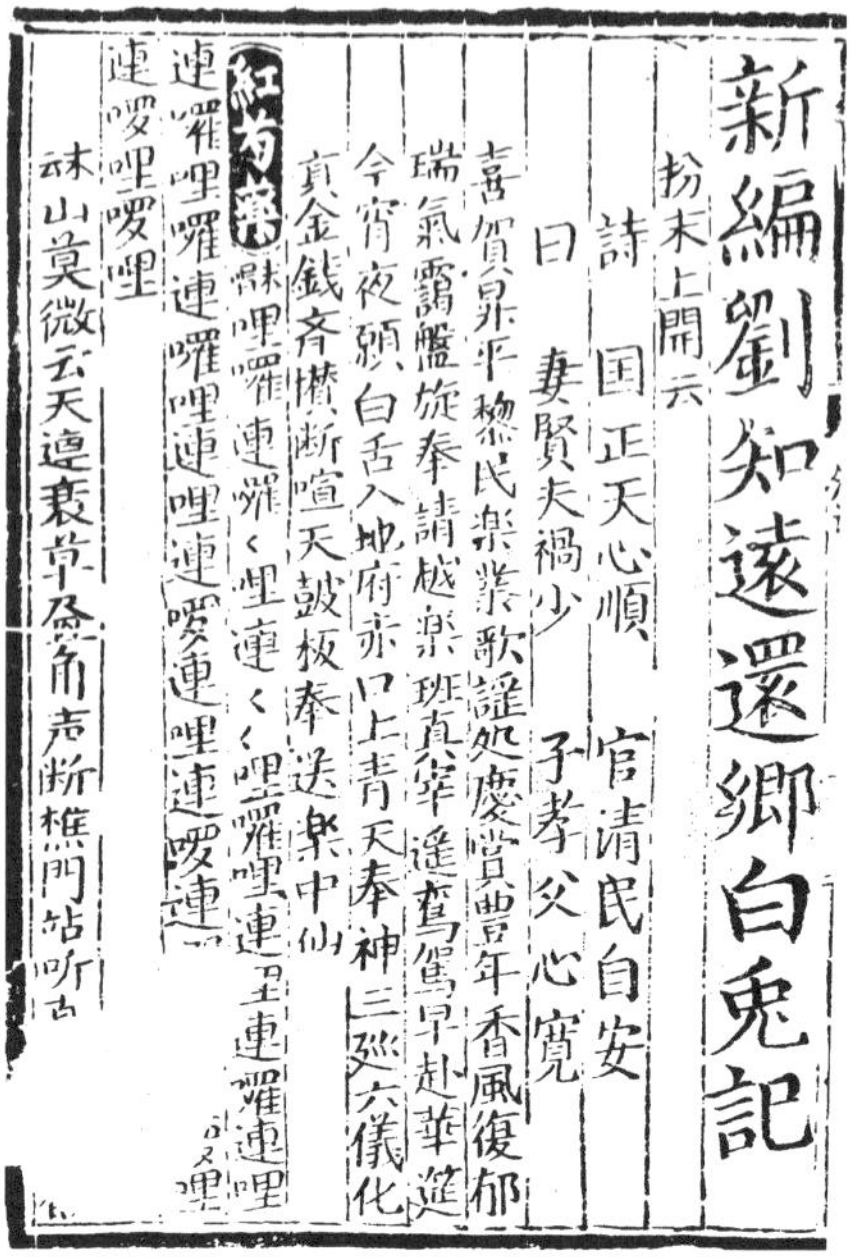

圖10

「上圖下文」で構成されることから見ても、その早い例であることがわかる。ただし、「上圖下文」形式に、たとえば敦煌出土の佛典抄本の形式との關連が想定されるのと同様に、この「半葉一幅」形式も、現存最古版本のひとつである唐咸通九年（八六八）刊『金剛般若波羅密多經』巻首にすでに見られ、その後、佛典刊本から本草・醫家・類書等へとひろがった、版高全幅を使った插繪の流れにあることは、いうまでもないであろう。

續いて、成化本の行款版式の概要を以下に記し、その特徴を見てゆくことにする。

全四六葉（うち、第一葉ab・第四〇葉a・第四六葉abそれぞれにやや大きい破損あり）、縦一八・一cm・横一二・四cm（文物出版社一九七九年複製本、第二葉による）、有界毎半葉十三行、行十八至二十三字不等（第二葉）、四周雙邊（第一・二・五・六葉）／上下雙邊（第三・四・七至一二・一七・一八・二一・三五・三六葉）／單邊（第一三至一六・一九・二〇・二二至三四・三七至四六葉）、大黑口、單黑魚尾（第五葉のみ、雙黑魚尾）、版心「知遠」（第一・二・七・八葉）／「知」（第三・四・九・一〇・二四葉）／「刘」（第五・六・一一至二三・二五至三三・三五至四六葉）／無記（第三四葉）、丁付。

『永樂大典』戲文をはじめとする現存初期南戲のテキストがそうであるように、成化本でも各出の區切りや出數の標記はされず、改行すらなく出がかわることさえある。その他版式上の特徴としては、曲牌名が、陰刻の牌子型墨圈

（上下を一本の陰刻線條で裝飾）で標記されて行頭に置かれること、登場詩・退場詩が、改行のうえ各句分かち書きで表記されること、おおむね曲辭・登場詩・退場詩は大字（一行一六から二七字）に、科白はやや小字（一行一六から三一字）に作られること、科白はおよそ行頭空二格で表記されること、等が擧げられるが（圖10。第一葉b）、これら版式上の體例にもさまざまな不統一が散見される。全本を巨視的に眺めた場合、一行の文字數が、前半は少なくゆったりとしているのに對して、終末部に近い部分では特に多く詰まっていること、欄邊の四周雙邊・上下雙邊や版心の「知遠」「知」の表記といった版式上の少數例が、第一葉から一二葉あたりまでに特に集中していること、また、合わせて六幅差しはさまれる插繪のうち、半數の三幅が冒頭第八葉までにあらわれることなど、注意を引く傾向がないわけではない。しかし、その内部不統一の様相を分析することによって得られる有效な結論は乏しい。逆にいえば、分析を待たずして成化本を一見した際に抱く印象、すなわち、版式の多くに、積極的意味を見出しがたいさまざまな不統一が見られることこそが、坊刻通俗文學版本としての成化本の、最大の特徴であるといえるだろう。

第二四葉a第五行目から四行にわたって、七言の韻文が一句ずつ若干の空格をはさんで分かち書きされる例がある。そのうち一句の後には小圈點が插入され（ただし、この圈點には意味が見出しがたい。成化本には他に、第九葉a第一一・一二行目において五言四句の退場詩の分かち書き部分に圈點が插入される例がある）、これら版本上の表記は、この韻文全體が眞文韻で押韻することと相俟って、說唱詞話との關連をおもわせる。ただし、成化本說唱詞話の各版本では、「唱」の各句を分かち書きにはするが、そこに圈點を插入する例は見出せず、また、その他の版式においても、成化本說唱詞話と『白兎記』とではその特徵は必ずしも一致しない點がある。たとえば、說唱詞話がほぼ四周雙邊（ごく稀に左右雙邊が混在する）、雙魚尾（三魚尾のものが一種のみある）で統一されるのに對して、『白兎記』では上述のように、單邊を多く用いながらも、四周雙邊および、天地のみを雙邊に作る邊欄（この「上下雙邊」は版本としてきわめて稀な例だといえ

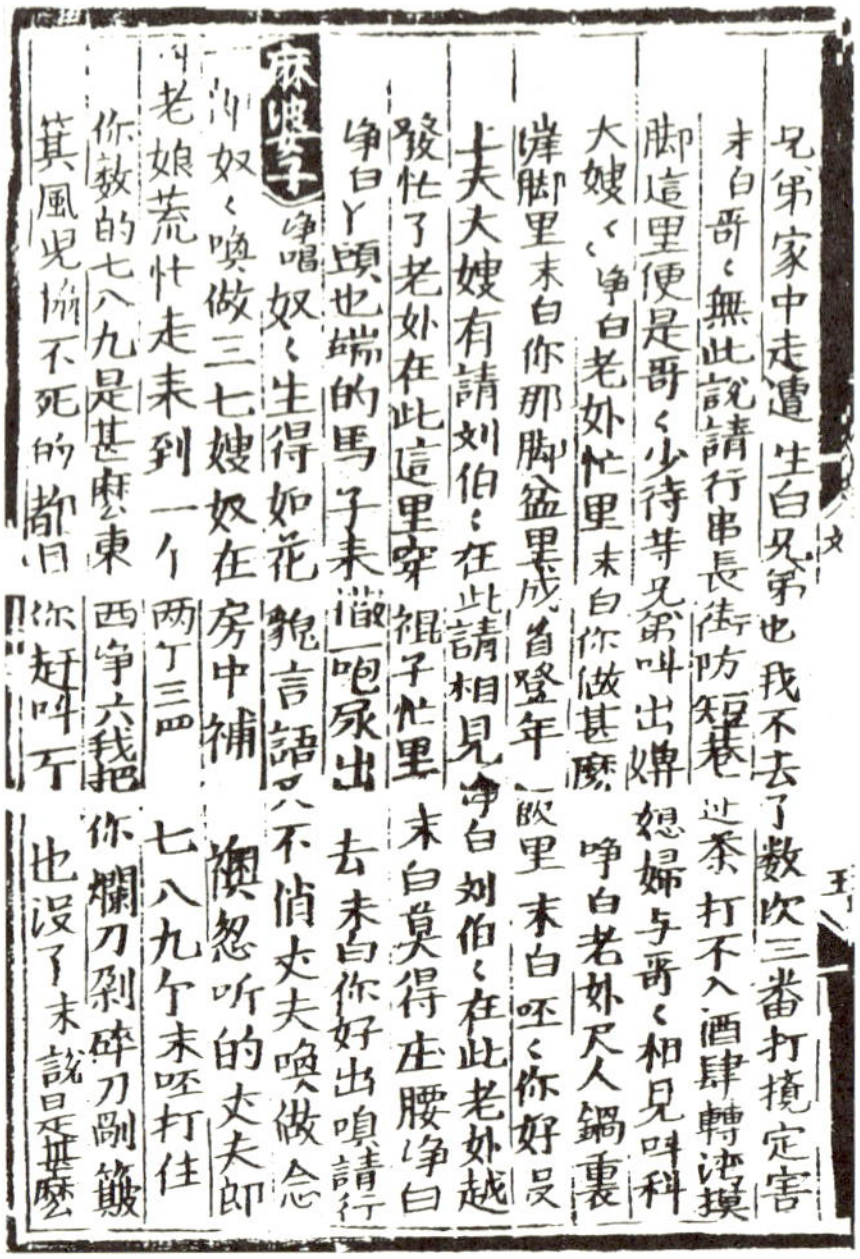

圖11

る。推測するに、四周雙邊を不規則に省略したものではないか）をも混在させるし、魚尾はおおむね單魚尾で統一されている。さらに、説唱詞話の巻頭巻末の版心には、南宋にはじまり、主として元刊本に特徴的に見られる裝飾的記號「◆」「▲」などが刻されるものが多く、獨特の太字の草體による丁付も多い（これも元刊本の特徴である）が、白兎記の版心にはこのような記號は見られず、丁付もわずかに第二葉のそれが太字草體で刻されるのみである。

當版本は、全體にわたって界線が寸斷されたり不鮮明であったりし、字様についても同様に筆劃の缺損が多見される。同一版による刷りが重ねられ、版木が磨耗していたことがうかがわれよう。また第五葉bには、版面左から右にむけて版木に二條の龜裂があったことが見てとれるが（圖11）、版面の龜裂による文字間の空隙をもちつつも、龜裂の上下にあたる文字の缺損がほとんど見られず、なおかつ文意もそこなわれていない箇所があること（特に同葉第七行目以降）からすると、部分的には版木の補刻も行われているようである。

成化本本文には、通俗文學版本に特徴的なさまざまな字體（異體字・俗字・簡略字）が現れるだけでなく、誤字・誤脱・互倒など、あらゆる版本上の誤りに滿ちており、それらは本文を正しく理解する際の大きな妨げとなっている。しかしこれらの〈誤り〉は、同時代の讀者にとってそれら全てが誤りとして認識されたのかという問題も含めて、ある意味では當時の最も通俗的な版本の眞面目をとどめ傳えているといえよう。本文篇正文作成にあたって我々が校訂した文字は通算すると一千字をこえ、平均すれば原版本のほぼ毎行に何らかの校訂すべき文字が現れることになるが、以下では、そのうち特に誤字をとりあげ、その傾向を分類してみることにする（以下、本文篇の校訂と同様に、成化本版本上の誤字を（　）、校訂後の文字を〔　〕で表記し、それが現れる箇所の葉數と行とを後に附す）。

字形から生じる誤り——「（折）〔拆〕」（2b l.4）・「（牧）〔收〕」（10a l.7）など多くの例は比較的錯誤の理由がわかりやすいものだが、「（公）〔去〕」（21a l.13）・「（李）〔字〕」（23a l.13）・「（万）〔石〕」（27b l.1）など、なかには元となったテキストの筆記者もしくは版下書きの識字能力を疑わせる例もある。その他には「（子）〔箇〕」（27a l.7）・「（尤）〔風〕」（31b l.8）・「（招）〔報〕」（44b l.4）など、簡略字形の相似に由來する誤りが散見されるほか、成化本原文に現れる字形が既知の漢字として識別できない場合（本文篇では「■」で表記される、いわゆる「譌字」）もこれに含まれる。

字音から生じる誤り——「（計）〔既〕」（2a l.10など）・「（在）〔再〕」（11a l.9など）・「（元）〔緣〕」（14a l.9など）など同音（聲調のみが異なるものも含む）に由來する誤りには、「（實）〔識〕」（2b l.7）・「（陌）〔驀〕」（3b l.11）・「（酌）〔濁〕」（4b l.13など）など、本來ともに入聲音であったものが非入聲の同音になったもののほか、「（八）〔巴〕」（8b l.3）・「（例）〔歷〕」（14a l.12）・「（一）〔以〕」（42b l.3）のように、元來それぞれ入聲音・非入聲であったものが同音になった例も含まれる。その他、「（疎）〔粟〕」（3a l.8）・「（夕）〔婿〕」（10b l.3）・「（賓）〔幷〕」（26a l.6など）・「（納）〔諾〕」（28b l.8など）・「（被）〔避〕」（30b l.8）・「（皆）〔該〕」（35a l.8など）など、成化本の中では同音となっていることによって誤ったと思われる例もあり、これらは成化本のことばを音韻の面から分析する際の手がかりとなる。

字形・字音の誤りが組み合わさったもの——成化本全體で十數例程見え、たとえば「（王）〔玉↓御〕」（「王」↓「玉」（字形）→「御」（同音）7b l.13）・「〔王〕〔主→祝〕」（「王」→「主」（字形）→「祝」（同音）8b l.5）・「〔閑〕〔間→兼〕」（「閑」→「間」（字形）→「兼」（同音）14a l.12ほか）・「〔乂〕〔乂→藝〕」（「乂」→「乂」（字形）→「藝」（同音）26a l.8）・「〔軒〕〔敢〕」（「軒」→「幹」（字形）→「敢」（同音）36a l.1）などがある。これらもテキスト筆記者もしくは版下書きの識字能力が疑われる誤りであるが、その他ここに擧げない例も含めて、このパターンはすべて同音による誤りが先立ち、それに字形の相似による誤りが組み合わさったというもので、その逆、すなわち字形の相似に由來する誤りが先で、その後同音からくる誤りが組み合わさる例は、成化本中では唯一「〔鬭〕〔斗→手〕」（「鬭」→「斗」（同音）→「手」（字形）25a l.11）のみである。このことからすれば、成化本版本の文字の誤りのうち、少なくとも字形の相似によるものは、それが依ったテキストではなく、版下製作者に由來する錯誤である可能性が高いといえよう。

〔加藤　聰〕

『風月錦嚢』と富春堂本『白兎記』

次に、富春堂本系統の『白兎記』にも簡單に觸れておこう。

南戯『白兎記』のテキストは、成化本以後も幾つかの版本が出版されたと考えられるが、完本として今日殘っているのは金陵唐氏が萬曆年間に刊行した富春堂本（以下、富本と略す）だけである。富本は、第一〇出【金井梧桐】の一套を除いて汲本（第八出「遊春」）と重複する曲辭がなく、汲本系統といかなる關係にあるのか、ないし何時頃どのようにして生まれたテキストなのか、必ずしも明らかではない。ただ、明末に陸續と出版された所謂「散齣集」に収められる各場面には富本系統に連なるものが多く、これを賴りに成化本以後の『白兎記』の展開を多少たどることができるので、汲本系と富本系がいかなる關係にあるのかを以下に簡單に述べておこう。

富本の性格を考える上で最も大きなヒントをあたえてくれるのは『風月錦嚢』である。『風月錦嚢』とは、嘉靖癸丑（一五五三）年に詹氏進賢堂なる書肆が刊行した現存する最古の「散齣集」であるが、そこに「劉知遠」と題される全部で一一の場面が収められており、この一一場が富本系の成立の祕密を暗に物語っているように思われる。

『風月錦嚢』が収める一一場とは次の通りである。汲本や富本との關係もあわせて列してみよう。

一　「□□□□」（汲本第一出「開宗」と詞牌・内容が重複する。富本第一出に該當曲なし）
二　「知遠逢友」（汲本第二出「訪友」と曲牌・曲辭が重複する。富本第二出に該當曲なし）
三　「夫妻遊賞」（汲本第八出「遊春」、富本第一〇出と曲牌・曲辭ともに重複する）
四　「□□□□」（汲本第一〇出「逼書」、富本第一一出、ともに該當曲なし）
五　「三娘送水飯」（汲本第一二出「看瓜」、富本第一五出、ともに該當曲なし）
六　「夫妻相別」（汲本第一三出「分別」、富本第一七出、ともに該當曲なし）
七　「小姐繡樓賞翫」（汲本・富本、ともに該當出なし）
八　「三娘挨磨」（汲本第一九出「挨磨」と曲牌・曲辭が重複する。富本第二五出に該當曲なし）
九　「慶賞元宵」（汲本・富本、ともに該當出なし）
一〇　「三娘汲水　咬臍遇母」（汲本第三〇出「訴獵」、富本第三五出、ともに該當曲なし）
一一　「打破磨房　夫妻敍□」（汲本第三二出「私會」、富本第三八出、ともに該當曲なし）

このうち、三の「夫妻遊賞」は汲本と富本が唯一重複する場面。一と二と八は、曲牌名・曲辭が汲本とだけ重複する場面である。これら四場面は、『風月錦嚢』が汲本の流れを汲むテキストであることを示しているように思われ、たとえば、右の一「□□□□」の【滿庭芳】は次のようにいう。

【滿庭芳】五代殘唐。漢劉智遠、時紫□□□。李家□上、招贅佐東床。一男不容完娶、心生巧計拆散鴛戸、三娘受苦、磨房下生下咬臍郎。○智遠投軍、卒發跡到邊疆。□□秀美岳氏、配與鸞凰。一十六□、咬臍生長、□遊獵識認親娘。智遠如官進職、九州安無、昼帛還鄕。

これに對し、汲本第一出【滿庭芳】は次のようにいう。

【滿庭芳】五代殘唐。漢劉知遠、生時紫霧紅光。李家莊上、招贅做東床。二舅不容完聚、生巧計拆散鴛行。三娘受苦、產下咬臍郎。○知遠投軍、卒發跡到邊疆。得遇繡英岳氏、願配鸞凰。一十六歲、咬臍生長、因打獵識認親娘。知遠加官進職、九州安撫、衣錦還鄕。（内容は同じなので、譯は省略する）

富本の第一出には【滿庭芳】がなく、【臨江仙】に次のようにいう。

【臨江仙】五代沙陀劉智遠、英雄冠絕當時。皇天作合李爲妻。嫂兄因奪志。苦節不依隨。汲水還挨磨、房中產下嬰兒。當時痛苦咬兒臍。別離十五載、井上有逢期。

五代の沙陀氏・劉智遠は、その英雄ぶりたるや當時に冠絕し。天は李氏を娶わせた。兄・兄嫁は改嫁を逼るも。節を守って從わず。水汲みの上に臼をひき、磨房で子供を生んだ。そのとき子の臍の緒を嚙み切って。別れて十五年、井戸端に再會することになる。

少なくとも前掲四場面に關しては、『風月錦囊』が汲本に連なるテキストであったことは異論のないところであろう。

しかるに、一〇の「三娘汲水　咬臍遇母」の場面を見てみよう。この場面は、咬臍郎が母・李三娘とめぐり合うシーンだが、本文篇を見れば明らかなように、汲本系は次の三つの展開から出來ている。

〔汲水〕――李三娘が一人で登場し、水汲みの苦と自身の不幸を歌うシーン

〔遇母〕――咬臍郎が共の者と登場し、李三娘と言葉を交わすシーン
〔打揮〕――咬臍郎が共の者に李三娘を送らせ、供の者が李弘一等に打たれるシーン

一方、これが富本系になると、初めの二つの展開は同様だが、供の者が打たれる滑稽なシーンはなく、その代わりに比較的典雅な次のシーンが付く。

〔傳書〕――李三娘が、咬臍郎の求めに應じて、雪の中で劉知遠宛の手紙を書くシーン

また、以上四つの展開に對する各本の曲の配當を見るならば、次のようになる。

〔汲水〕――汲本・成化本は【綿搭絮】　富本は【胡搗練】【御林春】【水仙子】【尾聲】　『風月錦囊』はなし
〔遇母〕――汲本・成化本は【雁過沙】　富本は【不是路】【風入松】　『風月錦囊』は【風入松】
〔傳書〕――汲本・成化本はなし　富本は【香羅帶】【尾聲】　『風月錦囊』は【一封書】
〔打揮〕――汲本・成化本も曲辭はなし

すなわち、『風月錦囊』と富本とは場の展開を同じくし、【風入松】という曲牌も共通する。

また、『風月錦囊』【風入松】の曲辭と成化本【雁過沙】の曲辭を比較するならば、次のようになる。まず『風月錦囊』【風入松】から見てみよう。

【風入松】小將軍休問我情懷。說起海闊天大。奴家住在沙陀村里、守貞潔全沒意歹。雙親死全喪埋。把奴家嫁與劉智遠那喬才。只做得六十日夫妻和諧。被哥哥嫂嫂生毒害。因此上把我鴛鴦打開。從別後一十六載。自從兒夫去、逼奴嫁奴不肯、剝了奴衣服脫下繡羅鞋。

若さまは私に胸のうちをお聞きになる。話し始めればきりがない。私は沙陀村に住み、身持ちの堅い女。兩親は亡くなりましたが。劉知遠というケチな奴に娶わせました。睦まじく夫婦となって六十日。兄さん義姉さん

は悪意をもち。われら夫婦を離散させ。以來十六年。夫と子は去り、わたしは改嫁を逼られ、衣服をはがされ絹靴は脱がされました。

次に、成化本【雁過沙】。

【雁過沙】衙内問我甚情懷。也曾穿着繡羅鞋。又不曾挑水街頭賣。我貞潔婦人怎敢做事歹。從東床也曾入門來。招的劉知遠潑喬才。

我爹娘早死十六載。哥哥嫂嫂忒毒害。

九州安撫投軍去。養得一子方三日。已送爹行去。

（譯は三三六頁參照）

どうであろう。『風月錦囊』の【風入松】は曲牌名は確かに富本系だが、曲辭の內容や韻脚から見れば汲本系と言えるだろう。

念のために、『風月錦囊』の【風入松】をもう一曲、『摘錦奇音』（萬曆辛亥（一六一一）年に書林敦堂張三懷が出版した「散齣集」）所收『白兔記』該當場面【風入松】と比較しておこう。『摘錦奇音』所收『白兔記』は明らかに富本系に屬するテキストである。

まず『風月錦囊』【風入松】。

【風入松】小官人憐憫苦哀哉。望求好言語相解。救奴家脫離苦海。奴情願把丘山頂（載）〔戴〕。强如做了千功果、勝設萬僧齋。

ありがたや若さまの哀れみ。優しい言葉でなだめてやって下さいまし。わたしを苦界から救ってくださいまし。山や丘のように重いご恩。千の功德に勝り、萬人の僧にお齋をするに勝ります。

次に『摘錦奇音』所收『白兔記』【風入松】。

【風入松】將軍憐念苦哀哉。望求你列位把好言語相勸解。千萬叫他早回來。救奴家脱離了苦海。把列位做箇丘山戴。勝造千功果萬修齋。（譯は右參照）

つまり『風月錦囊』【風入松】は、富本系『摘錦奇音』に連なっていく內容ももち、汲本系の內容・韻脚ももつ。成化本を假に發端とし、富本を到達點とするならば、その間に『風月錦囊』や『摘錦奇音』があって、まるで傳言ゲームのように曲牌・韻脚・曲辭が次第に變化していく過程が想定できるのである。同様のことは『風月錦囊』の四「□□□□」からも想定できるが、これ以上の引用は煩瑣となるので、考證はひかえよう。

富本は、成化本や汲本と比較した場合、文人的な趣味、視點の一貫性に大きな特徴がある。たとえば、實の息子に手紙を託す右のシーンでも、富本の〈旦〉は嚴寒の中、凍えつつ雪を硯にいれ（もともと水を汲みに來ているのである）、かじかんだ手で墨をすっては歌い、筆を浸しては歌いと、その上品さ、可憐さは抜群である。成化本や汲本が文字も知らない農家の水汲み女を描いたとすれば、富本は孤閨を守る「佳人」を描いた。明末の祁彪佳という人が書いた劇評集『遠山堂曲品』は、『咬臍記』という戯曲を評して「通本、文を調すれども、轉《うた》た不文なるを覺ゆ」（「具品」）と述べた。「全文に雅を弄びながら、ますます下品になっている」というわけだが、この『咬臍記』がもし富本を指すとすれば（『咬臍記』は、『大明天下春』という「散齣集」の發見によって、富本の別名と考えられるようになった）、當を得た評というべきであろう。そして、富本がなぜそんなに「下品」な作品になってしまったかといえば、祁彪佳も「全文に雅を弄びながら」という如く、それは恐らく、汲本系の「野卑」を嫌った一部の作者たちが、「文」を目的として汲本系の全文を書き直したからであろう。つまり、汲本をなぞりながら、「才子佳人」と「禮教的倫理觀」の觀點から（富本にあっては、劉知遠は岳氏と再婚はするが同居せず、また、李洪信は家長としての倫理觀をもち、早くから自身の妻を離縁すべきだと考えていた、等等）デスクワークによって生み出されたのが富本だったのではあるまいか。

この推測を裏書しているのは、富本に「白兎引路」の情節がないことである。富本は、「白兎記」と標榜しながら「白兎引路」の情節がないので、「白兎が出ない白兎記」と時々呼ばれるが、これは恐らく次のような事情によるだろう。

富本系は元來、首尾一貫した汲本系のようなテキストをもたなかった。『風月錦囊』が暗示しているように、嘉靖年間頃にあったのは、汲本系の幾つかの版本と、そこから場面を抜き出して實演用に改めた改編テキストだけだった。富本系は、今日見る富本のような首尾一貫したテキストが最初にあったのでは恐らくない。完本があってそれが枝分かれして「散齣集」になったのではなく、「散齣集」のような斷片があって、それをもとに後に作られたのが富本だったのである。それゆえ富本は、部分によって基づいたテキストの性格が異なる。母と子がめぐり會う第三五出では「白兎引路」の情節がないのに、第三七出においては、咬臍郎は「白兎を追いかけて母に會った」と父に説明する。また、第三四出で「實母に會いに行きましょう」と述べた咬臍郎は、第三五出においては、實母を前にしてそれが誰かわからないのである。

富本は、全體を見ればきわめてよくまとまった、首尾一貫したテキストである。ただ、「汲水遇子」や「磨房重會」のような有名なシーンでは、參照すべきテキストがあまりに多く、また、編集後のチェックも怠ったため、前後で矛盾する記述や混亂が生まれてしまったのである。

また、富本についてもう一つ指摘しておかなければならないのは、このテキストは以上のような經緯によって生まれたと思われるものの、その版刻は實は汲本に先立ち、しかも富春堂『白兎記』が汲本『白兎記』の出版を促したと考えられる點である。

汲本『白兎記』は「六十種曲」の一つとして有名だが、この「六十種曲」とは元來、毛晉の汲古閣が傳奇の總集として戯曲を一〇作ずつまとめて出版した『繡刻演劇』全六套の總稱であった。『白兎記』は、汲古閣『繡刻演劇』第六套の巻頭を飾る作品として、恐らく一六五〇年前後に出版されたものであったが（『繡刻演劇』第六集の序文は記年を缺く）、戯曲を一〇作ずつまとめて『繡刻演劇』とし、それを六套出版する風は萬曆年間の金陵に始まったと推測され、世德堂・富春堂・文林閣・唐錦池・文秀堂等の金陵の書肆が出版した「六十種曲」が、今日、北京や上海の中國國家圖書館に斷片的に所藏されているのである（『中國古代文學通論』明代卷・第四章「明代戲曲文獻」〈遼寧人民出版社、二〇〇五〉參照）。富本『白兎記』はこうした風潮の中で金陵の富春堂が萬曆年間に出版した『繡刻演劇』所收の一本であった。汲古閣が『繡刻演劇』としていかなるテキストを選擇するかについては、富春堂等の金陵の書肆がどんな「六十種曲」をすでに出版していたかに當然左右されたはずである。

明末に陸續と出版された所謂「散齣集」に收められる「白兎記」關係の各場面は、すでに述べたように富本系統に連なるものばかりであって、汲本系統はほとんどない。また、富本そのものは、それら「散齣集」をもとにデスクワークによって作られたテキストだった可能性が高い。汲本系統の「白兎記」は、萬曆の頃、あまり行われていなかったに違いない。が、金陵の富春堂が『繡刻演劇』所收の一本として「散齣集」系統の「白兎記」を出版すると、その約五〇年後に「六十種曲」を版刻した汲古閣は異本を探し出さざるを得なくなった。かくして汲古閣は古本を見つけ出し、これを版刻した。それが南戲「白兎記」だったのである。こうして考えてみると、古本の南戲「白兎記」を汲古閣に復活せしめたのは、實に富本『白兎記』の出現であった。

富本の梗概を一應紹介しておこう。成化本の場合と同樣、出ごとに脚色を〔　〕で示す。

第一出――〔末〕。開場。
第二出――〔生、浄（酒保）〕。劉知遠は早くに両親を失い、英雄でありながら不遇をかこち、村の酒屋で酒をあおっている。
第三出――〔浄（李洪信）、丑（李洪信の妻）、旦（李三娘）、外（李太公）、貼旦（李太公の妻）〕。李太公の家は名望家。妻、息子夫婦、むすめとともに春の日を樂しんでいる。
第四出――〔末（馬明王）、浄（馬明王廟の宮司）、小生（賭けをする若者）、丑（賭けをする若者）、生、外（李太公）〕。馬明王は、劉知遠が後に帝位に上ることを知っており、李三娘とめぐり會うよう運命を仕組む。馬明王廟の祭りの日に劉知遠は賭博で負け、お供えを盗んで宮司に捕らえられる。そこを李太公に救われる。
第五出――〔外（李太公）、貼旦（李太公の妻）、旦、生、末（李三叔）〕。李太公は劉知遠を家につれ歸り、自身の弟・李三叔に預ける。李三叔は劉知遠の人物を認め、馬の世話をさせることにする。
第六出――〔生〕。劉知遠は馬の世話をすることになったが、李三叔のもとには名馬がいた。
第七出――〔末（李三叔）、外（李太公）、貼旦（李太公の妻）、生〕。李太公と李三叔は劉知遠の人物を知り、李太公の妻とも諮り、李三娘を嫁がせてはと考える。
第八出――〔生、旦、丑（李三娘の侍女）〕。翌日、馬の世話をする劉知遠を李三娘は垣間見る。侍女が劉知遠をからかうが、劉知遠は相手にしない。
第九出――〔外（李太公）、貼旦（李太公の妻）、旦、生、末（李三叔）、丑（李洪信の妻）〕。更に翌日、劉知遠と李三娘は李三叔の仲人で結婚式を擧げる。その日、李洪信は留守であった。
第一〇出――〔生、旦、丑（李洪信の妻）〕。劉知遠と李三娘は新婚。野に出て春の日を樂しんでいる。そこに李洪信の妻が驅けつけ、李太公夫婦の危篤を知らせる。

第一一出――〔淨（李洪信）、丑（李洪信の妻）、生、旦〕。李太公夫婦は死に、旅に出ていた李洪信が歸ってくる。李洪信の妻は、劉知遠が家に來て李三娘と結婚した經緯を李洪信に話し、兩親の死を二人のせいだとして離婚させる計略をもちかける。李洪信は、計劃通り劉知遠の前で自身の妻を打つ。劉知遠はその兒戯をせせら笑うが、離縁狀を書いて李洪信夫婦に渡す。

第一二出――〔淨（李洪信）、丑（李洪信の妻）、末（李三叔）〕。李三叔は李洪信を訪ね、劉知遠が書いた離縁狀を破棄するよう賴む。だが、離縁狀には仕掛けがあって、訴え出れば李洪信が恥をかくようにできていた。李洪信の妻は、劉知遠を妖怪が出る瓜畑に見張りに行かせる計劃を立てる。

第一三出――〔生、淨（李洪信）、丑（李洪信の妻）〕。李洪信夫婦は酒を用意して劉知遠に詫びを入れ、酒を飲ませて瓜畑に見張りに行くよう持ちかける。

第一四出――〔生、旦〕。醉って歸った劉知遠は、見張りに行くことを李三娘に話す。李三娘は妖怪のことを話して劉を止めるが、劉知遠は瓜畑にむかう。

第一五出――〔旦、丑（李洪信の妻）〕。李三娘は劉の食事を用意して瓜畑に出かけるが、途中で李洪信の妻に會い、用意した食事をぶちまけられる。李三娘はやむなく家に引き返し、もう一度食事を用意する。

第一六出――〔淨（瓜畑の妖怪）〕。瓜畑の妖怪は、漢を建國した劉邦がかつて用いた劍の精であり、劉知遠との邂逅を待っていた。

第一七出――〔生、淨（瓜畑の妖怪）、旦、末（李三叔）〕。瓜畑の妖怪は劉知遠と戰って地中に逃げ込む。李三娘が登場し、二人は地中から寶劍と兵書を手に入れる。劉知遠は、その天意に從って軍に身を投じることを決心する。そこに李三叔が登場し、路銀を用意してくれる。劉知遠と李三娘は別れを惜しむ。

第一八出――〔淨（賊將・王彦章）、丑（王彦章の供回り）、小生（王彦章の供回り）〕。唐王朝は弱體化し、大梁王麾下の王彦章は邠州節度使・岳彦眞を攻めようとしている。

第一九出――〔外（岳彦眞）、末（岳彦眞の供回り）〕。邠州節度使岳彦眞は賊將王彦章が邠州を攻めようとするのを知り、兵を召募する。

第二〇出――〔生〕。劉知遠は李三娘と分かれて旅に出、邠州で節度使の御觸書を見る。

第二一出――〔外（岳彦眞）、末（岳彦眞の供回り）、生〕。劉知遠は邠州節度使の召募に應じ、軍馬の世話をすることになる。

（以上、上卷）

第二二出――〔生、外（岳彦眞）、丑（岳彦眞の供回り）〕。劉知遠は兵士となり、夜の見回りをするが、居眠りをしてしまう。そこに岳彦眞が現れ、兵士の宿舍に天子の氣があることに驚く。

第二三出――〔外（岳彦眞）、淨（岳彦眞の供回り）、丑（岳彦眞の供回り）、生〕。岳彦眞は新兵の教練を行う。寶劍を用いて陣を敷く劉知遠の手竝みを見て、岳彦眞は彼を先鋒とする。

第二四出――〔旦、淨（李洪信）、丑（李洪信の妻）〕。邠州に去った劉知遠を思って寒衣を裁縫する李三娘のもとに李洪信夫婦が現れ、三娘に再婚を迫る。李洪信の妻は、李三娘の髪を切り靴を脱がせて奴婢とし、晝は水を汲ませ夜は臼をひかせることにする。

第二五出――〔旦〕。李三娘は髪を切って奴婢となる。

第二六出――〔外（岳彦眞）、小生（岳彦眞の供回り）、生、貼旦（岳小姐）、淨（岳彦眞の供回り）、丑（岳彦眞の供回り）〕。岳彦眞は劉知遠とむすめを娶わせるつもりであった。そこに劉知遠が凱旋する。岳彦眞はさっそく二人に結婚式を擧げさせる。

第二七出――〔丑（李洪信の妻）、旦、末（土地神）〕。李洪信の妻はあいかわらず李三娘を苛む。李三娘はひき臼小屋で産氣づき、男子を出産する。土地神が現れ、その子が紫微星の生まれ變わりであることをいう。李三娘は子供に咬臍郎という名をつける。

第二八出――〔末（李三叔）、旦、竇員（李相の家僕）、義奴（竇員の妻）〕。李三叔は李三娘が出産したことを知って訪れる。咬臍郎が兄夫婦に殺されることを心配した李三娘は、生まれた子供を劉知遠のもとに送り届けるべく相談する。李三叔は竇員・義奴の夫婦をよび、三娘に手紙を書かせ、咬臍郎と手紙を竇員・義奴夫婦に託す。

第二九出――〔竇員（李相の家僕）、義奴（竇員の妻）〕。竇員・義奴夫婦は赤ん坊の世話をしながら邠州への道を急ぐ。

第三〇出――〔貼旦（岳小姐）、末（岳小姐の家僕）、竇員（李相の家僕）、義奴（竇員の妻）〕。劉知遠は結婚して五日後に戰に出かけ、岳小姐は留守宅を守っている。そこに竇員・義奴夫婦が咬臍郎を抱いて登場。岳小姐は劉知遠の子供を引き取り、承祐と名をつけ、自身の子として育てる。

第三一出――〔淨（李洪信）〕。李洪信は、妻にそそのかされて李三娘を苦しめたことを反省し、外見は從來通りを裝いながら、妹を救い妻を遠ざける方法を摸索する。

第三二出――〔生〕。劉知遠は李存勗を捨てて石敬瑭に投じることを決心、契丹が中原に入ったことを期に、邠州の岳父の墓參りをして李三娘を訪ねることを考える。

第三三出――〔貼旦（岳小姐）、生、小生（劉咬臍）〕。劉知遠が出兵してから十五年、承祐は岳小姐のもとで十五歳の青年に育っている。劉知遠は初めて歸還し、息子と對面する。李三娘が託した手紙を岳小姐から受け取り、三娘が兄夫婦に苦しめられていることを知る。一方、息子承祐は文武に長けた立派な青年に成長しているので、先鋒隊として沙陀村開元寺に行かせ、そこで落ち合うこととする。

第三四出――〔小生(劉咬臍)、淨(劉咬臍の供回り)、丑(劉咬臍の供回り)、牧童〕。沙陀村開元寺に着いた承祐は、供の者をつれて獵りに出かける。

第三五出――〔旦、小生(劉咬臍)、丑(驛卒)〕。李三娘は寒い冬の日に水汲みをしている。獵に出かけた承祐は雪を避けるために驛舍で休んでいた。雪の中で水汲みをしている女がいるのを不審に思い、そばに呼んで事情を聞くと、夫の名は劉知遠、息子の名は咬臍郎ということなどを話す。承祐は、自身の父は邠州節度使だから便宜を圖ってやろうと述べ、李三娘に手紙を書かせる。李三娘は雪の中で手紙をしたためる。

第三六出――〔小生(劉咬臍)、衆(供回り)〕。承祐は、李三娘が書いた手紙を手に、馬に乘り、供の者を連れて開元寺へと歸っていく。

第三七出――〔淨(開元寺の僧)、生、貼旦(岳小姐)、小生(劉咬臍)〕。承祐が手紙を見せると、父はそれを讀んで泣いている。不審に思った承祐に岳氏がすべての事實を告げる。劉知遠は、軍をつれて村を圍むよう承祐に指示し、自身は李三娘の仇を討つべく身をやつして沙陀村に出かけていく。

第三八出――〔旦、生〕。夜、李三娘はひき臼小屋で臼をひいている。そこに身をやつした劉知遠が登場。扉を隔てて劉知遠が名乘るが、李三娘は俄かには信用しない。瓜畑での別れを説明して三娘はやっと信用する。別れて以來十五年間、自身はずっと戰場にいたこと、咬臍郎は承祐と名を變えて岳氏に育てられたこと、岳氏は恩人・岳節度使の娘であり後妻であること、三娘が先日手紙を託した青年が咬臍郎であること、劉知遠は出世して今は節度使になっていることを説明する。劉知遠はまた、李三娘を正夫人として迎えることを約束する。

第三九出――〔貼旦(岳小姐)、生、旦、末(李三叔)、小生(劉咬臍)、淨(李洪信)、丑(李洪信の妻)〕。一同が團圓し、李三

娘と承祐の二人は李洪信夫婦を殺そうとする。李三叔の勧めもあって、しかし劉知遠は二人を許し、李洪信の妻を離縁させて實家に歸し、李洪信には新しい妻を娶わせることにする。

〔高橋文治〕

三　成化本の特徴と表現

「口頭の俗語」について

前掲の祁彪佳『遠山堂曲品』「具品」「咬臍」の條は、古本の「白兎記」と富本を比較して次のようにいう。

（富本は）別に科目を設け、絶えて「白兎記」に類《に》ず。乃ち、彼（古本「白兎記」）は卽ち口頭の俗語なれども自然の雅致。此（富本）は則ち、通本、文を調すれども、轉《うた》た不文なるを覺ゆ。

富本系を「全文に雅を弄びながら、ますます下品になっている」としたのに對し、汲本系の古本「白兎記」は「平易な口語で書かれているが、巧まぬ品格がある」と評したのである。成化本は汲本に比べてはるかに卑俗だから、『遠山堂曲品』が用いた「雅致」という用語が適當かどうか解らないが、成化本の表現を假に肯定的に要約するならば、汲本と同様に「口頭の俗語なれども自然の雅致」という以外ないだろう。

ただ、成化本はあまりにも杜撰な版本で、様々な誤脱に満ちている。これを用いて曲律や語彙・表現の特色を歸納することは、ある言い方をすれば不可能に近い。成化本には他に用例を見ない特異な語彙、脱文を想定すべき生硬な表現が多いが、そうした語彙・表現がそもそもこのテキストの特徴なのか誤りなのか、誤りだとすれば元の形をどう推測したらいいのか、判斷がつかない場合がきわめて多いからである。テキスト全體がもつこうした不安定性こそが、強いていうなら、成化本の一番の特徴であろう。

第二出にある次の例を、原形のまま見てみよう。

【麻婆子】[淨唱] 奴奴生得如花貌。言語又不俏。丈夫喚做(念一郎)〔廿一郎〕、奴奴喚做三七嫂。奴在房中、補(□□)〔衣補〕襖。忽聽的丈夫(郎叫)〔嚷叫〕。老娘荒忙走來到。

〔[白]〕一箇兩箇、三四(□□)〔五六〕七八九箇。[末] 呸。[打住] 你數的七八九是甚麼東西。[淨(六)〔白〕] 我把你爛刀剐、碎刀剮、籔箕風兒、(協)〔扇〕不死的。都(□)〔見〕你趕叫、一箇也沒了。[末] 說是甚麼東西。[淨白] 是蜜蜂兒。見老娘古怪標致、四千里地來老的頭上、壘窩兒。[末白] 你那里賽過西施(壯丹)〔粧淡〕。[淨白] 奴奴生的白似炭。一年四季喜(庄扮)〔粧扮〕。賽過李奴奴强似劉(■■)〔盼盼〕。有時走在門前站。過來過往小漢子都把眼來看。他說老娘相、相、相。[末白] 說你相甚麼。[淨白] 相那河浩上(嗅)〔臭〕養漢。[末白] 娘子、我前日說的那瓶(酌醪)〔濁醪〕。[淨] 甚麼是(酌醪)〔濁醪〕。[末] 娘子、我和你夫妻、一(吊)〔兩〕次說話、(酌醪)〔濁醪〕是一瓶酒。[淨] 我把你兩鎗兒(礼)〔扎〕不死的、兩(來舡)〔末舡→磨杠〕(丈)〔杖〕不匾的。我和你七八百年的夫妻、蝗子語、老鴉語、黑歸淺番、高班響盞兒一條鞭。你(洪)〔哄〕我、酒便酒、甚麼(酌醪)〔濁醪〕。(酌醪)〔濁醪〕、一一的你娘家祖宗、一箇也沒了。[末白] 可那里去了。[淨白] 我都(攁)〔養〕了。[末白] (□)〔和〕那箇(攁)〔養〕了。[淨白] 和提偶的(攁)〔養〕了。

(譯は一四八頁參照)

ここにいう「協不死的」「那里賽過西施壯丹」「相那河浩上嗅養漢」「一吊次說話」「兩來舡丈不匾的」「蝗子語老鴉語黑歸淺番高班響盞兒一條鞭」は、原形のままでは恐らく意味が通じまい。どこかに誤りがあることは明らかである。「協不死的」は兪爲民氏が校訂するように「扇不死的(箕で風にふるっても死なないやつめ)」の誤り(一四八頁參照)、「那里賽過西施壯丹」は「那里賽過西施粧淡(西施の薄化粧にどうして及ぼう)」の發音から來る誤りだとしても、たとえば「一吊次說話」は何が原因でこのような文字使いになったのだろう。このような單純な表現でも、前後の文脈と誤脱の生まれた經路を讀めないため、どこを改めるべきか結局よく解らない。

成化本が難解なのは、テキストに誤脫が多いからだけではない。全體を貫く發想や設定が當時の一部の生活にあまりにも深く密着し、視野が狹いため、普遍性を缺いた不完全な表現が多いせいでもある。もっと判り易くいうなら、成化本はあまりに鄙びて、世間が狹い。しかもこのテキストは一種の發掘資料だから、誤脫が想定されてもそれを正す參考資料のない場合が多い。たとえば、「協不死的」を「扇不死的」と校訂するのは、前文に「籭箕風兒〈籾殼を風でよりわけるザル〉」とあり、全體が罵語を形成すると推測するからだが、「扇不死的」という用例は少なくとも他の南戲中になく、右のような校訂で正しいか否かは何の確證もない。「兩來舡丈不匾的」や「蝗子語老鴉語黑歸淺番高班響盞兒一條鞭」に至っては、罵語だということは解っても、今日の我々には生活感覺も參考資料もなく、校訂する絲口さえないといえるだろう。當時の農民からすれば生活に直結した卑近なジョークだったのだろうが、それがあまりに卑近であったがために、今日の我々からすれば最も疎遠な、意味不明なものに變わってしまったのである。

とはいえ、右のような悍婦の罵語の中に、成化本における「口頭の俗語」の魅力は最も典型的に現れているといえる。宋元の文學には、「口八丁手八丁」の女性を描く一類の傳統があった。主人の非を理路整然と批判する『西廂記』の紅娘、その紅娘の後裔といえる元曲『㑳梅香』の梅香、夫の甲斐性なしを激しくなじる『漁樵記』の妻、常に韻文で自分の論を展開する李翠蓮。これらの女性はみな天衣無縫で氣が強く、「快嘴」と「詭辯」とで相手をやり込める。右に擧げた史弘肇の妻も、ある言い方をすればそれらの系譜に連なる人物かもしれないが、しかし彼女の場合は〈旦〉や〈貼旦〉ではなく〈淨〉であった。恐らく、男が女裝をして演じたのであり、そのセリフも完全に「どたばた喜劇」の様相を呈する。强調されるのは「才」や「理」ではなく、「醜惡さ」や「倒錯」といえよう。展開されるのは豊富な罵語であり、しかもその罵語は性的ニュアンスを帶びる。

「彼女」が多用するのは罵語のみではない。同音から來る「雙關語」も頻發される。たとえば右の例でいえば、末尾にある「撬」は恐らく洒落で、「漾（捨てる）」と「養（間男をする）」が掛けてある。〈淨〉が「漾了（捨てた）」といったのに對し、〈末〉が「和那箇養了（誰と出來たのか）」と問い直すことによって「和提偶的養了（人形遣いと寝た）」を導くのである。

また、發音から來る言葉遊びは韻文の形をとることもある。右の例で言えば「那里賽過西施壯丹」以下がそうである。〈末〉が「那里賽過西施粧淡（西施の薄化粧にどうして及ぼうか）」といったのに對し、〈淨〉は「奴奴生的白似炭（あたしは炭のように白い）」とナンセンスギャグで應じ、以下、「扮」「盼」「站」「看」「相」「漢」と、天田・監咸・江陽韻が通押する形で韻を踏んでいくのである（天田・監咸・江陽韻の通押については後に述べる）。これなどは、〈末〉のいった「淡」という一語を捉え、發音による言葉遊びを展開して笑いを取る、南戲特有の「悪ふざけ」である。

右の引用中には、また、所謂「歇後語」「俏皮話」もある。「你娘家祖宗、一箇也沒了」がそれである。「你娘家祖宗（お前の實家のご先祖樣）」は「一箇也沒了」を導くための「上の句」であり、「みな亡くなった」、すなわち「みな無くなった」という。この「俏皮話」は『六院彙選江湖方語』や『市語聲嗽』といった隱語集には拾われておらず、その意味では明末には忘れ去られた「俏皮話」だったかもしれない。

この他、この文學の卑俗さを證するもうひとつの特徴として、所謂「吏牘語」の多用を擧げることができる。「吏牘語」とは役人の文書用語であり、書面上の讀み書きを前提にした言葉ではあったが、過去の中國にあっては、税の取立て・契約・裁判等、役所に關わるあらゆる場面で用いられる、生活に結びついた實用語だった。胥吏と呼ばれる下級役人が用いるため、傳統文學の擔い手からは忌避されたが、それだけに書き手の能力を物語る、ある意味で社會層・教養の刻印であった。

第七出にある次の例を見てみよう。

［淨白］老婆、怎麼好。干做了一場辦派、休書着那（了頭）〔丫頭〕搶了去了、又着叔叔罵了一頓、如今怎麼計較。［（淨）（丑）］如今拏三錢銀子、去上角頭拘捆衚衕丘生藥家、買些巴豆人言（閙）〔腦〕子、碾成一服、茶里不着飯里着、把這光（杞）〔棍〕藥死了罷。興不的詞、告不的狀。［淨白］老婆、不好。你弄、我着那做城長官拿住、拿到背（淨）〔靜〕去處、與一箇仙人指路燕兒飛、就認了、拿到西角頭、坐西朝東、綁將起來、（膊）〔脖〕子里（掙）〔插〕一面招旗「犯人李弘一毒藥殺人」、劊子（■）〔提〕刀一下、要了頭又要充軍。［（淨）（丑）白］要了頭、怎麼又要充軍。［淨］（■）〔說〕成化年折例不好。

（譯は二二二頁參照）

この部分は末尾に「成化年折例不好」といい、この版本が少なくとも成化年間に書かれた部分を有することが解る重要な場面でもあるが、その「成化年折例不好」の「折例（換算のきまり）」とは吏牘語であり、その他「辦派」「計較」「興不的詞」「告不的狀」などもすべて吏牘語である。「辦」は税や穀類を役人が集めることを元來いい、「派」は出張の意。離縁状を取ることを役人の集金にたとえ、最後を「成化年の税の換算レート」で落とすのは、役人のやり方の悪辣さをあてこすって見事という他ない。成化本の「口頭の俗語」が單なる悪ふざけを脱した箇所といえるが、こうした部分は残念ながらあまり多いとはいえない。

〔高橋文治〕

「天然の雅致」について

『遠山堂曲品』が『白兎記』を論じて述べた「自然の雅致」という特徴が成化本にも當てはまるとすれば、それは當然曲辭部分についてであろう。

まず次の曲辭を見てみよう。

【五更傳】受苦辛、如何過。受勞碌沒柰何。只得忍痛忍痛灣轉坐。受苦在磨房、有那誰人採我。我尋思起、淚滿腮。愁難挨。又待要吊死吊死在廚房下。

旦白 我死一身由閑可、撇的我劉郎回來、倚靠誰過。旦唱

我死也甘心、怕躭誤了劉大。

（譯は一九五頁參照）

第一五出、李三娘が兄と兄嫁とによる虐待と陣痛の苦しみを唱う【五更傳】第五曲である。何の雕琢も凝らされない素朴な表現にもかかわらず、李三娘の境涯が率直に吐露され、胸に迫るものがある。なかでも、第四句目にみえる「灣轉（坐）」という疊韻の言葉は秀逸で、陣痛にうずくまる李三娘が視覺的に描かれ、「受苦在磨房」「誰人採我」という句と共鳴しあって、寒々とした磨房と彼女の孤獨とを強調する。その孤獨はさらに「首を吊って死んでしまいたい」という絶望に發展し、やがて夫・劉知遠への思いへと歸着する。登場人物の狀況と感情が、何の典故も用いない平易な言葉で述べられているだけなのだが、孤獨や絶望、生への執着といった心の搖らぎが素直に展開され、絶妙である。こうした曲辭が成化本の精華であり、『遠山堂曲品』のいう「口頭の俗語なれども自然の雅致」に當るといえよう。

ただし、成化本の曲辭が傳統的な表現を全く用いないわけではない。たとえば、次の曲辭を見てみよう。

【絳都春犯】彤雲布密。見四野、盡是瓊粧銀砌。迸玉篩珠。只見柳絮梨花在那空中舞。長安酒價增高沽。見漁父披簑歸去。[合] 鼻中、只聞的梅花香、要見竝舞在覓處。

【換頭】看覷。靑山頓老、見過往行人、迷蹤失路。下幕垂簾、酌酒羊羔歌白紵。紅爐添炭人完聚。怎知道怎知道街頭上貧苦。[合前]

劉知遠が自らの不遇をかこつ第二出の曲辭である。この曲は實は周邦彦【女冠子】詞および柳永【望遠行】詞を襲っていると考えられる。

まず周邦彦【女冠子】。

【女冠子】同雲密布。撒梨花、柳絮飛舞。樓臺誚似玉。向紅爐暖閣、院宇深沈、廣排筵會。聽笙歌猶未徹、漸覺輕寒、透簾穿戶。亂飄僧舍、密灑歌樓、酒簾如故。　想樵人、山徑迷蹤路。料漁人、收綸罷釣歸南浦。路無伴侶。見孤村寂寞、招颭酒旗斜處。南軒孤雁過、嚦嚦聲聲、又無書度。見臘梅枝上嫩蘂、兩兩三三微吐。

【女冠子】黒々とした雲が濃くたれこめ。梨花がまき散らされ、柳絮が飛び舞う。高樓はあたかも玉に似て冰の世界。暖爐のある暖かい部屋、中庭はしんしんとして、宴が開かれる。笙歌もまだ聽き終わらぬのに、微かな冷氣は、簾や戶から忍び込む。僧舍に亂れ舞い、歌樓に降りそそぎ、酒屋の旗はいつも通り。　思うに木こりは、山道で迷っていよう。釣り人は、網をしまい釣りをやめて南浦に歸っていよう。道連れもなく。見ればぽつんとひとつの村、風を受けて酒屋の旗が斜めにはためけば。南の軒端をはぐれ雁が飛び過ぎ、嚦嚦と頻りに鳴こうと、屆く手紙があるわけもなし。ふと見やれば紅梅が、枝に柔らかなつぼみを、二三つけ始めた。

次に柳永【望遠行】。

【望遠行】長空降瑞、寒風剪、淅淅瑤華初下。亂飄僧舍、密灑歌樓、迤邐漸迷鴛瓦。好是漁人、披得一蓑歸去、江上晩來堪畫。滿長安、高却旗亭酒價。　幽雅。乘興最宜訪戴、泛小棹、越溪瀟灑。皓鶴奪鮮、白鷴失素、千里廣鋪寒野。須信幽蘭歌斷、同雲收盡、別有瑤臺瓊榭。放一輪明月、交光淸夜。

【望遠行】はるかな空から今年初の瑞兆が、北風の中、しんしんと降る。僧舎に亂れ舞い、歌樓に降りそそぎ、遙か遠くまで鴛鴦瓦はしだいに雪に霞んでゆく。釣り人が、蓑をかぶって歸っていく、川のほとりの夕暮れはまさしく繪にも描きたい美しさ。都の中では、酒屋の酒價が高騰する。　なんと優雅な樂しみか。興に乘って王子猷が剡溪に戴安道を訪ねたように、小舟を浮かべ、越溪をさっそうと漕いでゆくにふさわしい。白鶴はその鮮やかさを奪われ、白鷴の白さもかすむほど、雪は見渡す限り寒々とした野に敷き詰められていく。古琴曲の幽蘭白雪の歌は斷たれ、黑々とした雲が消えてしまっても、ここにはまだ仙界にもまごう氷の樓閣があり。輝く月は、淸らかな夜に光を亂反射させている。

「同雲密布」「撒梨花柳絮飛舞」「想樵人山徑迷蹤路」「向紅爐暖閣」（以上周詞）、「好是漁人。披得一蓑歸去」「滿長安高却旗亭酒價」（以上柳詞）といった語が、それぞれ微妙にかたちを變えてではあるが、上記二曲の曲辭の中にちりばめられていることに異論はあるまい。しかも他の戲曲作品を通覽すると、上に擧げたような語やモチーフは「冬」の景色を描寫する際にしばしば用いられる、いわば常套表現なのである。

また、第一〇出の劉知遠の道行きは次のようにいう。

【集賢賓】麻鞋緊繫一似飛。只得步踉登程、野草閑花愁滿地。過前村小橋流水。漁翁釣叟。敲梆板歌聲搖拽。堪畫處。遙望遠浦帆歸。

【又】李弘一不恨你來却恨誰。此恨何日忘之。話別叮嚀情慘凄。難割捨少年賢妻。我須行行淚垂。這兩日越添上憔悴。他那里。日日寸心千里。

（譯は二六二頁參照）

「野草閑花」「小橋流水」「漁翁釣叟」、そして聞こえてくる舟歌。また「遠浦帆歸」が所謂「瀟湘八景圖」の一景、すなわち畫題であることはいうまでもない。これらのモチーフは、『白兎記』に限らず、戯曲・小説の所謂「羈旅行役」のシーンには必ず用いられるといってよい。

成化本には、さらに先人の詞をほぼそのまま利用する場合すらある。次に擧げるのは第一出開場で副末が唱う曲のひとつである。

【滿庭芳】山抹微雲。天連衰草、畫角聲斷樵門。站聽□□、□□□離樽。多少蓬萊舊事、空回首煙靄紛紛。夕陽外、寒鴉數點、流水遶孤村。　銷魂。當此際、香囊暗結、羅帶輕分。慢贏得、秦樓薄倖名存。此去何時見也、襟袖上空染啼痕。傷情處、高城望斷、燈火已黄昏。

（譯は一一八頁參照）

本詞は、いうまでもなく秦觀【滿庭芳】詞である。秦觀のこの詞は、宋・吳曾『能改齋漫錄』卷一六「黄魯直詞謂之著腔詩」の條が「『斜陽外、寒鴉萬點、流水遶孤村』の如きは、字を識らざる人と雖も亦た是れ天生の好言語たるを知る」というように、かなり人口に膾炙した作品だったと思われる。本詞を成化本がなぜ引くかについては必ずしも明瞭ではないが、「書會の才人」が「秦樓薄倖の名」を殘す「多情の人」であることを述べるためではなかったろうか。秦觀【滿庭芳】詞に描かれるような「多情の人」が、「多情の人」のために『白兎記』を書いた、それゆえ、『白兎記』は「千回見ても千回面白く、一度ごとに新しい」のである。

このように、成化本でもストーリーがあまり動かない場面においては、人口に膾炙した有名な詩詞句がそのまま引かれたり、古典を下敷きにした「詠物詩」的な内容が展開されている。興味深いのは、先に擧げた周邦彦、柳永及び秦觀の詞の全てが、『草堂詩餘』という、南宋末の編纂にかかる詞選集に收錄されており、しかも周邦彦詞と柳永詞は「冬景」の條に鄰り合って收められている、ということであろう。また、第一三出の岳氏との結婚の場面における退場詩の後半二句では、晏幾道の【鷓鴣天】詞が用いられる（二八二頁の註參照）が、この詞もやはり『草堂詩餘』「詠酒」の條に「勸酒」という小題付きで收錄されている（なお、該當退場詩前半で「合卺交歡意頗濃」といい、この場面では酒を酌み交わすだろうことが想像される）。

物語が展開していく中で「婚禮」「羈旅」等の類型的場面が插入されるのは、實は戲曲に限らず通俗文學の一種の常套手法である。上記各場面も、『白兔記』に固有のものというよりも、その他の作品中にあっても違和感なく當てはまる類型的な性質のものといえよう。このことはすなわち、〈脚色〉の類型化等と同樣に、南戲の場面割りが早くに類型化し、シーンごとに一定の「型」ができていたことを意味するだろう。南戲の作者たちは、特定の物語のストーリーとは別に、そうした「型」、モチーフ、表現のストック・參考書をもっていたのである。前述の『草堂詩餘』も、おそらくそうした參考資料のひとつだったのだろう。成化本の作者たちも、『白兔記』を書くにあたって、その「型」と表現を利用したと考えられる。そしてそのストック・參考書の多くが傳統的な「詠物詩」からの借用であることは、論を待たない。

ただし、成化本全體を通覽してみると、そのような傳統的な「詠物詩」に結びつくような曲辭は省略される傾向にあるといえるだろう。

たとえば、汲本第八出「遊春」をみてみよう。

汲本第八出「遊春」は、汲本と富本（第一〇出【金井梧桐】の一套）の曲辭が重複する唯一の例であることはすでに述べた。したがってこの出は『白兔記』の歷史的展開を考える上ではポイントになる部分なのだが、成化本はそのすべてをあっさり省略している。汲本第八出の【金井水紅花】を一部引用してみよう。

【金井水紅花】沽酒誰家好、前村問牧童。遙指杏園中。好新豊。清簾風動。正好提壺挈榼、那更玩無窮。咱兩箇醉春風。也囉。雙雙共出、共出莊門。聽取西郊、樂聲風送。[合]和你百年歡笑、兩情正濃。百年諧老、兩心正同。夫妻正好、又恐如春夢。

【前腔】沙暖鴛鴦睡、啣泥燕子融。楊柳拂簾籠。雨濛濛。雛鶯舌弄。（香）〔相〕襯輪蹄歸去、桃杏漸輕紅。人如在錦屏中。也囉。雙雙轉過、轉過疏籬。手捻花枝、插在鏤金釵鳳。[合前]

【金井水紅花】酒を買うならどの店がいいだろう、前の村で牧童に問えば。遙かに指さす杏家村。なんと旨い新豊の酒。風がのれんを揺らし。酒とっくりを下げて野を歩むにふさわしい、樂しさも極まりない。春風にふたりして醉ったことよ。ああ。ふたり一緒に出かけ、一緒に村を出て。聞こえてくるのは西の村はずれから、風に乘って屆く音樂の音。[合唱]おまえと末永く樂しみを分かち合い、ふたりの情はまことにこまやか。仲良く年を取り、ふたりの心は全く同じ。夫婦とはなんとよいものか、ただ恐いのは（この幸せが）儚く消える春の夢のようであること。

【前腔】暖かい砂濱に鴛鴦は眠り、泥をはんだ燕がゆったりと飛ぶ。楊柳の枝が簾を拂い。煙る春雨。鶯の雛のさえずり。美しい人が歸途の車馬にゆられれば、桃花杏花の紅色が（遠ざかるにつれて）次第に霞む。まるで錦の屏風の中に迷い込んだよう。ああ。ふたりで道を曲がり、垣根のところを曲がり。花の枝をつまみ採って、金細工の髮飾りと一緒に髮に插す。[合唱、前に同じ]

この出は、結婚した劉知遠と李三娘が春のピクニックに出かけるシーンである。右に擧げたのは全四曲のうち最初の二曲であるが、その曲辭が「詠物詩」的・傳統的な觀點からなるものであること、一見すれば明らかだろう。右の第一曲目は『九宮正始』に引かれ、『風月錦囊』にもほぼ同じ形で見え、いわば『白兔記』の中核のひとつといってもいい曲辭なのだが、では、成化本はなぜこの曲を省略してしまったのだろうか。

その答えは簡單である。『白兔記』という物語の全體を知る上では必要のない出だったからである。成化本は節略本だが、その節略がどのようになされているかをみれば、そのことはいっそう明らかになる。汲本にあって成化本にない出を擧げてみよう。

第三出「報社」（李大公一家が參詣する途中）

第八出「遊春」、第九出「保禳」（李三公と李洪一が李大公夫妻の病氣快癒の祈禱に行く）

第二三出「求乳」（竇公夫妻が咬臍郎を劉知遠に送り屆ける旅程）

第二五出「寇反」、第二六出「討賊」、第二七出「凱旋」、第二九出「受封」（以上四出は劉知遠の出世過程）

これらの出が『白兔記』のストーリーそのものと直接關係がないことは一目瞭然であろう。ストーリーに直接關係がなければ、その出の展開は必然的に「型」通りとなり、曲辭も傳統的類型表現の羅列になる。成化本はこれを省略するのである。

つまり、成化本が省略するのは「物語に必要のない」曲であって、類型的な内容の曲ではない。成化本は、ある言い方をすれば、曲辭に對して非常に冷淡なテキストといえる。曲辭を追って樂しむテキストではなく、ストーリーを追うことに重點をおいたテキストなのだ。

成化本が用いる傳統的な表現に關連してもうひとつ指摘しておかなければならないのは、成語・常語の問題である。成化本は相當數の成語・常語を引くが、最も多いのは何の典故ももたない常語の類であり、しかも詩讃系の説唱詞話等と重複する表現が多い。たとえば、「國正天心順、官清民自安。妻賢夫禍少、子孝父心寛」（第一出）、「一夜夫妻百夜恩」（第五出）、「一朝枯木再逢春」（第五出）、「五百年前結會」（第六出）、「手執無情棒、休要打平人」（第一三出）、「上天無路、入地無門」（第一四出）、「三年乳哺」（第一八出）、「好似和鉤呑却線、刺人腸肚繋人心」（第二二出）、「善悪到頭終有報、古往今來放過誰」（第二二出退場詩）、「湛湛靑天不可欺。未曾擧意天早知。善悪到頭終有報、只争來早共來遲」（劇末詩）などがそうである。このうち、「三年乳哺」は『父母恩重經』に見え、「善悪到頭終有報、古往今來放過誰」等は類書類に掲載されるが、これらの常語は『父母恩重經』や類書類に起源があるのではなく、『父母恩重經』や類書類が恐らく民間の常語を拾ったのである。

また、典故をともなった成語・常語には次のようなものがある。

まず經書に由來するものとしては「男子生而願爲之有室、女子生而願爲之有家」（第六出）、「禍起蕭牆」（第九出）、「鳳凰落在梧桐樹、自有傍人話短長」（第九出）など。『莊子』に典據をもつ成語としては「困龍失却了明珠」（第二出）、「得魚後怎忘筌」（第二出）、「一飲一酌、莫非前定」（第五出）など。「隔窗須有耳、窗外豈無人」（第一八出）は『管子』、「人不可貎相。海水不可斗量」（第七出）は『淮南子』にそれぞれ典據がある。その他、史書や唐詩に出典をもつものもあるが、それらの成語・常語を成化本が原典から引いたのでないことは言うまでもない。

古典を引くことは、中國の文學のもっとも基本的な修辭法である。問題は成化本の作者たちがそれをどこで知ったかであるが、初學者の教科書や類書類であったことは想像に難くない。南戲の作者たちが各場面に合わせて表現の「型」、モチーフをもっていたとするなら、成語・常語についてもストック・參考書の類が恐らくあったろう。成化本の各場面はそうしたストック・參考書から拾ってきた文句をほとんど羅列したものに過ぎない。文學としてこれを見た場合にはきわめて貧弱なものであるが、當時の「書會」の言語狀況を考える上には豐かな資料なのである。

〔藤原祐子〕

佛教語について

成化本『白兎記』における表現の特徴を更に擧げるとすれば、それは佛教語ないし佛教的表現が多用されている點である。例えば、「三界」（第三出）、「不昧」（第一八出・第二二出）などの語や、「口食身衣前世緣」（第四出）、「生離死別該前定」（第九出）、「前生想是想是脩不足。今世爲人受這等狼狽」（第一二出）といった佛教思想の影響を思わせる表現が成化本には多々見られる。また、成語に目を轉じてみれば、佛典『佛說五無反復經』の一節をもとにした「夫妻本是同林鳥」（第九出）や、「閻王注定三更死、誰敢留人到六更」（第九出）、「天上人間方便第一」（第一二出）、「慈悲勝念千聲佛、作惡空燒萬柱香」（第一三出）、「惡有惡報。善有善報。若還不報。時辰未到」（第一六出）、「善惡到頭終有報、只爭來早共來遲」（第二三出）など佛教と關連を持つ成語が多く見いだされる。これらの成語は、經書などの傳統的文獻に起源を持つものでは勿論なく、庶民が佛教思想と接する中で生み出され、形成されていった極めて通俗的な表現と言えよう。

佛教との關連性を思わせる表現は右に擧げたものにとどまらない。例えば第九出、劉知遠が瓜の化け物を倒した後、その外見を妻・李三娘に説明する段に、次のような描寫がある。

一金眼瓜精。口似血盆、牙似（剛劍）〔鋼劍〕、兩眼放萬道火光。

金の目を持つ瓜の精、口は血を盛った盆のごとく、牙は鋼劍のごとく、兩の眼から放つは萬の火炎、と述べるのだが、このように化け物の「口」「牙」を「血盆」「鋼劍」などに喩える表現は、成化本以前の現存する元曲・南戲には例を見ない特異な描寫である。この種の表現は、佛典の以下の記述にその原形を見出すことができる。

佛告阿難、阿鼻地獄縱廣正等八千由旬。……於其四角有四大銅狗、其身廣長四十由旬、眼如掣電、牙如劍樹、齒如刀山、舌如鐵刺、一切身毛皆出猛火。

（『佛說觀佛三昧海經』巻五「觀佛心品」）

無間獄者、其獄城周匝八萬餘里。……千百夜叉及以惡鬼。口牙如劍、眼如電光。手復銅爪拖拽罪人。

（『地藏菩薩本願經』巻上）

阿鼻地獄の「銅狗」、無間地獄の「夜叉」「惡鬼」、これら地獄の鬼卒の姿を言うときに、佛典はしばしば、眼は電光のごとく、牙は劍樹のごとく、というような描寫の仕方をする。顔を部位ごとに細分化し、一つ一つを「劍」「刀」「電」などに喩えて化け物としての恐ろしさを强調するのであるが、佛典が用いるこの描寫方法を成化本は援用しているのである。また、成化本には「兩眼放萬道火光」という表現があったが、これも『佛本行集經』巻二九に「時彼衆中、更有一鬼。……或有兩目放大熾盛猛焰火光、欲燒菩薩」とあり、佛典の描寫に起源を求めることができる。

では、成化本が直接佛典の中から、その描寫を引用してきたかというと、無論そうではないだろう。地獄やその住人である鬼卒、化け物の存在は、佛教の宣傳に努める僧侶たちにとって、信者の信仰心をあおる上で最も效率の良い手段となり得るのであり、佛教の普及とともに、地獄の異形の者たちは繪に描かれ、その姿を口傳されることによって民間に廣く知られるようになった筈である。「口は……のごとし、眼は……のごとし」という、化け物の描寫も、そのようにして民間に傳わっていった通俗的な表現であったと思われ、成化本『白兎記』より遙か以前、敦煌變文の中に既にその例を見出すことができる。以下に擧げるのは、「大目乾連冥間救母變文」（スタイン二六一四）の一節である。

目連(丞)〔受〕佛威力、騰身向下、急如風箭。須臾之間、卽至阿鼻地獄。空中見五十箇牛頭馬腦羅刹夜叉、牙如劍樹、口似血盆、聲如雷鳴、眼如掣電。

目連が眼にした阿鼻地獄の「牛頭馬腦羅刹夜叉」の外見が、ここでも先の表現手法によって描出されている。「牙如剣樹、口似血盆」は、單に鬼卒の怪異な容貌を表すのみならず、地獄に墮ちた罪人を苦しめ苛む、刀剣や血の池をも連想させ、より讀み手（聞き手）の恐怖をかきたてる。ここに見られる「口似血盆」は成化本の表現と全く同じであるが、敦煌文書の中には、他にも「葉淨能詩」（スタイン六八三六）に、「化作大蛇、便入地道。眼如懸鏡、口若血盆、毒氣成雲」とあり、當時の俗文學の世界において、既にこの種の表現が類型的なものとして定着していたことを窺わせる。

次に、成化本第一三出、岳節度使の以下のセリフを見てみよう。

未曾當軍一日、驀地將老夫（白花）〔百花〕戰袍盜了。正是黑頭蟲兒不可救。（譯は二七七頁參照）

岳節度使が、知遠が盜みをはたらいたと思い込み、彼をなじるシーンである。最後に見える「黑頭蟲兒不可救」は、直前に「正是」とあるようにひとつの成語なのであるが、字面を追うだけでは、これが何を言う成語なのか解しがたい。果たしてこの成語はいかなる意味を形成するのであろうか。

先ず「黑頭蟲」の語について言えば、唐・寒山の詩に「寒山に躶蟲有り、身白くして頭黑し」（『寒山子詩集』）、「人是れ黑頭蟲なるに、剛《かえ》って千年の調を作《な》す。鐵を鑄《い》て門限を作るも、鬼 見れば手を拍《たた》きて笑う」（宋・惠洪『林間錄』巻下所引）とあるように、これは黑い髮を持つ人間一般を指していう俗語である。ここの「蟲」とは昆蟲を指すのではなく、人間をも含めた動物全般を表す語なのだが、寒山が「人は黑頭蟲に過ぎないのに千年の計劃を練り、鬼に嘲笑される」と詠っていることから分かるように、「黑頭蟲」は人間の蔑稱として認識されていた語彙であろう。

さて、ではその「黑頭蟲」を「救うべからず」と言うのはなぜであろうか。實はこの成語は佛教說話に基づくものである。唐・法照譯『淨土五會念佛略法事儀讚』末「鹿兒讚文」の以下の一節を見てみよう。

昔日救汝命、何期今日害鹿身。傳語黑頭蟲、世世難與恩。

「鹿兒讃文」とは、佛陀の本生譚『佛説九色鹿經』（呉・支謙譯）を下敷きとして作られたものであり、この本生譚は、『六度集經』巻三、『經律異相』巻一一「爲九色鹿身以救溺人」、『根本説一切有部毘柰耶破僧事』巻一五、『法苑珠林』巻五〇「背恩篇」などにも見られる。「昔日救汝命」の「汝」とは、以前河に溺れていたところを九色の毛を持つ鹿に助けてもらったにもかかわらず、その恩を忘れ、鹿の居場所を國王に告げ恩賞を得ようとした男のことである。このような恩知らずの人間を「黑頭蟲」と呼び、「世世 恩を與え難し」と述べるのである（なお、この佛教説話における「九色鹿」は佛陀の前身、「黑頭蟲」は提婆達多の前身）。また、『根本説一切有部毘柰耶破僧事』も、河に溺れた男のことを同様に「此の黑頭蟲、都《まった》く恩義 無し。救拔するを須《もち》いず」という。

成化本の成語「黑頭蟲兒不可救（恩知らずの者は救うべきではない）」は、この佛教説話の中に起源を求めることができる。なお、右に擧げた「鹿兒讃文」は敦煌文書にも見られ（スタイン一四四一）、そこにも「報道す 黑頭蟲、世世恩を與える莫《な》かれ」という文句があり、更には第二五七窟にこの説話を描いた北魏の壁畫「鹿王本生圖」が現存する。敦煌文書と壁畫の存在は、當時この本生譚が廣く民間に浸透していたであろうことを物語っており、また説話の傳播にしたがって、それを基にした成語も民間に廣まっていったと想像される。

さて、盗みをはたらいたと疑われ、恩知らずと罵られた劉知遠は、それが濡れ衣であることを切切と訴えるのだが、それに對し、淨扮する小王兒は以下のように言う。

人（不知）〔不説〕不知、木不攢不透。我待不説、五毒氣生。

「人は話さねば分からない、木は穿たねば穴があかない」という成語を引いた後、言うまいとすると「五毒の氣」が生じる、と小王兒は述べる。この「五毒」は、他の元曲・南戯には用例が無く、成化本にのみ見える特徴的な語彙である。この語は、夙に『周禮』「天官・瘍醫」の「凡そ瘍を療するは、五毒を以て之を攻む」という記述にも見えるが（ここの五毒は五種類の毒藥を指す）、成化本が言う「五毒」とは、『周禮』に典據を持つものではなく、佛典に由來する語である。

漢・支婁迦讖譯『雜譬喩經』に「世の五毒無き人、其の肉 湯を作るに中《よろ》し。此を服せば便ち差《い》ゆるを得。何等ぞ五毒爲《た》るや。一なるは貪婬の心無きなり、二なるは瞋恚の心無きなり、三なるは愚癡の心無きなり、四なるは妬嫉の心無きなり、五なるは剋虐の心無きなり」とあるように、「五毒」とは「貪婬の心」「瞋恚の心」「愚癡の心」「妬嫉の心」「剋虐の心」を指す。また内典においては、「五毒」の他に「三毒」の語もあり、その場合は「貪」、「瞋」、「癡」の三つの煩惱を意味する。

では、その「五毒（五種の煩惱）」の「氣」が生じるというのは、成化本の文脈においては、具體的に何を言っているのであろうか。それを考える上で手がかりとなるのは、敦煌文書スタイン四六五四「舜子變」に見える次の一節である。

　後阿孃亦見舜子、五毒嗔心便起。

「後阿孃（繼母）」は、舜を見てたちまち「五毒嗔心」を抱く。「舜子變」がここで「嗔心」と言うように、俗語の世界においては、「五毒」は五種の煩惱のうち特に「瞋恚の心（怒り）」を表すのであろう。

右に見てきたように、成化本における「五毒」等の佛教的表現は、いずれも敦煌文書（特に變文）の中に用例を見出すことができ、佛教が民間に浸透していく過程で定着していった、極めて通俗的な表現であったと思われる。成化本の作者たちはそれらを直接佛典から引用したわけではなく、當時においてごく一般的な俗語を拾ったに過ぎない。恐らくそれが佛典に由來するものであることすら認識していなかったであろう。翻って言えば、それほどまでに佛教は俗語の世界に深く根を下ろしていたのである。

また、より注意を要するのは、敦煌文書と成化本が共有し、佛典に起源を持つこれらの表現が、汲本においては削減され、消失していく方向にある點である。先に見た第一三出、劉知遠が濡れ衣を着せられ責められるシーンは汲本にもあるが、そこには「黑頭蟲」「五毒」の語は見られない。元來南戯『白兎記』は、『遠山堂曲品』がその表現を「口頭の俗語」と評したように、當時の俗語を存分に用いた作品であった筈だが、成化本がそれをかなり殘しているのに比べ、汲本はそれを嫌い、排除しているのである。文人の手によって整理された汲本のようなテキストにおいては、佛教的な表現はあまりに卑俗な言語であるため、忌避の對象となり、消されていく運命にあったのだ。

前に述べたように、成化本と汲本は全く同一のテキストを基にして書かれたわけではない。だが、同じ系統のテキストである兩者の間に俗語表現に對する態度の差があること、そして成化本が一種の發掘資料であることに着目するならば、我々が今日目にしうる戯曲テキストの更に下層には、成化本のように極めて卑俗なテキストが幾つも存在し、そこでは佛教を一つの源泉とした俗語の世界が展開されていた、と考えることもできるのではないか。

ところで、これまで見てきた「五毒」などの佛教的表現は、いずれもストーリーの根幹に關わってくる重要な場面で述べられたものではない。先述したように、「劉知遠と李三娘の物語」の嚆矢、成化本の祖先である『劉知遠諸宮調』は、その物語の枠組みを『佛説孝順子修行成佛經』と共有し、佛典故事と密接な關係にある作品であった。ではその『劉知遠諸宮調』と佛典故事との間に見られた共通點は、成化本にどの程度受け繼がれているのだろうか。成化本は『劉知遠諸宮調』の後裔であるから、當然物語の骨子の多くは『劉知遠諸宮調』を蹈襲しているのだが、佛典故事との共通點全てを忠實に繼承しているわけではない。

たとえば、李三娘が自らの髪に誓いを立て奇跡が起こるというシーンは成化本にはない。また、物語の最後で、劉知遠が兄夫婦に復讐しようとしたとき、『劉知遠諸宮調』においてはそれを息子が押しとどめ、太子の慈悲を説く佛教説話との關連を思わせたが、成化本において仇敵を救うのは息子ではなく第三者の李三公である。

『劉知遠諸宮調』に見られた佛教説話的なストーリー展開は、諸宮調が元曲に翻案され、元曲が南戯に翻案され、そして成化本が生み出されるまでの過程において、或いは消され、或いは變化を餘儀なくされたのである。ただ南戯『白兎記』にも、『劉知遠諸宮調』とはまた別の形で、佛教説話の影響を強く思わせるストーリー展開がひとつ存在する。成化本第七出の、次の一節を見てみよう。

外白 他人後有發跡之時。浄白 他若得發跡、我發箇大呪。浄唱

他還發跡爲官後、黄河只得水澄清。(浄)(丑)唱

〔【又】〕公公在日不識人。山鷄怎比鳳凰群。到不如我家馬牛和羊犬。他還發跡爲官後、

(浄)(丑)白 奴家也發箇大呪。(浄)(丑)唱

奴做一條（■■）〔蠟燭〕照乾坤。

外白 我把你箇潑婦、這誓明日都要還里。(浄)(丑)白 叔叔、通身照了天地罷了、該死不成也。

（譯は一一九・一二二頁參照）

劉知遠の後の榮達を信じて疑わない〈外〉李三公に向かって、〈浄〉李弘一は「奴がもし出世して役人になれたなら、黄河の濁流だって澄み清まるに違いない」と言い、その妻〈丑〉も「彼がもし出世して役人になれたなら、一本の蠟燭になって天地を照らしてあげるわ」という誓いを立てるのである。李弘一の妻のこの誓言、竝びにその後のセリフ「通身照了天地罷了」は、明らかに佛教説話に範をとったものと思われる。自らの身を燒いて燈明とした、という説

話が、佛陀の本生譚として『賢愚經』巻一、敦煌文書『太子成道經』(ペリオ二九九九)等に見られ、成化本のここの表現も佛教説話を下敷きにして書かれているのである。

後に九州安撫使となり故郷に錦を飾った劉知遠は、この誓言を受け、成化本最終出で「李弘一你従說誓。有這般窮臉□□。□(□河)(黃河)水清、做蠟燭。照天地。尋思此言難恕你。但看叔丈□□」と言う。「但看叔丈」とあるように、成化本では李洪一の妻は李三公のお蔭で赦されるのだが、汲本においてはそうではない。汲本では、最終出で劉知遠が「這潑婦怎生饒得。叫左右、分付有司、取香油五十斤、麻布一百丈、把這潑婦做箇照天蠟燭、以泄此恨」と言い、積年の怨みを晴らす展開になるのである。また、南戯の選本である『風月錦囊』は、「兩科全集」巻一「正科入賺」で『白兎記』の梗概を「劉知遠不通時、被洪信醜奴相欺。……時後職居安撫、橋妝打扮回歸、訴衷情把冤讐殺取。倒澆蠟燭、悔悟方遲」と述べており、李弘一の妻が蠟燭を垂らされて前行の報いを受けたことを言う。

『白兎記』という物語の底流には、善人と悪人がそれぞれの行いの報いを受ける、というテーマがあるのだ。これは何も『白兎記』に限ったことではなく、戯曲文學全般に言える傾向かもしれないが、『白兎記』においては特にこの因果應報を說く側面が强調されているふしがある。

成化本では劇末詩に「湛湛靑天不可欺。未曾擧意天早知。善惡到頭終有報、只爭來早共來遲」とあり、後半の二句は最終出の別の箇所にも見え、他にも第二二出に「善惡到頭終有報、古往今來放過誰」、第一六出に「惡有惡報。善有善報。若還不報。時辰未到」という成語が見える。これらの成語は勿論、佛教の因果應報說を基にして生まれたものである。劇末詩「湛湛靑天不可欺」云々は、汲本の劇末詩にもあり、成化本說唱詞話の劇末詩にも同様のものが多數見えるため、成化本『白兎記』のみを取り上げて論じるのは或いは不適切かもしれない。ただ、成化本『白兎記』が、『劉知遠諸宮調』とはまた別の形で、强く佛教思想が投影された作品であることは少なくとも指摘しうるのではないだろうか。

〔谷口高志〕

成化本の用韻について

次に韻文部分の押韻について簡單に述べておこう。『白兎記』は曲文學であって「套數」を用いるから、用韻について述べることは必然的に「套數」の性格を論じることにもなる。

成化本における用韻の特徴は次の三點に歸着する。第一に、一套一韻を基本とすること、第二に、使用される韻類の幅が狹いこと、第三に、通押の幅が廣いことである。

まず、第一の點から述べてみよう。「套數」内における一韻到底は、北曲などからすれば常識的なことだが、初期の南戲にあっては必ずしもそうでない。たとえば『張協狀元』第一九出に見られる次の例を見てみよう。【尹令】三曲は一套を形成していると考えられるにもかかわらず、歌い手が替わるたびに韻脚は變化する。

【尹令】[旦]它命又合孤令。奴家又合孤令。方得二月安靜。教奴又成愁悶。[末・淨]聞伊丈夫、今直欲到帝京。[末]對付。[淨]

【前腔】它又更沒活路。你又更沒親故。盤纏怎生區處。[淨面看別處][末抽轉]你也轉來廝覷。[旦]如今去時、沒裹足怎對付。

【前腔】欲去在伊兩箇。不去在伊兩箇。說與我每一和。又說與我公一和。[末・旦]如今來、只得又靠我婆。

【尹令】[旦のうた]あの人はさびしい巡り合わせ。わたしもさびしい巡り合わせ。たった二ヶ月靜かに暮らせたただけで。またさびしい暮らしに戻ります。[末と淨の合唱]聞けばお前の亭主は、都へ出て行くという。[末のうた]

【前腔】奴には生きる道がなく。お前には身寄りがない。旅費はどうやって工面する。[浄はそっぽを向く] [末が浄に正面を向かせる] お前もこっちへ来い。[旦のうた] いま旅立てば、お足をどうやって工面しよう。[浄のうた]

【前腔】旅立つのもお前たち次第。行かぬのもお前たち次第。あたしに相談して。うちの亭主にも相談する。[末と旦の合唱] 今となっては、お前さまに頼るしかありませぬ。

右の三曲は、セリフも交えられず同一曲牌が續き、歌辭の内容も對話形式になっていて、一つの「套數」と考えざるを得ないが、一曲目は眞文・庚亭韻、二曲目は居魚韻、三曲目は歌羅韻である。一曲ごとに韻脚が變化していることは明らかであろう。『張協狀元』にあってはこうした例は枚擧にいとまがなく、むしろ、こうした「套數」の構成法を積極的に採用した節さえある。同じ曲、ないし同じ調に屬する曲を複數ならべて一場とするという觀念は『張協狀元』にももちろんあった。しかし、一套が一韻到底でなければならないといった通念はまだ完全には形成されていなかったのである。

　これに對し、成化本にあっては一套一韻の原則は基本的に守られる。たとえば、一出で二三曲を有し、それらが五套を形成する第九出にあっても、韻脚は五、すなわち一套につき一韻なのである（三六八～九頁の表參照）。ただ、成化本の場合は次のような例が見られる。

【五更傳】恨命乖。喫折挫。（爹嫂）〔爹娘〕知苦麼。哥哥嫂嫂你好（哏心）〔狠心〕做。趕出我丈夫、罰奴家挨磨。天不聞、地不應、如何過。[合] 奴家那曾那曾（實）〔識〕挨磨。挑水（心勤）〔辛勤〕、只爲劉大。（只爲劉大。）

【五更傳】向磨坊、愁眉鎖。（受若惱）〔受苦惱〕沒柰何。爹娘在時把奴如花朶。喪了我（又親）〔雙親〕、受這般（折麼）〔折磨〕。[合同前]

【五更傳】挨（己■）〔幾肩〕。我已肬頭（運）〔暈〕轉。我腹脇疼腿又酸。身子（困捲）〔困倦〕我須挨不轉。只爲我的哥哥

心變。我爹娘死、我孤單、我如何過。合同前

【五更傳】㕦（苦心）〔苦辛〕、如何過。㕦勞碌沒奈何。只得忍痛忍痛彎轉坐。㕦苦在磨房、有那誰人採我。我尋思起、淚滿腮。愁難挨。又待要吊死吊死在廚房下。

旦白 我死一身由閑可、撇的我劉郎回來、依靠誰過。旦唱

我死也甘心、怕耽悞了劉大。（譯は二九五頁參照）

右は、李三娘が磨房で孤獨と苦しみを歌う第一五出の例である。李三娘は一人で登場するから、ここにいう「合」は單にリフレインの意であって「合唱」ではない。その用韻を順番に見ていくならば、全體は歌羅韻と家痲韻が通押されているのだが、第三曲目に至ると「肩」「轉」「酸」「轉」「變」「單」と、天田・歡桓韻で押韻しているように見える。しかも、その後に「我如何過。合同前 奴家那曾那曾識挨磨。挑水辛勤、只爲劉大。」というリフレインが付いていて、また歌羅・家痲韻に戻るのである。この「套數」は要するに、曲の途中で他の韻類に轉じてまた元來の韻脚に戻ってきていると考えざるを得ない。

「套數」の途中で韻脚を轉じるこうした例は成化本にあっては三例みられ、最も多くの曲數をかかえる第九出にも次のような「套數」がある。

〔【又】〕但行程。登（水）〔山〕渡水莫暫停。天憐念、把名利暫行。回歸（比）〔此〕處（在）〔再〕歡慶。旦唱

〔【換頭】〕共乳同胞一母生。今日（元何）〔緣何〕反（面靑）〔面情〕。將恩愛、（反）〔翻〕成做畫餅。只愁別時容易瘦伶仃。生唱

〔【又】〕你如今。閑言浪語少要聽。休急悶。且將息你身懷孕。回歸此處（在）〔再〕歡慶。旦唱

〔【換頭】〕叮嚀祝付三兩行。閑花野草少要撲。將恩愛、休做等閑。只愁別時容易見時難。生唱

【尾聲】生離死別（該）（皆）前定。未知何年月日得見您。就是鐵打心腸也淚傾。（譯は二五九頁參照）

この「套數」の場合も、全體は庚亭韻と眞文韻が通押されていると考えるべきであり（「今」「您」は、閉口音の侵尋韻が庚亭・眞文韻とさらに通押している例と考えられる）、『張協狀元』のような換韻の例ではないだろう。庚亭・眞文韻から第四曲目で干寒・江陽韻に轉じて、【尾聲】でまた庚亭・眞文韻に回歸しているのである。こうした轉韻の例は『張協狀元』やその他の南戯にまったく見られないわけではないが、緊迫した場面で效果的に使われる點からして、成化本の「套數」のひとつの重要な特徴とすることができるだろう。

また、成化本の用韻の特徴の第二は、使用される韻類の幅が狹いことである。この特徴は、第三の特徴である通押の幅の廣さとともに、成化本が詩讚系の説唱詞話等と近い性格をもつことを物語る。

成化本は、押韻表を參照すれば明らかなように、通押の幅は廣く、支時韻と機微韻と灰回韻と居魚韻、眞文韻と庚亭韻、歡桓韻と干寒韻と天田韻、歌羅韻と家麻韻と車蛇韻はほとんど例外なく通押すると考えてよい。各韻類が單獨で用いられることの方がむしろ稀なのである。こうした點からすれば、成化本は韻脚を各韻類に分けて押韻しているのではなく、幾つかの韻類を合わせた、いわば韻系といった廣い範疇の中で押韻していると考えられるだろう。全體は機微系、眞文系、干寒系、家麻系、皆來系、鳩侯系の六種とでもいおうか、すべての韻母がおおざっぱに分類され、その範圍の中でかなり自由に通押するのである。また、成化本には全部で三一の「套數」があるが、右のように韻脚を大きな系に分けて分類した場合、機微系が一四套（うち一套はもとは入聲韻だったと考えられる）、眞文系が七套、鳩侯系が四套、干寒系が二套、家麻系が二套、皆來系が二套と、機微系と眞文系が壓倒的に多い。閉口音の侵尋韻や監咸韻・纖廉韻に至っては一切用いられない。

通押の幅の廣さについて補足するならば、たとえば次のようなことがある。

【梧葉兒】生唱 知遠多蒙恩顧、（敢■）〔感承〕愛憐。得（余）〔魚〕後（恁）〔怎〕（忘先）〔忘筌〕。我若身榮顯。管取來報前。
合 這嚴寒。喫一碗（臘汁）〔辣汁〕素面。末唱
【又】一碗（家長淡飯）〔家常淡飯〕。何須你苦掛牽。但略且止饑寒。（待）且等春雷動、大家朝帝輦。合前
【又】淨唱 寧可添着一斗、怎將他一口添。全不會管（家煙）〔家筵〕。每日柴和米、醬醋油共鹽。合前

（譯は一五三頁參照）

右は第二出末尾【梧葉兒】の一套であり、干寒韻と天田韻が通押している例であるが、中に「添」「鹽」という閉口音（纖廉韻）が混入されている。一〇九頁に掲げた第九出の例でも眞文韻に侵尋韻（閉口音）が通押している部分があった。成化本にあっては侵尋・監咸・纖廉韻が用いられないのは既述の通りだが、こうした例からすれば、少なくとも「添」「鹽」は干寒・天田韻と同様に扱われ、「今」「深」は庚亭・眞文韻と同様に扱われたのであろう。

また、第五出には次のような例がある。

【蠻牌令】外唱 急急去報三公報三公。呀呀呀女孩（此）〔兒〕因甚出閨門。旦唱 怪哉後怪哉後眞箇怪哉、見五色蛇兒墜、（素）〔紫〕青紅。一歩歩趕來後趕來後影也無蹤。見了後見了後此心驚。料莫是妖精。把他纏〔定〕。外唱 孩兒、休得氣沖沖。大貴人蛇串七竅中。一朝運通。（九宵）〔九霄〕氣衝。異日（暄昂）〔軒昂〕、他把妻子來封。

この曲はいわば眞文韻系の押韻をするが、その中に庚亭韻のみならず「公」「中」といった東同韻も混入されている。

また、第九出には次のような例もある。

【桂枝香】叔丈聽告。容吾分剖。只因我缺少些盤纏、交我怎生是好。多因是我命薄。〔多因是我〕命薄。喫他（悟）〔誤〕了。自今朝。拜別恩人去、冤家恨怎消。旦唱
〔【又】〕死我爹娘之後。止有我嫡親哥嫂。他（元何）〔緣何〕反面無恩、（折散）〔拆散〕了夫妻兩口。多因是我命薄。〔多

因是我〕命薄。交奴怎好。自今朝。苦逼奴分離去、交奴家受苦惱。外唱

〔【又】〕不須煩惱。你若是缺盤纏、交我怎生是好。你不必掛懷、你不必掛懷、只有靑天高照。這事必然還報。自今朝。拜辭投軍去、堅心莫憚（旁）〔勞〕。（譯は二五〇頁參照）

この「套數」にあっては、蕭豪韻の中に「剖」「後」「口」といった鳩侯韻が混入されている（「薄」をはじめとする入聲音については後に述べる）。また、一〇八頁に引用した第一五出【五更傳】の「套數」には、中に「腮」「挨」という皆來韻が交えられていた。更に第七出【石榴花】の「套數」（二一五頁）には、家麻・歌羅韻が通押する中に「犬」という天田韻が混入されている例もある。これらはみな踏み落としではなく、押韻と意識されたはずである。

成化本の用韻でもうひとつ觸れておかなければならないのは、入聲の問題である。すでに論及したように、『琵琶記』『張協狀元』など初期の南戲と異なって、成化本は入聲韻を用いない。成化本では入聲はすでに消滅していると推測されるが（四〇頁參照）、韻脚部分の通押から想定される入聲の他韻への歸入は、『中原音韻』のそれと必ずしも一致しないように思われる。この點は、もと入聲音が韻脚部分に用いられる例があまり多くなく、また曲律とも絡む問題なので、明確な結論は出せないが、たとえば成化本第三出【（夜行船）〔金蕉葉〕】（三九頁）には次のような例がある。

【（夜行船）〔金蕉葉〕】生唱　柰何柰何。恨蒼天把人悞却。自恨我時乖命薄。天哦有誰人採我。

右の曲は第一句「何」、第四句「我」から判斷するに歌羅韻で押韻すると思われるが、そこに「却」「薄」という入聲音が混入されている。このうち「薄」は、『中原音韻』でも蕭豪韻と歌戈韻に配當されているから問題はないが、「却」は『中原音韻』では蕭豪韻のみである。

また、成化本第八出【一江風】第二曲（二二七頁）には次のような例もある。

【一江風】你婦人家。你説這般驚人（活）〔話〕。神鬼事吾不怕。我爲人、稟着天地神靈、生長（我）在三光下。平生不信（相）〔邪〕。〔平生〕不信（相）〔邪〕。心平好去也。（総）〔縱〕有鬼吾不怕。旦唱

〔【又】〕後生家。説這般過頭（語）〔話〕。神鬼事誰不怕。怕你五行差。有一箇（李保逢金天）〔李寶逢金天〕、此（事）〔是〕眞無假。我哥哥使計策。〔哥哥〕使計策。奴家苦恨他。怕身死在瓜園下。

右の二曲も家麻・歌羅韻が通押する例だが、第二曲目の第七・八句に「策」という入聲音が混入されている。【又】の第七・八句は、第一曲目の同一箇所「平生不信（相）〔邪〕。〔平生〕不信（相）〔邪〕。」から推測するに、協韻句が二度繰り返されるのだろう。とすれば「策」は車蛇韻だが、しかるに『中原音韻』ではやはり蕭豪韻に入る。

また、成化本第一〇出【集賢賓】には次のような例もある。

【集賢賓】痳鞋緊繫一似飛。只得（歩碾）〔歩蹍〕登程、野草閑花愁滿地。過前村小橋流水。（魚翁）〔漁翁〕釣叟。敲（零板）〔榔板〕歌聲（謠役）〔搖拽〕。（看）〔堪〕畫處。（搖）〔遙〕望遠浦帆歸。

〔【前腔】〕李弘〔二〕不恨你來却恨誰。此恨何日忘之。話別叮嚀情慘凄。難割捨少年賢妻。我須行行淚（涶）〔垂〕。這兩日越添上（焦悴）〔憔悴〕。他那里。日日寸心千里。

問題の箇所は「敲（零板）〔榔板〕歌聲（謠役）〔搖拽〕」である。成化本の原文「敲零板歌聲謠役」では意味が通じないため、汲本にしたがって「敲榔板歌聲搖拽」の誤りと考えたが、この校訂が正しく、また「拽」が「飛」や「地」とともに押韻するのであれば、「拽」は機微韻ということになる。しかるに、『中原音韻』では「拽」は車遮韻に分類される。

また、成化本のセリフ部分には、「堂上一呼、堦下百諾」という常語を「堂上一呼、堦下百納」に誤ったり、秦觀

の有名な【滿庭芳】詞「香嚢暗解」を「香嚢暗結」に誤る例もある。『中原音韻』では「諾」は歌戈韻（入聲作去聲）、「納」は家麻韻（入聲作去聲）であり、同音とはしにくいし、「解」は皆來韻であって「結」と同音でない。

以上のような寥々たる例で輕々に結論付けることはもちろんできないが、成化本における入聲の他韻への歸入は、少なくとも右の數例については『中原音韻』と一致しない。このことはすなわち、『中原音韻』とは異なった方言の反映、ないし、中原の音韻それ自體の時代的變化を、場合によっては想定しなければならないかもしれない。

成化本の用韻の具體から推測されるのは、このように、成化本がきわめてルーズな押韻方法をとったことである。成化本の用韻は要するに、曲韻というよりもむしろ詩讚系説唱詞話のそれであろう。

「套數」について

成化本の「套數」が一套一韻を原則とし、それが北曲に近い比較的進化した形式だったことはすでに述べた通りだが、一方、「套式」という面から見た場合、成化本は北曲とは程遠いきわめて素朴な形式をとる。北曲の「套式」は同一調に屬する複數の曲牌を配するのが常識だが、成化本の場合は、同一曲を複數回繰り返して一套とするのが最も一般的パターンだからである。このパターンは元本『琵琶記』や『張協狀元』でも多數を占める。成化本の場合は全三一套のうち二六套。しかも、そのうちの九套は同一曲牌を二回繰り返すだけである。成化本はテキストが杜撰で曲律が確定できないから、二曲一套の後段が【換頭】かどうかよく解らないが、いずれにしても、これら九套は詞の前後段とあまり選ぶところがない。また、成化本第一五出には【五更傳】四曲に二句の【引子】が付いた「套數」があり、終幕・第二三出には【排歌】七曲に【尾聲】が付いた「套數」もある。同一曲に【引子】や【尾聲】が付いて「套數」の規模が擴大されているのである。同一曲牌を複數回繰り返すパターンは、南戯の「套數」が元來いかにして形成されたかを物語る最も素朴な形式といえるだろう。

複數の曲牌が列せられるのは、成化本の場合、次の五套だけである。數字で示されるのは出内の曲番號、〔　〕で表示されるものは原文には曲牌の標示がないことをあらわす。

1【獅子序】―2【疎影】―3〔【換頭】〕　（第二出）

2【尾犯序】―3【過賺】―4〔【換頭】〕―5〔【纏枝花】〕―6〔【又】〕―7〔【又】〕―8【尾聲】　（第四出）

2【下山虎】―3〔【又】〕―4【蠻牌令】　（第五出）

13【醉扶歸】―14〔【換頭】〕―15〔【換頭】〕―16【過賺】―17【（□□□）〔金蓮子〕】―18〔【又】〕―19〔【換頭】〕―20〔【又】〕―21〔【換頭】〕―22【尾聲】　（第九出）

1【（□□□）〔歩歩嬌〕】―2〔【□□□】〕―3【（□□□）〔川撥棹〕】―4〔【□□□】〕―5〔【（□□□）〔五供養〕】〕―6〔【（□□□）〔僥僥令〕】〕―7【尾聲】　（第一七出）

このうち、第四出のそれは【尾犯序】が中呂宮、【纏枝花】が南呂宮だから、調を異にするものが一套として列せられていることになる。この點については、徐渭『南詞敍録』が次のように述べる。

南曲は固より宮調なし。然れども、曲の次第は、聲の相い鄰するを須用《もち》いて以て一套と爲し、其の間に亦た自ずから類輩有りて亂す可からざるなり。

「南戯には調の概念は元來ないが、套數を形成する場合には一定の套式があって亂すことはできない」というのである。調の概念がないのだから、同一調に屬する曲牌を列する必要はないのであろうが、ただ、南戯にも一定の「套式」があったという點からすれば、調を異にする第四出の「套數」をも含め、右記の五套すべてが初期の南戯の「套式」

の重要な具體例ということになるだろう。この五套と同じ順番で竝ぶ「套數」は他の南戲には見當たらず、その點でも貴重な例ということになるかもしれない。

これに關連して附言するならば、右に擧げた第九出の【醉扶歸】一套の末尾、ならびに第一七出の末尾の二度にわたって、「套數」の後に【臨江仙】が置かれるという、めずらしい「套式」が見られる。

【尾聲】生離死別皆前定。未知何年月日得見您。就是鐵打心腸也淚傾。

生白 娘子、痲鞋緊繫〔布娘雲〕〔步青雲〕。旦白 楊柳樓前問〔的音〕〔信音〕。〔生・旦〕流淚眼〔關〕〔觀〕流淚眼、〔痛腸〕〔斷腸〕人送斷腸人。生下

【臨江仙】白 郎去也、淚交流。馬行十步九回頭。歸家不敢高聲哭、閣淚汪汪不敢流。

右は第九出の例だが、このように、庚亭韻の「套數」が【尾聲】で終わった後に、韻脚を異にして【臨江仙】が置かれている。しかも、この曲は【臨江仙】の格律に合わず、「三、三。七。七、七。」という初期の通俗的詞律を用いる（二五七頁の註參照）。戲曲の冒頭や終幕に【滿庭芳】や【水調歌頭】といった詞牌が置かれることは、南戲のテキストに限らずしばしば見られることだが、それらの多くは書面上の處置に過ぎず、舞臺の上で實際に詞牌が歌われたことを想定する必要はないように思われる。しかるに成化本の場合は、置かれている詞牌がきわめて通俗的で書面上の處理とは考えにくいこと、第九出や第一七出が戲曲の冒頭でも終幕でもなく詞牌を形式上必要としないこと、また、同様のパターンが二回使われていること等から見て、演出上の實際を強く示唆しているように思われる。初期の南戲にあっては、第九出や第一七出のような緊迫した場面において、「套數」の後に詞牌が置かれることもあったと思われ、しかもそれは實際に歌われたのではあるまいか。

ただし、成化本の場合、それぞれの曲牌がどこまで正しく記述され、それぞれの曲辭がどこまで誤脱なく書かれて

いるか、その點が明らかでない。右の詞牌にしても、「三、三。七。七、七。」という句式は【臨江仙】ではあり得ない。また、前揭の五套の場合でも、成化本の原文には曲牌の標示がなかったり、あるものでも、汲本や『九宮正始』では曲牌名が異なっていたりする。たとえば『九宮正始』は、第二出【疎影】を【絳都春犯】に、第四出【過賺】と【纏枝花】を【二郎賺】と【賀新郎袞】に、第五出【下山虎】と【蠻牌令】を【小桃紅】と【黑蠻牌】に、第九出【醉扶歸】と【換頭】を【二犯獅子序】と【紅獅兒】にそれぞれ作る。また、第九出の場合には【醉扶歸】が三曲【醉扶歸】【換頭】【換頭】と竝んでいたが、【換頭】は元來【前腔】の後に置かれるものであり、一曲の脫落を當然想定すべきであろう（【醉扶歸】に元來【換頭】がないことは、すでに指摘した。この部分は何らかの誤脫をやはり想定すべきである）。しかも、前揭五套と同じ「套式」は元本『琵琶記』や『永樂大典』戲文に見出せない。こうしたことからするならば、初期の南戲の「套式」を考える上で成化本が重要な手掛かりを提供するのは事實なのだが、そこから何らかの規範を導き出すことができないのも、また事實としなければならないのである。

成化本はさまざまな例外に滿ちている。今日に傳えられた經路、その版式、押韻の方法、表現の特徴など、そのいずれもが南戲の歷史の中では例外的な部分をもつ。「套式」の面でいうなら、【引子】がありながらそれに續く曲がなかったり（第一三出）、【尾聲】が置かれながらその場面が終わらなかったり（第一七出）、その他、各場面の曲の配當にはさまざまなアンバランスが見られ、成化本はやはり例外的だといわざるを得ない。たとえば、第一六出や第一八出は主人公が登場しながら一曲も〈唱〉が配當されていないのだが、これはそもそも書面上の省略の結果なのか、それとも舞臺上の實演を反映しているのだろうか。

『白兔記』は戲曲文學である。にもかかわらず成化本は曲辭に對して冷淡である。單に省略や脫落があるだけではない、曲牌名や「套式」から押韻法にいたるまで、曲辭部分に神經を通わせているとはとても思えない樣々な過誤に満ちている。成化本の〈白〉の充實に着目して上演テキストとする論者がいることはすでに述べたが、そうした論者はむしろ、成化本のままの曲辭では上演に耐えないことを問題にすべきではあるまいか。成化本は要するに、物語の展開が過不足なく理解できるように〈唱〉と〈白〉を配した讀み物といえる。成化本にとって最も重要なことは、芝居の全貌が理解できることであって曲辭ではなかった。成化本はこの點において、戯曲史上きわめて例外的なテキストといえるのではあるまいか。

〔高橋文治〕

校註本と主な參考文獻

本校註の底本には、現在上海博物館に藏される原本を景印・複製した『明成化說唱詞話叢刊一十六種　附「白兎記」傳奇一種』（文物出版社、一九七三初印・一九七九重印）所收のものを用いた。なお、一九六七年に上海市嘉定縣の明墓から發掘された原本の發見經緯については國内外に數種の報告があるが、金文京「『成化本說唱詞話』發見の經緯」（井上泰山他『花關索傳の研究』「解說篇」、汲古書院、一九八九）が、その後の現地踏查や墓主の考證などを含み詳細である。

成化本『白兎記』には、すでに二種類の校（註）本が本書に先立って出版されている。第一は、江蘇廣陵古籍刻印社校補『成化新編劉知遠還鄉白兎記』（江蘇廣陵古籍刻印社、一九八〇。本文篇では「江本」と略稱する）。全文に仔細な校訂を加え、斷句・整理を施した校本であり、文革收束直後という早い時期に發表されたものとして大變な労作である。テキストに未解決の疑義がある際にはその旨を明記したうえで原文を尊重する、といった愼重な校訂態度にも學ぶ點が多い。第二は、兪爲民『明成化本《劉知遠還鄉白兎記》校注』（『藝術研究』第三輯（總一二輯）、浙江省藝術研究所、一九八五。本文篇では「兪本」と略稱)。江本の成果に更なる校訂を加え、異本異文・難解語句・出典などについて註釋を加えたものである。この兪本は、汲古閣本の他、曲譜類に收載される『白兎記』曲文等の資料を多く引用するのが特徴で、それらの註釋・資料類は本書作成の上でも重要な手がかりを與えてくれた。

これら二種の校(註)本、特に江本の校訂成果に對しては、さらなる補訂を加えた論文が二編發表されている。胡竹安「廣陵刻印校補本《成化新編劉知遠還鄉白兎記》補正」(『中國語文』一九八四年第四期。本文篇では「胡竹安論文」と略稱)と、林昭德「廣陵刻印校補本《成化新編白兎記》再補正」(『西南師範大學學報(哲學社會科學版)』一九八八年第四期。同じく「林昭德論文」と略稱)がそれである(「林昭德論文」は「胡竹安論文」に對しても更に補訂を加えている)。これら二編は、成化本の文字・語彙・俗諺等について、成化本本文内や汲古閣本『白兎記』の他、元曲や宋代筆記等の用例を擧げて考證しており、多くの教えを受けた。

さらに、主に音韻・語彙・語法といった側面から分析を加えた論考に、古屋昭弘「明・成化本『劉知遠還鄉白兎記』の言語」(『中國文學研究』一三、早稻田大學中國文學會、一九八七)がある。當論考では、その言語的特徴から成化本(或いはその祖本)と泰州(江蘇省)一帶の方言との關わりを指摘するが、本文の校訂についても、兪本を基にしつつ獨自の見解を加えており、多くの知見を得た。また、袁賓「明代成化本詞話語詞考釋」(『鎭江師專學報』(社會科學版)一九八七年第一期)は、明代中期以前の白話資料として、『白兎記』を含む成化本説唱詞話全體から特徴的な語彙・語法を採りあげ考察を加えている。

本書では、これら校(註)本や論考の成果を參照し、適宜註中に言及した。

〔加藤　聰〕

本文篇

凡例

以下は、成化本『白兎記』に、詞曲部分の押韻についてのコメント、諸テキスト間の文字の異同の校記、註釋および和譯を施したものである。成化本『白兎記』の校註本については、江蘇廣陵古籍刻印社校補『成化新編劉知遠還鄉白兎記』（江蘇廣陵古籍刻印社、一九八〇。以下「江本」と略す）、兪爲民『明成化本「劉知遠還鄉白兎記」校註』（『藝術研究』第三輯（總一二輯）、浙江省藝術研究所、一九八五。以下「兪本」と略す）が既に刊行されており、本書においてもこれらを適宜參照した。

○字體は、印刷の都合により原則として正字體に統一し、いわゆる「おどり字」は適宜文字を補って表記した。また、「□」は原文中の原缺字もしくは磨滅字、「■」は印刷上表示が不可能な譌字を示す。

○本文中の誤字ないし衍字は（ ）で示し、校訂字、脫字を〔 〕で示した（文字の異同や校訂に關わることは、註においで適宜言及する）。また、本文の文字が複數の誤りの結果と想定される場合は、その過程を〔↓〕で示した。たとえば（來）〔末↓莫〕は、「來」は「末」の誤刻であり、さらに「末」は「莫」の誤りであることを示す。

○原文中の「白」「唱」の標記やト書きなどは、便宜的に四角圍みで表示した。

○底本には各出の區切りの表示がないため、便宜上これを補った。

○詞曲の本文は、その格律により句型を定め、押韻句は句號（。）、非押韻句は頓號（、）によって斷句を施した。また、詞曲には出ごとにアラビア數字による通し番號を附し、參照の便宜に供した。

○韻 には、詞曲についてのみ、その脚韻を、清・沈乘麐が傳奇・南戲等の曲韻を整理した『韻學驪珠』に從って、平上去聲二一韻（東同、江陽、支時、機微、灰回、居魚、姑模、皆來、眞文、干寒、歡桓、天田、蕭豪、歌羅、家麻、車蛇、庚亭、鳩侯、侵尋、監咸、纖廉）、入聲八韻（屋讀、恤律、質直、拍陌、約略、易跋、豁達、屑轍）により表示する。入聲音が平上去聲二一韻と通押されていると思われる場合には、二一韻の表示の後に（　）でその字を示した。

○校記 には、校訂に使用できるテキストを列擧したのち、詞曲の本文についてのみ異同を記した。テキスト及びその略稱は以下の通り。汲本―汲古閣刊六十種曲本『白兔記』、風本―『風月錦囊』、增譜―『增定南九宮曲譜』、新譜―『南詞新譜』、始譜―『九宮正始』、成譜―『九宮大成南北詞宮譜』、寒譜―『寒山堂新訂九宮十三攝南曲譜』。ただし、校訂に使用できる各テキストが全て同じ文字に作る場合には、煩雜を避けて「諸本」と表記することとする。なお、校記中の〔　〕は、曲譜類が指摘する犯調である。

○註 に用いた工具書・校註書・論文及びその略稱は以下の通り。（匯）―張相『詩詞曲語辭匯釋』、（變）―蔣禮鴻『敦煌變文字義通釋・增補定本』、（宋元）―龍潛菴『宋元語言詞典』、（漢）―『漢語大詞典』、（通俗）―清・翟灝『通俗編』、『戲文三種』―錢南揚『永樂大典戲文三種校註』、胡竹安論文―胡竹安「廣陵刻印校補本《成化新編劉知遠還鄉白兔記》補正」（『中國語文』一九八四年第四期）、林昭德論文―林昭德「廣陵刻印校補本《成化新編白兔記》再補正」（『西南師範大學學報（哲學社會科學版）』一九八八年第四期）。

○譯 の韻文部分の句讀點は、本文のそれにならった。

新編劉知遠還鄉白兔記

第一出〔副末開場〕

扮末上開云　詩曰　國正天心順、官清民自安。妻賢夫禍少、子孝父心寛。

1〔【□□□】〕喜賀昇平、黎民樂業、歌謠處慶賞豐年。香風（復郁）〔馥郁〕、瑞氣靄盤旋。奉請越樂班眞宰、（遙）〔邀〕鸞駕早赴華筵。今宵夜、願白舌入地府、赤口上靑天。奉神三巡六儀、化眞金錢。齊（攢斷）〔攛斷〕。喧天鼓板。奉送樂中仙。

2【紅芍藥】末唱　哩囉連、囉囉哩。連哩連、哩囉哩。連哩連、囉連哩連、囉哩囉連、囉哩連、哩連囉連、哩連囉連、□□□囉、哩連囉、哩囉哩。末云

3〔【滿庭芳】〕山（莫）〔抹〕微雲。天連衰草、畫角聲斷樵門。站聽□□、□□〔□〕（黎樽）〔離樽〕。多少蓬萊舊事、空回首煙靄紛紛。夕陽外、寒鴉數點、流水遶孤村。（宵昏）〔銷魂〕。當此（濟）〔際〕、香囊暗結、羅帶輕（紛）〔分〕。慢（吟得）〔贏得〕、秦樓薄倖（明）〔名〕存。此去何時見也、襟袖〔上〕空染啼痕。傷情處、（高成）〔高城〕望斷、燈火（以）〔已〕黃昏。

韻　1―天田・歡桓・干寒韻。2―機微韻。3―眞文韻。

校記　草堂詩餘。

○草堂詩餘―【滿庭芳】山抹微雲。天連衰草、畫角聲斷譙門。暫停征棹、聊共飲離樽。多少蓬萊舊事、空回首煙靄紛紛。斜陽外、寒鴉數點、流水遶孤村。
　銷魂。當此際、香囊暗解、羅帶輕分。謾贏得、秦樓薄倖名存。此去何時見也、襟袖上空染啼痕。傷情處、高城望斷、燈火已黃昏。

註　○**扮末上開云**―「末」は「副末」であり、いわゆる「副末開場」。「副末開場」については、明・徐渭『南詞敍錄』「開場」の條に「宋人、凡そ勾欄より未だ出でざるに、一老者先ず出で、大意を誇說し、以て賞を求む。之を『開呵』と謂う。今の戲文の首一出、之を『開場』と謂うは、亦た遺意なり」というほか、明刊本『琵琶記』第一出の多くが「副末開場」と題する。その他、清・黃旛綽『梨園原』「論戲統」の條にも關聯記事がある（後の1（【□□□】）註參照）。翁敏華「〈副末開場〉與中國古代戲劇觀的演進」（『中華戲曲』第四輯、山西人民出版社、一九八七）參照。なお、「開」字は『元刊本元雜劇三十種』のト書き部分にしばしば用いられ、その意味は必ずしも明らかではないが、ここでは、開場、の意。　○國正天心順……子孝父心寬―成語。前半二句が元刊本『事林廣記』乙集卷上「人事類」「警世格言」「居官警語」の條に、後半二句が同書同卷「治家警語」の條にそれぞれ見えることを兪本の註がすでに指摘するほか、『張協狀元』第三四出末の登場詩に前半二句が、『殺狗記』第三五出末の登場詩に四句すべてが見える。

○1（【□□□】）―兪本は【滿庭芳】とする。清・黃旛綽『梨園原』「論戲統」に「古時の戲、始め一たび鬼門道を出づれば、必ず先ず紅芍藥一詞を唱うは、何ぞや。……古製に云わく『太子千秋歲、春闈畫錦堂。一株紅芍藥、開遍滿庭芳』と。其の曲牌名を取りて引口詞と爲すなり」とある。ここにいう「千秋歲」「畫錦堂」「紅芍藥」「滿庭芳」は詞牌であり、それらが「副末開場」で用いられることをいうのである。『白兔記』第一出においては、この後に【紅芍藥】【滿庭芳】が用いられており、副末の登場詩と【紅芍藥】にはさまれた本部分も韻文であって、【滿庭芳】とするべきであろう。ただし、後闋については必ずしも格律に合わない。なお、詞牌は一般に平韻と仄韻とを嚴格に區別するが、ここでは曲文學の常識に從って平韻と仄韻が通押するものと考えた。よって、後段の「斷」「板」は押韻である。　○越樂班眞宰―「班」を、劇團、の意と解し、全體を、越樂の守護神、といった意に解釋した。本劇は後文に「永嘉書會才人」とあるように、永嘉の書會で書かれたものである。つまりここにいう「越樂」は永嘉の書會を指し、

「眞宰（主宰者）」はその守り神。なお、明清の時代になると、劇團の守護神は二郎神と考えられていたようであり、そのことについては王兆乾「戲曲祖神二郎神考」（『中華戲曲』第二輯、山西人民出版社、一九八六）を參照。ただし、ここにいう「眞宰」が二郎神を指すかどうかは不明。　○白舌入地府赤口上青天―「赤口」「白舌」ともに争いをひき起こす悪神をいう。『水滸傳』第七回に「只聽得門外老鴉哇哇的叫、衆人有叩齒的、齊道『赤口上天、白舌入地』」とある。（宋元）參照。　○三巡六儀―「三巡」は「三獻（神に三度酒を奉じること）」、「六儀」は「六贄」「六摯」（ともに、さまざまなお供え）と同意であろう。　○化眞金錢―待考。「化」は「化緣」の意として譯をつけた。【滿庭芳】の格律から見て後段に數句の缺落を想定すべきであり、その點では「化」の後に一行の脫落があるという考え方もあるだろう。　○（攢斷）（擸斷）―「斷送」と同じで、演奏する、の意。（匯）參照。『張協狀元』第二出冒頭にも、副末（脚色名は「生」となっている）が【燭影搖紅】の「斷送」を命じるシーンがある。　○2【紅芍藥】―詞牌。本出「1（【□□□】）」註參照。ただし、本曲は【紅芍藥】詞の格律に合わない。「哩囉連、囉囉哩」は一種のスキャットで、もとは佛曲によるといい、宋金以來、俗曲や戲曲文學にしばしば用いられた。饒宗頤「『明本潮州戲文五種』說略」（『明本潮州戲文五種』、廣東人民出版社、一九八五）參照。潮州戲文『金釵記』第四出（劉念茲校註本、廣東人民出版社、一九八五）等にも一曲すべてが「哩囉連云々」で構成された曲があるが、それらは曲律にしたがって押韻しており、ここも當然押韻すべきだと考えられる。しかし、本テキストの文字遣いではそうはならない。前述の饒宗頤「『明本潮州戲文五種』說略」は、本【紅芍藥】を引用し斷句しているので、斷句はひとまずそれに從った。　○3（【滿庭芳】）―「山莫」から「黃昏」までは、宋・秦觀【滿庭芳】詞をかなり忠實に襲うため、詞牌名を補った。校記には『草堂詩餘』を擧げたが、なぜ秦觀の別集ではなく『草堂詩餘』を用いたかについては、解說篇九四頁參照。また、原文のままで意味が通じない文字に關しては同詞によって改め、譯も同詞の意に沿って解した。この詞はかなり人口に膾炙していたと思われ、元曲等にも引用されるほか、筆記・詞話等にも、たとえば宋・葉夢得『避暑錄話』卷下が「『山抹微雲。天黏衰草』は尤も當時の傳うる所と爲る」といい、宋・吳曾『能改齋漫錄』卷一六「黃魯直詞謂之著腔詩」の條が「『斜陽外、寒鴉萬點、流水遶孤村』の如きは、字を識らざる人と雖も、亦た是れ天生の好言語たるを知る」という。　○站聽□□□□（□）―原文では、缺字は四字分しかないように思われるが、格律からいえば五字分必要だと思われるため、空格を一字分補った。　○暗結―「結」を秦觀詞では「解」に作る。「結」と「解」を同音字として誤ったとすれば、本テキストにおいては入聲音は消失する方向にあり、また『中原音韻』とも異なった音韻體系にしたがっていることになるだろう。　○（吟得）（贏得）―古屋昭弘「明・成化本

『劉知遠還鄉白兎記』の言語」（『中國文學研究』一三、早稲田大學中國文學會、一九八七）は、「吟」が「贏」と混同されたものとする。これに從う。

譯

［末に扮して登場し、開場して言う］［詩に曰く］國が正しければ天は喜び、役人が清廉であれば民は安らぐ。妻が賢ければ夫のわざわいは少なく、子が親孝行ならば父は心安らか。

1【□□□】太平を祝い、人々は仕事を樂しみ、歌うは豊作のよろこび。風の香りが芳しく、めでたい霞が立ち込める。越樂の劇團の神様をお招きし、神の乘りものをお迎えして、急いで宴の席に赴いていただきましょう。今宵ばかりは、白舌は地中にもぐり、赤口は空へ昇って惡い神は立ち去れ。　神に三獻の杯を捧げてとりどりのお供えをし、本物の金錢を援助いただいて。一齊に音樂を演奏し。天まで響くほどに打樂器を鳴らして。音樂の神様をお見送りいたしましょう。

2【紅芍藥】［末のうた］リーラーレン、ラーラーリー。レンリーレン、リーラーリー。レンリーレン、ラーレンリーレン、ラーリーラーレン、ラーリーレン、リーレンラーレン、リーレンラーレン、……ラー、リーレンラー、リーラーリー。［末が言う］

3【滿庭芳】薄雲は山をはらって飛び。枯草は天際まで續き、望樓では日沒を知らせる角笛の音が途絶えた。しばし旅の舟をとどめ、共に別れの杯を酌み交す。數々の歡樂の思い出、振り返ったところで霞の中。夕陽の彼方、寒空に鴉が數羽、川はぽつりと寂しい村里をめぐり流れる。　魂も消え入らんばかり。別れの時、香り袋をそっと結び、薄絹の帶を分かって別れゆく。手に入れたのは、色街の浮氣男の評判だけ。この後いつまた會えるのか、襟袖は涙に染まるばかり。悲しいのは、高い城壁から眺めやると、もう燈りがともりたそがれ時になってしまったこと。

惜竹不雕當路筍、愛松不斬横横枝。不是英雄不贈劍、不是才人不賦詩。

今日〔利家〕〔戻家〕子弟搬演一本傳奇。不插科、不〔打問〕〔打諢〕、不〔爲〕〔謂〕之傳奇。倘或中間〔字藉〕〔字迹〕差譌、馬音等字、〔香談〕〔鄉談〕別字、其腔列調中、間有同名同字、萬望衆位、做一床錦被遮蓋。天色非早、而卽晚了也。不須多道〔撒説〕〔散説〕。借問後行子弟、戲文搬下不曾。〔內應〕搬下多時了也。〔末白〕〔計然〕〔既然〕搬下、搬的那本傳奇、何家故事。〔內應〕搬的是李三娘麻地捧印、劉知遠衣錦還鄉白兎記。〔末白〕好本傳奇。這本傳奇虧了誰。〔內應〕虧了永嘉書會才人。〔末白〕在〔此〕燈窗之下、磨得墨濃、〔斬〕〔蘸〕得筆飽、編成此一本上等孝義故事。果爲是千度看來千度好、一番搬演一番新。不須多道散説、我將正傳家門念過一遍、便見戲文大義。怎見得、

4〔【滿庭芳】〕五代殘唐。漢劉知遠、生時紫霧神光。李家莊上、招贅作東床。二舅不容完聚、使機謀〔折散〕〔拆散〕鸞凰。分飛去、知遠投充邊塞、看他武藝高强。　岳節使把秀英小姐、匹配鸞凰。三娘受苦、磨坊中、生下咬臍郎。年長一十六歲、因打獵〔實認〕〔識認〕親娘。後來加〔官嚼〕〔官爵〕、直做到九州安撫、衣錦喜還鄉。

詩曰　剪燭生光彩、開筵列〔倚羅〕〔綺羅〕。來是劉知遠、〔啞靜〕〔雅靜〕看如何。下

韻　江陽韻。「苦」は失韻。

校記　風本・汲本。

○風本―【滿庭芳】五代殘唐。漢劉智遠、時紫□□□。李家□上、招贅五東床。一舅不容完聚、心生巧計折散鴛戶、三娘受苦、磨房下生咬臍郎。 智遠□□、卒發跡到邊疆。□□秀美岳氏、配與鸞凰。一十六□、咬臍生長、□遊獵識認親娘。智遠如官進職、九州安無、昏帛還鄉。

○汲本―【滿庭芳】五代殘唐。漢劉知遠、生時紫霧紅光。李家莊上、招贅做東牀。二舅不容完聚、生巧計折散鴛行。三娘受苦、產下咬臍郎。○知遠投軍、卒發跡到邊疆。得遇繡英岳氏、願配鸞凰。一十六歲、咬臍生長、因打獵識認親娘。知遠加官進職、九州安撫、衣錦還鄉。

註 ○惜竹不雕當路筍……不是才人不賦詩―この四句は七言の韻文だと思われるので、段を分かつ。二句目の「橫橫枝」は誤りであると考えられるので、假に「橫生枝」に改めて譯出した。明成化本說唱詞話『鶯哥行孝義傳』に「惜竹莫挑闌路筍、愛松莫折葉頭枝。相逢武士呈刀劍、若遇賢才便作詩」とあるように、この四句は恐らく成語的な表現であろう。また前半二句については、唐・貫休「山居」詩第三首(『唐詩紀事』卷七五所引)に「惜竹不除當路筍、愛松留得礙人枝」とあり、後半二句については、『五代史平話』「周史平話」(上)に「俗語云『酒逢知己飲。詩向會人吟』」という類似表現がある。なお、ここに「才人」というのは書會の人をいい、「不是英雄不贈劍、不是才人不賦詩」の二句は、秦觀【滿庭芳】詞を受け、書會の才人でなければ多情の詞をつくらず、「その場に居合わせるお客様のような方々でなければ、その多情の詞を理解しない」といった内容を述べるものと思われる。 ○(利家)(戾家)子弟―『太和正音譜』卷上「雜戲十二科」の條に「子昂趙先生曰く『良家の子弟 扮する所の雜劇、之を行家生活(プロの仕事)と謂い、娼優の扮する所の者、之を戾家把戲(アマのたわむれ)と謂う。良人は其の恥を貴び、故に扮する者は寡なく、今少なし。反って娼優の扮する者を以て、之を行家と謂う』と」とある。「戾家」はアマチュアをいい、『錯立身』題目にも「戾家行院」の語が見える。「子弟」は、「樂人」「伶人」を指す。(宋元)參照。 ○不插科不(打問)(打諢)―兪本がすでに「問」を「諢」に改めている。「副末開場」において、滑稽な仕草やせりふが劇中にふんだんに取り入れられていることを言う例としては、『張協狀元』等がある。 ○馬音等字(香談)(鄉談)別字―待考。この八字が何をいうかわからない。ここでは「馬」を「罵」、「等」を「奪」の誤字として假に譯した。「香談」については、胡竹安論文が、『西湖老人繁盛錄』「瓦市」の條や『武林舊事』卷一○下に「學鄉談」の語が見えることを指摘するのに從って「鄉談」に校訂した。 ○同名同字―ここでは假に、觀客の中に劇中人物と同姓同名の人がいることを憚っていうものと考えて譯した。 ○做一床錦被遮蓋―成語。聞き流して大目に見ること。宋・周密『齊東野語』卷二「淮西之變」の條に「(鄽)瓊登而言曰『尋常伏事太尉不周、今日乞一牀錦被遮蓋』」とあり、また潮州戲文『金釵記』第一出「副末開場」に「做成幔天錦帳、□□望遮攔」、元刊本『看錢奴』第二折【呆古朶】に「做一床錦被都遮蓋」、『牆頭馬上』第二折【三煞】に「不肯教一床錦被權遮蓋」とある。　○(撒説)〔散説〕―「撒説」は用例を見ないので、改めた。「散説」はいいかげんに言うこと。

○後行子弟―樂人・伶人は列を作って竝び演奏するのでこのようにいう。妓女の長をいう「行首」もこの種の語。ここでは、舞臺裏の役者達の意。　○搬下―「搬」は「搬演(上演する)」の意で、「搬下」は「搬演下」を略して言ったもの。　○〔内應〕―文脈から、舞臺上と奥との對話と考えて補った。以下同。　○李三娘麻地捧印劉知遠衣錦還鄉白兔記―元曲にも同様の題目があり、曹本『録鬼簿』「劉唐卿」の條に「李三娘麻地捧印」といい、『太和正音譜』「劉唐卿」の條にも「麻地傍印」とある。また、成化本第二三出でも「這箇是、李三娘麻地捧印、劉知遠衣錦還鄉」といい、本劇そのものが元曲の改作であることを濃厚に感じさせる。「印」は、劉知遠が九州按撫使を拜命した證明としての印璽であり、實質的には金牌を指す。なお「白兔記」という題目名が登場するのは成化本が最初であり、「白兔引路」の情節が明代になってから生じた可能性も否定できない。　○永嘉書會才人―『張協狀元』は「九山(永嘉の地名)書會」の編であると第二出に明記されており、また『琵琶記』の作者と目される高明も永嘉の人である。なお「書會」は、宋元時代の劇團・話本等の製作者集團をいう。『武林舊事』卷六「諸色伎藝人」參照。「才人」は、書會に所屬する人たち。(宋元)參照。　○在(此)―「此」は文意より衍字と考えた。　○千度看來千度好一番搬演一番新―『紫雲亭』第四折【鷓鴣天】に「一度搬著一度新」とあり、劇團の常套句と思われる。　○家門―清・李漁『閑情偶寄』に「開場の數語、之を家門と謂う」という。「家門」はもともと、商賣、のような意だが、ここでは劇團の口上・概略をいう。　○4〔【滿庭芳】〕―諸本に從って詞牌名を補う。　○二舅―『劉知遠諸宮調』や『五代史平話』では、李三娘には二人の兄がいることになっているが、南戲『白兔記』では兄は一人しか登場しない。ここで「二舅」というのは、語り物・小説類の情節の名殘であろう。第三出「大兒子李弘一」註參照。

○看他武藝高强―この句は韻を踏み、かつ前闋の末句であるが、意味上は「岳節使」の句に繫がっていくように思われる。　○匹配鸞凰三娘受苦―格律からいえば、「匹配鸞凰」の句は不叶句、「三娘受苦」は叶韻句でなければならない。したがって「苦」は失韻。　○九州安撫―劉知遠が出世して「九州安撫使」になるというストーリーは、すでに『劉知遠諸宮調』に見えるが、歴史上の劉知遠にそうした事實はない。因みに、『五代史平話』は史實にもとづいて「北京留守」とする。「安撫使」は元來軍官であったが、宋・趙昇『朝野類要』「帥幕」の條が「安撫の權、以て便宜に行事す可く、俗に、先に施行して後に奏す、と謂うが如きの類なり」

というように、敕命を受けて「便宜行事（上司の裁可を受ける前に便宜的に執行すること）」する者と意識された。『劉知遠諸宮調』が生まれた金代の制度としては『金史』巻四七「百官志」(三)「按察司」の條に「安撫司は人民を鎭撫し、邊防軍旅を譏察し、重刑を審錄する事を掌る」という。「安撫使」は按察官であった(「九州安撫使」という職名は現實にはなかったであろう)。また、「按察」と「暗察」が區別なく混用されるように、按察官が身分を隱して隱密裏に內偵を進めた事實もあったようである。出世後の劉知遠が身分を隱して李三娘を訪ねる展開と「九州安撫」という架空職の設定は、恐らく關連するだろう。

譯

竹を惜しんでは道をふさぐ筍も切らず、松を惜しんでは餘計な枝も切らない。相手が英雄でなければ劍を贈らず、書會の才人でなければ多情の詩も作らない。

さて今日は、素人藝人達が一本の傳奇を上演いたします。滑稽なしぐさやおどけたセリフがなければ、芝居にはなりません。もし脚本の中に罵りことばや脫字、お國ことばや言い間違いがあったり、また、歌の中にお客様と同姓同名がございましても、皆さまには錦の布團で覆い隱して、氣になさらぬようお願いいたします。時間も早くございませんし、まもなく日も暮れます。つまらぬ話はやめにいたしましょう。裏の役者達にきくが、脚本のおさらいはしたか。〔內で應じる〕充分してあります。〔末のセリフ〕おさらいが出來ているのならば、これから上演するのは何のお芝居で、どこの家のお話か。〔內で應じる〕『李三娘、痲畑にて金牌を受け、劉知遠は故郷に錦を飾る白兎記』を演じます。〔末のセリフ〕素晴らしい物語だ。この脚本は誰の手になるのか。〔內で應じる〕永嘉の書會の才人たちです。〔末のセリフ〕燈火の窗邊に墨をすり、筆をひたして、この一篇の孝義の物語を編みました。まさしく「千回見ても千回面白く、一度ごとに新しい」というもの。つまらぬ話はここまで。この物語の概略を申しあげ、本劇の大義を示しましょう。いかにといえば、

4 **【滿庭芳】**唐の終わりから五代の時代。漢の劉知遠は、生まれる時に紫の靈氣をまとっていました。李家の村で、

入り婿になりました。二人の義兄が一家の團欒を許さず、からくりを使って夫婦を離散させました。夫婦は離れ離れになり、劉知遠は邊境のとりでに身を寄せ、彼の優れた武藝を見て。　岳節度使はむすめの秀英孃を、妻として娶せました。三娘は辛酸を舐め、磨坊のなかで、咬臍郎を産みました。〔咬臍郎が〕十六歳となり、狩りに出て母親と親子の名乗りをあげました。その後劉知遠は官爵を受け、九州安撫使となって、故郷に錦をかざります。

詩に曰く　蠟燭の芯を切ってあたりは明るく、居並ぶのはきらびやかな方々。登場いたしますのは劉知遠、みなさまお靜かにご覧ください。退場

第二出〔生〔劉知遠〕、末〔史弘肇〕、淨〔史の妻〕〕

生上唱

1【獅子序】年乖時蹇、〔往〕〔枉〕有沖天氣宇。受無限嗟吁。最好似堂堂七尺身軀。不如我一擔英雄俊傑、俊傑問天道五行何如。似〔虎虎〕〔餓虎〕在巖前睡也、困龍失却了明珠。

生白　結交須結英與豪。莫結區區兒女曹。

〔朕〕〔眞〕此謂也。自家姓劉、名〔臯〕〔暠〕、雙名知遠。不幸幼年失父、隨母改嫁、只因我好賢學武、壞了我潑天家計、〔□〕〔至〕被繼父趕逐在外、不容知遠回家。日間在賭博場中搜求貫伯、夜宿在馬鳴王廟中。是此雪寒天氣。但見滾滾飄綿、層層銀砌。門前過客箇箇失路迷踪、江〔山〕〔上〕漁翁兩兩披簑〔挾■〕〔拽棹〕。凍合玉樓寒〔氣竦〕〔起粟〕、光〔遙〕〔搖〕銀海遍生花。似此雪寒天氣、不見故人一面。

怪他不的落在貧窘之中、有誰人採我。好〔大〕雪〔也〕。

2【踈影】生唱 彤雲布密。見四野、盡是瓊粧銀砌。〔墹〕〔迸〕玉篩珠。只見柳絮梨花在那空中舞。長安酒價〔爭〕〔增〕高沽。見漁父披簑歸去。〔末上〕合 鼻中、只聞的梅花香、〔遙〕〔要〕見竝〔舞〕〔無〕〔在〕〔密〕〔覓〕處。末唱

3〔【換頭】〕看覷。青山頓老、見過往行人、迷踪失路。下幕垂簾、酌酒羊羔歌白紵。紅爐添炭人完聚。怎知道怎知道街頭上貧苦。合前

韻 居魚、機微(密)韻。

校記 風本・增譜・新譜・始譜・成譜・汲本。

○風本―【絳都春】 彤雲布密、見四野盡是銀砌、瓊銀迸玉篩柳絮。梨花隨風舞。長安酒價增高沽。見漁扇披着簑衣歸去。合 望空中但聞、要尋箇梅花、竝無覓處。(【末】)〔末〕疑野青山頓老、見行人往來迷蹤失路。繡幕垂簾、醉酌羊羔歌白回、紅爐內添獸炭人歡聚。怎知街頭貧苦。合前

○增譜―【絳都春換頭】 堪覷。青山頓老、見過往行人迷踪失路。下幕垂簾、酒酌羊羔歌白苧。紅爐獸炭人完聚。怎知道街頭貧苦。鼻中只覺梅花香、要見竝無覓處。

○新譜―【獅子序】 年乖運蹇、枉有沖天氣宇。受無限嗟吁。最苦是七尺軀。爭似我英雄俊傑、問天道五行何如。一似餓虎巖前睡也、困龍失却明珠。【絳都春影】 堪覷。青山頓老、見過往行人迷踪失路。下幕垂簾、酒酌羊羔歌白苧。紅爐獸炭人完聚。怎知道街頭貧苦。〔踈影〕 鼻中、只聞得梅花香、要見竝無覓處。

○始譜―【獅子序】 年乖運蹇、枉有沖天氣宇。最苦堂堂七尺軀。受無限嗟吁。爭似我英雄俊傑、問天道五行何如。一似餓虎巖前睡也、困龍失却明珠。【絳都春犯】 同雲布密。見四野盡是銀裝玉砌。迸玉篩珠。只見柳絮梨花在空中舞。長安酒價增高貴、見漁父披簑歸去。合 鼻中、只聞得梅花香、要見竝無覓處。【換頭】 堪覷。青山頓老、見過往行人、迷踪失路。下幕垂簾、酌酒羊羔歌白苧。紅爐獸炭

人歡聚。怎知道街頭有貧苦。合前

○成譜—【絳都春】年乖運蹇、枉有沖天氣宇。最苦堂堂七尺軀。受無限嗟吁。一似餓虎巖前睡也、困龍失却明珠。【絳都春序】彤雲布密。見四野、盡是銀裝玉砌。迸玉篩珠。只見柳絮梨花在空中舞。長安酒價增高貴、見漁父披簑歸去。合 鼻中、但聞得梅花香、要見竝沒覓處。【前腔】堪覷。靑山頓老、見過往行人、迷踪失路。下幕垂簾、酌酒羊羔歌白苧。紅爐獸炭人完聚。怎知道街頭貧苦。合 鼻中、但聞得梅花香、要見竝沒覓處。

○汲本—【絳都春引】年乖運蹇、枉有沖天氣宇。最苦堂堂七尺軀。受無限嗟吁。似餓虎巖前睡也、困龍失却了明珠。【絳都春】彤雲佈密、見四野、盡是銀粧玉砌。迸玉篩珠。迸玉篩珠。只見柳絮梨花在空中舞。長安酒價增高貴、見漁父披簑歸去。合 鼻中、但聞得梅花香、要見竝沒覓。【前腔】堪覷。靑山頓老、見過往行人失路迷踪、下幕垂簾、下幕垂簾、酌酒羊羔歌白苧。紅爐獸炭人歡聚。怎知道街頭貧苦。合前

註 ○1【獅子序】—汲本は【絳都春引】とするが、始譜は『白兔記』の本曲を【獅子序】の條で引く。ただし、本曲は一般の【獅子序】と格律を異にし、始譜が本曲を【獅子序】の「又一體」として引くのもそのためと思われる。また、始譜と成化本の兩者に重要な文字の異同があることは、始譜が成化本を引用したのではないこと、つまり、汲本や成化本とは異なったテキストを參照したことを推測させる。　○年乖時蹇—「年乖時蹇」「年乖運蹇」は、年回りが悪く運つたないことをいう常語。　○五行—「命運」の意。(宋元)參照。　○受無限嗟吁最好似堂堂七尺身軀—「最好似」三字は何らかの誤りを含むであろう。この二句はこのままでは意味をなさないと思われるので、汲本等に従って譯した。　○一擔英雄—後の第三出2【一江風】にも「(一旦)(一擔)英雄」とあるので、誤りではないだろう。たとえば元曲などでは「一擔愁」の語も見えるので、「一擔」は量が多いことを表す量詞と思われる。　○俊傑—二度目の「俊傑」は原文ではおどり字。衍字かもしれない。　○(虎虎)(餓虎)—汲本・始譜等に従って校訂した。　○困龍失却了明珠—『莊子』「列禦寇」に「夫れ千金の珠は、必ず九重の淵にして驪龍の頷下に在り。子の能く珠を得たる者は、必ず其の睡れるに遭えばなり」とある。これを用いたのであろう。この典據を用いた例としては、他に宋・黄庭堅「題落星寺」詩第二首に「驪龍莫睡失明珠」の句がある。「困龍」は、ねむれる龍。　○結交須結英與豪莫結區區兒女曹—「豪」「曹」で押韻し、開場詩としての役割を果たしている。兩句ともに常語であろう。この二句に類似した表現として、宋・楊冠卿『客亭類稿』卷一三「癸丑生朝舟行有感」詩に「未了詩書債、見輕兒女曹」、「所貴盡忠孝、結交英與豪」の句がある。　○(□)(至)—□の箇所は文字

の下半分が欠けているが、残存箇所から判斷して「至」とした。なお、後の第三出1【夜行船】の後の生のセリフに、ここと類似する表現が見られ、「止」に作る。「至」は「止」の同音による誤りではあるまいか。　○貫伯―「貫百」に同じ。錢・紙幣、の意。○馬鳴王廟―馬明王廟。馬明王は蠶神で、馬頭娘ともいう。明・郎瑛『七修類稿』巻一九に「所謂馬頭娘なる者は、荀子 蠶賦の『身は女好にして頭は馬首なる者か』との一語に本づいて付會せるなり」とある。なお「明王」とは神の通稱であり、「明」を「鳴」に作るのは誤りという。（通俗）巻一九參照。以下の譯文では原文の表記に關わらず、全て「馬明王」と表記する。　○江（山）〔上〕漁翁兩兩披簑（挾■）〔拽棹〕―汲本に從って校訂する。『唐宋諸賢絕妙詞選』巻一所收、唐・張志和【漁歌子】詞第五首に「釣臺漁父褐爲裘。兩兩三三舴艋舟」、元・劉詵『桂隱詩集』巻二「題彭宜遠所藏羅稚川山水樓閣圖」詩に「漁翁兩兩靑簑衣」の句がある。○凍合玉樓寒（氣疎）〔起粟〕光（遙）〔搖〕銀海遍生花―この二句は宋・蘇軾「雪後書北臺壁」詩第二首の「凍合玉樓寒起粟、光搖銀海眩生花」を用いる。これにより字を改めたが、「遍生花」はこのままで意味が通じるため、原文のままで譯した。なお、宋・莊綽『鷄肋編』巻中に「東坡、雪の詩を作る。……人 多く玉樓銀海の事を曉らず。惟だ王文正公のみ云う『此れ道家に見ゆ、肩と目とを謂うなり』と」とあるが、ここでは「玉樓」「銀海」のまま譯した。　○怪他不的―「怪不的」と同意。　○2【疎影】―本曲は【疎影】の曲律とは必ずしも合致しない。この曲は、『增修箋註草堂詩餘』前集巻下所收の宋・周邦彥【女冠子（同雲密布）】詞及び柳永【望遠行（長空降瑞）】詞を參照していると考えられる。これらの詞は「冬雪」の分目に分類され、全文は以下の通りである。【女冠子】「同雲密布。撒梨花、柳絮飛舞。樓臺誚似玉。向紅爐暖閣，院宇深庭，廣排筵會。聽笙歌猶未徹，漸覺輕寒，透簾穿戶。亂飄僧舍，密灑歌樓，酒帘如故。　想樵人、山徑迷蹤路。料漁人、收綸罷釣歸南浦。路無伴侶。見孤村寂寞，招颭酒旗斜處。南軒孤鴈過，嚦嚦聲聲，又無書度。見臘梅枝上嫩蘂，兩兩三三微吐」、【望遠行】「長空降瑞，寒風剪，淅淅瑤花初下。亂飄僧舍，密灑歌樓，迤邐漸迷鴛瓦。好是漁人，披得一蓑歸去，江上晚來堪畫。滿長安、高却旗亭酒價。　幽雅。乘興最宜訪戴，泛小棹、越溪瀟灑。皓鶴奪鮮，白鷴失素，千里廣鋪寒野。須信幽蘭歌斷，同雲收盡，別有瑤臺瓊樹。放一輪明月，交光淸夜」。　○布密／銀砌―始譜は、「布密」「銀砌」の箇所に「應韻」「應叶」の語を置き、「長安酒價增高貴」の句に「失」の字を置く。居魚韻に機微韻を通押させるのに躊躇を示したものと思われる。ここでは、始譜の意を汲んで、校記では「密」と「砌」は叶、「貴」は失韻としたほか、成化本については居魚韻と機微韻は通押するものとした。　○（爭）〔增〕高沽―諸本に從って「爭」を「增」に校訂した。　○只聞的梅花香（遙）〔要〕見竝（舞）〔無〕（在）〔密〕〔覓〕處―この二句は「不是一番寒徹骨、爭得梅花撲鼻香」の成語（元本『琵琶記』第四二出など）

をふまえるだろう。　○3〔【換頭】〕─汲本等は【前腔】とするが、誤り。成化本の原本にあっては、同一の曲牌が續く場合には曲牌名が再度示されるか、【又】と標示されるか、標示そのものが缺落するかであり、【前腔】や【換頭】の語は用いられない。本書も原則として【又】と標示することにするが、【換頭】の場合のみは【換頭】と標示する。　○羊羔─元・宋伯仁『酒小史』に「汾州の乾和酒、山西の羊羔酒」とあり、また、清・陳元龍『格致鏡原』巻二二の引く、明・黃一正『事物紺珠』にも「羊羔酒は汾州に出だす。色は白瑩にして風味饒《ゆた》かなり」とある。銘酒の代名詞。　○白紵─『宋書』巻一九「樂志」(九)に、「又た白紵舞有り。按ずるに、舞詞に巾袍の言有り。紵は本は吳地の出だす所なれば、宜しく是れ吳の舞なるべし」とある。「白紵」は詞牌にもみられ、ここでは宴席で歌われるうたとして用いられている。

譯

生が登場してうたう

1【獅子序】運つたなく、天つく氣概をもてあます。堂々たる七尺の身體をもちながら。限りない苦しみを受けている。だれもわが英雄ぶりには及ぶまいに、その英雄の運命や如何にと天に問うならば。餓えた虎が巖前に眠って途をふさぎ、眠る龍は明珠をぬすまれ力を失っているかのよう。

生のセリフ　交わりを結ぶなら英雄豪傑。くだらない女子供は相手にするな。まことにそのとおり。わが姓は劉、名は暠、雙名は知遠。不幸にも子供の頃に父を失い、母が再婚するのに付き従いましたが、賢者を好み武藝を學んだがために、天を衝くほどもあったわが家の財産をすっかり使い果たしてしまい、義父に家を追い出され、家に歸ることも許されない始末となりました。そんなわけで今は、晝間は賭博場で錢もうけ、夜になれば馬明王さまの廟に宿を借りているのです。それにしたってこの雪空はひどいもの。ただ見えるのは、とめどもなく綿を散らしたかのように落ちてくる雪と、一面の銀世界。門前を行く旅人は誰も彼も道に迷い、川邊にいる漁父の爺さんたちは連れ立って簑をかぶり棹をひいています。樓閣は凍結し、寒さのあまり鳥肌が立ってきました。銀の海に光がゆらめき、あたり一面花が咲いたかのよう。こんな雪空では友人だって訪ねて來るまい。貧乏人を誰も相手にしない、というのももっともな話です。しかしまあ、なんとひどい雪でしょう。

2【疎影】[生のうた] 黑々とした雲が濃く垂れ込め。周りを見回すと、一面白銀の雪化粧。玉をほとばしらせ珠をふるいにかけているかのように雪が降っている。まるで柳絮や梨の花が宙に舞っているようだ。長安の酒價はさらに値段を增して賣られている。見れば漁師が簑を羽織って歸っていく。[末が登場する][合唱] 鼻では、梅の香りを感じるのに、探し求めてみても梅の花は見つからない。[末のうた]

3【換頭】見れば。青山はにわかに年をとって眞っ白になり、行き來する旅人も、路を見失うほど。金持ちは家の中で幕を下ろしカーテンを閉じて、酒は羊羔酒を酌み交わし歌は白紵歌を歌っている。赤く燃えるストーブに炭を足して人々は團欒している。街頭には貧苦の人がいることをどうして彼らが知っていようか。[合唱、前に同じ]

[末白] 相識滿天下、知心有〔己〕〔幾〕人。

當元前桃園中結義十箇弟兄、卽漸消滅、止只剩下我三人。那三人、大哥哥劉知遠、二哥哥〔郭彥常〕〔郭彥威〕、只我第三〔史弘兆〕〔史弘肇〕便是。我二哥哥將帶盤纏上東京求取功名、不在話下。止撇下我大哥哥劉知遠、〔流洛〕〔流落〕在長街。似此〔分分楊楊〕〔紛紛揚揚〕下的國家祥瑞、我那哥哥身上又無穿的、口中又無喫的。我小兄弟不去看、有誰人去看。只得懷揣一貫伍伯文錢鈔、上長街尋訪我哥哥。買三盃五盞、與哥哥〔捕寒〕〔補寒〕、多少是好。串長街、〔陌〕〔驀〕短巷、過茶坊、不入酒肆、遠遠的人叢中、望見一箇大漢、手拏着護身龍棒。好相哥哥劉知遠。遠看不(得)〔如〕近看、(近)〔遠〕看不得分明、不免上前拜揖。[叫一聲] 大哥、作揖了。[生白] 兄弟、那方到此。[末白] 小兄弟(得來)〔特來〕探望哥哥。[生白] 兄弟、數次三番打攪。[末白] 哥哥、無此說。當元前買命筭卦、(說都)〔都說〕(有)腰金衣紫。架上無你衣我衣、懷中無你錢我錢。哥哥、不勞計較。[生白] 兄弟、有錢的紅爐煖閣、獸炭羊羔。你我無錢的、受這等艱難。怎生是好。[末白] 哥哥、你(計)〔記〕的(說)花開一遍、待等時來。[生白] 兄弟、哎、時來、時來、我眼下過不去裏。我好(哏)〔恨〕也。[末白] 哥哥、莫不恨我。[生白] 兄弟也、男子大丈夫、自恨我無能、豈可恨他人。[末白] 哥哥、不恨我、恨誰。[生白] 兄弟、聽我說。

[註] ○相識滿天下知心有(己)〔幾〕人―成語。元刊本『事林廣記』「人事類」「警世格言」「結交警語」に「相識滿天下、知心能幾人」、『五燈會元』卷一五「渾州雲蓋繼鵬禪師」に「相識滿天下、知心能幾人」とある。　○當元前―本出後段及び第八出にも用例が見られるので、誤字ではあるまい。恐らく「當初」ないし「當元」と同意。　○卽漸―雙聲語。二字で一語であり、しだいに、の意。○結義十箇弟兄―清・范寅『越諺』卷中「風俗」の條は「結拜十弟兄」の常語を擧げ、「此れ無賴の惡習なり。然れば唐の莊宗 終日沈飲し、俳優の輩と十弟兄を結ぶ。『春明退朝錄』に見ゆ」という。　○止只―第五出1【夜行船】に續く生のセリフにも同じ表現が見られる。このままで恐らく誤りではない。　○串長街―「串」は「穿」の意。兩字はしばしば通用される。　○(陌)〔驀〕―「陌」は「驀」の音通から來る借字。「驀」は、歩く・越える、の意。(變)(宋元)參照。　○遠看不(得)〔如〕近看(近)〔遠〕看不得分明―汲本の相當箇所に「遠觀不審、近覷分明」とあるほか、『西遊記』第二七回にも「眞箇是遠看未實、近看分明」の語がある。これに從って「遠くから見たのではわからない、近くから見れば明らかだ」の意になるよう校訂して譯した。　○(得來)〔特來〕探望哥哥―汲本の相當箇所に「小弟見天氣寒冷、特來尋兄」とあるのに從った。　○(說都)〔都說〕(有)―「說都有」を「都說」と校訂したが、「說都有〔時來〕、腰金衣紫(必ずや運の向くときがあり、腰に金牌を下げ紫の衣を身にまとう、という)」とすべきかもしれない。　○腰金衣紫―常語。出世して腰に金牌を下げ紫の衣を身にまとうこと。　○架上無你衣我衣懷中無你錢我錢―常語。『張

協狀元』第一二出に同様の表現があり、すでに錢南揚氏が『戯文三種』において考證している。〇獸炭―炭を粉にして獸の形に作ったもの。『晉書』巻九三「羊琇傳」に「琇 性豪侈にして、費用は復た齊限無し。而して屑炭を獸形に和《こ》ね作りて以て酒を溫むれば、洛下の豪貴 咸《み》な競いて之れに效《なら》う」とあり、『醒世恆言』巻一〇「劉小官雌雄兄弟」に「王孫綺席倒金尊、美女紅爐添獸炭」とある。（漢）參照。 〇〔計〕〔記〕的〔說〕―「記的說」は、……というのを覚えておけ、の意。『金瓶梅詞話』第五一回に「你記的說、接客千箇、情在一人」とある。

譯

末のセリフ 知り合いは天下に滿ちているのに、親友は何人いるだろうか。

初め、桃園で兄弟の契りを結んだ一〇人も、だんだんと減って行き、わずかに我ら三人が殘っただけ。その三人とは、一番上の兄貴が劉知遠、二番目の兄貴が郭彥威、このわたしが三番目の史弘肇であります。二番目の兄貴が旅費を攜えて出世を求め東京に行ったことはいいとして、殘された一番上の兄貴の劉知遠は大通りをさまよっています。このようにはらはらと國家の瑞祥たる雪が降っている中、その兄貴の身體には着るものも無く、口には食べるものもありません。弟のわたしが樣子を見に行かなければ、誰が見に行くというのでしょう。一貫五百文の札を懷に押し込んで、大通りに兄貴を尋ねることといたしましょう。四、五杯の酒を買って、兄貴をあたためてあげるのが善策というもの。大通りを抜け、裏道を抜け、茶房を通り過ぎ、飲み屋にも入らずに行くと、遠くの人だかりの中に一人の大男が見え、手には護身用の龍の飾りが付いた棒を持っています。どうも兄貴の劉知遠のようです。遠くから見るよりも近くから見た方が良いでしょう。遠くからでははっきり見えないことですし。進み出てちゃんと挨拶しましょう。ひと聲叫ぶ

兄貴、こんにちは。生のセリフ 弟よ、どうしてここにいるんだ。末のセリフ わざわざ兄貴のご機嫌伺いに參りました。

生のセリフ 弟よ、いつも迷惑を掛けるなあ。末のセリフ 兄貴、とんでもない。以前占いでは、腰に金牌をさげ紫の衣を

身にまとうようになると言われました。互いに衣と金を分け合って使う仲。兄貴、あれこれ考えないでください。[生のセリフ] 弟よ、金持ちはあたたかい部屋で炬燵をつかい、旨酒を飲んでいるのに、我々貧乏人は、こんな辛い目に遭っている。いったいどうしたものだろう。[末のセリフ] 兄貴、「花は時が來れば一度に咲く」とよく言うでしょう。[生のセリフ] 弟よ、ああ、時が來れば、時が來ればと言うが、わたしはこの今が生活してゆけないんだ。ああ恨めしい。[末のセリフ] 兄貴、わたしが恨めしいのですか。[生のセリフ] 弟よ、大の男たるもの、己の無能を恨みこそすれ、なぜ人を恨んだりしようか。[末のセリフ] 兄貴、わたしを恨まずして、誰を恨むというのですか。[生のセリフ] 弟よ、まあ聞け。

4 【皂羅袍】[生唱] 自恨我一身無柰。
[末白] 哥哥、無柰無柰、奔波勞力、驅馳了哥哥。[生唱]
兄弟也論奔波勞力、受盡迍災。
[末白] 哥哥、你通文通武。[生唱]
兄弟通文通武兩兼界。
[末白] 哥哥、你目今上却如何。[生唱]
目今怎生將來賣。[合] 朝無依倚、交我怎生布擺。夜無衾蓋。交我怎生布擺。日長夜永交我愁無柰。[末唱]

5 〔【又】〕哥哥且把愁腸寬解。
[生白] 兄弟也、寛解寛解、一日過不的一日。[末白] 哥哥、〔上背〕〔上輩〕古人也受如此。[生白] 兄弟也、那箇古人似我劉知遠受這等艱難苦楚。[末白] 哥哥、你聽我說。[末唱]

論韓信乞食、（瓢母）〔漂母〕寧柰。有朝一日（■）〔運〕通泰。男兒漢勇略（中）〔終〕須在。[合前]

[韻] 皆來韻。

[校記] 風本・汲本。

○風本—【皂羅袍】自恨我一身無奈。嘆奔波勞役、受盡迍災。通文通武兩兼旺、自今怎生將來□□。朝無依倚、夜無衾蓋。家筵蕩費、怎生布擺。日長晝永愁無奈。（【末】）〔[末]〕勸你寬心寧奈。論韓信乞食、漂母也只忍耐。有朝一日、命通泰。男兒志氣終須在。[合] 腰金衣紫、日轉九街。一朝榮貴、名揚四海。那時駟馬高車載。

○汲本—【皂羅袍】自恨一身無奈。論奔波勞役、受盡迍災。通文會武兩尷尬。目今怎得將來賣。[合] 朝無依倚、怎生佈擺。夜無衾蓋。怎生擺劃。日長夜永愁無奈。【前腔】勸你寬心寧耐。論韓信乞食、漂母堪哀。忽朝一日運通泰。男兒志氣終須在。[合] 那時腰金衣紫、日轉九階。一朝榮貴、名揚四海。那時節駟馬高車載。

[註] ○迍災—「頓折（挫折する）」の意。『張協狀元』第三三出の退場詩に「久留惟恐惹迍災」とある。（漢）參照。　○兩兼界—兼備、の意であろう。「界」は韻字なので、恐らく誤字ではない。　○論韓信乞食（瓢母）〔漂母〕寧柰—韓信が洗濯女に食べ物をめぐんでもらう話は、『史記』巻九二「淮陰侯列傳」に記述されるほか、戯曲文學では元刊本『追韓信』第一折、『千金記』第六出「推食」等でも描かれる。なお、この二句は句格からして「食」で斷句せざるを得ないが、意味の上では「論韓信、乞食漂母、寧柰」とすべきであろう。　○（■）〔運〕通泰—汲本に從って、譌字を「運」とした。

[譯]

4 【皂羅袍】[生のうた] 恨むはわが一身を如何ともし難いこと。

[末のセリフ] 兄貴、どうしようもない、どうしようもないと言うばかりで、兄貴をあれこれ苦勞させ、驅けずり回らせております。[生のうた] 弟よあれこれ苦勞し驅けずり回って、苦難の限りをなめている。

末のセリフ 兄貴、兄貴は文武兩道に長けていらっしゃる。生のうた
弟や文武兩道に長けてはいるが。
末のセリフ 兄貴、今の暮らしむきはいかがでしょう。生のうた
今の世は自分を賣りこみにいくことさえままならない。合唱 朝は賴るものとてなく、わが身をいかに取り計らったらよいものか。夜は布團さえなく。わが身をいかに取り計らったらよいものか。日はながく夜もながくわが憂いをどうすることもできない。末のうた

5【又】兄貴心配しなさるな。
生のセリフ 弟よ、心配するな心配するなと言われても、一日ごとに暮らしむきが悪くなる。末のセリフ 兄貴、昔の人も同様の苦勞をいたしました。生のセリフ 弟よ、昔の人のいったい誰が、この劉知遠のように辛い目にあったというのだ。末のセリフ 兄貴、わたしのいうのをお聞きください。末のうた
かの韓信を論ずれば、洗濯女に物乞いをして耐え忍んだ。ある日運さえ開ければ。男子の胸にある雄略はきっと遂げられよう。合唱、前に同じ

6【玉抱肚】生唱 淩雲〔毫氣〕〔豪氣〕。恨時乖難使運至。鎗刀上刀鎗上顯成〔功籍〕〔功績〕。此是我等之〔□〕〔輩〕。合 腰金衣紫知他是何日。想蒼天不負虧不負虧。末唱
7〔【又】〕伊休過慮。論功名終須有日。待時來人家榮貴。靑史上管取名題。合前

韻 機微〔績〕、支思、居魚韻。

校記　風本。
○風本―【玉包肚】凌雲毫氣。恨時乖難施運至。鎗刀下建功成績。此是我等之輩。合 腰金衣紫知他是何日。想蒼天不負虧。（【末】）
〔末〕伊休掛慮。平功名終須有日。待□大家青史。管取姓名題。合前

註　○鎗刀上刀鎗上―このままで意味が通じると思われるので、校訂はしなかった。　○（□）〔輩〕―風本に従って補った。
○想蒼天不負虧不負虧―二度目の「不負虧」は原文ではおどり字。　○伊―ここでは二人稱。　○管取―きっと・必ず、の意。
「取」は語助。（宋元）參照。

譯

6【玉抱肚】生のうた 雲をも凌ぐ豪氣をもちながら。時にめぐまれず運をたぐりよせる術もないのが恨めしい。槍と刀で手柄を立てる。それがわれら武人というものであるのに。合唱 腰に金牌をさげ紫の衣を身にまとうのはいつのことやら。思うに天はわれらを裏切るまい裏切るまい。末のうた

7【又】兄貴心配なさるな。いつかかならず功名は遂げられましょう。時さえ來れば榮達し。史書にその名を殘すでしょう。合唱、前に同じ

末白 哥哥、兄弟（□）〔懷〕（揙）〔揣〕一貫五伯（丈）〔文〕錢鈔、買酒不醉、買飯不飽。兄弟家中有瓶（酌醪）〔濁醪〕、哥哥能飲盡醉方〔歸〕。你到兄弟家中走遭。生白 兄弟也、我不去了。數次三番打攪定害。末白 哥哥、無此說。請行。串長街、（防）〔陌→驀〕短巷、過（茶打）〔茶坊〕、不入酒肆、轉灣（摸脚）〔抹角〕、這里便是。哥哥少待。等兄弟叫出婢媳婦、與哥哥相見。叫科 大嫂、大嫂。淨白 老娘忙里。末白 你做甚麼。淨白 老娘尺人鍋裏（■）〔洗〕脚里。末白 你那脚盆里（成）〔盛〕着登年飯里。（末）〔淨〕白 呸呸、你好（殳）〔沒〕（上夫）〔上下〕。

〔末白〕大嫂、有請。劉伯伯在此。請相見。淨白 劉伯伯在此、老娘越發忙了。老娘在此這里穿褌子忙里。末白 莫得〔庄腰〕〔粧么〕。淨白〔淨白〕丫頭也、端的馬子來。撒一咆尿出去。末白 你好〔出嗅〕〔出臭〕。請行。

註 ○〔□〕〔懐〕―空格は原文では墨釘。文意に従って「懐」を補った。○方〔歸〕―「歸」は元來脱字であるが、汲本の相當箇所に従ってこれを補った。○定害―「打攪」と同意。〔宋元〕參照。○轉灣〔摸脚〕〔抹角〕―戯曲の道行き場面における常套表現。〔通俗〕巻二「轉灣抹角」の條に、『東堂老』に見えることを指摘する。○尺人―未詳。ここでは「尺」を「借」の誤字だと考えて譯した。○〔■〕〔洗〕脚里―「洗」は原文では譌字。前後の展開から、假に「洗」字を補う。○〔成〕〔盛〕着登年飯―未詳。ここでは「登年飯」を穀神へのお供えの意とした。○〔末〕〔淨〕白―前後の展開から改めた。○〔殳〕〔沒〕〔上夫〕〔上下〕―原文のままでは意味が通じないため、假に校訂した。「沒上下」は、ものの上下をわきまえない、の意。○伯伯―同世代の年長者に對する呼稱。○在此這里―「此」は衍字かもしれない。○〔庄腰〕〔粧么〕―「粧么」は、格好をつける、の意。〔宋元〕參照。○馬子―桶。ここでは、便器・おまる、の意。「馬桶」ともいう。○〔出嗅〕〔出臭〕―「馬子」を使うので、「出臭」と「出丑」とがかけてある。

譯

末のセリフ 兄貴、わたしは懐に一貫五百文の札を押し込んできましたが、これでは酒を買っても酔えず、飯を買っても腹一杯になりません。わたしの家に濁酒がありますから、それを飲んで歸るというのはどうでしょう。ひとつ家へと參りましょう。生のセリフ 弟よ、やめておこう。たびたび邪魔しているからなあ。末のセリフ 兄貴、そうおっしゃらず行きましょう。大通りを抜け、裏道を抜け、茶房を通り過ぎ、飲み屋にも入らず、角を曲がればここがわが家です。兄貴、ちょっと待っていてください。愚妻を呼んで兄貴に挨拶させますから。呼ぶしぐさ 奥様、奥様。淨のセリフ おっかさんは忙しいんだよ。末のセリフ 何をしているんだい。淨のセリフ おっかさんは、借りた鍋で足を洗っているところだよ。[末のセリフ] その鍋に神様へのお供えを盛るんだぞ。[浄のセリフ] ちっ、ほんとにわきまえのない人だね。[末のセリフ] 奥様、お願いだ。劉の兄貴がおいでだから、挨拶をしておくれ。[浄のセリフ] 劉の兄貴がおいでなら、おっかさんはますます忙しくなったよ。おっかさんは、ここで腰巻きをつけるのに忙しいったらありゃしない。[末のセリフ] 格好をつけるんじゃないよ。[浄のセリフ] おもとや、おまるをもっといで。小便をするから。[末のセリフ] なんと、臭くて恥さらしな。さあさあ、出ておいで。

8【麻婆子】[浄唱] 奴奴生得如花貌。言語又不俏。丈夫喚做〔念一郎〕〔廿一郎〕、奴奴喚做三七嫂。奴在房中、補〔□□〕〔衣補〕襖。忽聽的丈夫〔郎叫〕〔嚷叫〕。老娘荒忙走來到。

〔白〕一箇兩箇、三四〔□□〕〔五六〕七八九箇。[末] 呸。[打住] 你數的七八九是甚麼東西。[浄〔六〕〔白〕] 我把你爛刀剁、碎刀剮、簸箕風兒、〔協〕〔扇〕不死的。都〔□〕〔見〕你趕叫、一箇也沒了。[末] 說是甚麼東西。[浄白] 是蜜蜂兒。見老娘古怪標致、四千里地來老的頭上、壘窩兒。[末白] 你那里賽過西施〔壯丹〕〔粧淡〕。[浄白] 奴奴生的白似炭。一年四季喜〔庄扮〕〔粧扮〕。賽過李奴奴强似劉（[redacted]）〔盼盼〕。有時走在門前站。過來過往小漢子都把眼來看。他說老娘相、相、相。[末白] 說你相甚麼。[浄白] 相那河浩上〔嗅〕〔臭〕養漢。[末白] 娘子、我前日說的那瓶〔酌醪〕〔濁醪〕。[浄] 甚麼是〔酌醪〕〔濁醪〕。[末] 娘子、我和你夫妻、一〔吊〕〔兩〕次說話、〔酌醪〕〔濁醪〕是一瓶酒。[浄] 我把你兩鎗兒〔礼〕〔扎〕不死的、兩〔來舡〕〔末舡↓磨杠〕〔丈〕〔杖〕不匾的。我和你七八百年的夫妻、螳子語、老鴉語、黑歸浅番、高班響盞兒一條鞭。你〔洪〕〔哄〕我、酒便酒、甚麼〔酌醪〕〔濁醪〕。〔酌醪〕〔濁醪〕、一一的你娘家祖宗、一箇也沒了。

末白 可那里去了。淨白 我都〔攁〕〔養〕了。末白 〔□〕〔和〕那箇〔攁〕〔養〕了。淨白 和提偶的〔攁〕〔養〕了。

韻 蕭豪韻。

校記 增譜・新譜・始譜・成譜・汲本。

○增譜―【十棒鼓】奴奴生得如花貌。言語又逋峭。丈夫叫做念一郎、奴奴喚做三七嫂。方纔房中補衣補襖。忽聽老公叫。慌忙便來到。

○新譜―【十棒鼓】奴奴生得如花貌。言語又逋峭。丈夫叫做念一郎、奴奴喚做三七嫂。方纔房中補衣補襖。忽聽老公叫。慌忙便來到。

○始譜―【十棒鼓】奴奴生得如花貌。言語又波俏。丈夫叫做念一郎、奴奴喚做三七嫂。方纔房中、補衣補襖。聽得老公叫。慌忙走來到。

○成譜―【十棒鼓】奴奴生得如花貌。言語又波俏。丈夫叫做念一郎、奴奴喚做三七嫂。方纔房中、補衣補襖。合 忽聽老公叫。慌忙便來到。

○汲本―【十棒鼓】奴奴生得如花貌。言語又波俏。丈夫喚做廿一郎、奴奴喚做三七嫂。方纔房中、補衣補襖。忽聽老公叫。慌忙便來到。

註 ○8【厮婆子】―諸本は【十棒鼓】にするが、始譜の初韻第四格【厮婆子】と格律がほぼ合致するので、改めない。○奴奴―女性の自稱詞。〔宋元〕參照。○不俏―汲本等は「波俏」、增譜等は「逋峭」に作るが、「不」と「波」、「不」と「逋」はそれぞれ一聲の轉であり、「不俏」「波俏」「逋峭」はおそらくみな「俏」の意。明・徐渭『南詞敍錄』に「俌俏、美俊也」、『廣韻』「上平十一模」韻「峬」字註に「峬、好形貌」とある。また、「生得如花貌」が淨の外見を逆説的に述べるとすれば、「言語又不俏」も當然同様のことが考えられるのであり、「不俏」「波俏」「逋峭」が地方なまりをともなった表現であることを思わせる。○丈夫喚做〔念一郎〕〔廿一郎〕奴奴喚做三七嫂―「廿一郎」「三七嫂」は、「不問三七二十一」「不管三七二十一」という常語を用いたもの。三と七の積は二十一であり、「似たもの夫婦」、ないし「不問三七二十一」の「不問」に力點をおいて「誰も相手にしない夫婦」の意をこめるのであろう。賓英才「談〝三七二十一〟的文化蘊涵」（『山西師大學報（社會科學版）』一九九二年第二期）參照。○〔□□〕〔衣補〕―諸本に從って補った。○丈夫〔郎叫〕〔嚷叫〕―「郎」は「丈夫郎」ではなく「嚷叫」の誤りと考えた。南方方言の反映ではあるまいか。○打住―「住」はト書きの一部。元刊本元雜劇では、「云住」「上住」など、「住」を用いたト書きが頻見されるが、その詳細は不明。○浄（六）〔白〕―「六」は「白」との字形の相似から來る誤り。○爛刀剐……（協）〔扇〕不死的―末に對する浄の罵語。「爛刀剐、碎刀剮」という表現は成化本第七出にも見える。また、「簸箕風兒（協）〔扇〕不死的」は、兪本に従って「協」を「扇」に校訂した。○老的―老年男子の自稱。（宋元）參照。そのためか、江本・兪本は「老娘的」に校訂する。○西施（壯丹）〔粧淡〕―「西施淡粧濃抹」は、宋・蘇軾「飲湖上初晴後雨」詩に「欲把西湖比西子、淡粧濃抹總相宜」とあるのによる常套表現。それに従って「粧丹」を「粧淡」に改めた。○奴奴生的白似炭……相那河浩上（嗅）〔臭〕養漢―この一節は、「炭」「扮」「站」「看」「漢」と干寒・監咸韻で押韻する韻文（干寒・監咸の通押については解説篇一一一頁參照。なお、「相」も通押している可能性がある）。末の「粧淡」の語をうけての「打諢」であろう。したがって第三句も押韻すると考えて、原文譌字は「盼」とした。「劉盼盼」については、元・陶宗儀『南村輟耕錄』卷二五「院本名目・諸雜大小院本」の條に「劉盼盼」、曹本『錄鬼簿』關漢卿の條に「劉盼盼鬧衡州」、明・徐渭『南詞敍錄』「宋元舊篇」の條に「劉盼盼」なる劇本がみえる。また、「相」は「像」、「養漢」は、よそに男をつくる、の意。「河浩上」は不明で、この三字に誤りが含まれるだろう。○娘子―年頃の女性、ないし、そうした年齢の人妻に對する呼稱。（宋元）參照。自分の妻に對しては普通用いない。○兩（來舡）〔末舡→磨杠〕（丈）〔杖〕不匾的―「兩鎗兒扎不死的」と對をなしているとみなして「兩磨杠杖不匾的」と校訂した。棒で毆ってもぺしゃんこにならないやつ、の意であろう。「磨杠」は、石うすを家畜などにひかせるための棒。○螳子語……一條鞭―待考。ここでは、「黑歸淺番」を「烏龜淺翻」とし「高班」を「高板」として譯したが、根據はない。「老鴉」「烏龜」「鞭」などの隱語を用い、恐らく性的なことをいうものであろう。○你娘家祖宗一箇也沒了―「你娘家祖宗」は「一箇也沒了」を導く「俏皮話（ないし歇後語）」であろう。「嫁の實家のご先祖様」を承けて「みなくなった」というのである。○（攁）〔養〕了―この「養」字は、「漾（捨てる）」と「養（男をつくる、男とできる）」との雙關であろう。浄が「漾了（捨てた）」と述べたのに對し、末が「和那箇養了（誰とねたのか）」と問い直すことによって、浮氣相手を白狀させているのである。なお、「提偶的」は、人形遣い。

譯

8 【庥婆子】浄のうた　あたいは花のように美しい。言葉遣いもとっても素敵。旦那は廿一郎といい、あたいは三七嫂という。あたいが部屋の中で、繕い物をしていると。ふと旦那の呼ぶ聲が聞こえるので。おっかさんはあわててやってまいりました。

［淨のセリフ］一箇二箇、三四五六七八九箇。［末のセリフ］ちっ。［毆るしぐさ］七八九と一體なにを勘定してるんだい。

［淨のセリフ］なまくら刀で滅多切りにし、小刀でえぐり、箕で風にふるっても、死なないやつめ。あんたが追い立てるのをみて一匹もいなくなってしまったじゃないか。［末のセリフ］なんのことだ。［淨のセリフ］蜜蜂だよ。おっかさんがへんてこりんできれいなのを見つけて四千里の彼方から飛んできて、あたいの頭に巣をつくっていたのに。［末のセリフ］お前がどうして薄化粧した西施に勝るっていうんだ。［淨のセリフ］あたしの肌は炭より白い。年がら年中おしゃれが大好き。そこいらの李奴奴や劉盼盼なんかよりよっぽどきれいよ。時々門の前で立ってると、道行く若者たちが目配せしてくる。彼らは、おっかさん、似てる似てるって言って。［末のセリフ］誰に似てるって言うんだ。［淨のセリフ］あの川岸のみっともない夜鷹にそっくり、だとさ。［末のセリフ］奥方、この前話したあのどぶろくだけど。［淨のセリフ］どぶろくって何さ。［末のセリフ］奥方、俺たちは夫婦だろうが。一二度言ったことがあるじゃないか。どぶろくといえば酒のことだよ。［淨のセリフ］二本の槍でめった刺しにしたってくたばらない死にぞこない、二本の棒で毆ってもつぶれないやつときたもんだ。あたしとあんたは七八百年も連れ添った夫婦だろ。マテガイがしゃべり、鴉が話す。龜が淺瀬でひっくり返り、拍子木や皿や鞭を打ち鳴らしてドンチャン騒ぎ。あんた、あたしをだましたね。酒は酒だろ、何がどぶろくなもんか。どぶろくはあんたの嫁の實家のご先祖様みたいなもので、全部無くなっちまったよ。［末のセリフ］じゃあ、どこへ行っちまったんだ。

［淨のセリフ］あたしが全部やっちまったよ。［末のセリフ］誰とやっちまったんだ。［淨のセリフ］人形遣いとやっちまったのさ。

[末云]（□）〔如〕何（潑落）〔發落〕。[淨白]我前日買了斤半面、使了一斤、還有半斤。我多着楜椒、少着（姜醋）〔醬醋〕、（趕）〔擀〕一碗（臘汁）〔辣汁〕素面、與劉伯伯（滴寒）〔敵寒〕。你問他喫不喫。[末白]娘子、少待、待我（云）〔去〕問。大哥、前日一瓶（酌醪）〔濁醪〕、管待客人去了。如今家中有些面。（你娣）〔你弟〕媳婦多着楜椒、少着醬油、（趕）〔擀〕一筋（臘汁）〔辣汁〕素面、與大哥（滴寒）〔敵寒〕、多少是好。[生白]兄弟、正中下懷。[淨白]老公、怎麼說。[末白]娘子、劉伯伯說、正中（下■）〔下懷〕。[淨白]可知道里。油觜腔兒。老娘也喫兩（■）〔碗〕。[末白]大嫂、和面。[淨白]老公、掃地。[末白]娘子、（掃他）〔掃地〕做甚麼。[淨白]和面。[末云]娘子、地上有土。[淨白]喫了土、長（波羅戒兒）〔波羅蓋兒〕。[末白]你去張媽媽家、去取按板使一使。[淨白]我去不的。我前日去他家、去討火、偷了一箇肥母鷄。罵的我門兒出不的。我不去借。[末白]娘子、怎生（癸洛）〔發落〕。[淨白]你（■）〔俯〕倒腰。脊梁上揉一塊面、我燒火下面。你請劉伯伯。[做喫面科]

9【梧葉兒】[生唱]知遠多蒙恩顧、（敢■）〔感承〕愛憐。得（余）〔魚〕後（恁）〔怎〕（忘先）〔忘筌〕。我若身榮顯。管取來報前。[合]這嚴寒。喫一碗（臘汁）〔辣汁〕素面。[末唱]

10【又】一碗（家長淡飯）〔家常淡飯〕。何須你苦掛牽。但略且止饑寒。（待）且等春雷動、大家朝帝輦。[合前]

11【又】[淨唱]寧可添着一斗、怎將他一口添。全不會管（家煙）〔家筵〕。每日柴和米、醬醋油共鹽。[合前]

[生白]（詩曰）〔詩曰〕相識如同親眷。[末白]朝朝每日廝見。[淨白]劉伯伯不使箇破錢。喫了一碗（臘汁）〔辣汁〕素面。〔竝下〕

韻　天田、干寒、纖廉韻。
校記　始譜・成譜・汲本。
○始譜―【梧葉兒】智遠多蒙溫故、感蒙愛憐。得魚後怎忘筌。異日風雲會、管教來報賢。這嚴寒。喫一碗合鍋素面。
○成譜―【梧葉兒】智遠多蒙恩顧、感蒙愛憐。得魚後怎忘筌。待等春雷動、管取來報賢。合 這嚴寒。喫一椀合鍋素麵。
○汲本―【梧葉兒】智遠多蒙恩顧、感蒙愛憐。得魚後怎忘筌。待等春雷動、管取來報賢。合 這嚴寒。喫一碗合鍋素麵。【前腔】一碗家常飯。何須苦掛牽。略且止饑寒。有日春雷動、管取朝帝輦。合前【前腔】寧可添一斗、怎禁一口添。全不管家筵。每日要柴和米、醬醋油共鹽。合前

註　○一筋―「筋」が量詞であることは明らかだが、「筋」を「斤」に改めるべきかどうかはよくわからない。　○老公―「老娘」の對語としての「老公」。この場合、末を指す。　○油觜腔兒―「油嘴（おしゃべり）」と同意であろう。罵語。　○喫了土長（波羅戒兒）〔波羅蓋兒〕―常語。江本が「戒」を「蓋」に校訂する。古屋昭弘前掲論文が指摘するように、「波羅戒」は「波羅蓋」の音通による誤り。「波羅蓋兒」はひざがしら。「喫了土長波羅蓋兒」で、土を食べればひざがしらが伸びて背が伸びる、の意。　○媽媽―年長の既婚女性に對する呼稱。（宋元）（漢）參照。　○（■）〔俯〕倒腰―前後の展開から考えて、「うつ伏せになる」といった意味になるよう校訂した。　○（敢■）〔感承〕愛憐―汲本等に從って改めた。　○得（余）〔魚〕後（恁）〔怎〕（忘先）〔忘筌〕―諸本に從って改めた。「得魚忘筌」は、目的を達してその過程の恩を忘れる、の意で、『莊子』「外物」に「荃《うえ》は魚を在《とら》うる所以なり。魚を得て荃を忘る。蹄《わな》は兎を在うる所以なり。兎を得て蹄を忘る」とあるのに基づく成語。　○略且―「略且」で一語の疊韻語。しばらく、の意。　○（待）且等春雷動―「待且等」は不自然な表現なので、「待」を衍字とした。なお、ここは五字句である。　○大家―現代語の「大家」と同意。唐・杜荀鶴『杜荀鶴文集』卷一「重陽日有作」詩に「大家拍手高聲唱、日未西沈且莫廻」とある。（漢）參照。　○11【又】―「添」「鹽」は曲律からみて叶韻と考えざるをえない。成化本にあっては、纖廉韻は天田韻と通押するものと思われる。解説篇一一一頁參照。　○寧可添着一斗怎將他一口添―「寧添一斗。莫添一口（一斗惠んでやるのは構わないが、口が一つ増えるのはまっぴらごめん）」という成語を用いる。「斗」と「口」とは押韻を用いたことばあそび。「一斗」は十升ではなく、ひとます。『繡襦記』第二八出【羅帳裡坐】に「自古道寧分數斗。莫增一口」とある。　○（家煙）〔家筵〕―諸本に從って改めた。　○每日柴和米醬醋油共鹽―元曲の登場詩に「教你當家不當家。及至當家亂如麻。早晨起來七件事、柴米油鹽醬醋茶」（『百花亭』第一折、『玉

壺春』第一折、『度柳翠』楔子等）の詩句があるように、「柴米油鹽醬醋茶」は「七件事」といい、家事勞働の代表。〔宋元〕參照。
○〔詩曰〕―以下の四句は押韻しており、退場詩と考えられるため、補った。　○破錢―ここでは「零錢」と同じ意味で用いられているのであろう。

譯

［末のセリフ］さてどうしたものか。［淨のセリフ］あたしはこの前一斤半の麵を買って、一斤使ったけどまだ半斤なら殘っているよ。胡椒を多めに入れて味噌と酢を少なめに入れ、一杯の素うどんを打って、それで劉兄貴の身體をあたためようじゃないか。あんた、劉兄貴に食べるかどうかきいてみてよ。［末のセリフ］奥方、しばらく待っててください、わたしがききに行きましょう。兄貴、この前の一瓶のどぶろくは客人に振る舞ってなくなってしまいました。今うちには幾らかのうどんがあります。うちの愚妻が胡椒を多めに入れて味噌と油を少なめに入れ、一杯の素うどんを打つので、それで兄貴の身體をあたためるのはどうでしょう。［生のセリフ］弟よ、まさに希望通りだ。［淨のセリフ］おとっつぁん、なんて言ってるのさ。［末のセリフ］奥方、劉兄貴はまさに希望通りだ、と言ってますよ。［淨のセリフ］當たり前だよ。このおしゃべりめ。おっかさんも一杯食べることにするよ。［末のセリフ］奥方は麵をこねてくださいな。［淨のセリフ］それじゃあ、おとっつぁん、地面を掃いてよ。［末のセリフ］奥方、地面を掃いてどうするんです。［淨のセリフ］麵をこねるのさ。［末のセリフ］奥方、地面には土がありますよ。［淨のセリフ］土を食べたら背が伸びるよ。［末のセリフ］張のおかみさんの家に行ってちょっとのべ板を借りて來てくださいな。［淨のセリフ］あたしは行けないよ。前におかみさんの家に火を借りに行って、そのついでに一羽の太った雌鶏を盜んだら、それが見つかって罵られ、あたしは門から出られないのさ。だからあたしは借りに行かないよ。［末のセリフ］奥方、さてどうしたものでしょう。［淨のセリフ］あんた、うつぶせになってよ。背中で麵をこねて、火

を炊いてうどんを茹でよう。あんた、劉兄貴を呼んできて。［麺を食べるしぐさ］

9【梧葉兒】［生のうた］わたくしこと劉知遠はたくさんの心配りを受け、慈しみを受けたことに感謝している。魚を獲たからといってどうして筌《うえ》の恩を忘れるだろう。わたしがもし立身出世したならば。必ずやあなた方の前恩に報いよう。［合唱］このひどい寒さ。さあ一杯の素うどんを食べよう。［末のうた］

10【又】一杯のあり合わせの粗末な食事ごとき。どうしてあなたが氣にかける必要があろうか。ただしばらくは饑えと寒さをしのごう。雷が轟く春となり出世すれば、皆で都に向かおう。［合唱、前に同じ］

11【又】［浄のうた］ひとマスめぐんでやるのは構わないが、口がひとつ増えるのはまっぴらごめん。あんたに家宴の切り盛りなんて出來やしない。（あたしは）來る日も來る日も薪や米、味噌・酢・油・鹽に追われっぱなし。［合唱、前に同じ］

［生のセリフ］［詩に曰く］友人とは親族のようなもの。［末のセリフ］毎日毎日顔をあわせています。［浄のセリフ］劉兄貴は一錢も使わず。一杯の素うどんを食べやがった。［一同退場］

第三出〔浄（馬明王廟の提點）、末（馬明王）、生、外（李大公）、貼（李婆婆）、旦（李三娘）〕

［浄扮道士上］但（辨）〔辦〕志誠心。何勞神不靈。但（辨）〔辦〕志誠意。何勞神不喜。

小道是馬明王廟中提點。不免打掃廟堂乾淨、請出我馬明王老子。［末］明日是十五日、李大公來賽願。〔浄〕我如今便收（什）〔拾〕乾淨等待。〔末〕我如今步步罡（科）〔斗〕了、太上老君（敕灰）〔敕誠〕下。

［註］○［浄扮道士上］――浄は、第一出の末尾では史弘肇の妻として退場し、第三出の冒頭では道士として登場する。こうした演出は、

當時の劇團組織、上演方法を考えた場合に不可能なことと推測され、成化本が上演テキストに基づいた完本なのでなく、節略本であることを思わせる。解說篇四三頁參照。因みに、汲本は本出の前に淨の登場しない一場を設ける。　○但（辦）〔辦〕志誠心……何勞神不喜―汲本第四出【小引】に同様の句がある（但し、汲本は「不喜」を「不至」に作る）。「心」と「靈」、「意」と「喜」が韻を踏み、開場詩になっている。各聯はともに成語であろう。なお、「志誠」は「至誠」の意だが、しばしば「志誠」と表記される。（宋元）參照。　○提點―宋代以後、道士は道錄司に所屬し、道士としての職名をもった。「提點」はその職名で、道觀や廟に配屬されてそこを管理する者、の意味。「提擧」よりも上級にあたる。　○老子―父の俗稱。自稱の場合は、おれさま、他稱の場合は、親分、といったような意味。　○[末]―上句「請出我馬明王老子」の末尾につく「來」字の誤りである可能性もあり、現に江本・兪本は「來」とする。ここでは、南戲系の戲曲がしばしば神格を登場させること、汲本第四出が馬明王を登場させていること、後文に太上老君という上級神が言及されること等の理由から、末が馬明王に扮して登場したものと考えた。　○〔淨〕―「我如今」が二度現れることから、これ以下を淨と末との對話と考えた。　○我如今步步罡（科）〔斗〕了太上老君（敕灰）〔敕誠〕下―「步罡」は「步罡踏斗」ないし「踏步罡斗」ともいい、星宿や神格を祈る際に北斗七星の形に従って足踏みをすることをいう。戲曲文學に登場する道士、神のト書きには「步罡科」の語が散見される。ただしここでは「步步罡斗」の誤りとして解した。「罡」は北斗七星の柄、「斗」は升の部分を指す。なお、兪本は「科」を「利」とする。また、「太上老君」は道教の最高神の一人で、老子のこと。神界の帝位にあると認識されていたので、「敕」という語が用いられる。「灰」字は恐らく「誠」との音通による誤り。

[譯]

[淨が道士に扮して登場] 眞心さえ持っていれば。神の靈驗があるに違いない。ほんとうの氣持ちがあれば。神さまはどうして喜ばないなんてことがあろうか。

わたしは馬明王廟の宮司です。廟をきれいに掃除して、うちの馬明王のおやじ様に來ていただきましょう。[末のセリフ] 明日は十五日、李の旦那がお參りに來るぞ。[淨のセリフ] では、わたしは今からきれいにとり片づけて、待つことにしましょう。[末のセリフ] わしが北斗の型に足踏みをすれば、太上老君様の敕命が下るであろう。

1 【夜行船】[生唱] 柰何柰何。恨蒼天把人悞却。自恨我時乖命薄。天哦有誰人採我。

[白] 富不親兮貧不疎。此乃是人間大丈夫。富〔若親〕〔則進〕兮貧則退。此乃是人間眞小輩。

我劉知遠只因好賢學武、〔博藝〕〔博奕〕貪杯、壞盡潑天家計、〔止〕〔致〕被晩父趕出、不容知遠還家。日間在賭博場中、夜間宿在馬明王廟中。如今〔分分〕〔紛紛〕揚揚下着這等大雪。我劉知遠出不的廟門、怎生是好。東廊下又是風緊、西廊下又是雪緊。不免往正殿上潛藏。弄假相眞。開開門來、聖賢正在上面。聖上、我劉知遠在此廟中打攪多日了、不免參拜聖賢、禱告〔已〕〔幾〕回。好大雪也。

[韻] 歌羅〔却・薄〕韻。

[校記] 汲本。

○汲本―【金蕉葉】奈何奈何。恨蒼天把人躭悞、自恨時乖運苦、怎禁這般折挫。

[註] ○1【夜行船】―本曲は【夜行船】の格律に合わない。汲本は【金蕉葉】とする。○悞却―「却」は『中原音韻』では蕭豪韻に入るはずだが、本曲にあっては歌羅韻と思われる。 ○天哦―「哦」は句中韻かもしれない。 ○富不親兮貧不疎……此乃是人間眞小輩―元刊本『事林廣記』「人事類」「警世格言」「結交警語」に「富不親兮貧不疎。此是人間大丈夫。富則進兮貧則退。此是人間眞小輩」とあるのに従って本文を校訂した。成語。この四句は「疎」と「夫」、「退」と「輩」が韻を踏んでおり、登場詩。

○〔博藝〕〔博奕〕―「藝」は「奕」の誤り。入聲音と非入聲音が混同されている。 ○〔止〕〔致〕―江本・兪本に従って「止」を「致」に校訂した。 ○弄假相眞―成語。宋・邵雍『伊川擊壤集』卷九「弄筆吟」詩に「弄假像眞終是假、將勤補拙總輸勤」とあり、嘘をやるなら眞らしく、の意。中國の古典演劇は、周知のごとく舞臺裝置を全く用いない。このセリフは、たとえば『張協狀元』第一〇出にある滑稽なやり取りと同様、舞臺裝置がないことによって展開されるパントマイムを説明した一言ではあるまいか。

○聖賢―馬明王を「聖賢」と表現するのは奇異であるが、二度用いられている點から見て誤りではないだろう。

譯

1【夜行船】生のうた　いかんともいかんともしがたい。わが運命を神様が誤らせてしまったことが恨めしい。わが身の運のつたなさが恨めしい。ああ神様よ誰がわたしをかまってくれるというのだろう。

生のセリフ　富者に親しまず貧者を疎まず。そうしてこそ立派な男というもの。富者に進み寄って貧者を退ける。これぞまことにつまらぬ輩。

わたくし劉知遠は、賢者を好み武藝を學び、博打は打つは酒は貪るはで、天を突くほどもあった家財を使い果たしたがために、義父に追い出され、家に帰ることも許されない始末となりました。そんなわけで今は、晝は賭博場、夜は馬明王廟で過ごしている次第。さて今、紛々たる大雪が降っています。わたくし劉知遠は廟を出ることができません、いったいどうしたものでしょう。東の歩廊は風が強く西の歩廊は雪がひどい。致し方ないので正殿に隠れることといたしましょう。芝居をするならもっともらしく、と。さて門を開けると、聖像がちょうど上に御座います。神様、わたくし劉知遠はながらくお邪魔していますから、聖像を拝み、幾度か祈りましょう。それにしてもなんとひどい雪でしょう。

生唱

2【一江風】凍雲垂。凜凜朔風起。刮的我好難存立。我自思（知）〔之〕。（往）〔枉〕有（一旦）〔一擔〕英雄、到此成何濟。我身寒肚又饑。〔身寒肚〕又饑。愁（番）〔煩〕訴與誰。空滴盡了英雄涙。

3【又】告神祇。可憐見我無依倚。三兩日無糧米。涙偸垂。

白 常言道、村別(云)〔去〕處、無處買香、唱
又待撮土焚香、拜告(我)天和地。
白 就將賭博事情告訴一遍、唱
鋪牌買快時。抹牌買快時。十番九便輸。望神聖與我陰空保庇。
白 焚香(以卑)〔已畢〕。遠遠的望見一叢人來、挑着香花紙煙。敢是廟中賽願的。我不免躲在神道背後。祈牌得勝之時、我搶(時)〔食〕祭物充饑。常言道、一日不(失)〔識〕羞、十日不忍餓。不免且躲者。

韻 機微(立)、支時、居魚韻。

校記 汲本。

○汲本—【一江風】凍雲垂。凜凜朔風起。刮體難存濟。自思之。枉有一旦英雄、到此成何濟。身寒肚又饑。身寒肚又饑。愁煩訴與誰。空教我滴盡英雄淚。【前腔】告神祇。神聖聽咨啓。可憐三日無糧米。淚偸垂。只得撮土爲香、拜告天和地。蒲牌買快時。蒲牌買快時。十番九遍輸、望神聖與我空中庇。

註 ○我身寒肚又饑(身寒肚)又饑—原文では、一回目の「我身寒肚又饑」の後におどり字が二つ書かれているだけだが、ここは一句を疊するものとした。　○可憐見—「可憐得」ないし「可憐着」の意。(匯)(宋元)參照。　○常言道村別(云)(去)處無處買香—未詳。江本・兪本はともに「村別云處」を「村僻去處」とする。「僻」と「別」とを音通とするのであろう。この意に解して譯をつけた。ただし、その意に解してもこれがいかなる成語かは明らかにならない。なお、「去處」は「地方」の意。(宋元)參照。　○撮土焚香—「撮土爲香」「捻土焚香」とも言い、宋・曹敏行『獨醒雜志』卷五に「土を捻《ひね》りて香と爲すこと因有り、如今假には宜しく、眞には宜しからず」とあり、元刊本『魔合羅』第一折【醉中天】に「我捻土焚香畫地爐」とあるように、臨時に神に祈る際に使われる常語。　○鋪牌—兪爲民氏は唐・李肇『國史補』卷下「敘古樗蒲法」を引き、「博戲の一種」とする(『宋元四大戲文讀本』、江蘇古籍出版社、一九八八)。　○買快—カード等で賭けをする際、ひいたカードに應じて速やかに「口令」をいう。これを「買快」

という。(漢)參照。その具體例は『金瓶梅』等に描かれる。なお(宋元)は單に、賭博、の意とする。○抹牌―『元典章』巻五七「刑部」(一九)「諸禁」「禁賭博」に「抹牌賭博斷例」という一條がある。「抹牌」はカード賭博の謂であろう。なお、曲律からいえばここは「鋪牌買快時」の句が二度繰り返されるべき所である。○陰空―『殺狗記』第二二出に「你生則爲人、死則爲神、望陰空保佑我兄弟和順」とある。「陰空」は、冥界、ないし草葉の陰、といった意。○紙煙―「紙煙」は、元來は「紙錢」を燒いた煙を指すが、ここでは單に「紙錢」の意であろう。○敢是―おそらく・きっと、といった推量の意。(匯)(宋元)參照。○祈牌得勝之時我搶(時)(食)祭物充饑―「祈牌得勝之時」は未詳。江本は「祈」を「旗」に校訂する。このままでは意をなさないので、「散福得剩之時」の誤りとして譯した。「散福」は、神やご先祖へのお供え物を來會者全員で分けることで、「勝」は「剩」との同音からくる誤りと考えた。また、江本・兪本は「時」を汲本に從って「些」に改める。ここでは「時」と「食」とが同音であると考えた。○一日不(失)(識)羞十日不忍餓―成語。『劉弘嫁婢』第一折に「一日不識羞、十日不忍餓、把這羞臉揣在懷里、我還過去」とある。「失」は「識」との同音による誤り。「一日不識羞、十日不忍餓」は、他に「一日不害羞、三日喫飽飯」「一日不識羞、三日不忍餓」「一日不識羞、三日喫飽飯」ともいい、いずれも、一日恥を捨てさえすれば三日(十日)は生きていける、の意。○且躱者―「者」は、「則箇」の意。

譯

生のうた

2【一江風】凍った雲が低く垂れ込め。寒々と北風が吹き。わが暮らし向きを悪くする。思えば、わが英雄ぶりもすべてあだ、何の助けになろうか。身は凍え腹はすくばかり。身は凍え腹はすくばかり。憂いを誰に訴えたものか。むなしく落ちるはただ英雄の涙。

3【又】どうか神様。寄る邊のないわが身をどうか哀れに思いたまえ。この二、三日食べる飯とてない。ひそかに涙を流し。

入れゼリフ　諺にも「村から外れた場所では、線香一本買えはせぬ」と申しますが、うた土をつまんでお香とし、天と地とに申しあげよう。

[入れゼリフ] 博打について申しますれば、[うた]

「鋪牌」で賭けをやっても。「抹牌」で賭けをやっても。十回やれば九回は負けるというありさま。どうか神様よ冥界からわたしをお守りくだされ。

[生のセリフ] さて、お香は焚き終わりました。遠くを見れば、お供え物や紙銭を擔いだ一團の人々が參ります。きっと廟にお參りに來るのでしょうから、わたしは神様の後ろに隱れましょう。お供え物が殘ったら、それを取って腹の足しにいたしましょう。諺にも「一日恥を捨てさえすれば、十日は腹がくちくなる」と申します。さあ、隱れましょう。

[外上唱]

4【三臺令】祥光影裏。見寶殿盡是金粧銀砌。[貼旦] 寶閣珠樓、琉璃鴛瓦侵雲砌。[旦唱] 金釘〔珠〕〔朱〕門、兩廊下塑獰神惡鬼。

[外白] 爲聖爲尊爲〔弟〕〔第〕一、靈感善惡〔□〕無雙。年〔年〕降福到人間、戶戶蒙恩皆敬仰。

[貼白] 前面山如太岳、後面水遶山圍。〔王乙〕〔玉乙→御書〕金額敕賜馬明王〔王〕之廟。[旦白] 〔判官〕〔判管〕善惡掌人間、福祿死生通奏過。[外白] 正是、萬年香火永留傳、戶戶蒙恩皆敬信。

[韻] 機微韻。

[校記] 汲本。

○汲本―【竦影急】祥光影裏。見宮殿盡是金裝玉砌。寶閣珠樓、瑠璃鴛瓦侵雲起。金釘朱戸光曜日。兩廊下塑猙獰小鬼。[合] 巧裝成神像多靈異。威嚴相貌世間無比。

[註] ○4【三臺令】―汲本は【竦影急】とし、末尾に二句の合唱を附す。また、散齣集『醉怡情』が引く『白兎記』は【竦引急】とし、合唱がない以外は汲本と字句を同じくする。本曲は【三臺令】とは格律を異にするが、【疏影急】や【疏引急】の曲名が曲譜類に見えないので假に【三臺令】のままとする。○靈感善惡（□）無雙年（年）降福到人間―「爲聖爲尊爲第一」より「戸戸蒙恩皆敬仰」までの四句は、「雙」「仰」で押韻する韻文のように思われるので、外の登場詩として七言句になるように空格とおどり字を補った。各句平仄の二四不同も概ね守られている點からすれば、「感」は別の字に校訂すべきかもしれない。なお、後の「前面山如太岳、後面水遶山圍」「萬年香火永留傳、戸戸蒙恩皆敬信」もそれぞれ對聯になっている。○（王乙）（玉乙→御書）金額―「王」はもともと「玉」の誤字で、ここでも入聲の「玉」が非入聲音の「御」と音通になっている。「乙」は「書」の草書體との字形の相似による誤り。「金額」は、「金字牌額」の意。○（判官）（判管）―文意によって改めた。

[譯]

4【三臺令】[外が登場してうたう] 神々しい光の中。見れば神殿は金や銀を積みあげたよう。[貼旦のうた] 華麗な楼閣は、瑠璃の鴛鴦瓦が雲を衝いてそびえ。[旦のうた] 金の釘を打ってある赤い門を通れば、左右の歩廊には猛々しい神様と悪鬼の像が居ならぶ。

[外のセリフ] 神様のなかでも第一番、人間世界の善悪に感應すること竝ぶものがいない。年々に福をお降しになり、どの家も御恩を賜わりみな敬慕しております。

[貼旦のセリフ] 前の山は泰山のよう、後ろには川がめぐり山がとり圍む。御書による金字の額には「敕賜馬明王之廟」とあります。[旦のセリフ] 善悪を裁いて人間世界を掌り、幸福と生死を全て天に奏上なさる。[外のセリフ] まさしく「香火はとこしえに後代へと傳えられ、どの家も恩を賜わりみな畏れ敬う」というもの。

貼白 八八到於廟前。怎生不見提點一面。外白 待老夫叫一聲、提點。淨應 那箇叫。外白 李大公在此。淨白 我貧道來了。

官清民吏瘦、神靈〔廟王〕〔廟主→廟祝〕肥。

李大公、哎、一家都在這里。大公、稽首。外白 提點、拜揖。淨白 大婆、稽首。貼白 提點、萬福。淨 三娘子、稽首。旦 提點、萬福。外 起動提點禱祝一回。淨白 一上香。二上香。三上香。李大公來的荒荒獐獐。不曾買的好香。自屋里神道說過便了。李大公來的荒荒促促。不曾買的紙燭。自屋里神道說過便了。大公、好大猪頭、好大魚、好大鷄也。大公、將就將就。請上香。

註 ○八八―「八八」は「巴巴」であり、入聲音と非入聲音の音通。「巴巴」は、わざわざ、の意。〔漢〕參照。なお、林昭德論文は、原文を「入入」としたうえで「人人」に校訂する。 ○官清民吏瘦神靈〔廟王〕〔廟主→廟祝〕肥―成語。淨の登場詩。元刊本『事林廣記』「人事類」「警世格言」「居官警語」に「官清人吏瘦、神靈廟祝肥」とある。「王」はもともと「主」の誤字で、「主」は「祝」との同音からくる誤り。ここでも非入聲音の「主」が入聲音の「祝」と音通になっている。 ○起動―「煩勞」の意。〔宋元〕參照。 ○一上香……不曾買的紙燭―「一上香、二上香、三上香」はいわゆる「三獻」。以下の文章は「香」「獐」「香」、「促」「燭」と韻を踏んでいるように思われ、一種のことばあそびかもしれない。 ○自屋里―『張協狀元』第一一出に「屋裏姓王」「我屋裏也有錢」などの表現がある。「屋裏」は自稱詞。おそらく方言の類であろう。〔宋元〕參照。 ○將就―「兌將」「遷就」の意。〔宋元〕參照。

譯

貼旦のセリフ わざわざ廟に來たというのに、どうして宮司がいないのかしら。外のセリフ わしが一聲呼んでみよう、宮司。淨が應じる 誰が呼んだんだ。外のセリフ 李大公がここに參りました。淨のセリフ それがしがただいま參ります。

「官が清ければ吏はやせ細り、神樣が靈驗あらたかならばお供えはゆたか」というもの。

李の旦那さま、おや、皆さんおそろいで。旦那さま、こんにちは。［外のセリフ］宮司さん、こんにちは。［淨のセリフ］奥様、こんにちは。［貼旦のセリフ］宮司さん、こんにちは。［淨のセリフ］三番目のむすめさん、こんにちは。［旦のセリフ］宮司さん、こんにちは。［外のセリフ］宮司さん、手數を掛けますが、ひとつお祈りさせて下さい。［淨のセリフ］最初のお香をお供えして。二回目のお香をお供えして。三回目のお香をお供えし。李の旦那さまが慌てていらっしゃって。よいお香を買っていなくても。うちの神様は言いに行けば結構です。李の旦那さまが慌てていらっしゃって。紙銭や蠟燭を買っていなくても。うちの神様は言いに行けば結構です。旦那さま、なんと立派な豚の頭、なんと立派な魚、なんと立派な鷄でしょう。お世話をおかけします。どうぞお香をあげて下さい。

［外唱］

5 【（作黃龍）〔降黃龍〕】燃〔起〕（道得香）〔道德香〕、〔［疊］〕、（朝）〔超〕三界爐煙細。危閣危樓、危臺殿通情旨。

［合］弟子家住、在沙陀村里。同家眷男女、到來（膽禮）〔瞻禮〕。［貼唱］

6 〔【又】〕擧眼望（遙指）〔瑤池〕。〔［疊］〕。早（知）〔已〕知（殘會）〔慚愧〕。見臘雪（成祥）〔呈祥〕、先報道豐年歲。竝無（荒汗）〔荒旱〕、麥生雙（■）〔穗〕。［合〔前〕］［旦唱］

7 〔【又】〕三娘本嬌媚。〔［疊］〕。父母多年紀。生長在（村方）〔村坊〕、勤紡績工針指。［合前］［淨唱］

8 〔【又】〕三牲不見來、〔［疊］〕、卓兒上空空的。酒菓又全無、又無香和紙。馬鳴王神道、神道好生不歡喜。濃眉毛、大眼精、高鼻子。落腮鬍、攙搨觜。〔□〕判官、瞎小鬼。你每休要胡牙亂齒。［合前］

［外白］婆婆、女孩兒、先回家去。我老夫這里（起）〔祈〕一盃。

貼白 詩曰 福禮三牲辦志誠。祭賽鳴王眞至靈。萬事勸人休碌碌、舉頭三尺有神靈。竝下

韻 支時、機微〔的〕韻。

校記 成譜・汲本。

○成譜―【黃龍袞】燃起道德香、燃起道德香、超三界爐煙細。巍閣巍樓、登殿通情旨。弟子家住、沙陀村裏。合 同家眷男女、到來瞻禮。

○汲本―【花滾】然起道德香、然起道德香、超三界爐煙細。鬼閣鬼樓殿、通情旨。弟子家住、沙陀村裏。合 同家眷男女。到來瞻禮。【前腔】舉眼望瑤池。舉眼望瑤池。早以知慚愧。見臘雪呈祥、預報豐年瑞。竝無旱涸蟲蝗、麥生雙穗。合前【前腔】三娘本嬌媚。父母多年紀。生長村莊勤紡績。攻針指。願降慈祥、父母雙全喜。合前【前腔】三牲不見來、三牲不見來、几案上空空的。酒菓又全無。又沒些香和紙。馬鳴王粗眉毛、大眼睛落腮鬍。有些不歡喜。你們休得胡言語。合前

註 ○5【〔作黃龍〕〔降黃龍〕】―【作黃龍】の曲牌はないので【降黃龍】に校訂したが、格律は合わない。成譜は【黃龍袞】、汲本は【花滾】とする。 ○燃〔起〕―諸本により補った。 ○〔疊〕―諸本により補った。以下三曲の「〔疊〕」も同様。 ○三界―佛教語。欲界・色界・無色界。 ○沙陀―もとは陰山方面を遊牧したトルコ系民族、沙陀突厥を指す。元來は部族名。「沙陀磧」という地名に由來するという。劉知遠は、『新五代史』卷一〇「漢本紀」に「其の先は沙陀部の人なり」というように、沙陀部の人であった。が、彼を扱う物語においては、すでに『劉知遠諸宮調』が李三娘等李氏一族の住む村を「沙陀小李村」とするように、山西太原近邊の村名とされる。 ○男女―召使い。〔宋元〕參照。 ○〔殘會〕〔慚愧〕―「殘會」は「慚愧」の音通による誤り。「慚愧」は、ありがたい、の意。〔變〕〔漢〕參照。 ○〔■〕〔穗〕―原文譌字は「西」の下に「林」がつく字形。汲本に従って「穗」に改めた。 ○合〔前〕―第二曲目、第三曲目、第四曲目の「合前」は、格律からすれば句數が異なるように思われる。 ○三牲不見來……又無香和紙―貧乏道士の嘆きをうたうもの。汲本はこの曲の間に供え物が盜まれるという情節を插入する。 ○濃眉毛……胡牙亂齒―『張協狀元』第一六出に「淨睜眼作威 丑 怎比馬明王」とあり、馬明王像は醜い顏で有名だったと考えられる。ここはそれを踏まえ、醜い顏を馬明王の怒りに代えて笑いとしたもの。「落腮鬍」は「絡腮鬍」。また「攛搨搿」は未詳。江本・兪本は「攛搨」を「邋遢」に校訂するが、「躐趿〔ふみつける〕」への校訂も可能であるように思われる。なお『清平山堂話本』「簡帖和尚」には「官人」の容

貌を描寫して「濃眉毛、大眼睛、蹶鼻子、略綽口」という表現が見える。ここでは、江本・俞本に從って解釋した。○〔□〕判官瞎小鬼―馬明王像と共に置かれる「判官」と「小鬼」の像をいう。「瞎小鬼」の對語として「判官」の前に一字あると考え、空格を插入した。○（起）〔祈〕一盃―「盃」は「盃筊」で、占いのこと。○萬事勸人休碌碌擧頭三尺有神靈―成語。元本『琵琶記』第二六出、『殺狗記』第二六出それぞれの退場詩に「萬事勸人休碌碌、擧頭三尺有神明」とある。また、宋・王楙『野客叢書』卷二九「俗語有所自」の條は「擧頭三尺有神明」を擧げ、南唐・徐鉉の語に見えることを指摘する。なお原文では、この四句の詩は「詩曰」の標記とともに改行され、一句目と二句目、三句目と四句目の間に小圏點が插入される。

譯

外のうた

5【降黃龍】神に香を供えれば、神に香を供えれば、三界の人々を濟度する煙が爐から立ち上がる。この馬明王廟の高殿から、神樣に氣持ちをお傳えしましょう。合唱 わたしどもは、沙陀村の者。家族と召使いを連れて、お參りにまいりました。貼旦のうた

6【又】眼をあげて瑤池とも見まがう馬明王廟を眺めやれば。眼をあげて瑤池とも見まがう馬明王廟を眺めやれば。早くもありがたみが湧いてくる。見れば雪が舞って吉兆を知らせ、豐作となることを教えてくれます。今年は饑饉がなく、麥には一本の莖に二本の穗が出ることでしょう。合唱、前に同じ 旦のうた

7【又】わたくし李三娘は元々かわいいむすめ。わたくし李三娘は元々かわいいむすめ。父母は年老い。わたしはこの村に生まれ育って、針仕事につとめます。合唱、前に同じ 淨のうた

8【又】お供えなんて見たことがない、お供えなんて見たことがない、机の上はいつも空っぽ。酒も果物も見たことがない、香も紙錢も全くない。馬明王樣は、馬明王樣はなんとも不機嫌。濃い眉毛、大きな眼、高い鼻。毛むくじゃらの顏、ねじれてひしゃげた口（であんな怖い顏をしていらっしゃる）。……の判官、めくらの小鬼よ。おまえたちは

がたがた騒ぐんじゃない。［合唱、前に同じ］

［外のセリフ］婆さん、むすめや、先に家に帰っておいで。わしはここで占いをひとつやっていくから。

［貼旦のセリフ］［詩に曰く］お供え物をして眞心を表し。馬明王様をお祀りすればまことに靈驗あらたか。何事もあくせくするものではない、頭を擧げればすぐそこに神様はいらっしゃるのだから。［どちらも退場する］

［外白］起動提點祈一（兆）〔筊〕。［做討卦科］［〔生〕偸鷄科］提點、怎生神道（兒）〔現〕。［淨白］我這神道有靈感。大公連討了三箇聖卦。［外白］老夫告回。

神靈親臨下降。願得消除災障。［淨白］你若與我錢多、三箇都與你上上。［外下］

［淨白］道童、收三牲去也。哎呀、怎生不見鷄了。這是李大公偸去了。叫他回來。大公、大公。［外白］提點、我走偌近遠、叫我老夫回來、有甚麼話說。［淨白］如何將我福鷄偸去了。［外白］我老夫破財爲福、如何偸將你福鷄去。我和你兩廊下尋。［做尋科］［〔淨〕見生打科］［外勸住］是我姪兒。［淨白］是你姪兒。連骨頭兒不剩裏。

得放手時須放手、得饒人處且饒人。［〔淨〕下］

［外叫生］你是那里人氏、因何做這等營生。［生白］小人就是本村人氏、姓劉、名知遠。被繼父趕出、不容知遠回家。（以）〔併〕此是這等大雪、往此廟中避寒。見大公挑着香火紙燭、到此廟中賽願、以此搶些福禮充饑。實不瞞大公說、我三日無一顆米下肚了。

［註］○［外白］起動提點祈一（兆）〔筊〕―江本はここからを新たな出として區切る。　○神道（兒）〔現〕―「兒」は「現」との字形の相似

による誤り。俞本がすでに同様に改める。　〇三箇聖卦―汲本の相當箇所に「三聖連迎筊」とあることからすると、神像が三體あり、それぞれに對して「盃筊」を行ったと思われる。淨の白「我這神道有靈感」の後に、二回目と三回目の「買卦」が行われたのではあるまいか。　〇神靈親臨下降……三箇都與你上上―外の退場詩の役割をする韻文。汲本ではほぼ同文の韻文が老旦・旦・淨の退場詩として用いられている。なお「上上」は「上上大吉」の意。「降」「障」と押韻するために「大吉」といわず「上上」といったもの。　〇近遠―『單鞭奪槊』第四折【四門子】に「那一箇奔、這一箇趕。將和軍躲的偌近遠」とあり、また『昇仙夢』第三折に「相公、偌近遠、我也受不得這等辛苦」とある。「近遠」は「遠近」、ここでは「遠」の意。　〇外勸住―「住」は元刊本の雜劇にしばしば見える、ト書きの一部。第二出「打住」註參照。　〇得放手時須放手得饒人處且饒人―成語。ここでは淨の退場詩。『竇娥冤』第二折のほか、『幽閨記』第七出にもほぼ同じ表現が見られる。また、後半一句については、宋・姚寬『西溪叢語』巻上に「嘗て道人の棋を善くする有り、凡そ對局するに、率 人に一先を饒《ゆる》す。……道人に詩有りて云わく、『爛柯眞訣妙通神。一局曾經幾度春。自出洞來無敵手、得饒人處且饒人』と」とあり、宋・普濟『五燈會元』巻二〇「劍門安分庵主」に「自出洞來無敵手、得饒人處且饒人」とある。　〇〔以〕〔併〕此是―文意により改めた。俞本は「以此時」とする。

譯

外のセリフ　宮司さんのお手をお借りしてひとつ占いをいたしましょう。占いをするしぐさ　生が鶏を盗むしぐさ　宮司さん、神様が現れましたか。淨のセリフ　うちの神様は靈驗があらたかです。旦那さまは續けざまに三回占いをいたしました。

外のセリフ　わたしは歸りましょう。

　神様はご降臨下さって。どうか災いを消してくださいますよう。淨のセリフ　あなたがもしわたしに餘計にお金をくだされば、三回とも大吉を出して差し上げるのに。外退場する

淨のセリフ　小僧や、お供え物をかたづけなさい。やや、なぜ鶏がないんだ。李の旦那が盗んで歸ったに違いない。呼び戻さなくては。旦那、旦那。外のセリフ　宮司さん、わたしがこんなに遠くに來ているのに、呼び戻すのはいったい何のお話ですか。淨のセリフ　どうしておれのお供えの鶏を盗んだんだ。外のセリフ　このわしだって金をつかってお供え

したんだ、どうしてあんたのお供えの鶏を盗もうか。一緒に歩廊を探してあげましょう。[探すしぐさ][浄が生を見つけてなぐるしぐさ]

[外がとがめる] これはわたしの甥っ子だ。[浄のセリフ] おまえの甥っ子だって。骨まで残さず食べやがった。

許せるときには許すがいい、見のがせるときには見のがそう。[浄退場する]

[外が生にむかって呼びかける] おまえはどこの誰で、どうしてこんなまねをする。[生のセリフ] 手前はこの村の者で、姓は劉、名は知遠と申します。義父に追い出され、家に戻ることを許されません。そのうえこんな大雪で、この廟に來て寒さをしのいでいたのです。旦那さまがお香や紙銭、蠟燭をかついでここに願掛けにやってきたものですから、お供えをちょいと失敬してこの餓えを充たしました。實を言うと旦那さま、わたくしこの三日というもの米粒ひとつとて腹に入れてはいないのです。

9 【好姐姐】[外唱] 看伊堂堂貌美。因甚麼不謀些（生禮）〔生理〕。你家住在那裏未知你名姓誰。休憂慮。你會務農耕田地。帶你歸家作道理。[生唱]

10〔【又】〕我祖居沙陀小里。姓知遠劉家嫡業、我雙親幼失異日無靠倚。蒙（週祭）〔週濟〕。若得大公（牧留）〔收留〕（去）〔取〕。結草啣環拜謝你。

[外白] 後生、（計是）〔旣是〕這等、我家中有三二百人做年作、不爭你一箇喫飯。你肯早晚勤謹務農、根我家去。[生白] 若得大公週濟、感恩非淺。[外白] 又一件事與你說、我家中有一箇大兒子李弘一、有些酒性（噪惡）〔躁惡〕、早晚依隨他些便了。[生白] 大公所煩事、都依大官人主張。〔[外白]〕這等、好好根我家去。

〔詩曰〕不圖富貴受甘貧。自古〔隄防仁不人〕〔隄防人不仁〕。生白 今日得公〔提奪〕〔提掇〕起、免交人在汚泥中。下

韻 機微、居魚韻。「業」は失韻。

校記 汲本。

○汲本―【好姐姐】看你堂堂貌美。因甚的不謀生理。家居那里姓名還是誰。聽吾語。你肯務農耕田地。帶你歸家作道理。【前腔】祖居在沙陀村裏。字智遠劉家嫡子。雙親早亡此身無所倚。蒙週濟。若得太公收留取。結草啣環當報你。

註 ○貌美―「貌容」の意。　○〔生禮〕〔生理〕―なりわい、の意。〔宋元〕參照。　○田地―普通は「地方」の意だが、ここは「地里」の意。　○沙陀小里―『劉知遠諸宮調』第一に「此人在沙佗小李村住、姓李名洪義、爲無賴、只呼做活太歲」とあり、江本が「小李」に作るように「里」は「李」に校訂すべきかもしれないが、「大小里分」「大里」「小里」等の語が散見されるのでこのままとした。なお兪本は「村里」に校訂する。　○姓知遠劉家嫡業―江本・兪本は、汲本に從って「姓」「業」をそれぞれ「字」「子」に改める。文意は、汲本の作る字の意であろう。　○異日―「異日」は普通、將來を指す。ここは、過去ととるべきかもしれない。　○〔牧留〕〔收留〕〔去〕〔取〕―「去」を汲本は「取」に作る。「去」は「取」との音通による借字。　○結草啣環―成語。恩に報いる、の意。「結草」は『春秋左氏傳』「宣公十五年」に、「啣環」は『續齊諧記』（『後漢書』卷八四「楊震傳」李賢註所引）に基づく。　○年作―「雇工」の意。〔漢〕參照。　○不爭―「不相差」の意。宋・楊萬里『誠齋集』卷四二「食菱」詩に「鷄頭吾弟藕吾兄、頭角嶄然也不爭」とあり、宋・辛棄疾【江神子（一川松竹任横斜）】詞に「比着桃源溪上路、風景好、不爭多」とある。〔宋元〕參照。　○根我―「根」は、現代語では「跟」と書かれるもの。　○大兒子李弘一―李弘一は李洪義のこと。〔通俗〕卷三七に李洪義についての考證がある。李洪義は通俗文學ではしばしば李弘一と書かれるため、ここでは校訂しなかった。李三娘には李洪信（長子）・李洪義（次子）の二人の兄がいたことになっているが、李洪義を李弘一と誤ることによって順番が逆轉したのであろう。　○所煩事―江本・兪本は「所」を衍字として「凡事」に校訂する。　○主張―自主的にとりはからう、の意。〔宋元〕參照。　○〔外白〕―文脈上補った。　○〔詩曰〕―以下の四句は押韻しており、退場詩と考えられるため、補った。　○〔隄防仁不人〕〔隄防人不仁〕―宋・

妙源等編『虚堂和尚語録』巻八「虚堂和尚續輯」及び、元刊本『事林廣記』「人事類」「警世格言」「結交警語」に「莫信直中直、須防人不仁」、『滙池會』第一折に「莫使直中直、隄防人不仁」とあるのに従って校訂した。ただし、元本『琵琶記』第三出貼旦の登場詩、『荊釵記』第二九出淨の登場詩に「莫信直中直、須防仁不仁」とあるように、末三字を「仁不仁」に作る例もある。「莫信（使）直中直、隄（須）防人（仁）不仁」の二句で成語。ここでは成語としての通常の意味とは異なった使い方がされている。　○今日得公（提奪）〔提掇〕起兎交人在汚泥中──成語。『戯文三種』「張協狀元」第一二出にも「今日得君提掇起、兎教身在汚泥中」の句があり、その校註（一七）において『白兎記』を引きつつ考證している。　○汚泥中──「中」は、この場合「貧」「人」と韻を踏んでおり、眞文韻と東同韻が通押しているものと考えられる。

[譯]

9【好姐姐】[外のうた] お前を見れば堂堂たる容貌。どうして生計をはからないのだ。おまえの家はどこで名はなんというのだろう。心配するな。農作業ができ田畑を耕すことができるのならば。おまえを家に連れて歸って按排してやってもいい。[生のうた]

10【又】わたくしはもとより沙陀村の者。字を知遠と申す劉家の嫡子、ふた親を幼くして亡くし、これから寄る邊ない身であります。お救いくださって。もし旦那さまのところに引き取っていただいたなら。ご恩に必ずや報いましょう。

[外のセリフ] 若者よ、それならば、わが家には小作人が二三百人は居るから、お前一人の飯くらい大差ない。お前が朝晩おとなしく農作業に勤めるなら、ついて來なさい。[生のセリフ] もし旦那さまが救って下さるのなら、深く感謝いたします。[外のセリフ] もうひとつお前に言っておくと、わが家には上の息子李弘一がいる。酒癖がちょっと悪いが、朝晩彼の言うとおりにしていればいい。[生のセリフ] 旦那さまが心配しておられることは、全て旦那さまのお取り計らい通りにいたします。[外のセリフ] それならば一緒にゆこう。

【詩に曰く】富貴を求めずに貧乏に甘んじるが良い。昔から言われるようにそうすれば不仁から身を守る事が出來る。【生のセリフ】今日旦那さまのお引き立てを受けて、泥の中からはい出る事と相成りました。【退場】

第四出〔貼（李婆婆）、旦、外（李大公）、生〕

【貼上唱】

1〔【□□□】〕孩兒美貌本天顔。似洛浦神仙。【旦唱】願天得遇好姻緣。逢〔媒事〕〔媒氏〕、〔澤〕〔擇〕〔良夕〕〔良婿〕、做姻眷。

【貼白】孩兒、自從你爹爹在馬鳴王廟中賽願回來、被廟官〔斗〕〔叫〕回去了。這早晚不見回還。我和你娘兒兩箇莊前莊後接取一遭。孩兒、你看、

莊前莊後牧牛羊。村北村南稻滿場。【旦云】母親、家有〔■〕〔餘〕糧〔鷄大〕〔鷄犬〕飽、戸無〔徭役〕〔徭役〕子孫安。

【韻】天田、干寒韻。

【校記】始譜・汲本。

○始譜―【梁州令】孩兒一貌本天然。似洛浦神仙。願天得遇好姻緣。憑媒氏、逢佳壻、做姻眷。

○汲本―【七娘子】孩兒美貌體天然。似洛補神仙。荏苒芳年。凛烈寒風垂幕、喜得晴明天氣、

【註】○1〔【□□□】〕―始譜は【梁州令】、汲本は【七娘子】とする。汲本は【七娘子】の句格に合わず、また末二句が落韻のように

見える。何らかの誤りを含むであろう。ここでは始譜に従い、句格を切った。　○天顔―「天顔」は、普通は「尊顔」の意で、「天韻」の意にはならない。しかも「顔」は干寒韻だから（「顔」がなければ天田韻のみの押韻となる）、諸本に従って「然」に校訂した方がよいかもしれない。　○逢（媒事）（媒氏）（澤）（擇）（良夕）（良婿）―始譜本文の意に従って校訂した。「夕」は入聲字だが「婿」としばしば通用される。なお、ここで旦が積極的に春心をうたうのは、一般の才子佳人劇の類型からみて例外的で興味深い。
○接取一遭―「取」は「去」の音通字の可能性もあるだろう。　○莊前莊後牧牛羊……戸無（搖役）（傜役）子孫安―「羊」「場」「安」で押韻する韻文（ただし、汲本では「安」を「康」に作る）。後半の二句「家有餘糧鶏犬飽、戸無傜役子孫安（康）」は成語。『警世通言』巻一九「崔衙内白鷂招妖」に「家有餘糧鶏犬飽、戸無傜役子孫康」とある。それに従って譌字を「餘」に改めた。譌字は、原文ではくにがまえに「乎」に作る。この字は恐らく「乎」の誤りであり、「乎」は、「餘」の略字體との字形の相似からくる誤り。

譯

貼旦が登場してうたう

1 【□□□】うちの娘の美貌は生まれつき。かの洛水の女神様のよう。旦のうた 神様がよい縁談に巡りあわせて下さればば。仲人をたて、良いお婿さんを選び、結婚するのに。

貼旦のセリフ むすめや、お父さんはお參りに行っての歸りしな、宮司さんに呼び戻され、今時分になってもまだ歸ってきません。おまえと親子二人で村のその邊まで迎えに行きましょう。むすめや、ごらん、村のあちこちに牛や羊が放牧され。そこここに稲がいっぱいに収穫されていますよ。旦のセリフ お母さん、家には澤山の穀物が蓄えられて犬や鶏までお腹がいっぱい、家には賦役もなく子孫は安泰です。

貼唱

2 【尾犯序】（村洛）（村落）少人煙。（横堂）（横塘）水煖。（玉路）（玉鷺）如拳。喜有野梅開遍。時有香（川）（傳）。

採山花斜插在鬢邊。（茅詹）〔茅簷〕下、見眊睡父老歡笑（赴靑年）〔負晴暄〕。〔外同生上〕外唱

3【（遇帖）〔過站→過賺〕】才貌雙全。見他身狼狽（有）〔又〕饑寒。婆婆我領歸來、你好行方便。貼唱 聽奴言。
我與他人不（面擅）〔面善〕。面可疑、不知何州竝那縣。只恐恩多翻成（願）〔怨〕。生唱

4〔【換頭】〕你怎出語好難見。見我身狼狽又饑寒。婆婆休疑我、分明咫尺家不遠。旦唱 你莫（埋冤）〔埋怨〕。
〔莫〕（埋冤）〔埋怨〕。口食身衣前世緣。且留在家中聽使喚。貼唱 咗你休强言。休强言。守閨女不當你占先。

旦唱 罷罷奴自去工針線。下 外唱

5〔【纏枝花】〕你休得把人相輕賤。此漢身康健。春種秋收休辭憚。自然不用愁衣飯。生〔同外合〕唱（計）〔記〕
得買臣未遇（桃）〔挑〕薪賣、後來發跡何難。貼唱

6〔【又】〕公公（計然）〔既然〕行方便。何須苦勞心（只見）〔執見〕。漢子只怕你命乖福分淺。在我家里不長遠。

合前 生唱

7〔【又】〕上告公公見憐。（在）〔再〕告婆婆見憐。這（恩得）〔恩德〕（明）〔銘〕心在（肺脯）〔肺腑〕、
〔白〕若得大公收留在宅上、〔唱〕
大凡事必須向前。〔合前〕外唱

8【尾聲】（恩得）〔恩德〕大、（敢）〔感〕非（容淺）〔薄淺〕。取出靑蚨數貫錢。把與他人做雇錢。
外云 詩曰（外）不須平論不須訝。貼 且自寬心度歲華。生 不戀故鄉生處好、合 受恩深處便爲家。
〔竝下〕

[韻] 天田、干寒、歡桓韻。「脯」は失韻。

[校記] 增譜・新譜・始譜・成譜・汲本。

○增譜―【纏枝花】休得把他相輕賤。此漢身强健。春種秋收休辭倦。自然不用愁衣飯。只愁他、福分淺。枉了行方便。[合] 記得買臣未遇挑薪賣、後來發跡何難。

○新譜―【纏枝花】休得把他相輕賤。此漢身强健。春種秋收休辭倦。自然不用愁衣飯。只愁他、福分淺。枉了行方便。[合] 記得買臣未遇挑薪賣、後來發跡何難。

○始譜―【尾犯序】村落少人煙。横塘水淺、玉鷺聯拳。喜野梅開遍、時有香傳。消遣。飲村醪時煨芋栗、採山花斜插鬢邊。茅簷下、見龍鍾父老飲笑負晴暄。【二郎賺】才貌兼全。見他身狼狽又饑寒。是我領歸來、你好生與我方便。聽伊言。我與他人不面善。未知他家住何州竝那縣。恩多猶恐番成怨。【換頭】婆婆出語何難見。公公見我身狼狽又饑寒。休疑我、分明咫尺家不遠。莫埋冤。口食身衣宿世緣。且留在家中聽使喚。你休强言。守閨女不當占先。奴自歸房拈針線。再難相勸。【纏枝花】休得把他相輕賤。此漢身强健。春種秋收休辭倦。自然不用愁衣飯。只愁他福分淺。枉了行方便。記得買臣未遇挑薪賣、後來發跡何難。【賀新郎衮】上告公公見憐。再告婆婆聽言。這恩德銘心肺腑、大凡事自當向前。

○成譜―【纏花賺】才貌兼全。見你身狼狽、又饑寒。是我領歸來、好生與我行方便。聽伊言。我與他人不面善。未知他、家住何州幷那縣。恩多又恐翻成怨。出語難見。出語難見。【前腔】公公見我身狼狽、又饑寒。休疑我、分明咫尺家不遠。莫埋冤。口食身衣宿世緣。留在家中聽使喚。休强言。守閨女不當汝占先。奴自歸房拈針線。再難相勸。再難相勸。【纏枝花】休得把他相輕賤。此漢身强健。春種秋收休辭倦。自然不用愁衣飯。只愁他、福分淺。枉了行方便。[合] 記得買臣未遇挑薪賣、後來發跡何難。【前腔】上告公公見憐。再告婆婆聽言。這恩德銘心鏤肝。若是收留在宅上、大凡事自當向前。[合] 記得買臣未遇挑薪賣、後來發跡何難。

○汲本―【尾犯序】村落少人煙。横塘水煖。宿鷺如拳。喜野梅開遍、時有香傳。消遣。飲香醪時煨芋栗、採山花斜插鬢邊。[合] 茅簷下、見朧瞳父老歡笑舞晴暄。【入賺】才貌兼全。見你身狼狽又饑寒。太婆是我領歸來、好生與我行方便。聽伊言。我與他人不面善。未知他家住何州竝那縣。恩多又恐番成怨。婆婆出語何難見。公公見我身狼狽又饑寒。休疑我、分明咫尺家不遠。莫埋冤。口食身衣宿世緣。母親留在家中聽使喚。休强言。守閨女不當汝占先。奴自歸房拈針線。再難相勸。再難相勸。【纏枝花】休得把他相輕賤。此漢身强健。春種秋收、休辭倦。自然不用愁衣飯。[合] 記得買臣未遇挑薪賣、後來發跡何難。【前腔】公公既要行方便。何勞我心多執見。漢子只怕他、命乖福分淺。在我家中不常遠。合前【前腔】上告公公見憐。再告婆婆聽言。這恩德銘心鏤肝。若是收留在宅上、大凡事自當向前。合前【尾聲】這恩德、緣非淺。取出青蚨數貫。留與他人作雇錢。

註 ○2【尾犯序】―【尾犯序】から【尾聲】までは諸本と內容が一致するので、それらを參考にして曲牌を補った。【遇帖】については、汲本は【入賺】、始譜は【二郎賺】、成譜は【纏花賺】とする。【遇帖】は、この二字では字義を成さず、また成化本の後段、第九出第一六曲に【過站】の曲牌名が見えるので、【過賺】に改めた。「遇帖」は「過站」との字形の相似からくる誤りで、また「站」は「賺」との字音の類似による誤りであろう。なお、成譜と始譜とでは【換頭】の位置を異にするが、ここでは始譜の格律に從った。　○〔玉路〕〔玉鷺〕如拳―宋・鄧椿『畫繼』卷一に「野水 人の渡る無く、孤舟 盡日橫たわる」の畫題を論じて「空舟 岸側に繫がる、或いは拳鷺 舷間にあり、或いは棲鴉 篷背にあり」といい、また『百家公案』卷一は包拯の顏の眉間の皺を描寫して「面生三拳」という。「拳」はこぶしを突き上げた形全體をいう。　○〔赴靑年〕〔負晴暄〕―このままでは意味が通りにくいので、始譜に從って校訂した。　○〔外同生上〕―汲本に從って補った。　○面可疑―人相が悪い、の意。本曲の格律がよくわからないので、ここでは一應增句として扱った。　○恩多翻成〔願〕〔怨〕―成語。人に與える恩が深すぎると却って怨まれる結果になる、の意。唐・王士源『亢倉子』「用道篇」に「恩甚則怨生、愛多則憎至」とあり、『漁樵記』第四折【太平令】に「明明的這關節有何難見。險些把一家兒恩多成怨」とある。なお、ここでの貼旦のうたは生をいぶかしんでおり、一般の才子佳人劇に登場する「婆婆」の類型と異なる點が興味深い。　○你怎出語好難見―生が貼旦を「你」と呼びかけるのは不自然であり、「你怎」の二字を、諸本に從い「婆婆」に校訂すべきかもしれない。「難見」は、わからない、の意と解した。　○分明咫尺家不遠―「分明」は一種の吏牘語で、身元がはっきりしている、という意に解した。　○莫〔埋寃〕〔埋怨〕〔莫〕〔埋寃〕〔埋怨〕―二つ目の「〔莫〕〔埋寃〕〔埋怨〕」は、原文では二字分のおどり字で表記される。文意にしたがって、おどり字を一字分補った。　○生〔同外合〕唱―二曲目に「合前」とあるので、ここでは生と外が一緒に唱うべきである。　○買臣―漢の朱買臣。貧乏であったが後に會稽の太守となるに及んだ故事（『漢書』卷六四上「朱買臣傳」）があり、『漁樵記』はこの話を扱っている。　○〔合前〕―この曲を【纏枝花】とするならば、汲本に從って合唱を補うべきである。　○〔敢〕〔感〕非〔容淺〕〔薄淺〕―「容」は衍字とすることもできる。なお、汲本は【尾聲】全體を外と老旦の掛け合いにする。　○不戀故鄉生處好受恩深處便爲家―成語。「不戀」を「休戀」に作る同樣の表現が『張協狀元』第一六出退場詩や『小孫屠』第九出にも見られる。　○〔竝下〕―第四出の終わりであるため、汲本に從って補った。

譯

貼旦のうた

2【尾犯序】村は人家の煙もまばら。池の水はあたたかく。玉のように眞っ白な鷺は拳のよう。嬉しいことに野邊の梅が花を咲かせ。風に乘って時に香りが傳わってくる。山の花を採ってきては髪に插す。茅葺きの軒下には、見れば年寄りが居眠りしながら幸せそうにひなたぼっこをしている。外、生とともに登場 外のうた

3【過𥶡】才智容貌ともに優れながら。見れば彼は困窮して饑えに苦しんでいる。婆さんや連れて歸ってきたから、しっかり便宜をはかって助けてあげてくれ。貼旦のうた わたしが言うのをおききなさい。彼の顔には見覺えがない。人相も悪いし、どこの馬の骨ともわからない。恩が却ってあだとなるのが心配です。生のうた

4【換頭】どうしてあなたはわからないことを言うのでしょう。わたしの困窮ぶりと饑えや寒さに苦しんでいるのを見てください。奥さま、とがめだてしないで下さい、わたしの身元ははっきりしているし家はすぐ近くにあります。旦のうた 恨みごとを言わないで。恨みごとを言わないで。着るもの食べものは前世の緣。しばらく家に留まって雇い人となりなさい。貼旦のうた ちっ口出しはやめなさい。口出しはやめなさい。年頃の娘が出しゃばるとは、はしたない。旦のうた 仕方がないのでわたしは針仕事をしに行くとします。退場 外のうた

5【纏枝花】おまえ人を輕んじ侮るのはやめなさい。この男は丈夫な身體をしておる。春の種蒔き秋の収穫を嫌がるでないぞ。さすれば自然とお前の食い扶持も出てくるというものだ。生と外の合唱 漢の朱買臣でさえ運が向く前は薪を擔いで賣っていた、後に出世するのに何の困難があろう。貼旦のうた

6【又】あなたが助けたいと仰るならば。煩い考えいこじになることもありますまい。男よおまえは運拙く福分の無さそうな顔。わが家では長續きしないでしょうよ。合唱、前に同じ 生のうた

7【又】旦那さまに申し上げます、どうぞお憐れみ下さい。奥さまに申し上げます、どうかお憐れみ下さい。このご恩は胸に刻み肺腑に刻み込みましょう、入れゼリフ もし旦那さまがお宅に置いて下さるのなら、唱 何事も全て御前にて然るべく。合唱、前に同じ 外のうた

8【尾聲】恩は大きいぞ、淺くはないぞ。取り出したるは銅錢數貫。これをやつに與えて雇い料としよう。外のセリフ 詩に曰く あれこれ言うな怪しむな。貼旦のセリフ しばらくは心を寛く持って年月を過ごしましょう。生のセリフ 生まれ故鄉だけが良い所だと戀しがるな、一同 深い恩を受けた處こそわが家なのだから。一同退場

第五出〔生、外（李大公）、撞王兒、旦、淨（李弘一）〕

1【夜行船】生唱 受苦度年時。無煩惱無是無非。三盃社酒權（逍遣）〔消遣〕、牧羊放馬轉過疎籬。

白 一飲一酌、莫非前定。前日多蒙李大公在馬鳴王廟中（收祿）〔收錄〕、我劉知遠來家、着我務農耕田、俱以不會、止只會牧放些牛馬。他家一疋青騣白馬、數年無人（騎義）〔騎乘〕、近他不得、被我劉知遠一降一伏、降的綿羊相似。大公十分欣喜、早晨間與了（己）〔幾〕盃酒喫、不覺的醉將上來了。我思想起來、牛肚（以）〔已〕飽了、馬草也都有了、不免去兀的那裏蒿蓬上盹睡一覺。待我醒來（在）〔再〕作（道禮）〔道理〕。

韻 支思、機微韻。

校記 汲本。

○汲本―【似娘兒】受雇度年時。無煩惱無是無非。三杯濁酒甚消遣、牧羊放馬轉過疎籬。

註 ○1【夜行船】―【夜行船】でも【似娘兒】でも格律には合わないが、詞牌【夜行船】の前闋の形に比較的似ているため改めなかった。 ○社酒―土地神を中心とする地域の共同體を「社」といい、その祭祀（「社會」）の際に振舞われる酒を「社酒」という。
○一飲一酌莫非前定―成語。ここでは生の登場詩の役割をする。「一飲一酌」は「一啄一飲」「一斟一酌」とも作り、『莊子』「養生主」にある「澤雉は十歩に一啄し、百歩に一飲するも、樊《かご》の中に畜《やしな》わるるを蘄《もと》めず。神は王《さかん》なりと雖も善《たのし》まざればなり」に基づく。
○倶以不會―成化本本出後段には「叫他務農耕田、倶也不會」の表現がある。「以」は常識的には「已」に校訂すべきであり、また現に「倶已」は常見される表現であるが、「倶以」「倶已」「倶也」いずれに校訂すべきかはよくわからない。 ○（騎義）（騎乘）―「義」は明らかに誤りのため、假に改めた。 ○兀的那裏―「兀那（あそこ）」の意であろう。（匯）參照。「兀的」「那裏」「兀那」はいずれも頻見される表現であるが、「兀的那裏」はあまり見ない表現のように思われる。

譯

1【夜行船】生のうた つらい日々を過ごしてはおりますが。悩み怒りや争いもありません。少しばかり村祭りの酒を飲んで氣晴らしでもしましょう、羊や馬を放牧しながらまばらの垣根を曲がっていきます。

生のセリフ 酒の一杯一杯も、運命に違いありません。

先日は李の旦那さまのおかげをもちまして、馬明王廟で拾っていただき、わたくし劉知遠を家の者とし、野良仕事をさせましたが、わたしは何もできず、ただ牛馬の放牧ができるだけです。屋敷にいる、たてがみが灰色の白馬は、數年來人が乗れず、誰も近付けませんでしたが、わたくし劉知遠にすっかり手なずけられて、綿羊のようにおとなしくなってしまいました。旦那さまはとても喜び、朝から何杯か酒を下さったので飲みましたら、圖らずも酔いが回ってきました。ああそうだ、牛も腹一杯になっており、馬も馬草がたっぷりあるので、あそこの枯れ草のところへ行ってひと眠りいたしましょう。目が覺めてからまた考えるといたします。

外上白 踏破鐵鞋無覓處。（筭）〔尋〕來全不用工夫。投老夫馬鳴王廟中收得劉知遠、日家（■）〔叫〕他務農耕田、俱以不會、止只會牧放牛馬。我家一疋劣馬、被他一降一伏。早晨與他（已）〔幾〕盃酒喫、這早不見回還。我去莊前莊後。米麥都收了。雷響。敢要下雨也。搽王兒 大公差了。臘月家間、怎生發雷。外 哎、你說的是也。冬行春令、來年必有災病。外唱

2【下山虎】臘天不雨、喜在莊農。（靄日）〔愛日〕（喧情）〔暄晴〕晝、也、轉過疎籬霧（籠充）〔籠統〕。（急目）〔極目〕看西東。四下里影無蹤。斷人〔□〕。我只聽的、雷聲動。也、願天公另行冬。

白 老夫觀看觀看、呀呀、蒿蓬上火起了。想必是小的每向火不仔細、惹起這火來了。老夫不免上前救一救。呸呸、不是火、元來是一箇人。唱

3〔【又】〕見一人高臥、倒在蒿蓬。鼻息如雷吼、振氣似虹。我把老眼摸索、認他貌容。呀元是覇業圖王（一旦）〔一擔〕雄。更有蛇串七竅、（中）〔終〕須後寵。振動山河魚化龍。

〔白〕呀呀呀、元來是劉知遠。老夫不免叫醒他。劉知遠、劉知遠。呀、見一條五花蛇兒在他七竅中出來入去。常言道、蛇串五竅、五覇諸侯、蛇串七竅、（六）〔大〕貴人也。老夫家中有□小女、小字三娘、未曾許聘他人。趁此漢末發跡之時、老夫招他爲婿。久後（發別）〔發跡〕之時、老夫接他不迎。中

間只沒有主親的。老夫眉頭一縱、計上心來。前村有我兄弟李三公、不免央他爲媒。老夫走一遭。

外唱

4【蠻牌令】急急去報三公報三公。

旦上白 見怪是怪。其怪則害。外唱

呀呀呀女孩（此）〔兒〕因甚出閨門。旦唱 怪哉後怪哉後眞箇怪哉、

外白 見甚麼。旦唱

見五色蛇兒墜、

外白 甚麼顏色。旦唱

（素）〔紫〕青紅。

外白 那裏去了。旦唱

一步步趕來後趕來後影也無蹤。

外白 孩兒、閨門之內因何到此後花園中。旦白 奴家花繡閣之中、繡作女工生活、則見那天窗上吊下五花蛇兒來、在奴奴面前左趕右轉、被奴家緊走緊趕、慢趕慢行、不趕不走。趕到此間、就不見了。

外白 孩兒、你要見這蛇兒不見。旦 奴家要見。外白 眞箇要見。見了、休害怕。孩兒、這不是。旦唱

見了後見了後此心驚。料莫是妖精。把他纏〔定〕。外唱 孩兒、休得氣沖沖。大貴人蛇串七竅中。一朝運通。

（九宵）〔九霄〕氣沖。異日（喧昂）〔軒昂〕、他把妻子來封。

外白 孩兒、蛇串五竅、五霸諸侯。蛇串七竅、大貴人也。趁他未發之時、招他爲婿。這事天知地知

你知我知。切莫交外人知。
旦白 爹爹、若交外人知。外白 孩兒、走漏這消息。畫虎(木)〔未〕成君莫笑、安排牙爪(使)〔始〕(京人)〔驚人〕。竝下

韻 東同、眞文、庚亭韻。「晝」は失韻。

校記 始譜・成譜・汲本。

○始譜—【小桃紅】臘天不雨、喜在莊農。愛日暄晴晝、也、轉過疎籬步躘踵。極目的望西東。四下裏影無窮。斷人蹤。只聽得、雷聲動。也、莫不是老倒無能。怨天公令自行冬。【黑蠻牌】急急去報三公。女孩兒因甚出閨門、見五色蛇兒墜、素青紅。一步步趕來後影也無蹤。見著後使奴心恐。女孩兒、休得氣沖沖。大貴人蛇穿七竅中。一朝運通。九霄氣沖。異日軒昂、把妻子來封。

○成譜—【小桃紅】臘天不雨、喜在莊農。愛日暄晴晝、也、轉過疎籬步躘踵。極目看西東。四下裏、影無蹤。只聽得雷聲動。也、合 莫不是老倒無能怨天公。怨天公令自行冬。【蠻牌令集】急急去報三公。女孩兒因甚出閨中。見五色蛇兒墜、紫青紅。一步步趕來後影也無蹤。見着後使奴驚恐。莫不是妖精、把他纏弄。女孩兒、休得氣沖沖。大貴之人、蛇穿七竅中。合 一朝運通。九霄志氣沖。異日軒昂、異日軒昂、把妻子來封。

○汲本—【小桃紅】臘天不雨、喜在莊農。愛日暄晴晝、也、轉過疎籬步躘踵。極目看西東。四下裏影無蹤。只聽的雷聲。也、莫不是老倒無能。怨天公令自行冬。【下山虎】見一人高臥、見一人高臥、倒在蒿蓬。鼻息如雷振也、氣如吐虹。我把兩眼摩挲覷他貌容。呀元來是覇業圖王一大雄。更有蛇穿竅定須顯榮。振動山河魚化龍。【蠻牌令】急急去報三公。女孩兒因甚出閨門。怪哉怪哉眞怪哉、見五色蛇兒墜紫青紅。一步步趕來後、影也無蹤。見着後、見着後使奴心驚。莫不是妖精把他纏定。女孩兒休得氣沖沖。大貴人蛇穿七竅中。一朝運通。九霄氣沖。異日軒昂把妻子來封。

註 ○踏破鐵鞋無覓處(筭)〔尋〕來全不用工夫—成語。『宋詩紀事』卷九〇所引、夏元鼎「絶句」詩に「踏破鐵鞋無覓處。得來全不費功夫」とあるように、二句目は「得來全不費功夫」ともいう。「筭」は「尋」との字形の相似による誤りであろう。江本・兪本がすでに同様に校訂する。 ○投—「比及」の意。 ○日家—「家」は時間副詞を作る語助。「價」とも書く。後文に見える「臘月家間」

の「家間」のように語助自體が二音節化することもある。　○(■)(叫)―原文の譌字は、口偏に「半」をあわせた字形。文意により改めた。　○這早―「這早晩」の意。　○敢要―「敢待」と同意。推量を表す。　○撞王兒―下働きの者の名。「撞」は「莽撞(粗忽な)」の意。脚色としては「丑」とすべきかもしれない。　○2【下山虎】―諸本は【小桃紅】とする。第三曲は原文では曲牌の表示がなく、また、句數も若干足りないが、假に【下山虎】と見なして【又】を補った。本曲では、始譜に従って句格を切り、「斷人」の下に「蹤」のような一字の脱落があると見なして空格を補った。また「雷聲動。也」の下にも一句の脱落があると思われる。　○(靄日)(愛日)(喧情)(喧晴)晝也―「愛日」は、冬の日、の意。『春秋左氏傳』「文公七年」に見える「趙衰冬日之日也」の杜預註に「冬日可愛」とある。また、「也」は「也麼哥」等と同様、【小桃紅】に特徴的な一種のはやしことば。始譜は、この「也」の前で必ず押韻すべきことをいう。したがって「晝」は失韻。　○願天公另行冬―江本・兪本は諸本に従って「願」を「怨」、「另」を「令」に校訂する。　○小的毎―「小的毎」は召使いをさしていう語。(宋元)參照。「毎」は貶意を含む。　○(一旦)(一擔)雄―「一擔英雄」の意と解して校訂した。第二出「一擔英雄」註參照。　○蛇串七竅―『舊五代史』卷一二一「周書」(一二)「后妃列傳」(一)は、後周太祖郭威(雀兒)についての妻・柴氏の目撃談として「太祖嘗て寢ぬるに、后五色の小蛇の顴鼻の間に入るを見て、心に之を異とし、其の必ず貴とならんことを知り、敬奉すること愈《いよ》いよ厚し」という。この郭威と柴氏の逸話についても、劉知遠と李三娘と同様、通俗文學の重要な素材となっている。なお「串」は「穿」の意。　○眉頭一縱計上心來―常語。　○4【蠻牌令】―始譜は「怪哉後怪哉後眞箇怪哉」の句(始譜では「怪哉怪哉」)と「料莫是妖精。把他纏定」の句(始譜では「莫不是妖精。把他纏定」)を、ともに曲辭ではなくセリフとする。その按語に「按ずるに、此れ劉智遠の古本なり。其の第二句の下に『怪哉怪哉』の四字及び第六句(成化本では第七句)の下の『莫不是妖精把他纏定』の句有るは、皆な賓白に係る。今人、皆な其の列して曲中に在るを以て、之れを唱う」と言う。なお、本曲にある「門」「驚」「精」「(定)」は叶韻と考えられ、とすれば、成化本にあっては眞文・庚亭韻は東同韻と通押するものと思われる。因みに、始譜は「門」を失韻とするが、そのことは、始譜が當該箇所を曲律上「叶」でなければならないと認定しながら、東同韻と眞文韻の通押を認めなかったことを意味する。　○報三公報三公―二つ目の「報三公」三字はおどり字。後文の「怪哉後怪哉後」も同じ。衍字である可能性が高い。なお、「怪哉後」の「後」は「呵」の一聲の轉。　○見怪是怪其怪則害―一種の成語で、普通は「見怪不怪。其怪自壞(怪異を見ても怪異と思わなければ、その恐ろしさは自然に消滅する)」というだろう。唐・孫思邈『備急千金要方』卷二七「養性序第一」、宋・普濟『五燈會元』卷一八「法輪齊添禪師」、同卷二

○「竹原宗元庵主」等參照。ただしこの部分は、「見怪是怪。其怪則害」のままでも意味が通じるので、あえて改めなかった。「則」は「做」の一聲の轉。　○〔素〕〔紫〕青紅―「素青紅」でも意味は形成しうるが、字形による誤りを想定して「紫青紅」とするのが妥當であろう。　○奴家―女性の自稱。明・徐渭『南詞敍錄』に「奴家、婦人自稱。今閩人猶然」とある。第二出第八曲に見える「奴奴」も同樣。　○生活―『元典章』巻五八「工部」〈一〉「造作」〈一〉「雜造」に「禁造異樣生活」なる一條があるように、品物、の意。　○吊下―「吊」は「掉」としばしば通じて用いられる。〔宋元〕參照。　○料莫是妖精把他纏〔定〕―汲本に従って「定」を補う。この部分を始譜はセリフとするが、「定」は恐らく韻字であろう。　○天知地知你知我知―晉・袁宏『後漢紀』巻一七に見える楊震のことばを踏まえる。もとは「君知我知天知地知」という。これを踏まえて『蒙求』題では「震畏四知」という。　○爹爹若交外人知……安排牙爪〔使〕〔始〕〔京人〕〔驚人〕―以下四句は、外と旦の退場詩であり、第一・第二・第四句で本來押韻すべきであろう。下二句は成語。『誶范叔』第四折正末の登場詩、『西廂記』第五本第二折末の登場詩等にも見える。

譯

外が登場してセリフを言う「鐵の靴に穴があくほど探し求めたものも。手に入れてみれば意外に簡單なもの」と申します。

わしが馬明王廟で劉知遠を引き取って以來、晝間は農作業をさせましたが、彼はどれもできず、できるのはただ牛馬の放牧だけ。我家の氣性の荒い馬は、彼に手なずけられてしまいました。朝、彼に數杯の酒を與えたところ、いまだ歸ってまいりません。村のその邊に出てみましょう。穀物はみな收穫されています。おや雷だ。じき雨が降るに違いない。粗忽な王兒旦那さま、違いますよ。十二月の時分にどうして雷が鳴りましょうや。外のセリフおお、お前の言う通りだ。冬が春のようにあたたかいと、來年は必ず災いが起こると言うからな。

外のうた

2【下山虎】十二月に雨が降らないのは、農家にとっては喜び。冬の太陽のあたたかな晝、ヤー、まばらの垣根を曲がっていくと霧が立ちこめる。周りを見回すと。あたり一面人影もない。人影もなく。聞けば、雷の音が響く。ヤー、神様よ冬は冬らしくあって欲しいものだ。

〔外のセリフ〕わしがふと見遣ると、おや、枯れ草のところで火が出ているぞ。きっと、小者どもが不注意で火を出してしまったんだろう。消しに行くとしよう。ちっ、火ではなく、なんと人であったか。〔外のうた〕

3【又】見れば高枕で、枯れ草のなかに寝ているやつがいる。鼻息はまるで雷鳴、氣は大地を虹蜺のごとく振るわせている。わしはこの老眼をこすって、やつの顔を確かめてやろう。いやなんと覇業をなしとげ王たるをねらう堂々たる英雄であったか。さらにそのうえ蛇が七つの穴を出入りするからには、將來きっと出世して。山河を振るわせ魚から龍へと變化するにちがいない。

〔外のセリフ〕おお、なんと劉知遠であったか。彼を起こすとしよう。劉知遠、劉知遠。やや、見れば、五色の蛇が彼の七つの穴を出入りする。ことわざにも言うように「蛇が五つの穴を穿てば覇者や諸侯となり、蛇が七つの穴を穿てば大貴人となる」とか。わしの家に幼名を三娘というむすめがおるが、まだいいなずけがいない。この男がまだ出世していないのに乘じて、わしが入り婿にしてしまおう。しばらくたって出世してからでは、彼を家に迎え入れることはできまい。ただ、間に立って仲人をする者がいない。眉間にしわを寄せ少し考えれば、すぐにいい考えは浮かぶ。となり村に弟の李三公がおるが、あいつに頼んで仲人になってもらうとしよう。どれ、ひとっ走りしてくるか。〔外のうた〕

4【蠻牌令】大急ぎで李三公に報らせよう李三公に報らせよう。

〔旦が登場してセリフを言う〕「怪異を見て怪しめば。その怪異は自分に害を與える」という。〔外のうた〕

おやむすめよどうして部屋を出てきたのだ。〔旦のうた〕不思議ったら不思議よ本當に不思議だわ、

〔外のセリフ〕何を見たのだ。〔旦のうた〕

五色の蛇が落ちるのを見ました、

外のセリフ　どんな色だ。旦のうた

紫・青・紅のまだらです。

外のセリフ　どこへ行った。旦のうた

一足ごとに追いかけたら追いかけたら影も形もなくなってしまいました。

外のセリフ　むすめよ、部屋の中からどうして裏の花園にきているのだ。旦のセリフ　わたしがお部屋で針仕事をしていたら、天窗からまだらの蛇が落ちてきたのです。わたしの前で行ったり來たりして、わたしが早く追いかければ早く逃げ、ゆっくり追いかければゆっくり行き、わたしが止まれば止まって、ここまで追いかけて來るといいなくなってしまいました。外のセリフ　お前はその蛇を見たいか。旦のセリフ　見たいものです。外のセリフ　本當に見たいか。見ても怖がるんじゃないぞ。むすめよ、これじゃないか。旦のうた

見てしまったら見てしまったらああなんとびっくり。妖怪が。彼に取り憑いているのではないでしょうか。外のうた

むすめよ、慌てるんじゃない。大貴人は蛇が體の七つの穴に入るのだ。ある日突然運は開け。氣は天を突く。いつの日か出世して、妻や子に爵位が與えられよう。

外のセリフ　むすめよ、蛇が體の五つの穴に出入りすれば、覇者や諸侯となり、蛇が體の七つの穴に出入りすれば、大貴人になるのだ。彼がまだ出世しないうちに、彼を入り婿にしよう。このことは天と地とわしとおまえだけが知っている。決して他人には教えるなよ。

旦のセリフ　おとうさま、もし他の人に知られたならば。外のセリフ　むすめや、この事を漏らしたならば。「虎を描いて出來上がらずとも笑うなかれ、牙と爪が備われば驚くこととなる」。どちらも退場

［淨上云］一年之計在於春。一日之計在於寅。一時之計在於勤。

我是李員外長子兒男。家裏赤的金。白的銀。(班班)〔斑斑〕點點玳瑁。(西牛)〔犀牛〕頭上角。大象口中牙、(零零香)〔零陵香〕藁薦、沈香獲梯。瑪瑙砌地。脚盆喫飯。馬子端湯。我們家老子有張沒志、賽願賽願、招了一箇劉知遠來家。老鐵也精光棍。叫他務農耕田、俱也不會、每日家領着年作的人、在那稻場上嗑唱打拳爲活。明日一拳兩脚、打殺一箇、他便走了、拿住我們頂缸。我不免莊前莊後尋他一遭、我尋着他就踢就打。就是我們娘老子來勸、連他一頓。衆哥們、打爺罵娘、(教道)〔教導〕父母。(堪堪)〔湛湛〕青天不可欺、(尤心)〔人心〕難比水長流、烏江不是無(舡)〔船〕渡、一夜夫妻百夜恩。［生做打呼科］會會。〔［淨云］〕撞王兒、那裏雷響。擡了井、收了瓦。只怕雨大奪濕了。［嚨］那裏這們雷響。敢是天雷、敢是地雷、都不是也。哎、這是中雷兒也。我是纔方罵了我娘老子兩句、這雷敢打我麼、打着了不曾。［嚨］打着了。還有人哩。且住(的)。上高坡上。那里那里。失火了。我去救一救。呸呸。不是火。却元來正是這等光棍。就打。［做打科］

［外上白］自不整衣毛。何須夜夜(等)〔號〕。

你如何在此鬧鬧炒炒。你打他怎的。［淨云］趕出去。我莊農人家、鋤田(扒籠)〔耙壟〕、秋收冬藏、我要他做甚、終日打拳爲活。［外白］賊畜生、你靠後、聽我說。他不是以下人家、他父親與我一面之交。

［註］○一年之計在於春……一時之計在於勤―成語。淨の登場詩。宋・周孚『蠹齋鉛刀編』卷三〇「勸農文」に「一日之計在寅。一歲之計在春」、元刊本『事林廣記』乙集卷上「人事類」「警世格言」「應世警語」の條に「一日之計在於寅。一年之計在於春」、宛委

山堂本『說郛』弓七〇所引、唐・尙若昭『女論語』「營家章」に「一生之計惟在于勤。一年之計惟在于春。一日之計惟在于晨」とある。また、(通俗)卷三「時序」の條は、同樣の表現が梁元帝『纂要』に見えるという。なお、江本はここからを新たな出として區切る。　○家裏赤的金……馬子端湯—「金」「銀」、「瑁」「角(ここでは非入聲音)」、「梯」「地」、「飯」「湯」と押韻する一種の韻文。戲曲・小說に見られる、金持ちの暮らしをいう際の常套表現。『水滸傳』第二四回に「家裏錢過北斗、米爛成倉、赤的是金、白的是銀、圓的是珠、光的是寶、也有犀牛頭上角、亦有大象口中牙」、『醒世恆言』卷三一「鄭節使立功神臂弓」に「家中有赤金白銀、斑點玳瑁、鶻輪珍珠、犀牛頭上角、大象口中牙」とある。「零陵香」は香草の名。また「獲梯」の「獲」字を、江本は誤字と疑うが、『聊齋志異』卷四「驅怪」に「護梯(てすりのある階段)」の語が見えることから、或いは「護」の誤りかもしれない。　○老子—ここでは家長を指して「老子」という。(宋元)參照。　○有張沒志—「張志(致)(體裁を作る)」に「有」と「沒」が付いたもので、「沒有張致」の意。語法的には、現代語にいう「那箇人有心沒肺」が「沒有心肺」の意であるのと同樣であろう。　○老鐵也精光棍—未詳。ここでは、「老鐵」は「硬」を導く一種の歇後語、また「硬」は「棍」の緣語と解釋し、全體を「老鐵也似精光棍」の意として譯をつけた。　○俱也不會—本出「俱以不會」註參照。　○每日家—「家」は時間副詞を作る語助。本出「日家」註參照。○嗂唱—「嗂」は、現代語では「吆」と書くもの。　○頂缸—身代り、の意。(宋元)參照。　○連他一頓—江本はこの後に一字の脫落があるとする。　○衆哥們—ここにいう「衆哥們」が誰を指すかよく解らない。ここでは、淨が舞臺裏に向かって村の仲間に呼びかけるもの、と解した。　○(堪堪)(湛湛)靑天不可欺……一夜夫婦百夜恩—この四句は、一句ずつがそれぞれ別々の成語。全體としてどのような意味を形成するのかよく解らない。成化本第一四出淨の登場詩でも、この四句が同樣の竝び方で用いられている。なお「尤心」を、江本・兪本は「憂心」に校訂するが、第一四出では「人心」に作られており、「人心難比水長流(「難比」は、普通「不似」に作る)」が人の心の變わりやすいことをいう成語である以上、「尤」は「人」の字形による誤りとすべきではあるまいか。また「烏江不是無船渡」は、唐・胡曾『詠史詩』「烏江」詩の一句で、項羽臨終の故事を用いたもの。　○會會(淨云)—江本・兪本は「會會」を「噲噲」に校訂する。直前に「生做打呼科」とあり、直後にも「那裏雷響」とあるので、ここでは「會會」をいびきの音とし、更に「淨云」のト書きを補った。なお、いびきの音を表して南朝宋・劉義慶『世說新語』「雅量」は「上牀便咍臺大鼾」という。「會會」は、あるいはこの「咍臺」が轉じたものかもしれない。　○奪濕—「奪」は、「淹」「弄」等の誤りかもしれない。ここでは「弄濕」の意と解して譯をつけた。　○嚨 那裏這們雷響—「嚨」は、恐らく雷の音を表し、「籠」ないし「瓏」

の一聲の轉であろう（「籠」「瓏」が太鼓・銅鑼の音を表すことについては、清・胡文英『吳下方言考』卷一參照）。ここでは舞臺裏で音を出すものと考え、ト書きとした。後文の「[喍]打着了」の「喍」についても、同樣にト書きとみなした。また「這們」の「們」は、「麽」の一聲の轉。　◯纔方—「剛剛」「剛才」の意。　◯這雷敢打我—漢・王充『論衡』「雷虛」は、「盛夏の時、雷電迅疾にして、樹木を擊折し、室屋を壞敗し、時に人を犯殺す。世俗以爲《おも》えらく、樹木を擊折し、室屋を壞敗するは、天 龍を取れば なり、と。其の人を犯殺するや、之れを陰過ありと謂えり」という。雷が惡人を殺すという俗信は漢代にすでにあったようであるが、ただし、白話文學等によく見られる、雷が不孝者をうち殺すという話柄は、經書等の古典的文獻に言及を見ない。　◯且住（的）—「的」は、江本がすでに衍字とする。　◯自不整衣毛何須夜夜（等）（號）—常語。外の登場詩。汲本第一〇出、『尋親記』第三二出丑の登場詩等に「自不整衣毛。何須夜夜號」とあり（「號」は「嚎」にも作る）、それに從って校訂した。大騷ぎしているところに人が登場する場合の登場詩であろう。この常語は元來、蝙蝠の一種である「寒號蟲」にまつわるもので、元・陶宗儀『南村輟耕錄』卷一五「寒號蟲」の條に「盛暑の時に當りては、文采絢爛にして乃ち自ら鳴きて曰く『鳳凰も我に如かず』と。深冬嚴寒の際に比至《およ》び、毛羽脫落し索然として轂雛の如し。遂に自ら鳴きて曰く『過ぐるを得れば且《しばら》く過ぎん』と」とある。　◯賊畜生—「賊」「畜生」ともに罵語。　◯以下人家—小者・つまらぬ者、の意。

[譯]

[淨が登場してセリフを言う]　一年の計劃は春にたてる。一日の計劃は寅の刻にたてる。一刻の計劃は勤勉さにある。

わたくし、李員外の長男でございます。わが家では、赤いものは金。白いものは銀。まだらのものは鼈甲で。犀の頭の角や。象の口の牙があり、零陵香の草で作った布團を使い、沈香ではしごを作り。瑪瑙を地に敷きつめ。足を洗う大きなタライで飯を食い。おまるでスープを汲んでおります。うちの親父は格好をつけるのつけないのって、ちょっと宮參りに出かけて、劉知遠というある男を入り婿に連れ歸ってまいりました。こいつが根っからの屈強なやくざ者。農作業をやらせても何もできず、毎日小作人を引き連れ、田んぼで大聲を出し拳の稽古に精を出す始末。そのうち拳や蹴りで人を殺して逃げ出そうもんなら、われらが身代わりに捉えられます。ここは一つ、村のその邊を捜し、奴を見つけ出してボコボコにしてやりましょう。たとえうちの親父とおふくろが止めに入っても、もろともにぶんなぐってやるだけ。みなの衆、親父おふくろを毆り罵って、彼等に教えてやるのだ。公明正大な天は欺くべからず、永遠に盡きない長江の流れと違って人の心は變わりやすいもの、覇王項羽は渡し船がなかったから烏江を渡らなかったのではない、一夜の夫婦にも百夜の恩愛はある。【生が鼾をかくしぐさ】ゴーゴー。【浄のセリフ】粗忽な王兒や、どこで雷が鳴っているんだ。井戸を擔ぎ瓦をしまえ。雨がひどくなって濡れてしまうぞ。【ドーン】どこでこんなに雷が鳴っているんだ。きっと天雷だ、きっと地雷だ、いやちがう。ああ、雷に打たれるぞ。さっきおふくろと親父を罵ったから、きっと雷が俺を打つんだ。雷が落ちたかな。【ドーン】落ちたぞ。俺はまだ生きている。ちょっとまてよ。坂の上にあがってみよう。どこだどこだ。火が出たぞ。消しにいこう。ちっちっ、火じゃないぞ。なんと、まさしくこのやくざ者だったか。ぶん毆ってやる。【毆るしぐさ】

【外が登場してセリフを言う】自分の身だしなみを整えることすらしないで。夜な夜な大騒ぎする必要がどうしてあろうか。

お前はここで何を大騒ぎしているのだ。どうして彼を毆るのだ。【浄のセリフ】こいつを追い出すのさ。我等田舎の百姓は田を耕し畝を作り、秋に収穫して冬に貯えるんだ。こいつがいて何になる。日がな一日拳法ばかりやってやがる。【外のセリフ】このばか者めが。さがっておれ。わしの申すことを聞け。彼はつまらぬ小者ではない。彼の父親はわしと多少の付き合いがあったのだ。

外唱

5【駐馬折櫻桃】本是豪家、前住沙陀小里村。他暫時落薄暫時貧。我領歸來他自依本分。你〔元何〕〔緣何〕怒生嗔。交他進也無門。退也無門。全不由大人。苦樂不均。淨唱

6〔【又】〕上告年尊。他又不是我相識又不是我親。〔況閑〕〔況間→況兼〕官司文榜、不許停留面生喬人。他當初〔來例〕〔來歷〕不分明。兩鄰脚色難藏隱。他出入又無憑。胡做胡爲、一箇眞歹人。累及我莊門。生唱

7〔【又】〕〔一旦〕〔一擔〕英雄、命蹇時乖〔不知〕〔不値〕半分。只得忍耐、進也無門退也無門。〔和〕〔荷〕公婆〔受祿〕〔收錄〕難藏隱。一朝枯木再逢春。只得睄睄溫和、結草啣環、須當來報恩。萬載不生塵。淨下

韻 眞文、庚亭韻。「和」は失韻。

校記 增譜・新譜・始譜・成譜・汲本。

○增譜―【駐馬摘金桃】他本是豪門。住在沙陀小李村。公公來往與我家中、元有薄親。他暫時落泊薄暫時貧。領歸來必定能安分。何必怒生嗔。教他進也無門。退也無門。全不由大人。苦樂不均。

○新譜―【駐馬摘金桃】他本是豪門。住在沙陀小李村。我與他公公來往與我家中、元有薄親。他暫時落泊暫時貧。領歸來必定能安分。何必怒生嗔。教他進也無門。退也無門。全不由大人。苦樂不均。

○始譜―【駐馬摘金桃】他本是豪門。就住在沙陀小李村。他公婆來往、與我家中有些薄親。他暫時落泊暫時貧。你們休得鬧爭論。何故怒生嗔。教他進也無門。退也無門。全不由大人。苦樂不均。

○成譜―【駐馬摘金桃】他本是豪門。住在沙陀小李村。我與他公公來往、與我家中、有些薄親。他暫時落魄暫時貧。領歸來自然依本分。何故怒生嗔。教他進也無門。退也無門。全不由大人。苦樂不均。

○汲本―【駐馬摘金桃】他本是豪門。住在沙陀小李村。我與他公公來往、與我家中有些薄親。他暫時落薄暫時貧。領歸來自然依本分。何故怒生嗔。交他進也無門。退也無門。全不有大人。苦樂不均。【前腔】上告嚴尊。他又不是我家相識我家親。況兼官司文榜、不許

窩藏面生喬人。當初來歷不分明、被兩鄰覺察難藏隱。打教他須防人不仁。出入無憑、胡做胡爲、一箇眞歹人。累及我莊門。

註 ○5【駐馬折櫻桃】―諸本は【駐馬摘金桃】とし、曲譜類には【駐馬折櫻桃】の曲牌名は見えない。ただし、本テキストの二曲目・三曲目は格律をほぼ同じくし、しかも諸本のそれと異なるように思われるので、曲牌名は敢えて原文に従った。なお、汲本に從って二曲目・三曲目に【又】を補ったが、一曲目とは格律を異にする。校記參照。　○本是豪家―諸本は【駐馬摘金桃】の格律に従い、「家」を「門」に作って押韻する。三曲目第一句も押韻していないため、「家」のままとした。　○前住沙陀小里村―「前住」を、兪本は「前往」に作る。また、諸本は【駐馬摘金桃】の格律に従い、この句の後に二句ないし三句が補われている。校記參照。「沙陀小里村」については、第三出「沙陀」註參照。　○本分―現代語の「安分」の意。(宋元)參照。　○進也無門退也無門―常語。進退窮まった狀態をいう。　○不由大人―ここでは「大」を衍字とし、「不由人(思い通りにはならない)」として譯出した。ただし「不由大人」で、父親の意に反して、と解釋することも可能かもしれない。　○苦樂不均―常語。不公平だ、の意。『魏書』卷一八「元孝友傳」に「百家の内、帥二十五有り、徵發 皆な免ぜられ、苦樂 均しからず」とある。　○文榜―掲示・告示・布告、の意。(漢)參照。　○面生喬人―「喬人」は「喬才」と同じく、「壞蛋」「無頼」の意。(漢)參照。全體で、何處の馬の骨ともわからぬやくざ者、の意。　○脚色―汲本は「覺察」に作るが、「脚色」は元來吏牘語で、出身・履歷・身分、といった意。(宋元)參照。「兩鄰脚色」で、近所の方々、の意に解した。　○胡做胡爲―「胡做非爲」に同じ。でたらめや非道な行爲をすること。なお、【駐馬摘金桃】の句格からするとここで押韻すべきであるが、三曲目の同じ箇所でも韻を踏んでいないため、あえて失韻とはしなかった。　○(不知)(不値)半分―林昭德論文は、成化本第一四出2【三學士】に「作賤身軀不値半分」という曲辭があり、また汲本第三二出に「爹娘養我如金寶、如今不値半文錢」というセリフが見えることを指摘し、ここの「知」を「値」に校訂する。これに従う。「不値半分」は、何の値打ちも無いことをいう常語。宋・普濟『五燈會元』卷一六「天衣義懷禪師」に「之を用うれば則ち敢えて八大龍王と富を鬭わん。用いざれば都來《すべ》て半分錢にも直《あたい》せず」、『水滸傳』第二回に「我枉自經了許多師家、原來不値半分」とある。　○一朝枯木再逢春―「枯木再逢春」で成語。「枯木逢春」「枯木花開」ともいう。　○睄睄溫和―未詳。江本・兪本は「睄睄」を「悄悄」に作るが、「悄悄溫和」では意味をなさないように思われる。ここでは、前文に「只得忍耐」とあるので、それと同様の意味として譯をつけた。　○萬載不生塵―成語。元本『琵琶記』第一六出、『殺狗記』第八出それぞれの退場詩等に「惟有感恩幷積恨、萬年千載不生塵」とある。恩や恨みを永遠に忘れないことをいう。

譯

外のうた

5【駐馬折櫻桃】元々は豪族の出、以前は沙陀村に住んでおったのじゃ。彼は落ちぶれたかと思えばまた貧乏。わしが連れ帰ったからには彼はおとなしくしておるじゃろう。お前は何を怒っているのだ。彼は進むに進めず。退くにも退けず。全く思うままにならない狀態におる。不公平にも彼は苦勞ばかりしておるのじゃ。浄のうた

6【又】父上に申し上げる。彼はわたしの知り合いではないし親族でもありません。それに加えて高札に、「見知らぬやくざ者を逗留させてはならない」とあります。彼は當初の來歴が不確かです。近所の人々に隱しておくのは難しいでしょう。村を出入りする時に身分を證するものもありません。でたらめで非道な行爲をはたらく、本當の悪人です。わが村にも累が及ぶでしょう。生のうた

7【又】英雄でありながら、時の運つたなく半文の値打ちさえないこの身。ただ堪え忍び、進むに進めず退くに退けぬというありさま。ありがたくも旦那さまと奥さまに拾っていただいたことは隱れないこと。枯木も再び春になれば花を咲かせるというもの。ただおとなしくしているしかありません、草を結び環を含み、きっと御恩に報いましょう。永久に忘れることはいたしません。浄が退場する

生白（太公）〔大公〕、我劉知遠依舊還去馬鳴王廟中去宿歇去也。外白 後生、你休胡說。我家中（以）〔已〕無別人、止有女孩兒、小字三娘、招你爲婿。我一了說的、李弘一這廝有些（酒哇）〔酒性〕（噪惡）〔躁惡〕、不要和他一般見識。外唱

8【□□□】你休嘆息。休〔願疑〕〔怨疑〕。你將他小孩兒一般見識。浪語花言都勾息。凜凜雄威、〔凜凜雄威、〕管交你前程〔顯藉〕〔顯跡〕。生唱

9〔【又】〕蒙〔感急〕〔感激〕。〔成〕〔承〕愛惜。你是我重生父母將何報〔得〕〔德〕。自恨我時乖相〔輕侍〕〔輕視〕。暮打朝嗔、〔暮〕打朝嗔、交我如何過的。下

韻　質直〔疑・視〕、拍陌韻。

校記　汲本。

○汲本―【憶多嬌】你休怨憶。莫嘆息。將他做小兒一般見識。巧語花言都勾訖。凜凜雄威、凜凜雄威、管取前程顯赫。【前腔】蒙感激。承愛惜。你便是親生父母將何報德。自恨時乖遭困厄。暮打朝嗔、暮打朝嗔、如何過得。

註　○宿歇―「宿休」ともいう。「歇」は「休」の一聲の轉。〔宋元〕參照。　○一了―「向來」の意。〔匯〕〔宋元〕參照。　○不要和他一般見識―相手になって喧嘩をするな、という意の常套表現。　○8【□□□】―原文には、行頭に曲牌名が入ると思われる空格があり、汲本は【憶多嬌】に作る。汲本においては入聲質直韻で到底するが、成化本では一曲目第二句「疑」で機微韻、二曲目第四句「〔侍〕〔視〕」で支時韻を混用していると思われる。解說篇四一頁參照。　○浪語―「浪言」「浪舌」に同じ。でたらめをいう、の意。〔宋元〕參照。　○勾息―「勾」は、「一筆勾」の「勾」で、吏牘語。カギ印をつけて文字を消すこと。汲本は「勾息」を「勾訖」に作る。　○管―「定」と同意。〔匯〕〔宋元〕參照。　○蒙〔感急〕〔感激〕―「蒙恩感激」の意として解した。　○〔輕侍〕〔輕視〕―江本・兪本は、ともに「侍」を「待」に作る。ここでは「侍」を「視」との同音からくる誤りと考えて校訂したが、この曲が質直韻で押韻するとすれば失韻である。韻脚からすれば「侍」を「易」(ここでは質直韻)に校訂する方法もあるが、「易」と「侍」の字形は必ずしも近くはないだろう。「輕視」「輕易」ともに、あなどる、の意。　○暮打朝嗔〔暮〕打朝嗔―二度目の「〔暮〕打朝嗔」は、原文ではおどり字が三字分しかないが、汲本に従って一字を補った。

譯

[生のセリフ] 旦那さま、わたくし劉知遠は昔のように馬明王廟に歸って泊まることといたしましょう。[外のセリフ] 若者よ、馬鹿なことをいうでない。わが家には他でもない、むすめが一人いるだけで、幼名を三娘という。おまえを入り婿としたい。わたしがこれまでずっといってきたように、李弘一というやつは少々酒癖が悪いから、やつとは喧嘩をするでない。[外のうた]

8 【□□□】嘆くでない。怨むでない。彼を子どもと同じ程度の知恵しかないと思え。つまらない無駄話はやめるとしよう。りりしく堂々としたおまえ、りりしく堂々としたおまえ、きっと前途が開けるだろう。[生のうた]

9 【又】ご恩を受けて感激いたしました。親切に目をかけていただくとは。あなたは父母同然の大恩人、どのように報いたらよいものか。運つたなく人に馬鹿にされているのが恨めしい。暮にはぶたれ朝には叱られ、暮にはぶたれ朝には叱られ、わたしにどう暮らしていけというのでしょう。[退場]

第六出〔末（院子李成）、外（李大公）、貼（李婆婆）、淨（山人先生）、生、旦〕

[末上白] [詩曰] 列綺堆羅開大筵。滿堂都是〔地神仙〕〔地行仙〕。畫堂深處風光好、別是人間一洞天。

小人不是別人、是李大公家使喚的院子李成的便是。大公今日納劉知遠爲婿、不免打掃〔庭堂〕〔廳堂〕乾淨。安排酒禮盃盤、香〔花〕紙燭、寶瓶鞍子、〔倶以〕〔倶已〕停當。請出大公大婆早來。

[外・貼上]〔[外]〕久旱逢甘雨、他鄉遇故知。[貼] 洞房花燭夜、一對好夫妻。

[外白] 婆婆、男子生〔兒〕〔而〕願爲之有室、女子生〔兒〕〔而〕願爲之有〔嫁〕〔家〕。婆婆、我見劉知遠、久後必有

榮顯。今日將三姐女孩兒招他爲婿、婆婆、意下如何。【貼白】〔計然〕〔旣然〕公公如此、老身〔言〕〔焉〕敢阻當。【外白】〔計然〕〔旣然〕這等、婆婆、好好好。不免叫過李成來。李成。

【末白】有祿之人人伏侍、沒福之人伏侍人。

員外呼喚、不免上前拜揖。【外白】李成、你來了。【末云】小人在此。〔【外白】〕你替我請一箇山人先生來。今日招納劉知遠爲婿、請他與我進親。【〔來日〕〔末白〕】小人理會得。拜辭恩相去、專聽好音來。轉灣〔抹脚〕〔抹角〕、這里便是。【叫科】張先生在家麼。【淨應】那箇叫。【末云】小人在此。小人是李大公家相。請。【淨云】有甚事。【末云】今日招劉知遠爲〔婿〕、請你之親。請行。大公、報。先生在此來也。【外白】請進來。【淨云】大公、拜揖。〔【外白】〕先生、拜揖。起動先生、選箇良時吉日。【淨白】今日天黃道、地黃道、日月雙黃道。就好。請新人出來。

【註】○【末上白】―汲本第七出においては、末が李三公、外が李大公に扮して登場しているが、成化本にあっては李大公・李三公ともに外が扮し、二人は同時には登場しない（成化本第七出で李三公が登場する際には、李大公はすでに死去している）。成化本の脚色・配役は當時の劇團組織をある程度忠實に反映していると思われる。　○列綺堆羅開大筵……別是人間一洞天―末の登場詩。「（地神仙）〔地行仙〕」については、林昭德論文の校訂に從った。また後半二句は常語。元本『琵琶記』第九出淨の退場詩に「瓊林深處風光好、別是人間一洞天」、同第一八出末の登場詩に「畫堂深處風光好、別是人間一洞天」とある。「洞天」は仙界をいう。なお「十大洞天」「三十六洞天」「七十二福地」という語が古くからあり、その具體的な場所は、宋・張君房『雲笈七籤』卷二七「洞天福地部」、元刊本『事林廣記』癸集卷下「僊境類」等に列擧されている。　○院子―「院公」と同じ。年寄りの下男。通俗文學においてはしばしば「李成」の名で登場する。（宋元）參照。　○酒禮盃盤香〔花〕紙燭寶瓶鞍子―婚禮の儀式に用いる品々。「香〔花〕紙燭」は、江本・兪本がすでに同樣に校訂する。「寶瓶」は、花嫁が輿入れの際に持つ瓶。『金瓶梅詞話』第一九回に「婦人抱着寶瓶、逕往他那邊新房裏去了」、同第九一回には「然後家中大小都送出大門、媒人替他帶上紅羅銷金蓋袱、抱着金寶瓶」とある。また「鞍子」に

ついては、入矢義高・梅原郁譯註『東京夢華錄』（平凡社東洋文庫、一九九六）卷五「嫁むかえ」の條に、「一人が鏡を捧げて、うしろ向きに歩きながら花嫁を導いて、鞍をまたぎ草と秤の上を驅けすぎて、門にはいる」といい、その註（一四）に詳しい考證がある。「鞍子」は「鞍馬」ともいい、神前のお供えとしても用いる。婚禮に「瓶」と「鞍」が用いられるのは「平安（「瓶鞍」と同音）」を願うため。なお、この部分と後文に擧げられる「鞍子」「交盃酒」「撒帳」といった一連の婚姻儀式に關しては、敦煌文書ペリオ三二八四「新集吉凶書儀（擬題）」にその原型を見ることが出來る。　○停當—「妥當」の意。「停」に語助の「當」がついて二音節化したもの。語助「當」については、（匯）參照。　○久旱逢甘雨……一對好夫妻—この登場詩は、「得意詩」として有名な成句を第三句まで用いたもの。たとえば宋・洪邁『容齋四筆』卷八「得意失意詩」の條は、「得意詩」をあげて「久旱に甘雨に逢い、他郷に故知を見る。洞房花燭の夜、金榜 名掛かるの時」という。　○男子生（兒）（而）願爲之有室女子生（兒）（而）願爲之有（嫁）（家）—成語。『孟子』「滕文公下」に「丈夫生而願爲之有室、女子生而願爲之有家、父母之心、人皆有之」とあるのに基づき、元本『琵琶記』第一一出、『蕭淑蘭』第四折等に「男子生而願爲之有室、女子生而願爲之有家」とある。それらによって「兒」を「而」に、「嫁」を「家」に校訂した。　○意下如何—常語。「意下」は、「心中思量」「打算」の意。（宋元）參照。　○有祿之人人伏侍沒福之人伏侍人—成語。「院子」の登場詩。元本『琵琶記』第二一出、末扮する「院子」等の退場詩に「有福之人人伏事、無福之人伏事人」とある。「有祿」は普通「有福」という。　○（外白）—文脈により補った。後文も同様に補う。　○山人先生—「山人」は占い師・藥屋の呼稱。唐・賈島『賈浪仙長江集』卷九「贈牛山人」詩に「石を鑿ち蜂を養い蜜を買うを休め、山に坐り藥を秤《はか》り星を爭わず。古來隱者多く卜を能くす、先生に就きて丙丁を問わんと欲す」とある。「先生」は、道士、の意。（宋元）參照。　○進親—『西遊記』第五四回に「喫了喜酒進親纔是」とある。あまり用例を見ないことばであるが、結婚する、といったほどの意であろう。　○恩相—もともとは長官に對する敬稱だが、ここでは外への敬稱として用いられている。　○小人是李大公家相請—この一段を、江本・兪本は斷句せず一句に作る。ここでは「家相」が一語であり、家僕の長をいう「堂後官」等と同意であると考えた。「家相」は『禮記』などでは、卿大夫の家の執事、の意をもつ。（漢）參照。　○之親—縁組の謂。『裴度還帶』楔子に、娘と裴度との縁組を希望する韓瓊英夫人の申し出を承けての白馬寺住職のセリフに「夫人、俺先與中立謝允肯之親者（わたくしがまず中立に代わって、縁組をお許しくださったことにお禮申し上げます）」とある。　○天黄道地黄道日月雙黄道—吉日をいう常語。黄道を十二宮に等分し、そのうち青龍・明堂・金匱・天德・玉堂・司命の六辰を太陽が通過する日を吉日（「黄道（吉）日」）としたことによるというが、「地」や

「月」の「黄道」がいかなることをいうのかを含め、具體的には不明。『劉弘嫁婢』第二折、王秀才が裴蘭孫と李春郎の婚姻を占うことばにも「天黄道。地黄道。日月雙黄道。子丑寅卯。今日正好」とある。

譯

［末が登場してセリフを言う］［詩に曰く］きらびやかな人たちが居竝ぶなか宴會が開かれる。堂を滿たすは地上の神仙たち。綺麗な堂舍の奧深くは見事な眺め、あたかも別世界にいるかのよう。

わたくしは他でもありません、李の旦那さまの家で使われております、じいやの李成でございます。旦那さまが今日、劉知遠を入り婿にするとのこと、廣間をきれいに掃除いたしましょう。酒と禮物と杯や皿、香と花と紙錢や蠟燭、寶瓶に鞍、これら全て整いました。旦那さまと奥さまに早くお出でいただきましょう。

［外と貼旦が登場］［外のセリフ］（人生で嬉しいのは）長い日照りのあとで恵みの雨にあった時、他鄉で舊友と出會う時。［貼旦のセリフ］洞房にて花燭をともす夜、一組の良き夫婦。

［外のセリフ］婆さんや、「男子が生まれれば妻を娶ることを望み、むすめが生まれれば夫に嫁ぐことを望む」とか。婆さん、わしが劉知遠を見るに、あいつは暫くすれば立身出世する男に違いない。今日、三女を嫁がせて彼を入り婿にしてしまうわけだが、婆さんの考えはどうだ。［貼旦のセリフ］あなたがそう仰るのなら、どうしてわたしが止めましょうか。［外のセリフ］それならば婆さん、問題はない。李成を呼ぶとしよう。李成よ。

［末のセリフ］金持ちには人が仕え、福が無い者は人に仕える。

旦那さまがお呼びだ、進み出てちゃんと挨拶をいたしましょう。［外のセリフ］李成よ、來たか。［末のセリフ］やって參りました。［外のセリフ］おまえ、わしに代わって山人道士どのにお出でいただくようお願いして參れ。今日、劉知遠を入り婿とするが、彼にわしの縁組みをすすめてもらわねばならん。［末のセリフ］心得ました。それでは旦那さま、おいとまいたします。ただ吉報をお待ち下さい。角を曲がれば、おっと、ここだ。[呼ぶしぐさ] 張どのはご在宅ですか。[浄が應じる] 誰が呼んだんだ。[末のセリフ] わたくしがここに參りました。わたくしは李大公の家のじいでございます。どうぞお願いいたします。[浄のセリフ] 何事でしょう。[末のセリフ] 本日、劉知遠を入り婿といたしますので、媒酌をお願いいたしたく。さあお出で願います。旦那さま、お知らせいたします。山人どのがいらっしゃいました。[外のセリフ] どうぞお入りください。[浄のセリフ] 旦那さま、ご機嫌よろしゅう。[外のセリフ] 山人どのもご機嫌よろしゅう。お手數ですが山人どの、ひとつ縁組みの吉日を占ってはいただけないでしょうか。[浄のセリフ] 今日は天も黄道、地も黄道、日月も兩方黄道。吉日です。新郎新婦を連れてきてください。

[生・旦上] 〔旦〕唱

1〔【□□□】〕一朶花枝今有主、姻縁感謝蒼天。[生唱] 蒙君不棄我貧寒。洞房花燭夜、百歳永團圓。

[浄云] 一步一花開。二步二花開。三步花心落、奉請新人下轎來。金斗金樑柱、金毛獅子兩邊排。新人入得李家宅。懷里抱着銀寶瓶。一上香、二上香、三上香。上香〔以卑〕〔已畢〕、望神天設拜。拜、〔行〕〔興〕、拜、〔行〕〔興〕、拜、〔行〕〔興〕、拜、〔行〕〔興〕、四拜。平身、回身。參拜堂上雙親。拜、〔行〕〔興〕。[外・貼做倒科] [外白] 先生、劉知遠前程有分、不要交他拜我。哎、我頭疼也。[浄云] 大公、請二位新人喫交盃酒。[外白] 請先生撒撒帳。[浄念云] 一撒東。三姐招箇窮老公。堂前行禮數、〔拜狗散烏龍〕〔拜狗作烏龍〕。撒帳南。兩口兒做事莫喃喃。白日莫要鬬閑口、到晚〔坑〕〔炕〕上不要頑。撒帳西。雙雙一對好夫妻。三姐績〔■線〕〔庥線〕、女婿〔吊甜鷄〕〔釣田鷄〕。撒帳〔比〕〔北〕。夫妻永和睦。夜晚

做的事、早晨起來不要說。撒帳前。雙雙一對竝頭蓮。生下五男幷二女、七子保團圓。三箇會喫酒、四箇會博錢。兩箇脚頭睡、五箇那頭眠。九箇齊撒尿、（坑）〔炕〕上好撑（舡）〔船〕。撒帳（以卑）〔已畢〕。

閑人請出。外唱

2【□□□】我女孩兒。招他爲婿。看雙雙效（魚）〔于〕比翼。五百年前結會。相看（比此）〔彼此〕不暫離。一步不廝離。圖伊（□□□）〔改門閭〕。滿家都榮貴。合 豈容易。雙雙（進老）〔盡老〕、百年和（□□）〔你效〕（魚飛）〔于飛〕。生唱

3〔【又】〕知遠咨啓。荷公婆（受祿）〔收錄〕。幸一身免沈汚泥。五百年前結會。山鷄怎伴鸞鳳飛。深謝不嫌棄。〔合〕豈容易。雙雙（進老）〔盡老〕、百年和你效（魚飛）〔于飛〕。

〔外云〕詩曰 外 一對夫妻正及時。（賤）〔貼〕郎才女貌兩相宜。生 在（添）〔天〕願爲比翼鳥、旦 入地同共連理枝。竝下

韻 1―天田、干寒韻。2・3―支時、機微（翼）、灰回、姑模（錄）韻。

校記 增譜・新譜・始譜・成譜・汲本。

○增譜―【天下樂】我女孩兒。喜室家男女及時。看雙雙宛如比翼。五百年前結會。今生共成連理枝。配合成一對。從今改門閭、我也身榮貴。合 豈容易。雙雙盡老、百歲傚于飛。

○新譜―【天下樂】我女孩兒。喜室家男女及時。看雙雙宛如比翼。五百年前結會。今生共成連理枝。配合成一對。從今改門閭、我也身榮貴。合 豈容易。雙雙盡老、百歲效于飛。

○始譜―【天下樂】我女孩兒。喜室家男女及時。有雙雙宛如比翼、五百年前結會。今生共成連理枝。配合成一對。從今改門閭、我也身榮貴。豈容易。雙雙盡老、百歲效于飛。

○成譜―【天下樂】知遠咨啓。荷公婆收錄提攜。幸一身免遭汚泥。五百年前結會。山鷄怎逐鸞鳳飛。深感不嫌棄。銘心在肺腑。難報恩和義。合 豈容易。雙雙盡老、百歲效于飛。
○汲本―【七娘子引】蒙君不棄我身寒。今日裏喜結良緣。一朶奇花今有主、姻緣感謝蒼天。【天下樂】我女孩兒。喜室家男女及時。看雙雙佾如比翼。五百年前結會。相看到此不暫離。行坐如魚水。圖伊改門閭、滿家都榮貴。合 豈容易。雙雙盡老、百歲效于飛。
【前腔】智遠咨啓。荷公婆收錄提攜、幸一身免遭汚泥。五百年前結會。山鷄怎與鳳凰飛。深感不嫌棄。銘心在肺腑、難報恩和義。

合前

註 ○1〔【□□□】〕―汲本は曲牌を【七娘子引】とし、別の曲文を置く。本曲はおそらく【臨江仙】であろう。ちなみに『張協狀元』第九出に見える【臨江仙】の格律に合致する。校記參照。 ○一步一花開……懷里抱着銀寶瓶―「開」「來」「排」「宅」（皆來韻。ここでの「宅」は非入聲音）で押韻する。「一步一花開云々」は、元曲選本『㑳梅香』第四折に見える、丑扮する「山人」の詩に「錦城一步一花開。專請新人下馬來。今日鸞凰成配偶、美滿夫妻百歲諧」とあることから、新婦の輿入れを描寫する一種の常套表現か。第三句目「三步花心落」は「打諢」であろうか。 ○金斗金樑柱金毛獅子―輿入れの儀式に用いられる、家や獅子をかたどった細工の類を指すのであろうが、具體的なことは不明。「斗」は、ますがた。 ○拜（行）〔興〕―「拜」は跪拜、「興」は身を起こすこと。次註參照。 ○平身―「拜」「興」の後、直立の姿勢をとること。『元史』卷六七「禮樂志」（一）「元正受朝儀」の條に「通贊贊して曰く『復位』、曰く『拜』、曰く『興』、曰く『拜』、曰く『興』、曰く『平身』」とあり、『前漢書平話』卷中に「引（蒯）通見漢王。拜舞畢、高皇賜通平身」とある。（宋元）（漢）參照。 ○外・貼做倒科―成化本第二一出には、李三娘が息子の咬臍兒を拜禮すると、咬臍兒が倒れるシーンがあり、また『五侯宴』第三折には、李從珂が實母に拜禮された際、坐っていた李從珂が突然不隨意に立ち上がるというシーンがある。これらは、母の跪拜を受けるのは不孝の極みと天が咎めたものと思われる。ここも同樣に、後の天子の跪拜を受けるのは不敬の極みと天が倒したものであろう。 ○交盃酒―婚禮儀式のひとつ。宋・孟元老『東京夢華錄』卷五「娶婦」の條に「兩盞の絲を以て之れを結連するを用て、互いに一盞を飲ましむ、之れを交盃酒と謂う」とあり、前掲の入矢義高・梅原郁譯註『東京夢華錄』卷五「嫁むかえ」の條、註（一八）に詳しい考證がある。 ○撒撒帳―「撒帳」については、入矢・梅原譯註『東京夢華錄』卷五「嫁むかえ」の條に、「花嫁は左向きに、花婿は右向きに坐る。このとき、婦人たちは金貨・色絹・果物などを撒き散らす。これを『撒帳』という」といい、その註（一六）に詳しい考證がある。ただ、本テキストの展開では「撒帳」

は道士によって主宰されており、その點では、同書同條の前文に「花嫁が乗物をおりると、陰陽師が枡のなかに穀物・豆・錢・果物・藁たばなどを入れたのを持って、呪文をとなえながら門に向って撒く。子供たちは我れ勝ちにそれを拾う。これを『撒穀豆』といい、俗說では、青羊神などの凶神を攘うのだという」と述べる「撒穀豆」に、「撒帳」を讀み替えるべきかもしれない（ただし『清平山堂話本』「快嘴李翠蓮記」や『裴度還帶』第四折にみえる「撒帳」でも「山人先生」が「撒帳」を主宰する）。なお、『吳歌・吳歌小史』（江蘇古籍出版社、一九九九）收、「吳歌甲集」の附錄に、顧頡剛「寫歌雜記」をかかげ、その「（一）撒帳」の條で、廣西象縣の「撒帳」の具體・祝文を傳える劉策奇の文章を引く。象縣で用いられる祝文は、成化本のそれと類似し、「五男二女」「床上撒尿、床下撑船」などの語句も見られる。　○（拜狗散烏龍）（拜狗作烏龍）―宛委山堂本『說郛』弓二四所收、宋・章淵『槁簡贅筆』「烏龍」の條は、當時「拜狗作烏龍」という「俚語」があったことに言及する。このことばの意味については、宋・龔明之『中吳紀聞』卷五「范無外」の條に「范周、字無外。……少くして不羈の才を負い、……未だ嘗て人に屈折せず。石監簿存中に園亭有りて盤門の內に在り。嘗て往きて之れに謁するも、遇わざれば壁間に題して云わく『范周 石存中に來謁するも、未だ必ずしも存中は石崇に似ず。惜しむべし南山焦尾の虎の、頭を低れ狗を拜して烏龍と作すを』と」とあることからすると、つまらぬものを立派なものとして敬うことをいうのであろう。本劇のこの場面では、未だうだつのあがらない劉知遠を入り婿に迎えたことをこのようにいうのではあるまいか。　○三姐績（■線）（麻線）女婿（吊甜鶏）（釣田鶏）―『張協狀元』第三九出淨の「打諢」に「日裏織些布、夜裏緝些麻。秋間收些炭、春到採些茶。冬天依舊忍凍、夏月去釣黑麻」という。ここにいう「黑麻」は、蝦蟇、の意。「績麻線」「釣田鶏」は貧乏な農家の暮らしを嗤うものであろう。なお「吊甜鶏」は、すでに江本・兪本が「釣田鶏」に校訂する。　○撒帳（比）（北）―以下の一段は「北」にあわせて「睦」「說」と入聲韻で押韻する。成化本全體では入聲が消失する方向にあり、それからすれば「撒帳」の呪文全體が他書からの借用であることを思わせる。　○竝頭蓮―むつまじい夫婦をたとえる常語。『古詩紀』卷五二「晉」（一二二）「清商曲辭・古辭」「西曲歌」に見える「靑陽度」第三曲に「下に竝根の藕有り、上に竝頭の蓮生ず」（『玉臺新詠』卷一〇は「同心蓮」、『樂府詩集』卷四九は「竝目蓮」に作る）とある。　○生下五男幷二女七子保團圓―「五男二女」「七子團圓」はともに常語。『清平山堂話本』「快嘴李翠蓮記」、李翠蓮婚禮のシーンに「五男二女、七子團圓」とあり、前揭の入矢・梅原譯註『東京夢華錄』卷五「出產と育兒」の條には「妊婦が產み月にはいると、その月のついたちに、父母の家では、銀盆かそれとも綾か色繪の盆に、粟がら一束を盛り、上に錦繡もしくは生色の袱紗をかぶせ、その上に造花や燈心草をべたべたと插し立て、五男二女の模様を貼り竝べ、蓋ものに饅頭をつめて贈りものにする」とある。「五男二女」は吉祥とされ、その考證については、梅原郁譯註『夢粱錄』三（平凡社東洋文庫、二〇〇〇）卷二〇「嫁むかえ」の條、註（一六）を參照。また敦煌文書ペリオ三二八四「新集吉凶書儀（擬題）」にすでに「五男二女」の語が見える。また、「兩箇脚頭睡、五箇那頭眠」の「那」は、誤字の可能性がある。　○2【□□□】—原文では墨釘になっている。諸本は【天下樂】とするが、本曲が【天下樂】だとすれば、一・二曲目とも二句目の字數が足りず、さらに二曲目は合唱の前に五字句二句が脫落していることになる。　○雙雙效（魚）〔于〕比翼—文意により、「魚」を「于」に改めた。○五百年前結會—「五百年前」は男女のえにしをいう常語。『劉知遠諸宮調』第三【仙呂調】【六麼令】に「五百年前姻嫿」とあるほか、清・王有光『吳下諺聯』卷一に「五百年の諺も亦た二有り。一に『五百年共一家』と曰うは、子孫合に由りて分すればなり。一に『五百年前結下緣』と曰うは、夫婦分に由りて合すればなり。前諺は是れ陰陽なり、此の諺は是れ合散なり」とある。また「結會」は、めぐり會う、の意。『雍熙樂府』卷一六【三十腔】「慶壽」に「五百年前分定了。結會在今宵」とある。　○（比此）〔彼此〕—文意により改めた。すでに江本・俞本が同様に校訂する。　○圖伊（□□□）〔改門閭〕—原文は磨滅による缺字。諸本により補った。　○豈容易—「豈容易」は「非同容易」「非小可」の意であろう。　○雙雙（進老）〔盡老〕—「盡老」は「終老」。『小孫屠』第八出【繡帶兒】第三曲にも「不棄取甘爲箕箒、只願盡老連理」とある。　○百年和（□□）〔你效〕（魚飛）〔于飛〕—磨滅による缺字は次曲を參照して補った。「于飛」は『詩經』「周南」「葛覃」に典據を持つ語で、「比翼」と同意。　○山鷄怎伴鸞鳳飛—『尹文子』「大道上」は「楚人擔山雉者、路人問何鳥也、擔雉者欺之曰鳳凰也」といい、同一の話柄は『太平廣記』卷四六一「楚鷄」にもある。「山鷄」と「鳳凰」を比較する「山鷄怎伴鸞鳳飛」等の常套表現はこれにもとづくのではあるまいか。元刊本『范張鷄黍』第四折【鮑老兒】は「怎把山鷄比鳳凰」といい、『幽閨記』第二二出【撲燈蛾】第二曲は「我是山鷄野鳥。配靑鸞無福難消」という。○〔合〕—一曲目より、これ以下は合唱と思われるため、補った。　○一對夫妻正及時……入地同共連理枝—汲本第二一出、『殺狗記』第九出それぞれの退場詩にも同様の表現がある。後二句は、唐・白居易「長恨歌」詩にある表現をふまえる。

譯

生と旦が登場　旦のうた

1【□□□】枝に咲く一輪の花は今あるじを得ました、天公にこのご縁を感謝いたします。生のうた あなたは素寒貧のわたしを捨ておかれず。洞房花燭のこの新婚の夜、百年の永きにわたり圓滿たるよう。

［浄のセリフ］一歩あるけば一輪咲いて。二歩あゆめばふた房開く。三歩すすめば花心が落ちて、花嫁さんどうぞお輿からお降りを。黄金に輝くますがたに梁・柱、金毛の獅子が左右に居竝ぶ。新婦は李家の邸宅に入ります。胸に銀の寶瓶を抱いて。最初のお香をお供えして、二回目のお香をお供えして、三回目のお香をお供えし。さあ、お香はあげおわりました。天の神に拜禮しましょう。拜禮、もとい、拜禮、もとい、拜禮、もとい、拜禮、もとい。四拜致しました。起きあがって身を正し、振り返って、堂上の兩親に拜禮します。拜禮、もとい。

［外と貼旦が倒れるしぐさ］［外のセリフ］山人どの、劉知遠は前途有望の身、わたしに拜禮なぞさせないでください。ああ、頭が痛い。［浄のセリフ］旦那さま、新郎新婦に交盃酒を勸めてください。［外のセリフ］山人どの、どうぞ「撒帳」してください。［浄が呪文を念じていう］まず東に穀豆を撒きまする。三女はこのたび貧乏亭主を入り婿とせり。堂前で婚儀を執り行ない、狗を拜んで黑き龍といたします。南に穀豆を撒きまする。夫婦はむにゃむにゃいうなかれ。晝には喧嘩することなく、夜にはオンドルの上にてふざけるでない。西に穀豆を撒きまする。二人は好一對の良きめおと。三女は痲絲をつむぎ、入り婿はせっせとかえる釣り。北に穀豆を撒きまする。夫婦はとわに仲睦まじい。夜にやらかすことどもは、朝に起きればいってはならぬ。前に穀豆を撒きまする。こうべを竝べて花を咲かせる好一對のはちす。五男二女をもうけて後は、七人の子供はとわに一緒。三人が酒をおぼえ、四人は博打三昧。二人が足元に眠れば、五人はあっちに眠る。家族九人が一度に寢小便をたれれば、オンドルの上じゃあ舟をこぐ。さて、「撒帳」を終えたからには、用のないものは出て行きなされ。［外のうた］

2【□□□】わたしのむすめは。彼を入り婿にします。二人はさながら比翼の鳥のよう。五百年前に結婚の約束をしめぐり逢いました。お互いに見つめ合えば視線は片時も離れず。一歩たりとも離れません。彼が家門を改めて。一族

富貴となることでしょう。［合唱］たいしたものだ。二人揃って年老いて、一生仲良く暮らすのだ。［生のうた］

3【又】わたくし劉知遠は申し上げます。旦那さまと奥さまに拾っていただき。幸いにも汚泥の中に沈まずにすみました。五百年前に結婚の約束をしめぐり逢いましたが。キジがどうして鸞鳳と並び飛ぶことができましょう。わたしをお見捨てにならなかったことに深く感謝します。［合唱］たいしたものだ。二人揃って年老いて、一生仲良く暮らすのだ。

［詩に曰く］［外のセリフ］好一對の夫婦は今がまさにその時。［貼旦のセリフ］才子に佳人でどちらもお似合い。［生のセリフ］天に在りては比翼の鳥となり、［旦のセリフ］地に入りては共に連理の枝となりましょう。［一同退場］

第七出〔淨(李弘一)、丑(李弘一の妻)、生、旦、外(李三公)〕

［淨上白］湛湛靑天不可欺。八箇螃蠏貼天飛。只有一箇飛不起。那箇元來是尖臍。

［做笑科］好笑好笑。娘老子做事顚倒、把箇(奴花似玉)〔如花似玉〕的妹子招了箇劉光棍、叫他拜堂、一拜把我娘老子拜的(咧孤)〔憋孤〕了。我如今叫出我老婆來、和他商量。好歹問他要一張休書、把這(光祖)〔光棍〕趕將出去、我兩口子受用家財、把這丫頭尋一箇門廝當戶廝對、把他嫁了、却不是好。［做叫科］老婆、老婆。叫不出來。他是不出來、從小兒兒女夫妻、把來慣了他了。只叫他大東大西、他便噟。叫他甚麼。叫他親親的老婆娘。不是我怕老婆、順父母言情、呼爲大孝。［笑科］親親的老婆娘。［(淨)〔丑〕云］那箇叫、〔那〕箇叫。

［淨白］我兒子叫老婆娘。［(淨)〔丑〕云］天呀天呀。有事沒事、只在老娘耳根臺子上(括括)〔聒聒〕噪噪。這爛刀剁

的、在那裏。呸呸。淨云 好娘、你（噀）〔撰〕、（噀）〔撰〕的我兒子（不長挨）〔不長俊〕了。我兒子三日不見你了。你請坐。我兒子磕三箇頭、一、二、三。（淨）〔丑〕云 起來、是五城兵馬發放總甲也。〔淨云〕只們快了。（淨）〔丑〕云 叫老娘出來、有甚麼屁放。淨云 我叫你出來、那劉光棍把我娘老子拜死了。我如今和你商量、定箇計策、趕這光棍出去。（淨）〔丑〕云 你叫他出來、問他要箇休書纔是了當。你叫將出來。（淨）做叫科 劉老棍棒、（■）〔挺〕（蕃竿）〔幡竿〕、（趕面杖）〔擀面杖〕、都是打眼的光棍。生上云 舅舅妗妗喚我。不知那裏（使冷）〔使令〕。不免上前拜揖。舅舅、拜揖。（淨）〔丑〕云 呸呸。舅舅。騎着你家老子放轡頭。那箇和你一箇棒槌裏我墳、我兒差認了。淨云 你如今官休私休。生云 舅舅、官休若何、私休若何。淨云 官休、告你一（扶）〔狀〕蠱毒（厭昧）〔厭魅〕。生云 舅舅、如何是蠱毒（厭昧）〔厭魅〕。淨云 你把我老子娘（演殃死）〔魘殃死〕了。生云 舅舅、私休若何。淨云 私休、寫一封休書、把我妹子休了、隨你那去。生云（舊舊）〔舅舅〕、你那妹子又不曾偸嚵抹觜、你那做妹子的又不曾（做賊說慌）〔做賊說謊〕、如何交我下休書。淨云 你不曾做賊說謊。馬鳴王廟裏溜鷄兒是我兒來。生云（舊舊）〔舅舅〕、不要揭短。淨云 你如今就寫、不寫、就踢就打。生云（舊舊）〔舅舅〕、（計然）〔既然〕交我寫休書、替我打箇藁兒。淨云 你精弄人。我那裏會打藁兒。也罷。我說你寫。〔生〕做寫科 淨云 立休書人劉知遠。生寫 立休書人劉知遠。淨 供養妻子不和。生 供養妻子不和。淨云 情願休離前走。生 情願休離前去。淨云 竝無親人逼勒。生 竝無親人逼勒。淨云 不要哭。生 不要哭。淨笑 他連不要哭都寫上了。這句不是、抹了。生 我又添箇抹了。淨 又多了一箇抹字了。淨打科 從新寫不好。一句句替我寫得明白。

註 ○湛湛青天不可欺……那箇元來是尖臍—淨の登場詩。『三戰呂布』第一折淨（孫堅）の登場詩に「湛湛青天不可欺。八箇螃蟹往南

飛。則有一箇飛不動、看了原來是尖臍」、『存孝打虎』第三折二淨の登場詩に「湛湛靑天不可欺。八箇螃蠏往南飛。只有一箇飛不動、原來是箇尖臍的」とあり、『黃粱夢』第二折淨の登場詩には「湛湛靑天不可欺。兩箇碓嘴撥天飛。則有一箇飛不動、爭奈身上無穿的」とある。「尖臍」はオスの蟹。メスは腹の形が丸いので「圓臍」という。この四句で淨の常套的表現と推測されるが、その具體的意味内容は不明。これらすべての例が淨の登場詩であり、また、本劇および『三戰呂布』『存孝打虎』がいずれもオスの蟹を噬う内容だと思われる點からすれば、あるいは「窩囊廢」を揶揄したものかもしれない。　〇拜堂―ここにいう「拜堂」は、宋・孟元老『東京夢華錄』卷五「娶婦」の條等に記述される婚禮儀式としての「拜堂」ではなく、前出にいう「參拜堂上（堂上の父母に拜禮する）」の省文。　〇（唎孤）（憋孤）了―未詳。「唎孤」は、常識的には「撇古（いこじ・へそまがり）」に校訂すべきであろうが、ここは文脈上「撇古」では合わないように思われる。いま假に「唎孤」を「憋死」の誤りと考え、「悶死（息が詰って死ぬ）」と同意として譯出する。　〇把來慣了―「把」は「守」、「慣」は「嬌慣」の「慣」。一緒に暮らして甘やかすこと。　〇大東大西―小さくてかわいいものを「小東西」というから、その逆のことばとして「大東大西」というのであろう。偉い人・大物、というような意か。

〇順父母言情呼爲大孝―成語。通常「言」は「顏」に作るが、『翫江亭』第三折や『西遊記』第三二回に「言」に作る例もあるので改めなかった。　〇〔淨〕〔丑〕云　那箇叫（那）箇叫―この場面は二淨の「打諢」。したがって、本來「淨」を「丑」に改める必要はないが、後文で「淨」の片方が「丑」と表記されているため、改めることとする。以下同じ。江本・兪本がすでに同様に改める。また二度目の「（那）箇叫」は原文では二字のおどり字で表記される。文意から一字を補った。　〇耳根臺子―耳もとをいう俗語。

〇爛刀剁―第二出に、淨の末に對する罵語としてすでに見える。第二出「爛刀剁……（協）（扇）不死的」註參照。本出1【玉抱肚】に續く丑のセリフにも、同じ表現が用いられている。　〇（噀）（撰）―「噀」は「撰」の字形からくる誤りで、「撰」は「賺」と同意。だます・おだてる、の意。（宋元）參照。　〇（不長撥）（不長俊）―罵語。甲斐性なし、の意。「不長進」とも表記する。『淸平山堂話本』「錯認屍」に「你這破落戶、千刀萬剮的賊、不長俊的乞丐」とある。（宋元）參照。　〇五城兵馬―「五城兵馬司」の略稱。明・淸代、金陵・北京に設けられた、五つの區劃（中城・東城・西城・南城・北城）の治安にあたった役職をいう。　〇總甲―明・淸の制度で、百十戶を一里としてその一里をさらに十甲に分け、甲を總轄する者を「總甲」と呼んだ。甲内の治安も司る。ここでは丑が自らを指していう。　〇〔淨云〕―文脈上補う。　〇只們―「只」は「這」の、「們」は「麼」の一聲の轉。「這麼」と同意。

〇了當―「妥當」の意。（宋元）參照。　〇劉老棍棒……光棍―「棍棒」は「光棍」と同意の罵語か。以下「老棍棒」「幡竿」「擀面杖」

「光棍」と、棒づくしのことば遊びになっており、實質的な意味はあまりないと考えた。なお「打眼」は、目立つ・めざわり、の意。また、原文譌字は木偏に「筵」を添えた字形。　○妗妗―元・陶宗儀『南村輟耕錄』巻一七「嬸妗」の條は、宋・張耒『明道雜志』を引いて「經傳中に嬸妗の二字無し。……妗字は乃ち舅母の二合呼なり。二合とは眞言中の兩字の音を合わせて一と爲すが如きなり」という。　○舅舅騎着你家老子放轡頭―『爭報恩』第一折に、丁都管が正旦の「舅舅」を馬鹿にして「不認得是舅舅、早是我不曾衝撞着舅舅、我着你老子放箇轡頭」というシーンがある。「放轡頭」は、あるいは「轡」と「屁」が同音であるので「放」というのかもしれない。いずれにしても「放轡頭」は、悪しざまにあつかうことをいうのだろう。　○那箇和你一箇棒槌裏我墳―未詳。「那箇」は「哪箇」、「和你一箇」は「和你一樣」、「棒槌裏」は「由棒槌」の意とし、「我墳」は「臥墳」の誤りと考えて、ここでは假に、誰がお前と同じように毆られて墓に入るものか、と譯出した。　○我兒―「我兒」「我的兒」、ともに罵語。『漁樵記』第二折その他には、妻が夫に「我的兒」と呼びかけるシーンがある。　○一（扶）（狀）―訴狀の量詞としては、他に「道」「批」等があるが、字形は「狀」が最も近いように思われる。江本・兪本も同樣に校訂する。　○蠱毒（厭昧）（厭魅）―「厭昧」は「魘魅」。「蠱毒」「魘魅」ともに法律用語で、それぞれ毒殺と呪詛に當たる。『元典章』巻四一「刑部」（三）「諸惡」「不道」の條等參照。また、敦煌文書スタイン一九二〇等、唐・杜正倫『百行章』「第五十九斷行章」には「妖言惑衆、國之常害、蠱毒厭魅、是人所憎。必須止其二事、共修正法絕」とある。　○（演殃死）（魘殃死）―前後の文脈からして「演殃」は「魘魅」と同意と思われるので、「演」を「魘」に校訂した（二字は同音）。「殃」は「禍」の意。　○偸嚵抹觜―盗み食いをして口をぬぐう。『金瓶梅詞話』第八六回に、潘金蓮の浮氣をあてこすって「更有一椿兒不老實、到底改不了偸饞抹嘴」という。　○又不曾（做賊說慌）（做賊說謊）―汲本第一〇出では、この直前に相當するセリフとして「淨 我妹子閨門女兒、做甚麼歹事。生 我劉智遠不曾做賊、怎麼寫休書與你」を置き、文脈がより自然である。江本・兪本は前文の「你那做妹子的」を「你那做妹夫的」に校訂する。「做賊說謊」は常語。四字で、盗みをはたらくふとどき、の意。『元典章』巻六「臺綱」（二）「體察」「改立廉訪司」の條に「官人令史每做賊說謊的不得知來」とある。　○供養妻子不和―汲本の相當部分は「養膳妻子不活」に作り、江本・兪本も「不和」を「不活」に校訂する。

譯

淨が登場してセリフを言う　公明正大な天は欺くべからず。八匹の蟹が空を飛ぶ。ただ一匹だけが飛び上がれない。
それもそのはずなんとそやつはオスの蟹。

[笑うしぐさ] お笑いだ、お笑いだ。うちの兩親はやることがでたらめで、花や玉にも似た妹をやくざ者の劉に娶わせ、やつめに拜禮をさせたところ、やつのひと拜みで兩親は息を詰まらせて死んでしまいました。わたくしはいま、うちの女房を呼んで相談いたします。とにかくやつに離縁状をかかせ、あのやくざ者を追い出してしまうのです。わたくしたち夫婦は財産を獨り占めにして樂しみ、あの女には家門につりあった男を捜し出して嫁に行かせれば、萬事めでたしめでたし。[呼ぶしぐさ] 女房や、女房や。出て參りません。出てこないのも道理、子供の頃から言いかわした筒井筒、すっかり甘やかしてしまいました。目上の大切な人として呼びさえすれば返事をしてくれるでしょう。さて、なんと呼んだものか。「いとしいばっさま」と呼びましょう。わたくし、恐妻家ではありません。「父母の氣持ちに従うことを大孝という」というじゃありませんか。[笑うしぐさ] いとしのばっさま。[丑のセリフ] 誰が呼んだ、誰が呼んだ。[淨のセリフ] 息子がばっさまを呼んだのです。[丑のセリフ] やれやれ、神様。用事があろうと無かろうと、いつもおっかさんの耳元で大騒ぎ。なまくら刀で切られても死なないやつめ。どこにいるんだ。ちっ、ちっ。[淨のセリフ] おっかさん、あなたがわたしをおだてあげて、息子をこんなに甲斐性なしにしてしまったのです。息子はあなたに三日もお會いしておりません。どうぞお座りください。三回叩頭いたしましょう。一回、二回、三回。[丑のセリフ] お立ち、お奉行所が岡引きを差し向けたよ。[淨のセリフ] こんなにはやくお出ましいただけるとは。[丑のセリフ] あたしを呼び出して、いったい何のクソ用事だい。[淨のセリフ] あなたにお出まし願ったのは、例の劉のやくざ者が兩親を拜み殺してしまった件です。今からあなたと相談して、計劃を練り、あのやくざ者を追い出してしまいましょう。[丑のセリフ] お前があいつを呼んで、やつに離縁状を書かせてしまえばおしまいさ。そら呼んでおいで。[淨が呼ぶしぐさ] やくざもんの劉のでくのぼう、ぴんと立った旗幟竿の、麵棒の、ええい、どっちにしたって目障りなごろつき棒め。[生が登場してセリフを言う] お義兄さんお義姉さんがお呼びだ。なんの用事でしょう。前に進み出てご挨拶をいたしましょう。お義兄さん、こん

にちは。[丑のセリフ]ちっ、ちっ、お義兄さんだと。うちの親父だって馬乗りになってくそくらえだ。誰がおまえと一緒に洗濯棒で毆られて墓に入るものか。野郎、見損なうな。[浄のセリフ]お前、さあ、お白洲に出るか示談にするか、どっちだ。[生のセリフ]お義兄さん、お白洲とはどういうことで、示談とはどういうことですか。[浄のセリフ]お白洲というのは、お前を毒殺・呪詛の罪で訴えるのさ。[生のセリフ]お義兄さん、どうして毒殺・呪詛なのですか。[浄のセリフ]お前はおれの兩親を呪い殺しただろ。[生のセリフ]お義兄さん、示談とはどういうことですか。[浄のセリフ]示談ってのは、三行半を一通書いておれの妹を離縁し、お前はどこへでも行っちまえってことさ。[生のセリフ]お義兄さん、あなたの妹さんは盜み食いをして口をぬぐったこともないし、あのあなたの妹にあたる人は盜みをはたらいてでたらめをいったりもしていないというのに、どうしてわたしに離縁狀を書かせたりするのです。[浄のセリフ]お前が盜っ人をしてごまかしてないだと。馬明王廟で鶏をくすねたくせに。[生のセリフ]お義兄さん、ほんの出來心をあげつらわないでください。[浄のセリフ]さあ今すぐに書け。書かねば毆る蹴るの目にあわせるぞ。[生のセリフ]離縁狀を書かせるからには、下書きを書いてください。[浄のセリフ]なんて人を馬鹿にした奴だ。なんでおれが下書きを書かなきゃならない。しかたない、俺のいうとおりに書け。[生が書くしぐさ][浄のセリフ]離縁の申立人劉知遠、[生が書く]離縁の申立人劉知遠、と。[浄のセリフ]妻と不和で、[生が書く]妻と不和で、[浄のセリフ]縁切りをして出て行きたく、[生が書く]縁切りをして出て行きたく、[浄のセリフ]決して身内に強要されてはおりません。[生が書く]決して身内に強要されてはおりません。[浄のセリフ]泣くな。[生が書く]泣くな、と。[浄が笑う]奴め、「泣くな」まで書きやがった。そのことばは違う。塗り消すんだ。[生のセリフ]「抹（塗り消す）」も書き足してしまいました。[浄のセリフ]そのうえ「抹」の字まで足しやがった。[浄が毆るしぐさ]一から書きなおさなきゃだめだろう。一句一句はっきりと書いてくれ。

生唱

1【玉抱肚】愁(年)〔拈〕(班管)〔斑管〕。交我寫休書溋溋(淚連)〔淚漣〕。夫妻們(止望)〔指望〕到老團圓。撇一撇滿懷愁萬千。畫一劃(順)〔頓〕交人心驚戰。怎書得休〔書字〕全。〔怎書〕得休〔書字〕全。

生白 (舊舊)〔舅舅〕、休書寫在(休)〔此〕間。淨云 靠後。拿來我看。老婆也、寫了休書在此。丑云 拿我看。我把你箇爛刀剁、碎刀刮、(■冷鎗攮的)〔挨冷鎗攮的〕。休書休書、要他做甚麼。有脚摸手印纔是休書。這箇休書、你家妹子一千年還是他的老婆。淨云 你怎麼(■)〔曉〕的。丑云 我嫁老公、(■■)〔正正↓整整〕四十九箇了、死了你、我再嫁一箇、(榛)〔湊〕五十箇。管家官(■家兒)〔鎮家兒〕都有了。淨云 我去叫他打脚摸(乎印)〔手印〕。劉知遠、你怎麼不(有)〔打〕上脚摸手印。生云 (舊舊)〔舅舅〕、我頭也破了、爭這一箇諾。生唱

2〔【□□□】〕我愁多(願)〔怨〕多。爭奈打離書手摸。

淨云 你打上手摸了、我打上一箇脚摸了。丑云 老娘打上一箇股印。淨云 老婆、甚麼股印。丑云 是箇屁股印子。淨云 我的娘、打上一箇(囫)〔圇〕的不是。怎麼打上半箇。丑云 頓破了。趕出去。促風暴雨、不入寡婦之門。生云 (舊舊)〔舅舅〕、做人不要做盡(印)。淨趕打 生下

韻 1―歡桓、天田韻。2―歌羅、姑模韻。

校記 始譜・汲本。

○始譜―【玉抱交】愁拈斑管。展花箋盈盈淚漣。夫妻指望百年。誰知付與筆尖。劃一劃滿懷愁萬千。撇一撇頓覺心驚戰。怎寫得休書字全。怎寫得休書字全。
○汲本―【玉交枝】愁拈斑管。展花箋盈盈淚漣。夫妻指望同百年。誰知付與花箋。畫一畫滿懷愁萬千。丟一丟頓覺心驚戰。怎寫得休書盡言。怎寫得休書盡言。

註 ○1【玉抱肚】―汲本は本曲の前に【玉交枝】の曲を置き、本曲をその【前腔】とする。また始譜は本曲を引いて曲牌を【玉抱交】とする。汲本に従って本曲を【玉交枝】だと考えるならば、「夫妻們〔止望〕〔指望〕到老團圓」の句の後に一句の脱落があることになる。　○撇一撇―はらいを一つ書くこと。後出の「畫一劃」も横棒を一本書くことであり、ともに書法用語。　○〔順〕〔頓〕―江本・兪本に従って改めた。　○怎書得休〔書字〕全〔怎書〕得休〔書字〕全―「怎書得休〔書字〕全」の句は、格律からすれば七字句だと思われるので、始譜に従って「書字」二字を補った。次の句の「〔怎書〕得休〔書字〕全」は、原文ではおどり字三字だが、格律上疊句であるべきなので、四字を補った。　○〔■冷鎗攘的〕〔挨冷鎗攮的〕―兪本に従って校訂した。「冷鎗」は、人の虚につけこんで不意に危害を加えること。この場合は「挨冷鎗攮的」全體で、丑の淨に對する罵語。不意打ちを食らって死ぬがいい、といったほどの意。　○脚摸手印―離縁状に手形を押す習慣は、『清平山堂話本』「快嘴李翠蓮記」の「今朝隨你寫休書、搬去粧奩莫要怨。手印縫中七箇字、永不相逢不見面」、『漁樵記』第二折の「左手一箇手模、正是休書」といった記述に見られ、〔通俗〕巻一六「身體」「手印」の條は、宋・黃庭堅『涪翁雜説』を引いて、その習慣が『周禮』からのものであることを述べる。また、民國・孫錦標『通俗常言疏證』一一「婦女」「手摹印的休書」の條は、〔通俗〕を引き、「古云『手摹・手印』、今云『手摹・脚印』、皆謂休妻的書也。俗語但以手脚連文耳、必無脚印之理也」という。後文で淨が脚印を押そうとするのは、「脚摸手印」の常語を承けた「打諢」である。
○你怎麼〔■〕〔曉〕的―原文譌字を江本は譌字のまま作り、兪本は「脱」に校訂する。　○〔■■〕〔正正→整整〕四十九箇了―原文譌字を、江本・兪本はともに「扯扯」に校訂する。譌字の字形は「扯」に近いが、「正」とすべきであろう。この「正」は「整」の略字。　○管家官〔■家兒〕〔鎭家兒〕―原文譌字を、江本・兪本はともに「旗」に校訂するが、ここでは「管家官」と「■家兒」を同意だと考えて、「鎭」に校訂する。「管家官」は家僕をいい、單に「管家」ともいう。「官」は、主家を開府になぞらえるから「官」というのであり、「堂後官」の「官」と同樣。「鎭家兒」も、家僕、の意と考えたが、その用例を今のところ知らない。　○〔有〕〔打〕―江本・兪本に従って校訂した。　○我頭也破了爭這一箇諾―待考。ここでは「我」を「紙」の異體字「帋」との字形の相似からくる誤り、「爭」を「差」の意と考えて、假に「紙が破れて『諾』の字まで缺けた」という譯をつけた。　○2〔【□□□】〕―原文には曲牌名の表示はないが、前文に「生唱」とあるので【□□□】を補った。曲牌はあるいは【臨江仙】かもしれない。『戲文三種』「張協狀元」第二〇出校註（一一）は、【臨江仙】の句數を減じて【尾】に代用することがあることを論じて、「凡遇悲苦的戲情時、引子可作尾聲用」という。　○打離書手摸―「在離休書上打上手摸」の意であろう。　○囫〔圇〕―江本・兪本がすでに同様に校訂する。「囫圇」は、「鶻侖」「渾淪」なども表記し「完整」「整箇兒」の意。（宋元）參照。　○頓破―「頓」も「破」の意。例えば、元代の官司管理圖書に押捺された貸出規定を記す官印に「或いは頓壞去失せば、理に依りて追償せしむ」とあるように、紙を破ることを當時は「頓」といいならわしたようである。　○促風暴雨不入寡婦之門―成語。『漢書』卷九二「陳遵傳」に「禮として寡婦の門に入らず」、『鳴沙石室佚書』所收の敦煌蒙學書『太公家教』に「暴風疾雨なるも、寡婦の門に入らず」とあり、『破窰記』第三折にも「可不道促風暴雨、不入寡婦之門」とある。　○做人不要做盡〔印〕―「做人不要做盡」は常語。「印」字は、江本・兪本に從って衍字とした。

譯

生のうた

1【玉抱肚】嘆きつつ筆をとる。離縁狀を書かされ涙はあふれてしとどに落ちる。夫婦共白髮を望んだものを。（離縁狀に）はらいをひとつ書くごとに胸は千々に亂れる。横棒を一本書くにつれて心はおののく。どうして離縁狀を書きおおせよう。どうして離縁狀を書きおおせよう。

生のセリフ　お義兄さん、離縁狀はここに書いてあります。淨のセリフ　下がっておれ。持ってきて見せてみろ。女房や、離縁狀がここにある。丑のセリフ　見せに來い。なまくら刀で切られても、小刀で抉られても死なない奴め、不意打ちを食らって槍に刺されるがいい。離縁狀、離縁狀、そんなものがあってどうする。拇印をついてこそ離縁狀というもの。この離縁狀じゃあお前の妹は千年たったってやつの女房さ。淨のセリフ　どういうことだい。丑のセリフ　あたしが嫁いだ旦那はきっちり四九人、お前が死んでももう一度嫁に行けば、全部で五〇人。

その中には、家のきり盛りをするご家老だって番頭だっていたんだよ。[浄のセリフ] やつを呼んで拇印を押させるとしよう。やい劉知遠、お前はなぜ拇印を押さないんだ。[生のセリフ] お義兄さん、紙が破れてしまい、「諾（承諾）」の字まで缺けてしまいました。[生のうた]

2 【□□□】愁いは多く怨みも多い。いかんせん離縁状に拇印を押すことになろうとは。

[浄のセリフ] お前が拇印を押せば、おれは脚の印を一つ押す。[丑のセリフ] おっかさんは「股印」を一つ押すよ。[浄のセリフ] おっかさん、「股印」とはなんだい。[丑のセリフ] 尻の印のことだよ。[浄のセリフ] おっかさん、ちゃんと押さなきゃだめじゃないか、どうして半分しか押さないんだ。[丑のセリフ] 破れちまったのさ。さあ、こいつを追い出してしまおう。「突然暴風雨に遭ったって、寡婦の門には入るんじゃない」よ。[生のセリフ] お義兄さん、「人として人を追い込むな」と申します。[浄が追い出して殴る] [生が退場する]

[浄叫] 老婆、我和你看休書、只怕那里少一劃添些兒、少一點兒也添些兒。[旦搶了休書去了] [旦唱]

3 【玉抱肚】（你）叔叔荅救、訴不盡（閑言負屈）（負屈啣冤）。沒（來）由寫下休書、（去）將他却打熬煎。天天天（共乳同■）（共乳同胞）不肯憐。鐵石人五臟心不善。止不住溋溋（淚連）（淚漣）。

[旦白] 叔叔、荅救荅救。[外上白] 孩兒、因何在此鬧鬧炒炒。[旦白] 叔叔、自從我爹爹死後、被我哥哥嫂嫂朝嗔暮打、逼勒丈夫寫下休書。[外白] 孩兒、那箇這等。寫休書在那裏。[旦白] 叔叔、休書搶得在此。[外] 拿我看。咳、咳、咳。天殺天剮的、怎麼做這等營生。這弟子孩兒在那里。我刣劃他一場去。元來在這里。這箇沒家法的、打鼓迎藁薦、從來不曾見老婆正面坐、漢子傍邊站。噲。這廝這等無禮。

人家的姪兒、見叔叔來去接去接、我叫着他（禮）〔理〕也〔不〕（禮）〔理〕。淨 我的兒、便（禮）〔理〕你。外白 你那老子和你那娘、見那劉知遠久後必有榮顯、因此上把你妹子招他爲婿。你如何在家鬧鬧炒炒、逼勒他寫下休書。淨 叔叔、我莊農人家、鋤田（耙籠）〔耙壟〕、秋收冬藏。倒了油瓶也不扶、要他怎麼。趕他出去。外 弟子孩兒。趕他那里去。久後要（改喚）〔改換〕李家門閭里。淨 他要做官、挑脚的、擡轎的也做官兒。外 弟子孩兒、人不可（倪相）〔貌相〕。海水不可（斗糧）〔斗量〕。你聽我說。

韻 天田韻。「救」は失韻。

校記 汲本。

○汲本―【玉交枝】叔叔搭救、訴不盡啣寃負屈、沒來由逼寫休書、將他苦苦熬煎。天天共乳同胞不見憐。鐵石人五臟心不善。止不住盈盈淚漣。止不住盈盈淚漣。

註 ○3【玉抱肚】―汲本は【玉交枝】とするが、だとすれば、汲本の第一句・第二句は失韻とすべきだろう。○（你）叔叔荅救―「你」は、汲本に從って衍字とする。江本・俞本がすでに衍字としている。とすれば第四句目の「去」も衍字とすべきであろう。○（閑言負屈）〔負屈啣寃〕―この四字は押韻すると考えて改めた。江本・俞本は「閑言」を「啣寃」に校訂するが語順は改めない。○沒〔來〕由―江本・俞本は、汲本に從って「沒來由」に校訂する。これに從う。○鐵石人五臟心不善―「人」を衍字として、「鐵石の五臟、心は不善」とよむべきであろう。汲本が同様に作るため、改めなかった。○叔叔荅救荅救―ふたつ目の「荅救」は、原文では二字のおどり字。江本・俞本は「叔叔荅救叔叔荅救」としている。○天殺天剮的―罵語。「天殺的」は「該死的」と同意。（宋元）參照。「天剮的」も同意。○營生―「勾當」の意。（漢）參照。○弟子孩兒―罵語。「弟子」は、妓女を指し、「弟子孩兒」で、てなしご、の意。（宋元）參照。○刬劃―疊韻語で、「安排」の意。「百劃」「擺劃」などとも表記する。（宋元）參照。○沒家法―罵語。『清平山堂話本』「快嘴李翠蓮記」に「誰想娶這箇沒規矩、沒家法、長舌頑皮村婦」、『殺狗記』第一八出【急三鎗】に「敗風俗、歹言語怎聽。沒家法、壞亂人倫」とある。○打鼓迎藁薦―未詳。ここでは假に「藁薦」を乞食の持ち物とし、「太鼓を打って乞食を迎える」、すなわち、禮法にかなわぬ待遇をする、の意とした。○漢子―ここでは「老婆」の對語として、「丈夫」の意。○去接去接―原文では、二度目の「去接」は二字のおどり字。江本・兪本はともに「去接送」に校訂する。○我的兒―罵語。本出前文の「我兒」と同様。○因此上―「因此」に同じ。金元時代の白話資料に頻見される。（宋元）參照。○倒了油瓶也不扶―常語。『紅樓夢』第一六回に「錯一點兒他們就笑話打趣，偏一點兒他們就指桑説槐的抱怨。坐山觀虎鬭、借劍殺人、引風吹火、站乾岸兒、推倒油瓶不扶、都是全掛子的武藝」とある。○人不可（倪相）〔貌相〕海水不可（斗糧）〔斗量〕―成語。『淮南子』「泰族訓」に「九州は頃畝す可からず、八極は道里す可からず、太山は丈尺す可からず、江海は斗斛す可からず」とあり、『鳴沙石室佚書』所收の敦煌蒙學書『太公家教』に「凡人不可貌相。海水不可斗量」とある。

［譯］

［浄が呼ぶ］おっかさんや、おれとおまえが離縁状を讀んで、どこか筆劃が少なければ足せばいいし、點が少なくても足せばいいだろう。［旦が離縁状を奪い去る］［旦のうた］

3【玉交枝】叔父さんどうかお助けください、はらせぬこの恨みをいい盡くすことができません。いわれなく離縁状を書かせ、あの人につらい思いをさせております。ああ神様、同じ乳で育った實の兄だというのに情けさえかけてはくれません。鐵や石の五臟で心根までひどい人。あふれる涙を止めることができません。

［旦のセリフ］叔父さん、どうぞお助けください。［外が登場してセリフを言う］むすめや、どうしてここで騒いでおるのだ。［旦のセリフ］叔父さん、わが父が亡くなってから、兄と兄嫁に夫は朝には叱られ暮にはぶたれ、無理やり離縁状を書かされたのです。［外のセリフ］むすめや、誰がそんなひどいことを。離縁状はどこにある。［旦のセリフ］叔父さん、離縁状は奪い取ってここにあります。［外のセリフ］見せてみなさい。ああ、ああ、ああ。死に損ないの罰當たりめ、どうしてこんなひどいことをするんだ。あの馬鹿野郎はどこにいやがる。わしが奴の始末をつけてやる。なんとこんなところにいたのか。恥知らずめ、太鼓を打って乞食を迎えやがって。女房が正面に坐り、

亭主が傍らに立っているなんてみたことがないぞ。はあ。こいつめなんと無禮な。ひと様の甥っ子は叔父が來るのをみたら出迎えるのに、うちの甥っ子はわたしがよんだって相手もしやがらない。[淨のセリフ] 野郎、すぐに相手をしてやるよ。[外のセリフ] おまえの親父とおっかさんは、その劉知遠が後々必ず出世するだろうと見て、それがためにお前の妹の入り婿としたのだ。おまえはどうして騒ぎ立てて、彼に無理やり離縁状なんぞ書かせるのだ。[淨のセリフ] 叔父さん、我ら田舎の百姓は田を耕し畝を作り、秋に收穫して冬に貯えるもの。油瓶が倒れても起こそうとしないなんて、あんなやつ要るものか。追い出してしまえ。[外のセリフ] この馬鹿野郎。彼を追い出してどこへ行かせるのだ。しばらくしたらきっとわが李家の家名をあげてくれるだろう。[淨のセリフ] あいつが役人になれるんなら、人足だって、かごかきだって役人になれるさ。[外のセリフ] 馬鹿野郎、「人は見かけによらぬもの、海の水はマスではかれない」というではないか。まあわたしのいうことをききなさい。

[外唱]

4【石榴花】我哥哥眼裏識賢人。

[淨白] 孔夫子三千徒弟子、七十二賢人。不曾出一箇賢人。[外唱]

情願將女結爲親。他暫時落薄暫時貧。你在家休得要爭競。

[外白] 弟子孩兒、你和他相爭(鬧少)〔鬧炒〕、鄰舍家也笑語。[唱]

被鄉鄰知道作話文。大家榮顯李(出門)〔莊門〕。[淨唱]

5〔【又】〕叔叔今且聽元因。非是姪兒怒生嗔。那討閑飯(春)〔養〕閑人。又不會鋤田車水(會)〔與〕耕耘。他夫妻們在家（里）〔長〕歡慶。交他寫下休書退了親。

旦白 哥哥、退了親、退了親、我身邊有半年身孕。如何是了。虧哥哥下辦的。淨白 下辦的、上班的、又來也。你那（懐）〔懷〕里的是太子子太兒。叫一箇老娘婆買些〻（段腸草）〔斷腸草〕兎絲頭。喫了（■）〔藥〕打下了。淨唱

叫一箇老娘婆落了他身懷孕。

外白 他人後有發跡之時。淨白 他若得發跡、我發箇大呪。淨唱

他還發跡爲官後、黃河只得水澄淸。（淨）〔丑〕唱

6〔【又】〕公公在日不識人。山鷄怎比鳳凰群。到不如我家馬牛和羊犬。他還發跡爲官後、

（淨）〔丑〕白 奴家也發箇大呪。（淨）〔丑〕唱

奴做一條（■■）〔蠟燭〕照乾坤。

韻 眞文、庚亭、天田韻。

校記 始譜・成譜・汲本。

○始譜―【石榴花】我哥眼内識賢人。情願將伊妹子結爲親。他暫時落泊暫時貧。你們休得閒爭論。被鄰人知道作話文。大凡事須要相和順。他還發跡爲官後、大家榮擢李莊門。

○成譜―【石榴花】非因小姪怒生嗔。那得閒衣閒飯養閒人。又不會鋤田車水與耕耘。夫妻兩口長歡慶。因此逼寫休書退了親。叫箇收生婆落了他身孕。合 劉窮若是身發跡、直待黃河水澄淸。

○汲本―【石榴花】我哥哥眼内識賢人。情願將伊妹子結成親。他暫時落薄暫時貧。你們休得閑爭論。被傍人聞知作話文。大凡事須要相和順。劉郎發跡爲官後、大家榮耀李莊門。【前腔】非因小姪怒生嗔。那得閑衣閑飯養閑人。又不會鋤田車水與耕耘。夫妻兩口長歡

慶。因此上逼他寫下休書退了親。一個收生婆落了他身孕。劉窮若是身發跡、直待黃河水澄淸。【前腔】公公前日不識人。山鷄怎逐鳳凰群。又沒家舍又身貧。却不如馬力共牛筋。那些個半斤逢八兩門。傍人恁般行徑。他還發跡爲官日、做枝蠟燭照乾坤。

註 ○4【石榴花】—一曲目は「被鄕鄰知道作話文」の後に二句の脫落があり、三曲目は「山鷄怎比鳳凰群」の後に一句、「到不如我家馬牛和羊犬」の後に二句の脫落があると思われる。校記參照。なお、三曲目三句目の「犬」は天田韻であるが、ここでは叶韻ではあるまいか。　○孔夫子三千徒弟子……不曾出一箇賢人—『史記』卷四七「孔子世家」に「孔子 詩書禮樂を以て教え、弟子は蓋し三千、身 六藝に通ずる者は七十有二人なり」とあるのを踏まえた表現。なお、早くは敦煌文書ペリオ三一四五・三七九七・三八〇六に見られる「上大夫（「夫」は「人」にも作る）、丘乙己。化三千、七十二（「二」は「士」にも作る）」で始まる文句は、唐宋以來、童子が初めて手習いをする際に書く文句であったといい（涵芬樓本『說郛』卷六〇所引、宋・陳郁『藏一話腴』等參照）、元本『琵琶記』第一六出等、戲曲文學中にも散見される。「不曾出一箇賢人」は、ここでは反語と考えた。　○話文—「話本」と同意。物語・話、の意。『張協狀元』第一出に「似恁唱說諸宮調、何如把此話文敷演」とある。（宋元）參照。　○李（出門）〔莊門〕—諸本に從って校訂した。　○聽元因—常語。眞文韻を常用する說唱詞話の押韻句末に頻見される表現。「元因」にはさほど大きな意味はなく、單に、話を聞け、といったほどの意。　○那討閑飯（春）〔養〕閑人—常語。諸本により、「春」を「養」に改めた。成化本第一四出3【又】にも「一世爲人只在勤。那討閑飯養你身」という曲辭が見られる。「閑人」は、宋・耐得翁『都城紀勝』「閑人」の條に「但《およ》そ業次に著かずして、閑事を以て人に食さるる者なり」という。　○又不會鋤田車水（會）〔與〕耕耘—諸本に從い、「會」を「與」に改めた。　○他夫妻們在家（里）〔長〕歡慶—諸本に從い、「里」を「長」に改めた。　○下辦的—「下」は「忍」の意。（匯）參照。　○下辦的上班的—旦の「虧哥哥下辦的」を承けた「打諢」で、「班」は「辦」のしゃれ。　○太子子太兒—「子太兒」は待考。ここでは衍字とみなして譯出しなかった。なお、兪本はこの五字を「太子太兒」と校訂する。　○叫一箇老娘婆買些二（段腸草）〔斷腸草〕兔絲頭喫了（■）〔藥〕打下了—「老娘婆」は產婆。（漢）參照。「斷腸草」は、猛毒を持つとされる草「鈎吻」の異名であり、明・李自珍『本草綱目』卷四「產難」「墮生胎」の條に、その別名である「野葛」が擧げられている。「兔絲」は、『文選』卷二九「古詩一九首」第八首に「君と新婚を爲し、兔絲女蘿に附く」とあるように、本來夫婦の契りを象徵する草だが、「兔」は「吐」と音通であり、兔が妊娠中に食するのを禁じられた動物であることから（『本草綱目』卷五一「兔」の條參照）、「兔絲頭」が墮胎藥として用いられていたものと思われる。原文譌字は、文脈により「藥」に改めた。江本・兪本がすでに同樣に校訂する。「打下」は、墮ろす、の意。　○他人―「他人」を「他」の意味で用いる例が成化本中には散見される。これに關連して、袁賓「明代成化本詞話語詞考釋」（『鎭江師專學報（社會科學版）』一九八七年第一期）は、成化本說唱詞話に「他人（它人）」が「他（它）」の意で用いられる例が頻見されることを指摘する。　○他還發跡爲官後黃河只得水澄淸―「還」は、もし、の意。（匯）參照。黃河の濁流が澄む、というのは、『宋史』巻三一六「包拯傳」に「人 包拯の笑うを以て黃河の淸むに比す」とあるように、極めて稀有なことの喩え。現實では起り得ないことの喩えとして、『樂府詩集』巻一六「鼓吹曲辭」（一）「漢鐃歌」古辭「上邪」詩が「江水 爲に竭く」といい、敦煌曲子詞【菩薩蠻】（スタイン四三三二）が「黃河の底に徹《いた》るまで枯る」というのと同種の表現である。なお、淨のこの文句を踏まえたやりとりが、成化本の最後に展開されている。　○奴做一條（[redacted]）（蠟燭）照乾坤―原文譌字は、汲本によって校訂した。自らの身を燒いて燈明とした、という話柄が、佛陀の本生譚として、北魏・慧覺・威德譯『賢愚因緣經』巻一、敦煌文書ペリオ二九九九『太子成道經』等に見られ、この表現は、本出の後文にいう「通身照了天地」とともに、佛教說話の影響を思わせる。なお、丑のこの文句も成化本最終出の伏線となっている。

譯

4【石榴花】（外のうた）わが兄は賢人を見抜く眼を持ち。

（淨のセリフ）孔子さまのもとには三千人の弟子と、七二人の賢人がいたんだ。賢人ぐらいどこにだっている。（外のうた）娘を縁組させることを心から望んでいた。彼は落ちぶれたかと思えばまた貧乏。おまえは家で彼と張りあうでない。

（外のセリフ）この馬鹿野郎、お前が彼と騒ぎ立てれば、鄰近所のいい笑いものだぞ。（外のうた）近所の連中に知られたら話の種になってしまう。いずれ李家莊が榮えるものを。（淨のうた）

5【又】叔父さんちょっときいてくれ。この甥っ子だってむやみに腹を立てている譯ではない。どうして無駄飯をせびって遊び人を養わなければいけないんだ。あいつは田を鋤き踏み車で水を汲み上げることもできなければ耕すことだってできやしない。奴ら夫婦は家でずっと樂しんでいるだけなんだ。離縁状を書かせて結婚を取り消してしまうに限る。

[旦のセリフ] 兄さん、結婚を取り消す、取り消すっていったって、わたしはもう身ごもって半年になるんですよ。いったいどうしろというの。兄さんがこんなにもむごい仕打ちをするなんて。[浄のセリフ] 仕事をしないだとか、するだとか、またそんな話かよ。お前の腹の中にいるのは、太子さまだってわけだ。産婆に斷腸草とネナシカズラを買わせよう。藥を飲ませて腹の中にあるものを流させるぞ。[浄のうた]

産婆にあいつの胎兒を墮ろさせよう。

[外のセリフ] 彼は後に出世するぞ。[浄のセリフ] 奴が出世できるというのなら、俺はどでかい誓いを立ててやる。

[浄のうた]

奴がもし出世して役人になれたなら、黄河の濁流だって澄み清まるに違いない。[丑のうた]

6【又】お義父さんは生前人を見る目がなかった。キジがどうして鸞鳳と竝び飛ぶことができよう。うちの家の牛馬や羊や犬にも及びやしない。彼がもし出世して役人になれたなら、

[丑のセリフ] わたしもどでかい誓いを立ててやろう。[丑のうた]

一本の蠟燭になって天地を照らしてあげるわ。

[外白] 我把你箇潑婦、這誓明日都要還里。[(浄)(丑)白] 叔叔、通身照了天地罷了、該死不成也。[外白] 孩兒、我和你家去、不要和他搬嘴。

(〔外白〕)宿世做夫妻。何須苦執迷。情知不是伴、孩兒、我和你家去、事急且相隨。〔竝下〕

〔(淨)〔丑〕白〕事急且相隨、你可是箇說嘴的老烏龜。〔淨白〕老婆、怎麼好。干做了一場辦派、休書着那(了頭)〔丫頭〕搶了去了、又着叔叔罵了一頓、如今怎麼計較。〔(淨)〔丑〕〕如今拏三錢銀子、去上角頭拘捆衚衕丘生藥家、買些巴豆人言(鬧子)〔腦子〕、碾成一服、茶里不着飯里着、把這(光杞)〔光棍〕藥死了罷。興不的詞、告不的狀。〔淨白〕老婆、不好。你弄我着那做城長官拿住、拿到(背淨)〔背靜〕去處、與一箇仙人指路燕兒飛、就認了、拿到西角頭、坐西朝東、綁將起來、(膊子)〔脖子〕里(掙)〔插〕一面招旗犯人李弘一毒藥殺人、劊子(■)〔提〕刀一下、要了頭又要充軍。〔(淨)〔丑〕白〕要了頭、怎麼又要充軍。〔淨〕(■)〔說〕成化年折例不好。我有一計、如今離家五里上高之地、(臥童白)〔臥龍岡〕有(二)〔一〕瓜園、四十畝寬遠、裏頭出一瓜精、每年爹娘在時、按四季祭賽、不傷人命。自從我爹媽死後、(元)〔無〕人祭賽、喫的買瓜賣瓜人、路絕人稀。如今叫他出來、哄他、把家財和他三分分了、分外與他瓜園、你與他冷酒喫、我與他熱酒喫、灌的他醉了、交他不(安)〔要〕與三姐說、交他逕去瓜園內去、若是去到那里、一更(盡)〔無〕事、二更悄然、正遇三更時候、撞着那瓜精、兩手撕作兩半、生生喫了、興不的詞、告不的狀。老婆老婆、好麼。〔(淨)〔丑〕〕老公、好計好計。將來做事。

計就月中擒玉兎、謀成日裏捉金鷄。好老婆、好漢子。〔竝下〕

〔註〕○這誓明日都要還里―「還」は、「還願」の「還」。○該死不成也―「也」を衍字と考え「你說我該死不成」の意として譯出した。○搬嘴―「搬弄是非」の意。(漢)參照。○(〔外白〕)宿世做夫妻……事急且相隨―「〔外白〕」は衍字とみなした。「宿世做夫妻。何須苦執迷」「情知不是伴」「事急且相隨」の四句は、外と旦の退場詩。「情知不是伴」の後の「孩兒、我和你家去」を、江本・兪本は全て衍字だと見なしているが、ここでは韻文中に插入された一種の入れゼリフであると解した。詩の前半部分は生と旦、後半部

分は淨と丑の夫婦を指すか。「情知不是伴、事急且相隨」は成語。『張協狀元』第二〇出や『幽閨記』第一九出退場詩などに見える。ここでは、淨と丑を「露水夫妻」とあてこすったもの。○烏龜—罵語。「王八」と同意。○辨派—「辦」は吏牘語で、稅金等を集める・そろえる、の意。「派」は「差」と同意。離緣狀をとることを役人の集金にたとえた「打揮」であろう。○上角頭拘擱衚衕—「角頭」は「角落」の意。（漢）參照。「拘擱」は未詳。おそらく疊韻語であるから、何か特別なニュアンスがあるかもしれない。○巴豆人言（閙子）（腦子）—「巴豆」はハズの樹の實、「人言」は「砒霜（ヒ素）」、「腦子」は「龍腦香（龍腦香樹から取れる油脂の結晶）」のことで、いずれも毒性をもつ。これらを用いた例としては、たとえば『黑旋風』第四折【十二月】に「他怎知道下的有砒霜巴豆、但喫着早麻撒撒、害得箇魄喪魂丟」、宋・文天祥『文山全集』卷一四「臨江軍」詩の跋に「予嘗て腦子二兩を服するも死せず、絕食すること八日なるも又た死せず」、『宣和遺事』後集に「是時止有趙妃當寵、累欲以陰計中金主、以雪國恥。又因暑月、常以冰雪調腦子以進、因此金主亦疾」とある。○（背淨）（背靜）—江本・兪本に従って校訂した。「背靜」は、邊鄙な、の意。○仙人指路燕兒飛—「仙人指路」と「燕兒飛」は拷問用語。「仙人指路」は、『西遊記』第七二回に「衆人按住、將繩子綑了、懸梁高弔。這弔有箇名色、叫做仙人指路。原來是一隻手向前、牽絲弔起、一隻手攔腰綑住、將繩弔起、兩隻脚向後一條繩弔起、三條繩把長老弔在梁上、却是脊背朝上、肚皮朝下」とある。また「燕兒飛」は、『明史』卷九四「刑法志」（二）に「酷吏 輒《みだ》りに挺棍・夾棍・腦箍・烙鐵及び一封書・鼠彈箏・攔馬棍・燕兒飛を用う」とあり、刑具の一種だと思われる。○（掙）（插）—江本・兪本に従って校訂した。○招旗—「招」は「招供」の「招」。「招旗」で自白狀を旗にしたものをいうのであろう。○（■）（說）成化年折例不好—原文譌字は「京」に「兑」をあわせた字形だが、字體から判斷して「說」字に校訂した。江本・兪本はこれを衍字と解しているようである。「折例」は吏牘語。「折」は換算の意で、「折例」は米等の現物をお金に換算するレート。「折」については、『吏學指南』「諸納」「折納」の條に「本色を缺きて、別物を以て折納する者を謂う」とある。ここは、稅金の換算率の用語を罪に對する刑罰の比重に用いて、お上の非道をあてこすったもの。「不好」には誤りを含む可能性もある。なおこの一段について、孫崇濤「成化本《白兎記》刊行背景與刊本性質問題」（『戲曲研究』第一一輯、文化藝術出版社、一九八四）は、明代には罰役を鈔納や物納に換算する制度が存在し、なおかつ成化年間には貨幣價値が下がってその換算率が惡かった事實を指摘する。○（臥童白）（臥龍岡）—江本・兪本は汲本に従って「臥童白」を「臥牛岡」に校訂するが、「童」は「竜」の誤字であろう。あるいは、諸葛孔明の「臥龍岡」を意識しているのかもしれない。○一更（盡）（無）事二更悄然正遇三更時候—常語。『紅梨花』第三折に「到這一更無事、二更悄然、到那三更前後、起了一陣怪風……」、『殺狗記』第六出に「到鐵舖裏去打一把快刀、一更無事、二更悄然、三更時候、把孫二來一刀殺了」とあるのに従って、「盡事」を「無事」に校訂した。成化本第九出にも同様の表現が見られる。〇計就月中擒玉兎謀成日里捉金鶏―成語。『襄陽會』第一折、『小孫屠』第一六出退場詩等に「計就月中擒玉兎。謀成日里捉金烏」とあるように、この成語は普通「兎」「烏」で押韻するのだが、ここでは、前後の「計」「事」「子」と押韻するため、「鶏」字が用いられているものと思われる。

譯

外のセリフ　このアバズレめ、この誓願にはいずれお禮參りをするからな。丑のセリフ　叔父さん、全身で天地を照らせばいいんでしょ。死ねってわけだ。外のセリフ　むすめや、わしと一緒に家に歸ろう。口げんかはするでない。前世からの縁をもった夫婦なのだから。そうひどく依怙地に争う必要はない。似合いの仲ではないと知ればこそ、むすめや、一緒に歸ろう、急場しのぎにしばらくは連れ添うのだ。外と旦がともに退場する

丑のセリフ　「急場しのぎにしばらくは連れ添うのだ」だとさ。あいつほんとにお喋りのうすのろ野郎。淨のセリフ　女房や、どうすればよいのだろう。税金集めに行って手ぶらで歸ってきたようなもんだ。離縁状はあの小娘に奪われてしまい、そのうえ叔父さんにはひとしきり叱られる始末。今度はどんな策でいこうか。丑のセリフ　いま銀子三錢を持って、あっちの角の方にある横丁の丘の生藥屋に行き、ハズの實と砒素と腦子を少しばかり買ってきな。すりつぶして、茶の中ではなくて飯の中に盛ってやれば、あのやくざ者も死んで終わりだよ。訴訟も起こせないし、訴えることもできやしない。淨のセリフ　女房や、そりゃまずい。町のお役人に捕らえられ、暗いところに連れて行かれ、「仙人が路を指し、燕が飛ぶ」ってやつで吊されれば、白状してしまう。白状してしまえば西の隅に連れて行かれ、西に坐って東を向き、體を縛り上げられた上に、「犯人李弘一、毒殺をしました」なんて自白状を首に立てられてしまう。首切り

役人が刀をさっと引抜きでもしようものなら、頭を取られるは従軍をさせられるはだ。[丑のセリフ] 頭を取られて、どうして従軍までさせられるんだい。[淨のセリフ] 成化年の換算レートはむちゃくちゃだからね。俺に一計がある。いま家から五里離れた高臺の臥龍岡に瓜畑があって、廣さは四十畝、そこでは瓜の化け物が出るのだ。毎年、兩親がいたときには四季のお祀りを行っていたから、人命を損なうことはなかったが、俺の兩親の死後は祭事をするものがなく、瓜を商う人たちを食べてしまい、道行く人もいなくなってしまった。いまあいつを呼んで來て、おだてて家財をやつと三分し、分け前の他に瓜畑も與えるのだ。お前があいつに冷や酒を飲ませ、俺はあいつに熱燗を飲ませ、醉いつぶしてしまおう。三女には話すなといってあいつをそのまま瓜畑へ行かせよう。そこに着こうもんなら「一更には何事もなく、二更になってひっそり、三更になった頃には」ってやつさ。あの瓜の化け物に出くわし、兩手で半分に引き裂かれ、生のまま食べられっちまうんだ。奴は訴訟も起こせないし、訴えることもできやしない。ねえ女房や、どうだい。[丑のセリフ] あんた、妙計よ妙計よ。それでいきましょう。

「計劃が預めしっかりしてさえいれば、月中に玉兎を捕まえ、太陽で金鶏を捉えることすらできる」というやつね。我らはよい女房とよい亭主。[一同退場]

第八出〔生、旦〕

[生上白] 舅舅（舊母）〔舅母〕回心轉意、把家財三分分了。一分三叔公、一分（舊舊）〔舅舅〕（舊母）〔舅母〕、一分我（夫婆）〔夫妻〕兩口兒、分外又與我瓜園一所。（舊舊）〔舅舅〕（舊母）〔舅母〕又與我（己）〔幾〕盃酒喫、我不覺

的醉將上來了。（舊舊）〔舅舅〕叫我往（瓜□）〔瓜園〕里去看瓜、交我不要與三姐說。我夫妻家如何不說。便不說也罷。家中有（獲身龍棒）〔護身龍棒〕、可要取（公）〔去〕。不免叫三姐一聲。三姐、三姐。

[旦上白] 關門屋里坐、禍從天上來。

（如家）〔奴家〕在繡閣之中悶〔坐〕、只聽的門前大呼小叫、我道是誰、却是丈夫劉知遠。那里喫的薰薰大醉。生死只爲這酒。我那哥哥嫂嫂見了、不是那（■）〔打〕、便是那罵。罷、本待不（伏）〔扶〕他家去、一夜夫妻百夜之恩。不免叫他一聲。[做扶科] 劉知遠。[生] 娘娘、我喫不的了。[旦] 呸、我是三姐。[生白] 三姐扶我起來、我醉了。[旦白] 那里喫酒來。[生白] 你哥哥嫂嫂與我酒喫來。[旦白] 我哥哥嫂嫂見了你眼中疔肉中刺、如何與你酒喫。[生] 你哥哥回心轉意了。把房屋三分分了、一分三叔、一分哥嫂、一分我夫妻二人、又與我酒喫。三姐、你拿我（獲身龍棒）〔護身龍棒〕來。[旦白] 你醉了、這早晚那里去。不是（要）〔耍〕處、你去臥房中歇了罷。[生白] 娘子、我不歇、你好歹與我〔取〕這棒去。[旦白] 你那去。[生] 你哥嫂交我不要與你說。[旦白] 不要與你說。必是歹意。好歹與奴家說。[生白] 交我瓜園中看瓜去。[旦叫] （大）〔天〕呀、元來我哥哥嫂嫂害你、瓜園中有鬼。[生] 呸、婦人家（當言道）〔常言道〕老婆婆去曾的門破我。當元前、不說是鬼、萬事皆休、說起這鬼來、把我的酒盡皆散了。豈不聞昔日漢高祖、姓劉名季、乃徐州沛縣人也、因往（芒蕩山）〔芒碭山〕過、見一木牌上書一行大字道、山中有（千火大莾）〔千尺大蟒〕、行客可以避之。劉季醉而言曰、壯士行程、何以避之、不免逕遊。當先果見（千尺大莾）〔千尺大蟒〕逕遊劉季、季側身躲過、一劍揮之兩截、後來做到帝位。他是劉季、我是（劉皐）〔劉暠〕。倘若我前程有分、降了瓜精。三姐、不强似死在你哥哥嫂嫂（手不）〔手下〕。放了手、我去。[旦白] 我便死也不放你去。

註　○闕門屋里坐禍從天上來―成語。『朱子語類』巻七一「易」(七)「无妄」の條に「諺曰、閉門屋裏坐、禍從天上來」とあり、『金鳳釵』第三折【牧羊關】には「俺正是閉門屋裏坐、禍從天上來」とある。　○在繡閣之中悶〔坐〕―江本は「悶」の後に一字の空格を補う。ここでは、文脈より「坐」を補った。　○生死只爲這酒―「生也只爲……、死也只爲……」の意であろう。　○娘娘―原義は、おかあさん。高貴な女性に對する尊稱。ここでは李弘一の妻を指す。　○不是那(■)〔打〕便是那罵―「那」は金元の白話資料に「好那不好」とあらわれる「那」であろう。　○眼中疔肉中刺―常語。宋・葉廷珪『海錄碎事』巻九下「時號雜名門」「眼中釘」の條に「丁謂 既に寇準を逐《しりぞ》くるに、京師 之れが爲めに語りて曰く『天下の寧《やす》らかなるを得んと欲すれば、當に眼中の釘を拔くべし。天下の好ろしきを得んと欲すれば、寇老を召すに如くは莫し』と」とあり、『新五代史』巻四六「趙在禮傳」には「眼中に釘を拔けば、豈に樂しからずや」とある。「眼中疔」は、元來は「眼中釘」であろう。　○婦人家(當言道)〔常言道〕老婆婆去曾的門破我―待考。ここでは假に「婦人家常言道老婆婆舌頭的。悶破我」と校訂して譯出した。なお、「老婆舌頭」はおしゃべりをいう常語。　○當元前―第二出註參照。　○豈不聞……後來做到帝位―漢の高祖が大蛇を斬ったという話は、『史記』巻八「高祖本紀」に基づく。同書によれば、「芒碭山」(正確には「芒碭山澤巖石之閒」。「芒」「碭」は縣名)は、高祖が秦始皇帝による捕縛を恐れて身を隠した場所であり、本來その地と大蛇の逸話とは無關係であるが、『前漢書平話續集』巻上、『兩漢開國中興傳誌』巻一、『全漢志傳』「西漢」巻一では「芒碭山」において高祖が蛇を斬ったことになっており、『前漢書平話續集』では、成化本『白兎記』同様「芒碭山」を「芒蕩山」に作る。ただし、それらの小説類には、警告文の書かれた「木牌」は登場しない。

譯

［生が登場してセリフを言う］義兄さん義姉さんは改心して、家財を三つに分けました。ひとつは三番目の叔父上、ひとつは義兄さん義姉さん、ひとつはわたしたち夫婦に分け、さらにわたしに瓜畑までくれました。義兄さん義姉さんはそのうえ酒まで振る舞ってくれたので、うっかり酔っぱらってしまいました。義兄さんはわたしに瓜畑の見張りに行かせ、三女にはいうなといいますが、わたしたちは夫婦、どうしていわないでおられましょう。いうなとあらばいわず

におくが。護身用の龍棒が家の中においてあるから、取りに行かねばなりません。三女を呼びましょう。三女、三女。

旦が登場してセリフを言う　門を閉ざして家の中にいても、禍は天からやってくる。

わたしがお部屋の中で悶々としておりますと、聞けば門の前で大騒ぎ。誰かと思えば、なんと夫の劉知遠。どこでこんなになるまで飲んできたんでしょう。とにかくお酒に目がない人。兄さん兄嫁さんに見つかれば、打たれるか罵られるかするでしょう。しかたない、助け起こしに行きたくはないけれど、「一夜の夫婦も百夜の恩」ということだし。呼び起こしてあげましょう。助け起こすしぐさ　劉知遠。生のセリフ　奥方さま、わたしはもう飲めません。旦のセリフ　ちっ、わたしは三女です。生のセリフ　三女、わたしを起こしてくれ、酔っぱらってしまった。旦のセリフ　どこで飲んだのです。生のセリフ　義兄さん義姉さんが飲ませてくれたんだ。旦のセリフ　わたしの兄さん兄嫁さんはあなたを「眼の中のいぼ、肉の中のとげ」みたいに思っているのに、あなたに酒なんか飲ませるものですか。生のセリフ　義兄さんは改心したんだ。家財を三つに分け、ひとつは三番目の叔父上に、ひとつは義兄さん夫婦に、ひとつはわたしたち夫婦にということで、そのうえわたしに酒まで振る舞ってくれた。三女、護身用の龍棒を持ってきておくれ。旦のセリフ　酔っているのに、こんな時分にどこへ行くというの。冗談ではありません。部屋へ戻ってお休みなさい。生のセリフ　奥方、わたしは寝ない。とにかく棒を取ってきてくれ。旦のセリフ　どこへ行くのです。生のセリフ　義兄さん義姉さんにいうなといわれた。旦のセリフ　いうな、ですって。きっと悪い考えだわ。とにかくわたしに話してください。生のセリフ　わたしに瓜畑の見張りに行けというんだ。旦が叫ぶ　あれまあ、兄さん兄嫁さんはあなたを殺すつもりです。瓜畑には化け物が出るのよ。生のセリフ　ちっ、女ってやつはくだくだといつもつまらぬことばかりをいう。わずらわしい。化け物と聞かなければすんだものを、化け物と聞いた以上は、酔いもすっかり醒めてしまった。お前も知っているだろう。その昔、漢の高祖は姓を劉、名を季といい、徐州沛縣の人だったが、芒碭山を通った時に、木の板に大きな字で一行、

「山中に千尺の大蛇有り。旅人はこれを避くるべし」と書いてあるのを見た。劉季が酔っていうには、「壮士が道を行くに、何ぞ蛇など避けようか。ただ直進あるのみ」と。そのとき果して前方に千尺の大蛇が現れ、劉季に飛びかかってきたが、彼は身をかわしてそれを避け、一太刀振るえば大蛇はまっぷたつ。後に彼は帝位にまでのぼりつめた。彼の名は劉季、わたしの名は劉暠。もしもわたしが出世の運に恵まれているのなら、瓜の化け物を倒すこともかなうはず。三女よ、義兄さん義姉さんの手にかかって死ぬよりましではないか。手を放せ、俺は行く。［旦のセリフ］たとえ死んでも放しません。

［生唱］

1【一江風】你婦人家。你説這般驚人（活）〔話〕。神鬼事吾不怕。我爲人、稟着天地神靈、生長（我）在三光下。平生不信（相）〔邪〕。〔平生〕不信（相）〔邪〕。心平好去也。（總）〔縱〕有鬼吾不怕。［旦唱］

2〔【又】〕後生家。説這般過頭（語）〔話〕。神鬼事誰不怕。怕你五行差。

［旦白］丈夫、將（己）〔幾〕箇古人比竝你。［生白］娘子、你婦人家、三柳梳頭、兩接穿衣、女流之輩、曉的甚麼今人古人。（是）〔試〕説我聽。［旦（唱）〔白〕］（【一江風】）你不記的（樵嶺有辛）〔梅嶺陳辛〕。［生白］我道你説誰、元來是陳巡檢梅嶺失妻。他運遭愚魯、我劉知遠是有德之人、焉能比我。［旦白］還有一箇古人。［旦唱］

有一箇（李保逢金天）〔李寶逢金天〕、此（事）〔是〕眞無假。我哥哥使計策。〔哥哥〕使計策。奴家苦恨他。怕身死在瓜園下。（身死在瓜園下。）

[生白] 娘子、放手、我去。[旦白] 便死也不放你去。[生白] 眞箇不放。[做推倒科] [生白] 何妖怪何妖怪、（總）〔縱〕有鬼吾不怕。〔生〕下 [旦唱]

3 【〔一江風〕〔□□□〕】別時容易見時難。夫婦生（折散）〔拆散〕。惟有我（孤卑）〔孤單〕。

〔白〕一夜枕邊都是淚、來朝清早看分明。[下]

[韻] 1・2―家麻、車蛇（策）、歌羅韻。3―干寒韻。

[校記] 汲本。

○汲本―【一江風】你是個婦人家。說這般輸機話。神鬼偏不怕。我爲人頂着天地神明、生長在三光下。平生不信邪。平生不信邪。心正可去也。總有鬼吾不怕。【前腔】你後生家。說這般過頭話。神鬼誰不怕。怕你五行乖、不記得梅嶺陳辛、季寶遇著金神、此事無虛詐。我哥哥使計策、我哥哥使計策、奴家苦恨他。怕你死在黃泉下。【臨江仙】他那裡有邪魔。俺這裡偏不怕。【□□□】別時容易見時難。夫妻成拆散。惟有我身單。一夜枕邊都是淚、來朝清早看分明、

[註] ○生長（我）在三光下―「我」は衍字であると考えて校訂した。「三光」は、日・月・星を指していう。　○平生不信（相）〔邪〕〔平生〕不信（相）〔邪〕―「相」字は、汲本に従って「邪」に校訂した。二度目の「〔平生〕不信（相）〔邪〕」は、原文では三字のおどり字で表されるが、【一江風】の句格に従って「平生」二字を補った。この常語については、『八義記』第四一出小生の登場詩に「踏盡天涯路、平生不信邪。爲人豈怕鬼、怕鬼是心疑」とある。　○2〔【又】〕―汲本および句格に従い、後行の曲牌名をここに前置するかたちで補った。また、句格からすれば、「你不記的（樵嶺有辛）〔梅嶺陳辛〕」の句は白、原本では六字のおどり字で表記される末句「身死在瓜園下」は衍とすべきであるので、校訂した。　○五行―第二出註參照。　○三柳梳頭兩接穿衣女流之輩―「三柳」は「三綹」。「三綹梳頭」は女性の髮型をいうのであろうが、具體的にどのようなものを指すのかは不明。「兩接（兩截・兩節）穿衣」は、上着と下穿きが分かれた衣服か。『抱粧盒』第二折に「誰想寇承御是箇三綹梳頭、兩截穿衣、女流之輩、倒有這片忠心」とあり、『殺狗記』第七出には「婦人家、三綹梳頭、兩接穿衣。只曉得門內三尺土、那曉得門外三尺土」とある。その髮型・服裝から女性を指していう常語。　○（是）〔試〕說我聽―江本は「是」を「且」に校訂する。「試說我聽」は、戲曲の慣用表現。　○（樵嶺有辛）

〔梅嶺陳辛〕―江本・俞本の校訂に従う。陳辛が梅嶺で猿のもののけに妻をさらわれた話には『清平山堂話本』「陳巡檢梅嶺失妻記」があるほか、『永樂大典』巻一三九八一「戲」「戲文」（一七）（佚。存目）に見える『陳巡檢妻遇白猿精』、明・徐渭『南詞敍錄』「宋元舊篇」所載『陳巡檢梅嶺失妻』などの戲曲があったことが知られる。錢南揚『宋元戲文輯佚』（上海古典文學出版社、一九五六）參照。　○運遭愚魯―未詳。このままであれば、「運が愚魯に遭う」と讀まざるを得ないが、少なくとも運命を「愚魯」とは形容しないだろう。この四字に誤りを含むか、あるいは數文字の脱落があるかもしれない。　○〔李保逢金天〕〔李寶逢金天〕―待考。『永樂大典』巻一三九七二「戲」「戲文」（八）（佚。存目）に『金鼠鐵猫李寶』の劇目が見え、『寒山堂新定九宮十三攝南曲譜』巻首「譜選古今傳奇散曲集總目」には、大都の人、鄭聚德の『金銀猫李寶閑花記』が著録される。また、増譜巻四「正宮過曲」に引かれる【黃鐘賺】「集六十二家戲文名」散套に「陳留李寶、銀貓智伏金天神」とあるのも、これに關連するものであろう。錢南揚『宋元戲文輯佚』參照。なお「金天神」は、唐玄宗が華岳の神を祀って「金天王」としたものであろう。　○哥哥使計策〔哥哥〕使計策―二度目の「〔哥哥〕使計策」は、原文では三字のおどり字。句格より「哥哥」二字を補った。韻字「策」（ここでは非入聲音）は、『韻學驪珠』では拍陌韻（支時・灰回・皆來韻と叶韻）に屬するが、ここでは屑轍韻（車蛇韻と叶韻）だと考えられる。　○3【〔一江風〕〔□□□〕】……〔白〕―【一江風】では句格に合わないので【□□□】とした。汲本は、成化本の生のセリフ「何妖怪何妖怪」に相當する句より出末までを【臨江仙】とするが、句數が合わず、落韻も見られ、何らかの混亂があるものと思われる。成化本の場合は、前半三句の句格は【臨江仙】の後半三句にあたり、末尾二句は旦の退場詩と考えるべきだと思われる。なお『張協狀元』第二〇出に見える【臨江仙】も、ここと同じ句數・句格である。第七出「2〔【□□□】〕」註參照。　○別時容易見時難―成語。このままの表現としては、南唐・李煜【浪淘沙令（簾外雨潺潺）】詞に見えるのが早く、『緋衣夢』第一折【青哥兒】、『楚昭公』第一折【賺煞】などにも見える。
○一夜枕邊都是淚―常語。『張協狀元』第二〇出の退場詩に「今夜枕頭都是淚」とある。

譯

生のうた

1【一江風】女ってやつは。人を驚かすようなことをいう。神とか魔物とかわたしはこわくなんてないぞ。このわたしは、生まれながらに天地の靈威を授かり、日月星三光の下に育まれたんだ。幽鬼なんて信じたことがない。幽鬼な

んで信じたことがない。心穏やかであれば行けるってもんだ。魔物がいたってこわくはないぞ。［旦のうた］

2【又】若造ってもんは。そんな大それたことをいって。神や魔物をこわがらない人がいるもんですか。あなたの運命のめぐりあわせが悪いのが心配ってものよ。

［旦のセリフ］おまえさん、何人かの古人をあなたになぞらえましょう。［生のセリフ］奥方や、女ってやつが、三つに髪を結い、上と下とに分かれた服を着ているおんなだてらに、どんな古今の人物を知っているというんだ。ちょっといってみなさい、きいてあげるから。［旦のセリフ］あなた梅嶺の陳辛のことをおぼえてますか。［生のセリフ］誰のことをいうのかと思えば、なるほど陳巡検が梅嶺で妻を失くしたことであったか。彼は運のめぐりあわせでばかげた出來事に出くわしたが、この劉知遠は徳ある人物、彼をどうしてわたしにたとえられよう。

［旦のセリフ］なぞらえるべき古人がもうひとりいます。［旦のうた］

もうひとりの李寶は金天神に逢いました、このことはほんとにつくりごとではありません。兄さんが計略をつかって。兄さんが計略をつかって。わたしはあの人がほんとに憎らしい。あなたが瓜畑で死にやしないかと。

［生のセリフ］奥方や、手を放せ、俺は行く。［旦のセリフ］死んでもあなたを放すもんですか。［生のセリフ］ほんとに放さないな。［押し倒すしぐさ］［生のセリフ］なにが化け物だなにが化け物だ、いたとしたってこわくはないぞ。［生退場］

［旦のうた］

3【□□□】別れるは易くまみえるは難し。夫婦はむざむざひき裂かれ。ひとりぼっちのわたしがのこる。

［旦のセリフ］ひと晩涙にそぼった枕、明日の朝にははっきりわかる。［退場］

第九出〔生、旦、淨（李弘一）、丑（李弘一の妻）、外（李三公）、末（竇老）〕

生上唱

1 【（川發棹）（川撥棹）】可惜英雄都棄了。無煩惱要尋煩惱。今朝來到瓜園、明朝便見分曉。

生白 不覺的來到瓜園田地。紅輪西墜、玉兎東生。我三姐說、瓜園中有鬼。常言人道、寧信其有、（墓）（莫）信其無。遠遠望見瓜藤樹下是我岳丈岳母墳所。不免上前拜（已）（幾）拜、將冷熱酒情由訴說一遍。

韻 蕭豪韻。

校記 汲本。

○汲本―【虞美人】可惜英雄都喪棄、無煩惱要尋煩惱。遙望臥牛岡上、今晚便知分曉。

註 ○1【（川發棹）（川撥棹）】―汲本の作る【虞美人】とともに、南曲及び曲譜類に合致する格律がない。この部分の【川撥棹】は、始譜「仙呂入雙調過曲」に引かれる【川撥棹】（第一格）の後半四句が用いられたものかもしれない。 ○無煩惱要尋煩惱―成化本第一八出・第二二出それぞれの生の登場詩や、『三元記』第一九出丑の登場詩に見える「煩惱不尋人、人自尋煩惱」という成語をふまえていうのであろう。 ○田地―第三出註參照。 ○紅輪西墜玉兎東生―常語。宋・祝穆『古今事文類聚』後集巻二一「肖貌部」「眠睡」に引かれる、陳摶が後周世祖に應えた歌に「玉兎東生、紅輪西墜」とあり、『武王伐紂平話』巻中に「天昏日晩、紅輪西墜、玉兎東生」とある。 ○常言人道―江本・兪本ともに「人」を衍字とするが、『殺狗記』第七出【桂枝花】第五曲に「常言人道。熱心閑管招非、冷眼無些煩惱」とあり、同第一七出【梁州序】第二曲にも「自古常言人道。逆耳忠言、苦口良藥妙」とあることから、原文に従った。 ○寧信其有（墓）（莫）信其無―成語。元曲選本『盆兒鬼』楔子や『荊釵記』第二六出には「寧可信其有、不可信其無」というかたちで見える。　○瓜藤樹―未詳。汲本第一二出の相當箇所は「高藤樹」に作るが、汲本同出には他に「瓜藤樹木」という表現も見える。成化本本出の後段に「綾錦樹」（桑樹の謂。後註參照）とあるのがこれと同一の樹だとすれば、「瓜藤樹」「高藤樹」ともに、瓜のつるの巻きついた樹、の意かもしれない。ここではその意で譯した。あるいは「瓜藤」で斷句すべきか。

譯

1 【川撥棹】 [生が登場してうたう] 口惜しくも英雄は棄てさられ。面倒がなくともそれを探し求めていこう。今日瓜畑にやってきた、明日になればすべてあきらか。

[生のセリフ] 知らぬまに瓜畑まできてしまった。陽は落ち、月は昇る。うちの三女は瓜畑には化け物が出るという。諺にも「無いと信じるよりも、有ると思っておいた方がよい」というからな。遙かに見やれば、瓜のつるが巻きついた樹の下はお義父さんお義母さんの墓だ。行ってお參りして、冷や酒やら熱燗やらを飲まされたいきさつをひととおり話しましょう。

[生唱]

2 【鎖南枝】〔□〕靈魂、聽拜啓。今宵中着他巧計。舅舅令我看瓜、要害咱身體。望祖宗、魂保（此）〔比↓庇〕。有（兇）〔凶〕時。化爲吉。[瓜精叫] [（坐）〔生〕唱]

3 【鎖南枝】何妖怪、甚般樣鬼。敢和我賭鬪一箇英雄勢。我將這兩眼（摸胡）〔摩挲〕、認他來蹤跡。黑黑的。一箇鬼。不下來、待何時。

[生白] 待我跨墻而坐、看這業畜從何而來。[瓜精上白] 你是村中（蠻汗）〔蠻漢〕。來我瓜園中、有何事幹。

頭上頭巾腌臢。鬢邊兩邊鬔亂。我兩手撕做你兩半。我生喫你一半。熟喫你一半。[生白] 業畜、見你口。不曾見你手。三合跌的我、萬事皆休。三合跌不得我、我怎肯干罷。[生鬬瓜精敗] 趕入地裂之中去了。我將這（獲身龍棒）〔護身龍棒〕（窰）〔空〕開地裂、石板〔下〕有一匣。打開石匣看、內有頭盔衣甲、又存三卷天書。我如今把盔甲强埋在裏頭。又有一把大刀、刀上有兩行（李）〔字〕、（將）〔待〕我讀一遍。看道「此寶刀。賜與（劉皐）〔劉暠〕。五百年後、大逞英豪」。若是我劉知遠、前程有分。把刀一發埋在裏面。地草都長完了、就將綾錦樹爲（把）〔記〕。埋罷（以）〔已〕了、不免拜謝上蒼。[生唱]

4
【鎖南枝】當得謝了、皇天后土。瓜園中有刀甲頭盔。且埋藏、在這裏。待前程有分、却來取你。

[白] 埋罷（以）〔已〕了、天色漸（漸）〔明〕。遠遠望見箇婦人、身穿着（素隔）〔素縞〕衣服、手中提着箇飯礶兒、口口聲聲哭着願詞。好相我（郡）〔那〕三姐來了。不免躲在一壁廂、將我頭巾衣衫脫在此處、將（凌錦樹）〔綾錦樹〕（班拆）〔攀折〕（己）〔幾〕枝、就將瓜（墮破）〔跺破〕（己）〔幾〕箇。看他說些甚麼。正是、

要知心腹事、但看他口中語。

[韻] 機微（吉・跡・的）、支時、灰回、姑模韻。

[校記] 汲本。

○汲本―【鎖南枝】（□）靈魂、聽咨啓。今晚中他計。舅舅着我看瓜、要害吾身已。望祖宗、蔭保庇。有凶時。化爲吉。【前腔】何妖怪、甚麼鬼。和咱比箇英雄勢。我把兩眼摩挲、看他來蹤跡。黑魆魆、一個鬼。不下來、待何時。【剔銀燈】當答謝瓜園中土地。勞看守刀甲頭盔。兵書寶劍埋藏此。得前程方來取你。神明聽吾訴與、休洩漏天公事機。

[註] ○2【鎖南枝】―一句目は本來三字句になるべきであり、冒頭に「願」等の一字が脫落していると思われる。また、三句目は七

字句であるべきものが七乙になっている。　○（摸胡）〔摩挲〕―文脈により改めた。すでに兪本が同様に校訂する。　○來蹤跡―「來蹤跡」は「來蹤去跡」と同じで、「來歷」の意。『劉知遠諸宮調』第三【仙呂調】【繡帶兒】に「你把行蹤去迹、細說眞實」とある。

○業畜―罵語。（宋元）（漢）參照。　○你是村中（蠻汗）〔蠻漢〕……熟喫你一半―「漢」「幹」「臢」「亂」「半」で押韻する韻文。

○三合跌的我……我怎肯干罷―「三合敵得我、……。三合敵不得我、……」は一種の常套表現であり、『西遊記』等に頻見される。また、「跌」は「迭」とも表記し、「敵」に通じる。『雍熙樂府』巻九【一枝花】「下大棋賭馬」第六曲【感皇恩】に「止不過鷄鳴狗盜。怎迭得虎略龍韜」とある。なお、「怎肯干罷」の「干」は、無駄に、「罷」は、やめる、の意。全體で、ただではすまさない、の意。

○石板〔下〕―文意に従い、「下」字を補った。　○三卷天書―常語。元曲『陳摶高臥』『岳陽樓』『博望燒屯』や『水滸傳』等にも「三卷天書」の語が見える。　○此寶刀……大逞英豪―「刀」「暠」「豪」で押韻する韻文。汲本は「此把寶刀。付與劉暠。五百年後、方顯英豪」に作り、これは四言の銘文だと考えられるので、「此」の後に「把」を補うべきであろう。　○一發―「一時」「一同」と同意。（宋元）參照。　○就將綾錦樹爲（把）〔記〕―『蔡順奉母』第三折に「桑樹神上云 園內開花我最奇。封爲綾錦樹神祇」とあり、元・王逢『梧溪集』巻四「題錢慶餘綾錦墩」詩に「華亭の東に蟠龍の塘有り、塘上 姓錢なる人 桑を種う。……土高く過客相指して語る、千綾萬錦 城府に登らんと」とある。「綾錦樹」とは桑の樹の美稱であろう。また、文脈により「把」を「記」に改めた。

○4【鎖南枝】―汲本は【剔銀燈】とし、曲文がやや異なる上に、末尾に「神明聽吾訴與。休洩漏天公事機」の二句を附す。また、始譜「中呂宮過曲」は【剔燈花】の按語中に「元傳奇劉知遠・第一三折【剔銀燈】」の第一・二句として「當答謝瓜園中土地。勞守著寶劍兵書」を引く。本曲は【鎖南枝】の格律からいえば二句足りず、【剔銀燈】の格律とも合わない。なお、「土」は機微韻と叶韻とすべきだろう。　○當得―「應該」の意。（漢）參照。　○天色漸（漸）〔明〕―二字目の「漸」は原文おどり字。文意により「明」に改めた。兪本がすでに同様に改める。「天色漸明」は常套表現。　○（素隔）〔素縞〕―「素縞」は、普通は喪服。劉知遠が死んだと思って、李三娘が喪服で登場するのだろう。　○飯礶兒―普通は乞食の持ち物である。　○願詞―江本・兪本は「願」を「怨」に校訂する。「願詞」は「願文」の謂だろう。　○一壁廂―「一邊」の意。（宋元）參照。　○（墮破）〔跺破〕―江本・兪本は「墮」のままとする。　○要知心腹事但看他口中語―成語。（通俗）巻一五「性情」「要知心裏事」の條は、古樂府として「心裏の事を知るを要すれば、看取せよ腹中の書を」を引き、「按ずるに、今 諺に『要知心裏事、但聽口中言』と云うは、卽ち此れに因りて改竄するに似たり」という。また、『殺狗記』第七出【淸歌兒】第三曲には「常言道、要知心事、但聽他口中言語」とある。

譯

［生のうた］

2 【鎖南枝】 靈魂よ、わたしが申し上げるのをおききください。今宵やつらの姦計にはめられたのです。義兄さんはわたしを瓜畑の見張りに行かせ、わたしを殺そうとしています。代々のご先祖さま、どうかわたしをお守りください。災いがあれば。吉に變えてください。［瓜の化け物が叫ぶ］［生のうた］

3 【鎖南枝】 どこの妖怪だ、どんな化け物だ。わたしと英雄ぶりを競おうなんてだいそれたことをするやつは。この兩目をこすって、そいつの正體をつきとめてやる。眞っ黒な。この化け物め。お前をいま降參させなければ、いつ降參させるというのだ。

［生のセリフ］塀を乗り越えて座り、この畜生がどこからやってくるか見てやろう。［瓜の化け物が登場してセリフを言う］なんだ村の田吾作か。わしの瓜畑に來て、なにをするつもりだ。頭上の頭巾は薄汚れ。左右の鬢は荒れ放題。俺の兩手でお前を眞っぷたつに引き裂いて。半分は生のままで食べ。半分は煮てから食べてやる。［生のセリフ］この畜生め、お前の口上はわかったが。腕前はどうなんだ。わたしと戰って渡りあえれば見逃してやるが、負ければただじゃすまんぞ。［生が瓜の化け物と鬪って負かす］地の裂け目に逃げこんでいきやがった。この護身用の龍棒で地の裂け目を掘ってみると、石板の下に箱があるぞ。箱を開けて見ると、中には兜と鎧、さらには天書三巻が入っている。今は兜と鎧は箱に入れて埋めておこう。他に一振りの大刀があり、刀の上には文字が二行竝んでいるから讀んでみよう。「この寶刀を。劉暠に賜う。五百年後に、その英雄ぶりを發揮するであろう」とあるぞ。この劉知遠のことだとすれば、わたしの前途には見込みがある。刀も一緒に箱を埋めておこう。地面の草がみな生長してしまったら、桑の樹が劍の目印となるだろう。埋め終わったなら、天にお禮を申し上げよ

う。生のうた

4【鎖南枝】お禮をしなければ、天神地祇に。瓜畑には刀と鎧兜が埋められていた。それらをしばらく埋めておこう、この場所に。わたしの前途が開けたら、再びお前たちを取りに來よう。

生のセリフ 埋め終わった、空が次第に明るくなってきたぞ。遠くに一人の女が見えるが、身に白裝束をまとい、手には物乞いの飯罐を提げ、泣き叫んで口はしきりにムニャムニャいっている。どうやらうちの三女がやってきたようだ。わきに隠れ、頭巾と衣服をここに脱ぎ捨て、桑の樹の枝を何本か折り、瓜を幾つか踏み割っておくとしよう。さあ、あいつはなんていうだろう。まさに、

「腹の中を知りたければ、口の中の言葉を聽け」。

5【步步嬌】旦上唱 苦惱子（軋）〔乾〕生受。只得到此且懷羞。奴與我的哥哥、有甚冤仇。只得荒忙便走。裙兒、忙把飯來挽。淚濕了奴衣衫袖。淚濕了奴衣衫袖。

旦白 這（■）〔裏〕來到瓜園門首、瓜園門半掩半開。我待進去、只怕瓜精（食敢）〔食啖〕性命、待不進去、我那丈夫在里面忍餓。不知性命有無、不免叫他（己）〔幾〕聲。丈夫、丈夫。天哦、連叫數聲不應、想必丈夫被瓜精喫了。這不是我丈夫衣衫頭巾。樹也攧折了、（棠）〔堂↓蹚〕土蕩的有三四寸深。丈夫、交你休來、你苦苦要來。罷罷、我將這碗（良將）〔涼漿〕水飯祭賽了你、我回家（闌）〔閨〕中尋箇自盡。趕到鬼門關上、還做夫妻。

〔詩曰〕一嫁劉郎得半春。爲人莫作婦人身。夫妻本是同林鳥、兄嫂如同陌路人。身孕未知男共

女、枕邊難捨〔意〕〔義〕〔河〕〔和〕恩。眼中滴盡千行淚、只得撮土焚香事有因。旦唱

6【步步嬌】怕兄嫂怕兄嫂成潺僽。只得到此少香酒。你夜來做事、不依奴口。你先在瓜園埋屍首。夫妻們恩愛、逐與水東流。淚濕了衣衫袖。淚濕了衣衫袖。

7【步步嬌】〔止望〕〔指望〕〔止望〕〔指望〕頭白相守。誰想和你不長久。百歲夫妻、今日一旦休。半年身孕伊知否。正是誰人知道、知道我心頭。淚濕了我奴衣衫袖。淚濕了我奴衣衫袖。

旦白〔有財無壽〕〔有才無壽〕少年亡。鸞鳳分飛實可傷。如今不敢高聲哭、只恐人聞也斷腸。虛下

生上白 三姐、那去。旦白 有鬼哦。生白 娘子、行步有影、衣衫有縫、焉能是鬼。旦白 你〔計〕〔既〕不是鬼、一聲高似一聲、你是鬼、一聲低似一聲。生白、大叫 三姐、三姐。旦白 休說不是鬼、就是我的丈夫、不免上前見他一見。抱頭相哭 旦白 丈夫、你〔生〕〔在〕那里來。生白 我在高墻里面盹睡。旦白 丈夫、我叫你休來、你苦苦要來。生白 娘子、早信你的言語〔道〕〔倒〕好來。一更無事、二更悄然、三更時分、果見一金眼瓜精。口似血盆、牙似〔剛劍〕〔鋼劍〕、兩眼放萬道火光。鬬我三十餘合、跌我不過、〔蚌〕〔蹦〕入地裂之中去了。旦白 丈夫、早是你手段高强、若不你手段高强、却不死在瓜精之手。生白〔娘了〕〔娘子〕、我遠遠的望見你手中提着些甚麼東西。〔生〕〔旦〕白 丈夫、我瞞着哥哥嫂嫂、偸的〔半灌兒〕〔半罐兒〕飯、與你充饑。生白 娘子、正中下懷。旦白 丈夫、請喫飯。生白 娘子、飯便有了、却怎生沒〔一恨萊〕〔一根菜〕。三姐、我好恨。旦白 莫不恨我奴家看的你遲了。生白 我男子漢自恨無能、豈肯恨你婦人。旦白 不恨我恨誰。生唱

8【步步嬌】自恨我不喞嚠。這碗淡飯交我怎入口。旦唱 你且胡亂充饑、你莫要愁。

旦白 丈夫、你身上衣衫因何破碎了。生唱

身上衣破因爲與瓜精鬪。悶似長江水、㶑㶑不斷流。淚濕了我奴衣衫袖。淚濕了我奴衣衫袖。

旦白 丈夫、你自從到這里、可曾參拜我爹爹母親不曾。生白 我劉知遠一到就與參拜了。旦白 我如今(在)〔再〕和你同去拜謝爹爹母親。旦唱

9【步步嬌】謝我爹娘保佑。今朝和你再廝守。必定你前程顯達、不遇瓜精(鬪)〔斗→手〕。悶似長江水、淹淹不斷流。淚濕我奴衣衫袖。淚濕我奴衣衫袖。

韻 鳩侯韻。「達」は失韻。

校記 始譜・寒譜・汲本。

○始譜―【醉扶歸】奴苦惱甘生受。只得到此且含羞。奴與哥哥有甚冤仇。只得慌忙奔走。裙兒破、忙把飯來兜。合 淚濕透奴衣衫袖。【醉扶歸】怕兄嫂成僝僽。慌忙到此少了香和酒。又沒資財、與奴收留。夜來做事怎不依奴口。誰人知道我心憂。合前【醉歸月下】自恨我好不唧嚁。這碗淡飯教我怎入口。胡亂充饑莫害羞。胸前衣破、與那瓜精鬪。悶似湘江水、涓涓不斷流。淚濕透奴衣衫袖。

○寒譜―【醉扶歸】苦切苦切枉受生受。只得到此且含羞。奴與哥哥甚冤愁讐。下得這般惡毒手。羅裙忙把飯米兜。這苦也難生受。

○汲本―【醉扶歸】好苦切甘生受。只得到此且藏羞。奴與哥哥有甚冤仇。只得慌忙便走。裙兒破忙把飯來兜。合 淚濕透衣衫袖。【前腔】信他甜言說誘。誰知今日悔成憂。百歲夫妻一旦休。先在臥牛岡埋尸首。恩愛都付與水東流。合前【前腔】怕兄嫂成僝僽。慌忙到此少了香和酒。又沒資財與奴收受。夜來做事不依奴口。誰人知道我心憂。合前【前腔】指望和你白頭相守。誰知今日不長久。百歲夫妻一旦休。半年身孕伊知否。或男或女要當留。合前【醉扶歸】自恨我好不唧嚁。這碗淡飯怎入口。胡亂充饑莫要愁。胸前衣破爲與瓜精鬪。合 悶似湘江水、涓涓不斷流。濕透衣衫袖。【前腔】謝我爹娘陰佑。夫妻今日再廝守。畢竟是你前程顯達、夜來不落瓜精手。合前

註 ○5【步步嬌】―第五曲から第九曲までの曲牌名を、諸本はすべて【醉扶歸】に作り、末尾二句を疊せずに一句のみを合唱とす

る。【歩歩嬌】【醉扶歸】のいずれにしても、ここでの格律に合致するものが曲譜類には見あたらない。解説篇六〇頁參照。なお第八曲について、始譜「仙呂宮過曲」は【醉扶歸】と【桂枝香】の合曲【醉歸月下】とする。校記參照。○苦惱子―「惱」は、原來は「腦」であり、「苦腦子」で「好苦」の意。『幽閨記』第二五出に「咳、苦腦子、苦腦子」とあり、宋・沈孟柈『濟顚道濟禪語錄』に「濟公曰『冷自我受、凍也無妨。只是年餘不喫酒、苦惱子』。火工等見濟公説得傷心、便道『濟公。我們有瓶酒在此。請你喫』」とある。○這（■）〔裏〕來到―原文譌字は、「辶」と「土」と「里」とが組み合わさった形で「裡」の字形に似る。○〔食敢〕〔食瞰〕―「敢」を、江本・兪本はともに「我」に校訂するが、汲本第一二出の對應する一段に「食啖性命」とあるのを參照して改めた。○〔棠〕〔堂→蹚〕土蕩的有三四寸深―本出の後段にも「〔堂〕〔蹚〕土躧到四五寸深」とある。「蹚土」は、地面を踏み荒らす、の意。ここの「蕩」も「躧」に校訂すべきかもしれない。○〔良將〕〔涼漿〕水飯―さめたお粥。元本『琵琶記』第二八出に「展開與他燒些香紙、奠些涼漿水飯、也是奴家心素」、『兒女團圓』第四折に「到那冬年節下、月一十五、瀽不了的涼漿冷飯、去我那絶戶的骨頭上澆奠一兩盞、便是報答老糟頭一般」とある。○趕到鬼門關上還做夫妻―『清平山堂話本』「快嘴李翠蓮記」の李翠蓮が離縁狀を書かされるシーンにも「恩愛絶、情意斷。多寫幾箇弘誓願。鬼門關上若相逢、別轉了臉兒不廝見」とあることから、引き裂かれた夫婦が「鬼門關」で再會するというのは常套的イメージなのであろう。○〔詩曰〕一嫁劉郎得半春……只得撮土焚香事有因―眞文韻で押韻する七言の韻文。この一段は、原文では一句ごとに若干の空格を挾んで分かち書きされており、「身孕未知男共女」句の直後には小圈點が插入される（ただしこの圈點には意味が見出しがたく、おそらく何らかの誤り）。これら版本上の表記には、眞文韻が用いられていることと相俟って、説唱詞話との關聯が想定されるので「詩曰」のト書きを補った。また、初句「得半春」の「得」について、袁賓「明代成化本詞話語詞考釋」は、時間表現に前接する「得」に時間の經過を表す白話用法があることを『成化本説唱詞話』の他『祖堂集』『五燈會元』などの用例を擧げて説く。なお、末句にいう「事有因」は「有因」「事因」「言因」などと同じく、押韻のための便宜的表現。○爲人莫作婦人身―成語。唐・白居易『白氏長慶集』卷三「新樂府・太行路」詩に「人として生まれなば婦人の身と作る莫かれ、百年の苦樂 他人に由る」とあるのにもとづき、戲曲にもしばしば見られる。○夫妻本是同林鳥―成語。普通は「大限來時各自飛」或いは「大限到來各分別」を後接するかたちで用いられる。夫婦は因緣に從って離合するものだ、という意。この成語は、唐・道世『法苑珠林』（百卷本）卷五二「眷屬篇第五六之餘」「離著部」所引『五無反復經』に「父子二人 田を耕すに、毒蛇 其の子を螫殺す。……復た其の婦に語《つ》げて『卿の夫 已に死するに何ぞ啼哭せざる』と。婦 說喩して梵志に向かいて言わく『譬《たと》如うるに、飛鳥は暮れに高樹に宿り、同に止まり共に宿るも、明くるを伺《ま》ちて早く起くれば、各自飛び去り、行きて飲食を求む。縁有らば卽ち合し、縁無ければ卽ち離る。我等夫婦も亦た復た是の如し』と」とあるのにもとづく。○兄嫂如同陌路人―『張協狀元』第三八出退場詩に「自家骨肉尙如此、何況區區陌路人」とあり、元曲選本『殺狗勸夫』第一折【賺煞】に「可怎生把親兄弟如同陌路人」とあるように、血縁親者と「陌路人」を比較するのは、常套表現。○(意)〔義〕(河)〔和〕恩―江本・兪本がすでに同様に校訂する。　○撮土焚香―第三出註參照。　○潺僽―雙聲語。普通は「僝僽」に作る。明・徐渭『南詞敍錄』に「潺僽、憂懷也」とある。さいなむ・苦しめる、の意。宋・黃庭堅【宴桃源】「書趙伯充家小姫領巾」詞に「天氣把人僝僽、落絮遊絲時候」とあり、『西廂記諸宮調』巻四【仙呂調】【點絳脣】に「可憎姐姐、休把人僝僽」とある。　○水東流―常語。逝き去って二度と歸らぬことをたとえていう。たとえば、唐・李白『李太白文集』巻一三「夢遊天姥吟留別」詩に「世間の行樂亦た此の如し、古來萬事東流の水。君と別れ去らば何れの時にか還らん」とある。　○頭白相守―常語。宋・史達祖【于飛樂】「鴛鴦怨曲」詞に「白頭相守、情雖定、事却難期」とあり、『調風月』第四折【殿前歡】に「白頭相守、(服)〔眼〕黑處全無」とある。　○我奴―用例を見ないが、誤りではあるまい。後文には「我奴家」の語も見られる。　○(有財無壽)〔有才無壽〕少年亡……只恐人聞也斷腸―旦の退場詩の役割をする七言四句の韻文。「有才無壽」は常語。『范張鶏黍』第四折正末の登場詩に「元伯蕭然一命亡。有才無壽兩堪傷」とある。また「如今不敢高聲哭、只恐人聞也斷腸」は成語。『小孫屠』第一四出末の退場詩に「見時不敢高聲哭、恐怕人聞也斷腸」、元本『琵琶記』第二〇出退場詩に「歸家不敢高聲哭、只恐人聞也斷腸」とある。この成語の冒頭二字が、劇の筋に從って變化する例については、『戯文三種』「小孫屠」第一四出校註(二九)を參照。　○行歩有影衣衫有縫―幽鬼でないことをいう常套表現。『桃花女』第二折に「我行有影、衣有縫、怎麼是鬼」、『紅梨花』第四折【梅花酒】に「道我鬼魅相纏。今日箇有口難言。脈望館本『合汗衫』第四折に「你若是人呵、我叫你三聲、你一聲高似一聲。你若是鬼呵、我叫你三聲、你一聲低似一聲」とある。　○你(計)〔旣〕不是鬼……一聲低似一聲―人と幽鬼を判別する際の常套表現。我衣有縫身有影、敢是你無情我無緣」とある。　○口似血盆牙似(剛劍)〔鋼劍〕兩眼放萬道火光―敦煌文書スタイン二六一四「大目乾連冥間救母變文」に、地獄の鬼卒の形相を描寫して「牙は劍樹の如く、口は血盆の如く、聲は雷鳴の如く、眼は掣電の如し」という。　○早是―「幸是」「幸虧」の意。(匯)〔宋元〕參照。　○唧嚠―「唧溜」「卽留」などとも表記する。「機靈」「聰明」の意。宋・宋祁『宋景文公筆記』巻上に「孫炎 反切語を作すに、本《も》と俚俗の常言より出でて、數百種を向《こ》ゆ。故に『就』を謂いて『鯽溜』と爲し、凡人にして慧ならざる者は卽ち『不鯽溜』と曰う」、明・徐渭『南詞敍錄』に「喞溜、精細也」とあり、唐・盧仝『玉川子詩集』巻二「揚州送伯齡過江」詩に「喞溜ならざる鈍漢、何に由りてか姓名を通さん」とある。清・胡文英『吳下方言考』巻一〇參照。なお、『元曲釋詞』「卽留」(一)の條は、宋・洪邁『容齋三筆』巻一六「切脚語」の條に「精は卽零たり、螳は突郎たり」とあるのを引いて、「卽零は、卽ち鯽令。亦た卽溜字の音轉なり」という。　○胡亂―「隨隨便便」の意。(宋元)參照。　○悶似長江水懨懨不斷流―成語。『張協狀元』第五〇出に「我悶似長江水、涓涓不斷流」とある。上句の「長江水」には、『劉弘嫁婢』第二折、外の登場詩の「湘江水」、『黃花峪』第三折の「三江水」等のヴァリエーションがある。また、下句の「懨懨」は、上掲『張協狀元』の例のごとく普通は「涓涓」に作る。第九曲ではこれを「淹淹」に作るが、『金錢記』第三折【鬭鵪鶉】に「我這愁似長江淹的不斷流」とあるように、これも誤りではない。
○必定你前程顯達不遇瓜精(鬭)(斗→手)―一套内の同曲の格律と比較すると「達」は失韻。「不遇瓜精鬭」は、汲本にいう「夜來不落瓜精手」に従って「鬭」を「手」に校訂した。「斗」と「手」との字形の類似による誤りであろう。

譯

5【步步嬌】[旦が登場してうたう] ああつらい、あだに苦しみを受け。やむなくここまで來たものの、もじもじするばかり。兄さんとは何の怨恨がありましょう。取るものもとりあえず。スカートで急いでご飯を包んで走ってくるしかない。涙にわたしの着物の袖も濡れ。涙に着物の袖も濡れそぼち。

[旦のセリフ] 瓜畑の入り口までやって來ると、扉が半開きになっています。中に入ろうとすれば、瓜の化け物に食われるのが怖い、入らないでおこうとすれば、わたしの夫が中で饑えを忍んでいます。果たして無事か否か、ちょっと呼びかけてみましょう。おまえさん、おまえさん。ああ、何度呼んでもこたえがない、きっと瓜の化け物に食べられたんだわ。これは夫の服と頭巾ではありませんか。木の枝もひき折られ、地面も三四寸の深さまで踏み荒らされている。おまえさん、來させまいとしたものを、あなたは意地でも來ようとした。仕方ない、この冷めたお粥であなたをお祀りしましょう。わたしは家に戻って自害をするわ。三途の川であなたに追いつ

き、ふたたび夫婦となりましょう。

[詩に曰く] 劉郎に嫁いで半年。人と生まれて妻にはなるものでない。夫婦はもとよりひとつの林にかりそめに棲む鳥（時が來れば別々に飛ぶ）、兄夫婦ともまるであかの他人。身ごもっているのは男か女か知らないが、夫婦の義理と恩愛は捨て難いもの。眼から落ちるは千筋の涙、土をつまんでお香としお弔いすることとなりました。[旦のうた]

6【歩歩嬌】兄さん義姉さんに兄さん義姉さんにいじめられるのが心配。やむなくここまで來たが線香とお酒がない。昨夜あなたはわたしのいうことをきかず。一足先に瓜畑に屍を埋めることとなりました。夫婦の情は長江の流れとともに東へ向かうばかり。涙に着物の袖も濡れ。涙に着物の袖も濡れそぼち。

7【歩歩嬌】共白髪を望んだのに。あなたと永遠に連れ添うことができないと誰が思ったことでしょう。百年の夫婦も今日でいったんはおしまい。半年の身重をあのひとは知っていたかしら。まさしく「わたしの心を誰が知る知る誰が知る」。涙にわたしの着物の袖も濡れ。涙に着物の袖も濡れそぼち。

[旦のセリフ] 才あるも長壽に恵まれず夭逝し。鳳凰がちりぢりに飛ぶのは實に悲しむべきこと。今は聲をあげては泣けません、ひとが聞いてもはらわたがちぎれるでしょうから。[旦はいったん退場]

[生が登場してセリフを言う] 三女や、どこへ行く。[旦のセリフ] 幽鬼がでた。[生のセリフ] 奥方、歩けば影があり、服には縫い目があるのに、どうして幽鬼なものか。[旦のセリフ] あなたが幽鬼でないのなら、一聲ごとに大聲になり、あなたがもしも幽鬼なら、一聲ごとに小聲になるはず。[生のセリフ、大聲をあげる] 三女や、三女や。[旦のセリフ] 幽鬼でないのはいうまでもない。わたしの夫だわ。前へ進みでて挨拶しましょう。[抱き合って泣く] [旦のセリフ] おまえさん、どこにいたの。[生のセリフ] 塀のむこうで居眠りしていたんだ。[旦のセリフ] おまえさん、わたしが來るなっ

ていったのに、どうしても來ようとしたわ。生のセリフ 奥方、最初からあなたのことばを信じていたらよかった。「一更には何事もなく、二更はしいんとしていて、三更になった頃には」というやつで、果たして金色の眼をした瓜の化け物があらわれ、口は血のタライの如く、牙は鋼の劍のよう、兩眼からは無數の火花を放つ。三〇合以上も渡りあったが、わたしにかなわず、土の裂け目に跳び込んでしまった。旦のセリフ おまえさん、あなたは腕がたったからよかったものの、そうでなければ瓜の化け物の手にかかって死んでいたでしょう。生のセリフ 奥方、手に何か提げてきたのが遠くから見えたが。旦のセリフ おまえさん、兄さん義姉さんに隠れて半罐のご飯を盗んできたの、あなたの饑えを滿たしてあげようと思って。生のセリフ 奥方、それはちょうどよかった。旦のセリフ おまえさん、どうぞおあがりになって。生のセリフ 奥方、ご飯だけで、どうしておかずがひとつもないんだ。三女や、わたしはずいぶん恨めしい。旦のセリフ わたしを恨むのね、あなたを見つけるのが遲かったから。生のセリフ 男子はおのれの無能を恨みこそすれ、どうして妻を恨みに思おうか。旦のセリフ わたしを恨まなかったら誰を恨むの。生のうた

8【歩歩嬌】うらむはおのれの頭の鈍さ。何の面目があってこの粥を口にできよう。旦のうた とりあえずは間に合わせで饑えを滿たし、嘆くのはやめて。

旦のセリフ おまえさん、身につけた服はどうして破れてぼろぼろなの。生のうた 身につけた服は瓜の化け物との鬪いで破れたもの。愁いは長江のごと滔々と絶え間なく流れ。涙にわたしの着物の袖も濡れ。涙に着物の袖も濡れそぼち。

旦のセリフ おまえさん、ここにきてから、お父さんお母さんにお參りはしましたか。生のセリフ わたくし劉知遠、來てすぐにお參りしました。旦のセリフ いまもう一度、共に父母にお禮申し上げましょう。旦のうた

9 【歩歩嬌】父母のご加護に感謝します。今日ふたたび寄りそうことができました。かならずやあなたの前途は洋々、瓜の化け物と闘うこともないでしょう。愁いは長江のごと滔々と絶え間なく流れ。涙にわたしの着物の袖も濡れ。涙に着物の袖も濡れそぼち。

[淨上] 老婆、我們拾骨頭兒去來。[旦] 劉知遠、我哥哥又來了。我夫妻二人躱避躱避。[生白] 娘子、靠後。我與這廝一頓好打。[旦白] 丈夫、看我奴家面上、不要和他一般見識。你我夫妻二人回避他罷。[淨白] 老婆、拿褡褳來、拾骨頭去也。[丑白] 爛刀剜的、你去。我不去。我有鷄眼、孤拐病發了、我去不的。[淨白] 你不去我去。老婆、我眼跳。[丑白] 你眼跳、貼一箇草棒兒。[淨白] 閻王注定三更死、誰敢留人到六更。牧兒哄〔差〕〔我〕說了、湛湛靑天不可欺。井里蝦蟆沒毛衣。八十娘娘站着溺、手里只是沒拿的。我來到瓜園門首、逕進去、歪歪歪、這不是光棍的衣衫頭巾。你看、〔堂〕〔蹚〕土躧到四五寸深、這瓜精喫的這們乾淨。不免〔什〕〔拾〕些驢馬骨頭兒。回家哄我妹子、方肯改嫁。[做〔什〕〔拾〕骨頭科] [生上來打科] [旦勸] 〔淨白〕你打。打了我、看你怎麼喫我飯。[淨下]

[註] ○不要和他一般見識——常語。第五出註參照。　○夫妻二人回避他罷——江本・兪本はこの後に「[竝下]」を補い、江本はさらにここで出を區切る。　○鷄眼——うおの目。醫學用語では「肉刺」。『御纂醫宗金鑑』卷七一「編輯外科心法要訣」「足部」「肉刺」の條に「肉刺の證は纏脚由り生ず、或いは窄鞋を着《は》きて遠路を行くによる」とあり、その註に「此の證は生ずること脚指に在り、形は鷄眼の如し。故に俗に鷄眼と名づく」とある。〔漢〕參照。　淨や丑といった道化役が女性に扮した場合、しばしば自らの足を笑いの種にする。ここもそういった「打諢」であろう。　○孤拐——『御纂醫宗金鑑』卷八九「編輯正骨要旨」「四肢部」「足五趾骨」の條

に「趾は、足の指なり。名づくるに趾を以てするは手と別かつ所以なり。俗に足節と名づく。其の節數は手の骨節と同じうす。大指本節の後内側の圓骨の努突せる者、一名核骨、又名覈骨、俗に呼びて孤拐と爲すなり」とある。○眼跳―まぶたの筋肉が痙攣すること。「耳熱」とともに、古人の俗信で不吉なことが起こる前兆。○草棒兒―未詳。草の茎をいうか。○閻王注定三更死誰敢留人到六更―成語。『張協狀元』第九出丑の退場詩に「一半金珠便放行。此山喚做萬人坑。閻王註定三更死、不許留人到四更」、『金瓶梅詞話』第六二回に「閻王教你三更死、怎敢留人到五更」とある。ここにいう「六更」は、實際の生活にあっては使用されない表現だから、「六」を「四」ないし「五」に校訂すべきかもしれない。○牧兒哄(差)(我)説了湛湛靑天不可欺……手里只是沒拿的―待考。「湛湛靑天不可欺」以下は、七言四句の韻文。ここでは「差」を「我」の誤りとし、「湛湛」以下四句を牧童が述べた内容と考えた。「湛湛靑天不可欺」は第五出に既出の成語。「八十娘娘站着溺」は下句の「手里只是沒拿的」を導く歇後語かもしれない。四句全體で意味がどのようにつながるのかは不明。○歪歪歪―嘆詞。ここに用いられる「歪歪歪」がいかなるニュアンスかはわからないが、清・范寅『越諺』巻上「孩語孺歌之諺第一七」に「歪は、小兒の嘁なり。越音『歪歪』。卽ち此を以て之れを呼ぶ」とあるように、「歪」音が嘆詞として用いられることはあるようである。○躧―兪本は「踹」に校訂する。「躧」は『西遊記』等に見えるように、踏む、の意。○這們―第五出「[喒]那裏這們雷響」註參照。○〔[淨白]〕―文脈により補った。すでに江本・兪本が同様に補う。

[譯]

[淨登場] 女房や、骨を拾いに行きましょう。[旦のセリフ] 劉知遠、兄さんがまたやって來ました。わたしたち夫婦はかくれましょう。[生のセリフ] 奥方、下がっておれ。あいつにがつんとげんこつを喰らわしてやろう。[旦のセリフ] おまえさん、わたしの顔を立てて、あんなひとと喧嘩はよして。わたしたち夫婦が避ければいい。[淨のセリフ] 女房や、袋を持って來な。骨を拾いに行こう。[丑のセリフ] なまくら刀で斬られちまえ、あんたが行きな。あたしは行かないよ。あたしは魚の目がある。足の裏の病が痛くなっちまった。あたしは行けないよ。[淨のセリフ] おまえさんが行かないで俺が行くのか。女房や、おいらはまぶたがぴくぴくする。[丑のセリフ] まぶたがぴくぴくするだって。草の茎でも貼っておきな。

【浄のセリフ】閻魔様が三更の死と決めたなら、誰が六更まで生きられよう。牧童がおいらをそそのかしやがった、「公明正大な天は欺くべからず。井の中の蛙は羽毛がない。八十のおっかさんが立小便すりゃあ、手の中には何も摑むものがない」ってな。瓜畑の門のところまでやって來た。まっすぐ中へ入ってみよう。やいやいやい、これはあのごろつきの衣と頭巾ではないか。ほら、土は四五寸も踏みくだかれているぞ。瓜の化け物め。こんなに綺麗に食っちまいやがった。けものの骨でも拾っておこう。家に戻って妹をさんざんたきつければ、やっと再婚してくれるというもの。【骨を拾うしぐさ】【生が登場して毆るしぐさ】【旦がいさめる】【浄のセリフ】ぶちやがれ。俺をぶてば、今後俺の飯をどんな顔をして食うか見てやるぜ。【浄退場】

【外上白】冷眼看人煩惱少、熱心閑管是非多。

【旦白】劉知遠、我叔叔來了。怎生是好。【生白】娘子、你靠後。等我將冷熱酒情由告訴叔丈一遍。【外白】劉知遠、你打狗看主人面。【生白】叔丈、他不合哄我瓜園中看瓜、害我性命。【外白】哎、天殺天剮的、（所）〔那〕般的害你害不得、却將這般害你。瓜園中見些甚麼來。【生白】一更無事、二更悄然、三更時分來、見一金眼瓜精、敵鬭三十餘合、敵我不過、（蚌）〔蹦〕入（他）〔地〕裂之中去了。【外白】劉知遠、早是你手段高强、不是你手段高强、却不死在瓜精手下。劉知遠、你打便打了、才方那弟子孩兒說、你打了他、怎麼去喫他的飯。【生白】萬望（□……□）叔丈、怎生是好。【外白】老夫（回聞的）〔耳聞的〕、（賓州）〔并州〕太原府岳節使、招集義軍三千、因爲反了山東兗州府蘇林・（袁脚）〔袁角〕兩員賊將、無人收捕。你這等（武又）〔武乂→武藝〕高强、那不好（投死）〔投充〕（身投）〔身役〕。若得一官半職回來、改換門閭、與你三姐爭一口氣、却不好。[生白] 叔丈、我心〔心〕也要如此、爭柰〔身遠〕〔身邊〕缺少二文盤費。[外白] 劉知遠、你若肯去、老夫有十兩棺材本、與你拿去。[生白]〔計是〕〔既是〕這等、叔丈、謝承〔週賚〕〔週濟〕。[外白] 你如今與三姐孩兒拜辭了。我就行。[生白] 叔丈、我去則去、家中三姐無人〔照雇〕〔照顧〕。[外白] 這事都在老夫身上。[生唱]

10【桂枝香】叔丈聽告。容吾分剖。只因我缺少些盤纏、交我怎生是好。多因是我命薄。〔多因是我〕命薄。喫他〔悟〕〔誤〕了。自今朝。拜別恩人去、冤家恨怎消。[旦唱]

11〔【又】〕死我爹娘之後。止有我嫡親哥嫂。他〔元何〕〔緣何〕反面無恩、〔折散〕〔拆散〕了夫妻兩口。多因是我命薄。〔多因是我〕命薄。交奴怎好。自今朝。苦逼奴分離去、交奴家受苦惱。[外唱]

12〔【又】〕不須煩惱。你若是缺盤纏、交我怎生是好。你不必掛懷、你不必掛懷、只有青天高照。這事必然還報。自今朝。拜辭投軍去、堅心莫憚〔旁〕〔勞〕。

[外白] 我老夫回去。你〔兩口光〕〔兩口兒〕在此作別。我隨即叫〔豆老〕〔竇老〕、送盤纏與你。這事也不干我事、也不干孩兒事。

這事我哥做事缺商量。災禍起〔消湘〕〔蕭牆〕。鳳凰落在梧桐樹、自有傍人〔話〕〔說〕短長。[下]

[韻] 蕭豪〔告・薄〕、鳩侯韻。「懷」は失韻。

[校記] 汲本。

○汲本―【桂枝香】叔丈聽告。容吾分道。只因缺少盤纏、交我如何是好。多因命乖、多因命乖、喫他胡炒。是我分緣不到。自今朝。拜別恩人去、冤家恨怎消。【前腔】自從爹爹死了。止有嫡親兄嫂。他緣何反面生嗔、折散夫妻兩口、望叔叔做主、望叔叔做主、想是姻緣不到。怎得夫妻諧老。自今朝。拜別分離去、交奴苦怎熬。【前腔】聽吾言道。不須煩惱。你若缺少盤纏、頃刻令人送到。他若昧心、他若昧心、上有蒼天知道。必然還報。自今朝。步輦登程去、堅心莫憚勞。

註 ○冷眼看人煩惱少熱心閑管是非多―成語。外の登場詩。『幽閨記』第三二出小旦の退場詩に「熱心閑管是非多、冷眼覻人煩惱少」、『殺狗記』第七出【桂枝香】第五曲に「常言人道。熱心閑管招非、冷眼無些煩惱」とある。　○打狗看主人面―成語。『玉環記』第一七出、『義俠記』第二七出に「打狗看主面」と見える。犬を毆る場合でもその飼い主の顔を立てなければならない、の意。　○不合―吏牘語。ふとどきにも、といった意。　○（所）〔那〕般―江本・兪本に從って校訂した。　○却將―「將」は語助。宋・史達祖【杏花天（細風微月垂楊院）】詞に「却將因而夢見」、宋・魏了翁【臨江仙】「杜安人生日」詞に「却將不繫自由身」とある。　○才方―「剛剛」「剛才」の意。（宋元）參照。　○萬望（□……□）叔丈怎生是好―このままでは意味が通りにくく、江本は「叔丈」の下に脱文を疑う。ここでは「指教」といった脱文を想定して譯をつけた。　○（回聞的）〔耳聞的〕―林昭德論文は、成化本第一七・二〇各出の同樣の表現中に「耳聞」の語が見えることを指摘し、「回」を「耳」に校訂する。これに從う。兪本は「回」を「因」に校訂しており、「因」の俗字は確かに「回」字に類似するが、「因聞的」という表現はあまり熟さないように思われる。　○（賓州）〔幷州〕―成化本の後文四箇所の「幷州」はすべて「賓州」と表記される。　○（袁脚）〔袁角〕―成化本の後段第一一・一三出の同樣の表現中に「袁角」とあるので、これに從って改めた。　○（武又）〔武乂→武藝〕―「又」は「義」の略字體「乂」との字形の類似に由來する誤りで、「義」は「藝」との同音による誤り。　○那不好（投死）〔投充〕（身投）〔身役〕―「那不好」はこのままでは意味が通りにくく、三字が衍字である可能性もある。ここでは「那不」を「却不」「可不」と同意として譯した。「充」「役」については、江本・兪本がすでに同樣に校訂する。　○若得一官半職回來改換門閭―「一官半職」「改換門閭」は常語。『陳母教子』楔子、『救孝子』第一折、『漁樵記』楔子等に「一官半職、改換家門」とあり、元本『琵琶記』第四出には「孩兒做官、也改換門閭」とある。　○心（心）―原文では、二字目の「心」はおどり字。兪本・江本はともに「心思」と校訂するが、ここでは二字目を衍字と考えた。　○10【桂枝香】―一曲目は「喫他（悟）〔誤〕了」の後に一句、二曲目は「〔多因是我〕命薄」の後に一句、三曲目は冒頭の一句が脫落していると思われる。校記參照。また、10【桂枝香】中の「剖」、11〔【又】〕中の「後」「口」は、蕭豪韻と叶韻だと思われる。　○喫他―「他」には指示性はなく、「喫」を二音節化したもの。「喫他」で受身を表す。　○寃家―汲本は、この曲辭の前に「李洪一」という入れゼリフを置く。「寃家」は、最も愛する人、の意になることもあるが、ここでは、仇、の意。　○多因是我命薄〔多因是我〕命薄―二度目の「〔多因是我〕命薄」は、原文では二字のおどり字で表記される。格律から四字を補った。二曲目も同じ。
○〔兩口光〕〔兩口兒〕―江本・兪本は「光」を「先」に校訂する。　○做事缺商量……自有傍人〔話〕〔說〕短長―四句は外の退場詩。「蕭牆」は『論語』「季氏」に見えることば。「蕭牆之憂」で、家族・身内などの内輪もめ、の意で、ここでは「禍起蕭牆」の四字でひとつの成語。すでに江本・兪本が同様に校訂する。また、第三・四句も成語。元・楊瑀『山居新話』巻一が引く、丞相桑哥に僞の上告で陥れられそうになった張九思のことばに「大家飛上梧桐樹、自有傍人話短長」とあり、このことばについて「語は鄙俚なり」という。また『千字文』は、『毛詩』「大雅」「卷阿」に「鳳皇鳴矣、于彼高岡。梧桐生矣、于彼朝陽」とあるのを踏まえて「鳴鳳在樹、白駒食場」といい、その北魏・李暹の註には「上天より鳳の降るを瑞と爲す」という。

譯

外が登場してセリフを言う　冷たい眼で傍觀していれば惱むことはなく、眞心でもってお節介をやけばいささかいばかり。

旦のセリフ　劉知遠、叔父さんが來ました、どうしたものでしょう。生のセリフ　奥方、あなたは下がっていなさい。ひとつわたしが冷や酒やら熱燗やらを飲まされたいきさつを一通り話してみよう。外のセリフ　劉知遠、「犬を毆るときにもその飼い主の顏を立てなければならない」というであろう。生のセリフ　叔父うえ、彼はふとどきにもわたしを騙して瓜畑に見張りに行かせ、わたしを殺そうとしました。外のセリフ　なに、死に損ないの罰當たりめ、あの手でお前を殺そうとしてできなかったものだから、なんと今度はこの手でお前を殺そうとしたのか。いったい瓜畑の中に何が現れたのだ。生のセリフ　「一更には何事もなく、二更はしいんとしていて、三更になると」というやつで、金色の眼をした瓜の化け物があらわれ、三〇合以上も渡りあいましたが、わたしにかなわず、土の裂け目に跳びこんでしまいました。外のセリフ　劉知遠、幸いにもお前の腕がたつからよかったものの、もし腕前がよくなければ瓜の化け物の手にかかって死んでいただろう。劉知遠、やつを毆るのはいいが、ちょうど今あのばかやろうが、「もしおまえがやつを毆ったら、やつの飯をどう食うのか見てやろう」といっていたぞ。生のセリフ 叔父うえ、どうぞお教えください、どうしたらよいでしょうか。外のセリフ わしが聞いたところによると、幷州太原府の岳節度使が三千の義軍を集めているのは、山東兗州府の蘇林・袁角二人の賊將が謀反を起こしたが誰も捕まえられんため、とか。お前はこのように武藝の腕がたつのだから、軍に身を投じたらよいではないか。もし一官の職でも得て歸ってきて、家名をあげたなら、三女にうっぷんを晴らさせるのも悪くない。生のセリフ 叔父うえ、わたしもそうしたいと思うのですが、いかんせんわたしには少しの路銀もないのです。外のセリフ 劉知遠、お前がもし行くというなら、わしにとっておきの棺桶代一〇兩があるから持って行きなさい。生のセリフ それならば、叔父うえ、お助けいただきありがとうございます。外のセリフ おまえはうちの三女に別れを告げていなさい。わしは歸るとしよう。生のセリフ 叔父うえ、わたしは行くには行きますが、家では三女の面倒をみるものがいなくなってしまいます。外のセリフ そのことは全てわしが引き受けよう。生のうた

10【桂枝香】叔父うえおききください。わが訴えをお許しください。路銀にすら事缺く始末、どうしたらよいか判りません。きっとわが運命のつたなさ。きっとわが運命のつたなさ。身を誤るはめになってしまいました。今日よりは。恩人にお別れいたしますが、仇に對する恨みは消えようはずもありません。旦のうた

11【又】父母に先立たれてからは。ただ兄と兄嫁がいるばかり。どうして彼らは情愛に缺けた裏切りばかりで、わたしたち夫婦を引き裂くのでしょう。きっとわが運命のつたなさ。きっとわが運命のつたなさ。どうしたらよいか判りません。今日よりは。別れを無理強いされて、辛酸を嘗めることとなりましょう。外のうた

12【又】惱むでない。お前が路銀に事缺く始末とあらば、わしはどうしたものか。氣に病むでない、氣に病むでない、

公明正大なお天道様が見ておられる。必ずや報いはあるもの。今日よりは。旅立って軍に身を投じ、氣をしっかりと持ち苦勞を厭うでない。

外のセリフ　わしは帰るとしよう。お前たち夫婦は別れを惜しむがよい。あとから竇の爺やに路銀を届けさせるからな。こうなったのは、わしのせいでもなければ子供たちのせいでもない。

わしの兄は「事を起こすに根回しをおこたれば。災いが内輪におこる」というやつ。「鳳凰が梧桐の樹に降り立ちたとえ吉事が起こっても、他人はとかくあれこれいうもの」。退場

生白　娘子、我去也。旦白　丈夫、那去。生白　我（賓州）〔幷州〕（大原府）〔太原府〕投軍去也。旦白　你去、我也去。生白　娘子、千山萬水、你去不的。旦白　（計然）〔既然〕我去不的、你有甚麼話、祝付我奴家（己）〔幾〕句。生白　娘子、我去則去、我有三不回。旦白　丈夫、那三不回。生白　不得官不回、不富貴不回、我死了不回。旦白　丈夫、未曾出門、說這等不吉利話。生白　娘子、我還有三件事祝付你。旦白　丈夫、又有那三件事。生白　我頭一件事、你身懷六甲、倘若是女、隨娘改嫁。倘若是箇小廝兒、好歹收留在此、接取我劉家香火。旦白　丈夫、你說話好差。是小廝兒也是劉家根基、是女孩兒也是你劉家的根基。丈夫、（弟）〔第〕三件事、如何說。生白　第三件事、說了不打之緊、把半年的夫妻的恩情都沒了。旦白　好歹要你說。生白　娘子、倘若你哥哥嫂嫂逼勒你不過、（減）〔揀〕强似劉知遠的、別嫁一（子）〔箇〕。旦　咗。

註　○三不回──「三不歸」「三不知」「三不留」「三不從」などとともに、「三不……」は一種の常套表現。「三不回」は「三不歸」と

同意。〔漢〕は「三不歸」の典據として『管子』「輕重丁」の一節を擧げるが、「三」に必ずしも具體的内容を想定する必要はないだろう。ちなみに、汲本第一三出相當箇所の「三不回」の内容は成化本とやや異なる。なお、任半塘『敦煌歌辭總編』（上海古籍出版社、一九八七）卷三に收載される、敦煌曲子詞【長相思】「三不歸」三首は、末句にそれぞれ「此是富不歸」「此是貧不歸」「此是死不歸」といい、成化本がいう「三不回」の原型はこのあたりにあるかもしれない。〔宋元〕參照。　○身懷六甲―「六甲」は、元來は十干十二支を組み合わせた場合の六つの甲、すなわち甲子・甲戌・甲申・甲午・甲辰・甲寅をいい、そこから派生して星名・神名・方術名としても用いられる。また「身懷六甲」で、懷妊する、の意もあらわす。『隋書』卷三四「經籍志」〔三〕「子部」「五行」に婦人科の書と思われる「六甲貫胎書一卷」〔佚〕があるほか、明・朱橚『普濟方』卷一「方脈總論」「辯男女形生神毓論」の條は、「甲子は水神、之れが爲に血脈は調暢せられ……、甲戌は土神、之れが爲に肌肉は調理せられ……、甲申は金神、之れが爲に爪齒は緊固たり……、甲午は火神、之れが爲に五臟は和悅し……、甲辰は風神、之れが爲に胎息は保固せられ……、甲寅は木神、之れが爲に筋骨は濯鍊せらる。……信《まこと》に婦人の姙娠を知りて之れを六甲と謂うは、豈に他有らんや」という。　○不打之緊―「不打緊」と同意。　○〔減〕〔揀〕―同音による誤り。江本・兪本がすでに同樣に校訂する。　○別嫁一〔子〕〔箇〕―「子」は、「箇」の略字體との字形の相似からくる誤り。江本がすでに同樣に改める。

［譯］

［生のセリフ］奥方、わたしは行くとしよう。［旦のセリフ］おまえさん、どこへ行くの。［生のセリフ］幷州太原府へ行って軍に身を投じるとしよう。［旦のセリフ］あなたが行くなら、わたしも行きます。［生のセリフ］奥方、幾山河をおまえが越えて行けっこない。［旦のセリフ］わたしが行けないのなら、おまえさん、何か話があれば、わたしにいいつけてください。［生のセリフ］奥方、わたしは行くには行くが、戻って來られない場合が三つある。［旦のセリフ］おまえさん、どんな三つの場合なの。［生のセリフ］官を得ることができなければ戻らぬ、富貴を手に入れられなければ戻らぬ、死んだら戻らぬ。［旦のセリフ］おまえさん、まだ門さえ出てないのに、そんな縁起の悪い話をするなんて。［生のセリフ］奥方、おまえにいっておきたいことがさらに三つある。［旦のセリフ］おまえさん、さらにどんな三つのことがあるっていうの。［生のセリフ］ま

ず第一に、おまえは身重、もし生まれたのが女であれば、おまえの好きなように再婚するがいい。もし生まれたのが男であれば、どうあろうと引き取って、わが劉家の祭祀を引き継がせなさい。旦のセリフ おまえさん、あなたのいっていることは間違ってるわ。男の子でも劉家の礎、女の子でもあなたの劉家の礎よ。おまえさん、三つめのことって何。生のセリフ 三つめは、いうのはかまわないが、いえば半年の夫婦の恩愛も消えてしまうだろう。旦のセリフ とにかくいってください。生のセリフ 奥方、お義兄さんお義姉さんが再嫁を迫って、もしおまえが耐えきれなければ、劉知遠なんかよりましな男を選んで再婚しなさい。旦のセリフ ちっ。

旦唱

13【醉扶歸】你說話、太無情。

生白 娘子、不是我無情、是你哥嫂逼勒我無情。旦唱

〔止望〕〔指望〕〔一勞未定〕〔一勞永定〕。寧死如何交我再嫁人。柰我腹中有孕。怎交我兒女隨別姓。你出言忒〔霎〕〔煞〕〔時間〕相輕。這恩情如鹽落井。合 分別後各辦志誠。便做道鐵石人心腸、也須交淚淋。生唱

14〔【換頭】〕上告賢妻聽。休爲我憂成病。你哥哥浪頭緊。只怕你口說無憑。我去後你又〔孤單〕〔孤另〕。怕躭閣了兩下裏成病。合 分別後各辦志誠。便做道〔鐵万〕〔鐵石〕人心腸、也須交淚淋。旦唱

15〔【換頭】〕叫天天不應。天不應地不聞。打罵奴何安穩。正是細思量起〔□〕。恨只恨奴家忒薄命。〔悶〕〔關〕〔歸房〕〔閨房〕獨守孤燈。怎禁受凄涼光景。合 分別後各辦志誠。便做道鐵石人心腸、也須交你淚淋。〔豆老〕〔竇老〕〔生〕〔上〕唱

16【〔過站〕〔過賺〕】去〔城〕〔程〕〔以〕〔已〕緊。李三公多憐憫。有些小盤纏送與您。旦白 劉知遠、三叔公使〔豆老〕〔竇老〕送盤纏來了。生白〔豆公〕〔竇公〕、誰交你送來。〔竇白〕李三公叫老夫送十兩白銀一套襖子、與劉姐夫餞行。生唱

這〔恩得〕〔恩德〕、山高海樣深。生死難忘叔丈人。〔豆公〕〔竇公〕、你與我回言拜稟。

〔豆〕〔竇〕白 叫老夫怎麼說。生唱

我劉知遠得官後、結草啣環拜謝您。

〔豆〕〔竇〕白 老夫回去。〔緊〕〔謹〕領回稟。〔豆〕〔竇〕下 生白 娘子、我去也。旦白 丈夫、你去、好歹送你〔己〕〔幾〕步。旦唱

17〔【□□□】〕君去後、何日相逢得見您。痛傷情。忍〔□……□〕。

生白 娘子、請行。生唱

18〔【又】〕但行程。登〔水〕〔山〕渡水莫暫停。天憐念、把名利暫行。回歸〔比〕〔此〕處〔在〕〔再〕歡慶。旦唱

19〔【換頭】〕共乳同胞一母生。今日〔元何〕〔緣何〕反〔面青〕〔面情〕。將恩愛、〔反〕〔翻〕成做畫餅。只愁別時容易瘦伶仃。生唱

20〔【又】〕你如今。閑言浪語少要聽。休急悶。且將息你身懷孕。回歸此處〔在〕〔再〕歡慶。旦唱

21〔【換頭】〕叮嚀祝付三兩行。閑花野草少要攀。將恩愛、休做等閑。只愁別時容易見時難。生唱

22【尾聲】生離死別〔該〕〔皆〕前定。未知何年月日得見您。就是鐵打心腸也淚傾。

生白 娘子、痲鞋緊繫〔布娘雲〕〔步青雲〕。旦白 楊柳樓前問〔的音〕〔信音〕。〔生・旦〕流淚眼〔關〕

〔觀〕流淚眼、〔痛腸〕〔斷腸〕人送斷腸人。[生下]

23【臨江仙】[白] 郎去也、淚交流。馬行十步九回頭。歸家不敢高聲哭、閣淚汪汪不敢流。[下]

[韻] 13～20・22―庚亭、眞文、侵尋韻。21―干寒、江陽韻。23―鳩侯韻。

[校記] 始譜・寒譜・成譜・汲本。

○始譜―【二犯獅子序】伊說話、太無情。又道是一言爲定。寧死後如何教我改嫁別人、況奴腹中有孕。怎教我兒女去從別姓。伊出言忒煞相輕。這恩情如鹽落井。分別去各辦志誠。便做了鐵石心腸、也須教我淚零。你哥嫂、浪頭緊。只怕你口說無憑。却擔閣兩下成病。分別去各辦志誠。便做了鐵石心腸、也須教我淚零。

○寒譜―【獅子序】伊說話、太無情。又道是一勞永定。寧死後如何教我改嫁人、是我腹中有孕。怎教兒女去從別姓。你出言忒煞傷情。這恩德如鹽落井。[合] 分別去各辦一個志誠。便做鐵石人腸、也須教淚零。【前腔】上告妻妻須聽。只怕你執不定。你哥嫂、忒毒狠。只恐你口說無憑准。我獨自守孤另。恐躭擱兩下病。[合前]

○成譜―【獅子序】伊說話太無情。又道是一牢永定。寧死後如何、教我改嫁他人。況我腹中有孕、怎教兒女去從別姓。你出言語、忒傷情。這恩德如鹽落井。[合] 分別去各辦一箇志誠、便鐵石心腸、也須教淚零。【連枝賺】去程已緊。李三公多憐憫。些少盤纏相贈恁。這恩德、山樣高來海樣深。生死難忘叔丈恩。你與我、回言多拜稟。異日身榮報大恩。謹依臺命。【金蓮子】辦登程。渡水登山莫暫停。天憐念、名利早成。[合] 回歸此日再歡慶。【前腔】叮嚀。囑咐三四聲。野草閑花莫要尋。將恩愛、翻成作畫餅。[合] 只恐別時容易瘦伶仃。

○汲本―【獅子序】伊說話太無情。又道是一牢永定。寧死如何、交我改嫁人。是我腹中有孕。怎交兒女從別姓。你出言語、忒煞傷情。這恩德如鹽落井。[合] 分別去各辦志誠。便做鐵石心腸、也須交淚零。【前腔】上告妻妻聽。怕你執不定。你哥嫂忒毒狠。只恐你口說無憑准。我獨自守孤另。恐躭閣了兩下成病。[合前]【入賺】去程已緊。李三公多憐憫。些少盤纏相贈恁。這恩德山樣高來海樣深。生死難忘叔丈恩。你與我回言拜稟。異日身榮來報恩。謹依臺命。謹依臺命。【金蓮子】辦登程。辦登程。渡水登山莫暫停。天憐念、天憐念、名利早成。回歸此日再歡慶。【前腔】叮嚀。囑付三四聲。野草閑花莫要尋。將恩愛、將恩愛、番成作畫餅。只恐別時容易瘦伶仃。【尾聲】生離死別皆前定。未知何日得見恁。鐵石心腸也淚零。

註　◯13【醉扶歸】—汲本・成譜・寒譜は【獅子序】に作り、始譜は【二犯獅子序】に作る。始譜は二曲目を【紅獅兒】としているが、二曲目・三曲目は、一曲目の冒頭「三、三。」句が、五字叶韻句にかわっていると考えられるので、ここではこの二曲を【換頭】とした。ただし二曲目は合唱の前に一句の脱落があると考えられる。また、二曲目第五句は叶韻句であるべきなので、汲本・寒譜に從って「孤單」を「孤另」に校訂し、三曲目第四句も叶韻句であるから、句末に空格を一字補った。校記參照。　◯〔一勞未定〕〔一勞永定〕—「一勞永逸」と同意で、一時の苦勞によって永き安樂を得る、の意。『文選』卷五六所收、後漢・班固「封燕然山銘」序に、漢・揚雄「上書諫勿單于朝」（『漢書』卷九四下「匈奴傳」（下）所引）に見える表現を踏まえて「茲れ一たび勞して久しく逸《やす》んじ、暫く費やして永く寧《やす》らかと謂うべきなり」という。〔漢〕參照。また『荊釵記』第二八出【勝如花】第二曲にも「我爲絕宗派、結婚姻。指望一牢永定」とある。　◯寧死—「任死」「只管」の意。　◯你出言忒〔嫑〕〔煞〕〔時間〕相輕—始譜が引く【二犯獅子序】は、この句を七乙とし、「伊出言忒煞相輕」に作る。これに從って「時間」を衍字とした。なお、諸本も「嫑」を「煞」に作る。校記參照。　◯恩情如鹽落井—常語。始譜「仙呂入雙調過曲」【錦上花】の條に引く『王祥臥冰』に「把好恩情如鹽落井」とある。　◯辨志誠—第三出「但〔辨〕〔辦〕志誠心……何勞神不喜」註參照。　◯便做道鐵石人心腸—「便做道」は、「縱使」の意。〔匯〕〔宋元〕參照。「人」は第七出同樣、衍字とすべきであろう。第七出「鐵石人五臟心不善」註參照。　◯浪頭緊—「風聲緊」と共通したニュアンスを持つであろうが、「浪頭緊」の用例は見ない。　◯口說無憑—常語。〔漢〕參照。　◯兩下裏—「兩方面」「彼此」の意。〔匯〕參照。　◯叫天天不嚒天不嚒地不聞—常語。『樂府詩集』卷三五所收、唐・戎昱「苦辛行」詩に「面を仰ぎて天に訴えども天は聞かず、頭を低《た》れて地に告ぐれども地はもの言わず」とあり、『清平山堂話本』「西湖三塔記」に「宣贊叫天不應、叫地不聞、正煩惱之間、只見籠邊卯奴道『哥哥、我再救你』」とある。　◯正是細思量起〔□〕—この一句は叶韻句でなければならないので、いま假に「因」の脱字を想定して譯をつけた。なお「起因」は、「原因」と同意。　◯〔悶〕〔闢〕〔歸房〕〔閨房〕—江本がすでに「歸」を「閨」に改める。ここでは文脈により「悶」も「闢」に改めた。　◯〔豆老〕〔賓老〕〔生〕〔上〕唱—「賓老」は、後の第一六出では「末」が扮する。ここも同樣であろう。　◯16【〔過站〕〔過嗛〕】—汲本は【入嗛】、成譜は【連枝嗛】とし、兪本は【過嗛】に校訂する。ここでは假に兪本に從った。成化本第四出第三曲にも【〔遇帖〕〔過站→過嗛〕】の曲牌がある。ただし、本曲は【嗛】の格律と必ずしも合致しない。　◯17〔【□□□】〕—汲本・成譜は【金蓮子】とする。【金蓮子】の格律からいえば、一曲目は第一句目「後」

が失韻である可能性があり、また曲文の字數句數が足りず、「忍」字以後に文字の脫落があると思われる。なお、成譜は【金蓮子】の按語中で、第一句が三字句のもの（二曲目）は「正體」、七字句のもの（五曲目）は「換頭」であると述べる。三曲目と四曲目は、校訂しうるテキストがないが、【金蓮子】の「正體」と「換頭」と見做せるので、それぞれ【又】【換頭】を補った。また、13【醉扶歸】から22【尾聲】までは一套を成していると思われる。このうち第二一曲は、他曲と脚韻を異にするが、一套の中で韻が變化する例は『張協狀元』第一二出・第五一出等にも見られ、南曲系の套數構成の特徴である。また、本套數中にある「淋」「您」「深」「今」は格律からみて叶韻と考えられる。とすれば、成化本にあっては侵尋韻は眞文韻と通押するものと思われる。　○把名利暫行―後文（第一〇出）に見える成語「人被利名來」の意として解釋した。第一〇出「五里一雙牌……人被利名來」註參照。　○（反）（翻）成做畫餠―常語。『荊釵記』第九出【尾】に「誰想番成作畫餠」とある。　○將息―「保重」の意。（匯）參照。　○別時容易見時難―成語。第八出註參照。　○生離死別（該）（皆）前定―「生離死別皆前定」は常語。明・徐渭『南詞敍錄』は「鄉音」を嫌う例として金陵の「街・該」「生・僧」を擧げる。ここにいう「該」と「皆」も同樣であろう。江本・兪本がすでに同樣に改める。　○就是鐵打心腸也淚傾―常語。『錯立身』第九出【解三酲】に「便做鐵打心腸珠淚傾」とあり、元・羅燁『醉翁談錄』甲集卷一「小說開闢」の條に「說國賊懷奸從佞、遣愚夫等輩生嗔。說忠臣負屈啣寃、鐵心腸也須下淚」とある。　○痲鞋緊繫（布娘雲）（步青雲）……（痛腸）（斷腸）人送斷腸人―生と旦の退場詩。「流淚眼觀流淚眼、斷腸人送斷腸人」は、常語。元本『琵琶記』第二八出退場詩、『荊釵記』第一五出に同じ表現がある。なお、「斷腸人送斷腸人」の一句については、『中原音韻』「作詞十法」「定格」が引く【小桃紅】「情」詞にも「斷腸人寄斷腸詞」と見え、かなり人口に膾炙した常語であったと思われる。また、「娘」は文意によって、「的」「觀」「痛」は汲本によって改めた。江本・兪本がすでに同樣に校訂する。　○23【臨江仙】[白]―本曲は「三、三。七。七、七。」というきわめて起源の古い俗曲の格律をとる。この格律は、早く敦煌出土の變文曲に見られ、田中謙二氏は韻律的觀點からの分析を通じて、冒頭の三字句二句が七字句一句からの派生である可能性を指摘する（「變文曲の一句法について」『塚本博士頌壽記念佛教史學論集』、塚本博士頌壽記念會、一九六一）。成化本第一七出16【臨江仙】が、本曲と曲辭をほぼ同じくし、かつ冒頭を七字句とする「七。七。七、七。」の格律をとることは、このことを示す例と言えよう。なお、田中は同文で「三、三。七。七、七。」の格律をとる初期詞牌の例として【搗練子】【解紅】【紅棗子】等を擧げるが、「三、三。七。七、七。」「七。七。七、七。」いずれにしても、曲牌や詞牌の【臨江仙】の格律に合致しない。ここでは、本曲に第一七出16【臨江仙】との格律上の整合性が認められること、および、他の牌名に改める根據に缺けることから、あえて校訂しなかった。また、この一首はおそらく詞である。「白」は「旦」の誤りとも考えられるが、生が退場した後であるので、旦が詞を退場詩として朗唱したものと考えた。　○馬行十步九回頭……閣淚汪汪不敢流──別離の場面における常套表現。元本『琵琶記』第五出【鷓鴣天】に「正是馬行十步九回頭。歸家只恐傷親意、閣淚汪汪不敢流」とある。なお『清平山堂話本』「柳耆卿詩酒翫江樓記」冒頭の七言詩には、「萬種風流觀不盡、馬行十步九蹉跎」という。ここにいう「馬行十步九回頭」もあるいはこれと同じ含意かもしれない。

譯

13【醉扶歸】旦のうた あなたのいうことは、なんて薄情なのでしょう。生のセリフ 奥方、わたしが薄情なのではない、おまえの兄と兄嫁がわたしを薄情にしてしまったんだ。旦のうた「はじめに苦勞しておけばあとが樂」というではありませんか。どうしてひたすら再嫁しろというのでしょう。いかんせんわたしのお腹には赤ちゃんが。どうしてわが子を別姓にできましょう。あなたの言葉はわたしをひどく馬鹿にしているわ。この恩愛も井戶に落ちた鹽のようなもの。合唱 別れた後も各々眞心をつくしましょう。たとえ鐵や石の心根の人でも、淚を流さずにはいられまい。生のうた

14【換頭】賢妻に告げよう。わがために憂えて病にならぬよう。義兄さんはおまえへの風あたりが強い。おまえの今の言があてにならぬのが心配だ。わたしが行けばまたおまえは一人。このままでは互いに病になるやもしれぬ。合唱 別れた後も各々眞心をつくしましょう。たとえ鐵や石の心根の人でも、淚を流さずにはいられまい。旦のうた

15【換頭】天に呼びかけても天は應えない。天は應えず地も應えない。ののしられてどうして大人しくしていられましょう。ことの始まりに心をめぐらせば。ただわたしの運のつたなさが恨めしい。寢屋を閉ざして空房を守る。どう

してこのさびしさに耐えることができましょう。〔合唱〕別れの後も各々眞心をつくしましょう。たとえ鐵や石の心根の人でも、涙を流さずにはいられまい。〔竇老が登場してうたう〕

16【過賺】もう出發だ。李三公は憐れみ深く。いささかの路銀をそなたにおくられた。

〔旦のセリフ〕劉知遠、三番目の叔父うえがこの竇じいさんに路銀をもって來させました。〔生のセリフ〕竇じいさん、誰があなたに送り届けさせたんですか。〔竇老のセリフ〕李三公がわたしに一〇兩の銀子と綿入れを劉の婿どのに餞別として送り届けさせました。〔生のうた〕

この御恩は、山のように高く海のように深い。死んでも忘れ難い叔父上の御恩。竇じいさん、わたしの言葉をお傳えください。

〔竇老のセリフ〕どう申し上げたらよろしいでしょうか。〔生のうた〕

わたくし劉知遠が官を得たら、ご恩に必ずや報いましょうと。

〔竇老のセリフ〕わたしは歸ります。謹んでご報告いたしましょう。〔竇老退場〕〔生のセリフ〕奥方、わたしは行きます。〔旦のセリフ〕あなた、行くのでしたら、そこまでお送りします。〔旦のうた〕

17【□□】あなたが行ってしまったら、いつの日めぐり會えるでしょう。痛む心で耐え忍ぶ。

〔生のセリフ〕奥方、お先にどうぞ。〔生のうた〕

18【又】ただ進み行き。山越え川越えすこしもとどまることはない。天も憐れめ、名利に引かれてしばし行く。ここに戻ればまた仲むつまじく。〔旦のうた〕

19【換頭】同じ乳で育ち母を同じくしたのに。今になってどうして仲たがいするのでしょう。恩愛が、繪に描いた餅になってしまった。ただ別れの易きに流されてやせ衰えるのが憂わしい。〔生のうた〕

20【又】おまえよ今は。繰り言をいってはならない。あせり悩むな。大事になさいおまえは身重。ここに戻ればまた仲むつまじく。旦のうた

21【換頭】ねんごろに二言三言申しましょう。あだ花は折らないように。恩愛を、おろそかにはしないよう。ただ別れは易くまみえるは難いのが悲しいだけ。生のうた

22【尾聲】生離死別はとうから定められている。いつの日あなたにめぐり會えるかもわからない。たとえ鐵の心でも涙を流すというやつだ。

生のセリフ 奥方、ぼろぐつをきつく縛り出世の道を行くとします。旦のセリフ 別れた楊柳樓で知らせを待ちましょう。生・旦のセリフ 涙目が涙目を見、斷腸の思いで斷腸の戀人を送るというもの。生退場

23【臨江仙】旦のセリフ あのひとは行ってしまった、涙がしとどに流れる。駒の十歩に九度は振りかえっているだろう。わたしは家に歸っても泣きわめくまい、あふれる涙を押しとどめて流すまい。退場

第一〇出〔生〕

生上唱

1【集賢賓】麻鞋緊繫一似飛。只得（步碾）〔步踱〕登程、野草閑花愁滿地。過前村小橋流水。（魚翁）〔漁翁〕釣叟。敲（零板）〔榔板〕歌聲（謠役）〔搖拽〕。（看）〔堪〕畫處。（搖）〔遙〕望遠浦帆歸。

2〔【又】〕李弘〔一〕不恨你來却恨誰。此恨何日忘之。話別叮嚀情慘凄。難割捨少年賢妻。我須行行涙（湩）

〔垂〕。這兩日越添上（燋悴）〔憔悴〕。他那里。日日寸心千里。

落詩 五里一雙牌。磨穿（已）〔幾〕對鞋。雁飛不到處、人被利名來。〔下〕

韻 機微（拽）、灰回、鳩侯、居魚、支時韻。「程」は失韻。

校記 汲本。

○汲本―【集賢賓】麻鞋緊繫一似飛。只得步輦登程、野草閑花愁滿地。過前村小橋流水。漁翁釣叟、動浪板歌聲搖拽、堪玩處、遙望遠浦帆歸。【前腔】不恨你來却恨誰。此恨何日忘之。話別叮嚀心慘凄。撇不下少年賢妻。行行涙滴。我爲你越添憔悴。思念憶。眞個是寸腸千里。

註 ○1【集賢賓】―本曲は、第二句目の「程」が失韻であり、別の字に校訂すべきかもしれないが、汲本が同じ字に作るため改めなかった。また、二曲目冒頭の「李弘〔二〕」の句には、文脈から「二」を補い、三字を襯字とした。なお、機微・支時・灰回・居魚各韻の通押、竝びに居魚韻と鳩侯韻の通押は通俗文學では散見されるが、本套數のようにそれらすべてが通押される例はまれであろう。本套數はその格律からすれば「叟」「拽」が機微韻と通押すると考えざるを得ない。　○只得（步碾）〔步碾〕登程―「碾」を汲本は「輦」に作るが、字形と文脈からすれば「碾」字に校訂すべきであろう。汲本がなぜ「輦」に作るのか、よくわからない。　○野草閑花愁滿地―常語。普通は「野草閑花滿地愁」というが、ここでは押韻の都合上字句が入れかわっている。この句は、金・李俊民『莊靖集』巻四「袁景先東歸喪馬」詩にもとづき、元刊本『范張鷄黍』第三折【勝葫蘆】や、『哭存孝』第二折にも見える。　○敲（零板）〔榔板〕歌聲（謠役）〔搖拽〕―「零」は、江本・兪本に従って「榔」に校訂した。「榔」は「鳴榔」の語で傳統文學に散見され、李善はこの字に「長木」と註し（『文選』巻一〇、潘岳「西征賦」註）、また一説に「船板」という。「鳴榔」は、船體をたたいて拍子をとること。また、汲本に従って「謠役」を「搖拽」に改めた。「搖拽」は雙聲語。ちなみに、「役」は『中原音韻』では齊微韻（入聲作去聲）、「拽」は車遮韻（入聲作去聲）に列せられる。「役」と「拽」は、成化本のなかでは同音なのであろう。　○（看）〔堪〕畫處（搖）〔遙〕望遠浦帆歸―「遠浦帆歸」は、宋・宋迪「瀟湘八景圖」の畫題のひとつ。この「瀟湘八景圖」に關しては、宋元以來多くの題畫詩が作られたほか、『靑衫涙』第三折【水仙子】に八景すべての畫題が詠み込まれるなど、俗文學中にも散見される。

○［落詩］―「落詩」は、退場詩。明・王驥徳『曲律』に「論落詩」という一條があり、「落詩は、亦た惟だ『琵琶』のみ體を得たり。毎折、先ず古語二句を定下《お》き、却《すなわ》ち二語を其の前に湊《あ》わす。惟だに場下の人 曉《さと》り易きのみならず、亦た優人をして記《おぼ》え易からしむ」という。なお、南戯系の一般のテキストでは「詩曰」とは標記するが、「落詩」の例はあまり見ない。　○五里一雙牌……人被利名來―「五里一雙牌」は、「五里單牌、十里雙堠」の常語（『張協狀元』第五出）に從って、「雙」を「單」に改めるべきかもしれない。後半二句は成語。『張協狀元』第二一出退場詩に「正是雁飛不到處、人被利名牽」とあるように、普通は「來」を「牽」に作るが、ここでは前半の「牌」「鞋」と押韻するため、「來」字が用いられている。

［譯］

［生が登場してうたう］

1【集賢賓】草鞋をきつく結んで飛ぶがごとく。ただひたすら先を急ぎ、野の草花がはびこるように愁いが胸に滿ちる。前の村を過ぎれば小橋に流水。漁翁に釣人。遠くから聞こえてくるのは船板を叩いて歌う聲。まこと畫になるのは。遠くの港へと歸っていく帆影。

2【又】李弘一よおまえを恨まなければ誰を恨むというのか。この恨みはいつになったら忘れられよう。悲しくもねんごろに別れを告げ。若い賢妻への思いが斷ち切り難い。わたしはきっと歩きつつ涙を流し。この數日で更に痩せ衰えたにちがいない。彼女はといえば。日々心を千里に飛ばしていることだろう。

［落詩］五里ごとにふたつの里程標。何足もの草鞋がすり破れた。雁さえ飛んで來られないところに、人が功名にひかれてやってくる。［退場］

第一一出（末（刀斧手）、外（岳節度使）、二淨（小王兒・小張兒）、生）

[末上白] 蔘蔘（啞鼓）〔衙鼓〕響、公吏兩邊排。閻王生死殿、不偌東嶽（挾魂臺）〔攝魂臺〕。

小人是岳節使總兵官手下刀斧手的便是。打掃廳堂乾淨、等待大人昇堂。[外扮岳節使上開（唱〕]

1〔【□□□】〕（字管）〔掌管〕三軍膽氣雄。有千里（滅風）〔威風〕。奉朝□見招軍。免不的尊王命令。

[外白] 在朝天子三宣、（閒外）〔閫外〕將軍一令。

老夫姓岳名減、官封節度使之職。因爲反了山東兗州府蘇林・袁角兩員（贓將）〔賊將〕、無人收捕、奉朝廷（名）〔明〕有旨意、招集義軍三千。不免叫過手下。左右、那里。

[末白] 廳上一呼、堦下（百納）〔百諾〕。

（伏）〔覆〕大人、有何鈞旨。[外白] 如今朝廷招集義軍（三十）〔三千〕、便替我教場門上掛起榜文、扯起令字旗、貼起招軍牌子。不許（爲悞）〔違悞〕。即去便來。[末白] 小人理會得。來到教場門上。不免掛起榜文、（□）〔扯〕起（令子旗）〔令字旗〕。只得等候看有甚麼人來。[二淨上] 投軍、投軍、投軍。[末白] 那里人氏。

[淨白] 小人是山東濟南府歷城縣人氏。[末白] 那位是那里人氏。[淨白] 小人是蘇州府常熟縣人氏。[末白] 等待我去通報大人知道。報。[外白] 報甚麼。[末白] 外邊有投軍的。[外白] 着他進來。[末白] 你二人進來、老大人叫。[二淨白] 大人、拜揖。[外白] 那鄉人氏。[淨白] 一箇是山東濟南府歷城縣人氏、姓王、一箇是蘇州府（長熟縣）〔常熟縣〕人氏、姓張。[外白] 收了上上名。[（王）〔末〕] 新收了小王兒一名、小張兒一名。[外白] 軍馬（以）〔已〕勾了。左右、收了榜文、（洛）〔落〕了（令子旗）〔令字旗〕。但是來投軍的、不用了。〔[末白]〕小人理會得。[做收榜文科]

[生上白] 心慌來路遠、〔事急出家門。〕

長官、小人是投軍的。來遲了些、煩通報通報。末白 不用人了。生白 長官、無柰何。通報通報。末白 〔唱唱〕〔唱喏〕、我纏你不過。你等着、我去〔報伏〕〔報覆〕。報。外白 報甚麼。末白 外面有箇投軍的等候。外白 喚。弟子孩兒。軍馬〔以〕〔已〕勾、吾不用了。末白 大人、〔道〕〔倒〕是一箇好漢子。外白 〔計是〕〔既是〕好漢、着他進來。末白 小人知道。投軍的、〔看〕〔着〕你進來。生白 老爹、拜揖。外白 是好一箇漢子。只是來的遲了、也罷。留你在長行隊里。你姓字名誰、那鄉人氏。生白 小人是徐州沛縣沙陀村人氏、姓劉名〔知〕遠、喫糧名字劉〔見兒〕〔健兒〕。外白 〔計是〕〔既是〕這等、收你在長行隊里。日間〔替〕打些馬草、夜晚提鈴喝號。等你久後有功、再做商量。生白 小人理會得。外白 大小三軍、聽吾將令。甲馬不得交頭接耳、不得語笑喧嘩、弓弩上弦、刀要出鞘。

詩曰 〔身才〕〔身材〕相貌實堪誇。喊號提鈴最可〔加〕〔嘉〕。正是學成文武藝、果然〔賀與〕〔貨與〕帝王家。竝下

韻 東同、眞文、庚亭韻。

校記 汲本。

○汲本―【梁州序】 掌握三軍膽氣雄。有千里威風。朝廷敕命守山東。咱不免行吾軍令。

註 ○鼕鼕〔啞鼓〕〔衙鼓〕響……不偖東嶽〔挾魂臺〕〔攝魂臺〕―元曲の裁判シーンに頻見される登場詩。『蝴蝶夢』第二折、『魯齋郎』第四折に、包待制に扮した外の登場詩として「鼕鼕（一作咚咚）衙鼓響、公吏兩邊排。閻王生死殿、東嶽攝魂臺」とある。それに従って「啞」を「衙」に、「挾」を「攝」に改めた。また、成化本第二出浄の登場詩にこの四句と同じ詩が見えるが、そこでは「不偖」の二字は無く、本出の「不偖」は衍字である可能性が高い。ただし、『劉知遠諸宮調』第一【南呂宮】【瑤臺月】に「叫一聲不若春雷」、『錯立身』第二出に「不若姮娥離月殿」、『清平山堂話本』「西湖三塔記」に「不若裁成鮮鮮麗錦」とあり、これらの「不若」は「若」

と同意のようである。ここにいう「不偌」もこの「不若」かもしれないので、衍字とはしなかった。なお「閻王生死殿」と「東嶽攝魂臺」は、ともにお白洲をたとえたもの。　○外扮岳節使上開（唱）—文脈上「唱」の字を補った。ト書きの「開」については、第一出「扮末上開云」註參照。　○1（【□□□】）—原文には曲牌名の記載はない。汲本は【梁州序】とする。なお、本曲は「雄」「風」「軍」「令」で押韻していると思われ、とすれば第五出4【蠻牌令】と同様、眞文・庚亭韻が東同韻と通押していることになる。

○奉朝□見招軍免不的尊王命令—「奉朝□見招軍」句は、詞牌【梁州令】の格律に従えば六字句であるため、原文の空格は一字分とみなした。この二句は、空格もあり、このままでは意味がわかりにくい。ここでは、假に「□見」を「旨意」、「尊王」を「遵奉」の誤りとして解釋した。　○在朝天子三宣（問外）（閫外）將軍一令—常語。外の登場詩の役割を果たす。『博望燒屯』第二折に「休悞在朝天子宣、莫違閫外將軍令」、『蕉帕記』第一七出末等の登場詩に「朝中天子三宣、閫外將軍一令」とある。　○姓岳名滅—江本は、汲本に従って「滅」を「勳」に改める。　○奉朝廷（名）（明）有旨意—「名」のままでは意味が通じ難い。吏牘體では「明」は、明文化、の意味で用いられるため、文字を改めた。なお、江本・兪本は「名」を「命」に校訂し、「命」で斷句する。　○聽上一呼堦下（百納）（百諾）—常語。元曲選本『擧案齊眉』第二折に「堂上一呼、階下百諾」、『錯立身』第二出に「廳上一呼、堦下百諾」とある。なお「納」は、『中原音韻』では家麻韻（入聲作去聲）、「諾」は同じく歌戈韻（入聲作去聲）に屬する。成化本の中では同音なのであろう。　○教場門上掛起榜文……貼起招軍牌子—「教場」は、練兵場。（漢）參照。「令字旗」は、命令を發する際に用いる旗。「令」の字が書かれているので「令字旗」という。宋・洪邁『夷堅志』甲巻三「王宣太尉」の條に「蔣訓練 城を出で、檀溪に至り水濱に飲す。一黄衣の卒 令字旗を持ち大呼して曰く『都統喚ぶ』と」、『飛刀對箭』楔子に「令字旗催促先鋒、帥字旗爲軍中眼目」とある。　○二淨上—成化本においては、概ね道化役に「淨」と「丑」の脚色名があてられているが、本第一一出と第一二出のト書きでは、「淨」と「丑」が區別されず共に「淨」と書かれ、二人の道化役を總稱して「二淨」と標記する。そのことからすれば、この二つの出では、道化役の「打諢」が省略されている可能性がある。　○上上名—二字目の「上」は、原文ではおどり字。「上名」で、登録する、の意と解したが、あるいは「上」に誤りがあるかもしれない。　○但是—「但」は、「凡」と同義。（宋元）參照。　○心慌來路遠（事急出家門）—成語。元曲選本『望江亭』第二折院公の登場詩に「心忙來路遠、事急出家門」、『香嚢記』第二七出末の退場詩に「心慌來路遠、事急出家門」とある。ここでは生の登場詩の役割をするので、下句五字を補った。

○末白（唱唱）（唱喏）—「唱唱」を、江本・兪本は「喏喏」に改めるが、「喏」は上官に對して挨拶する際に發する聲であり、ここで末が生に對して「喏」というのは不自然である。ここでは「唱唱」を「唱喏」と校訂したうえで、「末白」と順序を入れ替えて、生のト書きであるとして解釋した。　○我纏你不過―「纏」は、相手にする、あしらう、の意。『金瓶梅』第五九回に「瓜兒只揀軟處捏、俺每這屋裏是好纏的」とある。（漢）參照。　○長行隊―歩兵隊、の意。宋・金時代に特徴的な語であり（『宋史』『金史』の「儀志」「兵志」等參照）、元代では「長行馬」の例はあるが、歩兵を指して「長行」とは言わないようである。ここの「長行隊」竝びに後文の「喫糧」の語は、成化本がもとづいたテキストの性格を考える上で重要な手がかりとなるだろう。　○姓字名誰―名前をたずねる際の常套表現。敦煌文書スタイン二一四四「韓擒虎話本（擬題）」に「住居何處、姓字名誰」とあるほか、成化本第二一出、竝びに『智勇定齊』第二折、『符金錠』第三折等に同様の表現が見られる。なお、江本・兪本は「字」を「甚」に校訂する。

○喫糧名字劉（見兒）〔健兒〕―「喫糧」は、金代の制度「射糧」のことであろう。『金史』巻四二「儀衞志」（下）「百官儀從」の條に「凡そ内外の官、親王自り以下は、傔從 各《おの》おの名數に差等有り。而るに朱衣直省 與《あず》からず。其の賤なる者は、一に引接と曰い、……二に捧攏官と曰い、……三に本破と曰い、……四に公使と曰い、……五に從己人力と曰い、……。五等は皆な射糧軍を以て充つ。其の軍は物力を驗して以て攻討を事とするに非ず。特に民の年十七以上、三十以下の魁偉壯健なる者を招募し、收して刺《いれずみ》し、資糧を以て之に給す。故に射糧と曰う」とある。劉知遠が射糧軍に身を投じたという情節は、すでに『劉知遠諸宮調』に見え、その第二【高平調】【賀新郎】に「太原府文面做射糧」とある。また「射糧軍」が元曲に登場する例としては、元刊本『遇上皇』第二折【尾】に「趙上皇你穩坐皇都。怎知這啀風雪的射糧軍干受苦」、『後庭花』第一折【混江龍】に「你箇身着紫衣堂候官。欺負俺這面雕金印射糧軍」とある。また「健兒」は、兵卒、の意。『大唐六典』巻五「尙書兵部」に「天下の諸軍に健兒有り」、唐・杜甫「哀王孫」詩（『杜工部集』巻一）に「朔方の健兒 好身手、昔は何ぞ勇鋭にして今は何ぞ愚なる」とあり、宋・吳曾『能改齋漫錄』巻二「軍卒爲健兒」の條は『世説新語』の時代からこの語があるとする。ここでは、「喫糧名字」卽ち軍隊における呼び名として「健兒」の語が用いられており、同様の例としては、『奪衣襖車』第一折狄靑のセリフに「今在翬勝營中、做一箇軍健漢、人口順、都叫我做小健兒狄靑」とある。　○日間（替）打些馬草夜晩提鈴喝號―「草」「號」で押韻する韻文。成化本第一三出、汲本第一五出に「日間打草。夜間提鈴喝號」、同第三一出に「日間押馬草。夜間提鈴喝號」とある。「替」は、このままでは意味が通じ難く、右に擧げた用例でも「替」字が無いため、ここでは衍字とした。　○大小三軍……刀要出鞘―將軍が軍令を下す際の常套表現。『千里獨行』第四折に「大小（一）〔三〕軍、聽吾將令。甲馬不得馳驟、金鼓不得亂鳴。不得交頭接耳、不得語笑喧呼。但違令、依軍令決無輕恕」とあり、

『單刀會』第三折にも同様の表現が見られる。〇正是學成文武藝果然（賀與）（貨與）帝王家―成語。『清平山堂話本』「陳巡檢梅嶺失妻記」に「學成文武藝、貨與帝王家」とあるほか、『戯文三種』「張協狀元」第一出に「十載學成文武藝、今年貨與帝王家」とあり、その校註（三〇）においてこの成語に關する考證がなされている。

譯

末が登場してセリフを言う　ドンドンと役所の太鼓が響き、役人が兩側に竝び立ちます。このお白洲はまるで閻魔大王の生死殿、東嶽大帝の攝魂臺。

わたくしは岳節使總兵官の下っぱ兵卒でございます。廣間を綺麗に掃除し、官人さまのお出ましを待ちましょう。外が岳節使に扮し登場し、開場してうたう

1【□□□】三軍を取り仕切り意氣軒昂。威風は千里にわたる。朝廷の命を奉じて軍をあつめます。皇帝陛下の命には従いましょう。

外のセリフ　お膝元では天子の三宣に從い、外地では將軍の號令一下。

わたくしは姓は岳、名は滅と申し、節度使を務めております。山東兗州府の蘇林と袁角の二人が謀反を起こし、誰も捕えられぬので、朝廷の明らかなる聖旨を奉り、三千人の義勇兵を募集致します。さっそく部下たちを呼びましょう。皆のもの、どこにおる。

末のセリフ　堂上で一たびお聲が掛かれば、階下で百の應荅をいたします。

長官さま、如何なるご用件でしょうか。外のセリフ　今、朝廷では義兵三千人を集めておるゆえ、わがためにすぐさま練兵場の門に高札を立てて令字旗を揚げ、兵士募集の札を貼り付けて來い。不手際があってはいかんぞ。すぐに行ってすぐに歸って來い。末のセリフ　心得ました。練兵場の門のところまでやって來ました。掲示を出

して令字旗を揚げることに致しましょう。あとはどんな連中が來るのか見屆けるだけです。二淨登場 入隊、入隊、入隊。末のセリフ どこの者だ。淨のセリフ わたくしは山東濟南府歷城縣の者です。末のセリフ そちらはどこの者か。淨のセリフ わたくしは蘇州府常熟縣の者です。末のセリフ 長官さまに報らせに行くからしばし待っておれ。ご報告致します。外のセリフ 何の報告だ。末のセリフ 外に志願者が來ております。外のセリフ 通せ。末のセリフ 二人とも入りなさい。長官さまがお呼びだ。二淨のセリフ 長官さま、ご機嫌よろしゅう。外のセリフ どこの者だ。淨のセリフ 一人は山東濟南府歷城縣の者で、姓は王と申します。もう一人は蘇州府常熟縣の者で姓は張と申します。外のセリフ 任用して名前を登錄するとしよう。末のセリフ 新たに小王兒一名と小張兒一名とを任用いたしました。外のセリフ 軍馬はもう十分だ。供のもの、掲示を回收して、令字旗を下ろして來い。今から志願してきたとしても、みな不採用だ。末のセリフ 心得ました。高札を回收するしぐさ

生が登場してセリフを言う あわただしく遠い道のりを、急ぎでやって參りました。上官さま、わたしも志願者です。來るのがいささか遲れてしまいましたが、どうかお取次ぎ下さい。末のセリフ もういらん。生のセリフ 上官さま、そんな殺生な。お取次ぎ下さい。挨拶するしぐさ 末のセリフ おまえはわしの手に負えん。待っておれ、報告に行くから。ご報告します。外のセリフ 何の報告だ。末のセリフ 外に志願者が控えております。外のセリフ けっ。おろかもの。軍馬は十分だ。俺はもう採用せんぞ。末のセリフ 長官さま、しかしながら好漢でございます。外のセリフ 好漢ならば、通せ。末のセリフ 承知しました。志願者よ、入れ。生のセリフ 旦那さま、ご機嫌よろしゅう。外のセリフ なるほど好漢だな。來るのは遲かったが、まあよしとしよう。おまえを歩兵隊に入れてやる。名前は何だ、どこの者だ。生のセリフ わたくしは徐州沛縣沙陀村の者で、姓は劉、名は知遠、軍隊での名は劉健兒と申します。外のセリフ それならば、おまえを歩兵隊に任用しよう。書間は馬

草を刈り、夜は見回りをして鈴を鳴らし大聲で叫べ。しばらくしておまえが軍功を立てれば、その時に再び相談しよう。 生のセリフ 心得ました。 外のセリフ 三軍のものは、わが軍令を聞け。兵馬は耳を寄せて私語したり、笑い聲を上げて騒いだりしてはならん、弓には弦を張り、刀は鞘を拂え。

詩に曰く 體格容貌はなかなか雄偉。鈴を手にし叫ぶさまはまことに立派。まさに「學藝武藝を修め、それを帝王に貸し與える」というやつ。 一同退場

第一二出〔二淨（小王兒・小張兒）、生、貼旦（岳秀英）〕

二淨上白 做（■）〔派〕更次 小張兒打頭更、我小王兒打二更、叫劉（見兒）〔健兒〕打三更。四更・五更都是他打。 淨叫 劉（見兒）〔健兒〕。

生上白 受人之托、必當終人之事。

二位長官、作揖。 淨 呸、作揖、作揖。明日上陣也只作揖罷。 生白 長官、人將禮樂爲先。樹將花菓爲園。 淨白 不要講禮、如今派更次。 生白 王長官派了罷。 淨白 是小張兒打頭更、我打二更、劉（見兒）〔健兒〕、你打三更・四更・五更。 生白 長官、小人因何打三箇更次。 淨白 誰交你來的遲了。 小張兒做打更科 生叫 三更牌子哩。小人去處、遇着這等大雪。怎生是好。不免且去大人家小姐看花樓（一个）〔下〕避一避、（在）〔再〕去打（那）更。 生做（■睡）〔盹睡〕科 貼旦上〔唱〕

1
【月兒高】獨上層樓上、看他甚行止。却是箇巡軍、差使（不由巳）〔不由己〕。凍（无）〔死〕街前、無人可憐

你。前生想是想是脩不足。今世爲人受這等狼狽。我直不住守閨女。把爹爹衣服丟與他遮寒體。[做箇包袱]

〔白〕正是天上人間、方便第一。〔貼〕旦下

[生做醒科] [生白] 又事小人身上那得這領白袍。老爹家樓門又不曾開、地下又無人蹤跡、想必是天宮上賜下來的。本待不將去、身上寒冷、又待拿去、只怕人說賊盜偷來。罷罷。

應時當得下、勝似（每陽巾）〔岳陽金〕。[下]

[韻] 文時、機微、居魚（足）、灰回韻。「上」は失韻。

[校記] 成譜・汲本。

○成譜―【月轉盼花期】獨上層樓去。聽他甚行止。仔細聽來後、却是巡更輩。喝號提鈴、聲音振屋宇。教奴聽得心憔悴。落在長行隊、難禁這勞役。吁。臘雪滿天飛。[合] 凍死街頭、那有人來憐你。

○汲本―【月雲高】獨上層樓去。聽他甚行止。仔細聽來後、却是巡更輩。喝號提鈴、聲音振屋宇。交奴聽得心憔悴。落在長行隊、難禁這勞役。臘雪滿天飛。凍死街頭、那有人來憐你。

[註] ○[做（[redacted]）〔派〕更次]―譌字は、さんずいに「瓜」。成化本にあっては「派」字はすべてこの字形で書かれる。○受人之托必當終人之事―成語。ここでは、生の登場詩の役割をする。『陳州糶米』第三折、元本『琵琶記』第五出等に同じ表現が見られる。○人將禮樂爲先樹將花菓爲園―成語。『魏書』巻三八「刁雍傳」に「臣聞有國有家者、莫不禮樂爲先」、『三寶太監西洋記通俗演義』第二〇回に「人將禮樂爲先。樹將花菓爲園」、『小五義』第六六回に「人將禮樂爲先。樹將枝葉爲園」とある。○三更牌子―「更牌」は、夜警が持つ牌子。明・茅元儀『武備志』巻一一一「軍資乘」「守」「約束」「設巡官」の條に「巡邏の役を設く。尤も疎虞を恐れて門ごとに另に武職官二員を選ぶ。各《おの》おの馬匹を與え、更牌・更箭を置立す。如《も》し東より巡りて南門に至り、時二更に値《あ》えば、東門の官　一更の箭を將《もつ》て交付し、南門城樓の上官　驗收す。南門の官　隨いて二更の牌を付して東門に與えて驗と爲さしむ。輪番迭周す。次早　總巡官の處に送りて查考せしむ」とある。○（[redacted]睡）〔盹睡〕―原文譌字を、江本は「酣」、兪本は「盹」とする。こ

こでは文意より兪本に従った。　○凍(旡)(死)―「旡」と「死」との字形の相似による誤りであろう。　○1【月兒高】―本曲牌を汲本は【月雲高】、成譜は【月轉盼花期】に作る。ここでは「[做箇包袱]」をト書きとし、「正是天上人間方便第一」をセリフとみなして全體を一〇句と考えた。なお、汲本は、相當する曲文を二曲計二一句に作ったうえで、本曲の第七・八句を【月雲高】の【前腔】で「前生做人做人脩不足。今世裏罰令你受勞碌」の形で引き、本曲の第一〇句はセリフとして引く。これからすれば、本曲は元來二曲であったものが、何らかの脱落によって現在残る成化本の曲文のかたちになったものかもしれない。また、第一句目の「上」は失韻と思われる。　○差使(不由巳)(不由己)―お上に仕える身では自分の思い通りにはならないことを言う常語。『秋胡戲妻』第一折に「上命官差、事不由己」、『荊釵記』第四〇出に「上命遣差、身不由己」とある。　○我直不住守閨女―待考。何らかの誤りを含むと思われる。ここでは假に「直」を「止」とし、語順を入れ替えて、「我守閨女止不住」として譯をつけた。○天上人間方便第一―成語。ここでは貼旦の退場詩の役割をする。元刊本『事林廣記』乙集卷上「人事類」「警世格言」「處己警語」の條に「千經萬典。孝義爲先。天上人間。方便第一」とあり、『誶范叔』第二折、『小孫屠』第一〇出梅香の退場詩等に「天上人間、方便第一」とある。　○又事―待考。何らかの誤りを含むであろう。兪本は「有事」に校訂して斷句する。ここでは「又是」を「(蚤)(早)是」の誤りとして譯をつけた。　○白袍―後文では全て「百花戰袍」に作るので、ここも「百花袍」とすべきかもしれない。　○應時當得下勝似(毎陽巾)(岳陽金)―成語。生の退場詩。汲本に従って「岳陽金」に校訂した。この成語については、『戲文三種』「張協狀元」第一一出退場詩に「此雪應須還得下、果然勝似岳陽金」と見えるほか、錢南揚『元本琵琶記校註』(上海古籍出版社、一九八〇)第三一出退場詩にも「但願應時還得見、果然勝似岳陽金」とあり、それらの註は、「岳陽金」は元來『毛詩』「魯頌」「泮水」にもとづく語であると述べる。「岳陽金」は貴重なもののたとえ。成語中にいう「下」は、元來は雪や雨を指すのだろう。なお「當得」は「應該」の意。第九出註參照。

[譯]

[二淨が登場してセリフを言う] [夜回りをする] 小張兒が初更の夜回りをして、俺、小王兒が二更の夜回りをする、劉健兒には三更の夜回りをやらせ、四更・五更もやつが夜回りをする。[淨が呼ぶ] 劉健兒。

[生が登場してセリフを言う] 人から頼みを受けたなら、必ず最後までやり遂げるべし。

上官のおふた方に、敬禮。浄のセリフ ちっ、敬禮、敬禮、(おまえは)明日出陣しても敬禮だけしておしまいか。生のセリフ 上官、「人が禮儀を第一とするのは、樹木が花や果實によって園林を飾るのと同じようなもの」と申します。浄のセリフ 禮儀の講釋はいらん。今は夜回りだ。生のセリフ 王上官が行かれたらよろしいでしょう。浄のセリフ 小張兒が初更の夜回りをして、俺が二更の夜回りをする、劉健兒、おまえは三更・四更・五更の夜回りをするのだ。生のセリフ 上官、わたしがなぜ三回も夜回りをするのですか。浄のセリフ 誰がおまえに遅れて來いと言った。小張兒が夜回りに行くしぐさ 生が叫ぶ 三更の札です。わたしが行けば、こんな大雪だ。どうしたものか。しばらく長官さまの家のお嬢さんの看花樓の下で大雪をしのぐとしよう。そのあと、また見回りに行こう。生が居眠りをするしぐさ 貼旦が登場してうたう

1【月兒高】獨り高樓に登り、何をするのか見てみると。なんと見回りの一兵卒、宮仕えはままならぬもの。通りで凍え死のうと、憐れむ人は誰もいない。前世では思うに徳を積むことが足りず。現世でこんな苦難を受けている。わたくし深窓のむすめも思わず。お父さまの服を彼に與えて寒さをしのいでもらいましょう。包みをつくる

貼旦のセリフ 「天界であれ下界であれ、方便が一番」と申します。貼旦が退場する

生が目覺めるしぐさ 生のセリフ 幸いにもわたしの身體の上にどこからか白い打掛けが。旦那さまの家の樓門も開いてはいないし、地面にも人の足跡はない、きっと天からの賜り物だろう。持って行くまいとすれば身體は寒いが、持って行こうとすれば人は盗人が盗んでいったと言うかもしれない。まあいいか。

「降るべき時に降る雪は、岳陽の金にも勝る」ってもんだ。退場

第一三出　〔外（岳節度使）、二淨（小王兒・小張兒）、生、貼旦（岳秀英）〕

[外上唱]

1

【引子】甚人偸盜袍去了。今夜便見分曉。

[外白] 莫信直中直、（隄防仁不人）〔隄防人不仁〕。

老夫明日（鹽城）〔監城〕遊賞、覓地尋取（白花）〔百花〕戰袍不見了。便有賊盜、怎生（迫）〔進〕來。想必是這二箇打更小的盜取了我的。不免叫他過來。好歹機拷出來。左右。

[（□□）〔二淨〕上白] 廳上一呼、堦下百諾。

（伏）〔覆〕大人、有何鈞旨。[外白] 誰人昨日打三更。[淨・丑白] 打三更却如何。[外白] 打三更有賞。[淨白] 是我打來。[丑白] 是我打來。[外白] 老夫三更時候將（白日）〔百花〕戰袍失落了。[淨白] 不是我（等）〔打〕三更。[丑白] 也不是我打三更。[外白] （第了）〔弟子〕孩兒、不是你、也不是他、却是誰。[淨白] 老爹、小的見劉（見兒）〔健兒〕身上穿着一領（白花）〔百花〕戰袍、怕不是老爹的。[外白] 在那里。叫他出來。[淨白、叫] 劉（見兒）〔健兒〕、老爹叫你哩。

[生白] 關門屋里坐、禍從天上來。

老爹、拜揖。[外白] 弟子孩兒、我（在三）〔再三〕不用你、你再三的哀告、我留你在長行隊里。日間打草、夜間提鈴喝號。未曾當軍一日、驀地將老夫（白花）〔百花〕戰袍盜了。正是黑頭蟲兒不可救。[生白] 小的夜至三更、(幔天)〔漫天〕(不)〔下〕着大雪、小的身上寒冷、無處潛藏、在於老爹看花樓下(被)〔避〕雪、只見身上(洛)〔落〕下一領百花戰袍。小的看時、四下竝無人行、老爹樓門又(不着)〔不曾〕(間)〔開〕、想必天宮賜將下來。浄白 呸、人(不知)〔不說〕不知、木不攢不透。我待不說、五毒氣生。天上怎麼賜(不)〔下〕來的袍。天上有織機的、有染坊、有裁縫。老爹、賊情事不打不招。外白 採將下去、先打四十大棍。浄做打不的科 外白 (這所)〔這廝〕(有背)〔有弊〕、如何不肯下手。打他。〔浄白〕我小的打不的。外白 叫小(這)〔王〕(己)〔幾〕打。丑(白)做打不的科 外白 你這廝、都靠〔後〕。等我打。做打科

貼旦上白 手執無情棒、(□□)〔休要〕打平人。

外做打不(出)〔的〕科 外白 且下在牢中、等我(尤)〔在↓再〕做商量。小王兒、打賊情事、見些甚麼。浄白 小的不知怎麼吊起手去了。外白 我問賊情事、是甚人叫休要打平人。浄白 小的見來。外白 是誰。浄白 是老爹家小姐叫來。外白 誰說。便替我叫將出來、我問他。浄白 小人知道。轉過孔雀屏風、就是畫堂深處。小姐、有請有請。

韻 蕭豪韻。

註 ○1【引子】―「引子」二字は、原文では曲牌名として標記されず、小字で表される。汲本ではこの出の冒頭に【菊花新】を置き、兪本はそれに従って曲牌名を【菊花新】に改める。成化本中には、【引子】の標記をもつものとして他に本出第二曲に五句、第一五出第一曲には二句の曲文が見える。それらの曲名が何であるかはつまびらかにしないが、假に三曲とも同一曲牌だとすれば、あるいは【臨江仙】かもしれない。後の本出「2〔【引子】〕」註參照。 ○莫信直中直(隄防仁不人)〔隄防人不仁〕―成語。外の登場詩。元刊本『事林廣記』乙集卷上「人事類」「警世格言」「結交警語」に「莫信直中直、須防人不仁」とある。第三出「(隄防仁不人)〔隄

防人不仁〕」註參照。　○（鹽城）〔監城〕―原文にいう「鹽城」は、文脈からして地名とは考え難いので、假に「鹽」を「監」に校訂した。待考。　○覓地―未詳。探す、の意か。「地」は「站地」「坐地」という場合の「地」と同様で、二音節化するための語助であろう。あるいは、「覓地」を後文にいう「驀地」の誤りとする考え方もあるかもしれない。なお、「驀地」は、突然、の意。（宋元）（漢）參照。　○（白花）〔百花〕戰袍―『三戰呂布』第三折【迎仙客】に、呂布のいでたちとして「他那百花袍鎧是唐猊」とあり、『三國志演義』第三回に「披百花戰袍」、成化本本出後段にも「百花戰袍」とある。これらに従って「白」を「百」に校訂した。江本も同様に校訂する。　○機拷―江本・兪本は、汲本によって「機」を「拶」に校訂するが、字形が遠く字音も異なるのでここでは改めなかった。「拶」は指を痛めつける拷問の一種。　○（□□）〔二淨〕上白―原文では空格が二字分あり、文字が脱落している。文脈により補った。前一一・一二出では「二淨」の脚色で登場したふたりが、本出の後文では「淨」と「丑」の脚色名で標記される。ただし脚色名の「淨」「丑」は、本テキストではしばしば混亂して用いられている。　○聽上一呼堦下百諾―常語。ここでは二淨の登場詩の役割をする。第一一出「聽上一呼堦下（百納）〔百諾〕」註參照。　○（等）〔打〕―兪本がすでに「打」に改める。

○闞門屋里坐禍從天上來―成語。生の登場詩。第八出註參照。　○黑頭蟲兒不可救―「黑頭蟲」は、唐・寒山の詩に「寒山に躶蟲有り、身白くして頭黑し」（『寒山子詩集』）、「人是れ黑頭蟲なるに、剛《かえ》って千年の調を作す」（宋・惠洪『林間錄』卷下所引）とあるように、人間を指していうことば。項楚『寒山詩註』（中華書局、二〇〇〇）「寒山有躶蟲」詩の註（一）（二）參照。また「黑頭蟲兒不可救」は、佛教説話に基づく成語。項楚前揭書の註（二）が擧げる唐・法照『淨土五會念佛略法事儀讚』末「鹿兒讚文」に「昔日 汝の命を救いしに、何ぞ今日鹿身を害するを期せんや。語を傳う黑頭蟲、世世 恩を與え難し」とあるほか、唐・義淨譯『根本說一切有部毘奈耶破僧事』卷一七に「其の井中に在る黑頭蟲は、恩義を識らず。必ず之を救う莫かれ」とあり、「黑頭蟲」は特に恩知らずの人間の意として用いられる（これらの佛教説話における「黑頭蟲」は、提婆達多の前身を指す）。なお、この成語の使用例としては『王粲登樓』第二折に「大王、久以後不得第便罷。若得第時、一時間顧盼不到、他便道、黑頭蟲兒不中救、俺也曾齎發你來」とある。解說篇一〇一頁參照。　○（幔天）〔漫天〕―「漫天」は「滿天」の意。（宋元）參照。　○在於老爹看花樓下（被）〔避〕雪―「被」は「避」との音通による誤り。江本・兪本がすでに同様に校訂する。　○人（不知）〔不說〕不知木不攢不透―成語。『裴度還帶』第四折、『王粲登樓』第四折に「人不說不知、木不鑽不透、冰不搦不寒、膽不嘗不苦」とある。なお、「攢」は「鑽」。　○五毒氣―一種の常語で、怒りの心、の意。敦煌文書スタイン四六五四「舜子變」に「後阿孃見舜子跪拜四拜、五毒嗔心便起」とある。項楚『敦煌變文選註』（巴蜀書社、一九九〇）は、この「五毒」の語の典據として『周禮』「天官」「瘍醫」の「凡そ瘍を療するは、五毒を以て之を攻む（この五毒は五種類の毒薬を指す）」を擧げるが、この語は佛教説話に基づくものであろう。漢・文婁迦讖譯『雜譬喩經』に「世の五毒無き人、其の肉 湯を作すに中《よろ》し。此を服せば便ち差《い》ゆるを得。何等ぞ五毒爲るや。一なるは貪婬の心無きなり、二なるは瞋恚の心無きなり、三なるは愚癡の心無きなり、四なるは妬嫉の心無きなり、五なるは剋虐の心無きなり」とあるほか、敦煌文書ペリオ二三二四「難陀出家緣起（擬題）」に「三塗根本因次捨、五毒惡緣此日休」とある。解説篇一〇二頁參照。○賊情事不打不招―「賊情事」は、惡事、の意。明・楊士奇等編『歷代名臣奏議』巻六七「治道」所引、元・鄭介夫「上奏一綱二十目・刑賞」に「江西に路の司吏有り、賊情事に因りて鈔五百錠・金銀一箱を受く」とある。「不打不招」は、常套表現。『竇娥冤』第二折、『留鞋記』第三折等に同じ表現がある。○淨做打不的科―劉知遠は後に皇帝となる人物であるため、淨は彼を打つことができない。第六出で、劉知遠の跪拜を受けた外（李大公）と貼旦（李大公の妻）が倒れたのと同じ趣向。第六出「外・貼做倒科」註參照。○〔這所〕〔這廝〕〔有背〕〔有弊〕―「所」は「廝」との字形の相似による誤り、「背」は「弊」との同音による誤り。江本・兪本がすでに同様に改める。○小〔這〕〔王〕〔己〕〔幾〕―江本・兪本は「小王兒」に校訂する。○〔淨白〕―文脈により補う。江本・兪本も同様に補う。○都葬〔後〕―江本・兪本に従って「後」を補った。○手執無情棒〔□□〕〔休要〕打平人―貼旦の登場詩。「□□」は、原文では磨滅字。江本・兪本に従って「休要」を補う。「手執無情棒」は、常套表現。『蝴蝶夢』第三折、『勘頭巾』第二折それぞれの張千の登場詩に「手執無情棒、懷揣滴淚錢」とある。

譯

1【引子】 外が登場してうたう 誰が打掛けを盗んでいったのか。今夜になればすべてあきらか。

外のセリフ 「正直者に會うと信じるなかれ、人の不仁に用心せよ」とか。

わしは明日見回りと遊山に出かけるので百花戰袍を探したが、見つからなかった。盗人が出たのだとしても、どうやって入って來たのだろう。きっと、あの二人の夜回りが盗んだのだ。やつらを呼んで來させるとしよう。

拷問にかけてとにかく白状させるのだ。皆のもの。

[二浄が登場してセリフを言う] 堂上で一たびお聲が掛かれば、階下から百の應答をいたします。

長官さま、如何なるご用件でしょうか。[外のセリフ] 昨日、三更の夜回りをしたのは誰だ。[浄・丑のセリフ] 三更の夜回りが一體どうかしましたか。[外のセリフ] 三更の夜回りをした者には褒美がある。[浄のセリフ] わたしがやりました。[丑のセリフ] わたしがやりました。[外のセリフ] わしは三更の頃に百花戰袍をなくしたのだが。[浄のセリフ] わたしはやってません。[丑のセリフ] わたしもやってません。[外のセリフ] 小わっぱども、おまえではなく、そいつでもないなら、一體誰なんだ。[浄のセリフ] 旦那さま、劉健兒が着ていた百花戰袍は、旦那さまの物ではないでしょうか。[外のセリフ] どこにいる。奴を呼んで來させろ。[浄のセリフ、叫ぶ] 劉健兒、旦那さまがお呼びだ。

[生のセリフ] 門を閉ざして家の中にいても、禍は天からやってくる。

旦那さま、ご機嫌よろしゅう。[外のセリフ] こやつめ、おまえなどいらぬとわしは何度も言ったのに、おまえがその都度哀願してくるから、歩兵隊に入れてやって、晝間は草刈り、夜は見回りをさせることにしたのだぞ。まだ一日も従軍しておらぬというに、にわかにわしの百花戰袍を盗むとは。まさに「黒い頭の恩知らずは救うべからず」というやつだ。[生のセリフ] わたくし、夜も三更の時分に大雪が降り、身は寒さに凍え、隠れるところとて無いため、旦那さまの看花樓のもとで雪をしのいでいましたところ、見ればこの百花戰袍が降ってきたのです。わたしが見たときには、どこにも人ひとりおらず、樓門も開いていないので、きっと天からの賜り物だと思ったのです。[浄のセリフ] ちっ、「人は話さねば分からない、木は穿たなければ穴があかない」とか。言うまいとすれば五毒の怒りがこみあげてくる。天がどうやって打掛けを賜うっていうんだ。天に機織り機があるか、染め物屋がいるか、仕立屋がいるか。旦那さま、悪事は打たなきゃ白状しませんぜ。[外のセリフ] しょっぴいて、まずは棒で四〇打ってやれ。[浄が打てないしぐさ][外のセリフ]こやつめ、インチキをしおった。どうして打とうとしない。打つのだ。[浄のセリフ]わたしは打てません。[外のセリフ]小王兒に打たせろ。[丑が打てないしぐさ][外のセリフ]こやつらめ、下がっておれ。わしが打つ。[打つしぐさ]

[貼旦が登場してセリフを言う]手に無情の棒を取り、無實の人を打つのはやめてください。

[外が打てないしぐさ][外のセリフ]しばらく牢屋に入れて、わしの沙汰を待て。小王兒、悪事を吐かせるとき、何を見たのだ。[浄のセリフ]どういうわけか手が吊るし上げられてしまいました。[外のセリフ]わしがこいつを取り調べている時、打つのを止めろと言ったのは誰だ。[浄のセリフ]わたしは見ました。[外のセリフ]誰だ。[浄のセリフ]旦那さまのお嬢さまです。[外のセリフ]なんだと。連れてまいれ。わしが訊いてみよう。[浄のセリフ]分かりました。孔雀の屛風を曲がれば、綺麗な堂舍の奥に至る。お嬢さま、お呼びです、お呼びです。

[貼旦上白]奴在繡閣之中、繡作女工生活、只聽見父親呼喚、不免上前萬福。爹爹、萬福。[外白]孩兒、我問賊情事、你因何叫休將屈棒打平人。[貼白]委的是奴家說來。[外白]孩兒、你是守閨之女、(元何)〔緣何〕這等說話。從頭細說我聽。[貼旦白]爹爹、實不相瞞。奴在繡閣之中、繡作女工生活、只見天窗上吊下一箇五花蛇兒來、在奴家面前左趄右轉、被奴趕至吊窗、就不見了。奴家看來、只見窗下一箇巡軍、聲音似虎嘯(童吟)〔龍吟〕。(汗睡)〔酣睡〕如雷、凍倒在地。奴家有惜孤念寡之心、有舊衣服尋一件與他遮寒、不想是爹爹百花戰袍。死罪奴家受、豈可累他人。[外白]孩兒、是實。[貼白]爹爹、奴家怎敢說謊。[外白](計是)〔既是〕這等、孩兒、你家去家去、自有(方料)〔方略〕。

貼白 父親、慈悲勝念千聲佛、作惡空燒萬炷香。貼下

外白 孩兒、我知道。左右、那里。淨・丑白 小人在此。(伏)〔覆〕相公、那里受用。外白 小王兒、你與我爲媒、把小姐招劉(見兒)〔健兒〕爲婿。淨白 大人、胡說。要招、三箇都招在一處。外(唱住)〔喝住〕 這廝、胡說。你就替我下親、參堂都是你。重重的賞賜你。便叫劉知遠(喚)〔換〕了衣服、香湯沐浴洗澡、交他冠帶成親。淨白 小人知道。轉過孔雀屏風、就是畫堂深〔處〕。畫堂深〔處〕(尤光)〔風光〕好、別是人間一洞天。小姐、有請。

註 ○生活―第五出註參照。 ○惜孤念寡―常語。『看錢奴』第一折に「我也會齋僧布施、蓋寺建塔、修橋補路、惜孤念寡、敬老憐貧、我可也捨的」とある。 ○(童吟)〔龍吟〕―「童」は「竜」の誤り。江本・兪本も同様に校訂する。「虎嘯龍吟」は常語。○豈可累他人―第七出「他人」註參照。成化本では「他人」を「他」と同義で用いる例が散見されるが、ここの「他人」がそれにあたるかは判然としない。 ○(方料)〔方略〕―「料」は「略」との音通からくる誤り。『中原音韻』では、「略」を蕭豪韻(入聲作去聲)に列して「料」と同音とする。 ○慈悲勝念千聲佛作惡空燒萬炷香―成語。ここでは、貼旦の退場詩の役割をする。元本『琵琶記』第二四出末の登場詩に「慈悲勝念千聲佛、造惡徒燒萬炷香」とある。 ○外(唱住)〔喝住〕―兪本の校訂に從った。原文では「外唱」の二字のみが小字で表記されることから、江本は「唱」を「白」と讀み換えたうえで「住」をセリフの一部とするが、これは、元刊本元雜劇に特徴的なト書きの一部である「住」であろう。第二出「打住」註參照。ちなみに、元刊本『任風子』第二折、任風子が馬丹陽を殺そうとして、逆に「神」の返り討ちにあうシーンで唱う【窮河西】のト書きには「等神喝住」とある。 ○參堂―宋・呉自牧『夢粱錄』巻二〇「嫁娶」の條に「其の禮官 兩新人に請いて、房を出で中堂に詣《いた》りて參堂せしむ」とあり、婚禮時に婚家の家神・家廟に參拜し、その親族に拜禮する儀式。ここでは、「禮官(媒酌人)」として、それら婚禮の一切をとり仕切ることをいうのだろう。 ○就是畫堂深〔處〕……別是人間一洞天―本出前段に同表現があることから「處」を補った。二度目の「畫堂深」は、原文では三字のおどり字で表記されるが、同樣に「處」字を補う。江本・兪本も同樣に校訂する。また「畫堂深處風光好、別是人間一洞天」は、常語。第六出「列綺堆羅開大筵……別是人間一洞天」註參照。

譯

貼旦が登場してセリフを言う お部屋で針仕事をしていると、お父さまがお呼びとのこと。進み出てご挨拶いたしましょう。お父さま、ご機嫌よう。外のセリフ むすめよ、わしが悪事を問いただしている時に、おまえはどうして「無情の棒で無實の人を打つな」と叫んだのか。貼旦のセリフ まことにわたしがそういいました。外のセリフ むすめよ、おまえは深窗の令嬢だというのに、どうしてそんなことをいうのだ、一部始終詳しく聞かせてくれ。貼旦のセリフ お父さま、僞りは申しません、わたしがお部屋で針仕事をしている時、ふと見ると天窗から一匹のまだらの蛇が落ちてきて、わたしの目の前を行ったり來たりします。吊り窗まで追いかけると、いなくなってしまいました。ふと見ると窗の下に一人の見回りの者がいて、龍虎のうなり聲のような音。雷のような鼾をかいてぐっすりと眠り、寒さに凍えて臥せています。わたしは惻隱の心で、古い着物を一着探してその者に與え、寒さから守ったのです。はからずもそれがお父さまの百花戰袍でした。わたしは死罪にも甘んじます、しかしどうしてよそさまを巻き込むことができましょう。外のセリフ むすめよ、それは本當か。貼旦のセリフ お父さま、どうしてわたしが噓をいいましょうか。外のセリフ そうならば、むすめよ、おまえは部屋に戻りなさい、わしに手だてがある。貼旦のセリフ お父さま、「慈悲の心は何千回の讀經にも勝り、悪事をなせば何萬本の線香をも無駄にする」と申します。貼旦が退場する

外のセリフ むすめよ、わかっておる。皆のもの、どこにおる。淨・丑のセリフ ここにおります。旦那さま、何の御用でしょうか。外のセリフ 小王兒、わしのために仲人になってくれ、むすめを劉知遠に娶わせて、彼を入り婿にする。淨のセリフ 旦那さま、ご冗談を。婿にするなら我々三人ともが一緒でなければなりません。外が大聲をだす こやつめ、ふざけおって。おまえがわしのために婚儀を整え、式もおまえがとり仕切れ。褒美は厚くとらせる。すぐに劉知遠に

着替えさせ、香湯で身體を洗い、衣冠束帯して縁組させるのだ。浄のセリフ わかりました。孔雀の屛風を過ぎれば、綺麗な堂舎の奥深くに至る。綺麗な堂舎の奥深くは見事な眺め、あたかも別世界にいるかのよう。お嬢さま、お呼びです。

貼（唱上）〔上唱〕

2〔【引子】〕一朶花枝今有主、親□（威謝）〔感謝〕老蒼天。生上唱（【引子】）蒙君不棄我貧寒。洞房花燭夜、百歳永團圓。

外白 小王兒、唱拜。浄白 一上香、二上香、三上香。上香（以卑）〔已畢〕、望神天（設那）〔設拜〕。（那）〔拜〕、（行）〔興〕、拜、（行）〔興〕、拜、（行）〔興〕、拜、（行）〔興〕。四拜。平身、回身。參拜堂上相公。拜、（行）〔興〕、拜、（行）〔興〕。愛惜新人、只拜兩禮。外白 劉知遠、奉（間廷）〔朝廷〕（名）〔明〕有（敕皆）〔敕旨〕、招集義軍三千、如今收捕蘇林・袁角。如今招你爲婿。你休得（威刀背箭）〔畏刀避箭〕。如今權且冠帶、（帶）〔待〕你有功、老夫（伸報）〔申報〕朝廷、加你官爵。就領三千人馬、用心操練、操練精熟、可以捉拿蘇林・袁角。早晩小心、不必祝付。生白 謝岳丈週濟。外行〔科〕

〔詩曰〕外（合敬）〔合巹〕交歡意（潑）〔頗〕濃。琴調瑟弄兩相同。生白 今宵（勝）〔賸〕把銀缸照、猶恐相逢似夢中。〔竝下〕

韻 天田、干寒韻。

註　○貼（唱上）（上唱）―このト書き以下が曲文と考えられるため、倒文として校訂した。次註參照。ちなみに江本では、ここからを新たな出として區切る。　○2（【引子】）一朶花枝今有主……百歳永團圓―「一朶花枝今有主」以下五句とほぼ同様の曲文が第六出第一曲に見られ、ここでもこの五句を一曲とするのが自然だと思われるため、曲牌名を前に移した。第六出の相當の曲文と同様、本曲も【臨江仙】ではあるまいか。第六出「1（【□□□】）」註、及び本出「1【引子】」註參照。また、第二句「親□（威謝）（感謝）老蒼天」については、原文の「親」字の後にある一字分の空格を缺字と見做した。この句は【臨江仙】の句格上六字句であり、「老蒼」の語が熟さないうえに、第六出第一曲では相當句を「因縁感謝蒼天」に作ることからすると、「老」は衍字である可能性がある。○拜（行）（興）―第六出註參照。　○（威刀背箭）（畏刀避箭）―常語。死を恐れること。「背」は「避」との音通による誤り。『漢宮秋』第二折、『薤丸記』第四折等に見える。　○領三千人馬―「三千人馬」は「五千人馬」とともに、一軍を與えられ率いる際に用いられる常語。　○外行（科）―兪本に従い校訂する。ただし、外はここで「道行」をする必要はなく、「科」を加える處理にも疑問が殘る。直後に「外」のト書きが重複することから、このト書き全體が衍文である可能性もあり、ここではあえて譯出しなかった。○（詩曰）外（合敬）（合卺）交歡意（潑）（頗）濃……猶恐相逢似夢中―外と生の退場詩であり、原文でも行頭を落として表記されるため「詩曰」の標記を補った。『荊釵記』第一二出退場詩にも「合卺交歡喜頗濃。琴調瑟弄兩和同。今宵賸把銀缸照、猶恐相逢在夢中」とある。この後半二句は、宋・晏幾道【鷓鴣天（彩袖殷勤捧玉鍾）】詞の末二句に「今宵剩把銀缸照、猶恐相逢是夢中」とあるのを用いたもので、元本『琵琶記』第三六出退場詩、『東坡夢』第三折【耍孩兒】等にも見える。「似夢中」は、これらに従って「是夢中」とするべきかもしれない。また「賸（剩）」は「儘」の意。（匯）參照。なお、人口に膾炙したと思われる晏幾道のこの詞句が、唐・杜甫「羌村」三首・其一（『杜工部集』巻二）の詩句「夜闌更秉燭、相對如夢寐」等に基づくことは、夙に、宋・王楙『野客叢書』巻二〇「詞句祖古人意」の條が指摘する。また、「（合敬）（合卺）」の「敬」は、字音の類似による誤り。江本に従い校訂する。「合卺」は、『禮記』「昏義」に見える婚禮の儀式のひとつで、ここでは、婚姻の謂。　○（竝下）―文脈により補う。

譯

2【引子】貼旦が登場してうたう　枝に咲く一輪の花は今あるじを得ました、天公にこのご縁を感謝いたします。生が登場してうたう　あなたは素寒貧のわたしを捨ておかれず。洞房花燭のこの新婚の夜、百年の永きにわたり圓滿たるよう。

【外のセリフ】小王兒、號令をかけろ。【淨のセリフ】最初のお香をお供えし、二回目のお香をお供えし、三回目のお香をお供えする。さあ、お香はあげおわりました。天の神に拜禮しましょう。拜禮、もとい、拜禮、もとい、拜禮、もとい、拜禮、もとい。四拜いたしました。起き上がって身を正し、振り返って堂上の旦那さまに拜禮します。拜禮、もとい、拜禮、もとい。新郎新婦をいたわって、拜禮は二度にいたしましょう。【外のセリフ】劉知遠、朝廷から敕旨をうけ義軍三千を招集し、今こそ蘇林・袁角を捕らえるのだ。今おまえを入り婿にする。おまえは刀や矢をおそれるな。今かりそめに衣冠束帯させ、功を立てたらわたしが朝廷に申し上げて、おまえに官爵を加えてもらおう。いま三千の人馬をひきいて、よく教練し、武術に熟達したら、蘇林・袁角を捕らえることができるだろう。朝晩氣をゆるめるなとは、いうに及ぶまい。【生のセリフ】お義父さまのお助けに感謝いたします。

【詩に曰く】【外のセリフ】婚禮の儀式で固めの盃を交わして喜びは殊に深く。琴と瑟の調べはぴたりと和して響く。【生のセリフ】今宵はただ銀の燭臺をあかあかと照らし、この出逢いが夢の中かと疑うばかり。【退場】

第一四出〔丑（李弘一の妻）、旦、淨（李弘一）〕

【丑上白】長江後浪催前浪、一替新人趲舊人。

自從劉知遠去後、〔人不不〕〔不覺〕半年以上、〔因信〕〔音信〕不通。昨日〔令〕〔和〕我老公兩箇商量、叫

我姑姑出來改嫁。依我說、萬事皆休、若不依我說、把這賤人十磨九難、就折墮死他。〔淨〕〔丑〕叫 姑姑、姑姑。旦上唱

1〔【□□□】〕忽聽嫂嫂呼喚、奴家荒忙到此。

白 嫂嫂、萬福。丑 姑姑、萬福。旦白 嫂嫂、請坐。丑白 姑姑、自從姑夫去後、不覺半年以來。旦白 嫂嫂、便是半年了。丑白 姑姑、昨日有書來了。旦白 嫂嫂、書上怎麼說。丑白 書上寫着軍便當了、因爲上陣落馬〔樁〕〔撞〕死了。旦白 嫂嫂、說死了、趁了嫂嫂甚麼願。〔生〕〔丑〕白 書上這們寫來、又不是我寫來。如〔今〕休閑說。你哥哥說、他那里死了、我這里改嫁。旦白 嫂嫂、交誰改嫁。丑 交你〔武〕〔找〕門廝當戶廝對〔後俏〕〔俊俏〕兒郎嫁了罷。旦白 嫂嫂、一馬一鞍、一夫一婦。焉肯〔在〕〔再〕嫁他人。丑 你如今不嫁。旦白 奴家就死、終身不嫁。丑 你眞箇不嫁。旦白 嫂嫂、不嫁、不嫁、只是不嫁。丑白 你眞箇不嫁、我叫你哥哥出來。李弘一、你好妹子打的我好呀。

淨上白 湛湛青天不可欺、人心難比水長流、烏江不是無船渡、一夜夫妻百夜恩。

〔淨白〕老婆、老婆、他怎麼打你來。丑白 左手哄我一哄、右手一巴掌、〔石〕〔右〕手哄我〔一〕哄、踢我一左脚。踢的老娘尿順〔屁■〕〔屁眼〕流。淨白 老婆打來。丑 可不打來。淨白 眞箇打來。丑 可不眞箇打來。淨白 打了罷。笑科 精賤人、因何打〔鴈〕〔傷〕你嫂嫂。旦白 哥哥、奴家不敢。淨白 你如今改嫁不改嫁。我有四條路兒柰何你。旦白 哥哥、那四條路兒、對奴家說。淨白 頭一條路兒、交你上天。第二條路、交你下地。第三條路、交你〔丈嫁〕〔改嫁〕。若是不依、第四條路兒、小河邊安一〔般〕〔盤〕磨、日間挑水三百石、□麻、夜間挨磨到天明。旦白 哥哥、頭一件、上天無路。第二件、入地無門。

（弟）〔第〕三、有夫的婦人實難改嫁。奴家（儜）〔寧〕依（弟）〔第〕四條路、情願挑水挨磨。［淨白］我（把）〔打〕
你這賤人、元來只要受苦。［做打科］

［韻］支時韻。

［註］○長江後浪催前浪一替新人趲舊人―成語。丑の登場詩の役割をする。宋・劉斧『青瑣高議』前集巻七所引、宋・丘濬「孫氏記」に「我聞古人之詩曰、長江後浪催前浪、浮世新人換舊人」とある。また、『戲文三種』「張協狀元」第四八出末の登場詩に「長江後浪催前浪、一替新人趲舊人」とあり、「一替新人」という言い方も成語として誤りではない。「替」は一種の量詞で、「代」「輩」とほぼ同意。錢南揚氏がすでに同様のことを指摘する。　○（人不不）〔不覺〕―原文では、ふたつ目の「不」はおどり字で表記される。「人」は「不」、「不〻」は「覺」の略字體との、字形の相似からくる誤り。江本・兪本もすでに同様に校訂する。　○（令）〔和〕―文意に従って「令」を「和」に改めた。　○賤人―女性に對する罵語。（宋元）參照。　○折墮死他―「折墮」は「折磨」の意。成化本第二一出に「折剉」といい、『醒世姻緣傳』第五二回に「死心蹋地的受他折墮哩」、また『古今小說』巻三一「鬧陰司司馬貌斷獄」に「詩曰、亡命心如箭離弦。迷津指引始能前。有恩不報翻加害、折墮青春一十年」、「你算韓信七十二歲之壽、只有三十二歲、雖然陰騭折墮、也是命中該載的」ともいう。なお、（漢）は「折墮」の「墮」に「hui」と音註を付すが、前述のごとく成化本後文に「折剉」とある點から見て、「折墮」の「墮」は「隳」ではないと思われる。　○1（【□□□】）―兪本は【西江月】とするが、【西江月】が二句だけで用いられる例はないように思われる。　○不覺半年以來―前文に「不覺半年以上」という表現が見えることから、この「以來」は「以上」に校訂すべきかもしれない。ただ、「以來」には「以上」ないし「上下」「左右」の意もあり、ここではあえて校訂しなかった。（宋元）（漢）參照。　○交你（武）〔找〕―江本・兪本に従って「武」を「找」に改めた。　○（後俏）〔俊俏〕兒郎―「俊俏」で、すてきな、の意。江本・兪本がすでに同様に改める。また「兒郎」は、ここでは「郎君」の意。　○一馬一鞍一夫一婦―成語。類似する表現として、敦煌文書ペリオ二六五三・三八七三他「韓朋賦」、同スタイン一三三三「秋胡變文（擬題）」、『元史』巻二〇一「列女傳」（二）「衣氏」に「一馬不被兩鞍」という表現が見られるほか、元本『琵琶記』第二一出【羅帳裏坐】第三曲に「公公、我一鞍一馬、誓無他志」とある。　○湛湛靑天不可欺……一夜夫妻百夜恩―四句ともすべて成語で、淨の登場詩の役

割をする。第五出「(堪堪)(湛湛)青天不可欺……一夜夫婦百夜恩」註參照。原文では、詩のごとく行頭を落とし句毎に分かたれて表記されるが、押韻はしていない。　○左手哄我一哄……踢我一左脚―江本・兪本ともに「哄」を「拱」に改める。ここでは、「哄」の原義で解釋した。　○(鴈)(傷)―「鴈」は、「傷」との字形の相似による誤り。江本・兪本がすでに同様に改める。　○日間挑水三百石□廡―兪本は「石」を「擔」に改める。「石」と「擔」とは同音で、「擔」を「石」と誤用したのであろう。また、兪本は「□廡」の二字を削除するが、「□」(原文磨滅字)にはあるいは「切」字が入り「切廡」となるかもしれない。　○上天無路／入地無門―成語。宋・普濟『五燈會元』卷一七「泐潭洪英禪師」に「當時若遇箇明眼衲僧、直敎他上天無路、入地無門」とあり、『幽閨記』第七出【水調歌頭】に「上天天無路、入地地無門」とある。

譯

丑が登場してセリフを言う　長江の後ろの波が前の浪を促すように、若い世代が年寄りを追い拂っていく。劉知遠が去ってのち、半年以上も音信がありません。昨日うちの亭主と相談して、義妹を呼び出して再婚させることといたしました。言うことを聞けばよし、もし従わなければ、このアマをいじめたおして、さいなんでやりましょう。丑が呼ぶ　義妹や、義妹や。旦が登場してうたう

1【□□□】聞けばお義姉さんがお呼び、慌てて出て參りました。

旦のセリフ　お義姉さん、ごきげんよう。丑のセリフ　義妹や、ごきげんよう。旦のセリフ　お義姉さん、どうぞお掛けください。丑のセリフ　義妹や、あんたの亭主が行ってから、氣がつけばもう半年になります。丑のセリフ　義妹や、昨日手紙があってね。旦のセリフ　お義姉さん、なんて書いてありました。丑のセリフ　手紙には、兵隊になるにはなったが、戰場で落馬して死んだとか。旦のセリフ　お義姉さん、死ぬだなんて、お義姉さんにおあつらい向きだわ。丑のセリフ　手紙に書いてあったんだ。あたしが書いたんじゃないよ。さっそく本題に入ると、あんたのお兄さんが言うには、あっちが死んだんじゃあ、こっちは再婚だってね。旦のセリフ

お義姉さん、誰が再婚するんですって。〔丑のセリフ〕あんたを、家柄のつり合った素敵な人に嫁がせるのさ。〔旦のセリフ〕お義姉さん、「一匹の馬には鞍はひとつ、一人の夫には妻はひとり」って言うでしょ。どうして再婚なんかできましょう。〔丑のセリフ〕嫁がないっていうのね。〔旦のセリフ〕死ぬまで一生嫁ぐものですか。〔丑のセリフ〕本當に嫁がないのね。〔旦のセリフ〕お義姉さん、嫁がないったら、嫁がない。絶對嫁がないったら。〔丑のセリフ〕どうしても嫁がないというのなら、お兄さんを呼びましょう。李弘一、あんたの可愛い妹があたしをぶつんだよ。〔淨が登場してセリフを言う〕公明正大な天は欺くべからず、永遠に盡きない長江の流れと違って人の心は變わりやすいもの、霸王項羽は渡し船がなかったから烏江を渡らなかったのではない、一夜の夫婦にも百夜の恩愛はある。

女房や、女房や、あいつはどんな風にお前をぶったんだい。〔丑のセリフ〕左手でごまかしておいて、その隙に右手でビンタ。右手でごまかしておいて、その隙に左足であたしを蹴ったんだよ。蹴られたお陰でちびっちまったよ。〔淨のセリフ〕女房や、ぶたれたんだな。〔丑のセリフ〕そうさ、ぶたれたのさ。〔淨のセリフ〕本當にぶたれたんだな。〔丑のセリフ〕そうさ、本當にぶたれたのさ。〔淨のセリフ〕ぶたれたんなら仕方がない。〔笑うしぐさ〕このアマめ、なんで義姉さんをぶちやがる。〔旦のセリフ〕お兄さん、あたしはそんなことしませんわ。〔淨のセリフ〕今は再婚するのかしないのかだ。お前をこらしめる四つの方法が俺にはあるんだぞ。〔旦のセリフ〕お兄さん、どんな四つの方法か話してみてください。〔淨のセリフ〕まず第一はお前を天國に送り込む。第二は地獄に送り込む。第三は再婚させる。言うことをきかなければ、第四の方法は川邊に石臼を置き、晝間は桶三百杯の水を汲ませ、夜は夜明けまで石臼をひかせるのさ。〔旦のセリフ〕お兄さん、まず天國には行けないし、二つには地獄にも入れない。三つめに、貞女は二夫にまみえぬもの。それならむしろ四つ目の方法に従って、水汲みをして石臼をひきましょ

う。［浄のセリフ］このアマめ、ぶってくれるわ、なんと、痛い目にあいたいとは。［打つしぐさ］

［淨唱］

2【三學士】頗柰非親却是親。只好做奴婢(堪成)〔看承〕。作賤劉郎去也無音信。如何不肯改嫁別人。你若不聽嫂(嫂)哥說、作賤身驅不值半分。從今後挨磨到四更。挑水到黃昏。［丑唱］

3〔【又】〕一世爲人只在勤。那討閑飯養你身。［旦唱］嫂嫂爹娘產業奴有分。如何苦樂不勻。

［丑〔白〕］呸。女生外向。死了外葬。有你甚麼分兒。［丑唱］

丈夫的言語須當聽。你有眼何曾識好人。從今後挨磨到四更。挑水到黃昏。［旦唱］

4〔【又】〕好笑哥哥人不(三)〔仁〕。不念(同胎)〔同胞〕(子妹)〔姊妹〕情。劉郎去也無音信。如何交奴改嫁別人。(況閑)〔況間→況兼〕奴有半載身懷孕。(在)〔再〕嫁傍人作話文。奴情願挨磨到四更。挑水到黃昏。

［詩曰］好笑哥哥人不仁。(□母)〔父母〕緣何不顯靈。日間挑水(三百不)〔三百石〕、夜間挨磨到天明。

［旦下］

［淨趕打科］［丑白］老公、如今(計是)〔旣是〕這等、你便管他挑水、我便管他挨磨。等這賤人挑的挨的、也是(一願)〔一頓〕打。挑不的挨不的、也是一頓打。(下磨九難)〔十磨九難〕、好歹要他嫁了。見今十月滿足、他若是男怎麼說、是女怎麼說。［淨白］老婆、是女收留養着、是箇小廝(殺必)〔必殺〕害了他性命。〔［丑白］〕好計好計。

計就月中擒玉兎、謀成日裏捉金鷄。［並下］

韻 眞文、庚亭韻。「說」は失韻。

校記 汲本。

○汲本—【三學士】 堪笑非親却是親。把你乞丐看承。劉郎去了無音信。何不改嫁別人。你若不依兄嫂說、打交身軀不直半分。合 從今後挨磨到四更。挑水到黄昏。【前腔】 一世爲人只要勤。那得閑衣閑養閑人。爹娘產業都有分。何故苦樂不均平。丈夫言語須當聽。有眼何曾識好人。合前 【前腔】 好笑哥哥人不仁。不念同胞兄妹情。劉郎去了無音信。何故改嫁別人。況兼奴有身懷孕。再嫁傍人作話文。合 奴情願挨磨到四更。挑水到黄昏。

註 ○2【三學士】—曲譜類に見える【三學士】は本來、六ないし七句で一曲をなすが、汲本も本曲を【三學士】とし、内容・格律ともに本曲とほぼ一致する。汲本は、三曲すべての第七・八句目を合唱とするが(校記參照)、兪本は一・二曲目のみ第七・八句目を合唱とする。また、二曲目第四句は七字叶韻句であるから、汲本にしたがって「苦樂不均平」に校訂すべきかもしれない。なお、二・三曲目と比較するならば、一曲目第五句の「說」は失韻とすべきである。 ○頗柰—「叵柰」「叵耐」に同じ。(匯)參照。汲本は「頗柰」を「勘笑」に作るが、ここではこれが「非親」にのみかかると考えて、改めなかった。 ○非親却是親—成語。赤の他人に却って親しむ、の意。主に夫婦の緣を指していうことばであろう。『張協狀元』第三八出退場詩に「我命非親却是親」、元本『琵琶記』第三一出【月雲高】第三曲に「他不到得非親却是親」とある。 ○作賤劉郎—「作賤」は「作踐」とも書き、踏む・踏みつけにしてばかにする、の意。(宋元)參照。 ○嫂(嫂)哥—「嫂」の二字目は原文ではおどり字で表記されるが、この句は七字句なので、一字を削った。「嫂哥」は「哥嫂」と順序を入れ替えるべきかもしれない。 ○身驅—「身驅」は「身軀」「身己」とも書き、「身體」と同意。 ○不値半分—常語。第五出「(不知)(不値)半分」註參照。 ○3(【又】)—汲本に從って補った。第四曲についても同様に補う。 ○一世爲人只在勤—成語。第五出「一年之計在於春……一時之計在於勤」註參照。 ○那討閑飯養你身—常語。第七出「那討閑飯(春)(養)閑人」註參照。 ○苦樂不勻—常語。第五出「苦樂不均」註參照。 ○女生外向死了外葬—「女生外向」は成語。「女生外向死了外葬」は、「向」「葬」と押韻することから、一句合わせての成語であることを思わせるが、「死了外葬」を伴う例を見ない。漢・班固『白虎通義』卷上「封公侯」に「男生內嚮有留家之義、女生外嚮有從夫之義」とあり、敦煌文書スタイン一三三「秋胡變文(擬題)」に「女生外向、千里隨夫」とある。 ○有眼何曾識好人—常語。『殺狗記』第二九出【大迓鼓】、『荊釵記』第二二出退場詩に「霸王空有重瞳目、有眼何曾識好人」というかたちで見える。○話文—第七出註參照。
○好笑哥哥人不仁……夜間挨磨到天明—旦の退場詩。汲本は前の二句を「哥哥嫂嫂沒前程。苦逼奴家再嫁人」とし、【尾聲】の曲牌をつけている。○等這賤人挑的挨的—「等」は、今日も一部の方言に殘り、(宋元)が「讓」「使」の訓をあてる「等」の可能性もあるだろう。○十月滿足—臨月をいう常語。○養着—兪本は「着」を「者」に校訂する。○是箇小厮(殺必)(必殺)害了他性命—江本は「殺」を誤りと疑い、兪本は「是箇小厮、殺」と斷句する。ここでは「殺必」を倒文として校訂し、「必殺害」として譯をつけた。○(丑白)—文脈により補った。江本・兪本がすでに同樣に補う。○計就月中擒玉兎謀成日裏捉金鷄—本出退場詩の役割をする成語。第七出註參照。ここでは押韻の都合が必ずしもあるわけではないが、やはり「金烏」となるべきところを「金鶏」に作る。

[譯]

[浄のうた]

2【三學士】にくき他人のくせして夫婦氣取り。お前なんて奴婢扱いだ。劉のやつはどこかへ行って消息不明。なぜ再婚するのを承知しないのか。もしもおまえが兄さん義姉さんの言うことをきかないのなら、死に損ないの何の價値もない奴め。これからは四更まで臼をひき。日暮れ時まで水を汲むがいい。[丑のうた]

3【又】人はまじめに働くことが一番。どうして無駄飯をせびってお前を養わねばならないのか。[旦のうた] お義姉さん、お父さまお母さまの財産はわたしにも取り分があるはず。どうしてこんなに不公平なのでしょう。

[丑のセリフ] ちっ。「女は嫁に行くもの。死んでもよそに葬られる」というじゃないか。何の分け前があるものか。[丑のうた]

うちの人の言う事をきかないか。お前に何が分かるっていうんだい。これからは四更まで臼をひき。日暮れ時まで水を汲むがいい。[旦のうた]

4【又】お兄さんが不仁の人だったとは笑いぐさ。血を分けた妹に何の情愛もないとは。劉郎はどこかへ行って消息不明。どうして他の人に嫁いだりできましょう。その上あたしは半年の身重。再婚すれば人がとやかく申しましょう。四更まで臼をひき。日暮れ時まで水を汲むのも望むところ。

詩に曰く お兄さんが不仁の人だったとは笑いぐさ。父母はどうしてその靈驗をあらわしてくださらないのか。晝は桶三百杯の水を汲み、夜は夜明けまで臼をひく。旦が退場する

浄が追いだして毆るしぐさ 丑のセリフ おまえさん、こうなってしまった以上、おまえさんはあいつが水を汲むのを見張り、わたしはあいつが臼をひくのを見張る、あいつが水を汲み臼をひけば一回ぶつ、水を汲めなくても臼をひけなくても一回ぶつ。さんざん苦しめて、どうあろうとあいつを嫁に行かせちまおう。十月たって、あいつが生んだのが男ならどういう話で、女ならどういう話だい。浄のセリフ 女房や、女なら引き取って養うが、男ならば必ず殺してしまおう。丑のセリフ それはいいそれはいい。

「計劃が預めしっかりしていれば、月中に玉兎を捕まえ、太陽で金鶏を捉えることすらできる」というもの。一同退場

第一五出〔旦、丑〈李弘一の妻〉〕

1

【引子】旦上唱 沒柰〈何〉〔禍〕臨頭。今朝棄命休。

旦白 奴家迤逦來到磨坊門首、半掩半開、冷冷清清。只得挨那磨去。一不恨天、二不恨地。

2【五更傳】旦唱 恨命乖。喫折挫。（爹嫂）〔爹娘〕知苦麼。哥哥嫂嫂你好（哏心）〔狠心〕做。趕出我丈夫、發奴家挨磨。天不聞、地不應、如何過。合 奴家那曾那曾（實）〔識〕挨磨。挑水（心勤）〔辛勤〕、只爲劉大。（只爲劉大。）

3【五更傳】向磨坊、愁眉鎖。（受若惱）〔受苦惱〕沒柰何。爹娘在時把奴如花朶。喪了我（又親）〔雙親〕、受這般（折麼）〔折磨〕。合同前

4【五更傳】挨（己■）〔幾肩〕。我已肬頭（運）〔暈〕轉。我腹脇疼腿又酸。身子（困捲）〔困倦〕我須挨不轉。只爲我的哥哥心變。我爹娘死、我孤單。我如何過。合同前

5【五更傳】受（苦心）〔苦辛〕、如何過。受勞碌沒柰何。只得忍痛忍痛灣轉坐。受苦在磨房、有那誰人採我。我尋思起、淚滿腮。愁難挨。又待要吊死吊死在廚房下。

旦白 我死一身由閑可、撇的我劉郎回來、倚靠誰過。旦唱

我死也甘心、怕躭悮了劉大。（合同前）

旦白 奴家身懷六甲、兒夫去後、看看十月滿足。敢要（分免）〔分娩〕孩兒。遍身疼痛、怎生是好。欲待不挨、哥嫂又打、欲待要挨、腹中不覺疼痛。只得在此盹睡一覺。做睡科

丑上白 養家千百口、獨自（樂）〔落〕便宜。

我交你改嫁、終身不肯改嫁、交你挨磨、你可却在這里睡得好。做打科 旦哭白 嫂嫂、奴家腹中疼痛。嫂嫂、休打。你回去、等奴家（在）〔再〕挨。丑白 我去、你不挨、我又來打你。

得（前年）〔放手〕時須放手、得饒人處且饒人。丑下

旦白 奴家怎〔生〕是好。不一時〔奴奴〕〔嫂嫂〕打、不一時哥哥罵。我奴家〔將久〕〔終久〕喪在他手下。這早不知是多早天氣了。推開窗看一看。呀。鷄犬亂鳴了、敢是四更天氣了。

韻 1—鳩侯韻。2〜5—歌羅、家麻、皆來韻。4—天田、歡桓韻。

校記 増譜・新譜・始譜・汲本。

○増譜—【五更轉】恨命乖、遭折挫。爹娘知苦麼。哥哥嫂嫂你好横心做。趕出劉郎、罰奴挨磨。叫天不應、地不聞、如何過。奴家那曾那曾識挨磨。挑水辛□□□□大。

○新譜—【五更轉】恨命乖、遭折挫。爹娘知苦麼。哥哥嫂嫂你好横心做。趕出劉郎、罰奴挨磨。叫天不應、地不聞、如何過。奴家那曾那曾識挨磨。挑水辛勤、只因劉大。

○始譜—【五更轉】恨命乖、遭折挫。爹娘知苦麼。哥哥嫂嫂你好横心做。趕出劉郎、罰奴挨磨。叫天不應、地不聞、如何過。奴家那曾那曾識挨磨。挑水辛勤、只因劉大。

○汲本—【五更轉】恨命乖、遭折挫。爹娘知苦麼。哥哥嫂嫂你好横心做。趕出劉郎、罰奴挨磨。叫天不應、地不聞、如何過。合 奴家那曾那曾識挨磨。挑水辛勤、只爲劉大。【前腔】向磨房、愁眉鎖。受勞碌也是沒奈何。爹娘在日把奴如花朶。死了雙親、被哥嫂凌辱。爹娘死、我孤單、如何過。合前【前腔】挨幾肩、頭暈轉。腹脇遍疼腿又酸。神思困倦挨不轉。欲待縊死在房中、恐怕躭閣智遠。尋思起、淚滿腮、如何過。合前

註 ○1【引子】—第一三出「1【引子】」註參照。汲本では、本出に相當する第一九出の冒頭に【于飛樂】を置くが、その曲文は成化本とは全く異なる。　○沒柰〔何〕〔禍〕臨頭今朝棄命休—「何」は「禍」との音通による誤りであろう。『荊釵記』第二六出【糖多令】に「無柰禍臨頭。今朝拚死休」とある。　○一不恨天二不恨地—汲本では、相當部分を「一不怨哥嫂、二不怨爹娘、三不怨丈夫」に作る。　○2【五更傳】—【五更傳】はきわめて起源の古い曲牌であり、曲譜類は全て【五更轉】に作るが、錢南揚『元本琵琶記校註』（上海古籍出版社、一九八〇）第二六出、『戲文三種』「張協狀元」第三五出ではともに【五更傳】に作り、それらの註の中で錢南揚氏は、唐以來の詞牌で「轉」と「傳」が混用されることを述べ、「傳」が誤りでないことを考證する。ここではそれに從う。ま

た、【五更傳】四曲は一套を成していると思われ、全體は家麻・歌羅韻で押韻するが、三曲目の前半六句は天田・歡桓韻に轉韻していると思われる。南戯においては、こうした轉韻はままみられることである。第九出「17〔【□□□】〕」註參照。また四曲目第九句「挨」は、失韻と考えるべきかもしれないが、ここでは「乖」「腮」「挨」等、皆來韻をすべて家麻韻と通押するものとした。なお格律からいえば、二曲目「合同前」の前に三字句三句の脱落があると考えられ、諸本はここに「爹娘死、我孤單、如何過。」の歌辭を置く。また三曲目の「只爲我的哥哥心變」は、格律からすれば「四、四。」となるべきであり、前半に四字不叶句一句が脱落していると考えるべきであろう。　○麼—疑問辭。すでに唐詩にみられる。〔匯〕參照。　○發奴家挨磨—兪本は諸本に從って「發」を「罰」に改める。　○天不聞地不𠸄—常語。第九出「叫天天不𠸄天不𠸄地不聞」註參照。　○只爲劉大〔只爲劉大〕—二度目の「只爲劉大」は、原文ではおどり字。格律からすれば疊する必要はないので、衍文とした。　○把—「把」は「看」の意。第七出「把來慣了」註參照。　○〔又親〕〔雙親〕—「又」は、「雙」の簡略體「双」との字形の相似による誤り。江本・兪本がすでに同樣に改める。　○挨〔己■〕〔幾肩〕—原文の譌字は「肩」の字形に似る。汲本に從って改めた。　○我已肬頭〔運〕〔暈〕轉—「肬」は未詳。江本は「肬」のままとし、兪本は「朧」に改める。「我已聾頭暈轉（わたしはすでにあぜ道で氣を失った）」と校訂することも可能だが、格律からすればこの句は三字叶韻句であり、句作りとしては「我已肬、頭暈轉」である。ここでは假に「頭暈轉」のみを譯した。　○灣轉—江本・兪本は「彎轉」に校訂する。「灣轉」は疊韻の語。　○有那—待考。衍字かもしれない。　○由閑可—「由」は「猶」、「閑可」は「小可」「容易」と同意。〔匯〕參照。　○〔合同前〕—四曲目は二・三曲目で「合同前」であった箇所に別の歌辭を置き、その後さらにここで「合同前」と標記する。格律からこれを衍文とした。　○身懷六甲—第九出註參照。　○敢要—「敢待」と同意。推量を表す。　○養家千百口獨自〔樂〕〔落〕便宜—常語。丑の登場詩。『張協狀元』第八出に「正是養家千百口、只恐獨自失便宜」、『藍採和』第二折に「我正是養家二十口、獨自落便宜」とあるのに從い、「樂」を「落」に校訂した。「落便宜」は、わりを食う、損をする、の意。　○我又來打你—「又」は、ここでは「再」と同意で用いられている。　○得〔前年〕〔放手〕時須放手得饒人處且饒人—「得放手時須放手、得饒人處且饒人」は成語で、ここでは丑の退場詩。第三出註參照。　○怎〔生〕是好—江本・兪本がすでに同樣に校訂する。　○不一時—「不一時」は「一時」と同意。にわかに、同時に、の意。ここでは「不一時」が二度竝列されることによって、「一面」と同樣の意味になっている。　○〔將久〕〔終久〕—江本・兪本がすでに同樣に改める。　○這早—第五出註參照。　○四更—普通「五更天」「五更鷄」としていわれる「五更」の時間が、ここでは「四更」で表されており、何らかの制度的背景を想定すべきであろう。

譯

1【引子】[旦が登場してうたう] 禍が身にふりかかることをどうすることもできません。今日にも息絶えてしまいそう。[旦のセリフ] はるかひき臼小屋の入り口までやって來ると、扉は半開き、中は寒々としております。臼をひくといたしましょう。一つには天を恨まず、二つには地を恨まず。

2【五更傳】[旦のうた] 恨めしいのはこの運のつたなさ。しいたげられるばかり。父母はこの苦しみを知りましょうや。兄さん義姉さんはひたすら殘忍。わたしの夫を追い出して、わたしに臼をひかせます。天は知っているかしら、地はこたえてはくれず、どう暮らしていけというのでしょう。[合唱] いったいいつわたしが臼をひいたことがあるでしょう。水汲みに精を出すのも、ただうちの劉旦那のため。

3【五更傳】ひき臼小屋で、眉根は憂いにとざされる。辛いことばかりでどうにもなりません。父母在りし折には花のように育てられたわたし。ふた親を喪って、このような仕打ちを受けることとなりました。[合唱、前に同じ]

4【五更傳】何度か臼をひくと。氣が遠くなってしまいます。脇腹も痛く腿もだるい。身體が疲れて眠氣が襲い臼をひけません。ただわが兄の心變わりのせい。兩親が死に、わたしは獨り。どう暮らしていけというのでしょう。[合唱、前に同じ]

5【五更傳】辛苦の中で、どう暮らしていけというのでしょう。あくせくと働かされてどうすることもできません。ただ痛みを忍び痛みを忍び丸くなってうずくまる。ひき臼小屋で苦しみ、誰もわたしを相手にしない。思いをめぐらせば、涙が頬をぬらし。愁いは耐え難い。いっそ臺所で首をくくってしまおうか。[旦のセリフ] わたしが死ぬのはまだいいが、見捨てることになる劉郎が戻って來たら、誰を頼りに暮らしたものわたしが死ぬのはいいが、うちの劉旦那に迷惑をかけるのが氣がかり。

か。旦のうた

旦のセリフ 身重となって、夫が出て行って以來、そろそろ十月十日の臨月を迎えます。そろそろ子どもが生まれるのかしら。身體中が痛んで、どうしたものか。臼をひかずにいようとすれば、お兄さんお義姉さんがまたぶつし、臼をひこうとすればお腹がどうにも痛む。このままここで一眠りすることといたしましょう。眠るしぐさ

丑が登場してセリフを言う「何百何千の家族を養って、あたしだけが馬鹿をみる」というやつだ。お前を再婚させようとしたが、死んだっていやだというし、臼をひかせようとすれば、こんな所でぐっすりお休みかい。毆るしぐさ 旦が泣いてセリフを言う お義姉さん、わたしはお腹が痛いのです。お義姉さん、ぶたないで。家に戻ってください、臼はひきますから。丑のセリフ あたしが行けば、お前は臼をひかないんだろう。あたしはまたぶちに來るよ。

まあ「許せるときには許すがいい、見のがせるときには見のがそう」とも言うからね。丑が退場する

旦のセリフ わたしはどうすればよいのでしょう。義姉さんにぶたれたかと思えば、兄さんにも罵られる。わたしはじきに彼らの手にかかるに違いない。いま何更ごろかしら。窓を開けて見てみましょう。おや。鶏や犬が鳴いている、きっと四更ごろでしょう。

旦唱

6【鎖南枝】星月上、傍四更。莊前犬鷄籬外鳴。哥哥甚〔言情〕〔無情〕。把奴挨磨到天明。想我劉郎去也、未知前程。想的悞了年少人。

7〔【又】〕叫天不嚰。地不聞。〔腹〕〔胦〕〔脇〕轉疼實難忍。房兒冷清清。風刮的冷冰冰。料想分娩在今宵、有一箇懷藉恨。望祖宗有顯靈。保母子早離身。

旦白 奴家腹中疼痛甚急、今晩〔正皆〕〔正該〕分娩孩兒。本欲在廚房中分娩、恐怕〔濁活〕〔濁汚〕了〔皂君〕〔竈君〕、本在磨房中分娩、磨房中又冷冷清清。不免將一把〔敢草〕〔乾草〕鋪在地上、分娩孩兒。

正是烏鴉共〔喜雀〕〔喜鵲〕同林、吉凶事〔余然〕〔全然〕未保。旦下 做分娩科

韻 庚亭、眞文韻。

校記 成譜・汲本。

○成譜―【鎖南枝】星月朗、傍四更。窗前犬吠鷄又鳴。哥嫂太無情。罰奴磨麥到天明。合 想劉郎去、沒信音。磨房中冷清清。風兒吹得冷冰冰。

○汲本―【鎖南枝】星月朗、傍四更。窗前犬吠鷄又鳴。哥嫂太無情。罰奴磨麥到天明。想劉郎去也、可不辜負年少人。磨房中冷清清。風兒吹得冷冰冰。【前腔】叫天不應。地不聞。腹中遍身疼怎忍。料想分娩在今宵、沒個人來問。望祖宗陰顯應。保母子兩身輕。

註 ○6【鎖南枝】―本曲は、成譜が記述する格律とは合致しない。校記參照。　○〔言情〕〔無情〕―「言情」は「顏情」と同意の「言情」とも考えられるが、諸本に從って「言」は「無」に改めるべきであろう。　○7〔【又】〕―汲本に從って補った。　○〔腹〕〔胦〕〔脇〕轉疼―句格上この句は七字句であるので、「胦」の前に「腹」一字を補った。「胦」は、下腹部もしくは腋下を指す字であるが、本出4【五更傳】に「腹脇疼」の表現が見られるので、「胦」を「脇」に改めた。おそらく、音通による誤りであろう。なお、江本・俞本はともに「胦」を「腹」に校訂する。　○轉―だんだん・ますます、の意。淸・劉淇『助字辯略』巻三參照。　○有一箇懷藉恨―待考。この六字に何らかの誤りを含むだろう。ここでは、汲本の「沒個人來問」に從って譯をつけた。　○離身―出

産、の意。○〔正皆〕〔正該〕—「皆」は「該」との同音による誤り。第九出「生離死別〔該〕〔皆〕前定」註參照。江本・兪本がすでに同様に改める。○〔濁活〕〔濁汚〕—「活」は「汚」との字形の相似による誤り。江本・兪本がすでに同様に改める。○〔敢草〕〔乾草〕—「敢」は「乾」との同音による誤り。兪本がすでに同様に改める。○烏鴉共〔喜雀〕〔喜鵲〕同林吉凶事〔余然〕〔全然〕未保—成語。旦の退場詩。『殺狗記』三四出退場詩等に「烏鴉共喜鵲同枝、吉凶事全然未保」とあり、それに從って校訂する。この成語の由來とヴァリエーションについては、『戲文三種』「張協狀元」第一出校註（六一）を參照。なお、宋・彭氏『墨客揮犀』卷二「喜鴉聲惡鵲聲」の條には「北人は鴉聲を喜《この》みて鵲聲を惡《にく》み、南人は鵲聲を喜みて鴉聲を惡む。鴉聲は吉凶常ならざれども、鵲聲は吉多くして凶少なし。故に俗に喜鵲と呼ぶは、古の所謂乾鵲是れなり」とある。

譯

旦のうた

6【鎖南枝】星や月が上ってから、やがて四更になろうという頃。村の犬や鷄が垣の外で鳴く。お兄さんはなんて無情な人。夜明けまでわたしに臼をひかせる。思えばわたしの劉郎が行ってしまって、出世したのやらどうなのやら。あの人が戀しくて年若いわたしは苦勞ばかり。

7【又】呼んでも天はこたえてくれず。地も聞いてくれない。身體の痛みはいっそう耐えがたい。小屋は寒々として。風は氷のように冷たい。きっと今晩が出産のやま、誰一人たずねてくれるものはない。ご先祖様に靈験があるなら。母子が身ふたつとなるのをお守りください。

旦のセリフ　お腹の痛みが激しくなってきた。今晩がきっと出産のやま。臺所で出産したいが、かまどの神様を穢してしまうし、ひき臼小屋で産むことになるけど、小屋の中は寒い。地面に乾草を敷いて産むことといたしましょう。

これぞまさしく「不吉な鴉がめでたい鵲と同じ林、吉とでるか凶とでるかは神のみぞ知る」というもの。

[旦が退場する] [出産するしぐさ]

第一六出〔末(竇老)、旦〕

[末上(■)〔白〕] (淸竹)〔靑竹〕蛇兒口、黄蜂(屋上丁)〔尾上釘〕。兩般雖是毒、最毒(似人心)〔婦人心〕。惡有惡報。善有善報。若還不報。時辰未到。老夫姓竇名(无)〔元〕、人人口順呼爲(豆老)〔竇老〕。是李大家都管的便是。李大公在日、把我一見如故。自從李大公(亡這)〔亡過〕之後、被李弘一天殺天剮、罵老夫無用之物。我如今不在他家、遷移在李三公家居住。李三公說、(豆公)〔竇公〕、如今李弘一這廝把這劉知遠趕出太原府(投□)〔投軍〕、音信不見回還。每日在家(寺)〔待〕他妹子朝嗔暮打、(逼勤)〔逼勒〕改嫁。他妹子因此(■)〔不〕從、叫他日間挑水夜間挨磨、怎生是好。李三公說、我筭來、三姐女孩兒今經十月須足、(豆公)〔竇公〕、你去探望一遭。轉灣(抹脚)〔抹角〕、這里便是磨坊。冷冷淸淸、竝無一人、三姐不知歸於何處。[〔旦〕做咬臍、哭科] [末白] 待老夫尋叫一聲。呀、那里這等五五六六的孩兒哭。不免再叫一聲。三姐。[旦白] 竇公、奴家在此。[末白] 三姐、你敢(分兒)〔分娩〕了。[旦白] 奴家分娩了。一箇小廝兒。[末白] 好、好、好。李家時大、劉家骨血、兩堂聖賢保佑、落草平安。萬幸、萬幸。三姐、你可曾喫些粥食。[旦白] 竇公、我竝無噇些湯水。[末白] 娘子、少待、我問三叔公討些粥食與你喫。[旦白] (草公)〔竇公〕、卽去早來。[〔末〕做揪倒磨科] [末白] 可憐三姐沒親娘。苦逼劉郎往外鄉。大風刮倒浮根樹、自有傍人(話)〔說〕短長。[末下]

註　○第一六出―兪本はここで出を區切らず、前出とひと續きにする。　○(淸竹)〔靑竹〕蛇兒口……最毒(似人心)〔婦人心〕―成語。末の登場詩。『獅吼記』第一○出淨の登場詩に「靑竹蛇兒口、黃蜂尾上針。兩般猶未毒、最毒婦人心」とある。これに從って校訂した。なお、ここでは原文が「丁」字につくるので「釘」字に校訂したが、本來は「針」に作るべきである(「釘」と「心」でも、成化本においては押韻と認めうる)。また『醒世恆言』卷三○「李汧公窮邸遇俠客」には「有詩爲證、猛虎口中劍、長蛇尾上針。兩般猶未毒、最毒婦人心」というかたちで見え、汲本第二○出は、相當部分の最終句を「最毒是婦人心」に作る。「靑竹蛇」については、明・彭大翼『山堂肆考』卷二二三「鱗蟲」「蛇」「靑竹」の條に「靑蟒蛇、一名 靑竹蛇。綠色にして善く木及び竹上に緣る。此の蛇最も猛し」とある。　○惡有惡報……時辰未到―成語。宋・兪成『螢雪叢說』卷下(宛委山堂本『說郛』弓一五所收)に「『善惡有報、善惡若無報、乾坤必有私』、此古語也。『善惡到頭終有報、只爭來速與來遲』、此古詩也。……『大藏經』云、『善若無報、其善未熟、其善熟時、必受其福。惡若無報、其惡未熟、其惡熟時、必受其苦』」とある(ここにいう『大藏經』の文句は、おそらく吳・維祇難等譯『法句經』卷上「惡行品」の「妖孽見福、其惡未熟、至其惡熟、自受罪虐。貞祥見禍、其善未熟、至其善熟、必受其福」を指す)。また、元刊本『事林廣記』乙集卷上「人事類」「警世格言」「存心警語」の條に「善有善報。惡有惡報。善惡無報。時節未到」、『來生債』第一折に「便好道善有善報。惡有惡報。不是不報。時辰未到」とあり、『淸平山堂話本』「陰隲積善」に「正是積善有善報。作惡有惡報」とある。第二二出「(綵杖)〔綵仗〕金冠去取妻……古往今來放過誰」註參照。なお「若還」の「還」も、「如」の意。(匯)參照。　○姓賨名(无)〔元〕―江本・兪本がすでに同樣に校訂する。富春堂本『白兎記』では「賨老」は「賨員」として登場する。「元」はおそらく「員」であろう。なお、「賨」は成化本においてはしばしば「豆」の俗字で書かれる。　○都管―「管家」と同意。第七出「管家官(■家兒)〔鎭家兒〕」註參照。　○(亡這)〔亡過〕―「這」では意味が通じがたい。兪本に從って「過」に校訂する。　○(投□)〔投軍〕―原文では「投」の後、行末に一字分の空格があるため、文脈から「軍」を補う。江本・兪本もすでに同樣に校訂する。　○音信不見回還―このままでは意味が通じにくい。「音信」の前後におそらく何らかの脫落があるであろう。たとえば『薛仁貴』第四折に「十年光景、音信皆無、不見回家」という表現が見られることから、ここでは「音信皆無」と語を補って譯した。　○因此(■)〔不〕從―「因此不從」の表現は、成化本第一八出、及び第二三出の同樣の文脈にも見え、いずれも「因爲不從」の意であるように見える。「因此」に「因爲」と同樣の用法があったのかもしれない。　○〔旦〕做咬臍、哭科―この出では旦の登場はなく、しぐさは舞臺うらで行われるのだろう。なお「哭」は嬰兒のしぐさ。　○五五六六―「五五」は「嗚嗚」であろう。また「六六」については、普通どの文字で表記されるものかよくわからない。清・胡文英『呉下方言考』巻一〇に見える「錄錄」「灑灑」「陸陸」などの表記がそれにあたるかもしれない。○你敢（分兒）（分娩）了―「敢」は、たとえば「敢是」「敢則（只・子）」等の語の二字目が脱落したものと考えるべきであろう。○李家時大―待考。江本は「時」と「大」の間に脱字を疑う。「大」と「代」とは同音であるはずだから、ここでは「時大」を「後代」の誤りと考えて譯をつけた。○我問三叔公討些粥食―「問」は「向」と同意。（匯）參照。○〔末〕做掀倒磨科―前註で述べたように、この出での旦のセリフは全て舞臺うらで言われるものと考えられるので、「做掀倒磨科」のト書きに「末」を補った。李三娘に臼をひかせないためにそうするのであろう。○可憐三姐沒親娘……自有傍人（話）（說）短長―末の退場詩。三・四句目は成語を用いたもの。『殺狗記』第一七出退場詩に「大風吹倒梧桐樹、自有傍人說短長」、元本『琵琶記』第三〇出退場詩に「大家截了梧桐樹、自有旁人說短長」とある。第三句「浮根樹」は用例を見ないが、誤りではないだろう。三句目は、成化本第九出外（李三公）の退場詩に見える「鳳凰落在梧桐樹」とは對照的に、不吉な事のたとえ。第九出「做事缺商量……自有傍人（話）（說）短長」註參照。

譯

末が登場してセリフを言う 青竹蛇の口に、黄蜂の尻の針。どっちも毒だが、一番こわいのは婦人の心。惡には惡の報いあり。善には善の報いがある。報いがないとすれば。まだその時でないだけのこと。わしは姓は竇で名は元、人は竇じいさんと呼び慣わしております。李のご本家の執事でございます。李の旦那さまがおいでの頃は、わしをひと目ご覧になった時から舊友のごとくに扱ってくださいましたが、お亡くなりになってからというもの、李弘一の死にぞこないに無用の物と罵られるしまつ。わしも今ではご本家にはおりませぬ、李三公のお宅に移っております。李三公がおっしゃるには、「竇じいさん、李弘一のやつめは劉知遠を太原府に追いやり、便りもなければ歸って來もしない。家では毎日やつの妹を朝には叱り暮れには打って、再婚を迫ったが、妹はうんとは言わない、そこで晝は水汲み夜は石臼をひかせておるが、どうしたらよいものか」。李三公がまたおっしゃるには、「わたしが勘定するに、三女はもう十月を越えておる、竇じいさん、おまえ行ってひとつ様子を見てきてくれまいか」とのこと。角を曲がれば、ここがひき臼小屋だ。ひんやりひっそりとして人っ子ひとりおらぬが、三女さんはどこにいるものやら。［旦、臍の緒を咬み切って、（子供が）哭くしぐさ］［末のセリフ］ひとつ呼んでみよう。やや、どこからか、わあわあという子供の泣き聲。もうひとつ呼ばんわけにはいくまい。三女さん。［旦のセリフ］竇じいさん、ここですよ。［末のセリフ］三女さん、生まれたかね。［旦のセリフ］生まれたわ、男の子です。［末のセリフ］よいぞ、よいぞ、よいぞ。李家の子孫、劉家の跡取り、兩家のご先祖のご加護を得て、無事子供を產み落としたか。幸いなれ、幸いなれ。三女さん、少しは粥でも食べたのかね。［旦のセリフ］竇じいさん、汁物さえまったく口にしていないの。［末のセリフ］奥方さま、少々お待ちを、わたしが三公にかけ合ってお粥を持ってきましょうぞ。［旦のセリフ］竇じいさん、すぐ行って早く戻ってきてね。［末、臼を倒すしぐさ］［末のセリフ］ああ三女さんはふた親を亡くし。劉郎は遠い異郷へ追いやられた。大風が根をむき出した樹を吹き倒しても、人は何かととやかくいうもの。［末退場］

第一七出〔旦、末（竇老）、丑（李弘一の妻）〕

［旦抱孩兒上科］［旦（上）白］娘養我時受千辛萬苦、我今却養孩兒。［旦唱］

1〔【□□□】〕如今養子方知父母恩厚。各自思前後。哥哥心（恨毒）〔狠毒〕。嫂嫂不仁、暗使些兒機謀。逼奴家再招夫。（劉知這）〔劉知遠〕你一似喪家狗。

2〔【□□□】〕（猶待）〔欲待〕（軒）〔幹→敢〕說冤仇。待說來誰（□）〔人〕採揪。（免）〔冤→願〕孩兒得到頭。劉郎得自由。［末上唱］

3〔【□□□】〕我聞說道。三娘子分娩〔無〕憂。李三公交我來問候。〔旦唱〕（娘子）你（元何）〔緣何〕（頓被）〔頻皺
↓顰皺〕着（而）〔兩〕眉頭。（旦唱）竇公你近前來說事由。你傍前來說事由。

末白 娘子、我才打（歷坊）〔磨坊〕所過、只聽的你哥嫂二人商量害你子母二人。旦白 竇公、荅救、荅救。末唱

4〔【□□□】〕我只聽的、（似）〔你〕家嫂嫂絮絮叨叨。因此上荒忙交我便走。旦唱 竇公你且藏在後頭。他見了怎干休。他見了怎干休。丑上唱

5〔【□□□】〕我（十中■九）〔十中缺九〕。聞說道三姑姑生下小窮劉。我老公曾分付。用機謀。將巧語花言啜陋。若是得入手。管交一命喪（情流）〔清流〕。管交劉郎絕了後。

6〔【□□□】〕且喜姑姑添小口。旦唱 嫂嫂（己）〔幾〕度待不收。十月懷躭奴（心受）〔生受〕。兒女（腮前花）〔眼前花〕水上漚。兒女（腮前花）〔眼前花〕水上漚。

7【尾聲】忙把粥。食來（調口）〔調後〕。（草待）〔莫待〕老（栗）〔來〕干生受。

丑白 姑姑、且喜。添了箇甚麼兒。旦白 嫂嫂、是箇小廝兒。丑白 不說小廝兒、萬事俱休、說起小廝兒來、就是我眼中釘（肉中揀）〔肉中刺〕、好歹害了他性命。姑姑、拿來我看。旦白 嫂嫂、休要諕了孩兒。丑白 姑姑、你如何（死今）〔如今〕（今）〔二〕四五（个）〔六〕■你。姑姑、小河兒兩箇魚兒、我和你看去。旦白 嫂嫂、我不去。（旦）〔丑〕白 好歹要和你去。旦白 罷、罷。嫂嫂、我和你看去、只休諕了我孩兒。丑白 姑姑、你放心。做推（■）〔下〕水科

韻 鳩侯(粥)、姑模(毒)、蕭豪韻。「的」は失韻。

校記 始譜・成譜・汲本。

○始譜—【僥僥令】喜姑姑添小口。幾度待不收。留十月懷擔娘生受。兒女似眼前花水上漚。

○成譜—【五供養】十中缺九。喜姑姑產下窮劉。兒夫曾囑咐、怎干休。把花言設誘。哄得這孩兒入手。合 管教一命喪清流。

○汲本—【步步嬌】養子方知娘生受。各自思前後。哥哥心狠毒、嫂嫂不仁、暗使機謀。苦逼我再招夫、閃得我一似喪家狗。【川撥棹】我欲待訴說個冤仇。我欲待訴說個冤仇。來待說來誰人採揪。天若還念我孤單、天若還念我孤單、願孩兒易長易壽。子母每得到頭。免使劉郎絕嗣後。【前腔】聞知三娘分娩無憂。聞知三娘分娩無憂。李三公交咱來問憂。聽伊家絮絮叨叨、聽伊家絮絮叨叨、覩前望後。賽老你緣何頻覷看兩頭。你緣何頻覷看兩頭。近前來問事由。近前來問事由。我聽得伊家嫂嫂絮絮叨叨、只得慌忙便走。你且窩在僻處、他見了怎干休。他見了怎干休。【五供養】十中缺九。喜姑姑產下小窮劉。兒夫曾囑付、怎干休。把花言覓誘。倘說得兒入手。管交一命喪清流。【僥僥令】喜姑姑添小口。幾度待不收。十月懷胎娘生受。兒子是眼前花水上鷗。兒子眼前花水上鷗。【尾聲】如今幸喜身唧嚠。把粥食頻調產後。莫待老來病成不救。

註 ○1〔【□□□】〕……7【尾聲】—1【□□□】から7【尾聲】までの曲文について、成化本では【尾聲】以外に曲牌名の標示がない。汲本は、【步步嬌】【江兒水】【川撥棹】【前腔】【五供養】【僥僥令】【金錢花】【尾聲】を置き、そのうちの【步步嬌】【川撥棹】【前腔】【五供養】【僥僥令】【尾聲】の六曲が成化本の內容と合致すると思われる。江本・兪本は「劉郎得自由」まで一句を【步步嬌】とするが、ここでは、第二曲にあたる四句が汲本の【步步嬌】【川撥棹】の格律に収まらないため、假に獨立させて曲牌名不明の一曲とし、すべてで七曲とした。また、この一套は鳩侯・姑模韻で押韻しているが、第三曲第一句「道」、第四曲第二句「叨」も通押していると考えられる。成化本では鳩侯韻と蕭豪韻が時に通押すると思われ、そうした例は第九出第一〇〜一二曲、本出第一五曲にも見られる。　○如今養子方知父母恩厚—この一句は、「養子方知父慈」或いは「養子方曉父娘恩」などともいう成語を用いる。敦煌文書スタイン一九二〇等、唐・杜正倫『百行章』「念行章」に「愛子始悟父慈、身勞方知人苦」、唐・慧然『鎮州臨濟慧照禪師語錄』「勘辨」に「養子方知父慈」、元本『琵琶記』第三三出【銷金張】に「常言養子。養子方知父慈」、『西遊記』第二八回に「當年行者在日、老和尚要的就有、今日輪到我的身上、誠所謂『當家纔知柴米價、養子方曉父娘恩』」とある。　○喪家狗—『史記』卷四七「孔子世家」に出る語。　○〔猶待〕〔欲待〕〔軒〕〔幹→敢〕說—汲本に從って「猶」を「欲」に改める。『中原音韻』によれば「猶」

は尤侯韻、「欲」は魚模韻だが、成化本にあっては尤侯韻と魚模韻はごくあたりまえに通押するから、「猶」と「欲」は同音だったと思われる。また「軒」は「幹」との字形の相似による誤りで、さらに「幹」は「敢」との同音による誤りだろう。江本・兪本は、汲本に従って「訴」に改める。　○誰（□）〔人〕採揪―「□」は、原文では磨滅字。汲本に従って「人」を補った。「採揪」は「睬瞅」。かまう、の意。　○（兎）〔寃↓願〕孩兒得到頭劉郎得自由―「兎」は「寃」との字形の相似からくる誤りであり、「寃」は「願」との同音からくる誤り。また「到頭」は、（通俗）卷一四「境遇」に「不到頭、沒下鞘」という成語を引くように、行くところまで行く、の意であり、「得到頭」で、終わりをまっとうする、の意。　○分娩〔無〕憂―汲本に従って「無」を補う。江本・兪本もすでに同様に校訂する。　○〔旦唱〕（娘子）―汲本および文脈から見て、これ以下が旦のうたと思われるため、一句後にある「旦唱」のト書きを前置し、「娘子」を衍字とした。　○才打（歴坊）〔磨坊〕所過―「才」は時間を表す虛辭で「當」と同義。『張協狀元』第一六出に「我才叫你、便是我肚饑」、同第二四出に「才肚饑時、緊縛了腰、一番腰緊、便㬈一㬈」とある。また「打」は「從」の意。（宋元）參照。「所過」は、これでひとつの動詞として考えるべきであろう。　○4〔【□□□】〕―本出「1〔【□□□】〕……7【尾聲】」註參照。初句の「的」は、失韻と考えるべきだろう。　○（十中■九）〔十中缺九〕―常語であろう。『金鳳釵』第二折【二煞】には「你道十日缺九日饑、三頓無一頓飽」という表現も見られる。　○巧語花言―常語。『朱子語類』卷二〇「論語」（二）「學而篇」（上）「巧言令色鮮矣仁章」に「或以巧言爲言不誠。曰『據某所見、巧言卽所謂花言巧語』」とあり、元曲にもしばしば見られる。　○㗋陋―江本・兪本は「陋」を「誘」に校訂し、胡竹安論文は「陋」を「漏」と疑う。「㗋誘」「㗋漏」ともに用例を見ず、また「陋」は韻字でもあるので、ここでは「㗋陋」のままとした。「㗋陋」「㗋誘」「㗋漏」のいずれにしても「㗋賺」の意であろう。　○不收―「不收」は、二字で一語で、作物などの不作をいうことば。ここでは、無事に子供が生まれないことの謂であろう。　○（腮前花）〔眼前花〕水上漚―常語。子供のかわいさも短くはかないことをいう。元刊本『看錢奴』第一折【混江龍】に「自拿着殺子殺孫笑里刀、怎存的好兒好女眼前花」とある。「水上漚」も同樣に、はかないもののたとえ。元刊本『竹葉舟』第四折【滾繡毬】に「你知道、榮華如水上漚。功名如石內火」とあり、『朝野新聲太平樂府』卷六「套數類」【仙呂】【點絳唇】所收、趙彥暉「省悟」第四曲【天下樂】に「想着你恩情、也不是永久。恰便似風中落花水上漚」とある。なお、江本・兪本は汲本に従って「漚」を「鷗」に改める。　○（調口）〔調後〕―汲本が相當曲辭を「調產後」に作るのに従って「口」を「後」に改めた。「口」は「后」の字形の一部であろう。　○（草待）〔莫待〕老（栗）〔來〕―汲本に従って改めた。江本・兪本もすでに同樣に改める。　○眼中釘（肉中揀）〔肉中刺〕―

常語。第八出「眼中疔肉中刺」註參照。　○你如何（死今）〔如今〕（今）〔二〕四五（个）〔六〕■你―未詳。江本・兪本もこの一段に何らかの誤りを疑う。原文では、二字目の「今」はおどり字で表記される。『飛丸記』第一三出に「那時勉強應承、如今二四五六」という表現があり、これに従って校訂したが、意味内容は『飛丸記』とともに不明。「二四五六」は「放二四」との關連を思わせる。ここではとりあえず「你如何如今二四五六（■你）」とし、おまえはなんていい加減なんだ、の意とした。　○〔旦〕〔丑〕白―文脈より改めた。兪本も同様に改める。　○做推（■）〔下〕水科―原文譌字は、江本・兪本がともに「下」に作る。今それに従う。

譯

旦が子供を抱いて登場するしぐさ　旦のセリフ　母はわたしを産んで大變な苦勞をしましたが、今度はわたしが子を産む番。　旦のうた

1【□□□】子を産んで知る父母の恩の厚さ。一人であれこれ考えてみるに。お兄さんは殘酷。お義姊さんは不仁、かげで悪知恵にものをいわせて。わたしに再婚を迫る。劉知遠よあなたはまるで喪家の犬。

2【□□□】この恨みを訴えたい。訴えたいけれど誰がわたしにかまってくれましょう。子供が天壽を全うし。劉郎が氣ままに暮らせますように。　末が登場してうたう

3【□□□】聞くことには。三女さんは無事に出産したとのこと。李三公の命でご機嫌伺いに參りました。　旦のうた　どうして眉をしかめているの。竇じいさんや　側によって何があったか話してちょうだい。側によって何があったか話してちょうだい。　末のセリフ　奥方さま、わたしがひき臼小屋を通ってくる時、あなたの兄さん兄嫁さんはあなたたち母子を殺そうと相談しておりました。　旦のセリフ　竇じいさん、助けてちょうだい、助けてちょうだい。　末のうた

4【□□□】聞けば、兄嫁さんはくどくどとうるさく話す。そこでわたしは急いで參りました。　旦のうた　竇じいさん

あなたはしばらく裏に隠れてなさい。彼らが見ればただではすむまい。彼らが見ればただではすむまい。［丑が登場して］［うたう］

5【□□□】あたしゃ十に九は事缺く始末。聞けば三女が貧乏劉の小せがれを産んだらしい。うちの亭主の言うことには。からくりを使って。巧みな言葉で口車に乗せ。もし子供が手に入ろうもんなら。きっと川に流してしまって。劉の子孫を根絶やしにしてくれるわと。

6【□□□】義妹や子供が生まれておめでとう。［旦のうた］お義姉さん何度も流れかけ。十月十日わたしは苦しみました。子供なんて所詮は眼前の花や水上の泡。子供なんて所詮は眼前の花や水上の泡。

7【尾聲】粥をかきこみ。産後をととのえましょう。年をとって苦しむことがないように。

［丑のセリフ］義妹や、おめでとう。どんな子だい。［旦のセリフ］お義姉さん、男の子です。［丑のセリフ］男の子でなければ萬事まるくおさまったのに、男の子と言うからには「眼の中の釘、肉の中のとげ」ってもんだ。どうあろうと殺してしまおう。義妹や、こっちへきてわたしにも見せてちょうだい。［旦のセリフ］お義姉さん、赤ん坊を驚かさないで下さいね。［丑のセリフ］義妹や、おまえはなんていい加減なんだ。義妹や、川に二匹の魚がいる、あたしゃあんたと見に行こうかね。［旦のセリフ］お義姉さん、わたしは行きません。［丑のセリフ］とにかく一緒においで。［旦のセリフ］しかたない。お義姉さん、一緒に行きましょう。赤ん坊を驚かさないでくださいね。［丑のセリフ］義妹や、安心おし。［水に突き落とすしぐさ］

8【駐雲飛】［旦唱］苦也孩兒。娘將萬苦千辛養下你。

旦白 （■公）〔竇公〕、我的孩兒（石礫）〔失落〕。〔末白〕（石礫）〔失落〕孩兒（杖）〔救〕的在此。旦唱
你看頭臉上都是水。三魂將離體。兒。假若你先歸。死了我孩兒。誰替你娘爭口氣。正是父在軍中誰人報與他知。誰人報與他知。末唱

9〔【換頭】〕三娘子聽啓。早是一箇（■葉兒）〔荷葉兒〕托住你兒。假若沈落水。怎能勾得見你。他、是一箇（恨心）〔狠心〕賊。他這等忘恩、不念你同胞意。

末白 娘子、不要（願天）〔怨天〕恨地。末（唱）
只（願）〔怨〕花開不遇時。李弘一螃蟹横行到（己）〔幾〕時。螃蟹横行到（己）〔幾〕時。旦唱

10〔【又】〕兄嫂無知。逼勒劉郎寫（逼書）〔休書〕。逼勒投軍去。發奴在磨坊裏。知。生下咬臍兒。方纔三日。（去）〔丟〕他魚池里。正是人善人欺天不可欺。人善人欺天不可欺。末唱

11〔【換頭】〕三娘子聽啓。有話傷心誰訴你。不由老夫流痛淚。刀割心肝（戲）〔碎〕。他、是一箇短命（恨心）〔狠心〕賊。他這等忘恩、不念你同胞意。送孩兒（稍書）〔捎書〕寄信回。送孩兒（稍書）〔捎書〕寄信回。

旦白 竇公、（是）〔似〕此怎生是好。末白 娘子、（老在）〔老夫〕有一句話不敢說。旦白 竇公、但說不妨。
末白 我〔老〕夫（耳間的）〔耳聞的〕、劉官人在（賓州）〔幷州〕太原府投充身役、有些好處。我老夫不辭（辛若）〔辛苦〕、把小官人送到（賓州）〔幷州〕（九原府）〔太原府〕尋訪劉官人去。若是尋得着、就把孩兒投下、將養成大、着他搬取。你意下如何。旦白 （豆公）〔竇公〕、三日孩兒、又無乳食、怎生去的。末白 這事都在老夫身上。老夫逢莊逢店、（計）〔討〕些乳食、好歹將養到他那裏。你若不依我說、你子母二人遲早落在他（平下）〔手下〕。旦白 （計是）〔既是〕這等、（豆公）〔竇公〕、只是累及你老人家。末白 娘子、

不必多言。將你(白■)〔白絹〕單裙扯下(一副)〔一幅〕、寫一封(皿書)〔血書〕、見劉官人與他。

韻 支時、機微(日)、灰回(賊)、居魚韻。

校記 汲本。

○汲本―【駐雲飛】苦養孩兒。萬苦千辛生下你。頭臉上都是水。七魄將離體。兒。空教你枉出世。死了孩兒。誰來與娘爭口氣。好朶鮮花不遇時。好朶鮮花不遇時。【前腔】聽説因依。鐵打心腸也淚垂。直恁的行無禮。不得生惡意。嗏、他是小孩兒。與你何干、撇在荷池裏。人善人欺天不欺。人善人欺天不欺。

註 ○8【駐雲飛】―四曲の【駐雲飛】のうち、一曲目と二曲目はやや格律を異にし、二曲目と四曲目とは曲辭の重複も見られるなど、格律の共通性が認められる。また、一曲目と三曲目も格律の共通性が見られるので、ここでは一曲目と三曲目を【駐雲飛】、二曲目と四曲目をその【換頭】と判斷した。ただし、そうだとすれば四曲目は末尾から三句目が脱落していることになる。また一曲目の「正是父在軍中誰人報與他知」は、「中」が韻字ではないので、二句とはせず一句とした。○我的孩兒(石礫)〔失落〕〔末白〕(石礫)〔失落〕孩兒(杖)〔救〕的在此―この一段は、待考。二度目の「石礫」は原文では二字のおどり字で表記される。ここでは「石礫」を「失落」、「杖的」を「救的」に改め、おどり字の前に「末白」のト書きが入るものとして譯出した。なお、江本・兪本は「杖」を「放」に校訂し、「石礫」のあとに江本は二字、兪本は三字の脱落を想定する。○三魂將離體―汲本は相當歌辭を「七魄將離體」に作る。「三魂七魄」は常語。なお、その詳細についてはそれぞれ、宋・張君房『雲笈七籤』卷五四「魂神部」「説魂魄」の條、および「制七魄法」の條に見える。○(恨心)〔狠心〕賊―罵語。○螃蟹横行到(己)〔幾〕時―『殺狗記』第一○出退場詩や、元曲選本『瀟湘雨』第四折正旦の退場詩に見える「常將冷眼觀螃蟹、看你横行得幾時」(『瀟湘雨』では「觀」を「看」に作る)という成語を用いたもの。「横行」は、蟹が横向きに進むことと、横恣なる行いとの雙關語。『全唐詩』卷六一五所收、唐・皮日休「詠蟹」詩に「道う莫かれ 心に雷電を畏るる無く、海龍王の處にても也《ま》た横行すと」とある。(漢)參照。○無知―罵語。『殺狗記』第三四出【三段子】に「忘恩負義無知賊」とある。○(逼書)〔休書〕―「逼」を、江本は「休」、兪本は「投」に校訂する。ここでは江本に従って改めた。○人善人欺天不可欺―成語。元刊本『事林廣記』乙集卷上「人事類」「警世格言」「存心警語」の條に「人善人欺天不欺、人惡人怕天不怕」、「人可欺天不可欺、人可瞞天不可瞞」、また『漢書』卷七五「京房傳」に「邪説は人を安んずと雖も、天氣は必ず變ず。故に人は欺く可くも、天は欺く可からざるなり」とある。〇心肝〔戯〕〔碎〕―江本・兪本は「戯」を「碎」に校訂する。これに從った。〇短命―罵語。ろくでなし、の意。〇〔是〕〔似〕此―「是」は「似」との同音による誤り。江本・兪本もすでに同様に改める。〇但説不妨―常語。「但」は「只管」「儘管」の意。〇我〔老〕夫〔耳間的〕〔耳聞的〕―後文に「我老夫」の語が見えることから「老」を補った。また「間」は「聞」との字形の相似による誤り。ともに江本・兪本が同様に校訂する。〇有些二好處―「好處」は、この場合は「出息」の意。『京本通俗小説』巻一五「錯斬崔寧」に「又因捨不得你、只典得十五貫錢、若是我有些二好處、加利贖你回來、若是照前二這般不順溜、只索罷了」とあり、『幽閨記』第七出【醉孃兒】に「結交在未遇之先、施恩在當厄之日。看此人一貌堂堂、後來必有好處」とある。なお、汲本は相當箇所を「有些二勾當」に作る。〇〔九原府〕〔太原府〕―文意より改める。江本・兪本もすでに同様に改める。〇投下―「投」は「有國難投」という場合の「投」。〇搬取―ひき取る、の意。〇〔平下〕〔手下〕―字形の相似による誤りであろう。江本・兪本がすでに同様に改める。〇老人家―老人に對する尊稱。〔宋元〕參照。〇〔白■〕〔白絹〕―原文譌字は、原文では舟偏に「冐」が組み合わさった字形。江本・兪本がすでに同様に改める。〇〔皿書〕〔血書〕―「血書」の具體がわかるものとして、たとえば『西遊記』劇第一本第二折に、玄奘の出生を語る「血書」として「内有金釵二股、血書一封、上寫道『殷氏血書。此子之父、乃海州弘農人也、姓陳名蕚、字光蕊。官拜洪州知府、攜家之任、買舟得江上劉洪者、將夫推墮水中、冒名作洪州知府。有夫遺腹之子、就任所生。得滿月、賊人逼迫、投之于江。金釵二股、血書一封。仁者憐而救之。此子貞觀三年十月十五日子時建生。別無名字、喚作江流』」という。

譯

8【駐雲飛】旦のうた　ああ息子や。母さんは大變なおもいをしてあなたを生んだのに。旦のセリフ　賽じいさん、うちの子を見失ってしまったの。末のセリフ　いなくなった子供は救ってここに。旦のうた　頭の先からほら水びたし。驚いて魂も抜けんばかり。お前が。もし先に死んでしまったら。うちの子が死んでしまったら。いったい誰が母さんの無念を晴らすっていうの。お父さんは軍隊にいて誰があの人に知らせるというのでしょう。誰があの人に知らせるというのでしょう。末のうた

9【換頭】三女さんおききください。幸いにも蓮の葉が子供を受け支えたのです。もし水に沈んでしまっていたら。どうして再び會えたことでしょう。やつめは、人でなし。かくも薄情で、肉親の恩愛もない。ただ怨むは花が時節にめぐり遇わぬこと。李弘一め蟹の横歩きじゃないがお前がいつまで横行するか見てやろう。蟹の横歩きじゃないがお前がいつまで横行するか見てやろう。旦のうた

末のセリフ 奥方さま、天地を恨んではなりませぬ。末のうた

10【又】兄さん義姉さんは愚かもの。劉郎に迫って離縁状を書かせ。軍隊に追いやり。わたしをひき臼小屋に追いやった。誰が知ろう。咬臍兒が生まれて。たったの三日で。池に投げ棄てられようとは。これぞまさしく「おとなしい者は人に騙されても、公明正大な天は誰も騙せぬ」というもの。「おとなしい者は人に騙されても、公明正大な天は誰も騙せぬ」。末のうた

11【換頭】三女さんおききください。話そうとすればあまりに辛くてお話できぬ。知らず知らずに涙がこぼれる。切られるように胸が痛む。やつめは、死に損ないの人でなし。かくも薄情で、肉親の恩愛もない。子供を送り届け手紙を託して歸ってきましょう。子供を送り届け手紙を託して歸ってきましょう。

旦のセリフ 竇じいさん、こうなったらどうすればいいのでしょう。末のセリフ 奥方さま、わたしに手はありますが、よう申しませぬ。旦のセリフ 竇じいさん、いいから言ってごらんなさい。末のセリフ 聞くところによれば、劉どのは幷州太原府で軍に身を投じ、ちょっとは出世なさったとか。わしは労をいとわずお坊ちゃまを幷州太原府へ送り届け、劉どのを尋ねて參りましょう。もし探しあてられれば子供を渡して大きくしてもらい、あなたをひき取りに來てもらいましょう。あなたのお考えはいかがでしょう。旦のセリフ 竇じいさん、生後三日の赤ん坊、お乳もないし、どうして行けましょう。末のセリフ そのことならばわしにすっかりお任せください。

村や旅籠でお乳をもらい、とにかく生かして劉どののもとにたどり着きましょう。さもなくば、あなたたち母子は遅かれ早かれ彼の手にかかってしまうのです。[旦のセリフ] だったら、竇じいさん、ご苦労をかけるわね。[末のセリフ] 奥方さま、それなら早速。白絹のスカートを裂いて、血書を一通書いてください。わしが劉どのに會ってお渡し致しましょう。

[旦唱]

12【宜春令】竇公聽、訴因依。兄嫂不合（沒道禮）〔沒道理〕。謝伊（恩意）〔恩義〕。把我孩兒迗去爹行去。見劉郎說與他知。方三日離娘懷裹。你若還長成時。休忘了竇公救你（恩意）〔恩義〕。[末唱]

13〔【又】〕三娘子。免憂慮。劉官人他在邊廷習學武藝。他未能及第。料想他官差（不由巳）〔不由己〕。待老漢迗將你兒去。那其間方知（祥細）〔詳細〕。小官人你若還長成時。休忘了子母今日分離。[旦唱]

14〔【又】〕兄和嫂、（和嫂）忒下的。三日孩兒撇在水底。謝伊（恩意）〔恩義〕。把我孩兒年月慇懃記。見劉郎細說（祥細）〔詳細〕。你說方三日離娘懷里。你若還長成時。休忘了竇公（恩意）〔恩義〕。[末唱]

15〔【又】〕三娘子、免憂愁。事到頭來休久留。倘伊哥嫂。只怕他來時生（奸姣）〔奸狡〕。待老漢迗將兒去。那其間方知（祥細）〔詳細〕。小官人你若還長成時。休忘了子母今日分離。

[旦白] 竇公、到路途上小心在意。[末白] 娘子、老夫不必祝付。[旦題詩四句]

[詩曰] 孩兒一去痛傷情。鐵打心肝也涙（流）〔傾〕。[末] 見了劉郎如此說。（計取）〔記取〕孩兒劉咬臍。

[末下] [旦唱]

16【臨江仙】孩兒一去淚交流。天呀馬行十步九回頭。如今不敢高聲哭、閣淚汪汪不敢流。［下］

［韻］12～15―機微(的)、居魚、支時韻。15―鳩侯、蕭豪韻。16―鳩侯韻。

［校記］始譜・汲本。

○始譜―【宜春令】賓公聽、訴因伊。兄嫂不仁沒道理。謝你恩義。把我孩兒送到爹行去。見劉郎訴說詳細。問他道幾時歸去。若長成時、休忘了賓公恩義。

○汲本―【宜春令】賓公聽、訴因依。兄嫂無知將他撇在水。謝伊恩義。把我孩兒送去爹行處。見劉郎訴說詳細。問的實甚年歸計。［合］我兒長成時。休忘了賓公恩義。【前腔】三娘聽、拜咨啓。在邊廷習學武藝。要歸無計。料想着他身不由己。待老漢送將他兒。便知他行藏在何處。［合前］

［註］○12【宜春令】―三曲目・四曲目については校訂すべきテキストがないが、その格律から【又】とした。また、四曲目最初の五句は、鳩侯・蕭豪韻に轉韻していると思われる。一套内での轉韻については、第九出「17〔【□□□】〕」註參照。また、鳩侯・蕭豪韻の通押については、本出「1〔【□□□】〕……7【尾聲】」註參照。なお、三曲目第二句「和嫂」は、原文では二字分のおどり字。格律からみて衍字とした。　○因依―「事因」「原因」と同意で、「說因依」「聽因依」は、「說事因」「聽事因」と同意。第九出「〔［詩曰］〕一嫁劉郎得半春……只得撮土焚香事有因」註參照。『永樂大典戲文三種』に「聽說因依」などの表現が頻見される。○不合―第九出註參照。　○送去爹行去―「行」は、元朝期のいわゆる直譯體に見られる「根底」と同樣、與格・位置格を表す一種の格接尾辭。この「行〔音杭〕」は北宋期の詞から現れ、『水滸傳』あたりまでその用例が見られる。〔滙〕〔宋元〕參照。なお、江本はふたつめの「去」を「處」に校訂し、兪本はひとつめの「去」を「到」に校訂する。　○官差〔不由巳〕〔不由己〕―常語。第一二出「差使〔不由巳〕〔不由己〕」註參照。　○下的―「舍得」「忍心」の意。第七出「下辦的」註參照。　○那其間―方位を表す「其間」の語に「這」「那」が附くと、時間副詞になる。「這其間」「那其間」は、この時、その時、の意。〔宋元〕參照。　○年月―ここではいわゆる「年月時日〔＝八字〕」の意。本出前段「〔皿書〕〔血書〕」の註で引いた血書にも末尾に「八字」が見える。　○事到頭來休久留―常語。元本『琵琶記』第一六出旦の登場詩に「路當險處難回避、事到頭來不自由」と言い、『小孫屠』第一五出【孝順歌・換頭】に「事到頭來、全無區處」、『幽閨記』第一七出【古輪臺】に「事到如今、事到頭來、怎生惜得羞恥」とあるように、後

半にはさまざまなヴァリエーションがあったと思われる。○[旦題詩四句]—「[旦題詩四句]」とのト書き自體がきわめて異例であるが、以下に引かれる四句の場合「旦が四句の詩を題す」と言いながら後半二句は末の句となっており、しかも四句それぞれの句末が「情」「流」「説」「臍」と、落韻している點も奇異である。因みに汲本第二二出では退場詩四句を「[旦]三日孩兒撇在池。鐵打心腸也淚垂。[末]若見劉郎備細説、記取名兒叫咬臍」に作り、成化本と似た表現を用いながらも落韻がない。ここでは、第三句「説(音稅)」と第四句「臍」が齊微韻で押韻していると一應考えられるので、第二句目「流」を「傾」(第九出第二二曲【尾聲】に「鐵打心腸也淚傾」との表現が見られる)に改め、第一・二句が庚青韻で押韻できるよう校訂した。○鐵打心肝也淚(流)(傾)—常語。第九出「就是鐵打心腸也淚傾」註參照。○16【臨江仙】—本曲は【臨江仙】の格律には合わないが、第九出第二三曲にも【臨江仙】が用いられ(その部分も【臨江仙】の格律に合わない)、そこでの【臨江仙】と本曲とに格律上の整合性が見られるため曲牌名はあえて改めなかった。第九出「23【臨江仙】[白]」註參照。なお、第九出末尾の【臨江仙】が詞であるならば、ここも詞かもしれない。
○馬行十步九回頭……閣淚汪汪不敢流—第九出註參照。

[譯]

[旦のうた]
12【宜春令】賓じいさんお聞きなさい、わたしが言うのを。兄夫婦はふとどきにもでたらめ。あなたには感謝致します。わが子を父親のところに連れて行ってくれるとは。劉郎に會って知らせてください。たった三日で母親の懷を離れたことを。お前がもし成長したなら。賓じいさんの恩を忘れるでない。[末のうた]
13【又】三女さん。心配するでない。劉どのは前線で武藝に勵んでおられる。まだ及第せぬとはいえ。思えば宮仕えはままならぬもの。わしがあなたのお子を連れて參れば。その時はじめて仔細がすべて分かるはず。坊ちゃんあなたが大きくなったら。今日母と別れたことを忘れるでない。[旦のうた]
14【又】兄さん義姉さんは、むごい人。生まれて三日目の赤ん坊を川に投げ込んだ。あなたには感謝致します。わが子の生まれた年月日を懇ろに覺えて。劉郎に會ったら詳しく傳えてください。生まれてたった三日で母親の懷を離れ

たことを。お前がもし成長したなら。竇じいさんの恩を忘れるでない。[末のうた]

15【又】三女さん、心配するでない。話が決まれば長居は無用。もしあなたの兄さん義姉さん。奴らが來れば悪だくみをはかる。わしがあなたのお子を連れて參れば。その時はじめて仔細がすべて分かるはず。坊ちゃんあなたが大きくなったら。今日母と別れたことを忘れるでない。

[旦のセリフ] 竇じいさん、道中くれぐれも氣をつけて。[末のセリフ] 奥方さま、心配には及びません。[旦が詩を四句題す]

[詩に曰く] わが子は去って痛ましい。たとえ鐵の心の人でも涙を流さずにはいられまい。[末のセリフ] 劉郎に會えばかく申しましょう。子供の劉咬臍を覚えておけと。[末退場] [旦のうた]

16【臨江仙】わが子は去って涙がしとどに流れる。ああ駒の十歩に九度は振りかえっているだろう。今は聲をあげては泣くまい、あふれる涙を押しとどめて流すまい。[旦退場]

第一八出〔生、貼旦（岳秀英）、末（竇老）、淨（小王兒）〕

[生上白] 煩惱不尋人、人（着）〔自〕尋煩惱。

下官自從離了三姐、不覺一年以上、做贅在岳太師府中、端的是朝朝是寒食、夜夜賞元宵。不知我前妻李氏（身■）〔身體〕如何。這兩日神思悶倦、憂疑不定、交下官羝羊（■皤）〔觸藩〕。進退兩難。却怎生是好。

[貼上] 隔窗須有耳、窗外豈無人。

相公、萬福。[生白] 夫人、拜揖。[貼] 相公、在此自言自語、説（紫）〔此二〕甚麼。[生白] 下官不曾説甚麼。[貼] 你因何說朝朝是寒食、夜夜賞元宵。敢是我家正月待官人不週。因何說羝羊（觸皤）〔觸藩〕。進退兩難。生白 娘子、下官（着）〔看〕兵書來。貼 相公、看到那裏。生白 下官看到三國志（中問）〔中間〕、張飛在霸陵橋與曹操對敵、大喝一聲、橋（捐）〔塌〕（三空）〔三虹〕、横水逆流。因此曹兵不能近張飛、張飛不能近曹公。這是羝羊（■皤）〔觸藩〕。進退兩難。貼 我則道（下官）〔官人〕說甚麼、原來在此看三國志兵書。生白 娘子、我下官悶倦、與（不子）〔娘子〕同飲一盃悶酒。交小王兒看守衙門、有事報我知道。左右。

淨（淨）〔上〕白 廳上一呼、堦下（百納）〔百諾〕。

（福）〔覆〕大人、那里使令。生白 你與我看守衙門、有事報我知道。淨白 是、小人理會得。

註 ○煩惱不尋人人（着）〔自〕尋煩惱―成語。生の登場詩。『三元記』第一九出丑の登場詩に「煩惱不尋人、人自尋煩惱」とある。第九出「無煩惱要尋煩惱」註參照。○岳太師―岳秀英の父は、第一一出では「節度使」として登場するが、ここでは「太師」となっている。「太師」は、三公のひとつ。○端的―本當に、實に、確かに、といった意。（匯）（宋元）參照。○朝朝是寒食夜夜賞元宵―常語。『梧桐雨』第一折に「眞所謂朝朝寒食、夜夜元宵也」、元本『琵琶記』第三出に「玳帽筵中爇寶香、眞箇是朝朝寒食。琉璃影裏燒銀燭、果然是夜夜元宵」とある。○（身■）〔身體〕―原文譌字は、にくづきに「本」がついた字形。民間の俗な略字かもしれない。○羝羊（■皤）〔觸藩〕進退兩難―成語。『周易』「大壯」に「羝羊觸藩、不能退、不能遂」とあるのによることばで、『三國志平話』卷下に「羝羊觸藩、進退無門」とある。後半にはヴァリエーションがあって、他に「羝羊觸藩、兩無所據」という場合もある。原文譌字は、舟偏に「蜀」に作る字形。○隔窗須有耳窗外豈無人―成語。貼旦の登場詩。『管子』「君臣下」に「古に二言有り。牆に耳有り、伏寇 側に在り。牆に耳有りとは、微謀 外に泄《も》るるの謂なり」とある。また『淸平山堂話本』「戒指兒記」、『擧案齊眉』第二折に「隔牆須有耳、窗外豈無人」とある。○敢是―第三出註參照。○正月待―江本・兪本は、三字を「管待」に校訂する。○霸陵橋―ここに言う「張飛在霸陵橋與曹操對敵」とはいわゆる「長坂坡の戰い」を言うものと思われるが、長坂坡の戰いで張飛・曹操が對峙する橋は、『三國志平話』卷中ではその名が記述されず、『三國志演義』第四二回では「長坂橋」、『黃鶴樓』第一折では「當陽橋」とされ、「霸陵橋」とする例は成化本と汲本の相當箇所のみである。「霸陵橋」といえば一般的には長安への出入り口にあたるそれであり、長坂坡の戰いの場面に現れるのは奇異である。ただし『二刻拍案驚奇』巻一四に「霸王初入垓心内、張飛剛到灞陵橋」とあり、「長坂橋」が「霸陵橋」とされる物語があった可能性も否定できないので、校訂はしなかった。○橋(捐)〔埸〕(三空)〔三虹〕横水逆流―『黃鶴樓』第一折に「在那當陽橋上、喝了一聲、橋埸三横水逆流」とあるのに從って「捐」を「埸」に校訂した。江本・兪本も同様に校訂する。「(三空)〔三虹〕」については、『三國志演義』諸版本のうち、嘉靖本巻九と萬巻樓本巻五に「橋斷兩三虹(橋は折れて二三に)」という表現が見られるため、それに從って「空」を「虹」に校訂した。因みに「虹橋」とは橋桁のない橋をいい、ここでの「虹」は「橋」とほぼ同意で用いられていると思われる。なお、『黃鶴樓』劇に言う「橋埸三」も、本來「橋埸三虹」に作るべきものであろう。また、ここで三國故事を「三國志兵書」と呼んでいることは、三國故事の民間でのイメージを物語って興味深い。○(下官)〔官人〕―文脈により改めた。江本が同様に校訂する。○淨(淨)〔上〕白 ―ふたつ目の「淨」は原文ではおどり字で表記される。文脈より「上」に改めた。○廳上一呼堦下(百納)〔百諾〕―常語。淨の登場詩の役割をする。第一一出註參照。

譯

生が登場してセリフを言う 心配事が人を捜し求めるのではなく、人が自ら心配事を捜し求める。わたしが三女のもとを離れてから、早くも一年以上、岳太師の入り婿となって、まこと「毎日が寒食、毎晩が元宵」という生活。わたしの前妻の李氏は元氣だろうか。この數日くさくさしておもいが晴れず、あれこれと悩んで物事が定まらず、わたしは「牡羊が角を垣根に突き立てて、進むも退くもままならず」、どうしたものか。

貼旦が登場する 壁に耳あり、障子に目あり。

あなた、ご機嫌よう。生のセリフ 奥方、ご機嫌よう。貼旦のセリフ あなた、ここでひとりでぶつぶつと、いったい何をおっしゃっているのです。生のセリフ わたしは何も言っておらぬ。貼旦のセリフ どうして「毎日が寒食、毎晩が元宵」などとおっしゃるのです。きっとわが家のお正月があなたには行き届いていないのでしょう。どうして「牡羊が角を垣根に突き立てて、進むも退くもままならず」とおっしゃるのです。【生のセリフ】奥方、わたしは兵書を讀んでいたのだ。【貼旦のセリフ】あなた、どこまで讀んだのです。【生のセリフ】わたしは三國志の「張飛が霸陵橋にて曹操と相い對し、一聲怒鳴れば、橋は三つに崩れ落ち、激しい流れも逆流した」というところまで讀んだのだ。だから、曹操軍は張飛に近づけず、張飛は曹操に近づけず、これこそ「牡羊が角を垣根に突き立てて、進むも退くもままならず」というものなのだ。【貼旦のセリフ】何をおっしゃっているのかと思ったら、なんとここで三國志兵書を讀んでいたのですね。【生のセリフ】奥方、わたしは氣が滅入る、一緒に憂さ晴らしの酒を飲もう。小王兒に役所を守らせ、何かあればわたしに知らせを傳えさせよう。皆のもの。

【浄が登場してセリフを言う】堂上で一たびお聲が掛かれば、階下で百の應荅をいたします。長官さま、如何なるご用件でしょうか。【生のセリフ】お前は役所を守っておれ。何かあればわたしに傳えよ。【浄のセリフ】はい、かしこまりました。

【末上白】一路辛勤不自由。遠波喜得到〔賓州〕〔幷州〕。孩兒送到爹行處、未審他人留不留。老夫多謝天地、一路上小官人竝無些事。到得此處、問將〔入〕〔人〕來。說劉官人做了九州安撫之職。此〔問〕〔間〕是他衙門、不免逕進去。【浄白】那里來的。【末白】長官、拜揖。小人是徐州沛縣沙陀村來的、尋問劉知遠。【浄喝住】題一箇劉字、全家〔皆〕〔該〕死。【末白】長官、煩通報。【浄白】大人、報事。【生白】報何事。【浄白】門前有箇竇老在此。【生】夫人、下官家中有人來了。【貼白】〔計然〕〔既然〕有人、着他進來。【生白】竇公、拜揖。【末白】劉官人、你〔道〕〔倒〕好呀。撇的我三姐在家受千辛萬苦。【生白】竇公、我知道。我在家中還喫他哥哥嫂嫂打罵。

休說我不在家中不知着他怎麼淩逼。竇公、你懷中抱的甚麼東西。[末白]是官人撇下半年的身孕、今經十月滿足、被他哥哥嫂嫂淩逼他改嫁、因此不從、發他（日間）〔日間〕挑水、夜間挨磨、在磨坊中生下這箇孩兒。[生白]（豆公）〔竇公〕、你將來我看。（豆公）〔竇公〕、多多虧你、異日不敢有忘。[末白]官人、（老太）〔老夫〕不敢。[生白]（豆公）〔竇公〕、你且少待、等我稟過夫人、却來請你。[生（白）〔做〕下跪]夫人、下官有句話告稟夫人知道。可是敢說不敢說。[貼白]官人、有甚麼大事。請起、說與奴家知道。[生白]夫人、下官在先撇下一箇前妻（字氏）〔李氏〕、今（以）〔已〕一年之上、被他哥嫂逼勒他改嫁、因此不從、發他在磨坊中、日間挑水、夜間挨磨、在磨坊中生下這箇孩兒、他不昧前因、央及（豆老）〔竇老〕抱孩兒送在此處。（去人）〔夫人〕、却是收留他好、不收留他好。[貼白]官人、（計是）〔既是〕官人的骨血、（忘的）〔怎的〕不收留下。左右、叫（豆公）〔竇公〕進來。[淨白]小人知道、（豆公）〔竇公〕、進來。[末白]老夫來了。夫人、拜揖。[貼白]（豆公）〔竇公〕、萬福。（豆公）〔竇公〕、抱孩兒過來我看。官人、這孩兒生的頂平（額例）〔額闊〕、（面耳與箇）〔兩耳垂肩〕和我官人一般模樣。[淨白]孄孄、說話好差、不相劉爹相小王兒不成也。[貼白]（豆公）〔竇公〕、（自）謝你一路上鞍馬勞困。[末白]夫人、那里有鞍馬勞困、遮着[redacted]子咆了一夜。[貼白]官人、如今（抱）〔把〕孩兒收下。交（豆公）〔竇公〕安歇（己）〔幾〕日、打發些盤纏、交老人家回去。[生白]夫人說得是。[末白]（夫人）〔官人〕、夫人在上、我老夫回不去了。[生白]因何回不去。[末白]我老夫這一回去、被李弘一（去□）〔天殺〕天剮（的）、打的老夫肉泥爛醬。[生白]（計是）〔既是〕這等、夫人、就留（豆公）〔竇公〕在此、看養孩兒、也是好處。[貼白]官人、（易）〔甚〕好。[貼題詩]

[詩曰]（豆公）〔竇公〕向日孩兒你可收。[生・夫人]三年乳哺不須憂。[末]兒孫自有兒孫福、莫與兒孫作遠憂。

[竝下]

註　○遠波―「波」は宋元期に多く用いられた語氣助詞であり、現代漢語の「吧」に通じる。〔匯〕〔宋元〕參照。なお、江本・兪本は「波」を「渡」に校訂する。また、この語を含む四句は末の登場詩となっている。○九州安撫―第一出註參照。○淨喝住―第一三出「外〔唱住〕〔喝住〕」註參照。○〔皆〕〔該〕死―「皆」は「該」と同音。第一〇出「生離死別〔該〕〔皆〕前定」註參照。○因此不從―第一六出註參照。○不昧―佛教語。宋・彌衍・宗紹『無門關』「百丈野狐」に「不昧因果」とあり、宋・志磐『佛祖統記』卷二一「儒士述菴薛澄」の條に「前因不昧」とある。○生的頂平〔額例〕〔額闊〕〔面耳與箇〕〔兩耳垂肩〕―中國國家圖書館（北京）本『萬卷星羅』卷二四「相法紀要」に引く「唐擧先生切相歌」「大貴相」の條に「頭平額闊天倉滿、兩耳垂肩不反輪」とあるのに從って「例」を「闊」、「面」を「兩」、「與箇」を「垂肩」に校訂した。貴人の面相を言う常語。○孄孄―ここでは、女主人に對する敬稱。〔宋元〕參照。○〔自〕謝你―文脈から「自」を衍字とした。○遮着■子咆了一夜―未詳。原文譌字は「衞」から「行」を取り去った字形に似る。江本・兪本はこの字を「圍」に、「咆」を「跑」に校訂する。貼旦の「謝你一路上鞍馬勞困」を承けた打諢であろう。ここでは「遮着圍子、抱了一夜」と考えて譯をつけた。○打發―「應付」の意。〔宋元〕參照。○〔去□〕〔天殺〕天剮〔的〕―第七出に「天殺天剮的」という罵語があるのに從って校訂した。第七出「天殺天剮的」註參照。○肉泥爛醬―『西遊記』第七四回に「往山南一滾、滾殺五千、山北一滾、滾殺五千、從東往西一滾、只怕四五萬砑做肉泥爛醬」とある。○三年乳哺―「十月懷躭、三年乳哺、迴乾就濕、咽苦吐甘」は、敦煌文書ペリオ二四一八『父母恩重經講經文』に基づく成語。○貼題詩―第一七出「旦題詩四句」註參照。○兒孫自有兒孫福莫與兒孫作遠憂―成語。元曲選本『蝴蝶夢』楔子開場詩に「兒孫自有兒孫福、莫與兒孫作遠憂」とあり、『宋詩紀事』卷九〇に引かれる徐守信「絕句」詩に「兒孫自有兒孫計、莫與兒孫作馬牛」、元曲選本『漁樵記』第三折正末の登場詩に「兒孫自有兒孫福、莫與兒孫作馬牛」とある。

譯

末が登場してセリフを言う　旅程は辛くままならぬ。遠路はるばるありがたくも幷州に着いた。坊ちゃんを父親のところまで送り届けようにも、あの方が引き取ってくださるかわからない。

わしは天地に感謝いたします、旅のあいだ坊ちゃんの身に何事も起こらなかったことを。ここに來たからには、人に訊いてみましょう。なんでも劉さまは九州按撫の職についておいでとか。ここはあの方の役所であるからには、直接入って行きましょう。浄のセリフ どこから來た。末のセリフ 長官さま、ご挨拶申しあげます。わたくしは徐州沛縣沙陀村から劉知遠を尋ねてきた者。浄、一喝する 劉の一字を口にすれば、一家皆殺しだぞ。末のセリフ 長官さま、面倒ですがお知らせください。浄のセリフ 長官さま、ご報告します。生のセリフ 何の報告だ。浄のセリフ 門前に竇じいさんが來ております。生のセリフ 奥方、わたしの實家から人が來たのじゃ。貼旦のセリフ 入ってもらいなさい。生のセリフ 竇じいさん、ご機嫌よろしゅう。末のセリフ 劉どの、結構なことですな。殘されたうちの三女さんは實家で千萬の苦しみを受けておりますよ。生のセリフ 竇じいさん、知っているとも。わたしが家にいた時もお義兄さんお義姉さんから打たれ罵られていた。わたしが家にいなければかの女がどんなに虐げられているかは言うまでもない。竇じいさん、懐にかかえているのは何だね。末のセリフ あなたさまが半年の身重の身を殘して行かれ、いま十月が滿ちて、お兄さん兄嫁さんに再婚を迫られても、従わなかったために、晝は水汲み、夜は臼をひかされて、ひき臼小屋で産み落としたのがこの子です。生のセリフ 竇じいさん、わたしに見せてくれ。竇じいさん、本當にあなたのおかげだ。今後忘れることはないだろう。末のセリフ 長官さま、めっそうもありません。生のセリフ 竇じいさん、少し待っておくれ、わたしが奥方に報告してから、あらためてあなたを招き入れよう。生が跪く 奥方、あなたに話さなければならないことがあるのですが、どうにも言うに言いにくい。貼旦のセリフ あなた、どうしたと言うんです。跪くのはおやめになって、わたしに話して下さいな。生のセリフ 奥方、わたしには先に前妻の李氏がいて、置き去りにしてもう一年になる。かの女の兄と兄嫁はかの女に再婚を迫ったが、従わないため、かの女はひき臼小屋に追いやられ、晝間は水汲み、夜は石臼をひかされている。かの女はひき臼小屋でこの子を産み、けなげにも因縁を忘れず、竇じいさんに頼んでここまで抱いて送り届けさせたのです。奥方、この子を引き取ったものか、引き取らないものか。貼旦のセリフ あなた、あなたの實の子である以上、どうして引き取らないことができましょう。誰か、竇じいさんを中にお通ししなさい。[淨のセリフ] かしこまりました。竇じいさん、お入りください。[末のセリフ] 爺めがやって參りました。奥方さま、ご機嫌よう。[貼旦のセリフ] 竇じいさん、ご機嫌よう。竇じいさん、赤ん坊を見せてください。あなた、この子は頭のてっぺんが平らで、額が寛く、それに兩耳が肩まで垂れているところもあなたにそっくり。[淨のセリフ] 奥方さま、それはおかしいですよ、劉のだんなに似ないで小王兒に似てどうします。[貼旦のセリフ] 竇じいさん、道中ご苦勞でした。[末のセリフ] 奥方さま、何のご苦勞がありましょう。壁に隠れて一晩中抱いておりましたから。[貼旦のセリフ] あなた、この子を引き取りましょう。竇じいさんに何日かゆっくりしてもらって、幾らか旅費を世話してさしあげて、歸ってもらいましょう。[生のセリフ] 奥方の言うとおりだ。[末のセリフ] 旦那さま、奥方さま、わしは歸ることができません。[生のセリフ] どうして歸ることができないのだ。[末のセリフ] わしが歸ろうものなら、あの李弘一の死に損ないに、肉がボロボロになるまで打たれてしまいます。[生のセリフ] そういうことなら、奥方、竇じいさんにここに留まってもらって、赤ん坊の面倒を見てもらうのもいいだろう。[貼旦のセリフ] あなた、よいお考えです。[貼旦、詩を題す]
[詩に曰く] [竇公] かつての赤ん坊は引き取られ。[生・夫人] 懷に抱いて三年育てるのを憂えまい。[末] 子や孫には子や孫の福がある、子孫のためにあれこれ心配するに及ばない。[一同退場する]

第一九出〔旦〕

1【桂枝香】[旦唱] 眉兒蹙翠。眼兒流淚。只得捏擔來挑、向肩膀上微微細雨。奴家兩脚、〔奴家〕兩脚、難

行難立。只得挑水。(哏心兒)〔狠心兒〕。兩陣西風起。(滴渦渦)〔滴溜溜〕敗葉兒飛。[旦題詩]

哥哥嫂嫂(□)〔沒〕前程。苦逼(■一)〔奴家〕改嫁人。日間挑水三百石、夜間挨磨到天明。〔下〕

[韻] 1―灰回、機微(立)、居魚、支時韻。

[校記] 汲本。

○汲本―【桂枝香】孩兒一去。眼中流淚。全無力氣精神、更兼紛紛細雨。酸疼兩腿。兩腿難移。前去如何存濟。悶心兒一兩陣西風起。滴溜溜敗葉飛。

[註] ○捏―未詳。「拿」の意か。　○奴家兩脚〔奴家〕兩脚―二度目の「兩脚」は、原文では二字のおどり字で表記される。格律に従って「奴家」二字を補った。　○(滴渦渦)〔滴溜溜〕―汲本に従って「滴溜溜」に改めた。ひゅるひゅるとまわる様子。『梧桐雨』第四折【笑和尚】に「滴溜溜颩堦落葉飄。疎刺刺刷落葉被西風掃」とある。　○(□)〔沒〕前程―「□」は原文缺字。江本・兪本に従い「沒」を補う。「沒前程」は罵語。(宋元)參照。『戲文三種』「張協狀元」第二〇出【四換頭】に「遂功名。莫來適來反面沒前程」とあり、その校注(二六)もこの語が罵語であることを指摘する。　○(■一)〔奴家〕―原文譌字を、江本・兪本は「拏」に作って「奴」に校訂し、「一」を「家」に校訂する。これに従う。

[譯]

1【桂枝香】[旦のうた] 眉根をしかめ。涙が流れる。やむなく天秤棒を擔げば、肩には細々と時雨がふる。わたしの兩足は、わたしの兩足は、行くも辛く立つのも辛く。やむなく水を擔げば。無慈悲にも。ビュービューと木枯らしが起こり。カサカサと枯れ葉が舞い飛ぶ。[旦、詩を題す]

兄さん義姉さんは見込み無しの愚か者。無理矢理わたしに再婚を迫った。晝間は水汲み三百杯、夜は臼ひき明けるまで。[退場]

第二〇出〔小外(劉咬臍)、生、貼旦(岳秀英)〕

[小外白] [詩曰] 自小稱名號咬臍。家父武藝占高魁。皇恩受命加(官嚼)〔官爵〕、百萬軍中聽指揮。
[小外白] 自我今年長一十六歲、大門未出。多虧父母訓養成人、每日讀念〔兵〕書戰策、學成文武雙全。(長言道)〔常言道〕一門生二將、父子上凌煙。耳聞的朝廷之有敕旨到來、(加吽)〔加陞〕父親(官嚼)〔官爵〕、說加做九州安撫之職。不免嗔左右打掃(聽堂)〔廳堂〕乾淨(晉侍)〔管待〕。父親、早來。[生上唱]

1〔【□□□】〕你如何着眼望旌旗。耳聞消息。[〔貼〕旦唱] 聞□我丈夫勇猛世人無及。

[生白] 夫人、請坐。[貼] 官人、請坐。[〔小〕外白] 父親、拜揖。[生白] 孩兒、免禮。[小外] 母親、拜揖。[貼] 孩兒、免禮。[小外白] (□)〔父〕親、您孩兒(耳問的)〔耳聞的〕朝廷有聖旨、加陞父親九州安撫之職、說父親要衣錦還鄉、你孩兒因此等候。[生白] 孩兒、你怎生(■)〔曉〕的來。[小外] 父親、您孩兒□□□院中看兵書戰策、耳聞的左右說來。以此(時來)〔特來〕參拜父母。[生白] 孩兒(計)〔既〕來見我、有何事說□□□□□□□□□孩兒告□□□上荒郊野外打獵則箇。[生白] 上□□□□□□□□□□□□□□□□一十八歲。見今□〔弓〕馬熟閑、何不□□□□□□□□□□□□□□□他去演、一來(打同)〔打圍〕、二來演□□□□□□□□□□□□□□□□時起身。[小外] 告稟爹爹、□□□□□□□□□□□□□□□□□□□衙內去到路上、不要作賤田苗。他□□□□□□□□□□□□□□命。
[貼白] 此氣□英雄。深淺沙草□。□□□□□、□□□□□。(□手)〔背手〕手抽金箭、番身(□)

〔挽〕角弓。[小外] 衆人齊仰望、□□□□□。〔[泣下]〕

[韻] 機微〔息・及〕韻。

[校記] 汲本。

[註] ○汲本—【卜算子】 盼望旌旗。毎日耳聞消息。聞得孩兒回至。

○[小外白]—成化本は咬臍兒を小外とし、最終出以外には「唱」を置かないが、汲本第二九出は小生とし、登場のたびに「唱」を設ける。小外という脚色名はほとんど用例をみず、また最終出以外に「唱」がないことは、成化本の實際の演出がいかなるものであったかを物語っているように思われる。明・徐渭『南詞敍錄』は「外、生の外に又た一生あり、或いはこれを小生と謂う。外旦、小外、後人これを益す」という。外は一般的には老け役だが、小外は、小生とは別に子役を設けたものだろう。 ○百萬軍中聽指揮—汲本第二九出の相當箇所は「百萬貔貅聽指揮」に作る。「中」字は、あるいは誤りかもしれない。 ○〔兵〕書戰策—常語。本段後文に「兵書戰策」の語が見え、また『伍員吹簫』第一折に「兵書戰策沒半點」、『襄陽會』第三折に「善曉兵書、深通戰策」とあるのに從って校訂した。 ○一門生二將父子上凌煙—「常言道」ということからしてもこの二句は成語であろうが、起源が何にあり「二將」が誰を指すかなどは不明。「凌煙」は唐の凌煙閣。太宗が功臣二四人の畫像を掲げた。 ○朝廷之有敕旨到來—兪本に從い「之」を衍字と考えて解釋した。 ○〔晉侍〕〔管待〕—江本・兪本は「晉」を「敬」に校訂する。「晉」は「管」との字形の相似による誤りであろう。 ○1〔【□□□】〕—原文には曲牌名の記載がなく、江本・兪本は汲本に從って【卜算子】とする。本出は汲本第二九出「受封」に相當するが、汲本は本曲を第三一出「憶母」に置き、また格律も【卜算子】とは一致しない。なお、汲本は三句目を「聞得孩兒回至」とする。 ○眼望旌旗耳聞消息—成語。『張協狀元』第二〇出末の退場詩に「我毎眼望捷旌旗。大家耳聽好消息」、元本『琵琶記』第一六出淨の退場詩等に「眼望旌捷旗。耳聽好消息」、『水滸傳』第二四回に「眼望旌節至。專等好消息」とある。〔漢〕參照。 ○〔■〕〔曉〕的來—原文譌字は「子」に「兒」を組み合わせた字形。文意により改めた。江本・兪本がすでに同樣に校訂している。 ○〔時來〕〔特來〕—文意により改めた。江本・兪本がすでに同樣に校訂する。 ○有何事說□……□—成化本は第四〇葉aの下半分に破損がある。その缺損分を「□」で示し、その字數は江本に從う。以下同樣。なお、成化本原本の當該行の途中から小外のセリフに替わると思われる。 ○則箇—句末の助辭で「吧」と同意。〔宋元〕參照。 ○上□……□

一十八歳―成化本原本の當該行の途中から貼旦のセリフに替わると思われる。なお「一十八歳」は、本出冒頭の小外のセリフにいう「一十六歳」の誤りかもしれない。　○□(弓)馬熟閑―常語。「閑」は「嫻」。『三戰呂布』第一折に「您衆将人人奮勇、箇箇争强。顯耀你那弓馬熟閑。施展那威嚴勇烈」とある。　○(打同)(打圍)―江本・兪本がすでに同様に校訂する。「打圍」は、巻狩りのこと。皇帝の年中行事としては、春に鷹狩りを行い秋に巻狩りを行う。　○二來演□……□時起身―成化本原本の當該行の途中から生のセリフに替わるのではあるまいか。「起身」は、出發する、の意。(宋元)參照。　○小外 告稟爹爹□……□衙内去到路上―成化本原本の當該行の途中から生のセリフに替わると思われる。「衙内」は、貴家の子弟の呼稱。(宋元)參照。　○作賤―第一四出「作賤劉郎」註參照。　○貼白 此氣□英雄深淺沙草□……□―この部分は、汲本第二九出にある小生(劉咬臍)の退場詩五言八句とほぼ一致するだろう。だとすれば、「貼白」を改めて小外の退場詩とすべきかもしれない。なお、汲本の退場詩は次の通りである。「曉出鳳城東。分圍沙草中。紅旗遮日月、白馬驟西風。背手抽金箭、番身挽角弓。衆人齊仰望、一雁落空中」。

訳

小外のセリフ 詩に曰く 幼いときから人はわたしを咬臍と呼ぶ。父の武藝は天下一。帝のご恩により官爵を授かり、百萬の軍の指揮を執る。

小外のセリフ わたしは今年で十六歳になりますが、家を出たことがありません。父母の薫陶のお蔭をもちまして成人し、毎日兵書・戰策を讀み、文武兩道となりました。まこと「一門に二將を生み、父子ともに凌煙閣にのぼる」と申すもの。聞けば朝廷は詔を降され、父に官爵を加え九州安撫の職につけるとか。部下の者に命じて廣間を掃除させ、おもてなしいたしましょう。父上、早くおいでくだされ。生が登場してうたう

1【□□□】お前はなぜ目に朝報の旗を望み、耳に良い知らせを聞こうとするのか。貼旦のうた 聞けばわたしの夫は勇猛で世に竝ぶ者とてないとか。

生のセリフ 奥方、おかけ下され。貼旦のセリフ あなた、どうぞおかけ下さい。小外のセリフ 父上、ごきげんよう。

生のセリフ わが子よ、挨拶はよい。小外のセリフ 母上、ごきげんよう。貼旦のセリフ わが子よ、挨拶はおやめなさい。小外のセリフ 父上、わたくしが聞いた話では朝廷からご下命があって、父上に九州安撫のお役目を加えられ、父上は故郷に錦を飾られるとか。息子はそれゆえお待ちしておりました。生のセリフ わが子よ、お前はなぜ知っているのだ。小外のセリフ 父上、わたくしが□□□中庭で兵書・戰策を讀んでおりますと、みなが話しているのが聞こえました。それでわざわざ父上と母上にお目にかかりに來たのです。生のセリフ おまえがわたしに會いに來たからには、何かあってのことか。〔……小外のセリフ……〕に申し上げます。わたくしは□□郊外に狩りに出かけたいのです。生のセリフ〔……行くなら、……貼旦のセリフ……〕十八歳、今、騎射にも習熟し、どうしてありましょうや〔……〕かれを行かせ、ひとつには巻狩りをさせ、もうひとつには〔……生のセリフ……〕出發しなさい。小外のセリフ 父上に報告致します、〔……生のセリフ……〕若君よ道中で、農家の畑や苗を踏み荒らしてはならぬ。かれは〔……〕。

貼旦のセリフ これぞまさしく英雄の氣。〔……〕金の矢を後ろ手に取り、身體を翻して矢を放つ。小外のセリフ 一同方々の見守るなか、〔……〕。一同退場

第二一出〔小外〔劉咬臍〕、貼淨〔小王兒〕、旦、淨〔李弘一〕、丑〔李弘一の妻〕〕

〔□〕〔旦〕唱 做挑水科

1 【〔綿□□〕〔綿搭絮〕】哥哥直恁不思憶。〔合〕〔和〕你共乳同□、□下的沒面皮。發奴晚挨磨、曉去挑水。

每日尋根拔樹。討〔事〕〔是〕尋□。□些手足之親、想我爹娘知未〔之〕〔知〕。

2【又】井深〔乾浫〕〔乾旱〕、〔浫〕〔乾旱〕水難提。天呀井□□乾、雙淚眼何曾得住止。奴是富豪家女。顚倒做〔奴好〕〔奴婢〕。莫怪君無□。□□是我命如是。

3【又】尋□□苦、□苦淚雙垂。夫往邊廷、想我的孩兒倚靠誰。這碗淡飯〔黄薺〕〔黄虀〕。交我怎生充饑。每日灣轉獨睡。未曉先起。倘有時刻差遲。棒打奴不顧體。

4【又】別人家哥嫂、哥嫂有〔情意〕〔情義〕。〔徧〕〔偏〕我哥嫂嫂、毒心腸忒下的。自骨肉、尙如此。何況區區陌路。那〔雇〕〔顧〕人談恥。我這裏朝夕難挨、想我的劉郎不知〔己〕〔幾〕時回。

旦白 奴家打水數十〔茶〕〔百〕石、遠遠的〔里見〕〔望見〕一〔攬〕〔簇〕人馬來了。不免躲在垂楊柳下、盹睡一覺、待人馬過去、奴家〔在〕〔再〕去打水。〔根〕〔打〕盹睡科

韻 機微〔憶・的〕、支時、灰回、居魚、姑模韻。

校記 始譜・汲本。

○始譜──【綿打絮】哥哥直恁不思維。和你共乳同胞、番得惡面皮。淚雙垂。兩淚如珠。時常打罵、討是尋非。朝夕難捱、未知劉郎知不知。【綿打絮】井深乾旱水難提。井有榮枯、淚眼何曾有住止。奴是富家兒。番做了奴婢。莫怪良人無禮。皆因我命乖如是。那些箇手足之情、不念同胞共母乳。

○汲本──【綿搭絮】別人家兄嫂有親情、唯有我的哥哥、下得歹心腸惡面皮。罰奴夜磨麥、曉要挑水。每夜攢拳獨睡。未曉要先起。那些個手足之親、想我爹娘知未知。【前腔】井深乾旱水又難提。井有榮枯、淚眼何曾得住止。奴是富家兒。顚倒做了驅使。莫怪伊家無禮。是我命該如是。倘有時刻差遲。亂棒打來不顧體。【前腔】尋思情苦淚雙垂。夫在邊廷、想我孩兒倚靠誰。喫淡飯黃虀。强要充饑。哥嫂每夜裡巡更不睡。討是尋非。哥嫂他那裡昧己瞞心、料想蒼天不負虧。

註 ○1【〔綿□□〕〔綿搭絮〕】—成譜は「【綿搭絮】の古體は起句が七字であるが、後人に『四、五。』とするものがある。これはすなわち新體である」という。二曲目・三曲目・四曲目はこれであろう。なお、二曲目の第二句句頭には一字分のおどり字があるが、これを二字分と考えた。また二曲目は、本來一〇句あるべきところが二句の脱落があると思われ、四曲目の第五・第六句は「五。五。」が「三、三。」に變化していると思われる。○〔合〕〔和〕你共乳同□□下的沒面皮—「合你共乳同□」を、始譜は「和你共乳同胞」とする。これに従って解釋した。なお「共乳同胞」は常語。「沒面皮」は罵語。「下的」は、むごくも、の意。第七出「下辨的」註參照。○尋根拔樹—常語。○討〔事〕〔是〕尋□—始譜は「討是尋非」とする。これに従って解釋した。○□些手足之親—常語。「手足」は、兄弟を指す。『三國志演義』第一五回に「却說張飛拔劍要自刎、玄德向前抱住、奪劍擲地曰『古人云兄弟如手足、妻子如衣服』」という。なお、缺字には汲本に従って「那」が入るものとして解釋した。○〔涅〕〔乾旱〕—「乾旱」は原文では一字分のおどり字で表記される。第三・四曲目ならびに格律に従って、おどり字がもう一字分あるとみなした。○莫怪君無□—諸本に従い、缺字を「禮」として解釋した。校記參照。○尋□□苦□苦淚雙垂—缺字は汲本に従って解釋した。校記參照。

○淡飯〔黃齊〕〔黃虀〕—常語。「黃虀」は貧乏書生が食べる漬物。○差遲—雙聲語。「參差」「差池」と同意。○哥嫂嫂—二回目の「嫂」は、原文は一字分のおどり字。○自骨肉尙如此何況區區陌路—「自家骨肉尙如此、何況區區陌路人」という常語を用いる。第九出「兄嫂如同陌路人」註參照。押韻のために「人」が省略されたのであろう。○奴家打水數十〔茶〕〔百〕石—江本・兪本は「茶」のままとするが、それでは意味をなさないだろう。「十百」は、何百何十、の意。○遠遠的〔里見〕〔望見〕一〔攬〕〔簇〕人馬來了—「里」は「望」との字形の相似からくる誤りだろう。江本・兪本がすでに同様に校訂する。また、「簇」は原文では「攬」になっているが、汲本相當箇所が「一簇人馬」という表現を用いるので、これに倣った。○〔根〕〔打〕盹睡科—江本は「根」の字を「打水」の後に置き、兪本は衍字として處理する。ここでは「根」を「打」の誤りとした。

譯

1【綿搭絮】 旦のうた　水を擔ぐしぐさ 兄さんはかくも無分別。乳を共にした兄妹だというのに、残酷で恥知らず。夜にはわたしに臼をひかせ、朝は水汲み。毎日あらを探して。争いごとを引き起こす。兄妹の情など少しもない、思えば父さん母さんは知っているかしら。

2【又】井戸は深く干上がって、干上がって水は汲み難い。ああ神さま井□□□涸れても、あふれる涙は留めようもない。富家のむすめのこのわたしが。今では逆に奴婢の身。あなたの□は咎めまい。□□これこそわたしの運命なのだから。

3【又】つらくて、つらくて涙ばかり。夫は邊境の前線に行き、思えばわが子は誰に頼っていることか。茶碗には薄いお粥とお漬けもの。どうして饑えをしのげというのでしょう。毎晩うずくまって獨り眠る。夜が明ける前から起き出して。遲れることがあろうものなら。むやみに棒で打って人の身體など構わない。

4【又】よその兄さん義姉さん、兄さん義姉さんには情があるのに。よりによってうちの兄さん義姉さんは、殘忍な性根はあんまりのこと。血を分けた兄妹でさえ、こうなのに。まして赤の他人は言うに及ばず。どうして廉恥の情などもちましょう。わたしといえば朝な夕なに耐え難い仕打ち、わたしの劉郎はいったいいつ歸ることやら。

旦のセリフ　何百何十と水を汲んでいると、遠くから人馬の一團がやって來るのが見える。枝を垂らす柳の陰に身を避け、ちょっとうたた寝をして、人馬が通り過ぎてからまた水汲みをすることにいたしましょう。うたた
寝をするしぐさ

浄上白　〔冬冬〕〔鼕鼕〕〔啞鼓〕〔衙鼓〕響、公吏兩邊排。閻王生死殿、東嶽攝魂臺。

浄　〔唱揮〕〔唱喏〕〔唱揮〕〔唱喏〕。衙內小大人、請歇馬。小外白　小王兒、這是那裏。浄白　是徐州地面。衙內、略歇息〔歇〕息。〔土街〕〔上垓〕〔打爲〕〔打圍〕。做打圍趕兎科　浄白　衙內、放箭、一箇白兎。小外白　小王兒、趕、

兎子帶了〔哥〕〔箭〕去了。 做趕科 浄白 婦人、我這兎子那去了。 旦白 長官、我不知道甚麼兎子。我是受苦的婦人。 浄白 你是受苦的、我不道自受〔快汗〕〔快活〕哩。我每日根着馬〔包〕〔跑〕、你拿兎子還我。 旦白 長官、我不知道、我是好人家兒女。 浄白 你是好人家兒女、我是賊。你不還、我叫衙內大官兒來、皮也揭了你的。 〔外〕叫去 小〔外〕白 小王兒、〔郡〕〔那〕〔充充〕〔兎子〕與那婦人喫了罷。那箭是朝廷〔賜裳〕〔賜賞〕的虎尾〔金砒王箭〕〔金鈚玉箭〕、討將來。 浄白 那婦人、兎子與你麻了罷。只還金鈚玉箭來。 旦白 長官哥哥、就打殺奴家、也沒有那箭。 浄白 衙內、他說沒有哩。 小外白 你叫那婦人過來、等我自家問他。 浄白 婦人、你過來、我衙內親自問你要。 旦白 長官、休推我、等奴家自去。衙內、〔方福〕〔萬福〕。 小外 那婦人、請起、我看你屏風雖破、骨格由存。你也不是以下人家女子、因何跣足蓬頭、細說一遍。 旦白 大人不嫌絮煩、聽奴拜稟。 小外白 但說不〔方〕〔妨〕。

註 ○〔冬冬〕〔鼕鼕〕〔啞鼓〕〔衙鼓〕響……東岳攝魂臺―浄の登場詩。第一一出では末扮する刀斧手の登場詩となっている。第一一出「鼕鼕〔啞鼓〕〔衙鼓〕響……不偌東嶽〔挾魂臺〕〔攝魂臺〕」註參照。 ○〔土街〕〔上垓〕―「街」は「垓」と同音。「垓」は「垓心」の意で、戰場。すでに林昭德論文が同樣のことを指摘する。 ○虎尾〔金砒王箭〕〔金鈚玉箭〕―原文では「砒」と「王」で一文字のように見えるが、後文に「金鈚玉箭」とあることから、別々の文字であると考え校訂した。「鈚」については、杜甫「七月三日亭午已後較熱退晚加小涼穩睡有詩因論壯年樂事戲呈元二十一曹長」詩（『杜工部集』卷六）に、「長鈚逐狡兎、突羽當滿月」とある。 ○屏風雖破骨格由存―常語。『殺狗記』第一八出【博頭錢】に「屏風雖破、骨格尚存。一朝榮顯、否極泰生」とある。なお「由」は「猶」。

譯 浄が登場してセリフを言う ドンドンと役所の太鼓が響き、役人が両側に並び立ちます。このお白洲はまるで閻魔大王の生死殿、東嶽大帝の攝魂臺。

［浄のセリフ］敬禮敬禮。坊っちゃま、どうぞ馬をお休めください。［小外のセリフ］小王兒よ、ここはどこだ。［浄のセリフ］徐州の領内です。坊っちゃま、少しお休みください。出陣して巻狩りをいたしましょう。［巻狩りをして兎を追うしぐさ］［浄のセリフ］坊っちゃま、矢をお放ちください、白兎です。［小外のセリフ］小王兒、追いかけてくれ、兎が矢をつけたまま行ってしまった。［追うしぐさ］［浄のセリフ］女、われらのあの兎はどこへ行った。［旦のセリフ］長官さま、わたしはどんな兎も存じません。わたしは不幸な女でございます。［浄のセリフ］お前が不幸な女だと。わしだって自分が樂しんでいるなどとは思わぬぞ。毎日馬を追って驅けずり回っておるわ。兎を返してもらおう。［旦のセリフ］長官さま、わたしは存じません、わたしは良家の子女でございます。［浄のセリフ］お前が良家の子女で、わしが悪黨だってか。おまえが返さないというなら、お屋敷の坊っちゃまにお越しいただいて、お前の皮まで剥いでやるぞ。［呼びに行く］［小外のセリフ］小王兒よ、あの兎はそこの女房に食べてもらえばよい。ただ、あの矢は朝廷恩賜の虎尾金鈚玉箭。取り戻して來い。［浄のセリフ］そこの女房、兎はくれてやろう。ただ、金鈚玉箭だけは返してもらおう。［旦のセリフ］長官さま、わたしを殺したって、その矢はありません。［浄のセリフ］坊っちゃま、ないと申しておりますぜ。［小外のセリフ］そこの女房を連れてきなさい、わたしが自ら尋ねよう。［浄のセリフ］女、來い、わが坊っちゃまが直々にお取り返しになるぞ。［旦のセリフ］長官さま、押さないでください、わたしは自分で行きますから。坊っちゃま、ご機嫌うるわしゅう。［小外のセリフ］そこの女房、お立ちなさい、見るにつけあなたは「屛風は破れても、骨組みなおあり」といった風情。あなたは下賤の家の女ではないな、どうしたわけで裸足のざんばら髮なのか、ひととおり詳しく語るがよい。［旦のセリフ］あなたさまがご面倒でなければ、わたしが申し上げるのをお聽きください。［小外のセリフ］話すがよい。

旦唱

【雁過沙】衙內問我甚情懷。

〔小〕外白　甚情懷、甚情懷、因何跣足蓬頭挑水、爲何來。旦唱

也曾穿着繡(■)〔羅〕鞋。

〔小〕外白　你敢是挑水街頭賣。旦唱

又不曾挑水街頭賣。

〔小〕外白　你敢是爲非作歹趕你出來。旦唱

我貞潔婦人怎敢做事歹。

〔小〕外白　你曾嫁人家不曾。旦唱

從東床也曾入門來。

〔小〕外白　我曉的、你坐家閨女、招贅做女婿來。你那丈夫姓字名誰。旦唱

招的劉知遠潑喬才。

淨白〔唱住〕〔喝住〕　衙內、他怎麼說我們老爹的名字。提箇劉字就該死、〔坎頭〕〔砍頭〕。小外白　小王兒這廝、胡說。天下只你家姓劉。那婦人〔在〕〔再〕說、你爹娘可有。旦唱

我爹娘早死十六載。

〔小〕外白　爹娘〔以〕〔已〕死、誰人作賤。旦唱

哥哥嫂嫂忒毒害。

〔小〕外白 哥哥嫂嫂（折剉）〔折墮〕你。你丈夫那去了。旦唱

九州（安府）〔安撫〕投軍去。

〔小〕外白 九州（安府）〔安撫〕投軍、曾生一男半女也不曾。旦唱

養得一子方三日。

〔小〕外白 三歲孩兒在於何處。旦唱

（以）〔已〕送爹行去。

〔小〕外白 那婦人、牆上畫碁盤、一子留不住。旦（白）〔唱〕

小小蛇兒竅內串。爹爹見他武藝結成雙。

〔小〕外白 （計）〔既〕結雙、你丈夫叫甚麼名字。旦（白）〔唱〕

丈夫叫做劉知遠。

〔小〕外白 你的孩兒叫做甚麼。旦（白）〔唱〕

孩兒叫做咬臍郎。

淨白 衙內、拿刀來殺了罷、正是（皮孤子）〔皮狐子〕、迎頭兒說着我老爹的名字、後來又說衙內名字、噲、連小王兒咳連出來。〔小〕外白 這廝、靠後。不要胡說。等我仔細問他。那婦人、那孩兒身上有些甚麼記號。旦白 養他之時、無有剪刀、口咬臍腸、把孩兒叫做咬臍郎。小外白 （在）〔再〕有甚記號。〔旦白〕對天買卦、左邊（背膊）〔臂膊〕咬了一口、至今有一箇（巴痕）〔疤痕〕。

韻 第一句～第八句、皆來韻。第九句～第一一句、居魚・支時韻。第一二句～第一五句、天田・江陽韻。

校記 始譜・寒譜・成譜・汲本。

○始譜―【雁過沙】 衙内問我甚情懷。也曾穿著繡羅鞋。貞潔婦女怎肯作事歹。不曾挑水在街頭賣。雙親早喪十六載。被兄嫂做人忒毒害。

○寒譜―【雁過沙】 衙内問我甚情懷。也曾穿着繡羅鞋。不曾挑水在街頭賣。我是貞潔婦女怎肯作事歹。被無知哥嫂忒毒害。雙親早喪十六載。【前腔】 東床也曾入門來。九州按撫投軍去、十八般武藝皆能會。嫁得個劉知遠潑喬才。懷抱養子才三日、火工竇老送到爹行寨。

○成譜―【雁過沙】 衙内問我甚情懷。也曾穿着繡羅鞋。不曾挑水在街頭賣。貞潔婦女怎肯做事歹。被無知兄嫂忒毒害。合 雙親早喪十六載。

○汲本―【雁過沙】 衙内問我甚情懷。也曾穿着繡鞋。不曾挑水街頭賣。貞潔婦女怎肯作事歹。被無知兄嫂忒毒害。雙親早喪十六載。東牀也曾入門來。九州安撫投軍去、十八般武藝皆能會。嫁得個劉智遠潑喬才。懷抱養子方三日、被火公竇老送到爹行去、小小花蛇腹内藏。爹娘見他異相配鸞凰。一別今經十八載、親生一子叫做咬臍郎。

註 ○5【雁過沙】―【雁過沙】は、曲譜類によれば「五。五。七。七。七。七。」の六句であるが、汲本・寒譜を參照して「已送爹行去」までの一一句を一曲とみなした。この曲は最初八句と殘り三句では韻も異なるほか、更に後ろに「串」「雙」「遠」「郎」で押韻すると見られる七字句が四句おかれる。全體は元來すべて七字句で、詩讃系に近い「唱」であったと考えられる。寒譜もこの曲が【雁過沙】の格律に合わないことを指摘する。なお、汲本は成化本と同様この曲の後に押韻する七字句四句を置き、しかもそれを曲辭の大きさで表記するほか、寒譜が末句押韻字を「寨」とすることで皆來韻で到底させるのに對して、汲本はそうしていない。また、全體がほぼ七字句で構成されると考えると「以送爹行去」の句には缺字を想定すべきだろう。解說篇五四頁參照。 ○繡(■)(羅)鞋―原文譌字を、江本・兪本は「弓」に校訂する。 ○從東床―「從」は未詳。「從來」の意ではあるまいか。 ○姓字名誰―第一一出註參照。 ○潑喬才―「潑」も「喬才」も罵語。「喬才」は「壞蛋」「無賴」の意。第五出「面生喬人」註參照。 ○淨白(唱住)(喝住)―兪本に從い校訂する。「喝住」については、第一三出「外(唱住)(喝住)」註參照。 ○可有―「可有」は「在不在」の意。(漢)は、「可」に「是否」の訓をあてる。 ○(折剁)(折墮)―第一四出「折墮死他」註參照。 ○牆上畫碁盤一子留不住―歇後語。『縮脚韻語』（錢南揚『漢上宦文存』所收）に「壁上擺棋盤、一子留不住」とある。「子」は、元來の歇後語では子供の意ではないだろう。〇（皮孤子）〔皮狐子〕―明・方以智『通雅』巻一は「貉」を説明して「北人、之を皮狐子と謂う」といい、また「北地に此の種多し。常に夜に人家に入り、人の氣弱き者の彼に攝氣せらるる所と爲るを取食して去る。人能く之を嚇《おど》せば、彼は忽然として見えず」ともいう。ムジナが人を化かすという傳說は中國にもあり、この部分はそれをいうのだろう。〇咳連出來―江本・兪本は「咳」を「該」に校訂する。〇〔旦白〕―文脈から考えて校訂した。江本・兪本もすでに同様に校訂する。

譯

旦のうた

5【雁過沙】坊っちゃまはわたしにどんな氣持ちかとお尋ねになり。

小外のセリフ　どんな氣持ちか、どんな氣持ちか、どうして裸足のざんばら髪で水を汲むのか、どういうわけか。

旦のうた

わたしもかつてはきれいな絹靴を履いており。

小外のセリフ　きっと水を汲んで街で賣るのであろう。旦のうた

水を汲んで街で賣ったことなどなく。

小外のセリフ　きっと何か悪事でもはたらき、追い出されたのではあるまいか。旦のうた

わたしは身持ちのかたいおんな、悪事をはたらいたことはなく。

小外のセリフ　どこかに嫁いでおるのか。旦のうた

入り婿を入れたこともございましたが。

小外のセリフ　分かったぞ、そちは深窗のむすめ、入り婿をもらったのじゃな。その入り婿の名は何という。旦のうた

入り婿に來たのは劉知遠というやくざ者。

浄が大聲をだす　坊っちゃま、こいつがどうしてうちの旦那さまの名前をかたるんです。劉の字を口にすれば打ち首ですぜ。小外のセリフ　小王兒め、でたらめを申すな。世の中でうちの家だけが劉姓とも限るまい。そこの女房、話を續けられよ、あなたのご兩親はご健在か。旦のうた

兩親は早くに死んで一六年。

小外のセリフ　ご兩親はすでに死んだと。では、誰が苛めるのか。旦のうた

兄さん義姉さんはそれはひどい人。

小外のセリフ　兄さん義姉さんが苛めているのか。お前の亭主はどこへ行ったのか。旦のうた

九州安撫の軍隊に身を投じ。

小外のセリフ　九州安撫の軍に身を投じたのか。男の子か女の子かでもおるのか。旦のうた

男の子を産んでたった三日で。

小外のセリフ　三つの男の子はどこにおるのじゃ。旦のうた

父親のもとへ送りとどけ。

小外のセリフ　そこの女房、「壁に描いた碁盤には何とやら」で、「一子も留まらなかった」というわけだな。旦のうた

小さな蛇が身體の穴から出入りして。父が武藝を見込んだばかりに夫婦となり。

小外のセリフ　夫婦となったからには、お前の亭主の名は何という。旦のうた

夫の名前は劉知遠。

[小外のセリフ] して、子供の名は何と。[旦のうた] 子供の名前は咬臍郎と申します。[淨のセリフ] 坊っちゃま、刀をお取りなさい、殺しちまいましょう。まさにこれは狐憑き、初めにうちの旦那さまの名前を言い、次に坊っちゃまの名前、けっ、お次は小王兒の名前まで出てくるぞ。[小外のセリフ] こいつめ、默っていろ。でたらめを言うな。わたしが詳しくきいてみよう。そこの女房、子供の身體にどんな特徴がある。[旦のセリフ] 生まれたときにハサミがなく、口で臍の緒を嚙み切ったがゆえに咬臍郎と申します。[小外のセリフ] 他に何か特徴があるのか。[旦のセリフ] 願掛けをして左腕を嚙んだので、今でも傷跡がございます。

[〔小〕外白] 小王兒、這事〔驍騤〕〔蹺蹊〕。他丈夫名字與我父親同也罷、他孩兒叫做咬臍郎、我也叫做咬臍郎也罷、他孩兒也有一箇〔巴痕〕〔疤痕〕。且住、等我回家問我父親、便知分曉。那婦人、我不是別人、我是九州〔安府〕〔安撫〕嫡長親男、因閑採獵到此。你丈夫〔計是〕〔既是〕劉知遠、孩兒叫做咬臍郎、我回去着我爹爹查勘你那丈夫〔根機〕〔根基〕文書。若是查着他、着他來搬取你、意下如何。[旦白] 正是感恩無〔一〕〔以〕報、我中夜一爐香。[做拜科] [〔小外〕做跌倒科] [淨白] 衙內、怎麼來、怎麼來。[小外白] 小王兒、扶起我來。這婦人拜了我一拜、不知甚麼人推下我馬來、跌我這一交。交你把那婦人水桶迗到他家去。[淨] 小人理會得。[淨・旦下] [淨扮李弘一上白] 賤人、你挑水便挑水、〔无何〕〔元何↓緣何〕去這一日。因何來遲。[貼淨白] 大哥、他不曾來遲。[淨白] 你是甚麼人。[貼淨白] 我是刀手。[淨白] 你刀手不刀手、你進我這屋里來做甚麼。喫我一頓、好打。[做打科] [丑抓帽子科] [淨白] 衙內、你是一箇禍根子。交我迗水桶、喫他一箇吊搭嘴漢子、瓢兒嘴老婆、儘〔力子〕〔力氣〕(■)

〔打〕了我一頓、把我帽子抓將去了。[小外白] 由他。到家中着我爹爹與你一箇衠絨帽子。[淨白] 便與我一箇、〔下〕〔不〕可我頭。[〔小〕外白] 我和你回家去。

正是黄昏慘慘趱前程。隔睹鍾聲隔睹明。漁夫（有魚）〔負魚〕歸竹徑。（收童）〔牧童〕遙指杏花村。[並下]

[註] ○（驍騤）〔蹺蹊〕―雙聲語。「蹊蹺」ともいう。「希奇古怪」の意。『劉知遠諸宮調』第一一【般渉調】【麻婆子】に「有多少蹺蹊處、不忍對你學」、『大唐三藏取經詩話』第五に「次早起來、七人嗟嘆、『夜來此處甚是蹺蹊』」とある。（宋元）（漢）參照。○査勘―吏牘語。「勘」は、裏を取る、の意。『元典章』巻六「臺綱」（二）「照刷」「刷巻首尾相見體式」の條に「如因後事發漏或査勘後却有漏報、該刷巻宗首領官吏情願當罪」とある。（漢）參照。○（根機）〔根基〕文書―後文に「根基文書」とあるのに從って校訂した。「根基」は元來「根」の意であり、元朝期の吏牘體にいう「根脚」の意はない。ここにいう「根基文書」が「根脚文書」のような意味で用いられているのは明らかだが、制度的な用語では恐らくないだろう。○正是感恩無（一）〔以〕報我中夜一爐香―「感恩無以報、中夜一爐香」は常語。宋・徐積『節孝集』巻一七「賑饑篇贈程守（二首其一）」詩に「恩深何以報、惟有一爐香」とある。これに從って「一（入聲）」を「以（非入聲）」に校訂した。○[貼淨白]―「貼淨」は脚色名。明・楊誠齋『曲江池』第三折に「貼淨」の脚色名が見え、百回本『水滸傳』第八二回に宋江が皇帝の宴を賜って觀劇する場面で「第五箇貼淨的、忙中九伯、眼目張狂。隊額角塗一道明創、匹門面搭兩色蛤粉。裹一頂油油膩膩舊頭巾、穿一領剌剌塌塌潑戲襖。喫六捧枒板不嫌疼、打兩杖麻鞭渾是耍」とある。成化本の本出には淨（李弘一）・貼淨（小王兒）・丑（李弘一の妻）という三人の道化役が登場し、江本・兪本はト書き中にある丑を淨に改めるが、「淨」と「丑」が登場するからこそ「貼淨」という脚色名が用いられるのであり、本出に登場する小王兒ははじめから「貼淨」と書かれるべきである。したがって、前文にいう「[淨・旦下][淨扮李弘一上白]」は、貼淨の小王兒が退場し、淨の李弘一が登場するのである。なお、本出に登場する丑にはセリフがなく、また、最終出にも李弘一・小王兒・丑の三人が登場するが、そこの丑にもセリフがないのは、實際上の演出にあっては道化役はやはり二人しか登場しない（もう一人は舞臺に登らない）ことを暗示しているように思われる。○刀手不刀手―「到手不到手」などの雙關語であろう。淨は「刀手」の語を知らないという設定ではあるまいか。なお「刀手」は、刀を持つ兵卒などを指すことば。○吊搭嘴漢子瓢兒嘴老婆―「吊搭嘴」は、『西遊記』第八回に猪

八戒の人相を描写して「巻上蓮蓬吊搭嘴、耳如蒲扇顯金睛」とある。「瓢兒嘴」については未詳。ともに淨と丑の人相についての描寫であろう。　○儘〔力子〕〔力氣〕〔■〕〔打〕了我一頓―文意に從って「子」を「氣」に、原文譌字を「打」とした。江本・俞本はともに「儘力子扼了我一頓」とする。　○衠絨帽子―「衠絨」は用例を見ない。「衠」が誤字である可能性もあるが、ここでは、純ビロード製の、の意と考えた。　○便與我一箇〔下〕〔不〕可我頭―待考。江本・俞本ともに一文字の脫字があると見なして、「便與我一箇不可、我頭□」と校訂している。ここでは「便」を「たとえ」、「可」を「似合う」の意味と考えて譯出した。　○黃昏慘慘迸前程……〔收童〕〔牧童〕遙指杏花村―退場詩。第二句「隔睹鐘聲隔睹明」は待考。江本は「睹」を「堵」に改める。ここでは「隔渚鐘聲隔渚鳴」と考えて譯出した。また、第三句・第四句については『淸平山堂話本』「洛陽三怪記」に「漁父負魚歸竹徑、牧童同犢返孤村」、『京本通俗小說』「西山一窟鬼」に「漁夫賣魚歸竹院、牧童騎犢入花村」、同「志誠張主管」に「漁夫負魚歸竹徑、牧童騎犢返孤村」とあり、これらに從って「有魚」を「負魚」に校訂した。なお末句は、『千家詩』所收の唐・杜牧「淸明」詩に出る。

【譯】

【小外のセリフ】小王兒、これは奇妙だ。彼女の夫の名が父上と同じなのはよい。彼女の子供が咬臍郎といいわたしが咬臍郎というのもよしとしよう。彼女の子供にも同じ傷跡がある。ちょっと待てよ、家に歸って父上にきけばすべてが明らかになるはず。そこの女房、わたしは他でもない、九州安撫使の長男で、氣晴らしに狩りにやって來た。ご主人が劉知遠で子供が咬臍郎であるからには、歸って父上に賴み、ご主人の帳簿を調べさせ、もし調べだしたら迎えに來させる、というのはどうだろう。【旦のセリフ】「ご恩を蒙って感謝のすべもなく、夜中に線香一本祈ります」と申すもの。【拜むしぐさ】【小外が倒れるしぐさ】【淨のセリフ】坊っちゃま、どうされました。どうされました。【小外のセリフ】小王兒、わたしを助け起こしてくれ。この女房がわたしを拜んだ途端、誰だか分からんが、馬から突き落とし、わたしをひっくりかえしてしまった。お前はそこの女房の水汲み桶をもって家まで送ってあげなさい。【淨のセリフ】承知いたしました。【淨・旦退場】【淨が李弘一に扮し、登場してセリフを言う】このアマめ、水汲みといったら水汲みだ。なぜ一日中行ったきりなんだ。どうして歸って來るのが遲い。［貼淨のセリフ］兄さん、ちっとも遲くはないぜ。［淨のセリフ］お前は誰だ。［貼淨のセリフ］わたしは、かたな持ちだ。［淨のセリフ］刀を持つか持たんか知らんが、わしの家に上がり込んで何をする。おれのげんこつでも食らえ。なぐってくれるわ。［なぐるしぐさ］［丑が帽子を奪うしぐさ］［淨のセリフ］坊っちゃま、あなたは災いのもと、水汲み桶をもって送らせたがために、吊り上がった口の男と、ひしゃくみたいな口の女に力任せにぶたれて、帽子まで奪い取られました。［小外のセリフ］させておけ。家に歸ったら父上に賴み、ビロードの新しい帽子をやるから。［淨のセリフ］たとえもらっても、わしの頭には似合うまい。［小外のセリフ］歸るとしよう。

黄昏にそそくさと道を急げば。渚の向こうから夜明けの鍾が響いてくる。漁師は魚を背負って竹林の小徑を歸り。牧童が遙かに指さす杏花村。［一同退場］

第二二出〔生、淨（小王兒）、小外（咬臍郎）、貼旦（岳秀英）〕

［生上（白）（唱）］

1〔【□□↓引子】〕孩兒一去不回來、不知有甚蹺蹊。

［生白］煩惱不尋人、人自尋煩惱。

自從咬臍孩兒告及年假、上荒郊打圍去了、說去三五日便回、一去（半句）（半句）之上、不見回還。好交下官心下憂疑不定、却怎生是好。下官看會文書、看有甚麼人來。［淨上白］相公、拜揖。［生白］說話之間、小王兒到此。小王兒、你來了。［淨白］小人不來了、甚麼好喫的菓子。［生白］你和衙内打了甚麼

東西。淨白 只打了我。生白〔這■〕〔這廝〕、你話不伶俐。叫我〔咬齊〕〔咬臍〕孩兒出來。我問他。淨白
小官兒、老爹有人在外。
〔小外〕上白 柳陰樹下一佳人。說與孩兒共姓名。好似〔河釣〕〔和鉤〕呑却線、刺人腸肚繫人心。
父親、拜揖。生白 孩兒、你來了。你過了〔己〕〔幾〕層山〔己〕〔幾〕層嶺、打了些甚麼生靈。小外白 爹、你孩兒到得徐州〔□縣〕〔沛縣〕地面、見一〔白■〕〔白兎〕、被你孩兒射了一〔■〕〔箭〕、正中白兎、那白兎帶〔■〕〔箭〕而走。孩兒趕到一箇八角井上、白兎不知〔去項〕〔去向〕。柳陰樹下見一婦人、蓬頭跣足、挑水受苦。你孩兒從頭問他根基、那鄉人氏。他說道、我〔過夫〕〔丈夫〕是劉知遠、往〔大原府〕〔太原府〕投軍去了。又說、我孩兒是咬臍郎。你孩兒又問他、你的孩兒有甚麼暗記。他說、我孩兒身上左脇下有一〔巴痕〕〔疤痕〕。你孩兒說道、我替你査勘你丈夫根基文書、交他搬取你。意下如何。那婦人弄了我一拜、〔拜〕的孩兒番〔■斗〕〔筋斗〕跌下馬來、〔托〕〔把〕你孩兒跌了一交。爹爹、以此特來請問爹爹。生哭白 孩兒、那婦人休說〔心〕〔止〕拜你一拜、他只看你一看、也受他不起。小外白 爹爹、說話好差。我是九州〔安■〕〔安撫〕總兵官舍人、〔地〕〔他〕是庶民百姓女子。因何受不的他一拜。

註 ○生上〔白〕〔唱〕 1〔【□□↓引子】〕―本出冒頭二句は押韻はしていないが曲文であろう。その句格「七。六。」が、第一三出1【引子】と共通することから、それに従って曲牌名を補った。第一三出「1【引子】」註參照。 ○煩惱不尋人人自尋煩惱―成語。ここでは、生の登場詩の役割をする。第九出「無煩惱要尋煩惱」註參照。 ○告及年假―この四字はおそらく誤りを含むであろう。ここでは「及」は「乞」との字音の類似による誤りと考えて譯をつけた。 ○好喫的菓子―『金瓶梅詞話』第二〇回・三五回等に用例が見られ、李申『金瓶梅方言俗語匯釋』（北京師範大學出版社、一九九二）「好食果子」の條は「得をすることのたとえ」という。

ここは「甚麼好喫的菓子」で「何の得もない」の意。前出で淨に打たれたことをいうのであろう。　○伶俐—雙聲語。「伶利」「怜俐」等とも表記する。(匯)(宋元)參照。　○有人在外〔小外〕上白—江本・兪本は共に「外」を卜書きの一部としたうえで「小」を補い、「有人在。［小外上白］」と校訂する。江本はさらに「人」を誤字と疑う。ここでは、いずれにしても文意をなさないと思われるので、卜書きの「小外」のみを補い、「有人在外」を「有請」の誤りとして譯出した。　○柳陰樹下一佳人……刺人腸肚繫人心—四句は小外の登場詩で、後半二句は成語。『張協狀元』第二七出退場詩に「好似和鉤呑却綫、刺人腸肚繫人心」とあるのに從って校訂した。なおこの成語は、元本『琵琶記』第一二出、『荊釵記』第四六出、『錯立身』第一〇出では上句の「鉤」を「針」に作り（『錯立身』では、さらに「好」を「一」に作る）、成化本説唱詞話『師官受妻劉都賽上元十五夜看燈傳』では「好似連針呑却線、惱人腸肚刺人心」に作る等のヴァリエーションがある。　○生靈—狩りの獲物をさして「生靈」というのは極めて異例であろう。　○徐州(□縣)〔沛縣〕—「□」は、原文では一字分の墨釘。「徐州沛縣」は、劉邦の出身地。成化本等、劉知遠を扱う戲曲小説では、劉邦と劉知遠はしばしば混同して描かれる。第八出「豈不聞……後來做到帝位」註參照。　○八角井—後文第二三出に「琉璃井」とあり、八角形の井戸に琉璃瓦が葺いてあるのだろう。　○不知(去項)〔去向〕—「項」は「向」との同音による誤り。「不知去向」は慣用表現で、どこに行ったかわからない、の意。　○(過夫)〔丈夫〕—文意により改めた。江本・兪本がすでに同様に校訂する。　○番(■斗)〔筋斗〕—原文譌字は、舟偏に「力」を添えた字形に似る。「筋」の異體字「觔」のつもりなのであろう。江本・兪本とも同様に校訂する。　○(心)〔止〕拜—「心」は、「止」の草書體との字形の相似による誤り。江本・兪本も同様に校訂する。　○九州(安■)〔安撫〕總兵官舍人—原文譌字は、「探」の手偏を土偏に作る字形。文意により改めた。江本・兪本がすでに同様に校訂する。また「舍人」は、身分の高い者の子弟をいう。(宋元)參照。

［譯］

1 【引子】［生が登場してうたう］わが子は出かけたまま歸らず、何かおかしなことでも起こったのだろうか。

［生のセリフ］面倒の方からやって來るのではなく、人が自ら面倒をもとめるもの。

咬臍兒が正月休暇を願い出て、城外の荒れ野へ巻狩りに出てからというもの、數日で戻ってくると言っていたのに、五日過ぎても歸ってこない。わたしは心配で落ち着かない、いったいどうしたものか。ちょっと書類に目を通して、誰が來るか見てみよう。浄が登場してセリフを言う　旦那さま、ご機嫌よろしゅう。生のセリフ　言っている暇に小王兒がやって來た。小王兒、歸ったか。浄のセリフ　わたしはもう嫌です、おいしいことなどありゃしない。生のセリフ　おまえは若君と何を獲ってきたんだ。浄のセリフ　わたしがぶたれただけです。生のセリフ　こやつめ、馬鹿ばかり言いおって。咬臍兒を呼んでこい。わしが訊く。浄のセリフ　お坊ちゃま、旦那さまがお呼びです。

小外が登場してセリフを言う　柳のかげに美人がひとり。息子の名前はわたしと同じ。針といっしょに絲まで呑んで、はらわた刺して氣をもんでいる。

父上、ご機嫌よろしゅう。生のセリフ　息子や、お歸り。いく山いく嶺を越えて、どんな獲物を獲ってきたんだ。小外のセリフ　父上、わたしが徐州沛縣まで行ったところ、一匹の白兎を見つけましたので、矢を一本放ち命中したのですが、その白兎は矢を刺したまま逃げて行ってしまいました。わたしはとある八角井戸の端まで追ってまいりましたが、兎は行方知れず。見れば柳のかげにひとりの女房が、ざんばら髪に裸足のままで、苦しい水汲みをしておりました。わたしが出身やどこの誰かを一から尋ねたところ、自分の夫は劉知遠といい、太原へ從軍しに行った、と申します。さらに申すには、自分の息子は咬臍郎だ、と。そこで、息子にはどんな目じるしがあるかと尋ねますと、左の脇腹にひとつ傷跡がある、と申します。わたしは、亭主の帳簿を調べ、おまえをひきとりに來させよう、それでよいか、と言いました。するとその女房、わたしに拜禮いたしましたが、ひと拜みするとわたしはひっくり返って馬から落ち、ころばされてしまいました。父上、それでこうして父上にうかがいに參ったのです。生が泣いてセリフを言う　息子や、その女房がおまえをひと拜みするなど言うに及ばず、かの女がおまえを見るだけで、そのひと目すらまともに受けられないのだ。小外のセリフ 父上、おかしなことをおっしゃいます。わたしは九州安撫總兵官の息子、かの女は下々の女。どうしてかの女の拜禮を受けられないというのでしょう。

生唱

2【□□□】我在沙陀村里受貧寒、無計柰何。李大公招我爲婿、他母老雙親都亡過。孩兒你〔計〕〔旣〕來問我。你娘剖心肝養下你一箇。

小外白 爹爹、却是怎麼說。生哭白 孩兒、我累次要與你說、見你年紀幼小、不曾與你說。孩兒、那拜你的婦人是你的親娘。小外白 爹爹、堂上見在母親是誰。生白 孩兒、那箇是你晚母。小外白 兒對嚴親把事提。誰知子母兩分離。晚母在畫堂受快樂、却交我親娘在磨坊中磨麥挑水。爹爹、你忘恩〔負意〕〔負義〕非君子。不記糟糠李氏〔妻〕。你取我親娘回來、萬事俱休。不取我娘來、你孩兒就撞死於堦。做撞科 生白 孩兒、甦醒甦醒。夫人、出來。我孩兒。

〔[redacted]〕〔貼〕白 關門屋里坐、禍從天上來。

孩兒、你親娘在這里。小外白 你不是我親娘、我有養我的親娘。貼白 我打不孝之子、我雖無十月懷躭、也有三年乳哺、也虧我一尺五寸養你大來。這箇都是官人說來。

韻 歌羅韻。

校記　始譜・成譜・汲本。

○始譜―【望歌兒】我在沙陀村受饑寒、也是沒極柰何。感得李太公領歸我。他把嫡親女兒、與我爲夫婦。二老雙雙多亡過。我被舅舅爭强、把我兩鸞凰成分破。你來問我他剖心腸、磨房中養下你兒一箇。

○成譜―【望歌兒】我在沙陀。受狼狽也是沒極柰何。感李太公領歸我。他把嫡親女、招我爲夫婦。二老雙雙都亡過。被大舅爭强、把我鸞凰都擔悞。兒來問我。合 剖剖心腸、在磨房中、生下你兒一箇。

○汲本―【歌兒】我在沙陀村受狼狽、也是沒極柰何。感李太公領歸我。他把嫡親兒招我爲夫婦。兩老雙雙都亡過。被大舅爭强、把我鸞凰都躭悞。兒既來問我。剖剖心腸、磨房中生下你兒一個。

註　○2【□□□】―原文では墨釘。汲本は【歌兒】、始譜・成譜は【望歌兒】に作る。汲本と始譜の曲牌名は一字異なるが實質的には同一曲であり、成化本のこの部分もおそらくそれである。數句脫落したものではあるまいか。なお、『南詞定律』卷一三【望歌兒】は本曲を引いて、その按語に「此の曲、譚譜(引者註:『譚儒卿譜』、佚本)の註に『此の調極めて古く、後人は忽《みだ》りに錦庭樂に作りて之を唱うは眞に妄作なり』と云うの論あり。姑《しばら》く此の一體を收め、以て參考に備す」という。　○母老雙親―江本は「母」を誤字と疑う。汲本が作る「兩」などに校訂すべきかもしれない。　○兒對嚴親把事提……不記糟糠李氏(妻)―この一段は「提」「離」「水」「子」「妻」で押韻する七字句の韻文であり、末句に「妻」を補った。江本が同様に校訂する。なお、汲本相當箇所も七言八句の韻文に作る。　○闖門屋里坐禍從天上來―成語。貼旦の登場詩。第一八出註參照。　○十月懷躭／三年乳哺―「十月懷躭」「三年乳哺」はいずれも『父母恩重經講經文』に見える語。第一八出「三年乳哺」註參照。なお後文にある「一尺五寸」も赤ん坊の大きさをいう常語であろう。

譯

生のうた

2【□□□】わたしは沙陀村で貧乏暮らし、どうにもしようがなかった。李大公の婿になったが、その義父母もみな逝ってしまった。息子よ訊かれたからには言うが。おまえの母さんは心肝を割く思いでおまえを産み落としたのだ。

小外のセリフ　父上、どういうことですか。生が泣いてセリフを言う　息子よ、わたしは何度もおまえに言おうとしたが、おまえが小さかったもので、言わなかった。息子よ、あのおまえに拜禮をした女房はおまえの本當のお母さんだ。〔小外のセリフ〕父上、お屋敷の今の母上はどなたでしょう。〔生のセリフ〕息子や、あれはおまえの育ての母だ。〔小外のセリフ〕息子が父上に申し上げます。まさか母と子が生き別れていたとは。育ての母である方がきらびやかなお屋敷で樂しみを受け、わたしの本當の母上がひき臼小屋で麥をひき水汲みをしているとは。父上、あなたは恩知らずのひとでなし。糟糠の妻である李氏をおぼえていないのですか。あなたが本當の母上を引き取れば、すべてよし。もし連れていらっしゃらないのなら、あなたの息子はきざはしにぶつかって死にましょう。〔ぶつかるしぐさ〕〔生のセリフ〕息子よ、目を醒ませ目を醒ませ。奥方、出て參れ。わが子が。

〔貼旦のセリフ〕門を閉ざして家の中にいても、禍は天からやってくる。

息子や、あなたの實の母はここにおりますよ。〔小外のセリフ〕あなたはわたしの本當の母上ではありません、わたしにはわたしを産んでくれた實の母があります。〔貼旦のセリフ〕この不孝の子を打ってやりましょう、わたしは十月身重でいたことはありませんけれど、三年乳をやりもした、わたしのお蔭で一尺五寸のおまえはここまで大きくなったのに。こうなったのはすべて旦那さまがお話しになったせいです。

〔生白〕娘子、聽我下官說細。祖居在沙陀村里。幼小〔身懷〕〔身體〕狼狽。白日在街遊蕩、夜宿在馬鳴王廟里。李大公見我身貧、引我回家招我爲婿。因此我拜堂兩口兒。拜的雙亡了、落在〔大舊子〕〔大舅子〕手內。逐日〔招嗔〕〔朝嗔〕暮打、因此難住。多虧了叔丈齎發盤費。我來到這軍門塞里。你爹爹招我爲婿。三姐〔叔〕〔在〕〔再〕受他哥哥嫂嫂之氣。逐日〔招打〕〔朝打〕暮罵逼他改嫁、因此不從發他磨麥挑水。我臨行有半年身孕、今經十月滿足。生下孩兒。交(舊老)〔竇老〕把他送到這里。多虧夫人(恩得)〔恩德〕難忘、把孩兒擡擧一十六歲。前日因爲打圍。見他母親身體狼狽。回來問我因由、我備細說與他(祥細)〔詳細〕。以此要取他母親、受享榮華富貴。貼白 官人、你是讀書君子。因何不昧仁義禮智信、姐姐受貧、我受富貴。明日(特)〔持〕(綵杖)〔綵仗〕金冠、鳳冠(霞珮)〔霞帔〕。取歸來同享榮華富貴。正是爲人何處不相逢、(路)〔相〕逢(仍道)〔狹道〕難(迴□)〔迴避〕。孩兒、你不必憂慮。生白 孩兒、謝了你母親、夫人、明日就點精兵一十五萬、我夫妻二人(依錦)〔衣錦〕還鄉、就捉拿(大舊子)〔大舅子〕李弘一夫妻二人、(招)〔報〕血恨之仇。

這是(綵杖)〔綵仗〕金冠去取妻。此情只有老天知。善惡到頭終有報、古往今來放過誰。立下

註 ○娘子聽我下官說細—以下「立下」まで、機微・支時・灰回・居魚韻で押韻する韻文であろう。ただし、その形式は詩讚系の七言詩というわけではなく、また詞というわけでもない。○幼小(身懷)〔身體〕狼狽—後文に「身體狼狽」とあるので、それに從って校訂した。○因此我拜堂—「因此」は後文にも頻出するが、それらはすべて「因爲」の意の可能性を持つだろう。第一六出「因此不從」註參照。また、「拜堂」の「堂」は、量詞ではあるまいか。○三姐(叔)—文脈に合わないため「叔」を衍字とした。兪本がすでに同様に校訂する。○仁義禮智信—『雜抄』や『孔子備問書』といった敦煌將來の童蒙書に、「五德」「五道」として「仁義禮智信」が列擧される。○(綵杖)〔綵仗〕—儀仗の兵をいうのであろう。「杖」を「仗」に校訂した。○鳳冠(霞佩)〔霞帔〕—「佩」は「帔」との音通による誤り。江本・兪本がすでに同様に校訂する。『劉知遠諸宮調』第一二においては、岳氏がみずから「金冠霞帔」を捧げもって李三娘に與えることになっている。また、皇帝が婦人に「冠・帔」を與える風は宋代に始まるといい、『事物紀原』巻三「帔」の條は「今代(宋)、帔は二等有り、霞帔は恩賜に非ざれば服するを得ず、婦人の命服と爲す。而して直帔は民間に通用せらる」という。○爲人何處不相逢(路)〔相〕逢(仍道)〔狹道〕難(迴□)〔迴避〕—「爲人何處不相逢」「相逢狹道難迴避」はそれぞれ別々の成語。それに從って「路」を「相」に、「仍」を「狹」に、原文磨滅字を「避」に校訂した。前者は『記纂淵海』巻八一所收の唐・杜牧「送人」詩に「明鑑半邊釵一股、此生何處不相逢」という。また、後者は『樂府詩集』巻三四「相和歌辭」

（九）「清調曲」「相逢行」古辭に「相逢狹路間、道隘不容車」とあるのが起源ではあるまいか。成語の用例としては、元本『琵琶記』第三四出退場詩に「正是一葉浮萍歸大海、人生何處不相逢」、『西遊記』第四〇回に「一葉浮萍歸大海、爲人何處不相逢」とあり、後半部分は元本『琵琶記』第一六出旦の登場詩に「路當險處難回避、事到頭來不自由」、『幽閨記』第二〇出【鮑老催】に「相逢狹路難迴避」とある。　○（招）（報）血恨之仇―「招」は「報」の簡略字との字形の相似による誤りであろう。「血恨之仇」は用例を見ない語であるが、おそらく「血仇」の意であろう。　○（綵杖）（綵仗）金冠去取妻……古往今來放過誰―退場詩。後半二句は成語。『來生債』第一折外の退場詩に「善惡到頭終有報、只爭來早與來遲」とあり、『武王伐紂平話』巻下、元本『琵琶記』第二六出に「善惡到頭終有報、只爭來速與來遲」とある。第一六出「惡有惡報……時辰未到」註參照。

譯

生のセリフ　奥方よ、わたしの話を聴くがよい。劉家はもともと沙陀村のもの。幼い頃は貧乏だった。晝は通りを歩き回り、夜は馬明王廟で寢泊りをしていた。李大公はわたしが貧しいのを見て、連れ歸って入り婿としたのだ。わたしが夫婦を拜禮すると。二人そろって死んでしまい、わたしは義兄の手の内へと落ちた。日ごと朝な夕なに打たれ叱られ、居られなくなり。叔父上のおかげで旅の路銀を得た。軍に身を投じ。あなたの父上がわたしを入り婿とした。三女はさらに義兄義姉の怒りをかい。日ごと朝な夕なに打たれ叱られ再婚を迫られたが、從わなかったがために臼をひき水汲みをさせられた。別れに臨んで半年の身重だったが、いま十月が經って子供を産んだ。竇じいさんにここまで送り届けさせ。奥方の忘れ難い恩德のお蔭、無事に育って一六年。先日狩りに出て。母親の困窮した姿を見た。歸ってきてわけを尋ね、わたしが詳しい事情を話したのだ。それゆえ母親を迎え入れ、榮耀榮華を受けさせたいというのだ。貼旦のセリフ　あなた、あなたは學問ある君子でありながら。どうして仁義禮智信を省みないのです、義姉上は貧しい生活をし、わたしは富貴な生活をしているのです。そのうち儀杖と金冠、鳳冠と霞帔を持って。迎え取って一緒に榮耀榮華を樂しむのです。まさに「縁は異なもので人の出會いは所を選ばず、狹い道で出會えば避け難い」というものです。息子よ、心配はいりません。［生のセリフ］息子よ、そなたの母上に感謝しなさい。奥方よ、精兵一五萬を率いて、我ら夫婦は故郷に錦を飾り、義兄李弘一夫婦を捕らえて、仇に報いてくれるわ。

これぞ「儀杖と金冠もて妻を迎え取り。その祕密はただお天道様だけが知る。善悪には結局報いがあって、古今東西だれも逃げられぬ」というものだ。［一同退場］

第二三出〔旦、生、浄（李弘一）、丑（李弘一の妻）、小外（咬臍郎）、貼旦（岳秀英）、外（李三公）〕

［旦上唱］

1【八聲甘州】慨慨悶損、怎生消遣我心上横愁。我（兒天）〔兒夫〕一去。（憑記）〔憑寄〕數行音信、傷情最苦人易老、那更西風衰暮秋。休休。敗葉兒冷落了（颷颷）〔颼颼〕。

2【（又）〔換頭〕】今後。貞潔柰守。筭過古往今來比奴希有。我孩兒一去。和他父親扶否。十六年竝無書半紙、料想他子父同歡不顧母。休休。猛然見孤雁兒飛過南樓。

3【又】我和你往日無仇。發奴磨麥挑水奴〔□〕休。嫡親骨肉。一旦變冤仇。瑠璃井上略（站）〔暫〕歇、便打死奴家一命休。休休。猛然間小鹿兒撞我心頭。

［旦白］磨來磨去又磨來。（内眼）〔巴眼〕占〔□〕（■）〔瞪〕不開。琉璃井上打（水盹）〔盹睡〕、一（親）〔夢〕只到是陽臺。［做（□睡）〔盹睡〕科］

［生上白］一路（心勤）〔辛勤〕（人在由）〔不自由〕。（由波）〔奔波〕（□□）〔千里〕（□）〔踏〕徐州。

我下官不覺到本鄉(地百)〔地面〕。只得把人馬埋藏在沛縣。我如今仍舊(打□)〔打扮〕這等(時樣)〔式樣〕、私探李家莊走一遭。我身邊只帶一箇小王兒隨身。我遠遠的望見、八角井上盹睡是我三姐。不免叫他一聲。三姐、三姐。［旦白］過往的官人、休叫我、我哥哥嫂嫂利害。［生白］我是你丈夫劉知遠。［旦白］我丈夫去時、他說、他不得官不回。［生白］娘子、你認我一認。看。［生・旦做抱哭科］

［韻］鳩侯(肉)、姑模、居魚韻。「信」は失韻。

［校記］汲本。

○汲本―【八聲甘州】㦬㦬悶損、怎消遣心上横愁。兒夫別後。淚泣楚聲無投。傷情最苦人易老、那更西風吹暮秋。休休。猛然間小鹿兒撞我心頭。【前腔】今後。潔可奈守。算古往今來似奴稀有。孩兒一去。到如今杳不回頭。十六年來音信杳莫有。父子同歡不念母。休休。猛聽得孤雁叫過南樓。

［註］○我(兒天)〔兒夫〕―「兒夫」は「郎君」「兒郎」と同意。　○(憑記)〔憑寄〕數行音信―この一句は失韻でもあり、何らかの誤脱を想定すべきだろう。ここでは一句全體を反語として解釋した。　○那更―「更那堪」と同意。ましてや、の意。(匯)參照。

○2【(又)〔換頭〕】―汲本は【前腔】とするが、【八聲甘州】は前・後段で一曲であり、格律からみても【換頭】でなければならない。また、同様の觀點からすれば、【八聲甘州】が二曲で一套を成すはずはなく、この部分は一曲の脱落を想定しなければならない。

○和他父親扶否―江本は「扶」を「談」に校訂する。この一句は誤字を含むであろう。「和他」は、あるいは「知他」かもしれない。

○奴〔□〕休―原文には空格はないが、「命」字の脱落があると考え一字分の空格を補った。因みにこの句は七字叶韻句でなければならない。　○略(站)〔暫〕歇―「站」は誤字であろう。同音の「暫」に校訂した。　○小鹿兒撞我心頭―「撲撲地小鹿兒心頭跳」ないし「如小鹿兒心頭撞」は常語。　○(內眼)〔巴眼〕占(□)〔■〕〔瞪〕不開―この部分は、前後が「來」「開」「臺」と押韻する韻文なので、一字補って七字句とした。林昭德論文は、汲本第六出を根據に第二句を「兩眼胶沾撥不開(兩目がくっついて離れない)」と校訂し、江本は「內眼□占發不開」とする。ここでは、「巴眼占□瞪不開」と校訂し、空格には「睛」等の字がはいるものとして、「まばたきをしても眼が開かない」と解釋した。「占」は「殺人不斬」の「斬」、すなわち、後に「眨」の表記で一般化するものであろう。　○打〔水眊〕〔眊睡〕―江本・兪本は「打箇眊」に校訂する。ここでは「打眊睡」に改めた。　○一〔親〕〔夢〕只到是陽臺―「陽臺」は、宋玉「高唐賦」の「陽臺」。これに從って「親」を「夢」に校訂した。恐らく「親〔原文ではその簡略體「亲」で表記される〕」と「夢」の簡略體との字形の相似による誤りだろう。　○一路〔心勤〕〔辛勤〕〔人在由〕〔不自由〕〔由波〕〔奔波〕〔□□〕〔千里〕〔□〕〔踏〕徐州―生の登場詩。成化本第一八出末〔竇老〕の登場詩に「一路辛勤不自由。遠波喜得到〔賓州〕〔幷州〕」という表現があるのに從って前半七字を校訂し、後半も七字句になるよう磨滅字を二字分とした。少なくとも前半七字は常語であろう。二字目の「由」は、原文ではおどり字。また、二字の磨滅字は「千里」とした。　○這等〔時樣〕〔式樣〕―「時」は明らかな誤りであろう。ここでは「式」に改めた。

譯

旦が登場してうたう

1【八聲甘州】この身は瘦せ衰え、心に橫たわる憂いを消すすべはありません。うちの人が去って以來。數行の手紙が言付けられて來ることがありましょうや。悲しみに打ちひしがれ老け込むばかり、まして西風が衰微をもたらす秋の暮れ。ああ、ああ。枯葉がザザザッと飛んでいく。

2【換頭】今後。わが身の操をどうしたものか。數え上げてみればわたしのような女は古今にまれ。わが子は去って。父親の手を引いているやらいないやら。一六年間手紙の半枚もなく、思えば父と子は喜びを共にして母を忘れ果て。ああ、ああ。見れば群からはぐれた雁が南の樓を過ぎていく。

3【又】あなたとは何の仇もないものを。わたしに麥をひかせ水を汲ませて死んでしまいそう。血を分けた實の身内が。俄かに敵となってしまった。瑠璃瓦の井戸邊にわずかも憩えば、折檻されてわたしの命はお仕舞い。ああ、ああ。急にわたしの胸が小鹿のようにドキドキし始めた。

旦のセリフ　臼をひいてはまたひいて。パチクリしても眠い目は開かない。瑠璃瓦の井戸邊に居眠りをすれば、夢だけはただ陽臺に赴く。居眠りをするしぐさ 道中は苦勞ばかりでままならぬ。あわただしくも千里のかなた徐州の地までやってきた。

生が登場してセリフを言う わたくし、いつの間にやらこの地までやって參りました。人馬は沛縣に隱して置くほかありません。わたくしは昔の姿に身をやつし、ひそかに李家莊を探りに行きましょう。供の小者は小王兒ただ一人。はるか遠くを見れば、八角屋根の井戶邊に居眠りをするのはわが三女ではないか。一聲呼んでみよう。三女や、三女や。

旦のセリフ 通りすがりのお役人樣、わたしを呼ばないで。わたしの兄さん兄嫁さんはひどい人。生のセリフ わたしはお前の夫の劉知遠。旦のセリフ うちの人は出て行く時に「偉くならなければ歸らぬ」と申しました。

生のセリフ 奥方、わたしをよく見てみろ、ほら。生と旦が抱き合って泣くしぐさ

旦唱

4【鎖南枝】從伊去。受禁持。不從改嫁生惡意。因此骨肉傷情、發奴磨麥幷挑水。（只望）〔指望〕你。身（顯積）〔顯蹟〕。你仍舊的。甚狼狽。生唱

5【（鎖南枝）〔換頭〕】娘子一從分（鴛侶）〔鴛侶〕。鸞凰兩下飛。受盡了迍（勞投）〔勞役〕。只得苦取功名、此身不由己。身逗遛、無所歸。又怎知。受禁持。旦唱

6【鎖南枝】奴分娩、產下兒。哥哥嫂嫂生惡意。多虧了竇老（心勤）〔辛勤〕、救取兒還你。十六年、音信稀。日里夜里。哭的奴淚雙垂。生唱

7【〈鎖南枝〉〔換頭〕】賢妻你聽啓。特來報你知。前日對面娘兒不識。前日打獵衙內。井邊〈廂〉〔相〕逢着你。你道他、他是誰。名咬臍。須是你孩兒。[旦唱]

8【鎖南枝】思前日。打獵的。他說道〈□□□〉〔是九州〕安撫的兒。我見他氣宇〈喧昂〉〔軒昂〕、豈想是奴親生子。我心下〈憶〉〔疑〕。難信你。莫不是沒見識。賣與人家做奴婢。[生唱]

9【〈鎖南枝〉〔換頭〕】娘子出言太相欺。九州安撫是我的。掌管着都堂爵祿。一十五萬兵、顯達回鄉閭。我粧恁的。來看你。休〈漏濫〉〔漏泄〕、這箇消息。

[韻] 4〜9―機微〈蹟・的・役・息〉、支時〈識・日〉、灰回、居魚、姑模〈祿〉韻。

[校記] 汲本。

○汲本―【鎖南枝】從伊去。後受禁持。不從改嫁生惡意。因此骨肉參商、罰奴磨麥幷挑水。止望你。身顯跡。又誰知。恁狼狽。【前腔】一從散鴛侶。鸞凰兩處飛。受盡奔波勞役。只爲苦取功名、此身不由己。身逗留、無所依。那知你。受狼狽。【前腔】奴分娩、產下兒。嫉妬嫂嫂撇在水。幸得竇老辛勤、寄取來還你。十六年、杳無音信歸。日夜裡。受孤棲。【前腔】娘行聽咨啓。我把眞情訴與伊。對面娘兒不識。那日井邊相逢、打獵一衙內。尋兎的。你道是誰。名咬臍。是你孩兒。【前腔】思前日。有個打獵的。他說九州安撫兒。見他氣宇軒昂、誰想是吾嫡子。心下疑難信、你莫不是沒見識。賣與官家、做奴婢。【前腔】出言太相欺。九州按撫是我爲。品級都堂爵位。掌管一十五萬官兵權、顯達還鄉里。我粧舊時。私探你。休泄漏、莫與外人知。

[註] ○4【鎖南枝】―【鎖南枝】は「三、三」で始まるのが正體だが、成譜は「又一體」として「五、五」で始まる別體を掲載する。これに從って、ここでは旦の唱う第四・第六・第八曲を正體、生の唱う第五・第七・第九曲を【換頭】とした。○禁持―「折磨」の意。〈漢〉參照。○一從分〈鴛侶〉〔鴛侶〕鸞凰兩下飛―宋・歐陽脩【長相思〈花似伊〉】詞に「兩岸鴛鴦兩處飛」とある。「鴛鴦兩處飛」ないし「鸞鳳兩下飛」「鴛侶兩下飛」は常語であろう。○須是―「須是」は「却」ないし「恰」の意。〈宋元〉參照。○他說道〈□□□〉〔是九州〕安撫的兒―原文の缺字は前後の行より三字分と考えられ、兪本に從い「是九州」を補う。江本は「他是

九州」の四字を補う。　○沒見識―「見識」は、「主意」の意。（漢）參照。　○相欺―「欺負」と同意。　○掌管着都堂爵祿―「都堂」については元・徐元瑞『吏學指南』「府號」「都堂」の條に「堂は當なり。正に當たりて陽に向かうの屋を謂う」とある。「都省」「省都」「都堂」には明瞭な使い分けがあり、「都省」は尙書クラス、「省都」は六部、「都堂」は主に丞相をそれぞれ指す。ここで「掌管都堂爵祿」というのは、職掌としては九州按撫というより皇帝に近く、後文に劉知遠を「駙馬」とするのと同様、『白兎記』の物語としては矛盾する。「駙馬」となって高官に登るのは、「發跡變泰」を遂げる物語の一つの典型だったのだろう。

譯

旦のうた

4【鎖南枝】あなたが去って。虐げられ。再婚せぬため怒りに觸れて。骨肉の情はなくなり、臼をひいては水汲みをする身となりました。あなたの立身出世を。待ち望んだが。往時と變わらぬその姿。相も變わらぬ貧乏ぐらし。

生のうた

5【換頭】奥方よ鴛鴦が離れて以來。鸞と凰とはそれぞれ分かれて飛んだ。わたしは辛酸をなめた。立身出世をとげようと苦勞はしたが、ままならぬのはこの身。ぐずぐずといつまでも、身の置き場もないままで來た。知ろうわけもない。お前が虐げられていようとは。

旦のうた

6【鎖南枝】腹をいためて、男の子を生んだが。兄さん兄嫁さんの怒りに觸れました。竇じいさんの忠勤のおかげ、わが子を救ってあなたの元へかえしましたが。一六年の間、なんの音沙汰もない。朝な夕な。わたしは涙に暮れるばかり。

生のうた

7【換頭】賢妻よ、よくよく聞いてくれ。お前に知らせにわざわざ來たのだ。先日めぐり會ったを母子は知らぬ。先日狩りの若君こそは。井戸邊でお前と出會ったのだ。お前はあれを、あれを誰だと思う。咬臍と名乘る。お前の息子

なのだ。旦のうた

8【鎖南枝】思えばあの日。狩りをしていたあの人は。九州安撫使の子とおっしゃいました。見れば堂堂とした若武者ぶり、わたしが産んだ實の子だなんて思いましょうや。つらつら考えれば胸騒ぎ。あなたが疑わしい。まさか見境なく。賣り飛ばして他所様の下男にしたんじゃなかろうか。生のうた

9【換頭】奥方よたいそう人を馬鹿にするではないか。九州安撫はこのわしじゃ。宰相たちと爵祿と。一五萬の兵とを取り仕切り、榮達を遂げ故郷に錦を飾ったのじゃ。このように身を窶《やつ》し。お前を訪ねてきたが。他言するなよ、この秘密の知らせを。

旦白 你十六年在於何處來。生白 我與岳秀英做了女婿、因此得了這等大官。旦白 你元來做了岳小姐女婿了、何道（相）你那里想我。旦唱

10【鎖南枝】聽你說、轉痛心。思（知）〔之〕你是薄倖人。你離了家裏戀新婚。撇奴家冷清清。我眞絜守等。你受榮華、奴遭薄倖。上放着靑天、終不成悞我前程。生唱

11〔【換頭】〕（浩）〔告〕娘子免憂、指娘子免憂、若不是取秀英。焉能勾做官人。我將（綵杖）〔綵仗〕金冠、前來取（你）〔您〕。〔前來〕取（你）〔您〕。今朝做一箇夫人。

旦白 官人、你（記）〔既〕有取我之心、你將甚麼爲（計）〔記〕。生白 我懷中有四十八兩黃金印。這箇是、李三娘痲地捧印、劉知遠衣錦還鄉。

韻 侵尋、眞文、庚亭韻。「憂」は失韻。

校記 汲本。

○汲本―【孝南枝】聽伊說、轉痛心。思之你是個薄倖人。伊家戀新婚。交奴家守孤燈。我眞心待等。你享榮華奴遭薄倖。上有蒼天、鑒察我年少人。【前腔】告娘行、聽咨啓、望娘行免淚零。若不要娶繡英。怎得我身榮、將綵鳳冠來取你、取你到京中做一品夫人。

〔合〕

註 ○何道(相)你那里想我―「何道相你那里想我」には誤りを含むであろう。ここでは「相」を衍字と考え、「あなたの方でわたしを戀しく思っていたなんてどうしていえましょう」の意とした。 ○10【鎖南枝】―第一〇曲を汲本は【孝南枝】に作る。【鎖南枝】の格律と必ずしも合致しないが、ここでは原文のまま【鎖南枝】とした。第一一曲を汲本は【前腔】に作るが、第四～九曲目と同様に【換頭】とした。なお第一〇曲には二句の脱落があると考えた。韻については、侵尋韻と眞文・庚亭韻とが通押されているが(侵尋と眞文の通押については、解説篇一一一頁ならびに第九出「17(【□□□】)」註參照)、第一一曲の「憂」は失韻、「你」は侵尋韻の「您」に校訂した。 ○思(知)(之)―汲本に從って「知」を「之」に校訂した。 ○薄倖人―「薄倖」は『本事詩』などが引く唐・杜牧「遣懷」詩に「十年一覺揚州夢、贏得青樓薄倖名」とあるように、「薄情」と同義。後文にいう「遭薄倖」も同様で、恐らく「薄情な目にあわされた」の意であろう。 ○眞絜―「貞」も「潔」も、當時の版本ではしばしば「眞」「絜」に書かれる。 ○上放着青天―「放」は「有」「具」の意。(匯)參照。 ○終不成―結局、の意。(宋元)參照。 ○指娘子免憂―「指」は「指望」の意とした。 ○(前來)取(你)(您)―二度目の「前來取(你)(您)」は原文では二字分のおどり字。格律に從って踊り字は四字分とした。 ○四十八兩黄金印―『劉知遠諸宮調』卷一一は、劉知遠が帯びた金印を「二十五兩」とする。また『元典章』卷二九「禮部」(二)「印章」の條には、諸王以下が帯びる印章の重さが列擧される。印章がどのくらいの重さであるかは、俗文學においても重要な關心事だったのだろう。 ○李三娘痲地捧印劉知遠衣錦還鄉―曹本『錄鬼簿』卷上「劉唐卿」の條に「李三娘痲地捧印」の外題が掲載される。第一出「李三娘痲地捧印劉知遠衣錦還鄉白兎記」註參照。

譯

旦のセリフ あなた、一六年の間どこに居たのです。生のセリフ わしは岳秀英の婿となり、このような大官を得たのだ。旦のセリフ なんと岳お嬢様の婿になっていたなんて。あなたの方でわたしを戀しく思っていたなんてどうして言えましょう。旦のうた

10【鎖南枝】あなたの話をきいたなら、ますます胸が痛み。薄情者と知るばかり。あなたが去ってからわたしは新婚の頃を戀しく思うばかり。わたしを獨り置き去りにして。身持ちも堅く待たせておいて。あなたは榮耀榮華、わたしは不幸ばかり。上には公明正大な天がちゃんといらっしゃる、結局わたしの將來をめちゃくちゃにしたじゃありませんか。生のうた

11【換頭】奥方よ心配するでない、奥方よ心配するでない、もし岳秀英を娶らねば。どうしてこんな大官を得ただろう。わしは儀仗の兵と金冠をたずさえ、お前を迎えに來た。お前を迎えに來た。今日こそお前は縣君夫人となるのじゃ。

旦のセリフ　あなた、あなたがもしわたしをお迎えになるおつもりがあるなら、何をその證《あか》しとなさいますか。

生のセリフ　わしの懷に四八兩の金印が有る。これぞまさしく、「李三娘は痲畑にて金印を捧げもち、劉知遠は故郷に錦をかざる」。

淨・丑上白　老婆、我聽得有箇九州安撫將領人馬在沛縣（■農）〔勸農〕、只怕那劉光棍根將來、（■）〔接〕了這丫頭去。我和你上街尋訪一遭。淨・丑做（■）〔撞〕見科　生白　小王兒、與我拏了這兩箇匹夫。做拏（在〔住〕科

（生）〔小外〕領二（■）〔旦〕上白　（舊舊）〔舅舅〕（舊□）〔舅母〕使心機。今日交他化做泥。善惡到頭終有報、只爭來早共來遲。

生白　孩兒、你打圍事情細說一遍。小外唱

12【排歌】因孩兒。出路打獵回歸。猛見林中白兎蹺蹊。得他引領來見母。母豈想孩兒在面前相會。〔合〕

花〔重煙〕〔重艷〕、月〔在輝〕〔再輝〕。一似蛟龍得遇明珠。［生唱］

13〔【又】〕想當初貧困、貧困未遇之時。受窘在沙陀村里。狼狽〔馬〕明王廟曾忍饑。〔敢蒙〕〔感蒙〕太山恩、故招咱爲婿。〔［合前］〕

14〔【又】〕便得伊。〔尹〕〔伊〕被二舅爭强、發我看瓜、〔敢蒙〕〔感蒙〕叔丈人與錢盤費。今日裏爲駙馬、紫綬金章、今朝和氣。〔［合］〕花〔重煙〕〔重艷〕、月〔在輝〕〔再輝〕。一似蛟龍得遇〔明白〕〔明珠〕。［旦唱］

15【又】□兄嫂嫉妬。嫉妬發奴磨麥竝挑水。〔顯些兒〕〔險些兒〕孩兒死。竇老〔疝扶起〕〔汕扶起↓攙扶起〕。密地送與□□□、竝無音信希。思量咬臍荷夫人大恩、怎敢〔爲〕〔違〕。〔［合］〕怎知今日子母團圓、〔□□□〕〔大家齊〕〔和喜〕〔賀喜〕。百歲效于飛。［貼唱］

16【又】想那日雪裏。雪裏見喝號、此聲如虎□□〔□□〕〔看花〕樓、當時撇下衣。嚴父知詳細。方欲問起。見紅光紫霧。來照□□□□可疑。交奴共結鸞凰飛。〔［合］〕怎〔□〕〔知〕今日子母團圓、大家齊賀喜。〔□□□□□〕〔百歲效于飛〕。〔［淨唱］〕

17【又】想你不是落後的。舅舅不曾作賤你。你□□□□□、□□□□了面皮。〔［合］〕怎知今日子母團圓、大家齊〔□□〕〔賀喜〕。〔□歲〕〔百歲〕效于飛。［生唱］

18【又】李弘一你從說誓。有這般窮臉□□。□〔□河〕〔黄河〕水清、做蠟燭。照天地。尋思此言難恕你。但看叔丈□□。〔［外唱］〕

19〔【又】〕□□□閑言、〔在〕〔再〕莫休提起。〔休提起〕一筆〔鉤〕盡撇東流水。〔東流水〕□□□□人怎比。〔怎比〕金章紫綬綵光輝。排畫戟。人擁隨。笙□□□蓬戶裏。排畫戟。人擁隨。笙□□□蓬戶裏。

20【尾聲】貧者莫要相輕賤、富者〔領〕〔須〕□□泰時。衣錦還鄉歸故里。

〔詩曰〕湛湛靑天不可欺。未曾擧意天早知。善惡到頭終有報、只爭來早共來遲。

□刊劉知遠還鄉白兔記　終

韻 灰回、機微（的・戟）、姑模（燭）、居魚、支時韻。「强」「瓜」「號」「樓」は失韻。

註 ○〔淨・丑上白〕―本出の脚色は、生・旦・貼・淨（李弘一）・丑（李弘一の妻）・小外のほかに、小王兒（淨）も登場するかに見え、また、外（李三公）が登場するか否かは版本の破損で確認できない。丑（李弘一の妻）は「淨・丑上」とト書きにはあるもののセリフはなく、第二一出と同様、小王兒とともに同一の丑が扮した可能性があるだろう。第二一出「貼淨白」註參照。また外（李三公）は、汲本の場合と同樣、劉知遠と李弘一を和解させる重要な人物だと考えられるので、本出末尾の唱を彼のものとした。なお、江本はここからを新たな出として區切る。　○在沛縣（■農）〔勸農〕―原文譌字を江本・兪本は「州」に作るが、ここでは、林昭德論文が「州」は「勸」の簡體字との類似からくる誤りとするのに從った。汲本第三二出の相當箇所にも「勸農」とある。なお「勸農使」は金元時代には「司農司」ともいい、『金史』卷五五「百官志」（一）「司農司」の條に「採訪公事を兼ぬ」というように、地方を「暗行採訪」することもあった。「安撫使」は「勸農使」でもあったのである。　○〔（生）〔小外〕領二（■）〔旦〕上白〕―江本・兪本に從って、「生」を「小外」に改めた。　○（舊舊）〔舅舅〕（舊□）〔舅母〕使心機―以下は「機」「泥」「遲」で押韻する韻文で、登場詩の役割をする。原本では「心」と「機」の間に空格があるように見えるが、七字句だと思われるので表記しなかった。　○善惡到頭終有報只爭來早共來遲―成語。後半部分の「共」の字は多く「與」に作る。第一六出「善有善報……時辰未到」及び、第二二出「（綵杖）〔綵仗〕金冠去取妻……古往今來放過誰」註參照。「共」は、あるいは「與」との字形の相似による誤りかもしれない。
○12【排歌】―12【排歌】から20【尾聲】までは韻脚を同じくし、套數を成していると思われる。兪本は本曲の曲辭が汲本三三出【大環着】のそれに似ることを指摘するが、成譜が羽調正曲に収める【排歌】の格律にある程度一致するため、曲牌名は改めなかった。前半については「花重艷、月再輝。一似蛟龍得遇明珠」、後半については「怎知今日子母團圓、大家齊賀喜。百歳效于飛」が「合唱」と認められ、それに從って前半を三曲、後半を三曲に分けて「合」を補った。第一九曲の曲牌標記は版本上の破損部分に當たり、元來いずれの脚色が唱うのかも明らかでない。ここでは、兪本・江本に從って外の唱とした。なお、第一八・一九曲は前半六曲と格律が一致せず、二曲間でも同一曲とはしにくい。あるいは、曲牌を異にするかもしれない。　○出路―「出門」の意。〔宋元〕參照。　○花〔重煙〕〔重艷〕月〔在輝〕〔再輝〕―「花有重開日」の成語と同意になるように校訂した。　○一似蛟龍得遇明珠―第二出「困龍失却了明珠」註參照。　○被二舅爭强―ここは恐らく押韻すべき箇所だと思われる。「强」は誤字であろう。　○發我看瓜―「瓜」は失韻であり、この後に數字の脱文を想定すべきであろう。「紫綬金章、今朝和氣」の箇所も同樣。　○今日裏―「裏」は時間副詞を作る助辭。　○紫綬金章―常語。第一九曲に「金章紫綬」という表現もある。　○賚老〔疝扶起〕〔汕扶起↓攙扶起〕―「疝」は「汕」との字形の相似からくる誤りで、「汕」は「攙」との同音による誤りであろう。　○〔□□□〕〔大家齊〕〔和喜〕〔賀喜〕―次曲を參照して校補した。　○百歳效于飛―同樣の表現が第六出にすでに見える。第六出「百歳和〔□□〕〔你效〕〔魚飛〕〔于飛〕」註參照。　○紅光紫霧―貴人（ことに皇帝）をいうときの常語。『抱粧盒』第二折に、生まれたばかりの宋の仁宗を指して「則見紅光紫霧、罩定太子身上、怎敢下得手」という。　○交奴共結鸞凰飛―「共結鸞凰」は婚姻をいう常語。『幽閨記』第三五出【商調・集賢賓】に「盟山誓海、共結鸞凰、及爹爹來至、將奴折散」とある。　○〔□□□□□〕〔百歳效于飛〕―前曲を參照して補った。　○17【又】―前後の曲の格律からすると、合唱の前に少なくとも二句以上の脱落が考えられる。　○落後―「不如人」の意。〔宋元〕參照。『二刻拍案驚奇』巻一一「滿少卿饑附飽颺、焦文姬生讐死報」に「元來焦大郎固然本性好客……料不是落後的」とある。　○□了面皮―兪本は磨滅字を「凍」と作るが、ここは「看」「覷」等の字が入るべき所である。　○大家齊〔□□〕〔賀喜〕〔□歳〕〔百歳〕效于飛―前曲を參照して補った。　○從説誓―「從」は一字で「從來」の意であろう。第二一出「從東床」註參照。　○這般窮臉□□……做蠟燭照天地―第七出において、淨と丑はそれぞれ「他還發跡爲官後、黄河只得水澄清」「奴做一條蠟照乾坤」という「大呪」を發している。　○〔外唱〕―江本・兪本がすでにト書きを補う。それに從う。　○〔休提起〕一筆〔鉤〕盡撇東流水〔東流水〕―「休提起」「東流水」の六字は、原文ではそれぞれ三字分のおどり字で示される。恐らく衍字であろう。なお「一筆」では意味を成さないため、「鉤」字を補った。「一筆鉤」については、第五出「一筆勾」

註參照。　○金章紫綬綵光輝―兪本は「綵」を「彩」に校訂する。ここでは、一字の脱落を想定して「綵仗光輝」の意とした。
○排晝戟人擁隨笙□□□蓬戶裏―一度目の「蓬戶裏」の後にある原文のおどり字は、「排晝戟」以下の三句を疊するものとした。
○貧者莫要相輕賤富者〔領〕〔須〕□□泰時―この二句で成語であろう。「領」を「須」に校定し、「富者須有否泰時」の意とした。
○〔詩曰〕―以下の四句を、原本は行頭を落とし大字で標記する。戲曲小說の版本が「正名題目」の位置にしばしば詩を置くそれである。　○湛湛靑天不可欺……只爭來早共來遲―退場詩。前半二句と後半二句がそれぞれ別々の成語。この四句がほぼ同じ形で見える例としては、『永樂大典』卷七五四三所收『金剛感應事跡』、『幽閨記』第七出末の登場詩、成化本說唱詞話『仁宗認母傳』末尾の退場詩がある。また前半二句は成化本說唱詞話『包待制斷歪烏盆傳』末尾に「湛湛靑天不可欺。未曾舉意早先知」とあり、後半の成語は「善惡到頭終有報、古往今來放過誰」「善惡到頭終有報、只爭來早與來遲」など、下一句にヴァラエティがある。第一六出「惡有惡報……時辰未到」及び第二二出「〔綵杖〕〔綵仗〕金冠去取妻……古往今來放過誰」註參照。なお、成化本說唱詞話數種の末尾に類似の詩が見える（包公物に多い）こと、そしてその內容は佛敎思想の影響を強く感じさせることから、成化本說唱詞話一連のテキストの性格を考える上で重要な手掛かりとなるだろう。

譯

淨と丑が登場してセリフを言う　女房や、きくところによると九州安撫使さまが人馬を率いて沛縣に見廻りにやって來られたそうじゃ。劉の野郎がついて來て、あの女を迎えに來ぬかと心配じゃ。俺とお前で街に樣子を見に行こう。淨・丑がばったり遭うしぐさ　生のセリフ　小王兒、この二人を捕まえろ。捕えるしぐさ　小外が二人の旦を連れて登場してセリフを言う　伯父上伯母上は惡巧みをしたがために。今日は泥に變えられてしまうのだ。善と惡には必ず報いがある、ただ早く來るか遲く來るかの違いだけ。小外のうた

生のセリフ　息子よ、卷狩りの時のことをひと通り話してみるがよい。

12【排歌】わたしが出かけて。狩りから歸るとき。にわかに林中に不思議な白兎が見えました。それに導かれて母に逢いました。母はどうして息子が目の前にいると思いましょう。合唱　花は枯れてもまた花を咲かせ、月は缺けても

また滿ちる。まるで蛟龍が明珠を得て力を取り戻したかのよう。 生のうた

13【又】想えばむかし貧しくて、未だ時運が巡って來なかったとき。沙陀村で困窮し。馬明王廟の中で饑えを忍んでおりました。義父殿の大きなご恩を蒙り、わたしを入り婿にしてあなたを娶らせました。 合唱、前に同じ

14【又】あなたと結ばれはしたが。二人の義兄と争い、無理矢理瓜の見張りに行かされ、叔父上には路銀を世話していただきました。いまは駙馬となり、金牌と紫の印綬を手に、穏やかな空氣があたりに滿ちる。 合唱 花は枯れてもまた花を咲かせ、月は缺けてもまた滿ちる。まるで蛟龍が明珠を得て力を取り戻したかのよう。 旦のうた

15【又】兄さん兄嫁さんに意地悪をされ。意地悪をされて麥をひかされ水汲みをさせられました。あやうく息子は死にかけ。竇じいさんに助けられて。ひそかに□□□に送り届けましたが、何の便りもありませんでした。思えば咬臍は岳夫人の大恩のお蔭、どうしてそのご恩に背けましょう。 合唱 圖らずも今日母と子は團圓し、一家うちそろって喜び合い。夫婦百まで睦まじく暮らします。 貼旦のうた

16【又】思うにあの雪の中。雪の中夜回りの聲を聞きました、その聲がまるで虎のように□□看花樓、あの時上着を下に落としました。父が仔細を知り。わたしに尋ねたそのとき。見れば紅の光と紫の霧が□を照らしだす。□□□かと思い。そこでわたしと結婚させたのです。 合唱 圖らずも今日母と子は團圓し、一家うちそろって喜び合い。夫婦百まで睦まじく暮らします。 淨のうた

17【又】思うにおまえは小者で終わるやつじゃない。義兄さんはお前を踏みつけになんかせなんだ。おまえは□□□□□□、□□□の顔を立ててくれ。 合唱 圖らずも今日母と子は團圓し、一家うちそろって喜び合い。夫婦百まで睦まじく暮らします。 生のうた

18【又】李弘一よお前はかつて願掛けをした。こんな貧乏人が□□。□黄河の濁流だって澄み清まる、蠟燭になって。

天地を照らしてやると。このことばを思い出せばとてもお前を許しがたい。叔父上の顔を立て□□。外のうた

19【又】□□□つまらぬことは口にすまい、もう言うまい。すべてけりをつけて水に流しましょう。□□□□人とどうして比べられよう。金牌と紫の印綬は光り輝き。美しき矛が竝び。儀杖の兵は取り圍む。笙の音があばら屋に□□□。美しき矛が居竝び。儀杖の兵は取り圍む。笙の音があばら屋に□□□。

20【尾聲】貧しい者を輕んじ侮るでない、富める者も運のめぐりがある。錦の衣を身につけ故鄉に歸る。

詩に曰く 公明正大な天は欺くべからず。その氣を起こす前から天はとっくに知っている。善事惡事をはたらけば結局相應の報いがある、早く來るか遲く來るかが違うだけ。

□刊劉知遠還鄉白兎記　終わり

成化本『白兎記』押韻表

●本表は、成化本『白兎記』で用いられる樂曲について、叶韻と思われる字をすべて抜き出したものである。

●曲牌に付された番號、（　）〔　〕の校訂記號は、本文篇のそれに従った。また、〈　〉で示されるのは清・沈乘麐『韻學驪珠』の韻目である。

●一套と認定できるものはまとめて列擧し、通押と認定できるものは韻目もまとめて列擧した。

●〔　〕は叶韻の可能性があるものを示し、〔↓〕は一套内の轉韻を示す。轉韻の場合は韻目の表示でも〈↓〉を付した。

●〈　〉内の（　）は、元來入聲音であったものが他三聲に歸入して通押していることを示す。

第一出

1〔【□□□】〕年 旋 筵 天 錢 斷 板 仙 〈天田・歡桓・干寒韻〉

2【紅芍藥】哩 哩 哩 〈機微韻〉

3〔【滿庭芳】〕雲 門 樽 紛 村 (昏)〔魂〕 (紛)〔分〕 存 痕 昏 〈眞文韻〉

4〔【滿庭芳】〕唐 光 床 凰 强 凰 郎 娘 鄉 〈江陽韻〉

第二出

1【獅子序】宇吁軀如珠　2【疎影】密砌珠舞沾去處　3〔【換頭】〕覷路紵聚苦
〈居魚、機微(密)韻〉
4【皀羅袍】奈災界賣擺蓋擺奈　5〔【又】〕解奈泰在〈皆來韻〉
6【玉抱肚】氣至(籍)〔績〕(□)〔輩〕日虧　7〔【又】〕慮日貴題日虧〈機微、支思、居魚韻〉
8【麻婆子】貌俏嫂襖叫到〈蕭豪韻〉
9【梧葉兒】憐(先)〔筌〕顯前寒面　10【又】飯牽寒輦寒面　11【又】｛添｝(煙)〔筵〕｛鹽｝
寒面〈天田、干寒、｛纖廉｝韻〉

第三出

1【夜行船】何却薄我〈歌羅(却・薄)韻〉
2【一江風】垂起立(知)〔之〕濟饑饑誰淚　3【又】祇倚米垂地時時輸庇〈機
微(立)、支時、居魚韻〉
4【三臺令】裏砌砌鬼〈機微韻〉
5(作黃龍)〔【降黃龍】〕細旨里禮　6〔【又】〕(指)〔池〕(會)〔愧〕歲(■)〔穗〕　7〔【又】〕媚媚紀
指　8〔【又】〕的紙喜子背鬼齒〈支時、機微(的)韻〉
9【好姐姐】美(禮)〔理〕誰慮地　10〔【又】〕里倚(祭)〔濟〕(去)〔取〕你〈機微、居魚韻〉

第四出
1〔【□□□】〕顔仙縁眷〈天田、干寒韻〉
2【尾犯序】煙煖拳遍〔川〕〔傳〕邊〔年〕〔暄〕3【〔遇帖〕〔過站↓過賺〕】全寒便言〔擅〕〔善〕懸
〔願〕〔怨〕4〔【換頭】〕見寒遠〔寃〕〔怨〕〔寃〕〔怨〕縁喚言言先線5〔【纏枝花】〕賤健憚
飯難6〔【又】〕便見淺遠難7〔【又】〕憐憐前難8【尾聲】淺貫錢〈天田、干寒、歡
桓韻〉

第五出
1【夜行船】時非籬〈支思、機微韻〉
2【下山虎】農〔充〕〔統〕東蹤〔□〕動冬3〔【又】〕蓬虹容雄寵龍4【蠻牌令】公〔門〕
紅蹤〔驚〕〔精〕〔〔定〕〕沖中通沖封〈東同、〔眞文、庚亭〕韻〉
5【駐馬折櫻桃】村貧分嗔門門人均6〔【又】〕尊親人明隱憑人門7〔【又】〕分
門隱春恩塵〈眞文、庚亭韻〉
8【□□】息疑識息〔藉〕〔跡〕9〔【又】〕〔急〕〔激〕惜〔得〕〔德〕〔侍〕〔視〕的〈質直〔疑・視〕、拍
陌韻〉

第六出
1〔【□□□】〕天寒圓〈天田、干寒韻〉

2【□□□】兒婿翼會離離（□）〔閭〕貴易飛 3〔【又】〕啓（祿）〔錄〕泥會飛棄易
飛〈支時、機微（翼）、灰回、姑模（錄）韻〉

第七出

1【玉抱肚】管（連）〔漣〕圓千戰全全〈歡桓、天田韻〉
2〔【□□□】〕多摸〈歌羅、姑模韻〉
3【玉抱肚】（屈）〔冤〕煎憐善（連）〔漣〕〈天田韻〉
4【石榴花】人親貧競文門 5〔【又】〕因嗔人耘慶親孕淸 6〔【又】〕人群〔犬〕
坤〈眞文、庚亭、〔天田〕韻〉

第八出

1【一江風】家（活）〔話〕怕下（相）〔邪〕（相）〔邪〕也怕 2〔【又】〕家（語）〔話〕怕差假策策
他下〈家麻、車蛇（策）、歌羅韻〉
3【（一江風）〔□□□〕】難散（卑）〔單〕〈干寒韻〉

第九出

1【（川發棹）〔川撥棹〕】了惱曉〈蕭豪韻〉
2【鎖南枝】啓計體（此）〔比→庇〕時吉 3【鎖南枝】鬼勢跡的鬼時 4【鎖南枝】〔土〕

盔裏你〈機微〔吉・跡・的〕、支時、灰回、〔姑模〕韻〉
5【步步嬌】受羞仇走挽袖袖6【步步嬌】僽酒口首流袖袖7【步步嬌】守久
休否頭袖袖8【步步嬌】嚠口愁鬬流袖袖9【步步嬌】佑守（鬬）〔斗↓手〕流袖
袖〈鳩侯韻〉
10【桂枝香】告〔剖〕好薄薄了朝消11〔【又】〕〔後〕嫂〔口〕薄薄好朝惱12〔【又】〕
惱好照報朝（旁）〔勞〕〈蕭豪〔告・薄〕、〔鳩侯〕韻〉
13【醉扶歸】情定人孕姓輕井誠〔淋〕14〔【換頭】〕聽病緊憑（單）〔另〕病誠〔淋〕
15〔【換頭】〕嚧聞穩〔□〕命燈景誠〔淋〕16【（過站）〔過賺〕】緊憫〔您〕〔深〕人稟〔您〕
17【□□□】〔您〕情〔□〕18〔【又】〕程停行慶19〔【換頭】〕生（青）〔情〕餅仃20〔【又】〕〔今〕
聽悶孕慶21〔【換頭】〕〔↓行↓攀↓閑↓難〕22【尾聲】定〔您〕傾〈庚亭、眞文、〔侵尋〕韻。〔21↓干
寒、江陽韻〕〉
23【臨江仙】流頭流〈鳩侯韻〉

第一〇出

1【集賢賓】飛地水〔叟〕（役）〔拽〕〔處〕歸2〔【又】〕誰之凄妻（涶）〔垂〕悴里里〈機微
（曳）、灰回、〔鳩侯〕、〔居魚〕、支時韻〉

第一一出

1〔【□□□】〕雄風〔軍〕〔令〕〈東同、〔眞文、庚亭〕韻〉

第一二出

1【月兒高】止〔巳〕〔己〕你足狽女體〈支時、機微、居魚〔足〕、灰回韻〉

第一三出

1【引子】了曉〈蕭豪韻〉

2〔【引子】〕天寒圓〈天田、干寒韻〉

第一四出

1〔【□□□】〕此〈支時韻〉

2【三學士】親〔成〕〔承〕信人分更昏　3〔【又】〕勤身分勻聽人更昏　4〔【又】〕〔三〕〔仁〕情信人孕文更昏〈眞文、庚亭韻〉

第一五出

1【引子】頭休〈鳩侯韻〉

2【五更傳】〔乖〕挫麼做磨過磨大　3【五更傳】鎖何朶〔麼〕〔磨〕過磨大　4【五更傳】

〔↓(■)〔肩〕↓轉↓酸↓轉↓變↓單〕過磨大　5【五更傳】過何坐我〔聽〕〔挨〕下大〈歌羅、家麻、〔皆來〕韻。〔4↓天田、歡桓韻〕〉

6【鎖南枝】更鳴情明程人　7〔【又】〕嚦聞忍清冰恨靈身〈庚亭、眞文韻〉

第一七出

1〔【□□□】〕厚後毒謀夫狗　2〔【□□□】〕仇揪頭由　3〔【□□□】〕〔道〕憂候頭由由　4〔【□□□】〕〔叨〕走頭休休　5〔【□□□】〕九劉付謀陋手流後　6〔【□□□】〕口收受漚漚　7【尾聲】粥後受〈鳩侯(粥)、姑模(毒)、〔蕭豪〕韻〉

8【駐雲飛】兒你水體兒歸兒氣知知　9〔【換頭】〕啓兒水你賊意時時時　10〔【又】〕知書去裏知兒日里欺欺　11〔【換頭】〕啓你淚(戲)〔碎〕賊意回回〈支時、機微(日)、灰回(賊)、居魚韻〉

12【宜春令】依(禮)〔理〕(意)〔義〕去知裏時(意)〔義〕　13〔【又】〕子慮藝第(巳)〔己〕去細時離　14〔【又】〕的底(意)〔義〕記細里時(意)〔義〕　15〔【又】〕〔↓愁↓留↓嫂↓(姣)〔狡〕〕去細時離〈機微(的)・居魚・支時韻。〔15↓鳩侯・蕭豪韻〕〉

16【臨江仙】流頭流〈鳩侯韻〉

第一九出

1【桂枝香】翠淚雨立水兒起飛〈灰回、機微(立)、居魚、支時韻〉

第二〇出

1〔【□□□】〕　旗　息　及　〈機微（息・及）韻〉

第二一出

1【（綿□□）〔綿搭絮〕】憶　皮　水　樹　□（之）〔知〕　2【又】提　止　女（好）〔婢〕　□　是　3【又】垂
誰（薺）〔虀〕饑　睡　起　遲　體　4【又】（意）〔義〕的　此　路　耻　回　〈機微（憶・的）、支時、灰回、居魚、姑模韻〉

5【雁過沙】懷　鞋　賣　歹　來　才　載　害　〈皆來韻〉

去　日　去　〈居魚、支時韻〉

串　雙　遠　郎　〈天田、江陽韻〉

第二二出

1〔【□□↓引子】〕　蹊　〈機微韻〉

2【□□□】　何　過　我　箇　〈歌羅韻〉

第二三出

1【八聲甘州】愁　去　秋　休（颷）〔颼〕　2【（又）〔換頭〕】後　守　有　去　否　母　休　樓　3【又】仇
休　肉　仇　休　休　頭　〈鳩侯（肉）、姑模、居魚韻〉

4【鎖南枝】去持意水你（積）〔蹟〕的狽5【鎖南枝】（佀）〔侶〕飛（投）〔役〕己歸知持
6【鎖南枝】兒意你稀里垂7【鎖南枝】啓知識內你誰臍兒8【鎖南枝】日的
兒子（憶）〔疑〕你識婢9【鎖南枝】欺的祿閭的你息〈機微（蹟・的・役・息）、支時（識・
日）、灰回、居魚、姑模（祿）韻〉
10【鎖南枝】心人婚清等倖程11〔【換頭】〕英人（你）〔您〕（你）〔您〕人〈侵尋、眞文、庚亭
韻〉
12【排歌】兒歸蹊母會輝珠13〔【又】〕時里饑婿14〔【又】〕伊費氣輝（白）〔珠〕15【又】
姤水死起希（爲）〔違〕喜飛16【又】裏衣細起霧疑飛喜（□）〔飛〕17【又】的你
皮（□）〔喜〕飛18【又】誓□燭地你□19〔【又】〕起水比輝戟隨裏戟隨裏20
【尾聲】時里〈灰回（的・戟）、機微、姑模（燭）、居魚、支時韻〉

あとがき

本書は、大阪大學大學院文學研究科・中國文學研究室において行われた成化本『白兎記』をめぐる研究會の成果をまとめたものである。

この研究會は、當時助手であった加藤聰君と大學院生、それにわたくし高橋が加わって始められ、二〇〇二年から二〇〇五年まで、毎回、各擔當者が校訂テキスト・校記・註・譯を用意して討論し、その都度、元原稿に加筆する、という形で進められた。俗文學にあまり觸れたことのない院生たちが中心に恐る恐る始められたこの研究會は、當初は二種の校本と汲古閣本を賴りに手探りで進めるほかなかった。が、一種の發掘資料ともいえる成化本『白兎記』は「生の資料」としての面白さをもつ。やがて參加者はその魅力に捉えられ、粗雜な版本の一字一字を起こして斷句するという作業にも慣れてくる、しだいに様子がわかってくると今度は從來の校訂本の疎漏にも氣付きはじめ、新しいアイデアも時に生まれる、また、明清の散齣集に引かれる『白兎記』關係の一覽表や主だった曲譜類の曲牌索引を院生の西尾俊君が作ってくれると、それらの表は「調べもの」の時間を著しく短縮したばかりか、曲文學全般について驚くほど多くの知見と示唆とを與えてくれた。かくして、皆で知恵をあわせる樂しい時間は瞬く間に過ぎ、成化本『白兎記』をほぼ讀み終えた二〇〇五年一〇月ころには、校訂・譯註部分は現在の本文篇ほぼそのままに出來上がっていた。

成化本『白兎記』は、解説篇で詳述したように、きわめて不完全で粗雜なテキストである。我々の研究會が試みたのは、第一に、この不完全な版本を誤字・脱字・衍字のない狀態に可能な限りもどし、版元が元來意圖したであろうテキストに復元することであった。この作業は、言うは易く行うに難い。「俗字」や「俗語」についての知識のみならず、傳統文學や書誌學、文字學、音韻學等、さまざまな領域のさまざまな學識がいる。しかも落とし所の中庸をわきまえたバランス感覺があって、初めて校訂は可能になる。見識ある校訂は學問の精華であり、たった一字の校訂に叡智を結集することは、古典研究の醍醐味ともいえよう。

我々が作ったエディションは、中國學の傳統にしたがって、「原形」に則ることを原則とした。ただし成化本は、一つの漢字に限っても、複數の異體字や俗字・借字等が用いられることがあり、「譌字」に至っては、元字が何か推測可能なものから全く想像できないものまで、さまざまなバラつきがある。元字が推測可能な「譌字」とは果たして「譌字」なのだろうか。「原形」を尊重してなるべく元の文字のまま表示しようとしても、今日の印刷術はとてもこれに對應できないし、校訂に關わるひとつひとつの事例はそれぞれに複合的な問題をかかえ、一つの原則で處理できない場合が多い。それに、すべて「原形」に倣うのであればわざわざ新しいエディションを作る必要はないだろう。「原形」の確定が困難だからこそ、校訂本も必要なのである。本書を作るに當たって、研究會の當初から「あとがき」を書く今日に至るまで、みなの意見が分かれ惱んだのがこの問題であった。すなわち、「原形」をどのように確定し、その「原形」と「復元」とをどう區別するか、どこまでを「原形」とし、どこからを校訂とするか、という問題である。「誤りである」という認定は「こうでなければならない」という判斷と表裏をなす場合が多いが、「こうでなければならない」にのみ從うなら、成化本がもつタイムカプセルとしての價値を捨象してしまうことになりかねない。

我々は結局、テキスト全體に對して統一的處理を行うより、「對象に卽しつつ常識にしたがう」とでも言おうか、問題に應じてそれぞれ別々の處理を取る方法を選んだ。本文篇の校訂を不體裁とする向きもなくはなかろうが、成化本『白兎記』の原本を片手に本文篇を詳細に検討していただければ、我々の苦心もご理解いただけるだろう。本書は、成化本という對象に密着して詳細に検討した結果である。「常識的」に見える處理のなかにも我々の熟慮がある。もっとも、だからこそ逆に、個々の校訂結果に我々の「學力」の限界が示されていることも事實であろうが。

我々が次に力を注いだのは、もちろん註である。

本書においては、註で扱われる問題は、主に、校訂にかかわるもの、曲律にかかわるもの、語彙・語法等にかかわるもの、の三種である。このうち、語彙・語法等にかかわるものについては、我々は「訓詁をあたえる」というよりもむしろ、この臺本の作者たちがどのような言語環境・知的環境にあったかを探求する觀點からアプローチした。たとえば、第七出に「孔夫子には三千の徒弟子、七十二の賢人」という表現がある。孔子に三千の弟子と七十二の賢人がいたというのは、古くは『史記』の「孔子世家」に記述があり、古典的な典籍がしばしば言及することだが、『白兎記』の作者たちが、だからといって『史記』等の古典を念頭に置いて「孔夫子は三千の徒弟子云々」と述べたとは到底考えられまい。このセリフは、豪農の息子・李弘一によって語られるように、文字を知らない人々も口にし得る、一種の地口のようなものだったに違いない。我々にとって重要なのは初出・典故・訓詁が何かという問題ではない。成化本『白兎記』の作者たちがいつ頃のどのような人々で、彼らの知的バックボーンが何であったか、そして彼らの知的バックボーンが作品世界とどのように絡むか、という問題である。登場人物たちがどのような言葉遣いをし、その語彙・發想がどういう種類の文獻と世界を共有するかは、作者たちの教養の成り立ちを物語る。とすれば我々は、「孔夫子云々」の註においても、この文句が唐宋以來、童子が始めて手習いをする際に書く言葉だったことを、先ず指摘すべきであろう。

こうした觀點から、本書の註は初出や典據には必ずしもこだわらない。我々が注目したのは敦煌文獻のような「俗書」や「俗文學資料」、さらには、「書會の才人たち」と深い關連にあることが豫想される類書類等であり、それらの文獻のなかに『白兎記』と共通の世界を見出し、作者たちの知識の來源を模索することであった。この點で本書は、作者の頭の中身を解析することを野心の一つにした、といえる。

總じていえば、我々は、成化本『白兎記』を元來の姿に戻すために作者たちの頭の中身を検討し、作者たちの實像を知るために成化本を元の姿に戻す必要があった、といえよう。作品を元來の姿に戻し作者たちの實像を追い求めるこの努力は、實を言えば、二十世紀の俗文學研究が一貫して試みてきたことでもある。俗文學とは、發掘されて地中から甦ったり、中國國内で偶然發見されたり、海外から逆輸入された「孤本」の謂に他ならない。それら「孤本」は「發掘資料」だから、破損があったり、文字が不鮮明であったり、不完全なことが多い。敦煌文獻しかり、説唱詞話しかり。そのため研究者たちは、それら不完全な資料を「復元」することに努め、「復元」する手がかりを求めた。我々が本書で試みたことは、結局この點で、二十世紀に始まった俗文學研究の傳統を襲うものだったといってよい。

ただし我々は、數年にわたる研究會の間に、成化本『白兎記』に對する誤った幻想と愛をはぐくんだかもしれない。「ありのままの姿」がそこに示されているにもかかわらず、成化本を不完全なものと、あまりにも深く信じすぎた嫌いがなくはない。たとえて言えば、下品で醜い田舎娘を魔法に掛けられたドゥルシネーアと考えた男のように、「完全に復元された理想の『白兎記』」という觀念に、我々はあまりに強く支配されたのではあるまいか。

わしが魔法使いどもにいかに憎惡されておるか、あの腹黒い者どもは、わがドゥルシネーア姫の姿をただ單に別のものに變えるだけでは滿足せずに、あの田舍娘のような下賤で醜い姿に變えてしまうとは。

成化本に魔法が掛けられたか否か、もはや我々には知るすべがない。魔法を解こうとした我々の作業は、したがって多くは徒勞だったのかもしれない。その判斷はしばらく保留したいと思うが、ただ、「復元」と稱して過剩な校訂と注釋を施し、田舎娘のありのままの姿をさらに下品にしたのなら、我々は我々のお節介を、『白兔記』を書いた「永嘉の書會の才人」にお詫びしなければならないだろう。

本書の末尾に付された語彙索引は、そのほとんどの作業を院生の藤原祐子さんが引き受けてくれた。また、本文篇の一部は、大阪大學中國學會の機關誌「中國研究集刊」にすでに數號にわたって發表した。

最後に、本書の出版を引き受けてくださった汲古書院の石坂叡志社長、ならびに編集の小林詔子さんに心から謝意を表します。

二〇〇六年八月

高橋　文治

〔附記〕　本書は、平成一五年度～平成一七年度科學研究費補助金・基盤研究（C）・課題番號一五五二〇二二三「成化本『白兔記』についての基礎的研究」の成果でもある。

成化本『白兎記』の研究

平成十八年九月二十五日　發行

編　者　大阪大學中國文學研究室
（代表　高橋文治）
發行者　石　坂　叡　志
整版印刷　富士リプロ
發行所　汲　古　書　院
〒102-0072 東京都千代田區飯田橋二-五-四
電　話　〇三（三二六五）九七六四
ＦＡＸ　〇三（三二二二）一八四五

ISBN4-7629-2773-2 C3097

KYUKO-SHOIN, Co., Ltd. Tokyo.

語彙索引

【凡例】

1．本索引は、本書の本文篇に據り、口語語彙を中心に成語・慣用句・固有名詞など、本作品理解の參考となる語彙を選び、ローマ字拼音の順に配列したものである。
2．校訂が必要な語句については、一括して校訂後の文字で掲出した。
3．語彙の所在は、本文篇の頁數によって表示した。但し「頁」の字は省略した。
4．おなじ頁内に復數現れる場合は、頁數のあとに附した（　）内の數字でその回數を示した。